Roland Schimmelpfennig, geboren 1967 in Göttingen, ist der meistgespielte Gegenwartsdramatiker Deutschlands und lebt in Berlin. Nach einem längeren Aufenthalt als Journalist in Istanbul und dem Regiestudium an der Otto-Falckenberg-Schule in München war er an den Münchner Kammerspielen engagiert. 1995 wurde er dort Mitarbeiter der künstlerischen Leitung. Seit 1996 arbeitet Roland Schimmelpfennig als freier Autor, seit 2000 schreibt er Auftragsarbeiten für die Staatstheater Stuttgart und Hannover, das Deutsche Schauspielhaus Hamburg, das Burgtheater Wien, das Schauspielhaus Zürich, das Deutsche Theater Berlin, das Schauspielhaus Bochum und andere.
Weltweit werden seine Theaterstücke in über 40 Ländern mit großem Erfolg gespielt. 2010 erhielt Roland Schimmelpfennig den Mülheimer Dramatikerpreis sowie den Else-Lasker-Schüler-Preis.
Im Fischer Taschenbuch Verlag sind bisher erschienen: *Die Frau von früher* (Bd. 16218) und *Trilogie der Tiere* (Bd. 17724).

Weitere Informationen zu Roland Schimmelpfennig:
www.fischertheater.de

Roland Schimmelpfennig

Der goldene Drache

Stücke 2004–2011

Mit einem Gespräch
zwischen Roland Schimmelpfennig
und Franz Wille

Fischer Taschenbuch Verlag

Theater
Eine Reihe des Fischer Taschenbuch Verlags
Herausgegeben von Uwe B. Carstensen
und Stefanie von Lieven

FSC
www.fsc.org
MIX
Papier aus verantwortungsvollen Quellen
FSC® C019821

2. Auflage: Juni 2013

Originalausgabe
Veröffentlicht im Fischer Taschenbuch Verlag,
einem Unternehmen der S. Fischer Verlag GmbH,
Frankfurt am Main, Dezember 2011

Wir danken Franz Wille und *Theaterheute* für den Abdruck des Gesprächs (erstmals abgedruckt mit dem Titel »Ich finde, dies ist eine aufregende Zeit, um für das Theater zu schreiben.« im *Theaterheute Jahrbuch 2010*, S. 115–121).

Mitarbeit Lektorat: Daniel Dierich
Satz: ottomedien, Darmstadt
Druck und Bindung: Druckerei C. H. Beck, Nördlingen
Printed in Germany
ISBN 978-3-596-19251-9

Inhalt

– Auf der Greifswalder Straße –

– Die arabische Nacht

Das Reich der Tiere

– Wiener Theater – Der goldene Drache

Auf der Greifswalder Straße

Personen

DER MANN OHNE HUND
DIE FRAU MIT DEN GRÜNEN AUGEN (TANJA)
RUDOLF, vierzig oder etwas älter
DER ROCKER MIT DER PLASTIKTÜTE
DIE ZWEITE FRAU MIT GRÜNEN AUGEN (NATALIE)
ARBEITER AN DEN STRASSENBAHNGLEISEN
DIE ZU DÜNNE FRAU

KATJA, SIMONA, MAIKA, BILLE – Freundinnen, junge Frauen, Anfang Zwanzig

KIKI, Rudolfs Freundin, Ende Dreißig
EIN MÄDCHEN und ihr VATER in der U-Bahn
HANS, Kioskbesitzer, und seine FRAU
FRAU TÄUBER (TÄUBCHEN)
FRAU SCHMIDT (SCHMIDTI)
DIE FRAU OHNE HUND
BAUARBEITER 1
BAUARBEITER 2
BAUARBEITER 3
DER MANN AM TELEPHON
BABSI, DIE FRAU AUS DEM PHOTOLADEN
DIE FRAU MIT DER GABEL IN DER HAND
DER MANN AUF DEM BALKON
STRASSENBAHNPASSAGIERE
GRUPPENPHOTO: DR. INGO HAGEN, DR. BIRGIT SCHADE, DR. HEINO TEICHMANN, ASSISTENTIN SASKIA
DER JUNGE MANN (FRITZ)
MICHAEL KIRILLOWITSCH
RUMÄNE 1
RUMÄNE 2
RUMÄNE 3
DER MANN MIT DER KUTSCHE

DER KNEIPENWIRT IM KATSKY
DER JUNGE MANN MIT DER BRILLE

Wie sehr und wann Kiki stottert, bleibt der Regie und der Schauspielerin überlassen, außer in den chorischen Szenen habe ich deshalb das Stottern nicht notiert. Ich denke allerdings, wenn sie stottert, an ein schweres, schwer zu ertragendes Stottern.

›Wouldn't It Be Good‹ von Nik Kershaw
›King John‹ und ›James James‹ von A. A. Milne
›Minha Galera‹ von Manu Chao
›The Seed (2.0)‹ von The Roots
›Le due leocorni‹:
 http://www.infanziaweb.it/canzoni/leocorni.htm
›Marsch der Buchstaben/Marcha de las letras‹ von
 Cri-Cri:
 http://www.cri-cri.net/Canciones/mletras.html
 (zum Hören auch als MP3)
Übersetzungen: RS

1.1

Auf der Straße, mitten in der Nacht. Ein schwerer Mann Anfang Sechzig in einem Bademantel. Er blickt suchend die Straße runter und ruft laut und grob nach seinem Hund.

MANN IM BADEMANTEL Biene!

Pause. Der Mann hält weiter nach dem Hund Ausschau, aber er kann ihn nicht sehen. Er bewegt sich trotzdem nicht von der Stelle.

Biene!

Kurze Pause.

Biene, komm her!

Kurze Pause.

Biene, komm!

Pause. Er geht ein paar Schritte in die Richtung, in der er den Hund vermutet, bleibt dann wieder stehen. Laut, grob, etwas heiser:

Bienchen!

Kurze Pause.

Biene!

Kurze Pause.

Wo bist du denn – Komm her jetzt!

Biene!

Pause.

Kommst du her jetzt!

Pause.

Bienchen!

Der Hund ist weg. Der schwere Mann setzt sich langsam in Bewegung. Während er die Straße runterläuft und langsam in der Dunkelheit verschwindet, ruft er immer wieder nach dem Hund.

1.2

Nacht. Eine Frau steht in der Dunkelheit im Zimmer. Rudolf, um die Vierzig, kräftig, fährt aus dem Schlaf hoch, schnappt nach Luft.

RUDOLF Wer – wer bist du – wo kommst du her?

Die Frau hat grüne Augen. Sie ist etwa in Rudolfs Alter.

Wer bist du?
Woher kenne ich dich?

Kurze Pause.

Bist, bist du das? Bist du das wirklich?
Tanja?
Bist du das, Tanja?
Wie kommst du hierher? Wie kommst du hier rein?

Kurze Pause.

Wie lange habe ich dich nicht gesehen –

Kurze Pause.

Warum sagst du nichts? Was willst du? Was willst du von mir?

Kurze Pause.

Sag mir – sag mir, warum du hier bist – sag mir, was du von mir willst –

TANJA Ich bin hier, um dich zu warnen, Rudolf. Nimm dich in acht. Nimm dich in acht vor dem langen Mädchen. Nimm dich in acht vor der Giraffe.

RUDOLF Was – was meinst du – was meinst du damit –

TANJA Hüte dich – hüte dich, Rudolf, hüte dich vor der Giraffe.

Sie verschwindet.

1.3

Ein Rocker, ausgemergelt, alt geworden, nachts zu Fuß auf dem Weg von der Kneipe nach Hause. Komplett in schwarzer Motorradkleidung – bis auf die Schuhe, die nicht ganz dazu passen. Dünne, lange schwarze Haare. Er hat den ganzen Abend im ACCESS am Tresen gesessen, die meiste Zeit allein. Ab null Uhr lief für fast zwei Stunden nur noch Death Metal.
Jetzt geht er die menschenleere Straße entlang. Stille. In den meisten Wohnungen kein Licht mehr. Der Mann in Schwarz ist in der Dunkelheit kaum zu erkennen, aber an seinem rechten Handgelenk hängt eine halbvolle Tequilaflasche in einer etwas zu großen weißen Plastiktüte. Die Flasche mit einem kleinen Plastikhut als Verschluß schlägt immer wieder gegen sein Knie. Der Mann ist tief in Gedanken. Plötzlich bleibt er stehen.

ROCKER MIT DER PLASTIKTÜTE brüllt:
Maiden!

Er brüllt nur dieses eine Wort. Es klingt wütend und verzweifelt und müde – als ob er den Namen einer auf ewig verlorenen Geliebten rufen würde. Dann geht er weiter, bleibt aber nach vielleicht einer Minute wieder stehen. Brüllt:

Maiden!

So geht es immer weiter. Immer wieder bleibt er stehen und brüllt dieses eine Wort in die Dunkelheit.

1.4

Etwas später in der Nacht. Dunkel. Rudolf fährt aus dem Schlaf hoch, als ob er aus der Tiefe wieder an die Wasseroberfläche käme. Eine Frau steht im Zimmer. Sie ist etwa in Rudolfs Alter, sieht etwas mitgenommen aus. Pause.

RUDOLF Du?

Kurze Pause.

Bist du das?

Kurze Pause.

Dich habe ich das letzte Mal am Strand in der Nähe von Stralsund gesehen.

Kurze Pause.

Jetzt fällt mir ein: Ich habe dir damals gesagt, du wärest die einzige Frau mit grünen Augen in meinem Leben, aber das stimmte gar nicht. Tanja Wiedeking hatte auch grüne Augen! Das hatte ich vergessen!

Schweigen. Zunehmend panisch:

Aber warum – aber warum bist du jetzt hier –

Schweigen.

Antworte mir: Warum bist du jetzt hier?

NATALIE Ach, Rudolf.

RUDOLF Was ist –

NATALIE Ach, Rudolf –

RUDOLF Ja –

NATALIE Wenn du nur noch 24 Stunden hättest –

RUDOLF 24 Stunden –

NATALIE Wenn du nur noch 24 Stunden zu leben hättest – was würdest du dann tun?

RUDOLF Ich? Wie spät ist es?

NATALIE Zwanzig vor vier.

RUDOLF Nur noch 24 Stunden?

NATALIE Ja, noch 24 Stunden – was würdest du dann tun?

Sie verschwindet.

RUDOLF Warte –

1.5

Das gleißende Licht einer Schweißflamme in der Nacht: Reparaturarbeiten an einem Straßenbahngleis. In ein paar Stunden fahren die ersten Züge wieder. Eine Gruppe von Männern in orangefarbener Arbeitskleidung mit applizierten Reflektoren. Sie tragen Schutzmasken. Funken und Rauch, der langsam – wie in Zeitlupe – an der gelben Be-

leuchtung der provisorischen Baustellenmarkierung vorbei in die Dunkelheit zieht. An einer weißrot gestreiften Absperrung hängt ein kleines, batteriebetriebenes Transistorradio, aus dem schwach, verzerrt, entfernt Musik kommt: ›Wouldn't It Be Good‹ von Nik Kershaw.
Arbeiter am Straßenbahngleis singt leise mit.

1.6

Später in derselben Nacht. Rudolf in der Dunkelheit. Die zu dünne Frau steht im Zimmer. Sie ist Mitte Dreißig, schlank, jugendlich gekleidet. Ihr Gesicht und ihr Körper sind von einer Krankheit stark ausgezehrt. Sie wird sterben.

RUDOLF erwacht:
Kenn ich dich – ich kenne dich nicht.

Kurze Pause.

Ich habe dich noch nie gesehen –
Hab ich dich schon mal irgendwo gesehen?
Ich kenne dich nicht –

Kurze Pause.

Was ist mit deinem Gesicht?

Kurze Pause.

Sag mir deinen Namen –

Pause. Sie sieht ihn an und sagt nichts. Er hat Angst.

Was willst du? Wer bist du –

Rudolf schreit um sein Leben.

1.7

Langsam wird es hell. Nach langer Suche kommt der Mann im Bademantel wieder nach Hause. Er hat den Hund nicht gefunden.

MANN IM BADEMANTEL Biene!

Kurze Pause.

Bienchen!

Kurze Pause.

Biene!

1.8

Drei junge Frauen nach durchgemachter Freitagnacht mit der Straßenbahn auf dem Weg nach Hause. Sie sind müde, gereizt, enttäuscht, leer.

KATJA Was kann ich dafür, daß dem die Kette brennt.

Kurze Pause.

Was kann ich dafür. Daß dem die Kette brennt.

Kurze Pause.

Der sagt, hier, die Kette, guck mal, die ist aus Gold.
Was?
Hier die Kette, die ist aus Gold.
Nee. Nee, die ist nicht aus Gold.
Doch, die ist aus Gold, hier, faß mal an.
Das ist kein Gold, das ist Plastik.
Klar ist das Gold.

Das ist Plastik, das sieht man doch. Bist du –
Die Kette ist aus Gold, aus echtem Gold, hier, ich beweis es dir, und dann holt er ein Feuerzeug raus und hält es unter die Kette. Er hält die Flamme unter die Kette, und die Kette, die wird erst schwarz, und dann fängt sie an zu schmelzen, und gleichzeitig brennt sie, das waren richtige Feuertropfen, und er hat das Ding noch um den Hals.

Pause.

Ich hab doch gesagt, die Kette ist nicht aus Gold.

Und er, die ist aus Gold. Gold brennt, hast du das nicht gewußt? Hast du das nicht gewußt? Gold brennt.

Kurze Pause.

Die hab ich jetzt für dich verbrannt –

Kurze Pause.

SIMONA Wo ist denn Bille hin?

Kurze Pause.

Wann ist denn Bille weg?

Pause.

Du bist zu groß.

Kurze Pause.

Du bist zu groß. Du bist einfach zu groß.

MAIKA Was?

SIMONA In dem ganzen Laden ist kein Mann so groß wie du. Nicht einer. Du bist zu groß.

MAIKA Du bist zu häßlich, das ist alles. Du bist so häßlich, das gibt es überhaupt nicht. Ich kenne niemanden, der häßlicher wäre. Deshalb.

SIMONA Du sitzt auf dem Hocker, und neben dir der Typ, und neben mir der andere, da haben wir doch drauf gewartet, daß die sich da hinsetzen, da haben wir doch die ganze Zeit drauf gewartet, daß irgendwas losgeht, und der ist sowieso schon kleiner als du, so auf dem Hocker. Auf den Hockern.

Kurze Pause.

Und der bezahlt die Getränke, alle, und ich will noch was, aber du –

KATJA Gold brennt doch gar nicht.

MAIKA Ich ja, was denn –

SIMONA Mann –

MAIKA Ja, was denn.

SIMONA Du stehst auf!

MAIKA Ja!

Kurze Pause.

Ja, hab ich gemacht – ja, ich bin aufgestanden, o Gott.

SIMONA Die Apokalypse. Er steht auch auf.

Kurze Pause.

Wieso bist du denn aufgestanden?

MAIKA Keine Ahnung. Ich wollte aufstehen.

SIMONA Ja. Ja genau.
Du stehst neben ihm, und er sieht es: Du bist mindestens einen Kopf größer als er. Ende.

Sie lacht meckernd, häßlich.

Wie ein riesiges Schaf, dem die Haare von dem Typen in den Mund wachsen.
Dem kannst du den Kopf abgrasen. Der ist zu klein.

Pause.

MAIKA Und? Und?

Kurze Pause.

Die sind alle zu klein.

Kurze Pause.

Was hat denn das mit dir zu tun?

Pause.

SIMONA plötzlich:
Bille! War das da nicht Bille?

MAIKA Wo?

SIMONA Da, da hinten, vor dem Haus!

Nichts. Lange Pause.

Mein Körper ist mein Kapital.

Pause.

KATJA Die Kette brennt und brennt, und dann kommt einer und sagt:
Ich glaube, ihr habt was nicht verstanden.

Kurze Pause.

Ich glaube, ihr habt was nicht verstanden.

SIMONA Mein Körper ist mein Kapital. Ich muß irgendwann einen Hoteldirektor heiraten.

KATJA Raus, raus, raus, brüllt der.

Kurze Pause.

Raus, raus, raus.

Pause.

Wann ist denn Bille weg?

Kurze Pause.

SIMONA Eines Tages werde ich einen Hoteldirektor heiraten.

MAIKA Du bist häßlich. Du bist einfach häßlich, weißt du das?

KATJA Die Scheißkette.

MAIKA Du bist so häßlich, dich kann man sich nicht einmal schön denken, du wirst einfach nicht schöner, ständig denkt man, dein Kopf wächst immer weiter, der wird immer größer, der ganze Schädel, die Zähne, die wachsen immer weiter und werden immer häßlicher. Du siehst nicht einmal bei Sonnenuntergang schön aus, nicht mal im blendenden Gegenlicht, wenn es gerade noch geregnet hatte.

Pause.

SIMONA Gleich sechs Uhr. In drei Stunden muß ich arbeiten.

1.9

Die kleine Küche einer Wohnung im Hinterhof, vierter Stock. Im Sommer kommt hier frühmorgens die Sonne rein. Kiki, Mitte Dreißig, Kassiererin, und Rudolf, Anfang Vierzig, Obst- und Gemüsehändler, sind seit eineinhalb Jahren zusammen. Kiki stottert, aber nicht immer.
In der vergangenen Nacht ist Rudolf dreimal schreiend neben ihr aufgewacht, dann aber sofort wieder in tiefem Schlaf versunken. Samstag früh, beide sind auf dem Weg zur Arbeit, sie trinken im Stehen Kaffee. Das Radio läuft leise. Sie sieht ihn lange an, aber er sagt nichts. Dann:

RUDOLF Ich habe sehr schlecht geschlafen.

Kurze Pause.

Ich glaube, ich habe überhaupt nicht geschlafen.

Er weicht ihrem Blick aus.

KIKI Ich habe gedacht, du stirbst. So laut hast du geschrien. Im Schlaf.

RUDOLF Ich habe geträumt, eine Frau hätte am Fußende des Betts gestanden.

KIKI Wer?

RUDOLF Eine Frau – ich weiß nicht. Sie hat mich gefragt, was ich tun würde, wenn ich nur noch 24 Stunden zu leben hätte.

Kurze Pause.

Und dann war noch jemand, das warst du, aber du sahst nicht aus wie du, sondern wie jemand anderes – wie eine Frau, die ich noch nie gesehen habe – und du hast nichts gesagt: nichts, aber du wolltest etwas sagen: so etwas wie: Du hast mich nie geliebt: oder: Wenn du mich nie geliebt hast: Warum liebst du mich nicht dann noch für die kurze Zeit, die dir noch bleibt –

1.10

Die drei Mädchen, Maika, Katja, Simona. Simona, blutüberströmt am Straßenrand.

SIMONA schreit:
Das gibts doch nicht, das gibts doch nicht, das gibts doch gar nicht –

MAIKA Zeig doch mal –

SIMONA Das gibts doch nicht –

MAIKA Jetzt zeig doch mal –

KATJA Halt doch mal still –

SIMONA Das gibts doch nicht –

Sie stöhnt.

Mann, Mann, Mann, was für eine Scheiße, was ist denn das für eine Scheiße –

MAIKA Zeig doch mal –

SIMONA Das tut so weh –

KATJA Wieso faßt du auch den Köter an –

SIMONA Das tut so weh –

KATJA Warum faßt du auch den Köter an.

SIMONA Das gibts nicht, das gibts nicht.

Stöhnt, schluckt.

Ich blute wie eine abgestochene Sau.

Stöhnt.

MAIKA Jetzt zeig doch mal –

KATJA Halt doch mal still –

SIMONA Was für eine Scheiße, was für eine Scheiße, was für eine Scheißstadt –

2.1

U-Bahn, Samstagvormittag. Ein etwa siebenjähriges Mädchen in einem Kleid an einem etwa zwei Meter langen Strick. Der Strick ist um ihre Hüften gebunden. Ein bärtiger Mann in dunkler Kleidung mit einer Gitarre, um dessen Hüften das andere Ende des Stricks gebunden ist. Er spielt im Sitzen auf einer der Bänke, sie steht im fahrenden Waggon.

DAS MÄDCHEN singt: O minha maconha
Minha torcida
Minha querida
Minha galera
O minha cachoeira
Minha menina
Minha flamenga
Minha capoeira
O minha menina
Minha querida
Minha Valéria …
O minha maloca
Minha larica
Minha cachaça
Minha cadeia
Minha vagabunda
O minha vida
Minha mambembe
O minha ladeira
O minha menina
Minha querida
Minha Valéria …
O minha torcida
Minha flamenga
Minha cadeia
O minha maconha

Minha torcida
Minha querida
Minha galera
Minha vagabunda
Minha mambembe
Minha beleza
Minha copoeira …
O minha menina
Minha querida
Minha Valéria …
Minha torcida
Minha flamenga
Minha cadeia
O minha maconha
Minha torcida
Minha querida
Minha galera …

2.2

BILLE, allein. Eine junge Frau. Etwas blaß, etwas übermüdet, aber mit riesigen Augen wie im Schock:

Auf meiner linken Schulter ist ein Totenschädel tätowiert, aber dieser Totenschädel war bis gerade eben noch nicht da.
Ich habe mir heute früh das hier machen lassen.

Sie zeigt ihre Handinnenfläche, auf die sie ein großes Auge hat tätowieren lassen. In einer Sindbadverfilmung gibt es ein ähnliches Motiv.

Das Auge –

Kurze Pause.

aber nicht den Schädel. An den Schädel kann ich mich nicht erinnern. Ich weiß nicht, wie er da hingekommen ist. Ich kann es nicht erklären. Aber er ist da.

Kurze Pause.

Die ganze Zeit denke ich: Das ist mein Schädel. Ich denke, daß es mein eigener Schädel ist, mein eigener Totenschädel, der mich ansieht.

2.3

Früher Vormittag, 8 Uhr 30. Der Kioskbesitzer Hans und seine Frau.

HANS Ich habe so ein sonderbares Gefühl in meinem Kopf.

FRAU Was?

HANS Ich habe so ein sonderbares Gefühl in meinem Kopf.

FRAU Ein Gefühl in deinem Kopf? Was für ein Gefühl? Hast du Schmerzen?

HANS So ein Gefühl – als ob etwas herauswollte.

FRAU Aha.

HANS Etwas in meinem Kopf –

FRAU Ja –

HANS Will raus.

FRAU Ja? Was denn?

HANS Ich weiß nicht.

FRAU Du weißt es nicht?

HANS Nein. Ich weiß nicht, was es ist.

2.4

Ein Supermarkt. Die zwei Kassiererinnen Täubchen und Schmidti mit Kiki und Bille.
Kurz vor neun, die vier Frauen sitzen an den Kassen. Keine Kundschaft, der Laden ist noch zu.

DIE KASSIERERINNEN Neun Uhr am Morgen,
die Gitter vor den Türen
und vor den Fenstern fahren ratternd hoch,
die ersten Kunden warten schon
draußen auf den Stufen.
Guten Morgen.

BILLE Morgen.

DIE KASSIERERINNEN Viel zu spät –
Was machen wir,
wenn Bille heute nicht mehr kommt?

Kurze Pause.

BILLE Aber wieso – ich bin doch da –

DIE KASSIERERINNEN Vielleicht kommt die ja noch.
Vielleicht auch nicht.
Vielleicht, vielleicht.
Endlich Wochenende.

Pause. Piepsen der Laserkasse.

Ob die noch kommt?

KIKI D –
d –
die k – k – k

BILLE Die paar Minuten zu spät –

DIE KASSIERERINNEN unterbrechen sie, zu Kiki:
Kannst du
ruhig zugeben, daß du was mit ihm hast.

BILLE Um wen gehts denn?

DIE KASSIERERINNEN Auf der Straße,
wo er zum Abschied dich vorhin geküßt hat,
da hätte er mich auch mal
fast geküßt – fast
und dann noch mal im Kühlraum
um ein Haar,
ist aber leider nichts geworden –
den Mann,
den wollte jede,
den wollten alle,
wollen sie immer noch.

Kiki versucht etwas zu sagen.

Den wollte vor fünf oder vor zehn Jahren noch das ganze Viertel –
in den war jede Frau verliebt und ist es heimlich immer noch –

BILLE In wen denn?

DIE KASSIERERINNEN ist dick geworden,
aber macht nichts –
lange nicht gesehen,
seitdem er nicht mehr bei uns ist,
– selbständig – und jeder sagt:
der macht noch Schiffbruch mit dem Laden,
Obst und Gemüse,
schade,
aber: Glückwunsch, wirklich.

KIKI D – d – d –

DIE KASSIERERINNEN Die kommt nicht mehr.
Die Bille ist sonst nie zu spät,
vielleicht kommt die ja noch.

BILLE Es waren doch nur ein paar Minuten.

DIE KASSIERERINNEN Vielleicht auch nicht.
Vielleicht, vielleicht.
Endlich Wochenende.

2.5

Rudolf, beim Aufschließen des Ladens.

MAIKA Ich komme für Simona.

RUDOLF Was ist mit Simona?

MAIKA Die ist von einem Hund in die Hand gebissen worden.

RUDOLF Wann –

MAIKA Heute früh.

RUDOLF Heute früh?

MAIKA Ja, heute früh –

RUDOLF Wann heute früh?

MAIKA So gegen sechs, halb sechs, es war schon hell.

RUDOLF Schon hell! Warst du dabei?

MAIKA Ja.

RUDOLF Was hat sie um sechs Uhr früh auf der Straße zu tun?

Keine Antwort.

Und jetzt kommst du für sie.

MAIKA Ja.

RUDOLF Wie heißt du?

MAIKA Maika.

RUDOLF Maika?

MAIKA Maika.

2.6

SIE Anfang Sechzig, immer noch sehr aufgeregt, anklagend: Warum mußt du mitten in der Nacht mit dem Hund raus?

ER Ich bin mit dem Hund raus, weil der Hund raus wollte –

SIE Der Hund will nachts nicht raus.

ER Der Hund wollte raus.

SIE Der Hund will nachts nicht raus.

ER Der Hund wollte raus.

2.7

Etwas später.

RUDOLF Hör mal, ich mag dich nicht besonders. Ich mag nicht, wie du da stehst, und ich mag nicht, wie du redest, ich mag nicht, was du anhast. Ich mag nicht, wie jung du bist, vielleicht liegt es einfach daran – und ich mag nicht, wie groß du bist – und ich mag nicht, wie du dich bewegst.

Wenn du deinen langen Körper bewegst, erinnerst du mich an irgendein Tier, aber ich weiß nicht, an welches. Du schläfst im Stehen ein.
Ich kann dich nicht nach Hause schicken, weil einer vorne sein muß, wenn ich hinten bin und dann Kundschaft kommt. Um vierzehn Uhr ist Schluß, und wenn jemand kommt, rufst du mich. Die ganze Zeit denke ich, dir knicken gleich die Beine weg.

MAIKA Giraffe.

RUDOLF Was?

MAIKA Giraffe. Die sagen zu mir Giraffe.

RUDOLF Giraffe.

MAIKA Ja, Giraffe.

2.8

Plötzlich einsetzender und abbrechender Lärm. Das Inferno. Der kreischende Lärm von geschnittenem, zersägtem Metall und Stein. Die Schuttrutsche, die Kreissäge. Drei Männer mit Bauarbeiterhelmen, mit einfachen Atemmasken, Schutzbrillen und Lärmschützern. Schwere Schuhe mit Stahlkappen, Arbeitshandschuhe. Sie sind vollkommen bedeckt von einer dicken Schicht aus grauem Staub. Sie sehen aus, als kämen sie aus einem Ascheregen. Überall der Baustaub, trotz der Schutzkleidung, in den Ohren, in den Haaren, auf den Wimpern, zwischen Fingern. Der Staub dringt durch die Kleidung.
Sie arbeiten an der Entkernung eines ehemaligen Mietshauses, zehn Wohnungen und der Dachstuhl werden neu gemacht, bis auf die Außenmauern bleibt nichts stehen.
Frühstückspause auf dem Baugerüst. Coca-Cola, Thermoskanne, Bockwürstchen vom Bäcker an der nächsten Ecke.

MANN 1 Seht mal, was ich gefunden habe –

MANN 2 Was?

Er zieht die Lärmschützer von den Ohren.

MANN 1 Sieh mal, was ich gefunden habe.

Er holt einen alten, angelaufenen Silberlöffel hervor.

MANN 2 Wo kommt der her?

MANN 1 Aus der Wand.

MANN 2 Aus der Wand?

MANN 1 Der war in der Wand.

Der zweite Bauarbeiter stößt den dritten an, der aber weiter frühstückt und nur flüchtig aufschaut.

MANN 2 Der Löffel? Der Löffel war in der Wand? In welcher Wand?

MANN 1 Eingemauert. Der Löffel war in der Wand eingemauert.

Sie betrachten den Löffel. Der dritte Arbeiter nimmt weiter keine Notiz. Der erste Bauarbeiter hält den Löffel hoch in die Luft und läßt ihn dann in die Tiefe fallen. Das Schlagen des Löffels gegen die Metallstangen des Gerüsts.

2.9

Eine grüne Flasche geht zu Bruch.

RUDOLF Was machst du mit der Scherbe?

MAIKA Mir ist die Flasche runtergefallen.

RUDOLF Das sehe ich.

Kurze Pause.

Aber was machst du mit der Scherbe?

MAIKA Ich sehe Sie an.

RUDOLF Und?

MAIKA Ich sehe Sie mir nur mal an, so durch das Glas –

Kurze Pause.

Nur so.

2.10

Hans, etwa fünfzig oder etwas darüber, Inhaber eines Tabak- und Zeitschriftenhandels, steht vor dem Regal mit den Zigaretten; vor ihm die Zeitungen und Journale, rechts die Kasse, links die Lottoscheine. Schon seit dem frühen Morgen hat er ein komisches Gefühl im Mund. Oder im Kopf. Es fühlt sich so an, als ob etwas aus seinem Kopf herauswolle. Als ob etwas aus seinem Kopf herausbrechen wolle.

Aber was?

Etwas sitzt in seinem Kopf oder in seinem Mund, in der Wurzel seiner Zunge, und es muß raus. Es ist wie ein Ohrwurm. Oder wie Brechreiz.

Er blickt durch das Fenster hinaus auf die Ausfallstraße, zwei Spuren in jeder Richtung, dazwischen die Schienen der Straßenbahn. Keine Kundschaft. Er ist allein. Eine Tram rauscht vorbei. Gegenüber der Photoladen, verschwommen im Graugrün der Scheibe, Babsi, mit ihrer Kamera, wie immer.

Sein Mund klappt auf, als ob er etwas sagen wolle. Der Mann will aber nichts sagen, wem auch, ist doch keiner da, er schließt den Mund wieder, der aber sofort wieder aufspringt. Aus seinem Hals dringt ein kehliger Laut, den er aber unterdrücken kann. Der Mann will den Mund wieder schließen, doch das ist gar nicht so einfach. Sein Puls rast, Schweiß, Atemnot. Der Mund ist zu. Immer stärker das Gefühl – daß etwas aus ihm herauswill. In seinem Kopf Wörter einer Sprache, die der Mann nicht versteht, die er noch nie gehört hat. Der Mund springt auf. Der

Klang aus der Kehle, kaum zu unterdrücken, die Hände des Mannes verdecken sein halbes Gesicht, er hält sich mit beiden Händen den Mund zu. Die Töne, die aus ihm herauskommen, erinnern an ein kehliges Röcheln, das dann in ein heiseres Räuspern übergeht.
Manche der Klänge ergeben Wörter, aber der Mann versteht sie nicht, sie kommen aus einer Sprache, die er nicht beherrscht: Spanisch.
Das rechte Knie fliegt hoch – auch wenn der Mann es zu verhindern sucht –, es fliegt hoch, dann folgen das linke Knie und die rechte Hand, der Körper des Mannes beginnt gegen seinen Willen auf der Stelle zu marschieren – und gleichzeitig werden aus den Tönen, aus den kehligen Lauten jetzt tatsächlich Wörter, die Wörter ergeben Sätze, Reime, eine Melodie, Musik –, aus den kehligen Klängen ist inzwischen ein Lied geworden, der Mann in dem Tabakladen singt laut ein Lied, das er nicht kennt und das er nicht versteht. Seine Augen sind vor Angst weit aufgerissen. Fast droht sein Herz auszusetzen. Aber er kann nicht aufhören.

MANN AUS DEM TABAKLADEN (HANS)
¡Que dejen toditos
los libros abiertos
ha sido la orden
que dió el General!

¡Que todos los niños
estén muy atentos,
las cinco vocales
van a desfilar!

Primero verás
que pasa la ›A‹
con sus dos patitas
muy abiertas al marchar.

Ahí viene la ›E‹
alzando los pies,
el palo de enmedio
es más chico como ves.

Aquí está la ›I‹,
le sigue la ›O‹
una es flaca y la otra
gorda porque ya comió.

Y luego hasta atrás
llegó la ›U‹,
como la cuerda
con que siempre saltas tú.

2.11

RUDOLF Wenn du noch 24 Stunden zu leben hättest: Was würdest du dann tun?

MAIKA Ich?

RUDOLF Du –

MAIKA Was ich tun würde?

RUDOLF Ja.

Pause.

MAIKA Ich würde rausholen, was ich kann.

RUDOLF Was denn?

MAIKA Keine Ahnung.

Pause.

14 Uhr.

RUDOLF Schluß für heute.

MAIKA Die Bahn um 57 habe ich verpaßt.

RUDOLF Ist gerade weg.

MAIKA Dann nehm ich die nächste.

RUDOLF Ich mach zu.

Kurze Pause.

Der Kittel –

MAIKA Ach, der Kittel.

Sie zieht den Kittel aus.

Wiedersehn.

RUDOLF Wiedersehen.

Sie ist schon draußen.

Und Montag?

MAIKA Montag?

RUDOLF Wer kommt am Montag?

Maika ruft etwas, das Rudolf nicht versteht, weil ein Lastwagen vorbeifährt.

2.12

MANN AM TELEPHON Und dann noch was, kann ich noch was sagen?

Kurze Pause.

Und zwar sind mir da zwei Leute verschüttgegangen, Svenja und Nico, mit denen habe ich im letzten Sommer viel gemacht, aber jetzt habe ich einfach seit Ewigkeiten nichts mehr gehört von denen.

Kurze Pause.

Und Utto, die alte Pflaume, der könnte sich auch mal wieder melden.

2.13

TÄUBCHEN / SCHMIDTI / BABSI Babsi, 37, leicht übergewichtig, hat einen Photoladen.
Seitdem Photo – Klinke zwei Straßen weiter dichtgemacht hat, geht es ihr wirtschaftlich besser.
Wie sie sich vorher über Wasser gehalten hat,
ist unklar.
Vielleicht hätte es auch andersrum laufen können. Vielleicht hätte sie bald dichtmachen müssen,
und dann würde es jetzt Photo – Klinke bessergehen, aber auf der anderen Seite:
Klinke ist nicht wegen der einen Filiale in Konkurs gegangen.
Klinke war eine Kette,
und jetzt gibt es die ganze Kette nicht mehr.
Babsi gehört der Laden selbst.
Sie hat die meisten Kunden von Klinke übernommen,
ihr Laden ist jetzt der einzige Photoladen
bis hoch zur Ringstraße. Sie kennt jetzt
die Urlaubsphotos
und Schnappschüsse
und Sexbilder des gesamten Viertels.

MANN AM TELEPHON Und dann noch was, kann ich noch was sagen?

Kurze Pause.

Und zwar sind mir da zwei Leute verschüttgegangen, Svenja und Nico, mit denen habe ich im letzten Sommer viel gemacht, aber jetzt habe ich einfach seit Ewigkeiten nichts mehr gehört von denen.

Kurze Pause.

Und Utto, die alte Pflaume, der könnte sich auch mal wieder melden.

TÄUBCHEN / SCHMIDTI / BABSI Sie steht am Fenster und testet eine neue Kamera.
Sie photographiert durch die Scheibe die Straße.
Das macht sie oft.
Vor ihr der Fußweg,
zwei Fahrbahnen,
dann die Straßenbahnhaltestelle Richtung stadteinwärts, 2 Gleise,
die Straßenbahnhaltestelle stadtauswärts,
zwei Fahrbahnen und eine Linksabbiegerspur,
der breite Bürgersteig auf der anderen Straßenseite.
Der Tabakladen. Daneben der Copyshop. Vor dem Copyshop dessen Besitzer Frank mit einer Zigarette.
Eine Bahn rattert vorbei. Siebenundfünfzig.
Babsi photographiert. Ein paar Fußgänger,
ein rotes Auto.
Ein silbernes Auto.
Hans,
der Besitzer des Kiosks gegenüber
verläßt seinen Laden und läuft die Straße runter.
Er sieht sonderbar aus.
Ein ungewöhnlich großes, schlankes Mädchen
tritt aus dem Geschäft für Obst und Gemüse
und läuft Richtung Straßenbahnhaltestelle.
Sie wartet an der Fußgängerampel. Sie geht weiter.
Rudolf, der Obst- und Gemüsehändler von gegenüber,
kommt aus seinem Laden
und läuft dem großgewachsenen Mädchen nach.
Es ist jetzt 14 Uhr zwei.
Das große Mädchen steht an der Straßenbahnhaltestelle Richtung stadtauswärts.
Rudolf
überquert bei Rot den Fußgängerüberweg
und läuft zur Straßenbahnhaltestelle
Richtung stadtauswärts.

Er spricht von hinten das ungewöhnlich große Mädchen an, das sich zu ihm umdreht.
Er spricht lange auf sie ein.
Sie scheint nicht zu antworten.
Er geht vor ihr auf die Knie.
Die Bahn kommt.

2.14

RUDOLF Du bist das schönste Wesen dieser Stadt.
Du fehlst mir. Du fehlst mir schon, obwohl Du noch vor meinen Augen stehst. Ich liebe Dich.
Mit einem Mal ist alles anders, die ganze Welt, die Zeit, das Licht – alles ist anders, seitdem ich weiß, daß es Dich gibt – seitdem ich weiß, daß Du zu mir gehörst.
Ein Sprung geht durch die Zeit, wenn Du jetzt fortgehst. Es reißt die Erde, wenn wir jetzt getrennte Wege gehen, da wir uns endlich trafen.
Ich liebe Deine Augen, ich liebe Dich. Ich liebe Deinen Blick, ich liebe Dich.
Bleib da. Du fehlst mir schon, obwohl Du noch nicht fort bist.
Du bist das schönste Wesen dieser Stadt.
Mit Dir sehe ich das Leben vor mir, ein ganzes Leben, ich liebe Dich. Du gehst so leicht. Ich kenne niemand, der so geht wie Du.
Laß uns zusammenbleiben.
Laß uns zusammenbleiben. Geh nicht weg. Komm mit mir. Du kennst mich nicht, aber ich liebe Dich. Für das, was ich Dir sagen will, kann es keine Sprache geben. Die Wörter reichen nicht, denn was von jetzt an vor uns liegt, die Zukunft, ist unbeschreiblich.

2.15

Eine Frau, Ende Zwanzig, halblanges, dunkelbraunes Haar, allein an einem Tisch eines italienischen Restaurants auf dem Bürgersteig an einer vierspurigen Straße. Zwischen den Fahrbahnen: Straßenbahngleise. Die

Straße ist zu laut. Sie ißt Spaghetti. Sie dreht die Nudeln mit Hilfe des Löffels auf ihre Gabel und führt sie zum Mund. Plötzlich hält sie inne, die Hand mit der vollen Gabel bleibt in der Luft stehen. Die Frau blickt die Straße entlang. Sucht sie etwas, hat sie etwas gehört, oder starrt sie ins Leere –

2.16

Ein Mann im Unterhemd auf einem kleinen Balkon im zweiten Stock eines Mietshauses, Vorderhaus. Grauschwarzer Putz. Das Haus ist um 1900 gebaut worden. Arbeiterwohnungen, aber damals war die Straße noch nicht so befahren. Unter ihm die vier Fahrbahnen der Straße und die Gleise der Straßenbahn. Zwischen den Gleisen: ein schmaler Streifen mit hochgewachsenen Gräsern, Resten von Kopfsteinpflaster, Scherben. Tag und Nacht Verkehr. Wer kann, zieht hier weg, zieht weg aus dem Vorderhaus. Der Mann gießt die eher kümmerlichen Blumen. Dann schaut er auf die Straße. Der Blick wandert über den verwilderten Streifen und folgt den Gleisen.

2.17

Maika in der Bahn. Sie bekommt vor Schock kaum noch Luft. Neben ihr sitzt Bille.

BILLE Den ganzen Vormittag voller Betrieb. Die Leute kaufen ein, als bekämen sie nie wieder was. Vier Liter Milch, Wurst und Käse, Butter, Tomaten, Bananen, Gurken, noch mal Butter, Bier und Brot, Haushaltsartikel, Tiefkühlkost, Kartoffeln –
die Schlangen an den Kassen gehen bis hinter zum Käse, aber keiner stellt sich bei mir an. Kommen Sie bitte zu mir rüber, sage ich, Kasse vier ist auch geöffnet, sage ich, aber es kommt keiner, kein einziger.
Ich sitze da den ganzen Vormittag allein.

Kurze Pause.

Ich sitze da den ganzen Vormittag allein. Und keiner spricht mit mir.

Kurze Pause.

Was ist denn? Was ist denn los? Jetzt sag mir mal, was los ist.

Zeigt ihre Tätowierung.

Siehst du das? Ist neu.

MEHRERE PASSAGIERE Immer weiter entfernt
der kniende Mann auf dem Pflaster,
der der Bahn hinterhersieht.
Auf der Sitzbank
das Mädchen
bleich, stumm, zornig. Aufgebracht.
Zitternd
wie im Schock.
Aus seiner Sicht:
Die Bahn,
die unaufhaltsam immer kleiner wird,
verschwindet.
Gleich wird sie nicht mehr zu sehen sein.
Aus ihrer Tasche zieht sie
die große Scherbe,
den Boden der Flasche,
die zerbrochen war.
Die Augen aufgerissen.
In den Ohren ein Tosen.

3.1

Hans, getrieben, nicht mehr Herr seiner selbst, kommt zurück. Er will aufhören, aber die Buchstaben sind stärker.

HANS Daß jeder hier bitte
sein Büchlein schön aufläßt,
so lautet die Order
des Herrn General

Und daß alle Kinder
sich gut konzentrieren,
denn die fünf Vokale
wollen jetzt defilieren

Nun paß mal gut auf,
da kommt schon das A,
mit gespreizten Beinchen
marschierts sichs gut, na klar

Und hier kommt das E,
das hebt seine Zehen,
und der kurze Mittelstrich
ist besonders gut zu sehen

Da ist schon das I,
und dem folgt das O,
eins ist spindeldürr und das andere
so rund wie ein Jo-Jo

Und ganz hintendran
kommt noch das U,
sieht aus wie ein Springseil,
stimmts?, du hüpfst doch immerzu –

3.2

Am 25. April 1945 gegen 15 Uhr dreißig mauerte der 68jährige frühere Handwerker Johann Erdmann, ein Kriegsversehrter des Ersten Weltkriegs, in seiner Mietwohnung in der Chodowieckistraße den silbernen Löffel ein, den er anläßlich seiner Taufe im Jahr 1877 geschenkt bekommen hatte und den bereits sein Großvater, Friedrich Erdmann, ebenfalls Handwerker, zu dessen Taufe geschenkt bekommen hatte und den er vorhatte, an das noch ungeborene Kind seiner Tochter Henriette weiterzureichen.
Aber es kam nicht dazu: Johann Erdmann starb kurz nach Fertigstellung seiner Arbeit durch einen Querschläger, der in seiner Stirn steckenblieb. Erdmanns Tochter, die den Löffel gerne ihrer wenige Monate später geborenen Tochter geschenkt hätte, hatte in ihrem Leben keine Möglichkeit, das versteckte Erbstück zu bergen, und so geriet der Löffel in Vergessenheit. Der Löffel blieb in der Wand eingemauert, bis ihn mehr als ein halbes Jahrhundert später ein Bauarbeiter fand, der dabei war, die Wand, in der der Löffel versteckt war, komplett einzureißen. Der Bauarbeiter aber erkannte den Wert des Löffels nicht und ließ ihn aus Unachtsamkeit und Lust von der obersten Planke des Baugerüsts fallen, auf dem er und seine Kollegen beim Frühstücken waren. Das war an einem Samstag im Juni gegen 10 Uhr früh. Der Bauarbeiter war – Zufall – der Enkel des russischen Soldaten, durch dessen abgelenkte Kugel Erdmann im April '45 sein Leben verloren hatte.
Der Löffel fiel metallisch klingend durch das mit riesigen Planen abgehängte Baugerüst auf den Bürgersteig, sprang vom Punkt des Aufpralls noch einige Meter weiter und landete vor den Füßen eines jungen Mannes, der in der vergangenen Nacht mit einem Feuerzeug eine goldene Kette zu schmelzen gebracht hatte, um ein Mädchen zu beeindrucken. Der Junge steckte den Löffel in seine Tasche. Der junge Mann hieß Friedrich oder auch Fritze, sie hieß Katja und war die Tochter der Tochter der Tochter der Tochter des Mannes, der den Löffel eingemauert hatte.

3.3

Simona und Katja. Simona hat einen dicken Verband um Hand und Unterarm.

KATJA Ich habe mich heute auf dem Balkon ausgeschlossen. Ich wollte auf dem Balkon eine Zigarette rauchen, und dabei habe ich mich ausgeschlossen.

SIMONA Wie geht das denn?

KATJA Ich bin raus auf den Balkon, und dabei habe ich wahrscheinlich diesen Hebel, diesen Griff nicht richtig runtergemacht, kennst du den, ihr habt doch denselben Balkon.

SIMONA Der Griff, der Griff, den man runterdrücken muß –

KATJA Wenn man den nicht richtig runterdrückt, springt der wieder hoch.

Kurze Pause.

SIMONA Der springt wieder hoch. Und dann ist die Tür blockiert. Geht nicht vor und nicht zurück.

KATJA Und das ist mir passiert. Als ich draußen stand, ist der Griff hochgesprungen. Und die Tür war fast ganz zu. Und ich kam nicht mehr rein. Bis meine Mutter nach Hause gekommen ist.

Kurze Pause.

Drei Stunden.

SIMONA Drei Stunden?

KATJA Drei Stunden.

Kurze Pause.

Hast du mal drei Stunden auf dem Balkon gestanden?

Kurze Pause. Kopfschütteln.

Man sieht die Schwalben. Und die Wolken.

SIMONA Wolken. Drei Stunden lang.

KATJA Drei Stunden lang Wolken.

Kurze Pause.

Ist lange her, daß ich mir Wolken angesehen habe. Ist überhaupt lange her, daß ich drei Stunden nach oben geschaut habe.

Simona zieht an ihrer Zigarette und schaut nach oben.

Manche Wolken sehen aus wie Gesichter. Oder wie Köpfe. Ist dir das mal aufgefallen?

Kurze Pause.

Die meisten Wolken sehen aus wie Maika. Oder wie Maika an einer Straßenbahnhaltestelle. Und manchmal sehen sie kurz aus wie Maika an der Straßenbahnhaltestelle, und ein Mann steht vor ihr. Oder der Mann kniet vor ihr. Und dann kommt Wind, und die Wolke ist weg.
Und Maika wurde schwanger. Und eine Wolke sah aus wie du, – und du warst auch schwanger.

Kurze Pause.

Und eine Wolke sah aus wie ich, – und ich war auch schwanger.

3.4

Kiki und Rudolf am Küchentisch.

KIKI Du sollst –

Kurze Pause.

Du sollst heute mittag einer jungen Frau gesagt haben, daß du sie liebst.

Kurze Pause.

Du sollst heute mittag, an der Straßenbahnhaltestelle, vor dieser jungen Frau gekniet haben, und dabei sollst du gesagt haben, daß du sie liebst.

Kurze Pause.

Wenn das so ist –

Kurze Pause.

Ich würde gerne wissen, ob das stimmt. Ich würde gerne von dir hören, ob das wahr ist. Ob du das zu dieser jungen Frau gesagt hast. Das würde ich gerne wissen.

Pause. Er sagt nichts.

Wer war das? Wer war das Mädchen?

Kurze Pause.

Also – also was – was –

Pause. Rudolf sieht sie an.

RUDOLF Das war eine Aushilfe. Irgendein Mädchen. Die Giraffe. Ich kannte die gar nicht. Ich hatte die noch nie vorher gesehen.

Kurze Pause.

Ich kann dir nicht sagen, was passiert ist. Ich hatte die noch nie vorher gesehen.

Schweigen.

3.5

ER Dieser Hund war immer komisch.

SIE Dieser Hund war immer vollkommen normal.

ER Dieser Hund hatte nichts von einem Hund.

SIE Was hatte er denn, dieser Hund. War doch ein Hund.

ER Wenns einer war.

Kurze Pause.

SIE Was soll er denn sonst gewesen sein –

Kurze Pause.

ER Ein Wolf.

SIE Ein Wolf?

ER Wolf.

SIE Bienchen war kein Wolf.

ER Woher weißt du denn das – woher willst du das wissen –

3.6

Gruppenphoto im INSTITUT FÜR CHEMISCHE INFORMATION, Greifswalder Straße 261:
Dr. Ingo Hagen, Dr. Birgit Schade, Dr. Heino Teichmann mit den von ihnen entwickelten Meßgeräten, das Photo macht die Assistentin Saskia, es ist 16 Uhr dreißig. Die Geräte sind in ihrer Präzision weltweit einmalig. Mit den Geräten ist es möglich, Veränderungen chemischer Informationen, chemischer Profile der Atmosphäre zum Beispiel, bereits auf molekularer Ebene zu verfassen. In dem Moment, in dem Saskia das Photo macht, nimmt die Sonde auf dem Dach des Instituts im Hinterhaus eine ebensolche Veränderung der Atmosphäre über der Stadt wahr, die das Meßgerät JDC-21.6., das vor Dr. Teichmann steht, nicht interpretieren kann, weshalb die kleine rote Warndiode anspringt, was auf dem Photo gut zu sehen ist. Der Auslöser dieser Veränderung ist allerdings kein Molekül, sondern ein einzelnes Atom, Ordnungszahl im Periodensystem der Elemente Nr. 47,
Symbol Ag, Argentum: Silber.

3.7

Als sie das Haus verläßt, es ist ein graugelber Sommernachmittag, steht ein junger Mann vor dem Haus auf der Straße. Er hat auf sie gewartet.

KATJA Was willst du denn?

DER JUNGE MANN Hier –

KATJA Was willst du?

DER JUNGE MANN Das ist für dich –

KATJA Was ist das?

DER JUNGE MANN Das ist aus Silber –

KATJA Das ist Plastik.

DER JUNGE MANN Nein, das ist Silber. Du kannst es anzünden. Brennt nicht.

KATJA Was soll ich damit?

DER JUNGE MANN Das ist mir heute früh auf der Straße vor die Füße gefallen. Das ist Silber.
Das muß ein Zeichen sein.

KATJA Ein Zeichen?

DER JUNGE MANN Ein Zeichen. Ich hab gedacht, das muß ein Zeichen sein.

3.8

17 Uhr. Die Nachmittagsvorstellung geht gleich los. Heute: das Petersburger Puppentheater, die Geschichte von den drei Schweinchen. Der Puppenspieler ist ein uralter Russe, Michael Kirillowitsch, seit mehr als 60 Jahren in der Stadt, die er einmal als junger Mann eingenommen hatte, gegen den letzten erbitterten, sinnlosen Widerstand, wofür kämpften die noch, damals in der Chodowieckistraße. Da war er der dritte Mann am MG, die zwei vor ihm, die Brüder Andrej und Petja Beljájew, hatte ein deutscher Scharfschütze, eigentlich ein pensionierter Jagdkundler und Hobbyjäger, Walter Opitz, von seinem Balkon aus erschossen, und dann nahm Mischka Kirillowitsch rotierend jedes Fenster, jeden Balkon unter Beschuß, und dabei tötete er Opitz und durch Zufall auch Johann Erdmann, der gerade seinen silbernen Tauflöffel eingemauert hatte.
Jetzt beginnt die Vorstellung, die drei Schweinchen bauen ihre Häuser aus Stroh und Holz und Stein, der Blick fällt auf die nicht besonders gut besuchten Reihen, und immer deutlicher erscheint im Gegenlicht der kleinen Scheinwerfer die Zukunft: die Zukunft, das heißt, vor allem die späteren Krankheiten: Leberkrebs mit Mitte Fünfzig für den Jungen in

der zweiten Reihe. Grauer Star auf beiden Augen für den Jungen vorne rechts. Morbus Crohn bei dem Mädchen mit den Zöpfen und Hodenkrebs bei dem Jungen hinten, schon in fünfzehn Jahren. Blutkrebs. Brustkrebs. Gehirnblutung und Herzinfarkt.

3.9

Bei Maika. Maika und Simona.

SIMONA Was hat er gesagt – hat er was gesagt, weil ich nicht da war? Weil ich nicht gekommen bin?

Keine Antwort.

Der Biß geht gerade durch.

Kurze Pause.

Der Arzt sagt, glatt durch. Was das für ein Hund gewesen sei, muß ein Riesenvieh gewesen sein. Aber es ging alles so schnell.

Pause.

Bist du schwanger?

Kurze Pause.

Katja hat gedacht, du bist schwanger.

Kurze Pause.

Und sie ist schwanger. Und ich bin schwanger.

Sie lacht.

Stell dir das mal vor.

MAIKA Ich habe seit sechsunddreißig Stunden nicht geschlafen, aber ich kann die Augen nicht schließen. Ich denke die ganze Zeit, es ist noch vierzehn Uhr, Feierabend. Ich sehe, seit ich zurück bin, aus dem Fenster in den Hof. Warum passiert nichts?
Warum geht die Zeit nicht weiter?
Ich denke, ich bin noch in der Straßenbahn. Ich denke, ich komme da nicht weg.

Kurze Pause.

Der hat gesagt, ich soll nicht weggehen.

SIMONA Der Biß geht gerade durch. Ging alles so schnell.

Kurze Pause.

Und Bille ist nicht wieder aufgetaucht. Und Katja ist auch weg, unterwegs.
Bleibst du hier?
Ich will noch weg.
Ich will noch weg. Ich such das Vieh und schlag es tot.

3.10

Drei junge Osteuropäer, langes, welliges Haar, Cowboystiefel, enge Jeans, in einem Straßencafé.

RUMÄNE 1 Jetzt sieh dir an, wie die Sonne gleich hinter dem Kirchturm verschwinden wird –

RUMÄNE 2 und dann taucht sie kurz noch einmal wieder auf –

RUMÄNE 3 und dann verschwindet sie hinter den Dächern der Banken und Kaufhäuser und Versicherungsanstalten.
Wie spät?

RUMÄNE 1 Fünf vor.

RUMÄNE 2 Vor was?

RUMÄNE 1 Vor sieben.
Seht euch das an!

RUMÄNE 2 Seht euch das ganze Geld an, hinter dem die Sonne gleich verschwinden wird:
Die Sonne geht unter, aber die Häuser bleiben stehen.

3.11

BABSI / TÄUBCHEN / SCHMIDTI An einem frühen Samstagvormittag lernt der etwa vierzigjährige Obst- und Gemüsehändler Rudolf
die zwanzigjährige Maika kennen, die bei ihm an dem Tag als Vertretung arbeitet.
Es ist derselbe Morgen, an dem Maikas Freundin Simona von einem großen Hund in die Hand gebissen worden war und an dem ihre Freundin Bille
vor der Tür eines Tätowierers
in der Bergmannstraße starb, ohne es selbst zu merken.
Um 14 Uhr hat er sich in sie verliebt,
er läuft ihr hinterher,
er kniet vor ihr nieder, er gesteht ihr seine Liebe, aber die ungewöhnlich großgewachsene junge Frau
steigt in die Straßenbahn
und läßt den vor ihr knienden Mann zurück.

3.12

Bille und Kiki und Rudolf, in Kikis Küche, Bille beim Essen, die anderen beiden rühren nichts an, schweigen.

BILLE Das war sonderbar, ihr habt kassiert und kassiert, und zu mir kam niemand, den ganzen Vormittag kam niemand an meine Kasse, und dann bin ich schließlich aufgestanden und durch den Laden gegangen, aber die Regale wurden immer leerer und leerer, und dann waren die Kühltruhen weg, und die Theken und die Regale, und die Leute liefen nur noch so herum, und dann verschwanden die Leute langsam auch, und dann war die ganze Halle leer, nur ihr wart noch da, an den Kassen, und darüber die leuchtenden Nummern Eins, Zwei, Drei, wieso ist denn meine Nummer nicht an, habe ich gedacht. Wieso ist denn meine Nummer nicht an –

RUDOLF Ich sitze hier, und während ich hier sitze und warte, daß etwas passiert, fallen mir die Augen zu, ich bin todmüde. Ich habe vergangene Nacht geträumt, mir blieben nur noch 24 Stunden. 24 Stunden, wofür? Was würdest du tun, wenn du nur noch vierundzwanzig Stunden hättest, aber von diesen vierundzwanzig Stunden sind zwölf bereits vorbei. Im Traum bin ich gewarnt worden, ich solle mich in acht nehmen vor der Giraffe, und nur wenig später steht ein Mädchen vor mir, das so genannt wird. Wie dann geschehen konnte, was geschehen ist, kann ich dir nicht sagen.
Dieses Mädchen hat mir grundlos den Kopf verdreht und will von mir nichts wissen, ich aber liebe sie, und diese Liebe, bleibt sie unerwidert, sprengt die Welt. Die Zeit steht, seit das Mädchen weg ist, still, die Sonne rückt immer langsamer vor und bleibt dann auf der Stelle stehen, sieben Uhr dreißig, wieso zieht heute die Sonne am Kirchturm nicht vorbei, die Sonne hängt am Himmel fest, obwohl die Nacht emporziehen will, der Himmel droht zu reißen.

BILLE Wieso ist meine Nummer nicht an –

KIKI Du sagst, du kennst das Mädchen nicht, und trotzdem tust du mir das an.
Was bedeutet das? Das bedeutet, daß du mich vergessen hast. Daß du mich nicht mehr kennst. Daß ich dich nicht mehr kenne.
Warum ist sie nicht hier? Warum bist du nicht bei ihr? Warum rufst du sie nicht an? Was tust du hier? Warum suchst du sie nicht?

Kurze Pause.

Ich will dich hier nie wiedersehen.

3.13

DER JUNGE MANN (FRITZ) / KATJA Wir gehen gemeinsam
die Straße runter,
nicht mehr,
nicht weniger,
ursprünglich nur ein kurzes Stück,
und dann immer so weiter –

Weiter gleichzeitig:

DER JUNGE MANN (FRITZ) sie neben mir –

KATJA er neben mir:

DER JUNGE MANN (FRITZ) Sie hat den Löffel in der Hand.

KATJA Ich halte den Löffel in der Hand, das sogenannte Zeichen,

BEIDE das gefällt mir,
und keiner hat was anderes vor,
und so verbringen wir den Tag,
zusammen,
nebeneinander,
im Park,
später beim Essen
bleiben wir zusammen –
gefällt mir gut,
hat mir schon gefallen,

Weiter gleichzeitig:

KATJA als er für mich die Kette angezündet hat

DER JUNGE MANN (FRITZ) als ich für sie die Kette
angezündet habe

BEIDE hat mir gut gefallen. Hat mir gut gefallen.

3.14

Die drei Rumänen.

RUMÄNE 2 Was ist jetzt mit der Sonne –

RUMÄNE 3 Ja, was ist jetzt mit ihr?

RUMÄNE 1 Hängt immer noch am Kirchturm, kurz vor acht.

RUMÄNE 2 Aber –

RUMÄNE 3 Aber das kann nicht sein –

RUMÄNE 1 Wie spät?

Rumäne 3 sieht auf die Armbanduhr.

RUMÄNE 3 Kurz vor acht.

RUMÄNE 1 Vor was?

RUMÄNE 2 Vor acht.

RUMÄNE 3 Müßte längst weg sein.

RUMÄNE 1 Müßte längst weg gewesen sein, um dann hinter dem Kirchturm aufgetaucht zu sein, um jetzt, inzwischen, wieder verschwunden zu sein.

RUMÄNE 2 Hängt fest.

RUMÄNE 1 Hängt fest und rührt sich nicht.

Rumäne 3 holt eine Pistole raus.

RUMÄNE 3 Dann hole ich sie jetzt vom Himmel.

RUMÄNE 2 Ja, mach, hol sie runter.

RUMÄNE 1 Schieß sie ab.

3.15

MAIKA Die Sonne kippt über den Rand der Stadt in die Nacht, als ob aus dem Uhrwerk ein paar Zähne weggebrochen wären: aus Tag – aus dem Tag, der nicht aufhören zu wollen schien, wird Nacht, fast ohne Dämmerung, auf einen Schlag.
Es stimmt nicht, daß die Welt stillsteht. Es stimmt nicht, daß sie einen Riß bekommt. Es stimmt nicht. Selbst wenn es stimmte: Was hat das mit mir zu tun?
Es kommt mir vor, als ob die ganze Stadt auf etwas wartet. Es kommt mir vor, als ob ich selber warte.

3.16

SIMONA Beim Umziehen habe ich ein schwarzes Haar auf meinem Rücken entdeckt. Ein einzelnes grauschwarzes Haar, das vorher dort nicht war – unerreichbar. Mit der linken Hand komme ich nicht dran, und die Hand mit dem Verband kann das Haar nicht fassen.

4.1

Hans, ruhelos herumirrend, kommt jetzt, als es plötzlich dunkel geworden ist, zum Stillstand. Seine Füße bewegen sich nicht mehr von der Stelle. Ruhe.
Aber es dauert nicht lange, bis seine Hände anfangen zu machen, was sie wollen.
Daumen, Zeige- und Mittelfinger beider Hände werden zu auf- und zuschnappenden Krokodilsmäulern.
Dann werden seine Hände zu Fäusten und schlagen wie ein Affe gegen seinen Brustkorb. Die beiden Zeigefinger winden sich schlängelnd nach oben, und dann breiten sich seine Arme aus wie die Schwingen eines Adlers. Die Zeigefinger, die er sich unter die Nase hält – oder halten muß – sind die Barthaare einer Katze, Zeigefinger und Mittelfinger der rechten Hand bilden lange Mausezähne, bevor sie sich an der Nase festhalten. Der linke Arm schiebt sich durch die Armbeuge des rechten: der Rüssel eines Elefanten.
Mehrfaches Klatschen, und dann wächst der Zeigefinger einer Hand wie bei einem Einhorn aus der Stirn.
Diese Bewegungen wiederholen sich noch mal, bevor sie das Lied illustrieren, das jetzt – wieder in einer Sprache, die er bis dahin nicht beherrschte – endgültig aus dem Mann herausbricht.

HANS Ci son due coccodrilli
ed un orango tango,
due piccoli serpenti
e un'aquila reale,
il gatto, il topo, l'elefante:
non manca più nessuno;
solo non si vedono i due leocorni.
Un dì Noè nella foresta andò
e tutti gli animali volle intorno a sè:
»Il Signore si è arrabbiato il diluvio manderà:
voi non ne avete colpa, io vi salverò«

Ci son due coccodrilli
ed un orango tango,
due piccoli serpenti
e un'aquila reale,
il gatto, il topo, l'elefante:
non manca più nessuno;
solo non si vedono i due leocorni.
E mentre salivano gli animali
Noè vide nel cielo un grosso nuvolone
e goccia dopo goccia a piover cominciò:
»Non posso più aspettare l'arca chiuderò.«
Ci son due coccodrilli
ed un orango tango,
due piccoli serpenti
e un'aquila reale,
il gatto, il topo, l'elefante:
non manca più nessuno;
solo non si vedono i due leocorni.
Ci son due coccodrilli
ed un orango tango,
due piccoli serpenti
e un'aquila reale,
il gatto, il topo, l'elefante:
non manca più nessuno;
solo non si vedono i due leocorni.

4.2

DER MANN MIT DER KUTSCHE All die Tage ist es gutgegangen. Die ganzen letzten Wochen. Abends Zigaretten, eine oder zwei, nicht mehr. Zigaretten und Kaffee.

Alles geht besser; die Nächte, der Schlaf – trotz des Kaffees. Nüchtern bei Sonnenaufgang: schmale lange Wolkenbänder, blaßrot über den Kaminen, über den Dächern – sonst blauer Himmel. Das wird ein klarer Tag. Kaltes Wasser. Durch den Park rennen, um diese Uhrzeit ist noch niemand unterwegs. Zu Hause duschen und Kaffee aufsetzen.

Als ob ich besser sehen könnte, als ob die Farben anders wären – die Konturen sind schärfer, die Umrisse der großen Ahornbäume.
Und dann: abends, gelbes Licht. Müde. Erschöpft. War ein langer Tag. Zu viel geredet. Viel vermittelt. Viel geschlichtet.
Ich halte Sachen aus, an denen andere längst zerbrochen wären.
Hochmut. Hybris:
Ich sehe den Menschen in die Augen, und ich sehe ihre Grenzen. Und ich habe immer recht, ich täusche mich nicht. Fragt mich. Ihr müßt mich nur fragen.
Eine Spur von Verachtung.
Verachtung und Selbstverachtung. Wie wäre es jetzt mit einem Glas Rotwein?
Ich kann keinen Kaffee mehr trinken, ich habe so viel Kaffee getrunken, Kaffee wie bitteres, wie saures Öl. Wie wäre es jetzt mit einem Glas Rotwein? Die Flasche ist so schnell auf, ich weiß gar nicht, wann das passiert ist. Waren das meine Hände? Hier die Hände, da der Flaschenöffner, liegt schon wieder in der Schublade, hier die offene Flasche, das Glas. Gelbes Licht. Auf einer Straße aus Zigarettenrauch kommt eine silberne Kutsche heruntergefahren. Tausend Glöckchen, tausend Schellen. Schellenursli. Klingeling, kling, kling.
Die Rückkehr. Das ist die triumphale Rückkehr der Droge. Klingklingkling, ganz heller Klang.
Aus Verachtung wird Leichtigkeit. Klarheit. In der alten Tageszeitung finde ich Antworten auf alles, und ich sehe die Zukunft klar vor mir, ich muß nur noch aufspringen, aufspringen, das Aufspringen nicht verpassen, das Aufspringen auf die Kutsche oder: auf den Zug.
Fünf Zigaretten oder fünfundzwanzig Minuten später ist die Flasche leer. Jacke an und raus, Geld und Schlüssel nicht vergessen, im Katsky spielen sie komische Musik, der Rotwein kommt aus Chile, das ist am anderen Ende der Welt, das ist die Heimat Nerudas, und der Mann hinter dem Tresen trägt einen langen grauen Vollbart, er sieht aus wie Karl Marx, aber in Wahrheit, das sehe ich in seinen zugewachsenen Augen, in Wahrheit ist er ein Sadist. Ihr braucht mich nur zu fragen.
Da draußen, sagt einer, da draußen vor dem Fenster geht ein Löwe.
Aber ich sehe nichts.
Die Musik ist wirklich eigenartig, so was haben sie früher hier nie gespielt, was heißt denn früher, wie lange war ich nicht mehr hier –

Kurze Pause.

Ich bin nicht hergekommen, um zu betteln.

Kurze Pause.

King John was not a good man,
And no good friends had he.
He stayed in every afternoon…
But no one came to tea.
And, round about December,
The cards upon his shelf
Which wished him lots of Christmas cheer,
And fortune in the coming year,
Were never from his near and dear,
But only from himself.
Und alles ist ganz klar, das Klicken der Billardkugeln und die Leute an den langen Tischen, die trinken alle Bier und sehen aus wie Pädagogen.

Kurze Pause.

Als ich mit Sebastian und Franca in den reißenden Fluß sprang, der war so kalt, der kam direkt aus den Alpen, die Stelle nannte man die Walze, ich dachte, ich komme da nicht mehr hoch, und sie, sie rief, sie war irgendwo hinter mir, obwohl sie gerade noch vor mir gewesen war, sie rief nach mir.
Das hätte das Ende meines Lebens sein können. Damit hätte alles aufhören können – oder nie anfangen.
Sie hatte sich als erste ausgezogen und war gesprungen, und weg war sie, und Sebastian riß sich die Sachen vom Körper und sagte, ich kann darüber nicht nachdenken, und dann sprang ich.

Kurze Pause.

James James
Morrison Morrison
Weatherby George Dupree
Took great
Care of his Mother,
Though he was only three.

James James said to his Mother,
»Mother«, he said, said he;
»You must never go down
to the end of the town
without consulting me.«
Zweiundzwanzig Uhr: Das Mädchen da allein am Tresen, die mit dem Verband – die sieht so aus, als hätte sie heute früh um sechs ein Hund gebissen.

Kurze Pause.

Oder ein Wolf.

Kurze Pause.

Ihr braucht mich nur zu fragen: Dieses Mädchen sieht so aus, als hätte sie heute früh um fünf ein Wolf gebissen.

4.3

MAIKA IN EINEM ANDEREN LADEN Alles scheinbar normal, alles ist in Ordnung, alles ist vollkommen in Ordnung.
Die Leute rauchen und trinken, Gespräche, Gelächter, Musik. Gläser.
Alles wie immer.
Jemand hat da oben, in sechs Meter Höhe, eine Spielkarte an die Decke geklebt.

Kurze Pause.

Der Mann vor mir an der Haltestelle. Auf Knien.
Der sich bewegende Mund.
Der Mund, der nicht aufhört zu sprechen.

Kurze Pause.

Meine Freundin ist heute früh von einem Hund gebissen worden.

DER JUNGE MANN MIT DER BRILLE Die Koreaner essen Hunde. Auch die Chinesen. Auch in Europa hat man früher Hunde gegessen, vor allem in Deutschland, besonders in Breslau, Chemnitz, Dresden, Leipzig, Zwickau und München. Im Jahr 1901 wurden auf deutschen Schlachthöfen 470 Hunde geschlachtet, davon 341 allein in Chemnitz.

Pause.

Fragt sich, warum die in Chemnitz so viele Hunde gegessen haben. Warum die nichts anderes hatten –

4.4

Im Katsky.

KNEIPENWIRT MIT VOLLBART Hier war einer um kurz nach halb neun, der hat mich gefragt: Wenn du noch sieben Stunden zu leben hättest, und du wüßtest, daß du nur noch diese sieben Stunden hättest, was würdest du dann tun?

Kurze Pause.

Und dann die nächste Frage: Wenn du noch sieben Minuten zu leben hättest, was würdest du dann tun?

Kurze Pause.

Und dann die nächste Frage: Wenn du nur noch sieben Sekunden zu leben hättest: Was würdest du dann tun?

SIMONA Im Katsky sehen mich alle an, oder viele, der Typ hinter dem Tresen mit dem Vollbart sieht mich an, als ob er mich noch nie gesehen hätte, und der andere, der mit dem eigenartigen Blick, als ob er alles wüßte, obwohl er gar nicht herschaut – aber der, der hat doch keine Ahnung, was mir passiert ist, und die anderen, und ich will mir die Schuhe ausziehen, die Schuhe und die Strümpfe, die starren auf den

Verband, der fängt an zu jucken, und dann sehe ich: Der blutet durch; und ich mache die Augen zu, nur kurz, nur kurz die Augen zu und wieder auf, und als ich die Augen wieder aufmache, sind alle zwanzig Jahre älter. Alle sind plötzlich zwanzig Jahre älter.

DER MANN MIT DER KUTSCHE Da wo gerade noch das Mädchen mit dem Verband war, steht ein Wolf, ein Wolf, habe ich nicht gerade noch an einen Wolf gedacht, jetzt steht ein Wolf im Lokal, und das Mädchen ist weg.

4.5

RUDOLF allein, unterwegs Jetzt rast die Zeit.

Kurze Pause.

Jetzt rast die Zeit, und sie reißt alles andere mit sich: Was hinter mir liegt, was jetzt ist und was noch kommt: nicht zu fassen, unerreichbar, niemals einzuholen.

Kurze Pause. Er lacht kurz auf.

Wie wenn einem der Wind den Hut vom Kopf holt! Wenn der vor dir die Straße runterfliegt –

4.6

Die drei Rumänen.

RUMÄNE 1 Der Mond, der Mond, die fette Sau.

RUMÄNE 2 Der Mond taucht aus dem Horizont.

Kurze Pause.

RUMÄNE 3 – taucht aus dem Horizont?

RUMÄNE 2 – taucht aus dem Horizont.

RUMÄNE 1 Vergiß es –

RUMÄNE 2 Was?

RUMÄNE 1 Das ist kein Satz –

RUMÄNE 2 Kein Satz, wieso kein Satz –

RUMÄNE 1 – taucht aus dem Horizont.

RUMÄNE 2 Kein Satz.

RUMÄNE 1 Kein Satz –

RUMÄNE 3 – taucht aus dem Horizont empor.

RUMÄNE 2 Der Mond taucht aus dem Horizont empor – ist das ein Satz?

RUMÄNE 1 Der Mond taucht aus dem Horizont empor.

Rumäne 3 sucht nach der Waffe.

RUMÄNE 3 Die Waffe ist weg.

RUMÄNE 2 Was?

RUMÄNE 3 Die Waffe ist weg.

Lange Pause.

Ist weg. Ist nicht mehr da –

RUMÄNE 1 Weg –

RUMÄNE 2 Was?

RUMÄNE 3 Ist weg.

RUMÄNE 2 Weg.

RUMÄNE 3 Weg.

RUMÄNE 1 Nicht mehr da.

RUMÄNE 3 Die Waffe ist weg.
Muß verlorengegangen sein.

RUMÄNE 2 Verloren –

RUMÄNE 1 Verloren –

RUMÄNE 3 Weg.

4.7

DER MANN MIT DER KUTSCHE / DER WIRT MIT VOLLBART / SCHMIDTI / TÄUBCHEN / KIKI Wer hat das Vieh hier reingelassen,
zu wem gehört das Vieh,
das Vieh muß hier raus,
raus mit dem Vieh, habe ich gesagt,
wem gehört der denn,
wem gehört der denn,
das ist kein Hund, das ist ein Wolf,
das ist ein Wolf,
wie kommt der Wolf hier rein,
nicht bewegen, schlag ihn tot, schlag ihm mit dem Hocker den Schädel ein.
In ihrem Blut, das sich langsam auf dem Boden verteilt,
die junge Frau, die eine Hand verbunden.
Das gibts doch nicht.
Das kann doch gar nicht sein.

4.8

Maika mit dem jungen Mann mit der Brille.

MAIKA Sieh dir das mal an –

Sie zeigt ihm die Pistole, die sie gefunden hat.

DER JUNGE MANN MIT DER BRILLE Das?

MAIKA Sieh dir das mal an –

DER JUNGE MANN MIT DER BRILLE Woher hast du die.

MAIKA Lag auf der Straße.

Kurze Pause.

Die lag auf der Straße.

DER JUNGE MANN MIT DER BRILLE Auf der Straße –

MAIKA Küß mich.

DER JUNGE MANN MIT DER BRILLE Was?

MAIKA Küß mich mal.

Er küßt sie lange. Nach einer Weile des Küssens hält sie ihm die Pistole an den Kopf.

DER JUNGE MANN MIT DER BRILLE Hör auf damit! Hör auf!

4.9

DIE ZU DÜNNE FRAU Ende Dreißig Ich habe mir heute früh eine Waage gekauft, das ist die erste Waage, die ich mir in meinem Leben gekauft habe. Aber jetzt – zum ersten Mal in meinem Leben – brauche ich eine Waage, denn ich verliere permanent an Gewicht. Die meisten Leute kaufen sich wahrscheinlich Waagen, weil sie ständig an Gewicht zunehmen, ich aber verliere Gewicht, obwohl ich weiter esse, sogar mehr als sonst. Ich versuche einzuholen, was ich an Gewicht verliere.
Ich bin krank. Die Krankheit frißt das Fett weg: Ich war nie sehr schlank, eher rund. Ich bin jetzt fast wieder so dünn, wie ich es als junges Mädchen mal war, spirrelig, hätte meine Mutter gesagt.
Und dazu paßt, daß ich vorhin den Mann wiedergesehen habe, in den ich als junges Mädchen so verliebt war – so wie alle eigentlich.
Der stand plötzlich auf der Straße vor mir und sah mich an, aber er hat mich nicht erkannt – der wußte damals gar nicht, wie verliebt ich in ihn war, der konnte mich gar nicht erkennen –, obwohl es einen Moment lang fast so aussah, als wollte er mich grüßen. Und ich hätte es jetzt gerne gesagt, wenn ich es ihm schon damals nicht gesagt habe, vielleicht bietet sich die Gelegenheit nie mehr, du hast mich nie geliebt: oder: wenn du mich nie geliebt hast: warum liebst du mich nicht dann noch für die kurze Zeit, die dir und mir noch bleibt – aber ich habe den Mund nicht aufbekommen, und er hat mir in die Augen gesehen, als stünde der Tod vor ihm.

4.10

HANS am Ende seiner Kräfte, wiederholt immer wieder Gesten und Lied:
Da sind zwei Krokodile
und ein Orango Tango,
zwei winzig kleine Schlangen
und ein riesengroßer Adler,
die Katze, das Mäuschen und der Elefant,
jetzt fehlt wohl keiner mehr,
nur wer noch nicht da ist, sind die beiden Einhörner

Hans irrt weiter durch die Nacht.

4.11

MAIKA Kann mir einer sagen, ob die Bahn noch fährt?

Kurze Pause.

Ob die Bahn noch kommt.

Kurze Pause.

Oder ob die nicht mehr kommt.

Kurze Pause.

Das sitzt in mir, was er gesagt hat.
Ich will, was er gesagt hat, mir rückwärts aus den Ohren ziehen. Das sitzt in mir und wächst und wächst.

Kurze Pause.

Vielleicht fährt die nicht mehr? Fährt die nicht mehr? Ich denke, die fährt die ganze Nacht –

4.12

Schweißarbeiten am Gleis in der Dunkelheit. Der Scheinwerfer, der die Baustelle beleuchtet. Die Schweißflamme, das glühende Eisen. Die gestreiften Absperrungen, das kleine Radio spielt ›The Seed (2.0)‹ von ›The Roots‹.
Mitsingender Arbeiter in der Nacht.

4.13

Maika und Bille auf dem Weg zu Fuß nach Hause.

BILLE Könnte ich heute bei dir schlafen? Ich kann meine Wohnungsschlüssel nicht mehr finden, müssen verlorengegangen sein. Ich weiß jetzt nicht, wohin. Du brauchst nichts zu sagen.
Provisionsfrei zu vermieten,
hier eröffnet in Kürze,
steht da seit zwei Jahren,
hier wohnt niemand mehr.
Gleich halb drei;

MAIKA / BILLE Nachts zu Fuß nach Hause.
Die Drogerie,
der Asia-Markt,
die Apotheke,
Tabakladen, Copyshop,
Stromkasten,
der Photoladen:
In dem Schaufenster
die Kamera,
was wäre,
wenn die Photos machen würde,
wenn die immer Photos machen würde,
wenn die jetzt Photos machen würde,
jetzt, in der Nacht,
aber was soll die photographieren,
jetzt, in der Nacht,
drei Uhr dreißig –
was wäre auf dem Bild –

BILLE Du und

BILLE / MAIKA Ich,
dahinter die Straße, die Haltestelle, die Häuserzeile gegenüber,
Rudolfs Laden, da brennt Licht – wieso brennt da jetzt Licht,
wieso brennt da jetzt Licht –

BILLE Geh nicht weg. Geh nicht dahin – ich habe gerade das Gefühl, ich löste mich in Luft auf. Ich denke gerade, ich sei nicht mehr da.

4.14

SCHMIDTI / TÄUBCHEN / BABSI Babsi,
die etwas zu dicke Frau aus dem Photoladen,
hat in ihrem Schaufenster
auf einem Stativ eine Kamera installiert. Diese Kamera macht mit Hilfe eines Selbstauslösers und einer Zeitschaltuhr
die ganze Nacht hindurch im Abstand von fünfzehn Minuten je ein Photo.
So entstehen zwischen 20 Uhr 15
und 5 Uhr 15 sechsunddreißig Aufnahmen.
Sie benutzt wegen der Dunkelheit
einen hochempfindlichen Farbfilm, Spezialmaterial, schwer zu finden. Taucher benutzen solche Filme. Astronomen.
Auf den Photos immer der gleiche Ausschnitt:
die Fahrbahn,
die Straßenbahnhaltestelle,
die gegenüberliegende Ladenzeile; Rudolfs Geschäft.
Rote und weiße Streifen:
Die Scheinwerfer durch das Bild fahrender Autos. Manchmal, wenn die Bahn durch das Bild fährt:
ein gelber Strich.
Manchmal lesbare Nummernschilder, manchmal das erkennbare Gesicht eines Passanten. Manche bleiben vor dem Photoladen stehen und sehen genau in die Kamera.
Eine junge Frau mit einer verbundenen Hand läuft durch das Bild.
Die leere Straße.
Ein ausgemergelter Typ in schwarzer Motorradmontur.
Drei Ingenieure mit Meßgeräten.
Ein Liebespaar, sie hat etwas in der Hand, sieht aus wie ein silberner Löffel.
Auf dem Photo von null Uhr fünfundvierzig:
In Rudolfs Laden brennt Licht.

Das war um null Uhr dreißig noch nicht an.
3 Uhr 30:
Eine sehr groß gewachsene Frau
steht vor dem Schaufenster und schaut in die Kamera, neben ihr auf dem Negativ: eine unscharfe Stelle.

4.15

DIE BEIDEN FRAUEN MIT DEN GRÜNEN AUGEN Die Jalousien sind runtergelassen, draußen das Rauschen des nächtlichen Verkehrs. Drinnen halbdunkel, nur eine Lampe neben der Kasse brennt. Rudolf, den seine Freundin Kiki um kurz nach acht Uhr aus ihrer Wohnung geschmissen hat, liegt seit Stunden auf dem Ladentisch und schaut an die Decke.

DIE FRAU MIT DEN GRÜNEN AUGEN / NATALIE Jetzt sind es noch sieben Minuten – oder stimmt die Uhr nicht?

DIE ANDERE FRAU MIT DEN GRÜNEN AUGEN / TANJA Ich habe dich gewarnt, habe ich dich nicht gewarnt vor der Giraffe?

RUDOLF Vorhin habe ich auf der Straße eine Frau gesehen, eine Frau, die plötzlich vor mir stand – die habe ich schon mal gesehen – die hat mich angesehen wie –

Kurze Pause.

Und dann denke ich, daß es sein könnte, daß ich immer größer werde, größer und größer, und daß ich vor Maika stehe, der Giraffe. Wir sind beide haushoch. Wir gehen beide Hand in Hand die Straße runter, unsere Köpfe über den Dächern der Häuser und zwischen uns die Schienen der Straßenbahn, die um diese Zeit nicht mehr fährt.

4.16

KATJA UND DER JUNGE MANN (FRITZ) zusammen:
Am Ende des Tages,
oder anders gesagt:
mitten in der Nacht,
oder im Grunde:
nicht weit vor der Morgendämmerung:
der erste Kuß,
der schon seit Stunden ansteht,
und der dann nicht mehr aufhört,
einen zweiten Kuß gibt es nicht,
immer nur diesen,
der nicht aufhört,
und die Hände:
erst Hand in Hand in Hand in Hand
und dann überall;
schließlich vor der Haustür:
geh nicht weg,
komm mit rauf –

Kurze Pause.

– bis wir nebeneinander liegen,
schließlich schlafen.

4.17

Nachts im Laden. Rudolf, Maika.

MAIKA Was machen Sie jetzt hier?

RUDOLF Ich bleibe hier über Nacht –

Kurze Pause.

Ich hatte gehofft, daß du hierherkommst.

MAIKA Hierher.

RUDOLF Ja.

MAIKA Um die Zeit.

RUDOLF Ja.

MAIKA Zufall, daß ich vorbeigelaufen bin.

RUDOLF Um die Zeit. Zwanzig vor vier –

MAIKA Ja.

Pause.

Ich will, daß Sie zurücknehmen, was Sie heute mittag gesagt haben.

Kurze Pause.

Ich will, daß Sie zurücknehmen, was Sie heute mittag gesagt haben.

RUDOLF Was soll ich zurücknehmen?

MAIKA Was Sie gesagt haben.

RUDOLF Wie soll ich das zurücknehmen – es ist doch
schon gesagt.
Schon in der Welt.

MAIKA Was Sie gesagt haben, hat nichts mit mir zu tun.

RUDOLF Doch – sonst hätte ich es ja nicht gesagt.

MAIKA Es stimmt nicht, was Sie zu mir gesagt haben, und es hat nichts mit mir zu tun.

Kurze Pause.

Sie kennen mich nicht. Sie haben mich nie zuvor gesehen. Es reißt die Erde nicht, wenn ich nicht da bin.

RUDOLF Ich kann es selber nicht erklären.

Kurze Pause.

Aber es ist doch so.

MAIKA Was?

RUDOLF Ich liebe Dich, seit dem Moment, als Du hier rausgegangen bist. Wenn Du jetzt wieder gehst, weiß ich nicht, was passiert.

MAIKA Ich kann sagen, was passieren wird:

Sie holt die Scherbe raus, die sie seit dem Mittag bei sich trägt.

Wir beide, wir beide haben miteinander nichts zu tun. Wenn Sie jetzt nicht zurücknehmen, was Sie gesagt haben, dann streiche ich es durch. Mit dieser Scherbe streiche ich es durch.

Kurze Pause.
Sie fährt sich mit der Scherbe zweimal diagonal über das Gesicht.
Er will zu ihr hingehen, bleibt aber, wo er ist. Sie blutet.

RUDOLF Aber das ändert nichts –

Pause.

Das ändert nichts.

Er macht einen Schritt auf sie zu. Sie holt die Waffe, die sie gefunden hat, hervor und erschießt ihn aus etwa zwei bis drei Meter Entfernung.

4.18

Hans, nicht zur Ruhe kommend, auch jetzt nicht, mitten in der Nacht. Er hat keine Stimme mehr. Er kann nicht mehr, aber er muß weitermachen, er kann nicht aufhören.
Daumen, Zeige- und Mittelfinger beider Hände werden zu auf- und zuschnappenden Krokodilsmäulern.
Seine Hände werden zu Fäusten und schlagen wie ein Affe gegen seinen Brustkorb.
Die beiden Zeigefinger winden sich schlängelnd nach oben, dann breiten sich seine Arme aus wie die Schwingen eines Adlers.
Die Zeigefinger, die er sich unter die Nase hält, sind die Barthaare einer Katze, Zeigefinger und Mittelfinger der rechten Hand bilden lange Mausezähne.
Der linke Arm schiebt sich durch die Armbeuge des rechten, der sich an der Nase festhält: der Rüssel eines Elefanten.
Mehrfaches Klatschen, und dann wächst der Zeigefinger einer Hand wie bei einem Einhorn aus der Stirn.
Immer wieder von vorn.

4.19

Der Rocker mit der Plastiktüte, zu Fuß auf dem Weg nach Hause. Er hat Schwierigkeiten, vorwärtszukommen. Wenn er stehenbleibt, brüllt er.

ROCKER MIT DER PLASTIKTÜTE Maiden!

Pause.

Maiden!

4.20

Der Mann im Bademantel ist nachts noch einmal aufgestanden und vor das Haus gegangen: Er kann sich nicht damit abfinden, daß der Hund weg sein soll, daß er nicht wiederkommt. Er steht auf der Straße, raucht und weiß nicht, ob er rufen soll oder nicht. Er setzt immer wieder an.

MANN IM BADEMANTEL Biene –

Kurze Pause.

B –

Kurze Pause.

B –

Er unterbricht sich immer wieder, weil er weiß, daß es keinen Sinn hat.

Biene –

Er geht noch ein Stück, schaut, will noch einmal rufen, tut es aber nicht.

ENDE

Ambrosia

Satyrspiel

Personen

HERING, *zwischen 40 und 45*
GALLASCH, *der Senior*
GUBIG, *zwischen 30 und 40*
KREYE, *vom Alter ähnlich wie Gubig*
KRONBERG, *der Schiffsverkäufer*
FRAU HARTUNG
HERR HARTUNG, *beide um die Sechzig*
ROCKWEILER, *Mitte 30*
DIE KELLNERIN, *auf jeden Fall jenseits der Dreißig, wenn nicht noch älter*
HERINGS FRAU

»Tinke, Tinke« ist aus *Faust II*.
Bei »Lilofee« und »In meinem kleinen Apfel« sind die tradierten Melodien gemeint und gewünscht.
Die Melodien zu dem »Lied von der roten Eule« und »So stehen wir da« sind frei. »So stehen wir da« wird improvisiert. Das »Lied von der roten Eule« braucht einen Komponisten.

Wer keinen Text hat, trinkt oder beschäftigt sich mit seinem Glas oder einer Flasche oder raucht. Es wird ununterbrochen getrunken und geraucht.
Die Sätze kommen oft aus dem Nichts – in aller Schärfe, Zielsicherheit und Klarheit. Trotzdem bleibt oftmals offen, an wen sie sich richten. Niemand spielt betrunken, kein Lallen, kein Schwanken.

Eine lange Tafel aus Holz. Holzstühle. An den Kopfseiten Gallasch und Frau Hartung. An den Ecken Gubig und Kreye, an der Längsseite Hering, Kronberg, Rockweiler, Herr Hartung.

I.

Vermutlich ein Restaurant in einem Gewölbe. Ich denke allerdings eher an einen vollkommen weißen Raum, einen »white cube«, Justine dagegen an ein sehr dunkles, fast schwarzes Bild mit Rembrandtschen Streiflichtern. In keinem Fall: ein Restaurant in einem Gewölbe, keine Lobby, kein Lokal. Eine Gruppe von sechs Männern und einer Frau an einem langen Tisch, sonst keine Tische, keine Gäste. Der Tisch voll leerer und halbvoller Gläser und Flaschen aller in der Gastronomie üblichen Größen und Sorten. Mehrere Aschenbecher. Brennende Zigaretten. An einer Wand ein Telephon.
Dies ist keine Vereinssitzung und keine Geburtstagsfeier. Was diese Gruppe zusammengebracht hat und was sie zusammenhält, ist nicht wichtig. Der Gesprächsverlauf scheint linear, ist es aber nicht. Keine Blacks außer an den vorgegebenen Stellen.
Kronberg und Gubig kippen gerade zwei metallene Schnapsbecher und setzen sie dann ab. Ausatmen. Links trinkt Gallasch, der Senior, aus einem halbvollen Bierglas. Herr Hartung trinkt aus einem vollen Bierglas. Frau Hartung schwenkt ein Rotweinglas. Beide sind etwa Ende Fünfzig, Anfang Sechzig. Rockweiler liest wieder und wieder das Etikett einer schlanken grünen Weinflasche. Ein Platz ist leer. Kreye ist gerade draußen. Hering steht auf.

HERING Meine Herren, –
Kurze Pause.
– meine Damen, meine Herren – meine Herren –
Kurze Pause.
– ich stelle fest –
Kurze Pause.
– ich muß feststellen, daß ich betrunken bin. Ich bin betrunken. Ohne es bemerkt zu haben.
Kurze Pause.
Also werde ich jetzt diese Tafel verlassen.
Er bleibt stehen.
Ich wünsche allseits noch einen schönen Abend.
Er will gehen.

KRONBERG Wieso – wieso –
Er hält Hering am Ärmel fest.

ROCKWEILER Setz dich, setz dich, du gehst doch jetzt nicht einfach –

GUBIG Setz dich, setz dich, du kannst überhaupt nicht betrunken sein. Du kannst überhaupt noch nicht betrunken sein.

HERING Doch, ich bin betrunken, ich habe es nicht bemerkt, aber ich bin nicht nur angetrunken, sondern ich merke es, ich bin richtiggehend betrunken –

GALLASCH Setz dich –

ROCKWEILER Du kannst nicht –

HERR HARTUNG Er kann nicht betrunken sein –

HERING Aber –

GALLASCH Nein –

HERING Ich –

KRONBERG Nein!
Pause.

FRAU HARTUNG Was hatten Sie denn?
Hering verwirrt die Frage, die Rekonstruktion des bisherigen Verlaufs des Abends überfordert ihn. Er nimmt die Finger zum Zählen zu Hilfe, aber er kommt nicht weit –

HERING Ich – ich hatte –

KRONBERG *zu Gubig* Er hatte doch dasselbe, was du hattest –

GUBIG Dasselbe?

Was ich hatte?
Was hatte ich denn?

ROCKWEILER Was du hattest –

GUBIG *zu Gallasch* Dasselbe wie du –

GALLASCH Ich?

HERING Sie –

HERR HARTUNG Sie hatten – drei Bier – drei große – oder vier! Vier große? Vier große – ja – *Zu Gubig* – du hattest vier große –

GUBIG *deutet auf Kronberg* Er hatte vier –

HERR HARTUNG *deutet auf Hering* Aber er nicht.

FRAU HARTUNG Wie viele Biere hatten Sie?

HERING Drei.

ROCKWEILER Vier!

Kurze Pause.

HERING Drei oder vier.

FRAU HARTUNG Sie müssen es doch wissen!

HERING Drei.

ROCKWEILER Dann waren es drei große.

Kurze Pause.

Nur!

GALLASCH Und dann der Weißwein –

FRAU HARTUNG Wieviel Weißwein hatten Sie?

KRONBERG Von welchem?

FRAU HARTUNG Von welchem?

GALLASCH Von welchem, wir hatten zwei unterschiedliche: den blauen Portugieser und den Silberberger Zögling.

FRAU HARTUNG Ach so!

GUBIG Aber das waren mehr als zwei Flaschen – das waren doch mehr als zwei Flaschen –

KRONBERG Wieviel Flaschen Portugieser hatten wir?

HERING *ehrlich bedauernd* Ich kann es nicht sagen –

ROCKWEILER Wir hier? Wieviel wir hatten? Zwei? Drei vielleicht – die räumen ja immer ab – die räumt ja immer ab!

HERR HARTUNG *vom anderen Ende des Tisches herüber* Wir hier unten hatten zwei Flaschen Portugieser – da werdet ihr wohl kaum in derselben Zeit drei geschafft haben – der Silberberger kam ja erst noch.

GUBIG Der Silberberger kam nach dem Portugiesen –

FRAU HARTUNG Na also – da hatten Sie doch niemals mehr als eine halbe Flasche von dem Portugiesen –

HERING Der Portugiese? Der Portugiese war gut.

GALLASCH Aber dann kam der Zögling.

KRONBERG Der Zögling –

Frau Hartung (oder jemand anders, Gallasch zum Beispiel) erzeugt mit dem Finger im Mund ein lautes Ploppen.

HERR HARTUNG Von dem hatten wir auch noch mal zwei Flaschen. Zwei oder drei.

GUBIG Süffig.

ROCKWEILER Drei.

Eine Flasche fällt um.

KRONBERG Zwei, zwei!

Kreye kommt zurück, fällt schwer in den noch freien Stuhl.

Sehr kurze Stille. Dann:

KREYE Zwei, zwei was?

Gallasch rülpst.

ROCKWEILER *steht auf* Zeit für Lambert.

Er geht raus.

HERR HARTUNG Also: das waren dann drei große Bier, eine halbe Flasche Portugal, eine halbe Flasche Pfalz – nicht so viel.

GALLASCH Fehlt nur noch der Rotwein.

GUBIG Das war nicht viel – wieviel war das – wieviel war das?

KREYE Wieso der Rotwein –

KRONBERG Zwei drei Gläser –

HERING *hat Schwierigkeiten* Zwei drei –

KREYE Zwei drei Gläser –

Es sind große hohe Rotweinkelche überall auf dem Tisch verteilt, manche sind jetzt noch voll. Zusammen mit den Weißweingläsern, den Biergläsern und Bierkrügen, den gerillten sogenannten Rialto-Bechern, den Schnapsbechern, den Wassergläsern, den leeren Flaschen und Karaffen und den verstreuten Tellern entsteht eine regelrechte Landschaft auf dem Tisch.

KRONBERG So viel hatte er nicht, ich saß ja daneben. Zwei Gläser – hier! Das dritte hat er nicht mehr angerührt!
Er zeigt auf das volle Rotweinglas, hält es zum Beweis hoch und trinkt daraus.

GALLASCH Na also, drei große Bier, zwei halbe Flaschen Weißwein, zwei Gläser Rotwein – ist doch nichts. Ist doch nichts!
Kurze Pause.

KRONBERG Keine Schnäpse? Keine Schnäpse zwischendurch? Wir hatten Schnäpse. Gubig und ich hatten Schnäpse.

HERING Ich trinke nie Schnaps, ich hatte keinen Schnaps.

FRAU HARTUNG Kein Schnaps?

GALLASCH Keinen Grappa? Keinen Willi? Keinen Syracuser?

FRAU HARTUNG Keinen Schnaps?

HERING Kein Schnaps.

GUBIG *prompt* Schnaps ist gut für die Leber!

KRONBERG *sieht skeptisch auf den Tisch, auf dem so viele Biergläser rumstehen* Ja dann –
Kurze Pause.
Noch Bier?
Kurze Pause.
Bier?

HERING *erinnert sich, räumt ein* Zwei kleine.
Kurze Pause.
Einen Schnitt.
Pause.

HERR HARTUNG Drei große Bier, zwei halbe Flaschen Weißwein, ein paar Gläser Rotwein, zwei kleine Bier und einen Schnitt –
Kurze Pause. Gallasch zuckt mit den Schultern.

GALLASCH Was hat er denn –

KRONBERG Na also: Also setz dich. Setz dich schon.
Kurze Pause. Nichts passiert.

FRAU HARTUNG *heftig* Rein oder raus!

KREYE Setz dich –

GALLASCH *schreit ihn an* Setz dich hin.
Hering setzt sich.
Pause.

FRAU HARTUNG Gott sei Lob in der Höh.

KRONBERG *vorwurfsvoll, abschließend* Gehen wollen.

Hering greift nach der Weinflasche – die aber fast leer ist. Er gießt sich den Rest in das noch volle Glas, aus dem Kronberg gerade getrunken hatte, und trinkt.

Kreye rülpst.

Herr Hartung antwortet mit Rülpser.

Gallasch furzt.

Rockweiler kommt zurück und fällt auf seinen Stuhl.

Gubig rülpst.

Rockweiler rülpst zurück.

Pause.

FRAU HARTUNG Schön, daß Sie geblieben sind.

Kurze Pause.

Plötzlich beginnt Gallasch überraschend ein fröhliches Lied anzustimmen. Die anderen stimmen abwechselnd mit ein, haben aber manchmal Koordinationsschwierigkeiten.

GALLASCH Sei mir heute nichts zuwider!
Fühle mich so frank und frei;
Frische Lust und heitre Lieder,
Hol' ich selbst sie doch herbei.
Und so trink' ich! Trinke, trinke!
Hering stimmt etwas holprig mit ein:
Stoßet an, ihr! Tinke, Tinke!
Du dorthinten, komm heran!
Stoßet an, so ist's getan.

ALLE Jeder Bruder trinke, trinke!
Toastet frisch ein Tinke, Tinke!
Sitzet fest auf Bank und Span!
Unterm Tisch, dem ist's getan.

KREYE UND KRONBERG *nicht besonders synchron* Schrie mein Weibchen doch entrüstet,
Rümpfte diesem bunten Rock
Und, wie sehr ich mich gebrüstet,

ROCKWEILER *noch dazu* Schalt mich einen Maskenstock.
Doch ich trinke! Trinke, trinke!
Angeklungen! Tinke, Tinke!
Maskenstöcke, stoßet an!

ALLE Jeder Bruder trinke, trinke!
Toastet frisch ein Tinke, Tinke!
Sitzet fest auf Bank und Span!
Unterm Tisch, dem ist's getan.

GUBIG UND FRAU HARTUNG *übernehmen die nächste Strophe* Saget nicht,
daß ich verwirrt bin,
Bin ich doch, wo mir's behagt.
Borgt der Wirt nicht, borgt die Wirtin,
Und am Ende borgt die Magd.
Dazu:

HERR HARTUNG UND KRONBERG UND GALLASCH Immer trink' ich! Trinke,
trinke!
Auf, ihr andern! Tinke, Tinke!
Jeder jedem! so fortan!
Dünkt mich's doch, es sei getan.

HERING *allein* Wie und wo ich mich vergnüge,
Mag es immerhin geschehn;
Laßt mich liegen, wo ich liege,
Denn ich mag nicht länger stehn.

GALLASCH *allein wiederholt einfach die letzten Strophen, während die anderen schon in den Refrain wollten. Kurzes Durcheinander:* Wie und wo ich mich vergnüge,
Mag es immerhin geschehn;
Laßt mich liegen, wo ich liege,
Denn ich mag nicht länger stehn.

ALLE Jeder Bruder trinke, trinke!
Toastet frisch ein Tinke, Tinke!
Sitzet fest auf Bank und Span!
Unterm Tisch, dem ist's getan.
Während der letzten Strophen ist die Kellnerin gekommen und hat angefangen, den Tisch abzuräumen, was aber bei der Fülle der Gläser und Flaschen schwierig ist. Die Kellnerin trägt einen schwarzen Rock, eine schwarze Bluse und eine weiße Schürze.

ROCKWEILER Wir würden gerne noch etwas bestellen.

DIE KELLNERIN Einen Moment, bitte.

KRONBERG Wir hätten gerne noch etwas zu trinken.

DIE KELLNERIN Ja, einen Moment bitte, ich räume gerade ab, und dann komme ich wieder.

ROCKWEILER Sicher, sicher, räumen Sie nur, aber gleichzeitig könnten wir doch schon etwas bestellen.

DIE KELLNERIN Ich bin gleich wieder da –

ROCKWEILER Das spart Zeit und Ihnen einen Weg, Sie laufen doch schon seit Stunden –

Die Kellnerin kämpft mit dem übervollen Tablett.

DIE KELLNERIN Das ist sehr freundlich von Ihnen, aber es ist wirklich nicht –

KREYE *kürzt das Ganze ab* Also ich, ich hätte gerne ein Bier – ist das möglich?

DIE KELLNERIN Ein Bier, ja –

KREYE Aber kein helles Bier, sondern ein dunkles Bier – Möchte noch jemand ein dunkles Bier?

Er ist fast stolz auf seinen Getränkewunsch.

Haben Sie dunkles Bier –

DIE KELLNERIN *die weiter mit den Gläsern beschäftigt ist, aber nur einen unbedeutenden Bruchteil auf dem Tablett unterbringen kann* Ja, sicher, dunkles Bier, haben wir –

KRONBERG Verstehen Sie, mein Freund meint kein Altbier –

DIE KELLNERIN Kein Altbier –

Kurze, fast geheimnisvolle Pause.

KREYE Ich meine ein wirklich dunkles Bier: ein Bockbier.

Kurze Pause.

DIE KELLNERIN Bockbier –

KRONBERG Noch jemand ein Bock?

FRAU HARTUNG Ach –

GALLASCH Doppelbock.

HERR HARTUNG Urbock, herrlich.

DIE KELLNERIN Ich weiß gerade nicht –

HERR HARTUNG Einbecker Urbock.

Wenn Sie das hätten –

HERING Einbecker Urbock – gibt es in Dunkel *und* in Hell.

HERR HARTUNG *heiter* Stimmt!

KREYE Haben Sie das?

DIE KELLNERIN Da muß ich erst –

KRONBERG Ein Urbock dunkel –

DIE KELLNERIN Wenn wir das haben –

GALLASCH Urbock hell. Maibock haben Sie nicht zufällig?
DIE KELLNERIN Das glaube ich nicht –
HERR HARTUNG Ein dunkles Urbock, wenn Sie welches haben – und wenn Sie keins haben, ein Pils –
DIE KELLNERIN Eine Sekunde bitte, ich hab den Block nicht dabei –
HERR HARTUNG *leise* Der Block für das Bock!
DIE KELLNERIN Ich bringe erst das Tablett weg, und dann –
ROCKWEILER Das brauchen Sie nicht, das brauchen Sie nicht, die paar Getränke –
FRAU HARTUNG Ich will kein Bockbier. Ich hasse Bockbier, dunkles wie helles, und am schlimmsten ist der Einbecker Maibock.
GALLASCH Herrlich, allein die Flasche.
FRAU HARTUNG Die Flasche?
HERR HARTUNG Die Flasche mit der schillernd grünen Manschette, eines der besten Biere der Welt.
FRAU HARTUNG Grün wie ein Käfer –
GUBIG *steht auf* Zeit für Lambert.
KREYE Was willst du denn, willst du noch was –
GUBIG Ja, aber das kann ich ja gleich –
KRONBERG Aber jetzt ist sie doch grad da!
DIE KELLNERIN Nein, wirklich, das macht überhaupt nichts, ich komme doch gleich wieder.
ROCKWEILER Na sag schon.
GALLASCH Der Maibock –
FRAU HARTUNG Sie haben angefangen mit dem Portugieser, jetzt laufen Sie nicht über und lassen mich allein!
Gubig ist überfordert.
Wir nehmen noch eine Flasche von dem Roten.
DIE KELLNERIN Eine Flasche von dem Roten –
GALLASCH Oder meinten Sie den Portugieser –
FRAU HARTUNG Ich meinte den Roten – ist das nicht der Portugieser.
ROCKWEILER Der Portugieser war weiß.
FRAU HARTUNG Rot! Hab ich doch gesagt, rot!
Gubig geht raus.
HERR HARTUNG Noch jemand ohne Fahrschein?
KREYE Bock.
ROCKWEILER Bock.

HERING Rot.

HERR HARTUNG Dunkel oder hell?

HERING Rot –

HERR HARTUNG Der Bock –

ROCKWEILER Hell.

KREYE Dunkel.

Die Kellnerin ist in der Nähe von Hering angekommen.

DIE KELLNERIN *leise und eindringlich* Herr Hering, Sie wollten doch längst gegangen sein.

HERING Ja, das stimmt.

DIE KELLNERIN Sie wollten doch längst weg sein.

HERING Ja, aber ich bin noch da –

HERR HARTUNG So, ich glaube, wir habens –

ROCKWEILER Weiß gar nicht, was ich je an der gefunden habe –

DIE KELLNERIN Aber warum nur, was machen Sie denn noch hier –

HERR HARTUNG Dunkel, dunkel, dunkel, eins, zwei, drei, hell, hell, macht zwei, rot, rot und rot.

DIE KELLNERIN Ich verstehe das gar nicht, dabei wollten Sie längst weg sein –

HERING Ja, das stimmt, aber ich bin eben nicht weg. Sondern ich bin hier.

Kurze Pause.

DIE KELLNERIN Aber warum denn nur –

HERING Warum? Warum bin ich nicht weg?

Weil meine Freunde mich nicht weglassen.

Kurze Pause.

Aber vermutlich –

Kurze Pause.

Aber vermutlich bin ich auch noch hier, weil –

Kurze Pause.

Weil ich nicht wirklich,

Kurze Pause.

nicht wirklich weg wollte.

Kurze Pause.

Weil ich nie wirklich weg wollte.

DIE KELLNERIN Das dürfen Sie nicht sagen! Wo doch zu Hause auf Sie jemand wartet! Das dürfen Sie nicht sagen!

Pause.

HERING Ich sags aber!

Kurze Pause.

Ich sags aber!

DIE KELLNERIN Nein – das ist doch nicht –

HERING Ich sage das, weil es stimmt.

DIE KELLNERIN Nein – das stimmt nicht, Sie wollten längst zu Hause sein.

GUBIG *kommt zurück* Tinke, Tinke.

HERING Ich bin hier, weil ich hier sein will!

HERR HARTUNG Es reimt sich fast: Dunkel, dunkel, dunkel, eins, zwei, drei, hell, hell, macht zwei, rot, rot und rot.

Kellnerin ab, dabei geht sie an Gallasch vorbei.

GALLASCH O Gott! Gott! Was für eine Verheißung!

HERING Aus Not, aus Pflicht oder aus Neigung.

Kurze Pause.

Alles gut.

KRONBERG *steht auf* Zeit für Lambert.

Die anderen schweigen gerade. Er geht etwas kompliziert um den Tisch herum, um dann vor dem Tisch die Bühne zu überqueren. Auf zwei Drittel des ansonsten ohne weitere Zwischenfälle gemeisterten Weges schlägt er lang hin.

Eventuell hatte er ein Glas in der Hand, das dabei kaputtgeht. Er steht auf und geht raus.

Langes Schweigen. Trinken und rauchen.

Rockweiler fummelt die ganze Zeit schon etwas an seinem Gesicht rum.

FRAU HARTUNG Sagen Sie, was machen Sie da eigentlich – was machen Sie da, ist das ein nervöser Tick, oder versuchen Sie die ganze Zeit, einen Pickel auszudrücken? Ist das ein Pickel? Drücken Sie daran nicht immer rum!

Schweigen. Kronberg kommt zurück. Diesmal passiert nichts.

GALLASCH Was sollte ich mit dem Mädchen – was hatte ich mit dem Kind zu tun – die Mutter bei der Geburt gestorben, und dann stirbt dem Kind der Vater weg, mein Bruder, als sie gerade mal siebzehn ist. Also kam sie zu

mir. Zu mir – was sollte ich mit dem Mädchen anfangen?
Kurze Pause.
Ich habe sie weggeschickt, zu meiner Cousine, in die USA, die hatte selbst Kinder – und danach – was sollte sie schon machen – nicht mal das Abitur hatte sie geschafft. Aber ordentlich war sie. Jemand für die Buchhaltung, oder fürs Sekretariat, vielleicht sogar später mal bei mir im Vorzimmer –
und dann schreibt mir meine Cousine: Aus der wird eher eine Trapezkünstlerin als eine Buchhalterin.
Trapezkünstlerin. Trapezkünstlerin: tolles Wort: pe, zet, ka, es-te.
Kurze Pause. Frau Hartung geht sehr schnell raus.
Ich sah das komplette Szenario vor mir:
Kurze Pause.
Das Kind drohte, mir mein Leben lang auf der Tasche zu liegen. Mein Leben lang. Und was passiert?
Das Mädel kommt aus den Staaten zurück und pumpt mich an. Will Geld, sagt, sie zahlt alles zurück. Ja, wie denn?
Sie will keine Ausbildung anfangen, sie hat was anderes vor.
Gut, habe ich gesagt, mach, was du willst, du bist volljährig, ich leihe dir einmal Geld, ich werde dir auch ein zweites Mal Geld leihen –
aber danach ist Schluß. Geh arbeiten.
Frau Hartung kommt schon wieder zurück.
Und sie – sie fängt an, Brötchen zu schmieren. Sie schmiert Brötchen und verkauft die dann.
Brötchen. Eins mit Käse, eins mit Wurst und oben drauf noch eine Gurke.
Unten drunter Mayonnaise – nur nicht aus der Tube, sondern selbstgemacht. Mit meinem Geld.
Aber ein Jahr später zahlt sie mir alles zurück. Alles.
Und hat drei Angestellte, die für sie die Brötchen schmieren. Und die Gurken heißen jetzt cornichons oder concombres.

Sie hat so viele Aufträge, sie kommt mit den Brötchen gar nicht hinterher, sie übernimmt die Verpflegung von Hochzeitsgesellschaften und von ganzen Filmteams. Die essen alle ihre belegten Brötchen. Sie macht so viel Umsatz, sie weiß gar nicht mehr, wohin mit dem Geld – und dann kommt Amerika. Hollywood. Es gibt Leute in Hollywood, die keinen Finger rühren, bevor nicht ihre Brötchen am Rand stehen. Sie sagt, das Geheimnis ist der Teig. Den Teig macht sie auch selbst. Läßt sie selber machen. Alles selbstgemacht: die Brötchen, die Mayonnaise, alles. Heute ist sie so reich, daß sie keinen Tag ihres Lebens mehr arbeiten müßte. Keinen Tag.

Wehleidige Pause.

Gut, sie läßt mich nicht verhungern. Das nicht.

Kurze Pause.

Aber dieses Warten. Dieses Warten unterm Tisch, ob ein paar Krümel runterfallen.

Kurze Pause.

Nicht, daß ich Geld bräuchte. Ich brauche wirklich kein Geld. Aber genug ist nie genug – und wenn ich hunderttausend mehr hätte – sie würde das gar nicht merken.

Sie würde das nicht einmal bemerken.

Kurze Pause. In diese Pause hinein: das Klicken des Feuerzeugs von Frau Hartung, die sich eine Zigarette anzündet.

Dieses Warten ist so würdelos. Sie hat mich um meine Würde gebracht.

Kurze Pause.

Aber ich kann nicht anders: Ich warte, daß die Brosamen vom Tisch fallen. Ich komm einfach nicht von dem Tisch weg. Wie ein Hund.

Kurze Pause.

Wie ein Hund.

Kurze Pause.

Das hat sie aus mir gemacht. Einen Hund!

Aufheulend.

Einen Hund unterm Tisch hat sie aus mir gemacht.

ROCKWEILER Dieser Schauspieler konnte sein linkes und sein rechtes Auge –
Kurze Pause.
– getrennt, getrennt voneinander bewegen! Jedes für sich!

HERR HARTUNG Die Erde wächst. Die Erde nimmt natürlich an Umfang zu.

HERING Wieso?

HERR HARTUNG Ist doch klar –

KREYE Wieso wächst die Erde? Das höre ich heute zum ersten Mal.
Kurze Pause.
Das ist doch Quatsch.

HERR HARTUNG Neue Erdschichten entstehen. Ständig.

HERING Warum denn –

HERR HARTUNG Tote Pflanzen. Tiere. Biomaterie in jeder Form. Müll. Leichen. Ruinen. Das schichtet sich langsam auf. Das wird immer mehr.

ROCKWEILER Rechts so und links so. Oder das eine Auge blieb stehen, und das andere fuhr hin und her. Was für ein armes Würstchen.

FRAU HARTUNG Wo ist denn –

ROCKWEILER Also: Das war keine Behinderung oder so etwas: Er sah das als eine Begabung. Was für ein armseliges Würstchen.

FRAU HARTUNG Wo ist denn nur –

HERR HARTUNG Schliemann fand Troja unter sieben Schichten. Die Erde wächst und wächst, und irgendwann wird sie zu schwer –

FRAU HARTUNG *unterbricht* Entschuldige, kannst du mir ganz kurz mal suchen helfen –

HERR HARTUNG – und dann bricht sie unter der eigenen Last zusammen.

FRAU HARTUNG Ich habe dich um was gebeten!

HERR HARTUNG Was ist denn?

FRAU HARTUNG Bitte, kannst du mir mal ganz kurz suchen helfen – ich habe eben, vor dreißig Sekunden, noch mein Feuerzeug in der Hand gehabt, und jetzt ist es weg!

HERR HARTUNG Hast du es eingesteckt?

GUBIG Das Schwarze Dreieck.

FRAU HARTUNG *gleißende Hysterie* Nein, ich habe es nicht eingesteckt, das ist es ja – Ich habs in der Hand gehabt, und ich habe noch gedacht, genau gerade eben habe ich noch gedacht, paß auf das Feuerzeug auf, sonst ist es weg! Und jetzt ist es weg!

HERR HARTUNG Kann ja nicht so weit sein.

FRAU HARTUNG Verstehst du nicht –
ich habe es gerade noch gehabt –

HERR HARTUNG Ja –

HERING Die Grundrechte der Hopliten –

FRAU HARTUNG Gerade eben noch –

HERR HARTUNG Ja, ja, du hast es bestimmt irgendwo –

GUBIG Jeden Tag! Jeden Tag! Das subsumiert sich!

FRAU HARTUNG Nein, darum gehts doch überhaupt nicht, es geht doch darum, daß ich es gerade noch hatte und sogar noch gedacht habe, paß darauf auf, und jetzt ist es weg – weil mir das ständig passiert –

HERR HARTUNG Na ja –

FRAU HARTUNG Das passiert mir ständig, und ich frage mich langsam, ob mit mir irgendwas nicht in Ordnung ist!

KRONBERG Sonnenstich. Drei Tage Dauerfernsehen in einem Hotelzimmer in Hurghada.

HERR HARTUNG Es ist doch nur ein Feuerzeug –

KRONBERG Schlimmer als Gefängnis.

FRAU HARTUNG Es ist scheißegal, ob es nur ein Feuerzeug ist –

HERR HARTUNG Es ist nur ein Feuerzeug, hier, nimm meins –

FRAU HARTUNG Es geht nicht darum, verstehst du das nicht, es geht darum, daß etwas in meinem Kopf nicht stimmt –

HERR HARTUNG Du hast das Feuerzeug verlegt, das ist alles –

FRAU HARTUNG Klar, spiel die Sache nur runter, du Vollidiot, spiels doch runter, damit du deine Ruhe hast – das Scheißding ist weg! Und es sind ständig Sachen weg! Es sind jeden Tag zehn Sachen weg. Die lösen sich doch nicht auf! Da stimmt doch was in meinem Kopf nicht! Die ganze Tüte mit den alten Wintersachen, die ich verkaufen wollte, – weg. Oder hat die die Putzfrau geklaut? Die hat ja immer gesagt, die hat dieselbe Größe, die will sowieso so sein wie ich, die will ich sein, die will so sein wie ich –

HERR HARTUNG Das hat doch nichts mit dem Feuerzeug zu tun –

FRAU HARTUNG *Die Stimme wird rauh und flattert.* Fick dich, fick dich! Du weißt genau, was das damit zu tun hat! Ich habe das doch gerade noch dahin gelegt, und jetzt ist es weg!

Die Kellnerin kommt zurück, beladen mit Bierflaschen und Gläsern, denn das Urbock gibt es hier nicht vom Faß.

DIE KELLNERIN Dreimal Bock dunkel – wer hatte die Dunklen?

KRONBERG Ich bekomme ein Dunkles.

HERR HARTUNG Und ich –

ROCKWEILER Und ich –

Kurze Pause.

KREYE Wieso – was ist denn mit meinem Dunklen –

Kurze Pause.

ROCKWEILER Da fehlt eins! Da fehlt ein Dunkles!

HERR HARTUNG Moment – Wir hatten drei Dunkle –

DIE KELLNERIN Drei Dunkle –

KRONBERG *an Kreye* Du hattest überhaupt kein Dunkles bestellt!

KREYE Ich? Aber sicher –

DIE KELLNERIN Es waren drei dunkle Bockbier –

KREYE Ich habe doch ein dunkles Bier bestellt –

GALLASCH Ich hatte einen hellen Bock –

FRAU HARTUNG Wir waren bei Rot –

GALLASCH Aha –

Frau Hartung zündet sich, ohne es selbst zu bemerken, mit ihrem Feuerzeug eine Zigarette an.

KREYE Du!

ROCKWEILER Was?

KREYE Du wolltest ein Helles!

ROCKWEILER Ich?

HERING Rot.

GUBIG Rot.

ROCKWEILER Ich? Wieso das denn?

KREYE Keine Ahnung –

ROCKWEILER Das kann überhaupt nicht sein –

KREYE Du hast es gesagt!

ROCKWEILER Auf keinen Fall –

KREYE Doch, sicher, ich habs doch gehört –

Kreye tauscht seine Flasche Urbock hell gegen Rockweilers Flasche aus.

ROCKWEILER Auf einmal!! Ich wollte ein Dunkles – Ich will keinen hellen Bock trinken, wenn ich keinen bestellt habe!

HERR HARTUNG Dunkel, dunkel, dunkel, eins, zwei, drei, hell, hell, macht zwei, rot, rot und rot.

ROCKWEILER Ich denke nicht daran!

Noch heftiger: Ich denke nicht daran!

Die Kellnerin geht ab.

GALLASCH Ein Blick aufs Paradies. Ein kurzer Blick auf Gottes Garten.

KRONBERG Hast du die Bilder von der quadratischen Wassermelone gesehen? Diese quadratische Melone, hast du die gesehen? Dieses Bild von dem Asiaten mit der kubischen Melone, die sie da gezüchtet haben? Hast du das gesehen? Ja?

Kurze Pause.

Diese Melone ist die Zukunft.

Das ist die Zukunft.

GALLASCH Verstehe ich nicht.

FRAU HARTUNG *zu Rockweiler* Nicht da immer dran rumpulen!

KRONBERG Die Frage ist doch: Warum machen die das? Warum züchten die eine eckige Wassermelone?

Kurze Pause. Überlegen: Du kennst die Antwort –

GALLASCH Nein, keine Ahnung –

KRONBERG Diese Melone, diese asiatische, kubische Melone bleibt nicht in Asien. Die kommt zu uns. Und wie kommt sie zu uns?

Kurze Pause.

Mit dem Schiff. Neunzig Prozent des internationalen Warenverkehrs werden heute per Schiff abgewickelt, Tendenz steigend trotz internationaler Markteinbrüche. Egal was, das koreanische Auto, die kanadischen Holzstämme, der taiwanesische Fernseher, die vietnamesische Melone: Alles, alles wird heute in Containern transportiert. Der Container ist ideal für gebrochene Transportketten, er wandert vom LKW auf die Schiene aufs Schiff und wieder auf die Schiene oder den LKW, kein Problem.

FRAU HARTUNG Aber warum ist deshalb die Melone eckig –

KRONBERG Ja, warum –

FRAU HARTUNG Warum, ja – ja, warum?

KRONBERG Das kann ich Ihnen sagen:
Er läßt die Katze aus dem Sack.
Die eckige Melone spart Platz.
Erheiterung.
Die eckige Wassermelone ist stapelbar. Sie nutzt den Raum im Container optimal. Das ist die Zukunft: Zwanzig Fuß lang, acht Fuß breit und acht Fuß hoch. In Metern: 6,10 mal 2,44 mal 2,44. Das sind die Maße der Zukunft. Das sind die Maße des Containers. 36 Kubikmeter, optimal genutzt.

HERING Gut, gut, gut, aber wo ist der Punkt?

KRONBERG Der Punkt?

HERING Der Punkt, ja, der Punkt –

KRONBERG Der Punkt ist – daß man damit ziemlich viel Geld verdienen kann.

HERR HARTUNG *erheitert* Mit dem Container? Oder mit der Melone?

KRONBERG *ernst* Mit dem Schiff –

HERR HARTUNG *ungläubig* Mit dem Schiff –

KRONBERG Mit dem Schiff kann man ziemlich viel Geld verdienen.
Kurze Pause.
Vorausgesetzt, man beteiligt sich an einem.

HERR HARTUNG Beteiligen – an dem Schiff –
Kurze Pause.

KRONBERG Der Markt ist unglaublich. Seht euch die Containerhäfen doch mal an. Die Nachfrage nach solchen Schiffen ist enorm. Ein LKW transportiert zwei Container. Um tausend Container zu transportieren, braucht man fünfhundert LKW – aber nur ein Schiff. Ein einziges Schiff, auf dem nur vierzehn Leute arbeiten. Tag für Tag, Nacht für Nacht. Aber was heißt tausend? Dreitausend Container auf einem Schiff sind keine Seltenheit. Auch viertausend – die Schiffe verfügen über eigene Kräne, sie legen an, löschen einen Teil ihrer Ladung, laden neu und sind schon wieder weg, 365 Tage im Jahr. Phantastisch. Manche dieser Schiffe laden bereits fünftausend Container und mehr.

Frau Hartung langweilt sich.

Und jeder Tag bringt Geld. Denn das Schiff wird verchartert. Die Charterraten sind so hoch wie noch nie, wie gesagt, die Nachfrage ist enorm. Neunzehn-, zwanzigtausend Dollar Charterrate pro Tag sind durchaus drin.

FRAU HARTUNG Langweilig!

HERR HARTUNG Das unterschiedliche Tempo – jeder muß sein eigenes Tempo marschieren –
sonst hält es keiner aus.

ROCKWEILER *brüllt* Du hast mich verraten! Du! Du hast mich verraten!

GUBIG Ich habe dich nicht verraten!

ROCKWEILER Du hast mich verraten!

GUBIG Ich habe dich nicht verraten!

ROCKWEILER Doch – du bist der Judas. Judas! Du hast mich verraten!

GUBIG *ebenso gellend* Ich habe dich nicht verraten!

KREYE Azubi Juliane war ein wirklich junges Ding.
Kugelig.
Jung.
Geil.

Kurze Pause.

Ich hatte ja Glück, daß da samstags überhaupt einer war – mit der Entzündung, alles vereitert, Stirnhöhlen, Nebenhöhlen, Kieferhöhlen, alles voller Eiter, und im Ohr eine blutige Blase, die irrsinnig weh tat, und die Ärztin sagt, das müssen wir aufstechen, die Blase im Ohr, aber wir müssen die Stelle vorher betäuben, sonst gehen Sie vor Schmerz an die Decke, also tränken die ein etwa so drei bis vier Zentimeter langes Papierstäbchen mit dem Narkotikum und schieben dir das tief ins Ohr, um die Blase zu betäuben, aber schon das Reinschieben des Stäbchen tut so weh, daß du vor Schmerz an die Decke gehst, innerhalb einer Sekunde bist du schweißbedeckt, und die Tränen schießen dir in die Augen, und dann soll das Ganze einwirken, dauert so zehn Minuten, sagen die, die zehn Minuten liegt man auf einer schmalen Liege mit Blick auf die Sprechstundenhilfen, und da sitzt auch Azubi Juliane und telephoniert. Der Schmerz läßt und läßt nicht nach. Die Narkose wirkt nicht. Wenn die da jetzt mit der Nadel reinstechen.

Kurze Pause.

Rund wie eine kleinwüchsige, feste Kugel, mit so billig blondiertem Haar und straffer Haut und einer Hose, aus der der halbe Arsch raushing. Der halbe Arsch hing draußen, das hat sie gewußt, Azubi Juliane stand auf dem Schild hier.

Zeigt auf seine Brust.

Hier auf dem Schild.

Zeigt auf seine Brust.

Azubi Juliane, Bluse unter dem Kittel halb offen.

Kurze Pause.

Und dann, zehn Minuten später, hat die Ärztin das Stäbchen rausgezogen, das tropfte von Eiter und Blut, und sie sagt, oh, die Eiterblase war so voll, die haben wir schon so aufgerissen. Mit dem Stäbchen. Aus Versehen. Ohne Narkose.

KRONBERG Wir können das ja mal schnell durchrechnen: Angenommen, du investierst 100 000.

ROCKWEILER 100 000?

KRONBERG Gut, laß es weniger sein, aber rechnen wir mal mit 100.

ROCKWEILER Okay –

KRONBERG Du zeichnest für 100 000, plus fünf Prozent AGIO, das ist branchenüblich, macht 105 000.

Rockweiler will was sagen, holt schon Luft, aber Kronberg ist schneller.

In den nächsten zwölf Jahren – solange wird das Schiff

ungefähr genutzt werden – bekommst du Ausschüttungen, die ungefähr bei 103 000 liegen. Aber vergiß nicht: Du wirst auch an dem Verkaufserlös des Schiffes beteiligt, und damit verdienst du noch mal mindestens 70 000. Oder mehr. Die kalkulieren den Resterlös gerne zu niedrig. Dabei ist schon der Schrottwert eines solchen Schiffes enorm: der ganze Stahl. Die zerlegen in Indien das komplette Schiff. Alles. Rechnen wir mal nicht 70, sondern mit 90 oder 95 als Veräußerungserlös.

Kurze Pause.

Dann hast du einen Kapitalrückfluß vor Steuern von 198 000.

Kurze Pause.

Und jetzt: Jetzt kommt das Beste: Schon mal was von der Tonnagesteuer gehört?

Die ganze Ausschüttung ist so gut wie steuerfrei. Du zahlst insgesamt, total, nicht mehr als 4800 Steuern. Denn besteuert wird nach dem Wechsel zur Tonnagesteuer nicht der tatsächliche, sondern ein pauschaler Gewinn, der sich aus der Schiffsgröße berechnet.

Von der steuerlichen Verlustzuweisung von ca. sechzehn Prozent im Zeichnungsjahr gar nicht zu reden.

ROCKWEILER Nein.

KRONBERG Macht eine Rendite von locker 8,7 Prozent. Vor Steuern. Oder: 8,0 nach Steuern. Locker.

Rockweiler hat das alles nicht wirklich verstanden, aber er gibt es nicht zu, sondern sieht sich nur etwas unsicher in der Runde um.

FRAU HARTUNG Wenn ich etwas hasse –

Kurze Pause.

wenn ich etwas wirklich hasse –

Kurze Pause.

Ich hasse –

Kurzes Innehalten:

Frauen *in der Blüte ihrer Jahre*. In der Blüte. Die Blüte. Die Blüte der Jahre. In der Blüte ihrer Jahre. Junge Dinger. Junge Dinger mit vollen, gesunden Dingern! Frauen in der Blüte ihrer Dinger!

HERING Sieh mal, hier –
Er zieht seine Oberlippe seitlich hoch, so daß sein Eckzahn zu sehen ist. Dabei weiter:
– das ist der Zahn.

GALLASCH *versucht von schräg unten in den Mund zu schauen*
Mmmh.

HERING Totalruine, Wurzelresektion, alles runtergeschliffen. Stiftzahn. Aber der soll ja zu den anderen passen. Und die sind ja nicht weiß.

GALLASCH Weiß? Weiß? Gelb!

FRAU HARTUNG Gelbe Zähne!

HERING Aber es gibt tausend unterschiedliche Sorten von Gelb.

FRAU HARTUNG Graugelb.

HERING Die anderen ja, aber nicht der alte, nicht der, der mir schon vor zehn Jahren gemacht wurde, der nicht. Der ist nicht graugelb –

GUBIG Geht ins Weißgrün.

HERING Siehst du, das meine ich –

KRONBERG Der andere sticht ins Ocker –

HERING Genau das meine ich –

GALLASCH Zeig noch mal –
Er zieht Herings Lippe hoch.
Schlechte Arbeit.

KREYE Da beherrscht einer sein Handwerk nicht.

HERR HARTUNG Pech für den, der jemals dran geglaubt hat!

ROCKWEILER Die sagt zu mir: Der Fisch beginnt am Kopf zu stinken. Am Kopf stinkt der Fisch zuerst: Und damit meint die mich.
Die sagt mir, daß ich stinke. Denn ich bin der Kopf von dem Fisch.
Die kann mir nicht sagen, daß ich stinke.
Das laß ich mir nicht gefallen!
Das laß ich mir nicht sagen!

FRAU HARTUNG Kann doch sein –

ROCKWEILER Was –

FRAU HARTUNG Kann doch sein –

ROCKWEILER Was –

FRAU HARTUNG Kann doch sein, daß Sie stinken –
Kurze Pause.
Das kommt schneller, als man denkt –

HERR HARTUNG Was ist das denn?

ROCKWEILER Was?

HERING Das – auf deinem Kopf.

ROCKWEILER Auf meinem Kopf?

KREYE Ja! Da!
Kurze Pause.
Wirst du kahl?

ROCKWEILER Wo?

GALLASCH Da – eine kahle Stelle – nicht groß, aber kahl – etwas schuppig –
Kurze Pause. Rockweiler betastet seinen Kopf. Er erschrickt kurz, als er die Stelle gefunden hat.

ROCKWEILER Ach das –

GUBIG Sieht ja furchtbar aus –

ROCKWEILER Das habe ich schon immer –
Lügt er?

GUBIG Schon immer?

FRAU HARTUNG Die kahle Stelle –

GALLASCH Schon immer –

ROCKWEILER Schon immer – schon als Kind – da ist nie ein Haar gewachsen. Irgendein Defekt. Irgendein winziger Defekt in der Erbmasse.

KRONBERG Das Rutherfordsche Crossing Over.

FRAU HARTUNG Was ist denn bei Ihnen noch alles nicht in Ordnung –

ROCKWEILER Wieso –
Kurze Pause.
Was sollte denn bei mir sonst noch nicht in Ordnung sein?

FRAU HARTUNG Drei Brustwarzen –, eingewachsene Hoden –, Schwimmhäute zwischen den Zehen –
Kurze Pause.

HERR HARTUNG Alles eine Frage des Tempos – alles eine Frage des Tempos –
Kurze Pause.

GALLASCH Die hatte einen ungewöhnlichen Körper, einen wirklich ungewöhnlichen Körper, die war –

Er überlegt.

– unförmig. Die war unförmig, die hatte einen wirklich, wirklich ungewöhnlich fetten –

Er überlegt, ob er noch ein besseres Wort findet, dabei zieht er vor Anstrengung die Mundwinkel abschätzend herunter –

– fetten –

Nein, es fällt ihm kein treffenderes Wort ein.

– fetten Arsch –

KREYE Frage: Ist es möglich, zwei Gedanken gleichzeitig zu haben:
Ja oder nein?

FRAU HARTUNG Ja!

KRONBERG *fast gleichzeitig* Nein!
Kurze Pause.

HERR HARTUNG Halb so alt, doppelt so erfolgreich.

HERING Ich meine, die reden seit Jahren darüber. Die reden seit Jahren über die Reform. Die reden seit Jahren über Neustrukturierungen und Umverteilungen. Die reden seit Jahren über die Senkung der Sätze. Seit Jahren. Und dann das:

GUBIG Pech für den, der jemals dran geglaubt hat!

KRONBERG 150. 150 000. Gar nicht so viel – wenn man es sich mal genau ansieht. 150tausend hat – eigentlich – jeder. Jeder: Es weiß nur keiner.
150 mal 1000 sind überhaupt kein Problem: Wie oft gehen 1000 über den Tisch, und man weiß nicht mal, warum – wofür – muß man nur aufpassen. 150 mal aufpassen, und schon hast du die 150tausend drin: In drei Jahren hast du die drin. Keine teuren Urlaube, nicht ständig essen gehen, keine neuen Klamotten: keine neuen Anzüge, keine teuren Schuhe. Die ganzen Extras raus: Zweitwagen, Taxis, Plasmabildschirm, geht doch alles ohne: Geht sogar besser.
Weißt du nur noch nicht: und auf der anderen Seite: Das Geld arbeitet. Das Geld arbeitet wie Holz in der Sonne: Es dehnt sich aus, macht sich breit.
Pause.

O Gott, Geld.

HERR HARTUNG Einunddreißig Jahre jünger.

KRONBERG Geld!

HERR HARTUNG Einunddreißig Jahre jünger.

KRONBERG Geld! Geld ist herrlich primitiv.

HERR HARTUNG Das muß man sich vorstellen.
Kurze Pause.
Das mußt du dir –
Kurze Pause.
– das mußt du dir erst mal vorstellen.

GUBIG Das fühlt sich – das fühlt sich – nein, ich rede und rede, aber die Stimme, meine Stimme, die klingt so sonderbar, so sonderbar in meinem Kopf, als ob der ganz hohl wäre, hohl wie eine Höhle, das klingt so nach – wie ein Hall.
Gubig schlägt sich mehrfach leicht mit der Faust seitlich gegen den Kopf.

HERR HARTUNG Als sie geboren wird, bist du schon einunddreißig. Wenn du vierzig bist, ist sie gerade neun.
Wenn du fünfzig bist, ist sie neunzehn. Sieben Jahre später: Jetzt ist sie sechsundzwanzig, und du gehst mit siebenundfünfzig schon locker auf die Sechzig, und da läuft sie dir über den Weg.
Und du: Du steckst ihn ihr rein.
Unglaublich – unglaublich. Was für ein Triumph.
Hering steht langsam auf. Er bleibt einen Moment lang stehen. Die anderen sehen ihn an.
Er beginnt zu singen.

HERING Eine Oktobernacht –
die Kleinstadt schläft schon,
leere Gehwege unter den weißen Laternen,
nur in den Wirtshausfenstern gelbes Licht,
Lärm, der wie Atem
hinaus auf die dunkle Straße dringt,
Geschrei,
es wird gezecht,
einer steht auf,
steigt auf den Stuhl,
steigt auf den Tisch,

wer geht mit mir auf Jagd?
Wer geht mit mir auf Jagd?
Wer wird heut nacht nicht müde?
Wer folgt mir aus der Stadt?
Keine Antwort. Musik im Hintergrund.
Unruhiges Ziehen an der Zigarette,
noch ein Schluck Pils:
jetzt in den Wald?
Was willst du jetzt noch jagen –
Jetzt, mitten in der Nacht?
Was willst du da noch jagen –
Ich mache Jagd auf den weißen Hirsch,
auf den goldnen Fuchs,
ich jage die rote Eule.
Jo ree, jo ree, so gehen wir verloren –
Jo ree, jo ree, wir sehen uns nie mehr –

Eine Oktobernacht –
die Kleinstadt schläft schon,
leere Gehwege unter den weißen Laternen,
in den Wirtshausfenstern gelbes Licht,
Lärm, der wie Rauch
raus auf die Straße dringt,
Geschrei,
es wird gezecht,
der weiße Hirsch!
Der goldne Fuchs!
Die rote Eule!
Paß auf, sonst holt sie dich, die rote Eule,
noch ein Pils –
Musik im Hintergrund.
Von außen: gelbe Fenster,
die Tür
geht auf, zwölf Männer kommen mit,
stolpern nach Hause,
holen die schlaftrunkenen Hunde,
die Gewehre
und die Taschenlampen aus den Kellerschränken,

treffen sich wieder vor der Kirche, Glockenschlag
Viertel nach,
mitten in der Nacht, sie gehen los:
zum Wald.
Kalt heute nacht. Der Mond sieht alt aus.
Durch das dichte Geäst der Bäume
dringt kein Licht –
Freunde, bleibt dicht bei mir,
Vorsichtig, leise,
Jo ree, jo ree, so gehen wir verloren –
Jo ree, jo ree, wir sehen uns nie mehr –

So tief im Wald ist es so dunkel
wie am tiefsten Grund des Meeres,
das Geräusch der Stiefel,
das Gewicht der Waffen an den Schulterriemen,
Husten, Schweigen, Laufen,
das Hecheln und das Gewicht
der Hunde in den Leinen,
das ist die Fährte, sagt er,
bleibt dicht bei mir,
Hecheln,
die Schritte werden schneller,
Äste brechen,
siehst du was, hörst du was?
Was war das?
Wo?
Er ruft:
Jetzt laßt die Hunde los,
lo, lo, die Jagd beginnt!

Doch niemand ist mehr da:
kein Hund, kein Mensch.
Wo seid ihr? Keine Antwort.
Rufen.
Echo.
Niemand da. Der Atem fällt ins Laub.
Hallo?

Echo.
Sonst nichts.
Zeit. Angst.
Lo, lo, die Jagd beginnt.
Über ihm, allein,
auf einem Ast die rote Eule:
Sie sagt:
Ruf nicht nach deinen Freunden,
ruf nicht nach deinen Hunden,
sie sagt:
Du wolltest mich jagen
und bist nun selbst das Wild.
Sie sagt:
Von nun an
gehörst du mir.
Sie sagt:
Ich laß dich nie mehr los.
Jo ree, jo ree, so gehen wir verloren –
Jo ree, jo ree, wir sehen uns nie mehr –

Eine Oktobernacht –
die nicht aufhören will.
So tief im Wald ist es so dunkel
wie am tiefsten Grund des Meeres.
Kein Mond, kein Stern, kein Himmel.
Bäume, zusammengewachsen wie ein Gewölbe.
Gelbes Licht. Ein langer Tisch.
Gläser. Teller.
Der weiße Hirsch.
Der goldne Fuchs.
Lo, lo, die Jagd –
Der Atem fällt schwer auf den Tisch.
Die rote Eule hebt ihr Glas.
Sie sagt:
Ich laß dich nie mehr fort.
Jo ree, jo ree, so gehen wir verloren –
Jo ree, jo ree, wir sehen uns nie mehr –

Früher Morgen.
Der Tag bricht an. Grau.
Er ist allein.
Rufen.
Echo.
Hallo?
Echo.
Niemand. Der ganze Wald ist stumm
im ersten Licht des Tages.
Niemand da. Kein Laut.
Kein Tier.
Kein Vogel.
Kein Wind, kein Rauschen in den Bäumen. Gar nichts.
Gegen Mittag
hat er zurück in die Stadt gefunden. Immer noch
ein grauer Tag. Hell,
doch ohne Sonne.
Niemand da.
Die Straßen leer.
Die Plätze leer.
Kein Mensch ist unterwegs.
Die Häuser
leer.
Ist denn nicht jemand hier?
Echo.
Das Wirtshaus leer,
die Tür steht offen.
Und auch
zu Hause niemand.
Der Hund ist nicht zurückgekommen.
Die Frau ist weg.
Das Kind
ist weg.
Das Haus
ist leer.
Jo ree, jo ree, so gehen wir verloren –
Jo ree, jo ree, wir sehen uns nie mehr –
Hering setzt sich wieder.

GUBIG Die war irgendwie falsch – an der war nichts echt, der Pelzkragen nicht, die Seide nicht, der Seitenscheitel, alles falsch.

Kurze Pause.

Drall. Saß in der Sitzecke auf der Premierenfeier und wartete nur auf den Richtigen. Nur das Lächeln war zu unverbindlich. Die wollte keiner haben. Die wollte keiner.

Die Kellnerin kommt zu Hering.

DIE KELLNERIN Herr Hering, draußen steht jemand, der Sie sprechen möchte.

HERING Wer?

DIE KELLNERIN *leise* Das ist doch nicht wichtig, da draußen steht jemand, der Sie sprechen möchte.

GALLASCH Ich hätte gerne noch ein Bier.

HERING Wer soll mich denn jetzt sprechen wollen? Jetzt?

Sieht auf die Uhr.

Um die Zeit?

Er trinkt.

DIE KELLNERIN Sie sagt, es sei sehr wichtig –

GALLASCH Ich hätte gerne noch ein Bier und einen Trester.

HERING Sie? Wer sie?

DIE KELLNERIN Ihre Frau –

GALLASCH Ist das angekommen?

Ich hätte gerne noch ein Bier und einen Trester.

KRONBERG Ein Bier für mich.

HERING Meine Frau?

DIE KELLNERIN Ihre Frau steht draußen und will Sie sprechen.

KREYE Bier ist gut.

ROCKWEILER Bier. Und einen Trester.

HERING Ja – Wenn es so wichtig ist, wenn es ihr so wichtig ist, warum kommt sie dann nicht rein. Warum kommt sie dann nicht rein?

DIE KELLNERIN Sie – sie kann nicht rein.

HERING Warum nicht?

DIE KELLNERIN Die Tür ist schon zu. Wir haben –

Kurze Pause.

– eigentlich schon geschlossen.

FRAU HARTUNG Rotwein für mich und die beiden Herren.

HERING Aber diese Tür kann man doch aufmachen.

DIE KELLNERIN Ja, sicher, das kann man –
Kurze Pause.
Aber nur von innen.

HERING Dann machen Sie die Tür doch auf! Soll sie doch reinkommen! Bitte!

DIE KELLNERIN Wollen Sie nicht –

HERING Ich? Nein! Nein! Warum denn?

DIE KELLNERIN Weil – ich meine, wenn Sie nicht wollen, daß sie reinkommt, oder wenn es besser ist, daß sie nicht reinkommt, dann könnten Sie zu ihr –

HERING Nein!

DIE KELLNERIN Also soll sie draußen bleiben?

HERING Nein! Warum denn –

FRAU HARTUNG Rotwein für mich und die beiden Herren.

DIE KELLNERIN Ich dachte nur, wenn Sie gar nicht wollen, daß sie –

HERING Wer sagt denn das? Wer? Soll sie doch reinkommen, bitte! Sie ist hergekommen, also soll sie auch reinkommen.
Kreye steht auf und rülpst.

KREYE Zeit für Lambert.

HERING Spricht doch nichts dagegen!
Kreye nimmt sich im Vorbeigehen einen Rotweinkelch, bleibt kurz stehen und spuckt hinein. Dann geht er raus.
Nichts!

DIE KELLNERIN Also dann – dann lasse ich sie jetzt rein.

HERING Ich bitte darum!
Er trinkt aus dem Rotweinglas, in das Kreye gerade gespuckt hat.
Wenn sie mich sprechen will! Bitte!
Die Kellnerin ab.

GALLASCH Man will – und man darf nicht. Man möchte, muß! Und muß verzichten!
Er betrachtet seine flache Hand.
Verzicht!

HERR HARTUNG Ticktack. Ticktack. Ticktack. So einfach –

Kurze Pause.

– so kompliziert.

KRONBERG Das sind Modelle – Modelle.

FRAU HARTUNG Ja, darüber kann man nachdenken, kann man – aber nur, wenn man muß, verstehen Sie, nur wenn man muß!

GALLASCH Das ist ein uraltes Problem. Das Problem ist uralt – hier –

Er klemmt sich eine alte Teilprothese aus dem Gebiß und legt sie auf den Tisch.

FRAU HARTUNG Und ich muß das nicht. Brauche ich nicht. Das steht nicht auf meiner Liste.

GUBIG Bei Kunstlicht sieht es so aus und bei Tageslicht wieder ganz anders –

FRAU HARTUNG Aber das ist doch Kunstlicht.

GUBIG Was?

FRAU HARTUNG Hier –

GUBIG Hier –

FRAU HARTUNG Hier, das ist Kunstlicht.

KRONBERG Kunstlicht – aber das Modell –

FRAU HARTUNG Das hier ist doch Kunstlicht.

GUBIG Ja, und?

FRAU HARTUNG Dann muß es doch passen –

GUBIG Wieso –

HERING Was gilt es zu beklagen: den Aufschwung?

Aufgeschwungen empor, hoch empor zum Gar Nichts.

Er versucht seinen eigenen Gedanken zu verstehen. Herings Frau tritt an den Tisch, aber er bemerkt sie nicht.

Donnernd? Laut vielleicht! An weißen Wolkenrändern – entlanggleitend – aber Wolken – bleiben Wolken.

Kurze Pause.

Wir werden, wir werden es erleben!

Nein!

Wir erleben es bereits.

Kurze Pause.

Ticktack.

Kurze Pause.

Aber das – das wird sich bitter rächen.

Er sieht seine Frau.
Was willst du?
Schweigen.
Was willst du von mir?
Schweigen.
Was?
Kurze Pause.
Warum bist du hergekommen? Du hast doch einen Grund? Du kommst doch nicht grundlos her? Zu Fuß? Also: bitte – sag, was du willst!
Schweigen. Kreye kommt zurück und setzt sich hin.
Sag was!

FRAU HERING Ich bitte dich. Komm nach Hause.
Pause.
Komm mit mir jetzt nach Hause.
Pause.

HERING *heftig* Nein!
Dabei setzt er sein Glas hart auf den Tisch. Gallasch, Kronberg und Gubig singen einen Teil von »Tinke, Tinke«.
Ruhe!
Stille.
Ich werde nicht mit nach Hause kommen!
Ich denke nicht daran!
Bist du hierhergekommen, um mich abzuholen?
Nein!
Nein!
Nein!
Sie beginnt zu weinen.
Ich bleibe hier!

GALLASCH Zeit für Lambert.
Gallasch steht auf. Die Kellnerin kommt mit den Getränken zurück. Gallasch setzt sich wieder. Die Frau bleibt am Rand stehen.

DIE KELLNERIN Der Rotwein –
Sie verteilt den Rotwein.
Die Biere –
Sie verteilt die Biere.

Und der Schnaps –

Sie serviert den Schnaps. Wenn sie fertig ist, heult Hering auf.

HERING Wieso bekomme ich nichts zu trinken!

Kurze Pause.

Wieso bekomme ich nichts zu trinken!?

ROCKWEILER *brüllt ihn an* Weil du nichts bestellt hast! Wenn du etwas willst, mußt du etwas bestellen!

GUBIG Die Entbindung hat sechsunddreißig Stunden gedauert. Sechsunddreißig Stunden. Die Frau hat sechsunddreißig Stunden am Stück geschrien und dann, als das Kind dann endlich kam, hat es sie zerrissen, wirklich zerrissen, der Kopf des Kindes war zu groß – alles aufgerissen – sie hat geblutet wie ein Vieh, die kamen gar nicht mehr hinterher, die Hebamme und die Ärztin, Dammriß, Klitorisriß, alles zerstört.

Währenddessen geht Gallasch raus.

Und dann sind wir wieder zu Hause, draußen alles dunkel, im Winter, und die Frau und das Kind, der Junge, die schlafen im Grunde die ganze Zeit, das ganze Haus ist still, die schlafen rund um die Uhr, und ich – ich koche, ich mache die Wäsche, ich kümmere mich um alles, ich mach die Telephonate, ich wimmele die Mütter ab, meine und ihre, und den ganzen Besuch, und ich stelle die ganzen Blumen in die Vasen, und ich schneide die Blumen an, und ich koche Suppe, weil irgend jemand gesagt hat, daß Hühnersuppe im Wochenbett besonders gut sei, dann kommt die Hebamme vorbei und quatscht und quatscht und quatscht, und dann, abends oder nachts, ist das Haus so ruhig, und sie verläßt das Bett nicht, oder wenn sie es verläßt, dann nur, um aufs Klo zu gehen, und dabei stopft sie sich riesige Binden in die Hose, weil sie immer noch blutet, sie wickelt sich richtige Windeln um, und so geht sie vom Schlafzimmer ins Bad, und dabei sagt sie mir, was sie noch braucht, Wasser oder Tee oder Suppe oder Windeln, alles ruhig, die beiden schlafen, und ich sitze an meinem Schreibtisch und

suche irgendwas, und dann finde ich hinten in einer meiner Schubladen einen Ordner mit alten Rechnungen und Garantien, und mitten zwischen diesen Unterlagen habe ich eine Zeitung eingeheftet: HARDCORE, eine Pornozeitschrift. Ich fange an, mir die Bilder anzusehen, heftige Bilder von jungen Frauen und abspritzenden Schwänzen und Frauen, die sich ficken lassen, und Frauen, die es mit Tieren machen, mit Tieren, und plötzlich steht sie hinter mir. Sie hat das Bett verlassen und ist irgendwie in mein Zimmer gekommen, ohne daß ich sie gehört habe, und jetzt steht sie da, in Trainingshosen und mit den ganzen Binden, und sieht die Zeitschrift. Sie sieht die Seite, auf der sich ein junges Mädchen von einem Ziegenbock ficken läßt.
Kurze Pause.
Und sie ist sprachlos – sprachlos. Und dann sagt sie: Ich wollte dich bitten, ob du mir noch eine Hühnerbrühe warm machen kannst – aber du hast mich nicht gehört – das hat sie gesagt: Und dabei hat sie immer auf das Heft gestarrt – immer auf den Ziegenbock, von dem sich dieses Mädchen ficken läßt.
Herings Frau ist irgendwann verschwunden. Plötzlich ist sie einfach weg, ohne daß es jemand bemerkt hat.

HERING *zu seiner nicht mehr anwesenden Frau* Raus! Raus!
Sein Blick findet sie nicht.

FRAU HARTUNG *knüpft an* Ja, Kindesaufzucht ist ein heikles Thema. Aber es ist auch in den vergangenen Jahren immer heikler geworden.
Da war früher manches einfacher. Oder sagen wir mal: Früher hat man einfach gemacht. Einfach machen. Nicht so lange nachdenken.
Mit so einem kleinen Glas Schnaps haben Sie von Ihrem Kind mit absoluter Sicherheit für die nächsten acht Stunden Ruhe.
Sie hält das Glas hoch. Gallasch kommt zurück.
2 cl. Mehr braucht es nicht. Einfach in die warme Milch. Schon ein betrunkenes Baby gesehen? Nein? Das war bei uns Usus. Süß. Die schwanken. Die torkeln richtig. Die fangen an zu schielen. Und dann –

Sie macht mit der flachen Hand einen horizontalen Schnitt durch die Luft.
Ruhe. Kein Geschrei, kein nächtliches Aufstehen.
Und morgens: Katerfrühstück:
kalt abreiben, starken Kaffee und dann an die frische Luft. So werden die Kleinen wieder munter, ganz bestimmt. Das hat noch niemandem geschadet – so eine Kinderleber – die steckt das locker weg – die ist ja noch ganz frisch.

ROCKWEILER *zu Hering* Du hast Glück, du bist vom Glück reich beschenkt. Du – du hast jemanden. Du bist vom Glück reich beschenkt. Du bist glücklich.

GALLASCH Doch ahne ich, daß mir heute nacht ein großer Traum bevorsteht. Nachdem ich – seit Jahren – traumlos daliege, ahne ich heute, heute nacht, einen großen Traum, der mich aus diesem todesgleichen Schlaf erlöst.
Kurze Pause.
Das wird herrlich.
Längeres Schweigen.

KRONBERG Jetzt –
Kurze Pause.
Jetzt paß mal auf:
Er legt einen Löffel so über die Tischkante, daß die Spitze übersteht, und schlägt nach einer Konzentrationsphase von unten mit dem Handrücken der rechten Hand gegen den Löffel, während er die linke von oben auf der Höhe des Handgelenks auf die emporschnellende rechte fallen läßt. Dadurch fliegt zum einen der Löffel kreisend in die Luft, zum anderen gibt es ein klatschendes Geräusch. Er wiederholt die Prozedur, Gubig, sein Nebenmann versucht es auch, scheitert aber klirrend. Gubig versucht es erneut, scheitert wieder, während Kronberg die Nummer perfekt beherrscht: Hoch kreisend fliegt der Löffel durch die Luft.
Die beiden besten Schlagzeuger des Ensembles fangen währenddessen an, mit jeweils zwei Löffeln auf dem

Tisch zu trommeln. Sie trommeln ein Duo, ziemlich virtuos, und schließlich benutzen sie alles, was Geräusche macht: Flaschen, Teller, Aschenbecher und vor allem auch leere wie volle Gläser, die dabei teilweise zerspringen.
Aus diesem Trommeln wird so etwas wie ein percussives Klingeln, als ob manche der Dinge – der metallene Aschenbecher, der Teller usw. – so etwas wie ein Xylophon ergeben könnten. Sie spielen, sehr fein, sehr hell die Begleitung zu dem folgenden Lied.

GALLASCH In meinem kleinen Apfel,
da sieht es lustig aus,
es sind darin fünf Stübchen,
grad wie in einem Haus.

In jedem Stübchen wohnen
zwei Kernchen, schwarz und klein,
die liegen drin und träumen
vom warmen Sonnenschein.

KREYE Sie fickt nicht –
Pause.
Das ist ihr Problem.
Sie fickt nicht, und sie wird nicht gefickt.
Das ist ihr Problem.
Und sie hätte kein Problem, wenn sie ficken würde.
Nicht, wenn sie *mehr* ficken würde, sondern wenn sie überhaupt ficken würde. Das ist das Problem. Das ist das Problem!!!
She dont fuck.
So einfach ist das.

HERR HARTUNG Ich wollte noch mal auf das Schiff zurückkommen –

KRONBERG Ich meine, wenn dich so was interessiert – überlegs dir mal – das Angebot ist nicht zu überbieten –
Kurze Pause.
Aber du kannst dir die Sache ja mal durch den Kopf gehen lassen: oder noch besser: Sieh dir das Ganze doch mal aus nächster Nähe an –

HERR HARTUNG Ansehen?

KRONBERG Ja, ansehen:

HERR HARTUNG Wie soll ich mir das ansehen –

KRONBERG Ich hab da was für dich – ich könnte da was drehen.

HERR HARTUNG Ja?

KRONBERG Schiffstaufe und Gästefahrt des Containerschiffs MS ALABAMA, nächsten Samstag in Hamburg.

Ab elf Uhr Eintreffen der geladenen Gäste auf der Norderwerft im Hamburger Hafen, elf Uhr dreißig Schiffstaufe mit anschließender Gästefahrt.

Von der Norderwerft wird es einige Stunden elbabwärts gehen, vorbei an den Containerterminals und Hamburg-Blankenese. Neben den – bei hoffentlich hervorragendem Wetter – schönen Aussichten haben Sie die Möglichkeit, an Führungen, zum Beispiel durch den imposanten Maschinenraum, teilzunehmen. Für ein rustikales Essen und Getränke ist selbstverständlich gesorgt.

ROCKWEILER Wir kennen uns doch nun lang genug. Wir kennen uns doch alle lange genug. Also –

KRONBERG Ich will dir eins sagen: Ich verkaufe dir hier keinen Mist: Ich habe selbst mein gesamtes Kapital in die MS Alabama gesteckt. Alles. Alles. Da kann nichts schiefgehen.

Kurze Pause.

Und selbst wenn: ist doch alles versichert. Was glaubst du denn? Ist alles versichert!

ROCKWEILER Du hast damit angefangen!

Erstauntes Verstummen ringsum.

Du! Du hast damit angefangen, nicht ich! Nicht ich! Du! Nicht ich!

Pause.

Nicht ich! Du! Du hast damit angefangen!

HERR HARTUNG Es freit ein wilder Wassermann
in der Burg wohl über dem See.
Des Königs Tochter mußt er han,
die schöne junge Lilofee.

Sie hörte drunten Glocken fort
im tiefen, tiefen See.

Wollt Vater und Mutter wiedersehen,
die schöne junge Lilofee.

Und als sie vor dem Tore stand,
vor der Burg wohl über dem See,
da neigt sich Laub und grünes Gras
vor der schönen jungen Lilofee.

Und als sie aus der Kirche kam
von der Burg wohl über dem See,
da stand der wilde Wassermann
vor der schönen jungen Lilofee.

Sprich, willst du hinuntergehen mit mir
von der Burg wohl über dem See.
Deine Kindlein drunten weinen nach dir,
du junge schöne Lilofee.

Und eh ich die Kinder weinen lass
im tiefen, tiefen See,
scheid ich von Laub und grünem Gras,
ich arme junge Lilofee.

Pause. Das Lied verklingt.

KREYE Ach – man müßte –
Kurze Pause.
– man müßte!

HERING *zustimmend und gleichzeitig abwehrend, sich schützend* Ja –

KRONBERG Sagen wir mal 5,5 Prozent, obwohl – im Moment sind die Zinsen im Keller. 5,5 Prozent, das ist nichts. Früher lagen die Zinsen bei acht. Neun. 5,5 ist nichts. Und manche gehen noch da drunter. Geld ist billig. Geld ist im Moment so richtig billig.

Gallasch, der eindeutig älteste in der Runde, springt plötzlich auf und zieht sein dunkelgrünes, kariertes Tweed-Sakko aus. Es hält ihn nicht mehr auf seinem Platz.

Er wirbelt mit dem Sakko in der einen Hand und

einem Rotweinglas in der anderen herum, derwischartig, dreht und dreht, das Sakko fliegt im Kreis, während das Glas fast wie das Auge des Sturms in der Mitte des Tanzes unbewegt bleibt.

Die anderen sehen interessiert, besorgt und ratlos zu. Jetzt schlägt er das Sakko immer wieder auf den Boden, die Knöpfe knallen und zerspringen teilweise, und dann, langsam zur Ruhe kommend, ruft er, während die Haare ihm wie einem derangierten Reitergeneral ins Gesicht hängen:

GALLASCH Die Sprache!
Kurze Pause. Er ruft es weit.
Die Sprache!
Kurze Pause.
Das ist es doch!
Die Sprache!
Etwas undeutlich.
Jetzt nicht wegkümmern.
Er schreit:
Sprache. Die Sprache finden.
Kurze Pause.
Die Sprache finden und nicht verlieren!

GUBIG Ein Geschmack im Mund wie tote Maus.

HERR HARTUNG Daß ich das mal konnte – daß ich das mal konnte – das kann ich mir überhaupt nicht – das kann ich mir nicht einmal mehr vorstellen – aber ich konnte, ich konnte das mal.

ROCKWEILER Ihnen wird es einmal dreckig gehen, hab ich zu dem gesagt:

HERR HARTUNG Jung, unbeschwert –

ROCKWEILER Dreckig. Richtig dreckig.

GALLASCH Und jetzt? Was kann jetzt noch folgen?

HERR HARTUNG – auch rücksichtslos.

GALLASCH Escorial.

HERR HARTUNG Rück-sichts-los.
Kurze Pause.
Eiskalt. Unverschämt.
Zollt sich selbst Anerkennung. Trinkt.

Aber da war ich fünfzehn Kilo leichter! Hier!
Was unter dem Fett alles begraben ist:
die ganze Jugend.

ROCKWEILER *röchelt* Aufhören. Umkehren.

HERING Escorial Grün: 56 Prozent.

HERR HARTUNG *bohrend* Es muß doch noch möglich sein, etwas von großer Schönheit zu schaffen.
Muß doch gehen – das muß doch – irgendwie – machbar sein.

GALLASCH Escorial.

FRAU HARTUNG Wo ist denn meine Brille –

HERR HARTUNG Hattest du sie nicht eben noch?

FRAU HARTUNG Ja, eben hatte ich sie noch – eben habe ich sie doch noch gehabt –

GALLASCH Escorial. Einmal Escorial für alle.

HERR HARTUNG Hast du sie ins Etui – hast du sie in das Etui –

FRAU HARTUNG Das Etui – das Etui ist weg, das ist es ja, natürlich habe ich sie ins Etui getan, ich tue sie immer ins Etui, aber jetzt ist das Etui weg, das ganze Etui müßte hier liegen.
Und es ist nicht da –

HERR HARTUNG Hast du es vielleicht schon eingesteckt?

FRAU HARTUNG Nein! Es ist nicht da, sonst würde ich es ja nicht suchen, ich bin ja nicht total bescheuert, auch wenn du das vielleicht annimmst, vielleicht hat mir das irgend jemand geklaut?!

HERR HARTUNG Wer sollte denn hier dein Etui –

GALLASCH *brüllt* Escorial Grün für alle!

FRAU HARTUNG Nicht das Etui, die Brille! Hast du eine Ahnung, was das kostet –
frag mal die Kellnerin, frag sie mal –

HERR HARTUNG Die Kellnerin hat doch nicht deine Brille mitgenommen –

GALLASCH *brüllt* Grün! Nicht Gelb!

FRAU HARTUNG Gut, dann frage ich sie, wenn du zu feige bist, wie immer, es ist ja immer so, daß du dich nicht traust –

HERR HARTUNG Ich traue mich, ich traue mich, aber ich weiß, ich weiß, daß dieses Etui in circa zwanzig Sekunden wieder auftauchen wird!

FRAU HARTUNG *weinend* Das wird es nicht!

Frau Hartung schlägt mit beiden Händen flach auf den Tisch. Ein Teller, der vor ihr stand, springt leicht und das Brillenetui taucht auf.

Sie schluchzt, heult, hält langsam das Etui hoch.

ROCKWEILER Und dafür würge ich ihm eine rein. Und dafür würge ich ihm so eine rein, daß es kracht. Daß es splittert. So würge ich die ihm rein.

Kurze Pause.

Der steht nicht mehr auf. Der spuckt seine Zähne einzeln raus, der kotzt nicht nur vor Schmerz. Der weint. Der weint. Der wird noch weinen.

GUBIG Es ist so einfach. Es ist vollkommen. Es ist so einfach. Ich erzähle nur noch Scheiße, ich verkaufe nur noch Scheiße, und die Leute kaufen nur noch Scheiße. Und sie kaufen es. Sie kaufen es.

Trabrennen. Läuft ein Jockey vor dem, wie heißt das, vor seinem – wie heißt denn das –

KREYE Ich kann sie nicht durch den Winter ziehen. Das schaff ich nicht. Dafür fehlt mir selbst die Kraft. Dazu fehlt mir die Kraft. Der Winter ist lang.

GUBIG Das Ding – das Ding, was sonst das Pferd zieht beim Trabrennen, wie heißt das, der Wagen, aber Wagen heißt das nicht, vor dem Ding läuft jetzt der Jockey im Flutlicht – und nicht das Pferd.

Kurze Pause.

Und er redet immer mit sich selbst, oder man hört, was er denkt, er sagt immer: Irgendwas stimmt hier nicht, irgendwas stimmt hier nicht.

Pause.

Das ist Unterhaltung.

Kurze Pause.

Das ist Unterhaltung.

Kurze Pause.

Und das verkaufen wir.

Rockweiler und Gubig stehen gleichzeitig auf.

ROCKWEILER Zeit für Lambert.

Die beiden gehen raus.

KREYE *zu Frau Hartung* Und dann habe ich mir gedacht, ob Sie nicht – ob Sie nicht mit Ihrer Erfahrung – ich meine, mit Ihrer Lebenserfahrung –

Kurze Pause.

Ich frage mich einfach – ich weiß nicht, wie ich – sie ist da in einer wirklich ausweglosen Situation, sie sieht zwar die Probleme, aber wenn es ihr gutgeht, dann besteht ja kein Grund, was zu tun, und wenn es ihr schlecht geht, dann begreift sie nicht, daß sie einen Schub hat, und dann ist es zu spät – dann verliert sie den Überblick, meint aber, und das ist das Tückische an der Wahrnehmungsverschiebung, alles erst recht zu durchschauen – diese gedanklichen Spiralen, die Verkettungen sind auch wirklich brillant, im ersten Moment ist das gar nicht so einfach zu durchschauen, das klingt alles so plausibel, das Problem ist im Grunde nicht das Konstrukt, sondern das Fundament – und dann denke ich wieder, vielleicht bin ich in Wahrheit das Problem, vielleicht liegt es alles nur daran, daß ich es habe soweit kommen lassen, vielleicht hätte ich bei dem ersten Anzeichen einfach gehen sollen – aber dann hätte ich sie im Stich gelassen, obwohl sie krank ist, ja, ich denke, so muß man es nennen, man muß es so nennen, sie ist krank –

FRAU HARTUNG Aber Sie fragen sich, ob sie auch krank wäre, wenn sie nicht zusammen wären –

KREYE Ja, vielleicht würde das etwas ändern, vielleicht wäre es auch nie soweit gekommen – vielleicht würde es endlich irgendwie weitergehen, wenn ich nicht ständig –

Kurze Pause.

Aber vielleicht bringt sie sich auch um.

Kurze Pause.

Ich weiß nicht, was ich tun soll.

FRAU HARTUNG Das wollen Sie von mir wissen? Ja?

Pause.

Das kann ich Ihnen nicht sagen: Das kann ich Ihnen nicht beantworten.

Kurze Pause.

Aber ich bin froh, daß ich nicht Ihre Probleme habe, junger Mann.
Kurze Pause.
Da bin ich richtig froh.
Lacht. Rockweiler kommt vom Klo zurück.

HERR HARTUNG Wo ist denn Gubig?

ROCKWEILER Gubig? Gubig ist bei Lambert –

HERR HARTUNG Bei Lambert?
Kurze Pause.
Immer noch? Gubig noch immer bei Lambert?
Kurze Pause.
Warum?

ROCKWEILER Wir stehen nebeneinander, und erst geht gar nichts. Und dann geht was, es fängt an zu laufen, ich weiß gar nicht, erst bei mir, könnte sein, und dann bei ihm, obwohl – keine Ahnung, ist auch egal, auf jeden Fall, ich höre es sprudeln, gluckern, ich sage noch was über die Staufer, und plötzlich kotzt er.
Er kotzt ansatzlos, stützt sich mit einer Hand an der gekachelten Wand ab und kotzt ins Pißbecken, und ich denke, ist ja gut für ihn, und pisse weiter, ist ja nur gut für ihn, und dann, als ich das nächste Mal zu ihm rübersehe, ist er plötzlich weg.
Kurze Pause.
Wo ist er denn, denke ich noch, da sehe ich ihn, auf dem Boden, auf den vollgepißten Kacheln vor dem Pißbecken, Gubig ist weggerutscht – der hat sich abgestützt beim Kotzen, und dann sind ihm beide Füße nach hinten auf den nassen Kacheln weggerutscht, und er ist mit der Stirn noch auf die Spitze von dem Pißbecken geschlagen, und da lag er jetzt, blutend, aber vor allem: Er mußte immer weiter kotzen, er kotzte im Liegen weiter, und dabei sah er mich an, er sah mich so aus den Augenwinkeln von unten hinauf hilfesuchend an, ungläubig, panisch auch, kuhäugig, und dabei kotzte er immer, er hatte wahrscheinlich Angst, daß er erstickt, und das Blut lief ihm von der aufgeschlagenen Stirn, er wollte auch aufstehen, aber er kam nicht hoch, und ich, ich wollte ihm helfen, aber ich –

Kurze Pause.
ich konnte nicht aufhören zu pissen.
Kurze Pause. Er muß fast lachen.
Die Kellnerin kommt mit einem Tablett voll Escorial Grün und verteilt die Gläser so gut es geht auf dem übervollen Tisch.
Ich konnte nicht aufhören zu pissen.
Kurze Pause.
Kennt ihr das? Kennt ihr das?
Kurze Pause.
Also was sollte ich machen? Was sollte ich machen? Er liegt da, kotzt und kotzt, inzwischen kommt aus ihm nur noch weißer Schaum, und ich kann ihm nicht helfen, weil ich nicht aufhören kann zu pissen, ich weiß nicht, wieviel Liter Pisse inzwischen aus mir rausgekommen sind, das ganze Bier, vier Liter vielleicht, aber er braucht Hilfe, denn bei seinen hilflosen Versuchen aufzustehen, schlägt er immer wieder hin, jetzt blutet er schon am Kinn, das hat er sich auf den vollgepißten Kacheln aufgeschlagen, und dann fängt er an zu röcheln, und ich glaube, er sagt Hilfe, oder so ähnlich, hilf mir, ich kanns nicht genau verstehen, also muß ich ihm helfen, ich drehe mich also zu ihm und versuche dabei meinen Schwanz wenigstens von ihm wegzuhalten, aber das geht natürlich nicht, und ich kann ihn mir ja nicht abklemmen, und dann ist überall Pisse, auf der Wand, auf dem Fußboden, auf ihm, unter ihm, überall. Nur ich hab nichts abbekommen. Nichts – hier:
Er steht auf, zeigt seine unbefleckte Hose.
Hier – nichts.

GALLASCH Vielen Dank, mein Kind.
Gubig kommt zurück. Er sieht schlimm aus. Die Kellnerin geht an ihm vorbei.

KREYE Wie siehst du denn aus –

GUBIG Na und?

KREYE Du mußt dich etwas waschen.

GUBIG Kann doch jedem mal passieren.

KRONBERG Geh dich mal etwas waschen.

GUBIG Ich hab mich schon gewaschen.
Mehr geht nicht. Tut mir leid.

Pause. Die anderen sehen ihn an. Dann beginnt er sich auszuziehen.

KRONBERG Na, na.

GUBIG *trotzig* – Ja!

KREYE Na komm –

GUBIG Ja doch!
Kurze Pause.
Mehr geht nicht!

Er zieht sich weiter aus, schließlich hat er nichts mehr an.

Der nackte Mann am Fußende des Tisches. Er singt für sich ein leises Lied zu einer Melodie, von der man annehmen könnte, daß er sie in dem Moment erfindet. Ein Moment der Verlorenheit.

Wir stehen da
wir stehen Hand in Hand
so stehen wir da
Wir stehen da
wir stehen Hand in Hand
so stehen wir da
am Ufer
und sehen hinaus
und sehen hinaus

Ich halte deine Hand
so stehen wir da
so
so stehen wir am Ufer
und sehen hinaus
auf das Wasser
auf das Wasser da draußen

gehen wir weg
fahren wir los
oder bleiben wir noch

komm, wir gehen
komm, wir fahren hinaus
ach,
ach, laß uns noch bleiben.
Er friert leicht und trinkt den Escorial, der vor ihm steht.
Währenddessen verändert Gallasch unmerklich seine Sitzposition. Er legt den Kopf in den Nacken, sein Mund steht leicht offen, die Beine sind vom Leib gestreckt, die Arme hängen schlaff herab. Schläft er? Ist er tot?

HERR HARTUNG *gereizt auf Stichwort* Ja? Ja?
Kurze Pause.
Ja?
Kurze Pause.
Das kann ich dir zeigen. Das kann ich dir zeigen! Dann sieh mal her. Sieh mal her!
Er stellt sich so hin, daß alle ihn gut sehen können, und beginnt, Kniebeugen zu machen.
Hier! Eins, zwei, drei, vier, fünf, sechs, sieben, acht, neun, zehn, elf, zwölf…

ROCKWEILER Genau!
Herr Hartung zählt unterdessen weiter und macht weiter Kniebeugen. Kurze Pause.
Genau!
Kurze Pause.
Das Proktoskop! Das würde mich nun doch mal interessieren – das Proktoskop – wie das wohl funktioniert!
Kurze Pause.
Wie das funktioniert!

HERR HARTUNG *hat ein paar Zahlen einfach übersprungen* Dreiunddreißig, vierunddreißig, fünfunddreißig, sechsunddreißig.
Er kann nicht mehr. Er kommt nicht mehr hoch und fällt schließlich zur Seite um. Kurz liegt er mit den noch angewinkelten Beinen einfach nur da. Dann kriecht er und zieht sich zu seinem Stuhl hoch.

ROCKWEILER Keine Ahnung, was ich je an der gefunden habe –

HERING *zu Gallasch, der seine Position nicht mehr verändert hat* Oder?

Keine Antwort.

Oder?

FRAU HARTUNG Was hat er denn?

KREYE Schläft er oder ist er tot?

KRONBERG *rüttelt an ihm; hält sein Ohr an seinen Mund* Keine Ahnung.

Kronberg brüllt ihn an.

Gallasch!!! Wach auf, du Sau! Wach auf!

Großes Durcheinanderreden. Alles gleichzeitig:

Nicht jetzt hier uns sitzen lassen –

HERR HARTUNG Am besten wir lassen ihn einfach so sitzen, er wird schon wieder aufwachen.

FRAU HARTUNG Fiel vom Stuhl und brach sich das Genick. Gebrochen! Aus!

KREYE Daß das aufbrach, aufschäumte beinah – enorm.

HERING Das weht einen an, das bleibt – und nichts, nichts unversucht gelassen.

ROCKWEILER Das würde mich nun doch mal interessieren –

Er lacht etwas wiehernd.

Das Klingeln des Telephons. Allmählich eintretende Ruhe.

Rockweiler pult wie schon die ganze Zeit wieder an seinem Pickel auf der Wange herum. Frau Hartung schlägt ihm auf die Hand.

FRAU HARTUNG Nicht! Nicht dran rumdrücken! Nicht immer dran rumdrücken!

Nur einer redet noch weiter:

KREYE – war Azubi Juliane einfach ein geiles Stück. Ein geiles – Stück. Ja.

Kreye bemerkt, daß er als einziger noch spricht. Schweigt. Das Telephon klingelt. Lange.

Die Kellnerin geht ran.

DIE KELLNERIN Ja, bitte?

Schweigen.

Einen Moment, bitte.

Sie deutet auf Kronberg.
Es ist für Sie –

KRONBERG *überrascht* Für mich? Das kann doch gar nicht sein –

DIE KELLNERIN Für Sie – es ist für Sie.
Kronberg steht auf, geht ans Telephon, alle sehen zu.

KRONBERG *selbstbewußt* Ja, bitte?
Kurze Pause.
Ja –
Kurze Pause.
Ja –
Lange Pause.
Ja –
Er läßt den Hörer sinken. Tief erschüttert in die Runde:
Die MS ALABAMA ist noch im Trockendock gekentert.
Kurze Pause.
Und anschließend bei den Bergungsversuchen ins Hafenbecken abgerutscht.
Kurze Pause.
Und dort sofort gesunken.
Kurze Pause.
Weg. 21 Millionen. Weg. Versenkt.
Pause.

HERR HARTUNG *ins Schweigen* Und die Versicherung?

KRONBERG Die Versicherung zahlt nur im Schadensfall zur See. Nicht an Land. Die Versicherung zahlt keinen Cent.
Lange Pause. Er setzt sich. Keiner sagt was.
Alles weg. Versenkt.

KREYE *schrill* Sabotage!
Pause.
Niemand ist mehr sicher!

HERING Pech für den, der jemals dran geglaubt hat.
Rockweiler ist es endlich gelungen, seinen Pickel auszudrücken.

FRAU HARTUNG Waswaswas ist das denn? Das kann doch nicht, ich kotze gleich, Sie spinnen doch, das ging genau in mein Gesicht, das ging mir ins Gesicht, das hier, das hier, das ist der Eiter aus Ihrem Pickel, das ist der Eiter aus Ihrem Pickel! Das ist der Eiter aus Ihrem Pickel! Eiter! Ihr Eiter in meinem Gesicht! Sie Sau! Sie Sau, den Pickel, den muß man ausbrennen, Sie Sau, ausbrennen, hier!

Sie drückt ihre brennende Zigarette in Rockweilers Pickel, der laut aufschreit.

Hier!

Sie reißt Rockweiler dessen brennende Kippe aus der Hand und drückt sie noch mal in die Wunde.

ROCKWEILER Aaaaaaarrrrrghhhh.

Rockweiler springt schreiend auf, hält sich die verkohlte Wange und rennt ins Klo.

FRAU HARTUNG Das wars! Das wars für mich, ich gehe!

Sie steht auf, schmeißt dabei einige Gläser um, wankt zu einem Kleiderständer in einer Ecke und zieht sich einen ziemlich auffälligen, teuren Mantel an.

Sie kommt zurück. Zu ihrem Mann:

Was ist mit dir? Bleibst du hier? Willst du da sitzen bleiben?

Kurze Pause.

Wie du willst!

Sie rauscht ab. Schweigen. Ein weiteres Glas rollt vom Tisch und geht kaputt.

Dunkel.

II.

Etwas später: Kronberg ist gegangen. Sonst alles wie vorher. Rockweilers Gesicht sieht nicht gut aus.

HERING Die Trägheit ist eine Gefahr, der man offen ins Angesicht schauen muß –

HERR HARTUNG Die Trägheit ist eine Erbkrankheit.

HERING Die Trägheit ist erlernt und nicht ererbt.

HERR HARTUNG Mutter und Sohn, sie galt lange Jahre als schön, aber faul. Blond. Der Junge dagegen ist quicklebendig. Dann plötzlich: Ihr Mann verliert seinen Job, und sie erwacht zu neuem Leben, beginnt zu arbeiten, die Familie zu versorgen, sie haben mehr Geld als vorher – und der Junge, sie arbeitet rund um die Uhr, der hübsche Junge aber, der hübsche Junge wird plötzlich träge. Träge und dick.
Kurze Pause.
Was heißt das?
Kurze Pause.
Ich weiß es nicht.
Dunkel.

III.

Später: Gallasch liegt auf dem Rücken auf dem Tisch. Hering, Herr Hartung, Rockweiler, Kreye.
Die Kellnerin versucht, den Tisch abzuräumen und die Gläser vom Fußboden aufzuheben.

ROCKWEILER Sie sollten – Sie sollten wirklich – Warum nicht – Sie könnten doch bei mir anfangen. Ich hab Arbeit für Sie. Bilden Sie sich fort. Nutzen Sie Ihre Begabungen.
Er lächelt sie an.
Sie brauchen nur ja zu sagen. Sie können morgen anfangen. Sie können sofort anfangen. Ziehen Sie einfach die Schürze aus und kommen Sie mit mir mit.
Er streckt die Hand aus.
Dunkel.

IV.

Etwas später. Rockweiler ist weg. Sonst alles wie vorher. Gallasch unverändert.

KREYE Lambert hatte den Kopf einer Kröte, eine Wampe und darunter Storchenbeine. Er trug gerne feine Herrenstrümpfe. Wenn er den Mund aufmachte, erinnerte er an ein Urinal.
Dunkel.

V.

Später: Gallasch auf dem Tisch. Kreye ist weg. Hering und Herr Hartung und Gubig. Ebenfalls am Tisch: Die Kellnerin.

DIE KELLNERIN Gut, daß es manche Dinge gibt, denke ich manchmal.
Manche Dinge, auf die ich mich immer wieder freue.
Immer.
Honig, zum Beispiel, oder genauer: ein Honigbrot am Morgen. Oder Kaffee.
Klar bin ich nicht die Schönste.
Kurze Pause.
Ich weiß das.
Kurze Pause.
Ich weiß das.
Aber das ändert nichts.
Das ändert vor allem nichts daran – daß – daß man sich Hoffnungen macht.
Oder? Ist doch nichts Besonderes: Hoffnungen, ganz normal.
Auch wenn man enttäuscht wird. Gerade dann.

VI.

Später: Gallasch auf dem Tisch, zu Füßen des Tischs auf dem Fußboden sitzend Herr Hartung. Hering steht am Tisch. Gubig ist weg. Die Kellnerin hat sich inzwischen ihre privaten Sachen angezogen. Auf einem Stuhl stehen eine Handtasche und eine Plastiktüte.

HERING *brüllt* Das glaube ich nicht – das glaube ich einfach nicht –

DIE KELLNERIN Doch – doch wirklich –

HERING Das kann nicht –

DIE KELLNERIN Doch –

HERING Hier – hier – hier muß –

HERR HARTUNG *von unten* Hier, hier, hier –

HERING Hunger!
Pause.
Hunger!
Pause.
Hunger!
Nichts passiert.
Hunger!

DIE KELLNERIN Wenn ich es Ihnen doch sage –

HERR HARTUNG Auf der Schwelle der Küche verhungern. Das ist unser Schicksal.

HERING Hunger –

DIE KELLNERIN Hier ist doch keiner mehr, und wir gehen morgen in die Betriebsferien, wir, hier ist nichts mehr, es ist alles weg, wir lagern hier nichts, das wird doch alles schlecht –
Hering schaut in die Plastiktüte der Kellnerin.

HERR HARTUNG Wir verhungern auf der Schwelle der Küche.

DIE KELLNERIN Vielleicht sollten wir dann alle –
Pause.
Ich meine – ich meine, wir könnten ja zu mir gehen, und ich mache Ihnen ein Frühstück.

Kurze Pause.
Ein Frühstück.
Pause. Der Aufbruch findet nicht statt.
Die Kellnerin entkorkt eine Weinflasche und trinkt daraus.
Ich wollts Ihnen nur angeboten haben.
Hering weiß nicht genau, ob er kotzen muß oder nicht. Ein kritischer Moment. Dann stolpert er zum Tisch, greift nach einer herumstehenden Flasche, weiß weiterhin nicht, ob er kotzen muß oder nicht, und klettert schließlich auf den Tisch. Er steht über dem leblosen Gallasch.

HERR HARTUNG *von unten* Ich habe neulich eine Frau auf einer Wiese gesehen. In einem Park. Oder: Es war kein Park, ein Park wäre größer, es war mehr eine Wiese, eine Grünfläche, angrenzend ein Spielplatz.
Da saß sie. Auf der Wiese. Allein.
Hering springt vom Tisch, fällt dabei fast hin.
Sonst war niemand da – außer ein paar Kindern auf dem Spielplatz, aber der war ja etwas entfernt – Die Frau war allein. In der Sonne. Sie war allein auf der Wiese.
Eine noch junge Frau, das konnte ich aus der Entfernung sehen. Eine noch junge Frau allein auf der Wiese. Sie hatte sich eine Decke mitgebracht. Es war noch früh am Tag. Sonnig. Wärmer als erwartet. Da saß sie auf der Decke.
Hering springt wieder. Fällt hin. Rappelt sich hoch. Kriecht wieder auf den Tisch.
Da saß sie auf der Decke.
Aufrecht. Sie hatte eine Zeitung dabei. Bücher. Sie wollte lesen. Oder arbeiten.
Kurze Pause.
Sie sah aus wie eine Blume. Sie sah aus wie eine Blume. Sie sah aus wie eine Blume, die bestäubt werden will.
Sie saß da und wollte bestäubt werden.
Befruchtet. So saß sie da. In Erwartung. Allein.

Hering springt zum dritten Mal.
Bestäubung. Allen Büchern zum Trotz.
Also bin ich ganz nah an ihr vorbeigelaufen. Einmal. Zweimal. Und sie hat mich immer angesehen.
Kurze Pause.
Jung. Noch jung.
Und dann habe ich sie gefragt: Na, wie gehts.
Wie gehts.
Keine Antwort.
Wie eine Blume. Eine Blume, die sich im Sonnenlicht aufrichtet und wartet.
Na, wie gehts. Sie hat nicht geantwortet – aber der Blick. Der Blick war voller Entsetzen.

HERING *auf dem Tisch zu dem leblosen Gallasch* Verstehst du nicht? Verstehst du nicht?
Kurze Pause.
Wir können fliegen!
Wir – können – fliegen!
Pause.
Wir sind höhere Wesen. Wir sind Götter!
Er fällt.
Gallasch! Gallasch! Das darfst du nicht verschlafen!
Herr Hartung zieht sich am Tischbein hoch, kommt dazu, beide brüllen Gallasch ins Ohr.
Wir können fliegen!

HERR HARTUNG Er kann fliegen –
Herr Hartung stürzt und kriecht wieder in seine Position unten am Tisch.

HERING Das ist die Herrlichkeit.
Pause.
Das ist die Herrlichkeit.
Kurze Pause.
Und jetzt: Komm –
Er streckt den langen Arm mit offener Hand zur Kellnerin. Hatte Rockweiler nicht vorhin eine ähnliche Geste?
Komm her.
Sie schaut ihn an und nimmt einen langen Zug aus der Flasche.

Komm her!
Sie ziert sich, trinkt und sieht ihn an. Bewegt sich Gallasch unmerklich?
Zögernd geht sie auf ihn zu. Er zieht sie zu sich, sie landet in seinen Armen.
Hering und die Kellnerin küssen sich.

HERR HARTUNG Tinke, Tinke.
Kurze Pause.
Alles eine Frage des Tempos. Manchmal denke ich an das Distelfeld hinter unserem Haus.
Aus dem Kuß wird ein besoffenes Aneinanderrumfummeln. Die Kellnerin stützt sich auf den leblosen Gallasch oder hält sich an ihm fest.

DIE KELLNERIN Das ist ja das Schlimme an dem Gewerbe der Gastronomie: Daß wir davon leben müssen, die zu vergiften, die uns so am Herzen liegen!
Daß es dazu noch kommt!
Herr Hartung nestelt währenddessen an ihren Schuhen oder so ähnlich.
Hering und die Kellnerin ermatten. Er greift nach einer herumstehenden Flasche.
Herr Hartung rülpst anhaltend.

HERR HARTUNG Und ich Idiot versuch der noch zu helfen – aber die dreht sich in eine hysterische Schraube, da komme ich gar nicht mehr rein.
Kurze Pause.
Das hätte ich mir nicht bieten lassen sollen.
Hering setzt sich schwer auf einen der Stühle. Trinkt aus einem der Gläser, die vor ihm auf dem Tisch stehen.

HERING Na los. Na los jetzt.
Nichts passiert.
Dunkel.

VII.

Herr Hartung und Hering sind weg. Nur Gallasch auf dem Tisch. Die Kellnerin kommt, ist gerade beim Putzen, Kehren und Aufräumen.
Sie geht mehrfach und bringt Gläser raus. Wenn der Tisch – bis auf Gallasch – komplett abgeräumt ist, geht sie ab. Dabei nimmt sie ihre Handtasche und die Tüte mit. Gallasch bleibt auf dem Tisch zurück.
Dunkel.

Idomeneus

Eine Gruppe von etwa zehn bis vierzehn Männern und Frauen. Es können auch mehr oder weniger sein.

Anfangs vorsichtiges Tempo.

Klare Trennungen zwischen den Szenen.

1.

EIN MANN UND EINE FRAU, BEIDE NICHT MEHR JUNG

Idomeneus,
König von Kreta,

gerät auf der Heimkehr
von Troja,

der nach zehn Jahren Krieg
gefallenen Stadt,

mit seinen achtzig Schiffen,
mit den achtzig Schiffen,

mit denen er sich
zehn Jahre zuvor
nach Troja aufgemacht hatte,
um die Stadt und ihre Bewohner zu vernichten,

VIER FRAUEN, VIER GENERATIONEN

und mit all den Männern
auf den achtzig Schiffen,
die nach zehn Jahren Krieg
noch am Leben waren,

EINE ANDERE FRAU UND EIN ANDERER MANN

gerät Idomeneus,
König der Kreter,

auf der Heimkehr von Troja,
auf dem Heimweg nach Kreta,

VIER FRAUEN, VIER MÄNNER

in einen Sturm,
in ein Unwetter,
einen Orkan,

der so furchtbar ist,
daß keines der Schiffe,

keines,
keines der achtzig,

EIN MANN UM DIE FÜNFZIG
bis auf allein das Schiff des Königs selbst
den turmhohen Wellen standhalten kann,

allein ein einziges Schiff,

ALLE ein einziges von achtzig,

ZWEI das Schiff des Königs,

ALLE die anderen,
alle,

alle anderen Schiffe
gehen in dem Sturm unter,

und die Männer auf den Schiffen
ertrinken in den Wellenbergen,

WENIGE, VERSTREUT
die großen Schiffe,
einmal gekentert, laufen voll Wasser

und dann:

EINER rauschen sie lotrecht in die Tiefe,

einen dichten Schleier von Luftblasen
hinter sich herziehend,

ZWEI und mit den Schiffen,

EINE GRUPPE in ihnen gefangen,

EINE FRAU sinken die Männer auf den Grund
des Meeres,

DREI FRAUEN die Männer, die Krieger, die Soldaten,
aber nicht nur die:

auch die Frauen,
die Verschleppten, Gefangenen,

die Sklaven,
sicher auch Kinder.

DREI ANDERE FRAUEN

Alle von denen kämpfen, strampeln,
verzweifelt

hoffnungslos
hilflos

ums Leben, nur ums Leben,
und sterben doch,

FÜNF VERSCHIEDENE

ertrinken, krepieren –
wahllos
jung und alt. Es trifft jeden.

EIN MANN Der König,
nicht mehr jung nach zehn Jahren Krieg,
Idomeneus,
der viele in den Tod hat gehen sehen, sehr viele,
brüllt das Meer an,
den Gott,

ZWEI FRAUEN, EIN MANN

den Sturm,
die Wellen,

dies sind die letzten Augenblicke
seines Lebens,
weiß er.

SECHS OHNE VERSTÄNDNIS

Warum brüllt er,
warum schließt er nicht Frieden

mit dem Schicksal,
warum keine Demut,
nur Wut, Zorn?

ZWEI FRAUEN Dieses Ende,
Gott,

nach allem, was geschehen ist?

EIN MANN Nach allem, was geschehen ist,

ist dies das Ende?

DREI, DIE MITEINANDER AUSKOMMEN MÜSSEN

Wie sollte,
wie könnte,

nach allem
was geschehen ist,

nach dem Krieg,
nach dem Warten im trojanischen Pferd,

nach dem Überleben
und dem großen Töten,

das Ende begreifbar sein?

Dieses Ende,
nicht im Krieg,

sondern auf dem Heimweg,
auf See.

EINE FRAU Die Angst,
die Angst zu sterben,

hat sich in den Jahren nicht geändert,

EINE ANDERE FRAU

oder doch:

Sie ist gewachsen, ist größer noch geworden,
als sie es schon immer war,

BEIDE die Angst
vor dem Sterben

ist im Krieg mit jedem Tag gewachsen,
denn früher,

als sie nach Troja aufbrachen,
damals,

da hatten sie vom Sterben
nicht viel mehr als eine Ahnung,

jetzt aber,
jetzt aber hat Idomeneus genug davon gesehen,

er weiß,
wohin die Reise geht:

in das Grauen,
in den Schmerz.

EIN MANN, EINE FRAU, BEIDE NICHT JUNG

Du mußt nichts fürchten,
du mußt nichts fürchten,
du mußt nur niederfahren
auf den Grund des Meeres
in die Kälte.

SIEBEN Taub vor Angst
glaubt Idomeneus,

DIE FRAU VOM ANFANG

König der Kreter,

SIEBEN im Tosen des Orkans

eine Stimme zu hören,
eine Frage:

DREI Was
was versprichst du zu tun,

wenn du am Leben bleibst?
Wenn du das hier

überlebst,
was tust du dann?

DER MANN VOM ANFANG

Ich,
ich werde,

wenn wir dem Untergang entkommen,
meine Männer und ich,

EIN ANDERER MANN, VIELLEICHT ETWAS HEISER

wenn unser Schiff verschont bleibt,
wenn wir den Strand Kretas lebend erreichen,

werde ich das erste Lebewesen opfern, das uns dort begegnet,

was es auch sei,
wer es auch sei.

FÜNF ENTTÄUSCHTE

Ein Opfer –
was für ein Tausch.

DREI, DIE ALLES ANDERS MACHEN WOLLTEN

Oder eher eine Lotterie –
ein Leben opfern –
und dafür
das eigene Leben behalten,
ein Tausch.

DIE ZWEI ALLEINGELASSENEN

Was für ein Vorschlag,
was es auch sei,
wer es auch sei.

DREI ANDERE Wäre es nicht besser,
Idomeneus folgte seinen Männern
auf den neunundsiebzig verlorenen Schiffen in die Unterwelt?

DIE ZWEI Er schreit und schreit:
Wozu habe ich gelebt, gekämpft,

wenn ich so sterben muß.
Ich bin noch nicht so weit!

EINE NICHT MEHR GANZ JUNGE FRAU MIT EINER TASCHE

Und dabei hält der liebe Gott
für jeden einen Tod bereit.

DIE JUNGEN Der Wind läßt nach,
langsam.

Der Sturm legt sich,
nach und nach.

Das Wasser beruhigt sich.
Die Wolken reißen auf.

Wrackteile.
Reste der verlorenen Schiffe.

Sonne.
Idomeneus lebt.

DIE ALTEN Doch jetzt,
während die Wellenkämme sich leise kräuseln,

kommt eine Angst über den König der Kreter,
die schlimmer ist,

als die Furcht vorm Sterben es je war,
eine Angst, ganz ungeahnt,

eine Last auf ihm
schwer wie Tonnen,

die ihn lähmt,
die Schuld, die Vorahnung,

die ihn fast blind macht,
blind,

so daß er erst nicht sieht,
was vor ihm liegt:

die Insel Kreta in der Morgensonne.

EINER VON IHNEN Die Heimat, Kreta.

EIN ANDERER Drehen wir um, Männer,
und suchen wir das Ende auf dem offenen Meer.

DER DRITTE Hier können wir nicht sein,
das Schicksal hatte ein anderes Ende für uns vorgesehen.

DIE DREI Das will Idomeneus,
König der Insel da vor ihnen in der Sonne,

heimgekehrt von Troja,
der nach zehn Jahren Krieg gefallenen Stadt,

jetzt angelangt am Ziel, der heimatlichen Küste,
seiner Mannschaft sagen,

und sagt es nicht.

EINE FRAU Er denkt:

ZWEI FRAUEN Die Küste hält Schlimmeres für uns bereit,
als alles, was wir je erlebten.

EINE FRAU UM DIE SIEBZIG
Schlimmeres
als alles, was wir je erlebten.

Sicher hofft er auch trotzdem:

EINE FRAU UM DIE SIEBZIG UND EINE JUNGE FRAU
Alles wird gut.

2.

SECHS FRAUEN UND MÄNNER
Olivenbäume.

VIER ANDERE Von der Sonne verbranntes Gras und Gestrüpp.
Steine.

ZWEI ANDERE Ein verwitterndes Labyrinth,

SIEBEN auf den Mauern
wachsen Flechten.

EINE FRAU Der Wind.

EIN JUNGER MANN Oben,
auf dem Berg,
in der Stadt,

in einem Fenster
des Königspalastes,
der Kopf eines jungen Mannes,

EINE FRAU das ist der Sohn des Idomeneus,
Idamantes,
etwa achtzehn oder zwanzig Jahre alt,

ZWEI JUNGE MÄNNER
Idamantes,
der ein Kind war,
als sein Vater in den Krieg zog,
er blickt suchend auf das Meer.

Er hat gesagt,
er kommt zurück.
Versprochen ist versprochen.

EINE GRUPPE VON MÄNNERN
Der Blick in die Ferne,
hinaus auf das Meer.
Was für ein Sturm vergangene Nacht,

was für ein Sturm.
Wann kommen die Schiffe des Vaters nach Hause?

EINE GRUPPE VON FRAUEN
Wo sind die?
Wer lebt von denen noch?

EIN JUNGER MANN Was ist das für ein Schatten auf dem Meer?

Ist das ein Schiff?
Groß, doch ohne Segel –
vielleicht ein Wrack und keine Seele mehr an Bord?

3.

DREI FRAUEN Anderswo,
in einem anderen Zimmer des Palastes,
eine noch junge Frau,
ein alter Mann.

Er treibt es mit ihr.
Sie treibt es mit ihm.
Sie treiben es miteinander.

DREI MÄNNER Sie keuchen.

EINE FRAU Früher Morgen.

DREI FRAUEN Was macht er mit ihr?

DREI FRAUEN, DREI MÄNNER
Sie stöhnen,
sollen es doch alle hören,
sollen es doch alle hören,

klatsch klatsch klatsch
patsch patsch

DREI MÄNNER sie: Das ist Meda,
die Königin von Kreta,
Frau des Idomeneus,
eine noch junge Frau,
seit zehn Jahren allein,

EINE FRAU er: Das ist Nauplios,
König von Nauplia,
ein Sklavenhändler,
früher einmal einer der Männer Jasons,
ein Argonaut,

DREI MÄNNER heute ein alter Mann

und ein Ficker.

DREI FRAUEN, DREI MÄNNER

Sie stöhnen,
sollen es doch alle hören,
sollen es doch alle hören,

klatsch klatsch klatsch
patsch patsch

EINE FRAU, NICHT MEHR JUNG

was macht er mit der jungen Frau –

4.

EIN MANN Am Strand,

EIN ANDERER MANN
am Strand

EINE FRAU nichts.

DER ERSTE MANN Felsen, Sand, Steine,

Wellen. Sonst nichts. Ein paar Bäume.

DIE FRAU Keine Eidechse. Kein streunender Hund, kein Käfer.

Nicht einmal ein Vogel in der Luft.

Gar nichts, niemand da.

DER ZWEITE MANN
Die hin und her irrenden Blicke des Königs.
Der Strand ist leer, unbelebt, kein Tier,
kein Mensch –

ist das ein Zeichen?

DER ERSTE MANN Das ist ein Zeichen.

DIE DREI Aber wofür?

DIE FRAU Die hin und her irrenden Blicke des Königs.

DIE FRAU UND EIN MANN
Keine Musik. Keine Trommeln und Trompeten.
Wo bleibt denn
das Begrüßungskomitee?
Der König ist zurück! Idomeneus!

DER ERSTE MANN Da,
in der Ferne,
bewegt sich etwas.

Etwas kommt langsam näher,
im ZickZack

über die Felsen springend,
was ist das?
Ist das ein Tier?

Zick zack,
das ist kein Tier,
das ist ein Mensch,

der springt, der hüpft sogar, tanzt,
der winkt,
der aufgeregt ist,
der sich freut,

DER ERSTE MANN UND DIE FRAU
zick zack,
der ruft,

das ist ein junger Mann,
der ruft: Hallo, hallo?

DIE FRAU Wer seid Ihr?

Von oben, von der Stadt aus
sah ich schon Euer Schiff,
ein Schatten auf dem Wasser,

ich bin
Idamantes,
der Sohn des Idomeneus,

DIE FRAU UND DER ZWEITE MANN
einst König von Kreta,
seit zehn Jahren fort,

und wer seid ihr,
fragt der junge Mann und sieht
in die verbrannten, vernarbten Gesichter der Seefahrer,
kommt ihr von Troja?

DER ZWEITE MANN UND DIE FRAU
Was könnt ihr berichten
von Idomeneus,

meinem Vater,
einst König von Kreta,
und von seinen achtzig Schiffen,
mit denen er in den Krieg zog?

Habt ihr
die untergehen sehen?

Schweigen.

Und was habt ihr gelobt zu tun,
wenn ihr eines Tages
den Fuß auf den Boden der Heimat setzt?

DIE FRAU Was habt ihr geopfert,
um die Heimat lebend zu erreichen?

Was war der Preis?

DER ERSTE MANN Da zieht der König ein Messer
und schneidet dem Jungen die Kehle durch.

Schächtet ihn, läßt ihn ausbluten,
ein Schwall von Blut schießt aus dem aufgeregten Körper,

zum Entsetzen der Männer
im Kreis
um den verlorenen Jungen.

DIE FRAU Und als das Blut ihre Füße erreicht,
ergreifen die Männer den König von Kreta,

DER ERSTE MANN Idomeneus,

DER ZWEITE MANN
und hängen ihn nackt
mit dem Kopf nach unten
an einen Baum,

DER ERSTE MANN sie ziehen seine Haut ab,
bei lebendigem Leibe,

DIE FRAU und sie schneiden ihn auf,
zerren seine Därme auf den Strand

und machen dem König
daraus eine Kette.

DER ERSTE MANN Wozu habe ich gelebt, gekämpft,
wenn ich so sterben muß.
Ich bin noch nicht so weit!

DER ZWEITE MANN
So war es nicht:

DIE FRAU So ist es nicht gewesen.

DER ERSTE MANN Es ist so gewesen:

Mein Sohn,

sagt der Vater zu dem aufgeregten Jungen,

DIE FRAU erkennst du deinen alten Vater nicht?
Komm her, laß dich in meine Arme schließen,
geliebtes Kind, komm, komm –

umarmt den Sohn,

DER ZWEITE MANN
mein Vater, mein lieber Vater,

DIE FRAU und wendet den Blick zurück
auf das ruhige Meer.

Was von da kommt?
Ob da was kommt?

DER ERSTE MANN Was von da kommen wird?
Die Wellen rollen langsam an den Strand:

Versprochen ist versprochen.
Versprochen ist versprochen.

DIE FRAU Nicht den Sohn –
wer opfert seinen Sohn?

DER ERSTE MANN Welcher Gott
kann das verlangen –
nicht den Sohn.

Der Kreis der heimgekehrten Männer,
grau geworden, alt.

DIE FRAU Der leere Strand.

DER ZWEITE MANN
Der junge Mann, Idamantes. Der Sohn.

DER ERSTE MANN Was für ein Geschenk.

DIE DREI Die Wellen.

Versprochen ist versprochen.
Versprochen ist versprochen.

5.

ZWEI MÄNNER Nauplios:
alt,
unförmig,

ZWEI ANDERE MÄNNER
macht mit Meda,
der Frau des Idomeneus, keine Vierzig,
oder verlangt von ihr
Dinge,

die sie niemals zuvor getan hat,
die sie niemals zugelassen hätte,

EIN WEITERER MANN
aber jetzt
nach zehn Jahren des Wartens –

ZWEI MÄNNER Nauplios: König von Nauplia
und Sklavenhändler,

und in seiner Jugend,
bevor er dick wurde,

EIN WEITERER MANN
ein Argonaut,

DIE VIER MÄNNER einer, der schon Blut geschwitzt hat.
Weggefährte des Herakles und des Orpheus.

Hatte einen Sohn und verlor ihn.

ZWEI FRAUEN Und dafür sucht Nauplios Rache.

VIER MÄNNER Der Sohn des Sklavenhändlers
war ein Mann der Buchstaben.
Einer, der sogar
Buchstaben erfinden konnte.
Palamedes.

DIE EINE FRAU Sieh mal, Papa,
ich habe einen Buchstaben erfunden:

DIE EINE FRAU UND DIE ANDERE FRAU
So und so und so.
Zeichnet in die Luft. Ein A, A wie Alpha.

EINE FRAU A wie Anfang,
alle sagen andauernd A, aber keiner kann es schreiben,
wir brauchen ein Alphabet,
Papa des Palamedes.
Ich habe einen Anfang für das Alphabet gefunden!

EIN MANN Mein Junge: Und welches Ende wirst du finden?

Das Ende war so:
Palamedes war klüger als Odysseus.

DREI MÄNNER Odysseus, der listenreiche, stellte sich wahnsinnig,
als die Griechen nach Troja zogen, aber
Palamedes überführte Odysseus der Feigheit, weshalb
Odysseus ihn haßte.
Er stellte dem Palamedes eine Falle,
und er ließ Palamedes,
den klugen Kopf,
den Entdecker des Buchstaben A,
von den eigenen Leuten im Heerlager vor Troja
steinigen.

EIN MANN Der alte Argonaut,
Nauplios, Vater des Palamedes,
machte sich darauf selbst
auf den langen Weg von Nauplia
ins Lager der Griechen vor Troja,
um den toten Sohn zu holen,
und um Odysseus, den listenreichen, im Zweikampf zu töten.

Doch die Heerführer der Griechen,

DIE ZWEI FRAUEN Männer wie Menelaos und Agamemnon und Idomeneus, König von Kreta,
Anführer einer starken Flotte
von achtzig Schiffen,
ein mächtiger Mann,

gaben Odysseus nicht heraus,
denn das war ihr bester Mann,
den sie brauchten,
sie untersagten den Zweikampf,
weil sie wußten:

Nauplios, der Argonaut,
hatte einmal mit den Gefährten
die Argo durch die Wüste Sahara getragen,

der hätte Odysseus zerdrückt.

VIER MÄNNER Kein Zweikampf.

EINE FRAU Also fuhr Nauplios mit der Leiche des Sohnes nach Hause,

ZWEI FRAUEN und dies war seine Rache an den
griechischen Anführern,
die ihm sein Recht,
den Kampf mit Odysseus,
verweigert hatten:

ZWEI MÄNNER Er fickte ihre Frauen,
alle,
nach und nach,

ZWEI ANDERE MÄNNER
schwängerte einige von ihnen,

EINE FRAU und wenn er sie nicht selbst
ficken, besamen konnte,

ZWEI FRAUEN denn er war nicht mehr jung
und konnte auch nicht überall sein,
gleichzeitig,

dann brachte er sie wenigstens auf den Gedanken,

EINE FRAU sieh mal, Klytaimnestra,
das ist Aigisthos – was fällt dir zu ihm ein?

ZWEI FRAUEN Was fällt dir zu ihm ein?

DIE VIER MÄNNER Der Einfall kam.

DIE ZWEI FRAUEN Und die Feldherren
in Troja,
die hören davon, und können nicht weg.

EIN MANN Lieber Odysseus,
der kleine Leberfleck
auf der Innenseite
des rechten Oberschenkels –
mmmmm.
Dein Nauplios.

DIE ZWEI FRAUEN Und als Odysseus
nach zehn Jahren Krieg
und zehn Jahren Irrfahrt
heimkam, nach Ithaka,
da hatte sein Sohn Telemach
einen kleinen rothaarigen Bruder von elf Jahren.

DIE VIER MÄNNER Und als Idomeneus
nach zehn Jahren Krieg
heimkam, nach Kreta,
da wartete Nauplios schon auf ihn
in Idomeneus' Bett.

6.

SECHS FRAUEN UND MÄNNER
Olivenbäume.
Von der Sonne verbranntes Gras und Gestrüpp.
Steine.

VIER ANDERE Ein verwitterndes Labyrinth,
auf den Mauern
wachsen Flechten.

EINIGE DER FRAUEN
Der Wind.

SIEBEN MÄNNER UND FRAUEN
Oben,
auf dem Berg,
in der Stadt:

Idomeneus,
der König,
seinen Sohn Idamantes an der Hand,
zurück aus dem Krieg.
Er und die wenigen Überlebenden.

EIN MANN UND EINE FRAU
Kommt nur das eine Schiff zurück?
Wo sind die anderen?
Wo sind die anderen Männer?

EINE FRAU Und da steht
Meda,
die noch junge Königin.

EINE ANDERE FRAU
Das sieht er in ihren Augen, sofort:
Sie ist ihm treu geblieben,
sie hat gewartet, die zehn Jahre,
hier ist kein Nauplios,

EIN MANN und hier ist auch kein Nauplios gewesen, nie.

EIN ANDERER MANN
Die ganze Sache,

EIN DRITTER MANN
der ganze Nauplios

ZWEI FRAUEN ein Gerücht, eine Erfindung,

EIN MANN Quatsch.

ZWEI MÄNNER Das ist Quatsch.

EIN MANN Oder?

ZWEI MÄNNER Zehn Jahre –

EIN MANN, NICHT MEHR JUNG
Meine Frau –

EINE FRAU, NOCH KEINE VIERZIG
Mein Mann –

DIE BEIDEN Daß wir uns wiedersehen.

DIE FRAU Gott sei Dank.

DER MANN Ja.

EINE JUNGE FRAU Wie sollen sie jetzt den Tag verbringen?

DREI BESTE FREUNDINNEN
Wie? Wo anfangen? Wo anknüpfen?
Was sagen?
Wenn sie alleine wären –

EINE FRAU Gab es in Troja Frauen?
Da muß es doch auch Frauen gegeben haben.

EIN MANN So kommt das Gespräch nicht in Gang.

EIN ANDERER MANN
Und welche Frauen meint sie?
Die im Lager?

Oder die in Troja,
als sie die Stadt zerstörten?

DER MANN VON VORHIN
So kommt das Gespräch nicht in Gang.

DIE FRAU Du hast geschworen,
den Sohn zu opfern?
Unseren Sohn?

DER MANN Nicht den Sohn.
Das erste Lebewesen,
das mir am Strand begegnet –

und das war der Sohn.

DIE FRAU Das Kind – und jetzt?
Ja, bring es um: Das ist der Preis.

DER MANN Der Preis wofür?

DIE FRAU Der Preis des Überlebens. Der Preis des Überlebens
ist der Tod der Kinder,
fick mich,
ich kann dir neue Kinder schenken,
bring den Jungen um.

Wie viele Eltern
sehen ihre Kinder sterben?

Wie viele tragen die Leichen ihrer Kinder aus den Trümmern ihrer zerstörten Häuser?
Und leben weiter. Oder sterben später.
Warum sollte es uns anders gehen?
Hast du nicht selbst
in Troja
Kinder umgebracht? Na los.
Bloß weil es dein eigenes Kind ist,
diesmal, brauchst du nicht zu zögern,
das ist egal.

DER MANN VON VORHIN
So kommt das Gespräch nicht in Gang.

7.

EIN MANN Die erste Nacht.
Die erste Nacht
zu Hause.

Idomeneus,
König von Kreta,

betritt das Schlafzimmer
von der linken Seite

und sie,
Meda,

nach einer Weile
von der rechten.

DER MANN UND EINE FRAU
Schweigen. Unsicherheit.

DER MANN Nach allem,
was geschehen ist.

DIE FRAU Müssen wir nicht
sprechen?

DER MANN Was sollen wir reden,
laß uns –

ZWEI MÄNNER, EINE FRAU
Da ist er:
der Verdacht.

Der Zweifel.
Das Mißtrauen.

Das Zögern.

EIN MANN Und so steht Nauplios,
der vielleicht nie
auf Kreta war,

EINE FRAU der vielleicht nie
die Frau des Königs berührt hat,

EIN MANN trotzdem im Zimmer.
Liegt im Bett.

Macht sich breit und rülpst
und stinkt.

SIEBEN Der König,
Idomeneus,

sieht seine schöne Frau
Meda

nach zehn Jahren Krieg,
nach zehn Jahren Abwesenheit,

sieht er sie an,
der nackte König,

der es jetzt immer sicherer weiß:
Sie hat ihn betrogen,

sie hat ihn betrogen,
die ganze Zeit.

EINE FRAU Aber da war nichts.

SIEBEN Gewalt,

EINE FRAU sie wehrt sich.

EINER Niemand kommt.

EINE FRAU Besser,
da wäre was gewesen.

ZWEI MÄNNER Also gut:
Nauplios, König von Nauplia,
Sklavenhändler,
Verführer,
früher einmal Argonaut,
Weggefährte des Herakles und des Orpheus,
dem Idomeneus vor zehn Jahren das Recht verweigert
hatte,

die Ehre
seines von Odysseus gesteinigten Sohnes Palamedes
zu verteidigen,

betritt lautlos,
unbemerkt das Zimmer.

EIN MANN UND EINE FRAU
Er schlägt zu.

EIN ANDERER MANN
A,
wußtest du,
daß mein Sohn, Palamedes,
den Buchstaben A
erfunden hat,
den ersten Buchstaben des Alphabets?

EIN MANN Komm,
sagt Nauplios,
laß uns buchstabieren,
wie ist der Anfang unsres Alphabets,
und wie das Ende, das mein Sohn Palamedes
durch Odysseus fand:
A und O.

DREI FRAUEN Aber
Idomeneus bleibt am Leben.

Nauplios, der Argonaut,
schlägt zu und zu,
wie mühsam und wie qualvoll,

doch Idomeneus
stirbt und stirbt nicht.
Kann nicht sterben.

ZWEI MÄNNER Das Töten
gelingt nicht.

EIN ANDERER MANN
Vielleicht schützt Idomeneus
so etwas wie ein Handel,

ZWEI FRAUEN oder ein unerfülltes Versprechen.

VIER MÄNNER Dafür macht sich Nauplios
zum neuen König von Kreta,

EINE FRAU heiratet
oder tötet
die Frau,
tötet den Sohn,
und setzt den alten König aus,
läßt ihn
von einem Fischer
aussetzen, wegbringen,

EIN MANN läßt ihn aussetzen an einem anderen Gestade,
fern von Kreta.

8.

EIN MANN Die erste Nacht.
Die erste Nacht zu Hause.

EINE FRAU Idomeneus,
König von Kreta,

DER MANN betritt das Schlafzimmer
von der linken Seite

und sie,

DIE FRAU Meda,

nach einer Weile
von der rechten.

Schweigen. Unsicherheit.

DER MANN Nach allem,
was geschehen ist.

DIE FRAU UND DER MANN
Meda und Idomeneus,

nach zehn Jahren vereint.

Sie küssen sich,
sie lieben einander.

Sie sprechen.
Sie reisen durch die zehn verlorenen Jahre.

DER MANN Erzähl mir,
wie unser Kind groß wurde.

DIE FRAU Sprich von Troja. Vom Krieg.

DIE FRAU UND DER MANN
Der Krieg.
Das Kind.

Der Krieg.
Das Kind.

Der Krieg:

DER MANN Wie ich –

DIE FRAU Das Kind: Als er fünfzehn Jahre alt war

und heiraten wollte,

DER MANN Mit fünfzehn?

BEIDE Leises Lachen.

DER MANN Heiraten? Wen?

DIE FRAU Ein Mädchen.

DER MANN Was für ein Mädchen?

DIE FRAU Die Tochter eines Fischers.

DER MANN O nein.

BEIDE Lachen, leises Lachen, Lachen.

DER MANN Die Tochter eines Fischers.

Und?

DIE FRAU Die wurde schwanger.

DER MANN Nein! Von ihm? Gut, gut!

DIE FRAU Und Troja?

DER MANN Wo ist das Kind?

DIE FRAU Weg.

DER MANN Wo?

DIE FRAU Bei dem Mädchen.

DER MANN Ist das Kind ein Junge oder ein Mädchen?

DIE FRAU Keine Ahnung. Habe ich nie gefragt.

DER MANN Warum nicht? Und die Kleine, die junge Mutter?

DIE FRAU Ist bei dem Vater, bei dem Fischer.

DER MANN Und der Junge, Idamantes?

DIE FRAU Liebte bald darauf eine andere
und liebt jetzt wieder eine andere.

DER MANN Wen?

DIE FRAU Elektra.

DER MANN Elektra?

DIE FRAU Die Tochter des Agamemnon.

DER MANN UND DIE FRAU
Leises Pfeifen durch die Zähne,
ein leises, anerkennendes Pfeifen durch die Zähne.

Warum? Warum Elektra? Ist die hier?

DIE FRAU So ist es, die ist hier.

DER MANN Warum?

DIE FRAU Ich weiß nicht. Zu Hause will sie keiner haben.

9.

DREI MÄNNER Und dieser Fischer,
der Vater des Mädchens,

das Idamantes, der Sohn des Idomeneus,
mit fünfzehn

geschwängert hatte,
derselbe Fischer

setzt später
den König von Kreta

dem Untergang aus:
Umbringen kann man ihn nicht –

– soll er irgendwo verhungern.

DREI FRAUEN Im Boot der Fischer und der König.

Ein strahlender Tag, ruhige See.

DREI MÄNNER Der Fischer:
Dein Sohn
war ein geiles Schwein.

Dein Sohn
hat mein Kind gefickt.

Dein Sohn,
wie der gestunken hat,
nach zwei Tagen
auf dem Acker,
verrottend,
neben Mama Mama,
die hatte das lustig gefunden,
die hatte gesagt:
Ich liebe Enkelkinder.
Ich liebe Enkelkinder.

10.

DER MANN UND DIE FRAU

Kicherkicher, leises Lachen
der glücklich Vereinten,
Meda und Idomeneus,
das glückliche Paar,

wie konnten wir
zehn Jahre verlieren,

laß uns so tun,
als hätten wir sie nicht verloren,

Lachen über die erste Liebe des Sohnes,
etwas gewöhnlich, etwas betrunken:
das Vötzchen, das kleine Vötzchen.

Dann schlafen sie ein.

11.

EINE FRAU, NICHT MEHR JUNG

Das Meer
im Mondschein.

EINE GRUPPE VON FRAUEN

Von den achtzig Schiffen
gingen neunundsiebzig unter,

neunundsiebzig,

mit ihnen die Männer, die vielen Männer,
deren Frauen jetzt, oder deren Mütter jetzt,
oder deren Kinder jetzt,

da der König wieder da ist,
wissen,

daß alle anderen untergegangen sind.

ZWEI FRAUEN Das macht
viertausend Frauen,

Witwen und Mütter,

EINE FRAU oder mehr noch.

BEIDE Die suchen in der Nacht den Strand ab.
Jede für sich. Die wandern herum.

EINE GRUPPE VON FRAUEN

Die wandern in der Nacht am
Strand herum,
viele, Tausende.

DIE ERSTE FRAU Das Meer im Mondschein.
Die Flut bringt ein paar Trümmer der Schiffe.

Das Meer ist heute nacht großzügig.
Die Flut bringt die Leichen der Ertrunkenen.
Nicht alle, aber viele.

ZWEI FRAUEN Ist das, das ist der Mann von –
hier,
hier, das ist,
ruft eine Frau,
er könnte es zumindest sein,
und das,

EINE WEITERE FRAU
das könnte,
das ist –

BEIDE FRAUEN Dieser könnte,
er könnte es zumindest sein,
hier,
das ist –

DIE ERSTE FRAU Die Rufe am Strand bei Nacht.

12.

EIN MANN UND EINE FRAU UND EIN JUNGER MANN

Am folgenden Morgen
alles gut.

Wer kann das sagen:
alles gut.

Frühstück,
Vater, Mutter,
Sohn,

DER MANN UND DER JUNGE MANN

und du hast,
und du hast wirklich,

fragt der Vater, stolz,
und du hast wirklich mit dem Mädchen,

du hast ihr ein,
nein, nein, es liegt mir fern,
deine Gefühle verletzen zu wollen,

ich dachte, daß du,
wenn du willst, holen wir sie zurück, nein?
Sicher nicht? Nein? Gut –

DER MANN UND DIE FRAU

Familie. Endlich zu Hause.

DER MANN Manchmal denkt der König:

Wenn jetzt einer zur Tür reinkommt und alles kurz und klein schlägt –
(wie in Troja)
alles vernichtet.

So groß ist der Unterschied zwischen uns und denen nicht gewesen,
das hätte alles nie geschehen dürfen,

so groß sind die Unterschiede zwischen den Menschen nicht,
daß sie nicht miteinander

oder auch ohne einander leben können.

DER JUNGE MANN Der Sohn sagt etwas.

DER MANN Was? Wie bitte, was hattest du gesagt, mein Sohn, ich war in Gedanken,

BEIDE was möchtest du mir sagen, sag es bitte noch einmal.

DER JUNGE MANN Der Sohn: Ich liebe ein Mädchen.

DER MANN Der Vater: Herrlich. Wie ist der Name des Mädchens?

DER JUNGE MANN Der Sohn: Elektra.

DER MANN Der Vater: Elektra – die Tochter des Agamemnon und der Klytaimnestra.

Gut, gut. Nur eine Frage:
Warum ist sie hier?

BEIDE Warum ist sie nicht in Mykene
und wartet neben der Mutter auf den Vater,

der sicher so wie ich
bald heimkehrt,

oder der vielleicht sogar
schon wieder zu Hause angekommen ist?

Du wirst den Vater fragen müssen,
mein Sohn,
ob er dir seine Tochter gibt.

Wenn jetzt einer zur Tür reinkommt und alles kurz und klein schlägt –

DIE FRAU Ein Mann betritt den Raum.
Bleich, weiß, wie im Schock, grußlos.

EIN BLEICHER MANN

Ein Unglück ist über die Insel Kreta gekommen.

Ganz im Osten der Insel
ist ein Walfisch an den Strand gespült worden,

und als die Männer
den Wal aufschnitten,

fanden sie in dem Wal eine lebendige Kuh,
die war trächtig
und warf einen Wolf.

DIE FRAU, DER MANN UND DER JUNGE MANN
Ein Wolf aus einer Kuh.

DER BLEICHE MANN
Ein Wolf mit Kalbsfüßen.
Eine Mißgeburt.

Und ein Pferd hat ein Fohlen geworfen
mit den Füßen einer Katze! Und jetzt
reitet das Wolfskalb auf der Fohlenkatze
und frißt es bei lebendigem Leibe.

DER MANN Widerlich.

DER ANDERE MANN
Und das Wolfskalb kann sprechen.

DER MANN Was sagt es?

DER ANDERE MANN
Es sagt –

DER MANN Es sagt –

DER ANDERE MANN
Es sagt –

DER MANN Was?

DER ANDERE Es sagt, sein Name sei

Idamantes.

DER MANN Idamantes?

DER ANDERE Idamantes, wie dein Sohn.
Es sagt, es will zu seinem Papa,

Idomeneus,
König von Kreta.

13.

ZWEI MÄNNER Auf dem Berg Ida:
Idomeneus und das Untier. Einander gegenüber.

ZWEI FRAUEN Sie sehen sich an.
Das Untier tatsächlich

DIE FRAUEN UND DIE MÄNNER
eine Mischung aus Kalb und Wolf,
Kalbsfüße, die Zähne eines Wolfs.

ZWEI MÄNNER Idomeneus,
kommt gerade aus zehn Jahren Krieg.

Er spricht mit der Chimäre:
Woher kommst du?

DIE ZWEI FRAUEN Und tatsächlich, das Biest spricht:

EIN MANN UND EINE FRAU
Das weißt du doch,
du hast mich mitgebracht.

EIN MANN Ich hätte dich –

EIN MANN UND EINE FRAU
Du mich, ja, du –

ZWEI MÄNNER Er fragt
das Ding nach seinem Namen.

EIN MANN UND EINE FRAU
Die Antwort:
Idamantes,

das weißt du doch,
ich bin dein Kind.

Nimm mich in deinen Arm.
Ich habe Hunger. Gib mir Milch.

Nein, gib mir lieber Meerwasser,
am liebsten trinke ich Meerwasser.

Papa, mein Papa.
Nimm nicht den Stein,

wirf nicht den Stein nach mir,
töte mich nicht,

ich bin dein Kind.
Nimm mich zu dir.

Töten sollst du
das andere Ding,

den jungen Mann,
der meinen Platz einnimmt in deinem Haus,

der mir die Braut
wegnehmen will,

dabei habe ich mit ihrem Vater,
Agamemnon, längst gesprochen:

Ich traf ihn auf dem Weg zur Hölle,
zerhackt von einem Beil,

und Agamemnon hat zu mir gesagt,
Elektra muß erst ihre Mutter töten,
und dann darf ich sie heiraten.

EIN MANN Wir stehen
an der Grenze
von Aberglaube
und Vernunft.

Kann jemand
den gewaltsamen Tod eines Menschen
mit Vernunft erklären?
Nein.

Das Opfer eines Menschenlebens
oder vieler Menschenleben,

ist nichts
als eine Mißgeburt aus Anmaßung und Angst,
Habgier und Schuld,

der Glaube daran,
die Sache, die es fordert,
das Recht darauf,
seine angebliche Notwendigkeit

ein Nichts, ein Wahn,
der dennoch

einen Menschen leicht vernichtet,
nur zu leicht,

ZWEI MÄNNER, ZWEI FRAUEN

und unsicher ist,
ob wir die Grenze von Aberglaube
und Vernunft
je passieren.

Du,
sagt der König zu dem Untier,
kannst mir nichts tun,
du bist nicht da,
ich bin stärker,
tausendmal stärker als du.

EIN MANN UND EINE FRAU

Aber wer kann so sprechen,
wer hat das Recht,

so zu sprechen,
nachdem er eine Stadt niedergebrannt hat?

Wer kann so sprechen,
nachdem er Abertausende
in den Tod geschickt hat?

Das Menschenopfer hat längst stattgefunden,
findet statt,
die ganze Zeit:

Andere sind gestorben,
andere sterben,
und du lebst.

Das Monster lacht:
Menschenfleisch,

wer wüßte besser als du,
wie totes Fleisch riecht?

ZWEI FRAUEN, ZWEI MÄNNER
Das Untier
verwandelt sich
in eine Biene und in einen Haifisch
und fliegt davon.

14.

EINE FRAU Elektra ist die Tochter des Agamemnon
und der Klytaimnestra,

die Schwester der Iphigenie,
die Schwester der Chrysotemis und des Orest.

Agamemnon opferte Iphigenie,
und dafür wird ihn Klytaimnestra umbringen,

oder sie hat es schon getan,
und dafür,

daß Klytaimnestra Agamemnon umbringt,
werden Elektra und ihr Bruder Orest

ihre Mutter umbringen, Klytaimnestra,
und ihren Liebhaber Aigisthos.

Die Tochter soll die Mutter töten.

EIN MANN Idamantes ist der Sohn des Idomeneus und der Meda.
Idomeneus gelobte in Todesangst ein Opfer,
um einem vernichtenden Sturm zu entkommen,
und nun soll der Vater den Sohn töten.

BEIDE Angst. Verpflichtungen, Regeln, Gesetze.
Treue und Anstand.
Rache und Strafe.

DIE FRAU Alles hat Gründe.

DER MANN Was für eine Zeit
für die Mütter, die Väter,

DER MANN UND DIE FRAU
die Kinder.

DIE FRAU Die Kinder
wollen miteinander glücklich werden.

Das war ihr Plan.

DER MANN Sie liebten sich,
begehrten sich rasend,

DER MANN UND DIE FRAU
sie liebten sich zärtlich und albern,
und sie begehrten sich
etwa drei- bis viermal am Tag,

DIE FRAU oder sie dürfen sich nicht anfassen,
streng verboten,

BEIDE aber plötzlich hängen sie in einem Netz.
Verletzungen, Angst.
Verpflichtungen, Regeln, Gesetze.

DIE FRAU Treue und Anstand
und Rache und Strafe.

DER MANN Alles hat Gründe.

DIE FRAU Und sie soll
die Mutter umbringen,
und er soll sich vom Vater umbringen lassen,

und der Sohn sagt:

DER MANN Lieber Vater,
bevor du mich umbringst,
bringe ich dich um,

und die Tochter sagt:

DIE FRAU böse Mutter,
bevor ich dich umbringe,
bringe ich mich selber um.

DIE FRAU UND DER MANN
die Liebenden
geraten in etwas hinein,
das stärker ist als sie,
und mit dem sie nichts zu tun haben,

und deshalb
gehen sie nachts an den Hafen

DIE FRAU und da stehlen sie
ein kleines Boot,

DER MANN die rote Rosie,

BEIDE und sie verschwinden

gemeinsam
in der Ägäis,

DIE FRAU die Ägäis,
Meisterwerk der Schöpfung,
herrlichstes aller Meere,
millionenfach glitzernd darin
der Mond und die Sonne,

DER MANN UND DIE FRAU
und niemand
hat je wieder
von dem jungen,
überaus glücklichen
und sorglosen Paar
Elektra und Idamantes gehört.

DIE FRAU Nur,

daß Elektra
im Zorn,

in furchtbarem Zorn,

in einem Zorn,
der nichts übrig läßt,

DER MANN niemals mit Idamantes
in das rote Boot Rosie stieg
und gemeinsam mit ihrem Liebsten, ihrem Freund,
die Ägäis,
das Meisterwerk der Schöpfung,
durchquerte,

sondern bei der Nachricht
vom feigen und hinterhältigen, überaus grausamen Mord
an ihrem Vater

durch die Hand ihrer Mutter,
aufbrach nach Mykene,

die Ägäis,
das Meisterwerk der Schöpfung,
blind vor Haß für die Schönheit des Meeres
durchquerte,

und ihre Mutter abschlachtete,
Klytaimnestra,

die lag am Ende in einem See aus Blut und sah,
völlig entstellt,

in das entstellte Gesicht ihres eigenen Kindes,
Elektra.

DIE FRAU Diese Tat war Verpflichtung, Regel, Gesetz.
Treue und Anstand.
Rache, und dann kam die Strafe,
und Elektra mußte fliehen und reisen

und reisen und weiter fliehen,
über Land und zur See,

DER MANN sie durchquert die Ägäis,
und bei Tag
und in den Nächten
denkt sie an das,
was sie nicht erleben durfte,
das Glück,

DIE FRAU Regeln, Gesetze.

DER MANN Treue und Anstand.
Rache und Strafe.

DIE FRAU Sie denkt
an das entstellte Gesicht der Mutter,
immer,

und dann denkt sie,
was ihr Leben hätte sein können:

ein glückliches Leben,
Seite an Seite

mit dem jungen Idamantes,
in seinen Armen:

Was für ein reines Vergnügen
ist das gewesen.

EIN ANDERER MANN (DER ZWEITE)
Und der Sohn sagt:
Lieber Vater,

bevor du mich umbringst,
bringe ich dich um,

ich bringe dich um,
denn ich will nicht sterben,

EIN WEITERER MANN (DER DRITTE)
und nun ist die Frage,
wer stärker ist,

DER ANDERE MANN (DER ZWEITE)
und wer mehr Übung hat,
Erfahrung im Töten, im Kampf,

DER DRITTE es ist eine Frage der Ausdauer,

DER ZWEITE der Zähheit, der Technik, des Gewichts, des Alters,

DER DRITTE der Heimtücke,
der Feigheit und des Muts,

der Größe:

Und der Sohn sagt:

DER ERSTE MANN Lieber Vater,

bevor du mich umbringst,
bringe ich dich um,

wenn du mit den neunundsiebzig anderen Schiffen
auf den Grund des Meeres
gesunken wärest,

dann hätten dich die Fische und die Krebse gegessen,
sicher, auch das

ist kein schönes Ende,
aber doch besser als das andere,
das dir jetzt bevorsteht,

und das kalte Wasser
in der Lunge sticht entsetzlich,

doch dann, so heißt es,
kommt die Erinnerung,

die den Schmerz und die Angst vertreibt,
es kommen schöne Erinnerungen, Bilder,

während der Körper langsam in die Tiefe sinkt,
und du reißt deine Augen auf, im schwarzen Wasser,

um all die schönen Dinge sehen zu können,
und ganz am Ende,

bevor der Lebensfaden reißt,
erinnert sich der Ertrinkende,
wann er das letzte Mal
so geschwommen ist,

die Lunge voller Wasser:
Das war im warmen Bauch der Mutter,
war das nicht herrlich?
War das nicht herrlich?

Das hast du verpaßt.
Und jetzt das hier.
Bevor du mich umbringst,
bringe ich dich um.

15.

EINE GRUPPE VON FRAUEN

Der trojanische Krieg
beginnt mit einem Menschenopfer,

und er endet mit einem Menschenopfer.
Agamemnon opferte seine Tochter Iphigenie

für Wind.
Viel Wind.

EINE GRUPPE VON MÄNNERN

Als Idomeneus,
König von Kreta,

aus dem trojanischen Krieg
heimkehrt,

gerät er in einen Orkan, Wind, viel Wind,
und er verspricht Gott

ein Opfer,
um sein eigenes Leben zu retten
und das Leben
seiner Männer.

EIN MANN Er tötet,
wie versprochen,
den ersten Menschen,
dem er am heimischen Strand begegnet:

Es ist sein eigener Sohn.

EINE FRAU Die Mutter des geopferten Jungen
erhängt sich.

FÜNF, DIE SICH ZU GUT VERSTEHEN

Als Strafe
für das Menschenopfer
und den Mord am eigenen Kind

versiegen die Brunnen auf Kreta.
Die Menschen

verdursten,
aber es dauert nicht lange,

bis die Kreter
den Zusammenhang erkennen
und den alten König verbannen,
und so ein Zeitalter des Aberglaubens beenden.

DREI GANZ VORNE Freiheit.

FÜNF VERSCHIEDENE

Als Idomeneus,
König von Kreta,

aus dem trojanischen Krieg
heimkehrt,

gerät er in einen Orkan
und verspricht Gott
ein Opfer,

um sein eigenes Leben zu retten
und das Leben
seiner Männer.

DREI FRAUEN Er aber tötet nicht,
wie versprochen,

den ersten Menschen,
dem er am heimischen Strand begegnet:

Es ist sein eigener Sohn.
Er tötet niemanden.

SIEBEN MÄNNER Aber er kommt allein zurück,
ohne die Männer,

die vor zehn Jahren
mit ihm gezogen waren,

die alle
kehren nicht heim.

VIELE Und die Menschen auf Kreta
haben in den letzten zehn Jahren
sehr gut ohne König gelebt.

EIN MANN Bald darauf
versiegen die Brunnen auf Kreta.

EINE FRAU Die Menschen
verdursten,

aber es dauert nicht lange,
bis die Kreter

einen Zusammenhang erkennen
zwischen dem Durst

und der Heimkehr des Königs,
und es dauert nicht lange,

bis sie den König,
Idomeneus, verbannen,

der sagt, daß er
ein Zeitalter beenden wollte,

und so beendet das Volk von Kreta
ein Zeitalter.

16.

DREI MÄNNER Ein Fischer soll ihn übersetzen,
nach Sizilien, gefesselt.

DER ZWEITE MANN
Weißt du,
daß dein Sohn meiner Tochter ein Kind gemacht hat?

DER DRITTE MANN
Ein Kind, ja, einen Sohn?

DER ERSTE MANN Das helle Geräusch sich kräuselnder Wellen am Bug.

DIE DREI MÄNNER Alles könnte gut sein,
alles könnte anders sein,

nur, daß es so ist: am Ende.
Der Fischer, alt, schlechte Zähne,

der Fischer,
Vater eines verführten Mädchens,
und Idomeneus,
früher König von Kreta,
der den Krieg in Troja gewann und alles verlor.

DER ZWEITE MANN
Weißt du, was du bist?
Weißt du, was du bist?

DER ERSTE MANN Der Fischer,
der manchmal,

DER DRITTE MANN
vielleicht einmal oder zweimal in der Stunde,

DER ZWEITE MANN
den verbannten König anspuckt.

DIE DREI MÄNNER Der Fischer bringt den Verbannten
an die Küste Siziliens,

und dort angekommen,
bricht er ihm die Finger der rechten Hand.

Und macht sich auf den Rückweg, allein.

17.

EINE GRUPPE VON FRAUEN

Am Strand
Meda,

die seit zehn Jahren auf Idomeneus wartet,
der mit achtzig Schiffen losgefahren war,
um Troja zu zerstören,

und Elektra,
eine junge Frau, die Geliebte des Idamantes,

sie finden
zuerst den geschächteten Jungen,

ausgeblutet, ganz weiß,
mit großen Augen, tot und starr,

und dann finden sie
Idomeneus,

den König von Kreta,
ohne Haut, aufgeschnitten, ausgeweidet,

an einem Baum hängen,
den Kopf nach unten.

18.

EINE GRUPPE VON MÄNNERN UND FRAUEN
Sengende Hitze.
Idomeneus’ Blick folgt dem Boot

auf dem Weg zum Horizont.
Er hebt die Hand,

als Schatten für die Augen,
um es zu sehen, um es wirklich zu sehen:

Das Schiff ist weg.

EIN MANN Das Schiff ist weg.

Ich lebe noch,
hier, seht mich an,

ich habe alles verloren,
mein Kind, meine Frau, meine Heimat,

meine Gefährten, meine Schiffe,
ein Königreich,

ich bin ein König
gewesen,

ich,
ich werde,

wenn ich dem Untergang entkomme,
wenn ich den Strand Kretas jemals wieder erreiche,

werde ich –

hier bin ich,
ich lebe noch.

Ich weiß, was ich bin,
ich weiß, was ich bin,

ich bin Idomeneus,
siegreich und schiffbrüchig,
ich hänge

am Leben,
ich hänge
am Leben,

und ich weiß,
aber ich weiß,

wohin die Reise geht:

in das Grauen,
in den Schmerz.

EINE FRAU Am Strand,
am Strand

nichts.
Felsen, Sand, Steine,

Wellen. Sonst nichts. Ein paar Bäume.
Keine Eidechse. Kein streunender Hund, kein Käfer.

Nicht einmal ein Vogel in der Luft.
Gar nichts, niemand da.

Der Strand ist leer, unbelebt, kein Tier,
kein Mensch –

ist das ein Zeichen?
Das ist ein Zeichen.

Aber wofür?
Keine Musik. Keine Trommeln und Trompeten.

Wo bleibt denn
das Begrüßungskomitee?

Da,
in der Ferne,

bewegt sich etwas.
Etwas kommt langsam näher,

im ZickZack
über die Felsen springend,

was ist das?
Ist das ein Tier?

Zick zack,
das ist ein Tier,

das ist
ein Hund.

EIN MANN Idomeneus,
sucht einen Strick und findet einen
und hängt sich nackt
mit dem Kopf nach unten
an einen Baum,
das war nicht einfach,

er zieht sich die Haut ab,
bei lebendigem Leibe,

und schneidet sich auf,
zerrt seine Därme auf den Strand,
und macht sich
daraus eine Kette.

So war es nicht:
So ist es nicht gewesen.
Es ist so gewesen:

Die Wellen rollen langsam an den Strand:

Versprochen ist versprochen.
Versprochen ist versprochen.

Der leere Strand.
Der Mann.

Der leere Strand.
Der Mann.

Das Leben.
Was für ein Geschenk.
Die Wellen.

Versprochen ist versprochen.

Ich bin Idomeneus,
und ich hänge

am Leben,
ich hänge

am Leben.

ENDE

Der goldene Drache

EIN JUNGER MANN
(Der Großvater, ein Asiat, die Kellnerin, die Grille)

EINE FRAU ÜBER SECHZIG
(Die Enkeltochter, eine Asiatin, die Ameise, der Lebensmittelhändler)

EINE JUNGE FRAU
(Der Mann mit dem gestreiften Hemd, ein Asiat mit Zahnschmerzen, der Barbiefucker)

EIN MANN ÜBER SECHZIG
(Ein junger Mann, ein Asiat, die zweite Flugbegleiterin)

EIN MANN
(Die Frau in dem Kleid, ein Asiat, die erste Flugbegleiterin)

1.

Der Mann, die Frau über Sechzig, der junge Mann, die junge Frau, der Mann über Sechzig.

DER MANN DER GOLDENE DRACHE.
Früher Abend.
Fahles Sommerlicht fällt durch die Fensterscheiben auf die Tische.
Fünf Asiaten in der winzigen Küche des Thai-China-Vietnam-Schnellrestaurants.

DIE JUNGE FRAU Ein junger Chinese, panisch vor Zahnschmerzen:
Panisch. Der Schmerz, der Schmerz, der Schmerz –
Die junge Frau schreit vor Schmerz.

DER JUNGE MANN Weine nicht, weine nicht.
Die junge Frau schreit vor Schmerz.

DIE JUNGE FRAU Der Schmerz –

DIE FRAU ÜBER SECHZIG
Er hat Schmerzen.

DER MANN ÜBER SECHZIG
Der Kleine hat Schmerzen.

DER JUNGE MANN Nicht weinen – nicht weinen.

DER MANN Nicht schreien, aber er schreit; er schreit, und wie er schreit –
Die junge Frau schreit vor Schmerz.
Die Frau über Sechzig brät Nudeln im Wok. Es zischt.

DIE JUNGE FRAU Es tut so weh – der Zahn tut so weh –

DER MANN ÜBER SECHZIG
Wir stehen in der winzigen Küche des China-Thai-Vietnam-Restaurants um den Kleinen herum.
Nicht schreien – wie er schreit.

DIE FRAU ÜBER SECHZIG
Nummer 83: Pad Thai Gai: gebratene Reisbandnudeln mit Ei, Gemüse, Hühnerfleisch und pikanter Erdnuß-Sauce, mittelscharf.

DER MANN Zahnschmerzen.

DER MANN ÜBER SECHZIG
Der Kleine hat Zahnschmerzen.
Die junge Frau stöhnt vor Schmerz.

DER JUNGE MANN Umrühren, rühren.
Die Frau über Sechzig rührt im Wok.

DER MANN ÜBER SECHZIG
Der Kleine.

DER JUNGE MANN Vorne setzten sich zwei Stewardessen an den Tisch am Fenster, Tisch Nummer elf. Guten Tag.
Die junge Frau stöhnt vor Schmerz.

DER MANN ÜBER SECHZIG
Nicht so schreien –

DER MANN Die erste Stewardess sagt:
Guten Tag.

DER MANN ÜBER SECHZIG
Die zweite Stewardess sagt:
Guten Tag.

DER JUNGE MANN Guten Tag.

DIE FRAU ÜBER SECHZIG
Der Zahn muß raus.

DER JUNGE MANN Darf ich Ihnen schon etwas zu trinken bringen?

DIE JUNGE FRAU O Gott. Der Zahn, o Gott. O Gott.

2.

Der junge Mann und die Frau über Sechzig.

DER JUNGE MANN Ein milder Spätsommerabend.
Ein alter Mann, graues Haar, sehr dünn, ausgemergelt, vielleicht krank, steht auf dem Balkon seiner Wohnung. Seine Enkelin hat ihn besucht, Großvater, Großvater. Sie wohnt oben im selben Haus mit ihrem Freund in der kleinen Wohnung unter dem Dach, und jetzt wollte sie ihrem Großvater eigentlich etwas Besonderes sagen, etwas sehr Besonderes, aber sie sagt es ihm doch nicht, denn der Großvater scheint abwesend, in Gedanken oder in Sorge.
Unter ihnen: die roten Lampions des China-Thai-Vietnam-Restaurants DER GOLDENE DRACHE. In der Küche arbeiten angeblich nur Vietnamesen. Aber ob das stimmt –
Der Alte sagt:
Wenn ich mir etwas wünschen könnte.
Pause.
Wenn ich mir etwas wünschen könnte.

DIE FRAU ÜBER SECHZIG
Neben dem Alten auf dem Balkon eine blutjunge Frau, keine neunzehn Jahre alt. Sie ist umwerfend jung, und sie ist umwerfend schön.
Sie sagt:
Was, Großvater, was würdest du dir wünschen?

DER JUNGE MANN Der Alte sieht das junge Mädchen an.
Mein Enkelkind. Ich sehe mein Enkelkind an:
Du –
Kurze Pause.
Du junges Ding.
Kurze Pause.
Du siehst großartig aus.

DIE FRAU ÜBER SECHZIG
Findest du? Findest du wirklich, Großvater?
Pause.
Wenn ich erst so alt bin wie du – wie ich dann wohl aussehen werde –

DER JUNGE MANN Das werde ich nicht erleben.
Das werde ich nicht mehr erleben.
Ich lache.
Er lacht oder lächelt.

DIE FRAU ÜBER SECHZIG
Du lachst.

DER JUNGE MANN Da bin ich schon lange tot.
Er lacht verzweifelt.
Da bin ich schon lange unter der Erde.

DIE FRAU ÜBER SECHZIG
Aber was, was wolltest du gerade sagen –

DER JUNGE MANN Was?

DIE FRAU ÜBER SECHZIG
Was du gerade sagen wolltest – du sagtest gerade:
Wenn ich mir etwas wünschen könnte –

DER JUNGE MANN Ja. Das sagte ich: Wenn ich mir etwas wünschen könnte.

DIE FRAU ÜBER SECHZIG
Er macht eine lange Pause. Steht da, mit dem leeren Weinglas in der Hand. Auf dem Tisch stehen die leeren Aluteller, Nr. 101, Suki yaki, Gebratenes Rindfleisch mit Morcheln und Bambus und Glasnudeln, und die Nummer B6, das Möhrencurry, eine vietnamesische Spezialität. Das hatte ich unten zum Mitnehmen bestellt, im GOLDENEN DRACHEN. Er schaut in die Dämmerung.
Hm?
Er sagt nichts. Dann:

DER JUNGE MANN Und du? Was würdest du dir wünschen –

DIE FRAU ÜBER SECHZIG
Ja, was – du hast noch gar nicht gesagt, was du dir wünschen würdest.

DER JUNGE MANN Pause.

3.

Der Mann, die Frau über Sechzig, der junge Mann, die junge Frau, der Mann über Sechzig.

DER MANN In der Küche des Thai-China-Vietnam-Restaurants DER GOLDENE DRACHE: Es ist eng, sehr eng, kein Platz, und die asiatischen Köche arbeiten hier trotzdem zu fünft. Einer hat Zahnschmerzen: Der Kleine, der, der seine Schwester sucht. Der Neue.
Die junge Frau schreit vor Schmerz.

DER MANN ÜBER SECHZIG
Wir nennen ihn den Kleinen.

DIE JUNGE FRAU Der Schmerz –

DIE FRAU ÜBER SECHZIG
Zahnschmerzen.

DIE JUNGE FRAU Oh, tut das weh, oh, tut das weh.

DER MANN ÜBER SECHZIG
Nicht schreien, nicht schreien –

DER MANN Das Schreien verbraucht Kraft.

DER JUNGE MANN Wir nennen ihn den Kleinen, weil er neu ist.

DIE FRAU ÜBER SECHZIG
Weil er noch nicht so lange da ist. Er ist noch neu. Und er hat kein Geld. Und er hat keine Papiere. Also ein Zahnarzt kommt nicht in Frage.
Nicht schreien, nicht so laut schreien.

DER MANN Einen Apfelsaft. Und ein Glas Weißwein.
Die Getränke für die Stewardessen.

DER MANN ÜBER SECHZIG
Der Zahn muß raus.

DIE JUNGE FRAU Wie denn – wie denn?

DER MANN Raus damit,

DIE FRAU ÜBER SECHZIG
raus damit,

DER JUNGE MANN anders geht es nicht.

DIE FRAU ÜBER SECHZIG
Raus damit, raus –

4.

Die junge Frau.

DIE JUNGE FRAU Der Mann in dem gestreiften Hemd:
Vielleicht Ende Dreißig, hat schon etwas zuviel getrunken. Er sitzt allein in seiner Wohnung am Küchentisch. Der Blick auf den Tisch, auf den Kühlschrank. Seine Freundin hat ihn verlassen, oder sie überlegt, ihn zu verlassen, und jetzt hofft er, daß sie zurückkommt.
Er sagt: Ich wünschte mir, sie hätte ihn nie kennengelernt.
Wenn sie ihn nicht kennengelernt hätte –
Ein bißchen grob. Etwas verzweifelt.
Wenn sie ihn nicht kennengelernt hätte –
Eine plötzliche Geste. Dabei gieße ich mir etwas Bier über die Hose.
Sie verschüttet etwas Bier.

5.

Der Mann über Sechzig und die Frau über Sechzig.

DER MANN ÜBER SECHZIG

Zwei junge Leute in ihrer gemeinsamen Dachwohnung, ein Liebespaar. Sie wohnen erst seit ein paar Monaten zusammen. Eine herrliche Zeit, die sie nie vergessen werden. Unten im Haus: DER GOLDENE DRACHE. Die junge Frau ist gerade von ihrem Großvater zurückgekommen, der im selben Haus wohnt. Ihr Freund, der junge Mann, sagt:
Wie konnte das nur passieren –

DIE FRAU ÜBER SECHZIG

Sie: Ich weiß nicht.

DER MANN ÜBER SECHZIG

Wie konnte das passieren –

DIE FRAU ÜBER SECHZIG

Ich weiß nicht, wie, ich weiß nicht, wie es passiert ist –

DER MANN ÜBER SECHZIG

Das gibts doch nicht – das gibt es doch nicht –

DIE FRAU ÜBER SECHZIG

Ich habe keine Ahnung –

DER MANN ÜBER SECHZIG

Du hast gesagt –

DIE FRAU ÜBER SECHZIG

Ich?

DER MANN ÜBER SECHZIG

Du hast gesagt, es kann nichts passieren –

DIE FRAU ÜBER SECHZIG

Ja, das war auch so, ich habe keine Ahnung, wie es passieren konnte –

DER MANN ÜBER SECHZIG

Das ist ja eine absolute Katastrophe, eine vollkommene Katastrophe –
Die Frau über Sechzig weint.
Gerade war noch alles gut – alles gut, gerade eben – und jetzt – wie sollen wir denn –
Du bist doch viel zu –
Kurze Pause.
Und das Geld – wovon sollen wir das –
Kurze Pause.
Die Wohnung ist zu klein für drei – und du wolltest doch im Herbst – du hattest doch vor, auf die –
Kurze Pause.
Eine vollkommene Katastrophe.

6.

Der Mann, die Frau über Sechzig, der junge Mann, die junge Frau, der Mann über Sechzig.

DER JUNGE MANN In der Küche des Thai-China-Vietnam-Schnellrestaurants DER GOLDENE DRACHE:
Die heißen Woks, die Gasbrenner, die Friteuse, die Uhr, der vietnamesische Kalender.
Die falschen Vorlieben, die falsche Vorliebe für Bonbons – die hatte er schon immer.
Die hatte er schon zu Hause.

DER MANN ÜBER SECHZIG

Zeig mal, zeig mal den Zahn – o Gott! Ganz schwarz!

DER MANN Die Stewardessen bestellen: Die 25 –

DER MANN ÜBER SECHZIG

– und die 6.

DER JUNGE MANN Die 25 und die 6. China-Nudeln aus dem Wok und die Thai-Suppe –

DER MANN ÜBER SECHZIG

Ganz schwarz!

DIE JUNGE FRAU Es tut so weh –

DER JUNGE MANN Du mußt zum Zahnarzt.

DER MANN ÜBER SECHZIG

Zu welchem Zahnarzt, wie soll er denn zum Zahnarzt –

DER MANN Einmal die 31, zweimal die 17, für den Tisch in der Ecke, und die 25 und die 6 für die Frauen am Fenster, Tisch Nummer elf.

DER JUNGE MANN Nummer 31: Gai Grob Prio Wan, kroß gebackene Hähnchenbrust mit Morcheln, Ananas, Pfirsich und Süß-Sauer-Sauce.

DER MANN ÜBER SECHZIG

Nummer 17: Bao-Zi (3 Stück), gedämpfte Teigtaschen, gefüllt mit Schweinefleisch und Gemüse, hausgemacht!

DIE FRAU ÜBER SECHZIG

Nummer 25: Bami Pat, gebratene Eiernudeln mit Hähnchenbrustfilet und frischem Gemüse.

DIE JUNGE FRAU Nummer 6: Thai-Suppe mit Hühnerfleisch, Kokosmilch, Thai-Ingwer, Tomaten, Champignons, Zitronengras und Zitronenblättern (scharf).

7.

Die Frau über Sechzig. Der junge Mann.

DIE FRAU ÜBER SECHZIG

Die Ameise sammelte den ganzen Sommer über fleißig Vorräte, während ihre Nachbarin, die Grille, bei Tag und bei Nacht musizierte und musizierte.

Sie fiedelte tagaus tagein, und die Ameise arbeitete und arbeitete, trug die schweren Vorräte in ihren Bau, während das Lied der Grille über das Feld wehte.
Aber dann kam der Winter. Und der Winter war kalt.
Es kam der Frost, und es kam der Schnee. Und die Grille fand nichts mehr zu essen. Sie hungerte. Keine Musik mehr.
Schließlich ging die Grille zu der Ameise, wohin sollte sie auch sonst gehen, und bat sie um etwas zu essen.
Kannst du mir nicht etwas zu essen geben, bitte, ich habe seit Tagen nichts mehr gegessen.
Keine Antwort.
Bitte, ich habe solchen Hunger.
Keine Antwort, und die Ameise meidet den Blick der Grille.
Die Grille sieht furchtbar aus.
Bitte. Bitte, ich brauche etwas zu essen.

DER JUNGE MANN Bitte. Bitte, ich brauche etwas zu essen.

DIE FRAU ÜBER SECHZIG

Jetzt schaut die Ameise auf.
Ich gebe dir nichts.
Du hast den ganzen Sommer über nicht einen Tag gearbeitet. Nicht einen Tag.
Ich gebe dir nichts.
Von mir aus kannst du verhungern.
Du kriegst nichts.
Du kriegst von mir nichts.

8.

Die junge Frau und der Mann.

DIE JUNGE FRAU In der Küche einer Vier-Zimmer-Wohnung ein paar Etagen über dem Restaurant DER GOLDENE DRACHE. Der Mann in dem gestreiften Hemd, der das Bier über seiner Hose verschüttet hatte, und eine Frau

in einem roten Kleid. In der Ecke der silberne Kühlschrank, den sie gemeinsam gekauft hatten. Das meiste hier sind gemeinsame Einkäufe, Anschaffungen für eine gemeinsame Zukunft. Die Ausflüge an den Wochenenden in die Möbel- und Geschirrabteilungen der Kaufhäuser, in der Anfangszeit, da hatten sie noch nicht so viel, da fehlte noch alles, wir brauchen einen Flaschenöffner, wir brauchen eine Pfeffermühle, wir brauchen eine neue Pfanne, wieso, was ist mit der alten Pfanne, die alte Pfanne ist kaputt, wir brauchen ein paar Gläser, wie findest du diese Stehlampe, wir brauchen eine Salatschüssel. Sie ist zurückgekommen:
Jetzt kommst du!,
sagt der Mann in dem gestreiften Hemd.
Jetzt! Jetzt bist du da! Aber jetzt ist es zu spät, zu spät! Jetzt will ich nicht mehr. Ich kann auch nicht mehr. Ich kann nicht mehr! Ich habe gewartet und gewartet und gehofft, ja, sicher, nein, nein, nein, jetzt ist es zu spät –
Er trinkt.
Sie trinkt.
Wenn du ihn nie kennengelernt hättest!
Kurze Pause.
Sieh dir an, wie ich aussehe, ich habe mir das Bier über die Hose gegossen, und dieses Hemd, dieses Hemd, die Scheiß-Streifen, ich komme direkt von der Arbeit, ich bin gleich hergekommen, ich habe, natürlich habe ich gehofft, dich hier zu sehen, das müssen wir tragen, alle tragen Anzug und Krawatte, ja – so ist das – das ist so – das ist mein Leben –

DER MANN Wie gefällt dir mein Kleid, das Kleid, das du mir –
Kurze Pause.
Ich dachte, ich ziehe es noch einmal an, ich wollte – warum können wir nicht – vielleicht gehen wir unten was essen, einfach so, wir tun einfach so, als sei nie was passiert.
Kurze Pause.

Wie sollen wir –
Kurze Pause.
Willst du alles wiederhaben, die Ohrringe, den Schmuck –
Kurze Pause.
Den Ring? Willst du den Ring zurück?

DIE JUNGE FRAU Wie du aussiehst, du siehst aus, das Kleid, in diesem Kleid, dieses Kleid, das, das ist atemberaubend – atemberaubend –

9.

Der junge Mann.

DER JUNGE MANN Die Haare, die verschwinden.
Die Zähne, die ausfallen.
Im Alter: zahnlos, wer hätte das gedacht, daß wirklich die Zähne ausfallen.
Ich wäre so gerne wieder, wie ich einmal war. Jung.
Ich wünschte, ich wäre wieder jung.
Pause.
Ich wäre so gerne wieder, wie ich einmal war.

10.

Der Mann, die Frau über Sechzig, der junge Mann, die junge Frau, der Mann über Sechzig.

DER MANN Unten im Haus, im GOLDENEN DRACHEN:

DER JUNGE MANN Nummer 103: Zweimal gebackenes Rindfleisch, mit Bambus, Zwiebeln, Paprika, Gemüse und Knoblauch, scharf.
Die junge Frau schreit.

DER MANN Gericht 103 extra scharf für den Mann aus dem Lebensmittelgeschäft neben dem GOLDENEN DRACHEN, wie immer, er holt es sich ab.

11.

Die Frau über Sechzig und der Mann über Sechzig. Sie hat Kindersachen besorgt.

DER MANN ÜBER SECHZIG
Was ist das?

DIE FRAU ÜBER SECHZIG
Das – das ist eine Rassel.

DER MANN ÜBER SECHZIG
Eine Rassel –
Kurze Pause.

DIE FRAU ÜBER SECHZIG
Und das ist eine Spieluhr.
Kurze Pause.

DER MANN ÜBER SECHZIG
Oben, in der kleinen Wohnung unter dem Dach. Das junge Paar, das bis jetzt eine so herrliche Zeit hatte, in ihrer ersten gemeinsamen Wohnung.
Kurze Pause.
Warum hast du das alles besorgt?

DIE FRAU ÜBER SECHZIG
Damit –

DER MANN ÜBER SECHZIG
Warum?

DIE FRAU ÜBER SECHZIG
Damit du dich daran gewöhnst.
Kurze Pause.
Damit du dich freust.

DER MANN ÜBER SECHZIG
Ich freue mich aber nicht.
Kurze Pause.
Ich freue mich nicht.
Kurze Pause.

DIE FRAU ÜBER SECHZIG
Ich habe die Sachen besorgst, damit es dir leichterfällt, damit anzufangen, dich zu freuen.

DER MANN ÜBER SECHZIG
Wie soll ich damit anfangen, wenn ich mich nicht freue.

12.

Die Frau über Sechzig.

DIE FRAU ÜBER SECHZIG
Die Ameise sagt zu der Grille:
Du kriegst nichts.
Von mir bekommst du nichts.
Wenn du was haben willst, mußt du dafür arbeiten.
Kurze Pause.
Aber du kannst nichts.
Du hast nichts gelernt.

13.

Der Mann, die Frau über Sechzig, der junge Mann, die junge Frau, der Mann über Sechzig.

DER MANN Hinten in der Küche des Thai-China-Vietnam-Schnellrestaurants DER GOLDENE DRACHE:
Trink was, trink was, trink Schnaps.

DER JUNGE MANN Dem Kleinen stehen die Tränen in den Augen.

DIE JUNGE FRAU 30. 30 Jahre, geboren und aufgewachsen am Gelben Fluß, weit weg, weit weg von hier.

DER MANN Trink was, trink was, trink Schnaps.

DER MANN ÜBER SECHZIG
Der Dünne gießt dem Kleinen Schnaps in den aufgerissenen Mund.

DIE FRAU ÜBER SECHZIG
Nummer 74: Bangkok-Art: Entenfleisch mit frischen Champignons, Paprika, Bambus, Zwiebeln, Zitronengras und roter Curry-Kokossauce (scharf).
Der kleine Chinese schreit und schreit, und Schnaps ist er nicht gewohnt.

DIE JUNGE FRAU Die Zahnschmerzen sind unerträglich.

DER JUNGE MANN Nummer 51: Phad Med Mamoang Nuah; Rindfleisch gebraten mit Paprika, Zwiebeln, Karotten und Cashewnüssen in Erdnuß-Kokosmilch-Sauce.

DER MANN So kippt er uns noch um.

DER JUNGE MANN Gleich kippt er uns noch um.

DIE FRAU ÜBER SECHZIG
Der Zahn muß raus.

DER MANN ÜBER SECHZIG
Der Zahn muß raus. Raus!

DIE JUNGE FRAU Der Schmerz, der Schmerz –

DER MANN ÜBER SECHZIG
Unter der kleinen Spüle, alles klein, alles eng, alles heiß, wir kochen hier zu fünft.

DER MANN Alles eng, ein paar gekachelte Quadratmeter, vielleicht vier oder fünf, die Gaskocher und die Friteuse, die Arbeitsflächen, die Kühlschränke, nebenan noch ein kleiner Raum für die Vorräte, eine Uhr an der Wand, und ein Kalender mit Bildern von Vietnam, vom vietnamesischen Großhändler, ich wäre gerne mal in Vietnam, die Küste soll wunderschön sein.

DIE FRAU ÜBER SECHZIG
verbrennt sich
Nummer 13: Saté-Spieße,
Hühnchenfleisch in Erdnußsauce.
Die junge Frau stöhnt vor Schmerz.

DER MANN ÜBER SECHZIG
Unter der Spüle:

DER MANN Unter der Spüle der Werkzeugkasten:

DER JUNGE MANN Der Werkzeugkasten, die rote Rohrzange, braucht man immer wieder, für die Gasbrenner –

DIE JUNGE FRAU Nicht die Zange, bitte nicht die Zange –

DER MANN ÜBER SECHZIG
Keine Angst, mein Freund, hab keine Angst –

DER MANN Der Dicke gießt Schnaps über die Zange.

DER MANN ÜBER SECHZIG
Mund auf. Mund auf –

DIE JUNGE FRAU Nein!

DER MANN Ich gieße ihm noch etwas Schnaps in den Mund, das hilft, das hilft. Schlucks runter, schlucks runter –

DER MANN ÜBER SECHZIG
Welcher ist es denn, der da –

DER MANN Der Dicke klopft mit der Zange an den Zahn.

DER MANN ÜBER SECHZIG
oder der da, der da – der rechte Schneidezahn – sieht nicht gut aus, oder der linke, der sieht auch nicht gut aus!

DER MANN Der Dicke klopft mit der Zange an den Zahn.
Die junge Frau geht vor Schmerz an die Decke.

DER MANN ÜBER SECHZIG
Die sehen beide schlimm aus –

14.

Der Mann, eventuell auch die Frau über Sechzig.

DER MANN Neben dem GOLDENEN DRACHEN ein kleiner Lebensmittelladen, der nachts lange offen hat, hier gibt es alles, Lebensmittel, Alkohol, Tabak. Alles, was man braucht. Nudeln, Öl, Konserven, Cola, Gewürze, Reis, Käse, Wurst, Fertiggerichte, Milch. Eis. Gemüse. Obst. Joghurt. Es gibt Zeitschriften, Tageszeitungen, Wochenzeitungen, Lotteriescheine. Es gibt sogar Seife, Zahnpasta. Putzmittel. Windeln. Jeder findet hier, was er sucht, es gibt alles. Es ist in dem Geschäft so eng, man kann sich in dem Laden kaum bewegen.
Der Kioskbesitzer, der Lebensmittelhändler Hans, hat sich im Goldenen Drachen etwas zu essen geholt:
Die Nummer 103, wie immer, oder wie meistens: zweimal gebackenes Rindfleisch, mit Bambus, Zwiebeln, Paprika, Gemüse und Knoblauch, scharf.
Extra scharf.

15.

Die Frau über Sechzig und der junge Mann.

DIE FRAU ÜBER SECHZIG
Die Ameise fragt die Grille, was sie so kann. Ob sie irgendwas Besonderes kann.
Was kannst du denn? Tanzen, aha. Tanz mal was vor. Na los. Na mach schon. Na los. Zeig mal. Zeig mal, dann kriegst du vielleicht was. Kannst mir ja mal was vortanzen.
Die Grille tanzt etwas vor.
Ja, schön, aber was soll ich damit.

Was soll ich damit anfangen. Ist ganz schön, wie du tanzen kannst.
Aber eigentlich interessiert mich das nicht.
Interessiert mich überhaupt nicht.

16.

Der Mann, die Frau über Sechzig, der junge Mann, die junge Frau, der Mann über Sechzig.

DER JUNGE MANN Im China-Thai-Vietnam-Imbiß DER GOLDENE DRACHE.
Der Alte nimmt einen kleinen Holzspieß und bohrt in das Loch in dem Zahn.

DER MANN Der Spieß, so ein Holzspieß, wie wir ihn sonst für die Nummer 13, Saté-Spieße mit Erdnußsauce, benutzen, im Loch des Zahns.
Die junge Frau schreit oder stöhnt.

DER MANN ÜBER SECHZIG
Vollkommen hohl – der ist es –

DIE FRAU ÜBER SECHZIG
Ist es der?

DER MANN ÜBER SECHZIG
Der ist es –

DIE FRAU ÜBER SECHZIG
Der?

DER MANN ÜBER SECHZIG
Der.
Der Mann über Sechzig nimmt die Rohrzange und setzt an.

DER MANN Nummer 76: Gaeng Kiau Wan Pag: grüner Curry mit verschiedenem Gemüse und Kokosmilch mit Thai-Basilikum.
Die junge Frau schreit.

DER JUNGE MANN Pst, pst, nicht schreien, nicht schreien, nicht so laut, es ist gleich vorbei –

17.

Die Frau über Sechzig und der junge Mann.

DIE FRAU ÜBER SECHZIG
Die Ameise macht der hungernden Grille Vorschläge.
Putzen. Du kannst doch putzen. Wenn du was haben willst, mußt du es dir verdienen.
Wie wär es, wenn du putzen gehst.
Geh doch putzen.
Oder – da fällt mir was ein –

18.

Der Mann, die Frau über Sechzig, der junge Mann, die junge Frau, der Mann über Sechzig.

DER MANN ÜBER SECHZIG
Im Thai-China-Vietnam-Restaurant DER GOLDENE DRACHE:

DER MANN Der Alte setzt die Zange an.

DER MANN ÜBER SECHZIG
Ich setze die Zange an, das ist nicht so leicht, weil der Kleine den Kopf hin und her schmeißt, immer hin und her, hin und her –

19.

Die Frau über Sechzig.

DIE FRAU ÜBER SECHZIG

Die Ameise vermietet die Grille an andere Ameisen. Die Ameisen sind scharf auf die Grille. Sie finden sie ordinär, sie finden sie geil, sie stehen auf ihren Akzent, soweit die Grille überhaupt die Sprache der Ameisen kann. Die Wörter, die für die Ameisen am wichtigsten sind, haben sie der Grille schon beigebracht. Für die Ameisen ist die Grille eine geile Schlampe. Die Ameisen machen mit der Grille, was sie wollen. Sie nehmen sie hart ran. Sie ficken sie durch, oft eine nach der anderen. Dafür bekommt die Grille im Gegenzug hinterher etwas zu essen. Teile von toten Fliegen. Aber manchmal bekommt sie auch nichts. Dann sagen die Ameisen, daß die Grille froh sein soll, daß sie ein Dach über dem Kopf hat. Sie sagen, daß die Grille froh sein soll, daß die Ameisen sie nicht wegschicken. Zurück. Zurück in den Schnee.

20.

Der Mann, die Frau über Sechzig, der junge Mann, die junge Frau, der Mann über Sechzig.

DER MANN ÜBER SECHZIG

Im Thai-China-Vietnam-Restaurant DER GOLDENE DRACHE:

DER MANN Der Alte setzt die Zange an.

DER MANN ÜBER SECHZIG

Ich setze die Zange an, das ist nicht so leicht, weil der Kleine den Kopf hin und her schmeißt, hin und her,

paß auf, sonst haue ich dir aus Versehen noch einen Zahn raus, der in Ordnung ist, aber der Dünne hält den Kleinen, hält ihn fest,
noch ein bißchen Schnaps –
Der Mann gießt Schnaps in den Mund des Chinesen.

DIE FRAU ÜBER SECHZIG
Nummer B2, Bun Cha Gio Chay, Reisnudeln, knusprig gebackene Frühlingsrollen, Salat, Sojasprossen, Gurke, geröstete Zwiebeln, Erdnüsse, vietnamesisches Basilikum und Koriander.

DER MANN Ruhig, Kleiner, ruhig –

DIE JUNGE FRAU Nicht, nicht –

DER JUNGE MANN Er setzt die Zange an –

DIE FRAU ÜBER SECHZIG
Nummer 82: Pad Thai Gai, gebratene Reisbandnudeln.

DER MANN ÜBER SECHZIG
Ich setze die Zange an –

DER MANN Der Kleine schreit. Er sieht die Zange –

DIE FRAU ÜBER SECHZIG
Wir nennen ihn den Kleinen.

DIE JUNGE FRAU Er bricht mir den Zahn aus dem Mund –
Lange Pause.
Er bricht ihn mir raus –
Kurze Pause.
Er bricht ihn mir raus –

DER JUNGE MANN Und der Zahn fliegt durch die Luft.
Pause.

DER MANN ÜBER SECHZIG
Ich reiße ihm den Zahn aus dem Mund, den rechten Schneidezahn, und der blutige, halbverfaulte Zahn fliegt durch die Luft.

DIE FRAU ÜBER SECHZIG
Hoch durch die Luft –

DIE JUNGE FRAU Der Zahn
fliegt und fliegt und fliegt.

21.

Der Mann. Die junge Frau.

DER MANN Die Frau in dem roten Kleid hat ein paar Sachen gepackt. Nur das Nötigste zum Anziehen, alles andere bleibt hier, die gemeinsamen Einkäufe, die Anschaffungen für eine gemeinsame Zukunft. Flaschenöffner, Pfeffermühle, die Pfanne, die Gläser, die Stehlampe, die Salatschüssel. Ihr Mann, oder ihr ehemaliger Mann, war am Ende der Aussprache ziemlich betrunken, und schließlich ist er rausgerannt, um in dem kleinen Lebensmittelladen unten im Haus noch etwas zu trinken zu kaufen, Bier, oder Wein, oder Schnaps.
Die Frau in der Küche.
Er ist nicht wiedergekommen. Sie wird nicht mehr lange warten.
Es kann doch nicht sein –
Kurze Pause.
Es kann doch nicht sein, daß ich den falschen Mann geheiratet habe.
Kurze Pause.
Es kann doch nicht sein, daß jetzt alles zusammenbricht.
Kurze Pause.
Und daß ich schuld bin.
Kurze Pause. Vorhin:
Ich habe einen anderen Mann kennengelernt.

DIE JUNGE FRAU Du hast was?

DER MANN Ich habe einen anderen Mann kennengelernt.

DIE JUNGE FRAU Das kann doch nicht sein –

DER MANN Doch. Ist passiert.
Kurze Pause.
Der ist mir einfach begegnet.
Zufall.

DIE JUNGE FRAU Wo –
Wer – wer –

DER MANN Bei einer Chorprobe. Kam neu dazu –
Gutaussehend, witzig.
Hat einmal hinterher, nach der Probe, die Drinks übernommen, später.
Konnte gut tanzen. Er konnte sehr gut tanzen.

DIE JUNGE FRAU Du hast mit ihm getanzt?
Pause.

DER MANN Ja.
Kurze Pause.
Ja, das habe ich.
Kurze Pause.
Ich habe mich verliebt.

DIE JUNGE FRAU Und – und jetzt – ich –

DER MANN Ich hatte nie vor, deswegen meinen Mann zu verlassen, nie.
Nur, daß das immer stärker wurde. Zu groß.
Plötzlich kam mir das mit dem anderen viel größer vor als alles, was mein Mann und ich je erlebt hatten.
Alles verblaßte.

DIE JUNGE FRAU Du hast mich angelogen.

DER MANN Und schließlich: ein heimliches Wochenende in Venedig, ich habe gelogen.
Ich habe gesagt, ich wäre mit meiner besten Freundin unterwegs, mit Eva, die ich schon seit der Grundschulzeit kenne, als wir beide noch mit langen Zöpfen

unterwegs waren. Eva, die ist sowieso immer weg, und die wohnt sogar hier im Haus, Eva hat mir den Rücken freigehalten. Die hat für mich gelogen. Die hat gesagt, daß es toll war in Venedig.
Kurze Pause.
Es war auch schön. Wirklich schön.

22.

Der Mann, die Frau über Sechzig, der junge Mann, die junge Frau, der Mann über Sechzig.

DIE JUNGE FRAU Der Zahn fliegt und fliegt –

DER JUNGE MANN Fliegt und fliegt –

DER MANN Und fliegt und fliegt durch die winzige Küche des GOLDENEN DRACHEN –

DER JUNGE MANN Der herausgerissene Zahn fliegt und fliegt –

DIE FRAU ÜBER SECHZIG
Fliegt und fliegt und landet im Wok.
Nummer 82: Pad Thai Gai, gebratene Reisbandnudeln –
Was ist das denn, was ist das denn – ihr spinnt doch, wißt ihr das, ihr spinnt.

DER MANN Sie ist 69 Jahre alt, bald siebzig, geboren am nördlichen Rand des chinesischen Hochlands, weit weg, weit weg von hier, jetzt will sie mit dem großen Löffel den Zahn aus dem Wok holen –

DER JUNGE MANN Fehlt noch die Suppe, die 6.

DIE FRAU ÜBER SECHZIG
Weg mit dem Zahn aus dem Wok mit den gebratenen Reisbandnudeln Nummer 82, und ich will mit dem großen Löffel den Zahn aus der Pfanne holen –

DER JUNGE MANN Nummer 6, die Thai-Suppe mit Hühnerfleisch –

DIE FRAU ÜBER SECHZIG
Und dabei schießt der Zahn aus dem Wok,
fliegt, fliegt und landet in der Suppenschüssel,
Nummer 6, Thai-Suppe mit Hühnerfleisch, Kokosmilch, Thai-Ingwer, Tomaten, Champignons, Zitronengras und Zitronenblättern (scharf) –
die Nummer 6 geht gerade raus mit der Schmalen, der Hübschen, 26, keine fünfzig Kilo, vom Golf von Tongking,
die Suppe Nummer 6 geht gerade raus, wird gerade rausgetragen,

DER JUNGE MANN Tisch Nummer elf, zwei Frauen am Fenster, achtundzwanzig und einunddreißig, beide in den dunkelblauen Uniformen, die Flugbegleiterinnen tragen, die eine hat dunkelbraunes Haar, die andere ist blond, die beiden sind oft hier, die wohnen zusammen hier im Haus, die teilen sich eine Wohnung, aber die Dunkle hat einen Freund, mit dem sie auch manchmal in den GOLDENEN DRACHEN kommt,
die Dunkle hatte die Nummer 25 bestellt: Bami Pat, gebratene Eiernudeln mit Hähnchenbrustfilet und frischem Gemüse,
und die andere die Nummer 6, die Thai-Suppe mit Hühnerfleisch, Kokosmilch, Thai-Ingwer, Tomaten, Champignons, Zitronengras und Zitronenblättern (scharf),
beide sind müde, beide haben einen langen Flug hinter sich, sie kommen aus Santiago de Chile, das ist fast am südlichen Ende der Welt, sie sind über die Anden geflogen, dann hatten sie einen Zwischenstop in Buenos Aires –

DER MANN Buenos Aires soll wunderschön sein –

DER JUNGE MANN Aber sie hatten keine Gelegenheit, die Stadt kennenzulernen –

DER MANN Und dann reden sie über Dinge wie Rollkoffer und Uniformen und Haarschnitte und Kollegen, die beiden teilen sich eine Wohnung, gleich hier im Haus, und sie sind beide wirklich müde –

DER JUNGE MANN Und die hübsche Kellnerin bringt ihnen das Essen, einmal die 25. Nummer 25: Bami Pat, gebratene Eiernudeln mit Hähnchenbrustfilet und frischem Gemüse,
einmal die Nummer 6, Thai-Suppe mit Hühnerfleisch.
Lange Pause.

DER MANN Und dann essen sie schweigend.

23.

Die Frau über Sechzig.

DIE FRAU ÜBER SECHZIG
Die ist nicht schlecht, die Kleine, hast du mal, mußt du mal ausprobieren. Die macht alles. Um was zu essen zu kriegen, macht die alles.
Kurze Pause.
Alles.
Kurze Pause.
Also wirklich alles.
Kurze Pause.
Alles.
Kurze Pause.
Alles, was du willst.

24.

Der Mann, die Frau über Sechzig, der junge Mann, die junge Frau, der Mann über Sechzig.

DER JUNGE MANN Es war keine sehr gute Idee, nach einem so langen Flug noch miteinander essen zu gehen,
was hat man sich da noch zu sagen, besser, sie wären gleich in ihre Wohnung gegangen, aber so war es ausgemacht, und irgendwie ist es dabei geblieben –

DIE JUNGE FRAU Aber nach achtzehn Stunden Flug haben sie sich nicht mehr viel zu sagen –

DER MANN ÜBER SECHZIG
Nichts Neues, auf jeden Fall –

DER MANN Und die Luft in dem Flugzeug –
Der lange Flug –

DIE FRAU ÜBER SECHZIG
Der lange Flug über das Wasser, auf den Bildschirmen sieht man später, wie das Flugzeug mit 900 Stundenkilometern die Westküste Afrikas hinaufkriecht.

DER MANN Und die Luft in dem Flugzeug ist furchtbar.
Wenn ich über den Atlantik fliege, denke ich immer an Haifische.

DER MANN ÜBER SECHZIG
Aber wenn man runtersieht, aus dem Fenster, sieht man nicht viel.

DER MANN Die Maschine bis auf den letzten Platz ausgebucht. Chilenen, Argentinier, Bolivianer, mit den Gesichtern der Indios –

DER JUNGE MANN Es wird das Essen serviert, zur Auswahl stehen Hühnerfrikassee oder Pasta.

DER MANN Und als sie an Angola, Gabun, Liberia und Sierra Leone vorbeigeflogen sind und jetzt auf der Höhe

Gambias und Senegals und Mauretaniens sind, sagt Inga, eine der beiden Stewardessen, zu Eva, der anderen Stewardess, sieh mal da unten –

DER MANN ÜBER SECHZIG
Was ist da?

DER MANN Sieh mal da!

DER MANN ÜBER SECHZIG
Ich sehe nichts. Was ist?

DER MANN Da, sieh doch –

DER MANN ÜBER SECHZIG
Ich sehe nichts, da ist nur Wasser –

DER MANN Nein, da –

DER MANN ÜBER SECHZIG
Wo?

DER MANN Da! Ist das nicht ein Boot?

DER MANN ÜBER SECHZIG
Ein Boot? Wie willst du das von hier aus sehen –

DER MANN Ja, ein Boot! Ein Boot voll mit Leuten, siehst du es nicht?

DER MANN ÜBER SECHZIG
Aus zehn Kilometern Höhe –

25.

Der junge Mann.

DER JUNGE MANN Es kam ein alter Mann zu der Grille und sagte zu ihr:
Machs mir.
Komm schon. Machs mir.
Ich will wieder jung sein.

Aber es ging nicht. Die Grille tat, was sie konnte, aber er konnte nicht wieder jung sein, egal, was die Grille tat.
Wenn ich mir etwas wünschen könnte, sagte der Alte.
Und dann sagte er lange nichts. Und sie tat, was sie konnte.
Und er sagte lange nichts, und dann wurde er sehr wütend.
Der alte Mann wurde sehr wütend auf sich; auf das Alter; er wurde wütend, weil er nicht mehr jung sein konnte, und schließlich wurde er wütend auf die Grille.
Ich hatte gedacht, du hast das drauf.
Ich hatte gedacht, du hast das drauf.
Und weil der Alte so wütend war, wurde er ungerecht, und er wurde grob. Gewalttätig. Er konnte nicht mehr jung sein, aber er war immer noch kräftig und schwer. Und er riß der Grille einen Fühler aus.

26.

Der Mann, die Frau über Sechzig, der junge Mann, die junge Frau, der Mann über Sechzig.

DER MANN ÜBER SECHZIG

Jetzt essen Inga und Eva, die beiden Stewardessen, die 25 und die 6, und das Gespräch lodert nur noch einmal kurz auf, da reden sie über den Sonnenuntergang auf dem Weg nach Westen, sie reden über das Anbrechen der Nacht über den Wolken, das Ende des Tages, zerrissen zerdehnt, fremd, lang, und sie reden über den Sonnenaufgang auf dem Flug nach Osten, sie reden über den Tagesanbruch über den Wolken, rot und unwirklich, ein Sonnenaufgang, dem die Maschine entgegenfliegt, ein Tagesanbruch, zerrissen, gestaucht, gequetscht, und wie schön das trotzdem ist.

DER MANN Dann schweigen die beiden wieder, diesmal lange, beide in Gedanken, manchmal fällt ihr Blick auf den Teppich an der Wand, auf den chinesischen Teppich, auf dem ein goldener Drache zu sehen ist, die Kellnerin fragt:
Möchten Sie noch etwas zu trinken?

DER JUNGE MANN Möchten Sie noch etwas zu trinken?

DER MANN ÜBER SECHZIG
Nein, danke.

DER JUNGE MANN Lächeln, alle drei lächeln –

DER MANN Das Mädchen, die Bedienung, 26, vom Golf von Tongking, und die eine Stewardess, Eva, dunkles Haar, 28, und die andere Stewardess, Inga, blond, 31,
alle drei lächeln, die Bedienung geht wieder –

DER MANN ÜBER SECHZIG
Die dunkle Stewardess, Eva, ißt weiter die 25, Bami Pat, und Inga, die blonde Stewardess, ißt die Nummer 6, die Thai-Suppe –

DER MANN Willst du mal probieren, Eva –

DER MANN ÜBER SECHZIG
Ja, Inga, gerne –
Der Mann läßt den Mann über Sechzig probieren.

DER MANN Sie schlürft die Suppe von dem Löffel –

DER MANN ÜBER SECHZIG
Eva schlürft die Suppe von dem Löffel.
Die beste asiatische Suppe meines Lebens habe ich in San Francisco gegessen –

DER MANN Ja?

DER MANN ÜBER SECHZIG
Ja, in San Francisco. Wunderbar – schmeckt gut, wunderbar –

DER MANN Ja, nicht,
und dann findet Inga auf dem Grund der Suppen-

schüssel zwischen dem Zitronengras und dem Thai-Ingwer und den Tomaten und den Champignons
einen Zahn, einen blutigen Zahn.
Da liegt auf dem Boden der Schüssel
der Zahn,
ein Zahn, ein ganzer Zahn, leicht blutig, kariös,
der Schneidezahn eines Menschen,
das ist ja widerlich, sagt die Dunkle,
ich esse keinen Bissen mehr.

DER MANN ÜBER SECHZIG

Der Schneidezahn eines Menschen,
das ist ja widerlich, ich esse keinen Bissen mehr, wir gehen, ich gehe, ich bleibe hier keine Minute länger,
widerlich, das ist ja widerlich,
ein Zahn, ein blutiger Zahn in der Suppe,
kommst du? Du kommst nicht?
Steht auf, geht, rauscht raus.

DER MANN Die blonde Frau, Inga, einunddreißig,
bleibt sitzen, auf dem Löffel vor ihr
der Zahn mit dem bösen Loch. Sie betrachtet und betrachtet den Zahn.

DIE FRAU ÜBER SECHZIG

Andere Leute finden im Bauch eines Fisches einen goldenen Ring.

DER MANN ÜBER SECHZIG

Andere Leute finden einen Diamanten im hohen Gras.

27.

Der Mann, die Frau über Sechzig, der junge Mann, die junge Frau, der Mann über Sechzig.

DER MANN Die Zahnlücke des Kleinen in der Küche des Asia-Thai-Vietnam-Restaurants DER GOLDENE DRACHE hört nicht auf zu bluten.

DIE JUNGE FRAU Wie das blutet.

DER MANN ÜBER SECHZIG
Laß noch mal sehen –

DIE JUNGE FRAU Es blutet die ganze Zeit.

DIE FRAU ÜBER SECHZIG
Zeig mal – müssen wir das ausbrennen, vielleicht müssen wir das ausbrennen, damit es aufhört zu bluten –

DER MANN Wo ist denn der Zahn, der Zahn, was ist, wenn wir einfach den Zahn wieder in das Loch stecken –

DER JUNGE MANN Der Zahn ist weg.

DER MANN Weg?

DER JUNGE MANN Weg.

DER MANN ÜBER SECHZIG
Wo ist denn der Zahn –

DER MANN Wo ist er denn hin, er muß doch irgendwo sein – ist er nicht auf den Fußboden gefallen, er muß doch –

28.

Der Mann.

DER MANN Im Innern der Handtasche einer blonden Frau um die Dreißig, abends auf dem Weg die Treppe hoch in ihre Wohnung. Ein Lippenstift, ein Hausschlüssel, Make-up, Aspirin, Tampons, ein Kugelschreiber. Ein Telephon. Ein kleines Adreßbuch. Taschentücher. Alte Kinokarten, japanische Streichhölzer, Zigaretten. Eine Rechnung: Strickjacke. Eine billige Sonnenbrille aus Chile. Der in eine rote Papierserviette gewickelte Schneidezahn eines Menschen, schwer kariös.

29.

Der Mann, die Frau über Sechzig, der junge Mann, die junge Frau, der Mann über Sechzig.

DER MANN Der Kleine legt den Kopf zurück, und der Alte versucht, das Loch im Oberkiefer zu stopfen.
Der Alte sagt: Was ist das denn –

DER MANN ÜBER SECHZIG
Was ist das denn?

DER JUNGE MANN B3: Heo Xao Xa Ot, vietnamesische Spezialität, mit Duftreis, in Zitronengras mariniertes, gebratenes Schweinefleisch, mit Ananas, Tomaten, vietnamesischen Pilzen, Bambusschoten, Zwiebeln, Knoblauch und Sesam.

DER MANN ÜBER SECHZIG
Das gibt es nicht.

DIE JUNGE FRAU Was?

DER MANN ÜBER SECHZIG
Das gibt es nicht.

DIE JUNGE FRAU Was?

DER MANN ÜBER SECHZIG
Da ist jemand –

DIE JUNGE FRAU Was?

DER MANN ÜBER SECHZIG
Da ist jemand drin –

DER MANN Wo?

DER MANN ÜBER SECHZIG
In dem Loch!

30.

Die junge Frau und die Frau über Sechzig.

DIE JUNGE FRAU Im Lebensmittelladen neben dem Restaurant. Der Mann mit dem gestreiften Hemd und der Hose voll Bier ist hängengeblieben, die Schnapsflasche hat er gleich im Laden aufgemacht, und jetzt steht er am Tresen neben der Waage und der Kasse des kleinen Ladens und trinkt mit dem Inhaber, Hans.

DIE FRAU ÜBER SECHZIG

Hans sagt, dann laß sie doch, dann laß sie doch.
Dann laß sie doch, dann laß sie doch. Kennst du, kennst du,
Hans hat wie der Mann im gestreiften Hemd schon ziemlich einen sitzen,
kennst du nicht das Sprichwort:

DIE JUNGE FRAU Nein, das kenne ich nicht.

DIE FRAU ÜBER SECHZIG

Das heißt ungefähr: Es lohnt sich nicht, wegen Frauen traurig zu sein.
Oder: Du darfst dich wegen einer Frau nicht aufregen.
Oder: Keine Frau ist es wert, daß man wegen ihr traurig ist.
Ich weiß auch nicht. Ich kriegs nicht mehr richtig hin.
Auf dem Teller aus Alufolie unter dem Tresen, der Geruch hängt noch im Raum: die Reste von Nummer 103. Zweimal gebackenes Rindfleisch, mit Bambus, Zwiebeln, Paprika-Gemüse und Knoblauch, scharf.
Und dann habe ich da noch etwas Besonderes für dich. Vielleicht. Komm mal mit.

DIE JUNGE FRAU Hans schließt den Laden von innen ab. Er zieht hinter seiner massiven Ladentheke eine Schublade auf, auf den ersten Blick voll mit Gummibändern und Schrauben, und holt einen Schlüssel heraus.

Komm mal mit.
Mal sehen, vielleicht, vielleicht. Du bist mein Freund.
Komm mal mit.

31.

Der junge Mann.

DER JUNGE MANN Die Grille wartet in dem dunklen Bau der Ameise darauf, daß der Winter vorübergeht. Sie wartet und wartet, aber sie hat das Gefühl für die Zeit verloren, seitdem sie die Sonne nicht mehr sehen kann, sie kann nicht sagen, wie lange sie schon hier ist. Manchmal denkt sie: Vielleicht ist der Winter längst vorbei. Vielleicht ist draußen längst wieder Sommer.

32.

Der Mann, die Frau über Sechzig, der junge Mann, die junge Frau, der Mann über Sechzig.

DIE FRAU ÜBER SECHZIG
Im GOLDENEN DRACHEN, Nummer 41, Thai-Chikken, kroß gebackenes Hähnchenbrustfilet mit Ingwer, Bohnen, Sojasprossen, Bambus, Zitronenblättern, Zitronengras und roter Curry-Kokossauce (sehr scharf).

DER MANN ÜBER SECHZIG
Das gibt es nicht.

DIE JUNGE FRAU Was?

DER MANN ÜBER SECHZIG
Das gibt es nicht.

DIE JUNGE FRAU Was?

DER MANN ÜBER SECHZIG
Da ist jemand –

DIE JUNGE FRAU Was?

DER MANN ÜBER SECHZIG
Da ist jemand drin –
In der Zahnlücke des kleinen Chinesen sitzt eine Gruppe von Leuten im Kreis.

DER MANN Warum rufst du nie an. Ruf uns doch an. Wir warten so sehr auf deinen Anruf.

DIE JUNGE FRAU In der Zahnlücke, die nicht aufhört zu bluten, sitzen meine Mutter, mein Vater, meine Onkel, meine Tante, und noch ein paar andere Leute.
Warum rufst du nie an. Ruf uns doch an.

DIE FRAU ÜBER SECHZIG
Ich mache mir Sorgen, sagt die Mutter.
Ich wüßte zumindest gerne, ob du jemals angekommen bist.

DIE JUNGE FRAU Und mein Vater sagt: Ich wüßte zumindest ganz gerne, wo du bist, mein Sohn.

DER MANN ÜBER SECHZIG
Wo bist du, mein Sohn?

DIE JUNGE FRAU Ich bin im GOLDENEN DRACHEN, in der Küche, und der Onkel hat mir einen Zahn gezogen.

DER MANN Einen Zahn, oh, wie furchtbar! Sag mal –

DIE JUNGE FRAU Ja, furchtbar –

DER MANN Sag mal, verdienst du gut –

DIE JUNGE FRAU Ich weiß, Onkel, ich weiß, du bekommst alles wieder –

DER JUNGE MANN Und deine Schwester? Hast du deine Schwester schon gefunden?

DIE JUNGE FRAU Ich muß jetzt aufhören, macht es gut, lebt wohl.

DER MANN ÜBER SECHZIG
Leb wohl, mein Junge, und paß auf dich auf. Hast du deine Schwester schon gefunden?

DIE JUNGE FRAU Nein, die habe ich noch nicht gefunden, aber ich weiß auch gar nicht, wo ich suchen soll –

DIE FRAU ÜBER SECHZIG
Paß auf dich auf, Junge, paß gut auf dich auf, wie war denn die Reise?

DIE JUNGE FRAU Ich muß aufhören, tut mir leid, es blutet so stark, lebt wohl, die Reise, na ja, davon vielleicht ein anderes Mal, lebt wohl.

DER MANN ÜBER SECHZIG
Leb wohl, Junge, und paß gut auf dich auf.

33.

Der Mann über Sechzig.

DER MANN ÜBER SECHZIG
Es kam ein junger Mann zu der Ameise und sagte: Du hast doch diese Grille in deiner Wohnung. Was kostet die für eine Stunde?
Wenig später war der junge Mann mit der kleinen Grille allein im Zimmer. Da stand nicht viel rum, nur ein Bett, ein Tisch, ein Stuhl.
Weißt du, sagte er, meine Freundin ist schwanger, und ich habe das Kind nicht gewollt, und seit sie schwanger ist, kann ich sie nicht mehr anfassen, ich finde es widerlich. Und dann mußte ich mir eine neue Arbeit suchen, weil sonst das Geld nicht reichen würde für drei, jetzt muß ich alle ernähren, ich finde, ich habe mir jetzt was verdient, ich finde, ich habe mir jetzt etwas ganz Besonderes verdient, das leiste ich mir jetzt. Und dann behandelte er die Grille nicht wie eine

Grille, sondern wie ein Ding, für das man bezahlen kann und bei dem es einem egal ist, ob es kaputtgeht. Wahrscheinlich behandelte er die Grille so, wie er am liebsten seine schwangere Frau behandelt hätte.
Und als die Ameise sah, was der junge Mann mit der Grille gemacht hatte, sagte sie: Du darfst nicht wiederkommen, oder: du darfst wiederkommen, aber dafür, was du willst, mußt du viel mehr bezahlen, das Dreifache.

34.

Der Mann.

DER MANN Nachts, in der Wohnung der beiden Stewardessen.
Inga, die blonde Stewardess, sitzt am Tisch, allein, im Dunkeln. Nur das Licht der Straßenlaterne fällt herein. Sie hat sich noch nicht die Uniform ausgezogen, den dunkelblauen Rock, die dunkle Strumpfhose, die Schuhe mit Absatz. Das Halstuch.
Vor ihr im Licht der Straßenlaterne liegt der Zahn.
Der Zahn hat ein Loch. Er liegt vor der Frau auf dem Tisch. Das Loch geht durch den ganzen Zahn, ein Schneidezahn, man kann durch das Loch durchsehen.
Sie hat immer noch die Uniform an. Die Strumpfhose, den Rock. Normalerweise, wenn sie von so langen Flügen nach Hause kommt, zieht sie sich sofort aus. Die Strumpfhose, die Schuhe.
Wie wohl der Zahn in die Suppe gekommen ist. Nummer 6, Thai-Suppe mit Hühnerfleisch, Kokosmilch, Thai-Ingwer (scharf), wem der Zahn wohl gehört hat. Was für Schmerzen der Mensch gehabt haben muß, dem dieser Zahn gehörte.
Sie ruft ihre Mitbewohnerin, Eva.
Eva?
Aber Eva hört sie nicht, sie ist in einem Zimmer nebenan, ihr Freund ist da.

Der Zahn liegt vor der blonden Frau auf dem Tisch.
Die Frau steckt den Zahn in den Mund.
Der Mann steckt den Zahn in den Mund.
Der Zahn schmeckt ein bißchen nach der Thai-Suppe, und er schmeckt etwas nach Blut.
Ihre Zunge fühlt nach dem Loch in dem fremden Zahn.
Seine Zunge fühlt nach dem Loch in dem fremden Zahn.
Und dann legt die blonde Stewardess den Zahn wieder auf den Tisch.
Was macht sie mit dem Zahn? Sie kann ihn nicht wegschmeißen.

35.

Die junge Frau und die Frau über Sechzig.

DIE JUNGE FRAU Der Lebensmittelhändler wohnt direkt über seinem Laden, man muß nur eine Treppe raufgehen. Der Mann in dem gestreiften Hemd sagt:
Ich war noch nie in deiner Wohnung.

DIE FRAU ÜBER SECHZIG
Der Lebensmittelhändler sagt:
Du warst noch nie in meiner Wohnung?

DIE JUNGE FRAU Nein –

DIE FRAU ÜBER SECHZIG
Wirklich nicht?

DIE JUNGE FRAU Nein! Sicher nicht!

DIE FRAU ÜBER SECHZIG
stutzt kurz
Komm rein, komm rein –

DIE JUNGE FRAU Das ist ja –

DIE FRAU ÜBER SECHZIG
Was –

DIE JUNGE FRAU Das gibts ja nicht –

DIE FRAU ÜBER SECHZIG
Warum –

DIE JUNGE FRAU Der Mann in dem gestreiften Hemd macht sich noch ein Bier auf und geht ungläubig in der Wohnung des Lebensmittelhändlers umher –
Das gibts ja nicht –

DIE FRAU ÜBER SECHZIG
Wieso, was denn –

DIE JUNGE FRAU Die Wohnung des Lebensmittelhändlers ist keine Wohnung, sondern eher eine Art Warenlager, sie ist bis unter die Decke vollgestopft mit Vorräten. Reis, Nudeln, H-Milch, Salz, Zucker, überall, alles ist voll davon. Getrockneter Fisch, Würste.
Das ist, das ist doch keine Wohnung,

DIE FRAU ÜBER SECHZIG
Wieso?

DIE JUNGE FRAU Das ist ja ein Lager –

DIE FRAU ÜBER SECHZIG
Ein Lager, was für ein Lager?

DIE JUNGE FRAU Ein Warenlager, ist ja alles voll hier.

DIE FRAU ÜBER SECHZIG
Vorräte sind wichtig – Vorräte sind mehr als wichtig, im Sommer denkt keiner dran, aber im Winter, wenn es kalt wird …

DIE JUNGE FRAU Da muß man ja einen Tunnel graben, um da durchzukommen.
Trinkt. Der Lebensmittelhändler trinkt auch.

36.

Der Mann, die junge Frau, der Mann über Sechzig.

DER MANN Inga, die Stewardess, am Tisch, bei Nacht, ohne Licht. Das einzige Licht der Schein der Straßenlaterne. Vor ihr: der Zahn auf dem Tisch, der Zahn wirft einen Schatten.
Wohin damit, ich kann ihn nicht wegschmeißen, aber ich kann ihn auch nicht behalten.
Im Nebenzimmer sagt Eva, die zweite Stewardess, zu ihrem Freund:

DER MANN ÜBER SECHZIG
Weißt du was, Inga hat vorhin unten im GOLDENEN DRACHEN einen Zahn in ihrer Suppe gefunden.

DIE JUNGE FRAU Was für eine Suppe –

DER MANN ÜBER SECHZIG
Unten beim Chinesen, die Thai-Suppe Nummer 6. Ein Zahn von einem Menschen.

DIE JUNGE FRAU Ich habe noch nie einen Zahn in meiner Suppe gefunden.

DER MANN ÜBER SECHZIG
Als Eva und ihr Freund sich kennengelernt haben, sagte er zu ihr, du siehst aus wie eine Barbiepuppe –

DIE JUNGE FRAU Du siehst aus wie eine Barbiepuppe.

DER MANN ÜBER SECHZIG
Und als sie dann zusammenkamen, hat sie zu ihm gesagt: Jetzt bist du der Barbiefucker.
Jetzt bist du der Barbiefucker.

DIE JUNGE FRAU *lacht* Ja, ich bin der Barbiefucker.
Kurze Pause.
Wie war denn der Flug?

DER MANN ÜBER SECHZIG
Wie war denn der Flug, fragt jetzt der Barbiefucker.
Der Flug war okay, alles war in Ordnung, bis Inga in ihrer Suppe den Zahn gefunden hat.

DIE JUNGE FRAU Gehen wir ins Bett?

DER MANN Eva nebenan im Bett mit ihrem Freund, den sie den Barbiefucker nennt.
Im dunklen Wohnzimmer vor der blonden Frau auf dem Tisch: der Zahn.

37.

Der junge Mann, die Frau über Sechzig.

DIE FRAU ÜBER SECHZIG
Es ist schon spät. Die Enkeltochter klingelt bei ihrem Großvater. Großvater, ich wollte dir noch etwas sagen.

DER JUNGE MANN Ja, was denn, mein Kind? Was ist denn, was hast du?
Kurze Pause.
Was hast du?

DIE FRAU ÜBER SECHZIG
Ich bekomme ein Kind.

DER JUNGE MANN Ein Kind –
Kurze Pause.
Und?

DIE FRAU ÜBER SECHZIG
Ich bekomme ein Kind, aber ich will es nicht haben.
Ich wünschte, alles wäre so wie früher.

38.

Der junge Mann.

DER JUNGE MANN Die Grille in dem kleinen Zimmer in dem Bau der Ameise, viel gibt es hier nicht, ein Stuhl, ein Tisch, ein Bett.
Manchmal denkt sie, der Winter müßte doch längst vorbei sein, sie möchte nachsehen, ob nicht doch schon Sommer ist.
Aber sie hat Angst, daß ihr etwas auf dem Weg passiert. Daß sie nicht heil rauskommt.

39.

Der Mann, die Frau über Sechzig, der junge Mann, die junge Frau, der Mann über Sechzig.

DER MANN Im Thai-China-Vietnam-Restaurant DER GOLDENE DRACHE.
Der Kleine hört nicht auf zu bluten.

DER JUNGE MANN Wenn wir den Zahn finden könnten!

DIE FRAU ÜBER SECHZIG
Der Zahn ist weg.

DER MANN Nummer 30: Bami Goreng – gebratene Nudeln mit Hühnerfleisch, Shrimps, Curry und Gemüse (leicht scharf).

DIE JUNGE FRAU Mir ist ganz kalt.

DER MANN ÜBER SECHZIG
Er ist ganz blaß.

DIE JUNGE FRAU So kalt, und dabei ist es hier doch immer warm.

DIE FRAU ÜBER SECHZIG
Warm, warm, ja, von den Gasbrennern, hier ist es warm –

DIE JUNGE FRAU Hier ist es kalt.

DER MANN Das ist der Kreislauf.

DER MANN ÜBER SECHZIG
Hast du dich mit deiner Mama unterhalten! Durch das Loch im Mund!

DER JUNGE MANN Ja, stimmt, der Kreislauf.

DER MANN ÜBER SECHZIG
Du mußt sie öfter anrufen!

DER MANN Nummer 71: Ra Pra, auf heißer Eisenplatte serviert: Tintenfisch mit Knoblauch, Chilischoten, Gemüse und Thai-Basilikum.
Und dann fällt der Kleine vom Hocker.

DER MANN ÜBER SECHZIG
He, he –

DER MANN He, he –

DER JUNGE MANN He –

DER MANN Was hast du denn, was hast du denn –

40.

Die junge Frau.

DIE JUNGE FRAU Nachts in der Wohnung des Lebensmittelhändlers Hans: der Lebensmittelhändler und der Mann in dem gestreiften Hemd, der sich heute endgültig von seiner Frau getrennt hat, die bei einer Chorprobe einen anderen Mann kennengelernt hatte.
Sie hören sehr laut Musik, sehr laut, und sie sind fast völlig betrunken. Fast völlig.

Die Musik ist so laut, es rauscht in meinen Ohren.
Die Wohnung ist dunkel, als ob die Scheiben zugeklebt wären, aber die Scheiben sind nicht zugeklebt, es stehen nur überall Regale vor den Fenstern, und die Regale sind voll mit Zeug, Regale und Schränke, alles voller Vorräte, Nudeln, Reis, Zucker, Salz. Und zwischen all den Regalen und Schränken stehen zwei Sofas, in einer Ecke des Raumes brennt eine einzelne Leselampe.
Sie sitzen auf den Sofas, und sie sind so betrunken, sie können sich kaum noch bewegen.

41.

Der Mann, die Frau über Sechzig, der junge Mann, die junge Frau, der Mann über Sechzig.

DIE FRAU ÜBER SECHZIG
In der Küche des Thai-China-Vietnam-Restaurants DER GOLDENE DRACHE:
Kurze Pause.
Der Kleine ist schneeweiß –

DER MANN Weiß wie eine Lilie –

DER JUNGE MANN Weiß wie eine Kirschblüte.

DER MANN ÜBER SECHZIG
Er ist tot.

DIE FRAU ÜBER SECHZIG
Er ist verblutet.
Ach, Kleiner, ach, Kleiner.

DER MANN Nummer B5: Bo Xao Xa Ot, gebratenes Rindfleisch, mit Chinakohl, Paprika, vietnamesischen Pilzen, Bambusschoten, Zwiebeln, Knoblauch, Zitronengras.

DIE JUNGE FRAU Der Chinese ist verblutet, und er liegt neben den roten und blauen Gasflaschen auf dem Fußboden der kleinen Küche des China-Thai-Vietnam-Restaurants DER GOLDENE DRACHE.

42.

Der junge Mann.

DER JUNGE MANN Die Grille in dem kleinen Zimmer in dem Bau der Ameise, viel gibt es hier nicht, ein Stuhl, ein Tisch, ein Bett.
Manchmal denkt sie, der Winter müßte doch längst vorbei sein, sie möchte nachsehen, ob nicht doch schon Sommer ist.
Aber sie hat Angst, daß ihr etwas auf dem Weg passiert. Daß sie nicht heil rauskommt.

43.

Der Mann über Sechzig und die junge Frau, die neben ihm steht.

DER MANN ÜBER SECHZIG
Eva, die Flugbegleiterin mit den dunklen Haaren, und ihr Freund.
Ich habe ihn immer den Barbiefucker genannt, und am Anfang fand er das vielleicht witzig, und dann fand er es nicht mehr so witzig, und dann fand er es wieder witzig.
Ich weiß, daß das ein blödes Wort ist, Barbiefucker, und ich weiß nicht, warum ich nicht aufhöre, ihn so zu nennen.
Ich bin zu jung für ihn. Ich frage mich, was er dabei empfindet, wenn er meinen so jungen Körper anfaßt. Wenn ich seinen Körper berühre, spüre ich das Alter.

Er sieht gut aus, er ist ein attraktiver Mann. Aber ich spüre das Alter seiner Haut. Ich mag ihn sehr, aber vielleicht verachte ich ihn gleichzeitig. Oder ich verachte mich, und ich nenne ihn deshalb so.
Kurze Pause.
Wenn ich etwas ganz anderes sein könnte, als ich bin. Wenn ich etwas ganz anderes sein könnte, als ich sein muß. Ein anderer Mensch.
Kurze Pause.
Wenn ich mir etwas wünschen könnte.
Wenn ich nicht mehr die Flugbegleiterin und die Geliebte des Barbiefuckers wäre. Und wenn der Barbiefucker nicht mehr der Barbiefucker wäre. Wenn wir mal tauschen könnten, dann bin ich der attraktiv gebliebene Pilot, der über alle Grenzen hinweg jedes Land dieser Erde angeflogen hat, und er – er ist die hübsche Flugbegleiterin, die ihr Leben vorläufig damit verbringt, in einer dröhnenden Röhre 33 000 Fuß über dem Meeresspiegel das Essen auszutragen.
Wie wäre das –

44.

Der Mann, die Frau über Sechzig, der junge Mann, die junge Frau, der Mann über Sechzig.

DER MANN ÜBER SECHZIG
In der Küche des GOLDENEN DRACHEN liegt der kleine Chinese, der Neue, der seine Schwester suchte oder gesucht hat, tot auf dem Fußboden neben den Gasflaschen. Verblutet, in Windeseile.

DIE FRAU ÜBER SECHZIG
Wie sollen wir ihn –

DER JUNGE MANN Er kann doch nicht –

DER MANN Hier kann er nicht bleiben –

DER MANN ÜBER SECHZIG
Da kann er nicht liegenbleiben.

DIE FRAU ÜBER SECHZIG
Ach, mein Kleiner, mein Kleiner –

DIE JUNGE FRAU Sie wickeln den toten Chinesen in einen Teppich, den sie vorne im GOLDENEN DRACHEN von der Wand genommen haben, als gerade kurz sonst niemand im Restaurant war.
Es ist der Teppich mit dem goldenen Drachen, den er sich immer mal genauer ansehen wollte, weil es solche Teppiche bei ihm zu Hause nicht gibt. Und jetzt ist es zu spät.

DIE FRAU ÜBER SECHZIG
Ach, mein Kleiner, mein Kleiner.

DIE JUNGE FRAU Der GOLDENE DRACHE macht zu. Das Licht geht im Restaurant aus, und die Leuchtschrift und die roten Laternen vor der Tür gehen aus. Das Klicken der Lichtschalter.
Einer der Köche schließt von außen die Tür ab.
Durch den Hinterausgang verlassen die anderen das Restaurant. Sie tragen auf den Schultern einen zusammengerollten, schweren Teppich.
Es ist eine warme Nacht.

45.

Der junge Mann, die junge Frau, die Frau über Sechzig.

DER JUNGE MANN Die Grille hatte gedacht, vielleicht ist die Ameise eingeschlafen, trotz des ganzen Krachs, weil sie so viel getrunken hat, deshalb ist sie aus dem Zimmer gekommen, nachts um halb zwei. Aber die Ameise war gar nicht eingeschlafen, sie war wach, oder noch fast wach, und sie hatte Besuch von einem Mann in einem gestreiften Hemd, der war wach, da saßen die beiden und tranken und rauchten, und die Musik war so laut, daß es kaum auszuhalten war –

DIE JUNGE FRAU Da steht plötzlich eine junge Asiatin im Zimmer.
Pause.
Da steht plötzlich eine junge Asiatin im Zimmer.
Ich sage:
Hey, wo kommst du denn her.

DER JUNGE MANN Er sagt, hey, wo kommst du denn her.

DIE JUNGE FRAU Hey, wo, wo, wo kommst du denn her, sag mal, Hans, wo kommt die denn her, Hans, Hans, wach auf, guck mal, wer hier ist, Hans, wo hast du die denn her? Hans ist eingeschlafen. Hans, wach auf, sieh mal, sieh mal, wer hier ist.

DER JUNGE MANN Der Mann in dem gestreiften Hemd sagt zu der Grille, wie schön du bist. Komm mal her, sagt er, setz dich mal hierher.
Er ist vollkommen betrunken, und er hat etwas Verletztes, Grobes, Bösartiges in seinem besoffenen Blick, diesen Blick kennt die Grille schon.

DIE JUNGE FRAU Nein, nein, nein, Hans, wach auf, sag mal, du siehst ja aus, du siehst aus wie – du brauchst keine Angst zu haben, wirklich, du brauchst überhaupt keine Angst zu haben, sieh mal, ich sitze hier, mit Hans, mit meinem Freund Hans, und wir haben schon was getrunken, na gut, ist ja nicht verboten, aber wirklich, Süße,
ich verschütte aus Versehen etwas Bier –
Sie verschüttet etwas Bier.

DER JUNGE MANN Er verschüttet aus Versehen etwas Bier, nicht so schlimm, ich mach das später weg –

DIE JUNGE FRAU Was sagst du, was sagst du?

DER JUNGE MANN Nicht so schlimm, ich mach das später weg –

DIE JUNGE FRAU Aber du brauchst überhaupt keine Angst zu haben, keine Angst, doch nicht vor mir! Doch nicht vor mir!

Kurze Pause.
Du siehst aus – du siehst so schön aus, du siehst aus mit diesen dünnen Armen und Beinen, du siehst aus wie –
Weißt du, wie du aussiehst, du siehst aus wie ein Grashüpfer.
Kurze Pause.
Du siehst aus wie ein chinesischer Grashüpfer. Unfaßbar. Was für eine Erscheinung, mitten in der Nacht. Mit einem Mal steht ein gesamter, ferner Kontinent im Zimmer.
Du bringst doch Tausende von Jahren von Geschichte mit! Geschichte, verstehst du?
China. Die chinesische Mauer. Die verbotene Stadt. Die Wüste.
Der Gelbe Fluß. Die Seidenstraße. Die Erfindung des Schwarzpulvers und des Buchdrucks. Das ist alles China. Eine Milliarde Chinesen.
Kurze Pause.
Da kommst du her. Oder? Kommst du aus China?
Kurze Pause.
Komm her. Setz dich. Komm, wir unterhalten uns. Komm her.

46.

Der Mann, die Frau über Sechzig, der junge Mann, die junge Frau, der Mann über Sechzig.

DIE FRAU ÜBER SECHZIG

Nachts in der Stadt, draußen. Auf einer Brücke über einen Fluß. Die vier Asiaten aus dem GOLDENEN DRACHEN und der tote junge Mann, eingerollt in den Teppich, der sonst vorne bei ihnen im Restaurant an der Wand hängt.
Ihr wollt ihn wirklich ins Wasser schmeißen?

DER MANN Wo sollen wir ihn sonst hinbringen?

DIE FRAU ÜBER SECHZIG
Ich weiß nicht, irgendwohin, das gehört sich nicht.

DER MANN ÜBER SECHZIG
Sollen wir ihn einfach irgendwo liegenlassen, sollen wir ihn einfach irgendwo auf der Straße liegenlassen …

DIE JUNGE FRAU Hoffentlich werfen sie mich nicht von der Brücke, ich frage mich, wie es ist, von dieser Brücke zu fallen.

DER MANN Nein, laßt ihn nicht auf der Straße liegen, was wird aus ihm, wenn wir ihn auf der Straße liegenlassen –

DIE FRAU ÜBER SECHZIG
Der Arme –

DIE JUNGE FRAU Hoffentlich werfen sie mich nicht von der Brücke.

DER MANN Werfen wir ihn einfach von der Brücke –

DER MANN ÜBER SECHZIG
Von der Brücke?

DER MANN Ja, wir werfen ihn von der Brücke –

DIE JUNGE FRAU Sie wuchten den Teppich auf das Geländer, sie müssen ihn noch einmal drehen, und dann rollen sie ihn aus.
Da ist er wieder, der Goldene Drache, hätte ich mir den doch nur mal vorher angesehen, den wollte ich mir immer mal in Ruhe ansehen, fast kann ich noch nach ihm greifen, jetzt flattert der Teppich kurz im Wind.
Auf Wiedersehen.
Ich falle von der Brücke ins Wasser, mein Körper taucht in den kalten Fluß, das Wasser läuft durch die Zahnlücke in mich hinein, und ich schwimme nach Hause.
Der Fluß nimmt mich auf, trägt mich mit sich, Kilometer für Kilometer.
Er spült mich ins Nordmeer, eine Strömung treibt mich gen Norden, an Norwegen und dann an Finn-

land und Rußland vorbei, ins eisige arktische Meer, und wenn die See zugefroren ist, treibe ich unter dem Eis entlang, vielleicht zieht mich ein Fisch, oder ein Wal.
An ganz Rußland, an ganz Sibirien treibe ich vorbei durch das arktische Meer, es ist eine lange Reise.
Ich durchquere die Beringstraße und das Beringmeer.
Und dann kommt die Halbinsel von Kamtschatka – nicht mehr lang, bald bin ich zu Hause.
An Japan in der Ferne vorbei im Morgengrauen und gegen Abend des gleichen Tages endlich: China.
Ich bin da, ich bin fast zu Hause. Nur noch 3000 Kilometer den Gelben Fluß hinauf, den Huang He stromaufwärts, stromaufwärts den Gelben Fluß hinauf, durch drei Provinzen, erst nach Westen, und dann nach Norden, dann bin ich zu Hause.
Aber wie sehe ich aus? Wie lange war ich denn unterwegs? Wochen? Monate? Oder Jahre? Es war eine lange Reise. Es war eine sehr lange Reise. Es können Jahre gewesen sein, die ich unterwegs war.
Wie sehe ich aus? Kein Fleisch mehr auf den vom Salzwasser und vom Flußwasser ausgewaschenen Knochen. Ein paar Algen. Vielleicht kein schöner Anblick.
Ich bin froh, wieder zu Hause zu sein.
Ich habe Hunger.
Hallo, lieber ehrwürdiger Onkel, tut mir leid, das ganze Geld, die ganzen Scheine, die ihr damals zusammengelegt habt, seht ihr nie wieder.
Nein, die seht ihr nie wieder, das tut mir leid.
Aber die Rückreise habe ich umsonst gemacht, ganz umsonst und ganz allein.
Liebe Mutter, wie weiß dein schwarzes Haar geworden ist.
Und Vater ist vor zwei Jahren gestorben? Wie traurig.
Die Schwester –
Nein, die Schwester habe ich nie gefunden, das tut mir leid, das war nicht so einfach, ist sie nicht längst zurückgekommen?

Ich weiß nicht, was aus ihr geworden ist, ich weiß es nicht, wie sollte ich das Mädchen finden, wer weiß, wo sie ist, und bei wem sie ist, und was sie da tun muß für ihr Geld.
Vielleicht hat sie jemand aufgenommen, daß sie sich nicht meldet, kann auch ein gutes Zeichen sein, vielleicht putzt sie irgendwo, oder sie tanzt, hat sie nie angerufen? Vielleicht kann sie nicht anrufen, vielleicht gibt es da, wo sie gerade ist, kein Telephon. Kann sein. Vielleicht spart sie Geld und will lieber nicht anrufen. Lieber sparen, für später. Vielleicht meldet sie sich bald.
Ich hatte immer das Gefühl, sie ist ganz in meiner Nähe. Vielleicht geht es ihr gut.
Wie geht es mir? – Gut. Ganz gut. War ein langer Weg. Ich habe einen Zahn verloren. Der hatte von Anfang an weh getan, schon kurz nach der Abreise fing der an, weh zu tun. Und ich habe gedacht, das wird schon.
Aber es wurde nicht besser, der Zahn tat immer mehr weh. Und tat immer mehr weh, bis sie ihn mir rausgeholt haben, im Goldenen Drachen, hinten in der Küche mit einer roten Rohrzange.

47.

Die Frau über Sechzig und die junge Frau und der junge Mann.

DIE FRAU ÜBER SECHZIG

In der Wohnung des Lebensmittelhändlers Hans. Hans war kurz auf dem Sofa eingeschlafen:
Sag mal, spinnst du, siehst du, was du mit ihr gemacht hast, sieh mal, sieh dir an, wie sie blutet, o Gott, o Gott, das ist doch kein Tier!

DIE JUNGE FRAU Der Mann in dem gestreiften Hemd, kleinlaut, nicht nüchtern, es interessiert ihn nicht wirklich:

Tut mir leid, tut mir leid.
Tut mir leid, tut mir leid.
Kurze Pause.

DIE FRAU ÜBER SECHZIG
O Gott – was hast du ihr gemacht – so –

DIE JUNGE FRAU Ja, tut mir leid, tut mir leid. Ist passiert. Tut mir leid.

DIE FRAU ÜBER SECHZIG
Wie soll sie denn so je wieder – wie soll sie denn so – bist du besoffen oder was, du hast sie ja vollkommen kaputtgemacht, vollkommen kaputt –
Hör zu, Junge, dafür bezahlst du, du kannst doch nicht einfach, das bezahlst du mir, das arme Ding –
Der Lebensmittelhändler weint.
Die Frau über Sechzig weint.

48.

Der Mann.

DER MANN Inga, die blonde Flugbegleiterin, in ihrer Wohnung.
Sie nimmt den Zahn von dem Tisch, steckt ihn in die Jackentasche und verläßt die Wohnung. Aus der Tür der Wohnung im ersten Stock dröhnt laute Musik.
Das ist die Wohnung des Lebensmittelhändlers.
Kein Mensch auf der Straße.
Die Stadt bei Nacht.
Die Lichter in den Fenstern. Wenig Verkehr.
Sie ist bald auf der Brücke über den Fluß. Da kommen ihr die Chinesen entgegen, oder sind es Vietnamesen, die ganze Familie, falls die überhaupt eine Familie sind, die aus dem GOLDENEN DRACHEN.
Guten Abend.

DIE FRAU ÜBER SECHZIG
Guten Abend.

DER MANN Guten Abend. Noch auf um die Zeit?

DER MANN ÜBER SECHZIG
Ja, ja, noch ein bißchen spazierengehen.

DER JUNGE MANN Höflich: Und Sie, noch auf, jetzt, um die Zeit? Ist schon spät.

DER MANN Ja, ist spät. Aber ich bin nicht müde.

DIE FRAU ÜBER SECHZIG
Nicht müde!

DER MANN Nein, nicht müde.
Sie könnte jetzt sagen, sehen Sie mal, diesen Zahn habe ich heute in meiner Suppe gefunden, in der Thai-Suppe Nr. 6: Thai-Suppe mit Hühnerfleisch, Kokosmilch, Thai-Ingwer, Tomaten, Champignons, Zitronengras und Zitronenblättern (scharf), bei Ihnen im GOLDENEN DRACHEN, aber sie sagt es nicht.

DER MANN ÜBER SECHZIG
Ja, dann, einen schönen Abend noch –

DER MANN Ja, danke, Ihnen auch, gute Nacht.

DIE FRAU ÜBER SECHZIG
Gute Nacht.

DER MANN Die blonde Frau auf der Brücke.
Die Chinesen sind verschwunden. Auf der Mitte der Brücke bleibt sie stehen und schaut hinab in das schwarze Wasser.
Sie nimmt den Zahn aus der Jackentasche ihrer Stewardessen-Uniform.
Sie steckt ihn noch einmal in den Mund.
Jetzt schmeckt er nicht mehr nach Blut und nicht mehr nach Thai-Suppe.
Die Frau auf der Brücke spuckt den Zahn aus, wie einen Kirschkern, ich spucke den Zahn in den Fluß.
Kurze Pause.
Der Zahn in der Luft, kurz.

Aber dann verschluckt die Dunkelheit unter der Brücke den Zahn, die Frau kann weder sehen noch hören, wie er ins Wasser fällt. Kein Geräusch, keine Ringe auf dem Wasser.
Niemand außer der blonden Frau weiß, daß auf dem Grund des Flusses ein Zahn liegt. Der Zahn ist weg. Als ob er nie dagewesen wäre.
Kurze Pause. Er nimmt einen Zahn in den Mund, spuckt ihn dann aus. Der Zahn verschwindet in der Dunkelheit.

ENDE

Calypso

Personen

MARION, *die Gastgeberin, etwa Mitte Fünfzig oder älter*

GUNTER, *ihr Lebensgefährte, etwas jünger*

ERICH, *Arzt, Ende Vierzig oder Anfang Fünfzig*

SUSANNE, *Ärztin, seine Frau, etwas jünger als er*

CHRISTIAN, *Marions Sohn aus erster Ehe, Student*

TANJA, *Erichs und Susannes Tochter, Studentin*

Christians verstorbener VATER, *der frühere Mann von Marion*

Der Salon einer Villa, das Grundstück grenzt an einen See.
Es wird die ganze Zeit über viel Alkohol getrunken, im Grunde von allen Anwesenden ununterbrochen, später wird auch gegessen. Ich habe einige der Stellen notiert, an denen getrunken werden könnte, andere nicht – als Vorschlag, nicht als Festlegung. Sobald sie können, bedienen sich die Gäste selbst, wenn ihnen nicht nachgeschenkt wird. Wenn eine Flasche leer ist, wird eine neue aufgemacht.

Der Geist des Vaters bleibt von seinem Erscheinen bis zum Ende des Abends mehr oder weniger anwesend, trinkt, raucht, hört zu oder muß zuhören. Vielleicht steht er manchmal auf, geht und holt etwas, sieht sich etwas an.
Er bleibt stumm, nimmt jedoch teil, aber er verhält sich nicht auffällig, auch wenn er sicher lieber nicht da wäre. Es geht ihm nicht besonders gut, er wirkt mitgenommen, ausgezehrt, verkatert.
Die anderen sehen ihn nicht, nie.

Ein Sommerabend. In einem Haus an einem See. Der Salon.

Auf der Bühne eine Gruppe von Menschen in tropfnassen Sommerkleidern und Schuhen. Marion, eine wohlhabende Frau Ende Fünfzig, ihr etwas jüngerer Lebensgefährte Gunter, Marions Sohn Christian aus erster Ehe, Anfang bis Mitte Zwanzig, sowie ihre Gäste, das Ärztepaar Erich und Susanne, beide um die Fünfzig oder etwas jünger, und ihre Tochter, Tanja, vom Alter ähnlich wie Christian.

MARION Das gibt es doch nicht, das –
ERICH Das –
SUSANNE Sie müssen nicht –
MARION Das gibt es doch nicht!
ERICH Sie –
MARION Wieso ist das Boot – Du hast gesagt, das Boot –
GUNTER Ich?
MARION Du – daß das Boot –
GUNTER Das Boot –
MARION Alles naß, alles ruiniert, alles naß –
ERICH Das –
MARION Naß – vollkommen naß. Was für eine Scheiße.
Kurze Pause.
Was für eine Scheiße!
GUNTER Ich kann nichts –
MARION Doch, doch! Ausziehen, wir müssen das ausziehen! Widerlich!
Susanne lacht auf.
Raus aus den Sachen – du hast gesagt –
GUNTER *wehrt sich* Was, was habe ich gesagt?
SUSANNE Ich ha-
MARION oder wollen Sie das anbehalten –
SUSANNE Nein, ich –

MARION Wie Sie wollen – wenn Sie wollen – also ich –
Marion beginnt, sich auszuziehen.

SUSANNE Es ist doch nicht so –

MARION *zu Gunter, gellend* Nein? Kannst du mal, kannst du mal bitte irgendwas besorgen –
Kurze Pause.
Das kann man doch nicht anbehalten, ich behalte das nicht an, wollen Sie das anbehalten –

ERICH Nein, nein –

MARION Also, ich auch nicht – wirklich – kannst du mal bitte irgendwas besorgen –
Gunter ab. Marion zieht sich ihr klatschnasses Kleid aus, das ist nicht ganz einfach, vielleicht macht sie es beim Ausziehen kaputt. Sie flucht.
Scheiße!
Erich fängt ebenfalls an, sich auszuziehen.

SUSANNE Meinst du, daß –

MARION *zu Christian, ihrem Sohn* Zieh dich aus – na los, zieh dich aus –
Christian reagiert nicht.
Zieh die nassen Sachen aus – du sollst das Zeug ausziehen!
Zu der jungen Frau, Tanja.
und Sie auch –
Kurze Pause.
Oder?
Sie sieht die anderen an.
Oder? Ich meine, so kann es ja nicht –

SUSANNE *zieht sich plötzlich ebenfalls aus, zu ihrer Tochter* Zieh das aus, es ist doch kalt so, in den nassen Sachen –

MARION *ruft Gunter hinterher, grob* Kommst du, oder was?
Pause. Alle ziehen sich aus, soweit sie nicht schon damit begonnen hatten.

SUSANNE Es ist vielleicht besser, wenn wir einfach –

MARION Wieso? Wollen Sie nicht was trinken, was kann ich Ihnen anbieten –
Ruft grob:

Es ist eiskalt so, wir stehen hier nackt im Zimmer, und du kommst nicht –.

Pause.

Wieso kommst du nicht? Das gibt es doch nicht, du kannst uns hier doch nicht stehenlassen –

Schließlich stehen alle mehr oder weniger nackt auf der Bühne. Auf dem Boden mehrere Haufen nasser Kleidung und Schuhe. Es vergeht etwas Zeit.

ERICH Also, das ging so schnell –

SUSANNE Das ging wirklich schnell, so schnell konnte man gar nicht –

MARION Wollen Sie nichts trinken, was trinken Sie?

Kurze Pause. Laut:

Wieso kommst du nicht? Das gibt es doch nicht – wir stehen hier –

Gunter, noch in seinen nassen Kleidern, kommt eilig zurück, er trägt einen großen Stapel überwiegend weißer Handtücher.

Wieso dauert das so lange – das kann doch nicht so lange dauern –

GUNTER Wieso sind die Bademäntel weg, das ist das einzige, was ich – sind die –

Susanne lacht.

Sind die –

MARION Das ist doch scheißegal.

GUNTER Wo sind die denn –

MARION Das ist doch scheißegal, wir stehen hier –

GUNTER Sind die in der Maschine, oder auf der Leine, wieso sind die –

Tanja niest. Gunter zieht jetzt ebenfalls die nassen Sachen aus. Er hat größere Schwierigkeiten, seine nassen Jeans vom Körper zu bekommen. Während die Anwesenden sich abtrocknen und dann die Handtücher um die Hüften, Körper und teilweise auch um die Köpfe wickeln:

MARION Ich besorg uns jetzt was zu trinken.

SUSANNE Ach –

MARION Wein?

GUNTER Wieso sind die –

MARION Was? Wein?

ERICH Wein, gerne –

MARION Weiß oder rot?

ERICH Was Sie –

MARION Bietest du nichts zu trinken an?

ERICH Da richte ich mich ganz nach –

MARION Kriegen wir nichts zu trinken? Es gab doch kalten Weißwein, kannst du mal nachsehen, bitte –

Gunter geht ab, um im Kühlschrank nach dem kalten Weißwein zu suchen.

ERICH Rot, für mich, gerne – rot.

MARION Rot?

Kurze Pause.

Rot – und Sie?

SUSANNE Rotwein, gerne –

MARION Es gibt auch Weißwein – also daran soll es nicht – oder war der auf dem Boot?

Zu der Tochter von Erich und Susanne, Tanja.

Sie?

TANJA Rotwein oder Weißwein?

MARION Wie Sie wollen, was Sie wollen – oder müssen Sie erst ihre Eltern fragen –

TANJA Dann Weißwein – gerne.

MARION Weißwein, gut, – oder Schnaps?

TANJA Schnaps? Nein, nein – Danke.

Marion holt eine ganze Anzahl unterschiedlicher Gläser, darunter Weingläser, Wassergläser, auch Schnapsgläser, sowie einen Flaschenöffner, eine Flasche Rotwein und eine große Flasche Grappa.

MARION *zu ihrem Sohn* Du? Und du?

CHRISTIAN Ich? Weißwein – wenn es welchen gibt.

Gunter kommt zurück mit einer kalten Flasche Weißwein, die er bereits geöffnet hat oder gerade öffnet.

MARION *greift nach der Flasche Grappa* Keinen Schnaps? Erst mal Schnaps gegen die Unterkühlung – stimmt es, daß Schnaps gegen Unterkühlung hilft, Sie müßten das doch wissen –

Marion füllt große Schnapsgläser und verteilt sie an alle.

SUSANNE *lacht* Na ja –

ERICH Klar, Schnaps, Grappa –

MARION Also dann, Sie sind vom Fach – Sie sind schließlich vom Fach.

SUSANNE Unterkühlungen sind nicht genau –

GUNTER Ja, in welches Fach fallen Unterkühlungen – sind Sie –

ERICH Schnaps ist sicher gut.

Trinkt. Alle trinken Schnaps. Kurzes Schweigen. Marion schenkt nach.

MARION Lieber noch einen:

Alle trinken.

Gegen die Erkältung.

Kurze Pause.

Für die Nerven. Herzlich Willkommen.

Marion entkorkt eine Flasche Rotwein und schenkt ein.

Etwas später.

Chirurgie –

SUSANNE Innere.

MARION Innere, natürlich, Entschuldigung, wieso sage ich Chirurgie, und Sie: Was hatten Sie gesagt, Weißwein oder Rotwein?

ERICH Rot, gerne.

Kurze Pause.

SUSANNE Die Bougainvilleas, schön –

MARION Schön, ja, aber wenn man sie im Winter nicht reinholt, gehen sie kaputt.

Kurze Pause.

Auch.

Marion schenkt weiter ein, auch den Weißwein für sich selbst, Tanja und Christian. Trinken.

Pause.

Etwas später.

GUNTER Meinen Sie, ich wäre mir da nicht so sicher.

ERICH Es existiert bis heute kein einziger, nicht ein einziger medizinisch-wissenschaftlicher Beweis für die Wirkungskraft der Homöopathie.

GUNTER *lacht, es besser wissend* Aber die Ergebnisse –

ERICH Vermutlich ist das Geheimnis der Homöopathie nichts anderes als der Anteil von Alkohol –

SUSANNE Na ja, das –

ERICH Oder der Anteil von Zucker, ist ja fast dasselbe. Alkohol und Zucker, das ist alles.

GUNTER Es tut mir wirklich leid, aber die Ergebnisse sind –

ERICH Welche Ergebnisse?

Kurze Pause.

GUNTER Die Ergebnisse –

ERICH Welche Ergebnisse denn?

Marion trinkt.

GUNTER Das hat mit Alkohol und Zucker nichts zu tun. Das ist ein uraltes Prinzip –

ERICH Alkohol und Zucker, *das* ist ein uraltes Prinzip –

GUNTER Das Ähnliche und das Verschiedene, die Gegengifte der Naturvölker, die Inkas, die Maya kannten bereits das Gesetz von Gift und Gegengift, die hatten Gegengifte gegen Schlangenbisse,

ERICH Das stimmt nicht –

GUNTER und Schlangengifte sind unter anderem ein Bestandteil der Homöopathie, das Gift der Kobra zum Beispiel –

Tanja lacht los.

– hilft gegen Herzrhythmusstörungen.

ERICH Schlangengifte sind neurotoxisch.

GUNTER Das Gift der Schwarzen Witwe, das Gift der Honigbiene –

ERICH *zu Tanja* Oder? Neurotoxisch –

GUNTER – oder die Ignatiusbohne –

Tanja kratzt sich.

ERICH Nein, nein.

GUNTER Doch, doch, die Ignatiusbohne, bei Hysterie und Traurigkeit, sicher –

Kurze Pause.

Sich selbstbestätigend nickend:

Altes Wissen.

ERICH Altes Wissen. Die Ignatiusbohne.

Kurze Pause.
Aus der Ignatiusbohne wurde ein Pfeilgift gemacht.
Kurze Pause.
Das ist Strychnin.

GUNTER Das ist Wissen von weit her.

ERICH Das ist Strychnin.

MARION Das ist alles Quatsch.
Pause. Erich trinkt. Gunter trinkt.
Das Kind hat eine Mittelohrentzündung, und der Kinderarzt empfiehlt ein altes Hausmittel, wie er sagt: Ohrenumschläge aus angebratenen Zwiebeln, angebraten ohne Fett in der Pfanne.
Kurze Pause.
Was soll das?
Das Kind war ein Jahr alt, oder eineinhalb, wie soll das gehen, rein praktisch? Rein praktisch?
Pause. Marion trinkt.
Etwas später.
Marion überraschend heftig:
Du hast gesagt, das Boot sei in Ordnung.

GUNTER Ja, das Boot war auch in Ordnung –

ERICH So was kann doch –

MARION Das hattest du gesagt, du hattest gesagt –
Sie trinkt.

GUNTER Ja –
Gunter trinkt.

ERICH *trinkt* Bitte, Sie brauchen sich nicht wegen uns –

MARION Wieso sagst du, das Boot ist in Ordnung, wenn das Boot nicht in Ordnung ist?
Marion trinkt.

GUNTER Das Boot war in Ordnung! Als wir losgefahren sind, war das Boot doch noch in Ordnung!

MARION Ich habe gedacht, ich ertrinke –

SUSANNE *mit dem Glas in der Hand* Wie schnell das ging –

ERICH Es ist ja nichts passiert –
Erich trinkt.
Susanne trinkt.
Das ging so schnell –

MARION Ja, das ging schnell – das ging schnell.

SUSANNE So schnell konnte man gar nicht gucken – wie das Boot vollief, erst dachte ich, ich sehe nicht richtig. Was man so denkt, ich habe das Wasser im Boot gesehen und mich kurz gefragt: Was ist das? Also: Was ist das für eine Flüssigkeit –

Sie wundert sich kurz über sich selbst, lacht möglicherweise nicht ganz echt.

MARION Ich habe Wasser geschluckt, widerlich.

TANJA Ich auch. Scheußlich.

GUNTER Das Wasser ist vollkommen in Ordnung.

MARION Ich habe gedacht, ich muß sterben.

Sie trinkt.

GUNTER Ich verstehe das überhaupt nicht, ich war dieses Jahr mit dem Boot schon draußen – erst vor ein paar Tagen –

TANJA Es kann doch sein, daß –

MARION Quatsch, Quatsch, das Boot war kaputt, reden wir nicht drum herum, was soll das?

TANJA Daß –

MARION *zu Gunter* Was soll das?

GUNTER Was soll was?

Gunter trinkt.

ERICH So ein Boot ist nicht leicht zu –

MARION Wieso fährst du mit uns mit dem Boot auf den See, wenn –

Tanja trinkt.

ERICH *beim Trinken* So ein Boot –

GUNTER *offensiv* Was soll was?

SUSANNE Wirklich, eigentlich war es doch –

GUNTER Was?

MARION Daß du uns absaufen läßt –

ERICH Bitte –

Er trinkt.

SUSANNE Was für ein Auftakt, sehen wir es doch so – und so tief war es ja nicht –

ERICH Ja, was für ein –

Kurze Pause.

Und so ein Boot –

MARION *plötzlich fast am Durchdrehen* Die Schwierigkeiten und Besonderheiten bei der Pflege von Holzbooten –
Susanne lacht.
Die Schwierigkeiten und die Besonderheiten bei der Pflege von Holzbooten – die nötige Pflege, noch kurz vor seinem Tod hat mein Mann über das Boot gesprochen, er hat gesagt,
Blick zu ihrem Sohn.
oder? Oder?
Christian trinkt. Marion wieder zu allen:
Wir müssen vor dem Winter das Boot aus dem Wasser holen, jahrelang ging es darum, immer, immer, daß wir das Boot rausholen und das Holz behandeln. Sonst geht es kaputt.
Trinkt.
Und dann im Frühjahr:
Kurze Pause.
Das große Geschiß: Wir sind wieder auf dem Wasser. Ist es nicht herrlich auf dem Wasser –
Kurze Pause.
Gott sei Dank ist das Ding endlich vollgelaufen, endlich, es war höchste Zeit, ich danke dir.
Trinkt.
Ich danke dir von Herzen. Du hast mein Leben verändert. Wenn ich dich nicht hätte.
Sie faßt sehr kurz Gunter an. Pause.

GUNTER Ich wußte gar nicht, daß das Boot im Winter aus dem Wasser muß, das hast du mir nie gesagt – ich kenne mich nicht aus mit Booten, das hättest du mir schon vor vier Jahren sagen müssen, wieso hast du mir das nie gesagt –
Tanja hat nichts mehr zu trinken. Sie greift etwas unbeholfen nach der Weißweinflasche, kippt sie fast um, kann aber die Flasche noch halten. Sie schenkt sich nichts ein.

SUSANNE Es sah sicher schön aus, im Winter, das eingeschneite Boot auf dem zugefrorenen See.
Kurze Pause.
Schönes Bild.

CHRISTIAN *plötzlich* Ich habe immer gesagt, das Boot muß im Winter aus dem Wasser, das habe ich immer gesagt.
Kurze Pause.

MARION Weg ist weg.
Kurze Pause.

SUSANNE Genau.
Christian trinkt.

MARION Nicht wahr?
Gunter trinkt sein Glas aus.

SUSANNE Weg ist weg.
Sie hebt das Glas.
Salut!
Sie wollen trinken, aber die Gläser sind leer oder fast leer. Kurze Pause.

MARION Die Gläser sind leer,
Zu Gunter:
kannst du mal –, kannst du dich mal kümmern –
Gunter war in Gedanken, er bemerkt, daß die Gläser leer sind, schenkt nach.

GUNTER Oh, Entschuldigung, das hatte ich nicht gesehen, Entschuldigung –
Er schenkt nach.
Etwas später.

SUSANNE Aber Sie makeln nicht mehr?

MARION Ich? Nein.
Kurze Pause.
Aber ich habe damit viel Geld verdient. Sehr viel Geld in kurzer Zeit.
Kurze Pause.
Nicht, daß ich Geld gebraucht hätte.
Kurze Pause. Sie trinkt.
Ich mußte mich einfach irgendwie beschäftigen.
Kurze Pause.
Ich habe es nach seinem Tod nicht allein ausgehalten. Hier, allein. Was sollte ich denn machen?

SUSANNE *trinkt* Ich habe mich immer gefragt, was ein Makler eigentlich für das ganze Geld tut –

MARION Das stimmt.

Kurze Pause.
Natürlich, da haben Sie vollkommen recht, die Frage ist vollkommen berechtigt.
Pause. Christian trinkt.

GUNTER Der Beruf des Maklers gehört zu den widerwärtigsten Berufsgattungen, die es gibt.
Kurze Pause.

MARION Widerwärtig, selbstverständlich.
Kurze Pause.
Es gibt nichts Widerwärtigeres als einen Makler.
Kurze Pause. Christian trinkt.
Diese Mischung aus Unterwürfigkeit und Überheblichkeit. Je mehr Geld ein Makler riecht, desto würdeloser wird er, ein trauriges Bild.
Kurze Pause. Sie nimmt einen Schluck.
Übrigens ein Beruf, für den man keinerlei Qualifikation braucht. Kann jeder machen: du auch.

ERICH Ähnlich wie bei den Homöopathen –

SUSANNE Und die Homöopathen verschreiben dann den Maklern die Ignatiusbohne.
Sie nimmt einen Schluck.

MARION Obwohl, doch: Es gibt etwas Widerwärtigeres als einen Makler:
Sehr kurze Pause.
zwei Makler.
Zwei Makler auf einem Fleck. Kommt selten vor. Haben Sie das mal erlebt?
Kurze Pause.
Wahnsinn.
Kurze Pause. Sie trinkt.
Wahnsinn.
Kurze Pause. Sie überlegt es sich anders.
Auf der anderen Seite: Na und?

ERICH *mit dem Glas in der Hand* Klar –

MARION Oder? Wenn das Geld stimmt – wenig Arbeit, keine Risiken. Und immer was zu quatschen.
Etwas später.

TANJA Gibt es noch etwas zu trinken?

Lacht.
Keiner gibt einem was zu trinken –

MARION Oh!
Kurze Pause.
Entschuldigen Sie.
Kurze Pause. Sie trinkt den Rest ihres Glases aus, unternimmt nichts.
Das muß man aushalten.
Kurze Pause.
Das leere Glas.
Kurze Pause.

SUSANNE *lacht* Disziplin!

MARION Ansehen und Aushalten.
Kurze Pause.
So ist das. Diese Langsamkeit muß man aushalten.

TANJA Ach so – ich wollte nur –

MARION Ja, ja!
Kurze Pause.
Wenn das – nur – so wäre!

TANJA Was – wenn was wie wäre, ich glaube, ich –
Kurze Pause.

MARION Ich wollte ihm die Chance geben, es selber zu merken, darauf habe ich gewartet, schon die ganze Zeit, ich frage mich, merkt er es, oder merkt er es nicht –

TANJA Wer? Das verstehe ich nicht. Ich verstehe nicht, ich wollte nur –

MARION Er. Ob er es merkt.
Kurze Pause. Tanja will gerade etwas sagen.
Die Antwort lautet: Er merkt es nicht.
Kurze Pause.

TANJA Ach so –

MARION *zu Gunter* Oder?

GUNTER Was?

MARION Ja, was?

GUNTER Was meinst du?

MARION Das hier –
Sie hält ein leeres Weinglas in die Höhe.

GUNTER Ja –

MARION Leer.
Kurze Pause.
Leere Gläser.
TANJA Ach so, das war nur, ich wollte nur, das ist nicht so schlimm –
MARION Nein?
TANJA *lacht* Entschuldigung –
Tanja kratzt sich.
MARION Wir können es aber der Einfachheit halber so halten, daß sich unsere Gäste selbst bedienen. Oder?
Sie nehmen sich einfach?
Sonst müssen Sie ewig warten.
Gastfreundschaft hat ja in jedem Land ihre eigene kulturelle Tradition.
Kurze Pause.
Sicher auch alles eine Frage der Kinderstube.
Kurze Pause.
Keine Ahnung, wie es bei den Mayas und Inkas war.
Bei anderen Völkern ist jedenfalls die Gastfreundschaft heilig.
Je schwieriger die Lebensumstände, so kommt es einem fast vor, desto vollkommener die Gastfreundschaft.
Kurze Pause.
In der Wüste, zum Beispiel, in Arabien.
Kurze Pause.
Und wenn die Flasche leer ist –
Kurze Pause.
Ja –
Kurze Pause.
Was dann?
Kurze Pause.
Was machen wir, wenn die Flasche leer ist?
Sie hebt die Flasche hoch.
Die Flasche ist leer!
Kurze Pause.
Na so was!
Kurze Pause.

Hat auch was mit Erziehung zu tun. Kinderstube.
Kurze Pause.
Egal.
Sie steht auf, geht raus, die anderen sehen ihr nach. Marion kommt nach einem kurzen Augenblick mit mehreren Weinflaschen zurück.
Hast du den Öffner?
Kurze Pause.
Hat jemand den Flaschenöffner gesehen? Ohne den geht es nicht, der war doch grad noch –
Der Flaschenöffner findet sich.
Hat niemand Hunger?
Marion öffnet zwei Flaschen Wein. Sie gießt Tanjas Glas voll und schenkt den anderen nach.

SUSANNE Darf man hier rauchen –

MARION Rauchen, ja sicher, rauchen Sie – rauchen Sie nur –
Susanne durchwühlt ihren nassen Kleiderhaufen – findet in einer Tasche völlig durchnäßte Zigaretten.

SUSANNE Die Zigaretten sind naß –

MARION Oh –

SUSANNE Haben Sie Zigaretten –

MARION Zigaretten –

SUSANNE Haben Sie welche? Zigaretten?

MARION Ich habe keine, ich rauche nicht, ich habe früher mal geraucht, ist lange her –

ERICH Mußt du denn rauchen –

SUSANNE Ja, muß ich –

MARION Ich glaube nicht, daß wir Zigaretten haben, ich weiß nicht, hast du Zigaretten?

GUNTER Also das glaube ich kaum –

SUSANNE *zu Christian* Und Sie, was ist mit Ihnen, rauchen Sie nicht –
Christian trinkt. Tanja trinkt und kratzt sich.

ERICH Kann man die nicht trocknen?

SUSANNE *sehr laut* Oder soll ich so, im Handtuch, zum nächsten Automaten laufen – das kann ich auch machen, das geht auch –
Sie nimmt einen Schluck. Kurze Pause.

MARION *steht auf* Ich suche, ich suche.

Marion nimmt einen Schluck, geht Zigaretten suchen.

ERICH Das heißt, Sie alleine, Sie könnten sich das hier gar nicht leisten –

GUNTER Ich? Natürlich nicht –

ERICH Da haben Sie ja Glück –

GUNTER Glück, ja, wie man es nimmt.

ERICH Oder? Ich meine, das ist doch –

GUNTER Ich will es mal so sagen: Wenn ich in der Lage wäre, mir so etwas leisten zu können, wäre immer noch die Frage, ob ich mir so etwas leisten wollen würde. Ich glaube nicht, daß das so wäre.

Er trinkt, Erich nimmt auch einen Schluck.

ERICH Ach so –

Marion kommt mit einer Schachtel Zigaretten zurück.

MARION Diese Schachtel Zigaretten ist etwa zehn Jahre alt.

Kurze Pause.

Ich glaube nicht, daß die noch besonders gut sind. Kann ich mir nicht vorstellen.

SUSANNE Er hat recht, Ihr Freund hat recht – Danke, vielen Dank.

MARION Zehn Jahre, also –

Susanne nimmt sich eilig eine Zigarette und versucht sie anzuzünden, zuerst mit ihrem naßgewordenen Feuerzeug, dann mit nassen Streichhölzern.

ERICH Ich habe das noch nicht genau verstanden, was Sie da gerade gesagt haben:

Sie können sich nicht leisten, nein, Sie würden sich nicht leisten –

SUSANNE Er hat recht –

GUNTER Es ist ganz einfach: Sie sagten, ich könnte mir das hier alles nicht alleine leisten, und ich sage, ja, das stimmt, ganz klar, aber: Ich hätte es mir auch nicht geleistet, oder ich würde es mir auch nicht leisten, wenn ich es mir hätte leisten können.

Kurze Pause.

ERICH Sondern?

Gunter lacht sonderbar auf.

Gute Frage, das ist eine gute Frage, Doktor.

MARION Im Grunde bringt er ein Opfer.

Sie trinkt kurz.

SUSANNE *immer noch ohne Feuer* Geht nicht, geht nicht.

GUNTER Nein, ich bringe kein Opfer, aber ich habe doch das Recht, die Umstände, unter denen ich lebe, weil ich mit dir lebe, was ich mehr als gerne tue, von den Umständen zu trennen, unter denen ich leben würde, wenn es dich nicht gäbe und ich trotzdem die theoretische Möglichkeit hätte, so zu leben –

MARION Etwas geschwätzig.

SUSANNE Hat jemand Feuer?

Kurze Pause.

Ich bräuchte mal Feuer.

ERICH Aber Sie sind nicht unfroh über den Umstand, daß Sie hier –

Susanne steht auf und sucht nach Feuer.

GUNTER Nein, nein, das ist der Punkt, darum geht es nicht, unfroh oder froh, ich sage nicht, daß ich unfroh bin, wirklich nicht, aber es bleibt festzuhalten, daß das nichts ist, was ich jemals wollte – gut, jetzt lebe ich hier, aber aus ganz anderen Gründen –

Christian trinkt.

MARION Nicht wahr, etwas geschwätzig –

SUSANNE Ich kann das verstehen. Ich kann das gut verstehen.

MARION Ja, ja! Ja, ja, natürlich!

Susanne findet irgendwo Feuer, zündet sich die Zigarette an.

GUNTER Wirklich, es ist alles in Ordnung, ich will mich in keiner Weise beklagen, man soll nur nicht so tun, als wären die Umstände, unter denen man lebt, immer die Folge eines eigenen Wollens, das ist in der Regel doch etwas komplizierter.

CHRISTIAN *plötzlich* Wie hältst du das aus? Wie hältst du das den ganzen Tag aus!

Kurze Pause.

Etwas später.

SUSANNE Der Verrat – das ist doch ein wunderbares Thema. Das ist doch das Thema an sich.

MARION Nicht wahr? Deshalb komme ich ja darauf –
Kurze Pause.
Bei uns gab es ja noch das geführte Gespräch. Früher. Bei uns zu Hause. Das Tischgespräch.
Zu den beiden jungen Leuten:
Aber vielleicht habt ihr dazu nichts zu sagen. Ihr seid vielleicht zu jung.
Kurze Pause.

ERICH Kommt noch.
Er trinkt.
Susanne lacht auf.
Kommt noch. Die Entgrenzungen.
Erich lacht fröhlich.
Kommt alles noch.

MARION War nur ein Vorschlag – damit ihr auch was sagt. Dazu gibt es doch etwas dazu zu sagen. Beizutragen.
Kurze Pause.
Dazu kann doch jeder etwas sagen. Aber keiner wird gezwungen!
Susanne steht auf, beginnt rauchend ihre nassen Sachen teilweise auszuwringen, provisorisch irgendwo aufzuhängen oder auszulegen, dasselbe macht sie mit den Sachen ihrer Tochter und ihres Mannes. Ständig hält das Handtuch nicht, das sie sich um den Körper gewickelt hat.

GUNTER Das verräterischste Ding ist der Mond.

SUSANNE Wieso der Mond?
Kurze Pause.

ERICH Das Wasser.

SUSANNE Der Mund.

ERICH Die Hand.
Tanja beginnt sich öfter zu kratzen.

SUSANNE Der Mund –

ERICH Also der Mund.

MARION Der Mund oder die Zunge?

SUSANNE Die Zunge. Der Mund. Zunge und Lippen.

MARION Oder die Augen?

ERICH Nein, nein –

SUSANNE Wieso – Die Augen können lügen.

Kurze Pause.

Weiß man doch.

Kurze Pause.

Der gerade Blick ins Auge. Und trotzdem alles falsch.

Kurze Pause.

Aber schlimmer ist die Sprache – die Sprache will alles verheimlichen und verrät alles.

CHRISTIAN Ich weiß gar nicht, warum der den verraten hat.

SUSANNE Mit dem Mund. Mit dem Kuß. Nebeneinander, gleichzeitig: der Kuß und der Verrat.

CHRISTIAN Ja, aber warum –

Kurze Pause. Trinken.

Etwas später.

SUSANNE Wie tief ist denn der See?

GUNTER Nicht besonders.

MARION Tief genug.

Pause.

Was für ein schönes Paar.

Zu Tanja:

Sie wären ein schönes Paar. Ihr beide. Sind Sie gesund?

TANJA Ich? Warum? Sehe ich krank aus?

Sie kratzt sich unmerklich.

MARION Nein, nein –

TANJA Ich glaube, ich verstehe die Frage nicht.

MARION Ganz einfach, sind Sie gesund oder sind Sie krank?

Kurze Pause.

Er ist gesund.

TANJA Aha.

Kurze Pause. Sie trinkt.

MARION Und Sie sehen auch gesund aus.

TANJA *lacht* Danke. Dann ist ja alles klar.

Sie trinkt wieder.

MARION Was für ein schönes Paar.

Nimmt einen Schluck.

Sie wären wirklich ein schönes Paar.

Kurze Pause.
Das Problem sind nur die Berufsgruppen.
Kurze Pause.

SUSANNE Immer. Die Berufe sind immer schwierig.

MARION Zoologie, studieren Sie nicht Zoologie, warum machen Sie so was, was soll das – oder hier, er:
Sie zeigt auf ihren Sohn.
Jagdkunde, auch nicht besser.
Kurze Pause.
So wird das nichts. Obwohl – irgendwie –

SUSANNE Ja, irgendwie –
Der Gedanke, ob die beiden Studiengebiete sich ergänzen, hängt in der Luft. Kurze Pause.

MARION Meine Mutter hat immer gesagt: Wir brauchen in der Familie einen Geschäftsmann, einen Rechtsanwalt, einen Arzt und einen Architekten.
Kurze Pause.
Und einen Pfarrer. Die Liebesheirat ist ein zentrales Problem. Die Liebesheirat wird vollkommen überschätzt.
Sehen Sie, diese beiden: was für ein schönes Paar. Ideal. Fast ideal.
Kurze Pause.
Oder?
Christian trinkt.

SUSANNE Doch, sicher.

MARION Gut, anscheinend haben sie sich nichts zu sagen. Das muß kein Nachteil sein. Und das kann sich ändern. Was sich nicht alles ändern kann.
Die Vorteile sind dagegen nicht zu übersehen: allein das Geld. Der Besitz. Die Grundstücke. Ihres und unseres.
Pause. An Erich gerichtet:
Oder sehen Sie uns an: Sie und ich: Wir wären ideal. Mein Wissen um den Umgang mit Geld in Verbindung mit Ihrer Macht über Krankheit und Tod.
Unschlagbar, das ist unschlagbar.

SUSANNE Tun Sie sich doch zusammen.

Sie trinkt.

MARION Was für ein schönes Paar. Ideal. Fast ideal.

SUSANNE Sie können sich doch zusammentun –

Kurze Pause.

MARION Wieso haben Sie eine Ärztin geheiratet? Wieso? Ich meine das nicht persönlich, nichts gegen Sie, überhaupt nicht, aber so was ist strategisch unklug. Ein Arzt in der Familie reicht. Sie hätten eine Rechtsanwältin heiraten sollen. Müssen.

Kurze Pause.

Oder jemanden wie mich: jemand mit Geld. Jemand, der weiß, wie man Geld macht.

SUSANNE Ich sage ja, das ist eine sehr gute Idee:
Tun Sie sich doch zusammen. Von mir aus gerne!
Dann wären Sie ja frei, oder, Gunter?

MARION Ich weiß, wie das geht. Ich weiß nicht, ob er weiß, wie das geht. Ich nehme es an. Sein Vater wußte es. Was Geld anging, war sein Vater richtig gut. Richtig gut.
So was schafft Respekt.

CHRISTIAN Ich weiß gar nicht, warum Judas den verraten hat – habe ich vollkommen vergessen.

SUSANNE Ja –

ERICH Für Geld.

Er trinkt einen Schluck.

CHRISTIAN Nein, nein, Geld war nicht das Entscheidende, der hatte ganz andere Gründe.

Er trinkt. Kurze Pause.

SUSANNE Daß man das vergißt, ist doch wichtig.

MARION Na ja –

TANJA Das juckt so, juckt euch das nicht so, das juckt plötzlich überall –

Sie kratzt sich.

ERICH Jucken, nein, nicht besonders –

Tanja kratzt sich, öffnet das Handtuch. Sie hat auf den Arminnenseiten und auf dem Oberkörper einen deutlich sichtbaren Ausschlag.

TANJA Seht euch das mal an –

Sie kratzt sich.

SUSANNE Oh.

MARION Das gibts ja nicht, was ist das denn?

Tanja kratzt sich.

SUSANNE Sieht aus wie ein Ausschlag.

TANJA Habt ihr auch so was –

Tanja untersucht sich.

SUSANNE Eine allergische Reaktion – sieht aus wie eine allergische Reaktion.

ERICH Wieso allergisch, das kann alles Mögliche sein – Scharlach, die Röteln –

Er trinkt kurz.

SUSANNE Scharlach? Du weißt doch, wie Scharlach aussieht –

TANJA Von dem Wasser, das kommt von dem Wasser –

MARION Von dem Wasser, wieso von dem Wasser, hier schwimmen Leute, täglich, in dem See schwimmen Kinder, das Wasser ist vollkommen in Ordnung –

ERICH Das kann alles Mögliche sein, eine Allergie, sicher, Allergie sagt man immer, ein Stich –

SUSANNE Das ist doch kein Stich –

ERICH Ein Ausschlag –

SUSANNE Das ist eine allergische Reaktion –

ERICH Eine Lebensmittelunverträglichkeit, keine Ahnung.

TANJA Aber ich habe ja nichts gegessen –

Kurze Pause.

ERICH Vielleicht bekommst du wirklich Scharlach.

Pause.

Etwas später.

GUNTER *trinkend* Die kaufen nur, um zu verkaufen. Die einzige Absicht beim Einkauf ist der Verkauf.

Kurze Pause.

Um die Sache geht es gar nicht. Spielt überhaupt keine Rolle.

Das Produkt spielt keine Rolle, die Firma spielt keine Rolle, die Mitarbeiter spielen keine Rolle.

Kurze Pause.

Die kaufen nur, um zu verkaufen. Die einzige Absicht beim Einkauf ist der Verkauf. Das ist der Untergang. Man meint, das wäre ganz normal, aber da hat sich faktisch etwas ganz anderes vollzogen, da ist ein neues Zeitalter angebrochen: die Loslösung des Geldes vom Produkt.

Er trinkt.

TANJA Jetzt seht euch das mal an, seht euch das mal an!

MARION Das wird ja immer schlimmer.

TANJA *keucht etwas* Das juckt so irrsinnig –

MARION Nicht kratzen –

TANJA Wie peinlich.

Sie trinkt.

ERICH Wieso? Scham ist das Gefühl, das die Menschheit rettet.

SUSANNE Ach –

TANJA Peinlich habe ich gesagt, ich habe nicht gesagt, daß ich mich schäme –

Kratzt sich.

SUSANNE Das glaube ich nicht.

ERICH Was?

SUSANNE Daß die Scham die Menschheit rettet.

TANJA Das juckt irrsinnig.

MARION Nicht kratzen –

SUSANNE Die Scham ist bekanntermaßen das erste, was der Mensch drangibt. Wenn es eng wird, ist die Scham vollkommen egal.

Eher rettet der Mensch sich in die Schamlosigkeit, als daß die Scham ihn rettet.

ERICH Zink wäre gut – Zinksalbe.

SUSANNE Ein Anti-Histaminikum wäre gut. Was willst du mit Zink?

ERICH Wieso ein Anti-Histaminikum, wer sagt denn, daß das eine allergische Reaktion ist, hattest du so was schon mal?

TANJA Nein!

ERICH Also –

SUSANNE Was soll es denn sonst sein?

ERICH Haben Sie nicht eine Zinksalbe im Haus?

MARION Zink –

ERICH Zink –

SUSANNE Zink hat jeder –

MARION Haben wir Zink?

GUNTER Keine Ahnung.

Gunter macht sich auf die Suche nach der Salbe.

Etwas später.

ERICH Ärzte wissen nichts. Ärzte haben seit Jahrhunderten keine Ahnung von dem, was sie tun, nicht die geringste Ahnung. Der Schaffhausener Arzt Heinrich Skreta von Schotnau und Zavorziz empfahl 1673 gegen das Fleckfieber Umschläge aus Hundekot.

MARION Uuuuuua.

Kurze Pause.

ERICH Umschläge aus Hundescheiße. Das ist Wissenschaft.

Er nimmt einen Schluck. Kurze Pause.

SUSANNE Wieso – vielleicht lag der gar nicht so falsch, der von Schotnau.

ERICH Der lag falsch, der lag weit daneben, soviel ist sicher.

SUSANNE Penicillin ist nichts anderes als ein spezieller Schimmelpilz, und der wächst besonders gern auf alter Scheiße, Hundescheiße oder Kuhscheiße zum Beispiel, und mit alter Kuhscheiße haben früher die Landstreicher und Tagelöhner ihre Furunkel eingeschmiert. Also –

ERICH Kosmas und Damian.

Er trinkt kurz.

Die Zwillingsheiligen der Infektionskrankheiten werden gerne mit Medizinflasche und Salbenbüchse dargestellt: Was ist da drin? Nichts. Oder: nichts von Bedeutung. Nicht einmal Scheiße.

Er nimmt noch einen Schluck. Gunter hat Penatencreme gefunden und gibt sie Tanja, die sich einzucremen beginnt. Die Salbe zieht kaum ein.

Was sagt denn da die Naturheilkunst? Oder die Homöopathie?

Kurze Pause.

Da gibt es doch sicher irgendwelche Kräuter?

GUNTER *guckt ernst* Gegen den Ausschlag? Sicher. Sicher gibt es das.

Kurze Pause.
Rosmarin.
Kurze Pause.
Salbei.
Kurze Pause.
Kümmel.

ERICH Kümmel!
Kurze Pause. Laut.
Komm, wir reiben dich mit Kümmel ab!
Etwas später.

MARION Getanzt, wir haben getanzt! Getanzt! Wir haben getanzt!

GUNTER Die Macht der Liebe.
Er trinkt.

MARION Wir haben uns hingestellt und unsere Körper bewegt. Unvorstellbar. Heute.
Kurze Pause.
Das war die Hochzeit. Wir hatten nicht immer Geld, wir haben klein angefangen, sehr klein, es fing alles an mit diesen Heftern, den Schnellheftern und den Aktenordnereinheftern, diese Dinger, Heftstreifen, die man abheften kann, die konnte man plötzlich aus Plastik machen, das war neu und billiger, das kostete fast nichts mehr, vorher war alles aus Metall und Pappe, und dann kamen andere Sachen dazu, Akten, Umschläge, Stifte, Filzstifte, Kugelschreiber.
Kurze Pause. Christian trinkt.
Wir haben zusammen angefangen. Das hätte ich früher nicht gedacht: daß ich einmal mit meinem Mann in einer Garage Schnellhefter und Heftstreifen abpakke und dann zur Post bringe. Mit Anfang Zwanzig.
Kurze Pause.

SUSANNE *trinkt* Wo die Liebe hinfällt.

MARION *trinkt* Ich hätte gedacht, man kann damit nicht viel verdienen, aber es hat Geld gebracht. Schließlich hat es wirklich viel Geld gebracht.
Kurze Pause.
Das Haus. Alles.

Kurze Pause.

SUSANNE Ist da eigentlich schon mal jemand ertrunken –

ERICH Mit Sicherheit.

GUNTER Ja, sicher.

Tanja cremt sich weiter am ganzen Körper mit Penatencreme ein. Marion nimmt den Faden wieder auf.

MARION Ja, der Alkohol, natürlich, sicher – ohne den ging es nie, nie! Diese Leute – Borchardt, Heckner, die ganzen Geschäfte – selbstverständlich wurde da getrunken, immer, viel!

Kurze Pause.

Wieso auch nicht – so kompliziert sind solche Geschäfte ja nicht.

Kurze Pause.

Eher simpel. Ich habe was, was du willst, weil du weißt, daß du es verkaufen kannst. Kauf es mir ab, dann kannst du es weiterverkaufen.

Ist doch simpel.

Kurze Pause.

Und später: als wir die Firma längst verkauft hatten – oder er, es war ja seine Firma – auch wenn ich sie mit aufgebaut habe, aber rechtlich gesehen –

Ich weiß nicht, ob das die Mitarbeiter interessiert hat, wem der Laden gehört, ist doch egal –

Pause. Marion trinkt. Susanne raucht.

Daß Sie rauchen, als Ärztin.

SUSANNE Ich habe überhaupt erst als Ärztin angefangen zu rauchen.

Kurze Pause. Rauchend und trinkend.

Früher habe ich nicht geraucht. Auch nicht im Studium.

MARION Ach ja –

SUSANNE Erst auf der Station. Da habe ich im Grunde erst richtig angefangen. Und jetzt bin ich bei fast zwei Schachteln pro Tag.

Die Zigarette auf dem kleinen Balkon vor dem Stationseingang. Gestern abend zum Beispiel: ein Geschäftsmann mit einem fortgeschrittenen Pankreaskarzinom. Bauchspeicheldrüsenkrebs: Das ist mit absoluter Sicherheit das Ende, das ist klar, da gibt es nichts.

Der war begeisterter Taucher. Der hat mir gesagt: »Ich bin auf der falschen Seite der Erdkugel und im falschen Element zur Welt gekommen.« Ich kann so was nicht mehr hören. Es gibt da einen fast ebenerdigen Balkon vor dem Stationseingang.

Nachts hört man beim Rauchen auf dem Balkon immer wieder den schnarrenden Rufton auf dem Gang für die Schwester. Über der schwarzen Böschung stand der Mond. Und dann habe ich zum ersten Mal den Fuchs gesehen. Die Schwestern hatten mir schon davon erzählt: Es gibt da bei der Klinik zwei Füchse, die sich von den Patienten fast füttern lassen. Der Fuchs kam nah heran und stellte seine Vorderpfoten auf die Balkonkante. Er hat geschnuppert. Ich hatte nichts für ihn. Dann hat er sich wenige Meter entfernt unschlüssig ins Gras gelegt, neben einem Lüftungsschacht. Er hat mich beobachtet. Ich sprach leise mit ihm, und er bewegte sich nicht.

Kurze Pause. Sie raucht.

ERICH Was für eine kitschige Scheiße. Was für eine kitschige, selbstmitleidige Scheiße.

SUSANNE Es war so, es war genau so!

ERICH Was für eine kitschige Scheiße.

Kurze Pause. Er trinkt.

Du hast nur Angst, daß du da eines Tages mit dem Pankreaskarzinom liegst, das ist alles, das ist doch alles, ich meine, über was reden wir denn –

SUSANNE Na klar, ich meine, wer hat das nicht –

Sie trinkt.

ERICH Aber darum geht es nicht –

SUSANNE Wer hat das nicht –

ERICH Das ist der Beruf, das ist dein Beruf, oder ist das nicht dein Beruf, da lohnt es sich nicht zu jammern, darum geht es –

Er trinkt.

SUSANNE Du siehst ja die Leute überhaupt nicht mehr –

ERICH Was?

SUSANNE Du siehst doch überhaupt keine Leute, wann siehst du denn schon Patienten –

ERICH Wieso sehe ich die Leute nicht mehr? Sicher sehe ich die Patienten, jeden Tag –

SUSANNE *lacht bitter und schüttelt den Kopf* Jeden Tag, genau – *Sie trinkt und zündet sich eine neue Zigarette an.*

ERICH Jeden Tag sehe ich die Patienten, ist doch schließlich meine Station, meine Abteilung –
Etwas später.

GUNTER Ich habe mich ja immer mehr für die ansteckenden Krankheiten begeistert, Krankheiten, die ganze Landstriche entvölkern.

ERICH Ja?

SUSANNE Ich weiß nicht –

ERICH Was zum Beispiel? Welche?

GUNTER Die Pest oder Typhus oder das Fleckfieber –
Kurze Pause. Ein Mann, etwa Anfang oder Mitte Sechzig, setzt sich neben die anderen auf einen freien Stuhl oder Sessel. Es ist der gestorbene Vater von Christian, Marions erster Mann. Er ist älter als die anderen. Er ist leger gekleidet, Hemd, Cordhosen oder helle Sommerhosen. Ein Geschäftsmann in seiner Freizeit. Oder im Ruhestand. Unrasiert. Er nimmt sich ein Glas, bedient sich, raucht und trinkt, hört zu, sagt aber nichts. Es scheint ihm nicht sehr gutzugehen. Er wirkt ausgezehrt, angeschlagen. Die anderen nehmen ihn nicht wahr.

ERICH Typhus – warum? Infektionskrankheiten sind langweilig, langweilig und die Erreger sind scheußlich, gerade bei Typhus, alles nur eine Frage der fehlenden Hygiene. Alles Scheiße. Scheiße.

TANJA Ich glaube, ich bekomme Fieber.
Erich legt seine Hand auf Tanjas Stirn, wartet einen Moment.

ERICH Mm hm. Kann sein.
Kurze Pause.
Fühlt sich so an.

Du brauchst ein Aspirin. Du glühst.

Kurze Pause. Christian starrt auf den Platz, auf den sich der Mann gesetzt hat.

Infektionskrankheiten sind langweilig, spektakulär, aber langweilig. Typhus überträgt sich zum Beispiel durch von Scheiße verseuchtes Trinkwasser.

Der gestorbene Vater steht auf. Vielleicht untersucht Christian jetzt den Platz sogar. Niemand zu sehen. Sein toter Vater fühlt Tanjas Stirn, setzt sich wieder.

Nicht schön, aber langweilig. Einfach. Simpel. Ein Bazillus. Ein kurzes, unbewegliches Stäbchen mit kleinen Geißeln, mit denen er sich bewegt. Gerne in Flüssigkeiten. Im Wasser. In Nahrungsmitteln. Äußerst zäh. Kann sogar in dreckiger Bettwäsche leben. Aber simpel. Kann man impfen.

Interessanter sind die Krankheiten, die wir in uns tragen. Die wir selbst ausbrüten. Wieso hat der ein Bauchspeicheldrüsenkarzinom. Was wächst gerade in uns, vielleicht schon seit Jahren, wissen Sie, daß es acht Jahre dauern kann, bis so ein Knoten in der Brust überhaupt fühlbar ist?

Kurze Pause. Susanne trinkt. Marion steht auf und sucht nach Aspirin für Tanja.

Das finde ich beängstigend. Daß da was losgeht, daß da längst was losgegangen ist und wir nichts davon merken.

Pause.

CHRISTIAN Letzte Nacht ist mir mein Vater erschienen.

Kurze Pause.

MARION Aha –

Längere Pause.

CHRISTIAN Ja.

Kurze Pause.

ERICH Ihr Vater.

CHRISTIAN Ja.

ERICH Kommt das öfter vor?

CHRISTIAN Das war das erste Mal.

Kurze Pause.

MARION Da bin ich aber beruhigt.
Marion löst Tanjas Aspirin in einem Glas Wasser auf.

SUSANNE Wann ist Ihr Vater gestorben?

CHRISTIAN Vor fünf Jahren.
Kurze Pause.

SUSANNE Traurig.
Kurze Pause.

ERICH Wie kommt es, daß er so früh gestorben ist?

CHRISTIAN Ein Gehirnschlag. Wie vom Blitz getroffen. Einfach so. Mitten am Tag. Wir wollten noch angeln gehen.
Kurze Pause.

ERICH Und vorher nie was gehabt –

CHRISTIAN Nichts –
Er trinkt.

ERICH *nickt* So was gibt es. Kommt selten vor, aber so was gibt es.
Erich nimmt einen Schluck.

MARION *mit dem sprudelnden Aspirin in der Hand* Wie meinst du das, er ist dir erschienen –

CHRISTIAN Er stand plötzlich hier, im Zimmer.
Kurze Pause. Trinken.

MARION Und? Wie sah er aus?

CHRISTIAN So wie immer. So wie früher. Die hellen Hosen. Sommersachen. Was er so anhatte. Etwas unrasiert, wie an den Wochenenden.
Marion gibt Tanja das Aspirin.

SUSANNE Hat er etwas gesagt?
Kurze Pause.

CHRISTIAN Er hat gesagt: »Du mußt hier raus.«

GUNTER Wer, ich? Ich muß hier raus?

CHRISTIAN Nein, ich. Das hat er zu mir gesagt: Du mußt hier raus.
Kurze Pause. Der Geist der Vaters sitzt wortlos dabei, hört zu, sieht die anderen an, trinkt. Gunter nimmt einen Schluck.

MARION Ja, dann:
Kurze Pause.
Dann geh doch raus. Du mußt wirklich raus. Wird vielleicht auch langsam Zeit. Ich meine, von mir aus

kannst du immer hier – es ist schließlich auch dein Haus, natürlich, aber –

Laut.

Dein Gespenst hat recht. Er hatte immer recht. Was für ein kluger Mann. Vor allem hatte er recht mit der winterlichen Pflege seines Holzbootes!

CHRISTIAN *brüllt* Ich habe immer gesagt, das Boot muß aus dem Wasser!

Der Geist des Vaters nimmt eine von Susannes Zigaretten, raucht.

MARION *brüllt zurück* Gesagt, ja –

CHRISTIAN *brüllt* Ich habe es immer gesagt.

MARION *brüllt* Gesagt und nichts getan! Das ist der Unterschied! Sagen und Tun. Sitzen bleiben oder rausgehen!

Etwas später.

ERICH *mit einem Glas in der Hand* Übrigens. Ich habe schlechte Neuigkeiten für dich:

SUSANNE *mit einem vollen Glas Rotwein in der Hand* Ja?

ERICH Ja.

SUSANNE Was denn?

ERICH Diese Woche ist Penis-Woche. Wir haben Penis-Woche.

Kurze Pause.

Also.

Susanne lacht verzögert auf, dabei verschüttet sie den Rotwein.

SUSANNE O Gott.

MARION Nicht so schlimm.

SUSANNE O Gott.

MARION Kein Problem –

ERICH *ohne Aufregung* Da muß Salz drauf –

Er trinkt.

Gunter holt Salz.

MARION Nicht so schlimm.

SUSANNE *lacht* Tut mir leid –

Sie versucht, mit einem Lappen oder einem der nassen Kleidungsstücke den Schaden zu begrenzen. Gunter kommt mit dem Salz und schüttet es auf den Rotweinfleck.

MARION Was heißt denn das, Penis-Woche?

ERICH Penis-Woche heißt, daß diese Woche der Penis – daß in dieser Woche der –
Kurze Pause.
Daß die, die Penis-Woche ist.
Pause.

MARION Ich finde das nämlich keine schlechte Idee, so eine Penis-Woche –
Kurze Pause. Sie trinkt.
Oder?
Ich finde, das sollte es bei uns auch mal geben.
Ich finde, das ist eine gute Idee.
Kurze Pause.
Das hat es hier schon lange nicht mehr gegeben. So eine Penis-Woche.
Pause.
Etwas später.
Hier, noch was zu trinken?

SUSANNE Gerne.
Zu Tanja:
Besser?

TANJA Ja, geht schon.

MARION Und was ist mit Essen – was gibt es denn zu essen –

GUNTER Ich kann gerne was kochen –

SUSANNE Ach, ich weiß nicht –

MARION Nein?
Pause.
Etwas später.
Na dann – also war sie es, oder war sie es nicht?

SUSANNE Wer?

MARION Das ist die Frage –

SUSANNE Welche Frage, das verstehe ich nicht.

MARION Er war beim Friseur –

SUSANNE Aha –

MARION Ja, ja!

GUNTER Ja, und plötzlich denke ich, die Friseuse kenne ich doch – während sie mir die Haare schneidet.

SUSANNE Kann doch sein –

MARION Ja, kann sein, aber –

SUSANNE Ich meine, kennen, was heißt kennen –

MARION Von früher –

SUSANNE Von früher!

Kurze Pause.

Ach so!

Kurze Pause.

Jemand, den Sie mal gekannt haben, richtig ge-

ERICH Eine Verflossene –

Gunter trinkt.

SUSANNE Ach so, und Sie haben sie vielleicht erkannt –

GUNTER Ich war mir nicht ganz sicher –

Der Geist des Vaters trinkt sein Glas aus und schenkt sich gleich nach.

SUSANNE Und dann?

MARION Er glaubt, sie ist es.

GUNTER Es kann zumindest sein –

MARION Aber das Problem ist:

Er glaubt ständig, dieser Frau wieder zu begegnen. Andauernd. Alle zwei Wochen sieht er eine Frau, die Sonja Fischer sein könnte. Das geht seit Jahren so. Von Anfang an. Das geht fast so, seitdem wir uns kennen. Immer glaubt er, Sonja Fischer begegnet zu sein, und manchmal fragt er, manchmal spricht er die Frau tatsächlich an, und dann ist sie es natürlich nicht. Sie ist es nie!

Kurze Pause.

Sonja Fischer muß ein ziemliches Durchschnittsgesicht gehabt haben.

Kurze Pause.

Wie die Friseuse.

SUSANNE Aber diesmal –

MARION Diesmal ist sie es – vielleicht.

GUNTER Sie könnte es sein.

MARION Ein bißchen gewöhnlich.

ERICH Wieso?

MARION Wieso was?

ERICH Wieso wissen Sie das – waren Sie dabei?

MARION Ja, ja –
SUSANNE Sie waren dabei?
MARION Ja!
ERICH Wieso?
MARION Wieso? Wieso? Es war so –
ERICH Ach so –
SUSANNE Sie gehen mit, wenn Ihr Freund sich die Haare schneiden läßt?
MARION Ja, es war so, Zufall –
GUNTER Gewöhnlich? Findest du? Gewöhnlich –
ERICH Gewöhnlich, was heißt das?
MARION Gewöhnlich heißt gewöhnlich, sie findet sich natürlich nicht gewöhnlich. Mit dem Schmetterling.
SUSANNE *lacht* Mit was für einem Schmetterling –
MARION Mit einem Schmetterling.
Kurze Pause.
ERICH Warum haben Sie sie nicht gefragt?
SUSANNE Ja, warum nicht?
ERICH Ob sie es ist – ich meine, warum haben Sie nicht einfach gefragt –
GUNTER Ob sie es ist? Ich wußte ja nicht –
SUSANNE *leicht genervt* Deshalb hätten Sie sie ja fragen können – darum ging es doch –
Kurze Pause. Trinken. Susanne steckt sich eine weitere Zigarette an.
GUNTER Was, wenn sie es gewesen ist –
Kurze Pause.
SUSANNE Ja, was?
GUNTER Was hätte ich dann tun sollen?
MARION Mit einem Schmetterling!
SUSANNE Ja, das sagten Sie, Schmetterling –
MARION Mit einem Schmetterling als Gürtelschnalle.
Kurze Pause.
Ein Riesending.
Eine Riesenschmetterlingsschnalle.
SUSANNE *nimmt einen Schluck* Die hatte so eine Gürtelschnalle, oder wie –
Kurze Pause.

MARION Ja, ja!

Kurze Pause.

ERICH Also eine Schnalle.

Susanne lacht, etwas doof.

MARION Ja, eine Schnalle, ein Riesending, so eine Schmetterlingsgürtelschnalle, hier –

Sie zeigt bei sich, wo die Gürtelschnalle saß: sehr tief, fast auf Höhe der Schamhaare.

ERICH Na ja – hätte ja auch ein anderes Tier sein können.

Er trinkt. Kurze Pause.

MARION Hatte die schon immer die Schnalle? Die Schmetterlingsschnalle?

SUSANNE Warum trägt man so was –

GUNTER Keine Ahnung, Geschmacksache – ist doch Geschmacksache.

Gunter trinkt.

SUSANNE Zufall ist das nicht – wie alt war die denn? Die kann ja nicht mehr ganz jung gewesen sein –

Kurze Pause.

MARION Wie schön, die Frau mit der Schmetterlingsschnalle, was für eine Erinnerung.

SUSANNE Wann kannten Sie sich denn, wie lange ist das her –

Kurze Pause.

MARION Wie schön, die Frau mit dem Schmetterling vor der Uschi.

Der Geist der Vaters zündet sich eine Zigarette an.

ERICH Aber da hätte ich einfach gefragt –

MARION Und du warst mal der Schmetterling.

GUNTER Wieso –

MARION Flatter, flatter.

Kurze Pause.

Schmetterlinge, bitte hier lang. Hier, hier geht es lang.

Etwas später.

ERICH *inzwischen ebenfalls rauchend* Wir können es auch andersrum betrachten: Was ist denn das Gegenteil?

SUSANNE Gibt es das? Das gibt es doch gar nicht.

ERICH Ja, sicher. Es gibt doch von allem ein Gegenteil –

Kurze Pause. Gunter trinkt.

SUSANNE Was soll das sein: die Treue.

Kurze Pause.

GUNTER Die Zuverlässigkeit.

ERICH Die Solidarität.

GUNTER *hat das Wort schon länger nicht mehr gehört* Die Solidarität!

Mit wem?

MARION Haben Sie Hunger, Sie haben bestimmt Hunger, wir wollten doch –

SUSANNE Wenn Sie einfach –

MARION Es war alles in dem Korb –

GUNTER In dem Picknick-Korb, auf dem Boot –

SUSANNE *lacht* Ach so!

MARION Aber Sie haben Hunger –

ERICH Hunger, ja, also ich habe heute noch nichts gegessen –

Er nimmt einen Schluck.

MARION O Gott.

ERICH Nicht so schlimm, aber wenn Sie irgendwas da haben –

MARION Was können wir denn anbieten, was haben wir denn da –

GUNTER Das war alles in dem Korb –

MARION Ja. In dem Korb. Aber wir können doch irgendwas anbieten.

Kurze Pause.

Nicht wahr? Die Gastfreundschaft, wir sprachen schon davon.

Das würde Ihnen in der Wüste nicht passieren.

Kurze Pause.

Erst ertränken wir Sie fast, und dann lassen wir Sie verhungern.

Kurze Pause.

Und verdursten.

Kurze Pause.

Ich meine, selbst wenn die Flaschen hier stehen, jetzt, nachdem ich sie dahin gestellt habe, könnte man ja durchaus weiterhin von den Grundgesetzen der Höflichkeit ausgehen, von den Grundregeln der Gastfreundschaft und der Aufmerksamkeit. Grundsätzlich, meine ich.

Sie schenkt nach.

GUNTER Ich kann was kochen –

SUSANNE Nein, nein, nur keine Umstände –

GUNTER Wirklich, das macht überhaupt keine Umstände –

ERICH Also, wenn es keine Umstände macht –

SUSANNE Es ist doch alles schon kompliziert genug, wir können doch später zu Hause essen.

GUNTER Wirklich, es macht keine Umstände.

MARION Dann koch doch was. Oder such irgendwas anderes, es wird doch wohl irgendwas zu essen geben –

Gunter sucht etwas zu essen.

Etwas später.

ERICH Diese panische Angst vor dem Sterben – dieses Nicht-Aufhören-können, darüber nachzudenken – das muß doch ein Ende haben, das muß doch so etwas wie ein Abschluß finden, zu einem Ergebnis kommen, ich meine, warum machst du das dann, warum machst du das dann?

SUSANNE Wieso –

MARION Meine Mutter hat immer gesagt, ich solle Ärztin werden, weil mir Weiß so gut stehen würde.

ERICH Andauernde Todesangst. Trübt den Blick.

SUSANNE Schärft die Wahrnehmung, würde ich sagen, wer will schon sterben –

Sie trinkt.

ERICH Das kommt auf uns alle zu, machen wir uns nichts vor, ob wir wollen oder nicht.

Der gestorbene Vater trinkt schnell.

SUSANNE Hier spricht der Chefarzt.

ERICH Genau.

Kurze Pause.

Hier spricht der Chefarzt.

SUSANNE Worte des Trostes, der Weisheit und der Wissenschaft.

Sie trinkt.

ERICH Trost? Um Trost geben zu können, müßte man richtig hinsehen. Oder man müßte wenigstens zuhören können. Wer kann denn zuhören. Dafür gibt es ja gar keine Zeit. Ich kenne keinen einzigen Arzt, der zuhören kann. Also, es gibt welche, die so tun, als ob sie zuhören, ich zum Beispiel, zu denen gehöre ich zum Beispiel, und du auch, ich habe auch gar nicht Zeit für was anderes, oder die Kraft, ich kann nur das entsprechende Gesicht aufsetzen, aber wirklich zuhören, richtig zuhören – kann keiner.

Kurze Pause.

Und das ist klar: Die Wissenschaft hält keinen Trost bereit.

Kurze Pause.

Außer Quecksilberkuren. Aderlässen.

Oder Umschlägen mit Hundekot, wenn es hoch kommt.

Kurze Pause.

Oder?

Er nimmt den von Susanne zu erwartenden Einwand vorweg:

O ja, da sind wir weiter. Pasteur. Pettenkofer.

Kurze Pause.

Aber so viel hat sich im Grunde nicht getan. Wir haben keine Ahnung, wir wissen nichts, und das weißt du am besten.

Gunter kommt mit einem großen Tablett zurück. Er bringt alles mit, was er gefunden hat: eine Ringsalami. Kekse. Haferflocken. Oliven in einem Glas. Sardinendosen. Thunfischdosen. Dosen mit Ananas-Stücken etc., Chips, Milch, einen Dosenöffner, einen Wasserkocher und mehrere asiatische A-One-Instant-Nudelsuppen mit Garnelengeschmack für 50 Cent, dazu Teller, Suppentassen, Löffel, Messer, Gabeln.

GUNTER Das ist alles, was da ist. Und dabei hatten wir alles. Alles vorbereitet. Alles weg.

MARION *plötzlich* Der Schmetterling ist ein Symbol.

GUNTER Wofür soll der Schmetterling ein Symbol sein?

Er trinkt.

MARION Ein Sinnbild. Oder ein Zeichen.

GUNTER Die Schmetterlingsschnalle ist doch an sich schon ein Symbol für einen Schmetterling.

MARION Ja, ja!

GUNTER Ja, was?

MARION Was symbolisiert der?

GUNTER Die Flatterhaftigkeit?

MARION Die Vulva!

GUNTER Ach –

MARION Die gespreizten Schamlippen, das Vötzchen!
Sie brüllt.
Das symbolisiert dein Schmetterling! Der symbolisiert: Fick mich, fick mich.
Sie trinkt.
Im Angesicht der Vorräte: Noch hat niemand sich etwas zu essen genommen.

ERICH Man zögert. Ist doch selbstverständlich. Fällt einem nicht ganz leicht.
Kurze Pause.
Sich einfach zu bedienen. Sich einfach selbst zu bedienen. Man denkt, man müßte warten. Aber dann – worauf? Und wie lange?
Er greift nach der Ringsalami.

MARION Und Heckner hat immer gesagt, er will ihn mir reinstecken.
Kurze Pause.
Borchardt auch.
Sie trinkt. Der gestorbene Vater trinkt.

CHRISTIAN Brutus ist sicher der bekannteste Verräter der Geschichte, noch bekannter als Ephialtes von Trachis, der Verräter des griechischen Heeres in der Schlacht bei den Thermophylen gegen die Perser – oder Malinche, die Geliebte von Hernan Cortez.
Kurze Pause.
Brutus, der Mörder seines Ziehvaters Julius Caesar.
Kurze Pause. Alle essen.
Aber derselbe Brutus wurde zu anderen Zeiten als Freiheitsheld verehrt. Als Tyrannenmörder. In der Französischen Revolution zum Beispiel.

Derselbe Brutus. Ist doch interessant. Verräter und Held. Gleichzeitig.

Kurze Pause.

Also was denn nun?

Etwas später.

Erich bereitet sich eine asiatische A-One-Tütensuppe mit Shrimp-Geschmack zu. Dazu studiert er zuerst die Anleitung auf der Rückseite, zerkleinert dann die Nudeln in der noch geschlossenen Packung, öffnet die Packung, schüttet den Inhalt in eine Suppenschale. Dann fischt er die Aroma-Tütchen aus den zerkleinerten Nudeln, reißt sie auf, läßt das Shrimp-Geschmacks-Öl auf die Nudeln tropfen, streut die Kräutermischung dazu und auch das Chili-Pulver. Dann gießt er kochendes Wasser in die Suppenschale und läßt alles drei Minuten ziehen. Während die Nudeln ziehen:

ERICH Wie hieß denn das Boot überhaupt. Da habe ich überhaupt nicht drauf geachtet, wie hieß es denn?

MARION Calypso.

ERICH Calypso.

Kurze Pause.

Schade.

GUNTER Alles weg, alles, was ich vorbereitet hatte, es war ja alles in dem Korb –

SUSANNE *kauend* Danke. Danke, daß Sie sich die Mühe gemacht haben, ich war doch hungriger, als ich dachte –

TANJA *trinkt* Vielen Dank.

ERICH Köstlich.

Kurze Pause. Er kaut.

Köstlich.

Der gestorbene Vater hat ebenfalls eine Tütensuppe aufgemacht, aber er ißt die Nudeln ungekocht, einfach so, vielleicht macht er es auch mit den anderen Zutaten so – vor allem mit dem Chili-Pulver.

Etwas später.

SUSANNE Als alles neu und aufregend war.

Lange Pause.

Trotzdem gibt es Dinge, die einem keiner mehr wegnehmen kann. Keiner.
Sie trinkt.

GUNTER Ich habe auch Rosmarin mitgebracht.
Kurze Pause.
Und Kümmel.
Kurze Pause.
Wir können es ja ausprobieren. An einer Stelle.

TANJA Ja – wie Sie meinen.
Zu ihren Eltern:
Was meint ihr denn? Wie Sie meinen.

ERICH *essend* Nur zu. Schlimmer kann es nicht mehr werden.
Gunter bestreut Tanjas Arm mit Rosmarin und Kümmel und reibt die Stelle ein.

SUSANNE Was war denn mit der Kleinen –

GUNTER Mit welcher?

SUSANNE Die mit dem Schmetterling. Falls sie es war. Woher kannten Sie die denn. Sonja Fischer:

GUNTER Ach –
Er nimmt einen Schluck.

MARION Die Scheiß-Fischer.

SUSANNE Das muß doch schon eine ganze Weile her sein.

GUNTER Ja, ja – das ist auch so. Ist lange her.
Kurze Pause. Susanne lacht.

SUSANNE Und Sie? Woher kennen Sie sich?

MARION Aus der Firma meines Mannes.

SUSANNE Ach!
Pause.
Sie waren ein Geschäftspartner ihres Mannes? Oder wie –

MARION Nein, es gab keinen Partner. Wir haben uns mal kurz auf einem Betriebsfest kennengelernt. Da wurden Tanzpartner verlost.

SUSANNE Und was haben Sie in der Firma gemacht?
Kurze Pause.

MARION Materialverwaltung. Gunter war in der Materialverwaltung.

SUSANNE Ist das so was wie das Lager?

MARION Wie hätte ich sonst jemanden aus der Materialverwaltung kennenlernen können. Ausgelost.

ERICH Aber da lebte Ihr Mann noch –

GUNTER Ja, ja, natürlich, das war lange, bevor wir –

ERICH Ach so – ich dachte, weil Sie – weil Sie von Schicksal sprachen –

GUNTER Nein, das war das Los bei dem Betriebsfest – aber so haben wir uns zum ersten Mal gesehen, sagen wir so.
Kurze Pause.

SUSANNE Und dann?
Kurze Pause.

MARION Dann – kam er eines Tages in mein Büro. Als mein Mann schon tot war. Da war die Firma längst zum zweiten Mal verkauft. In das Maklerbüro, das ich nach dem Tod meines Mannes aufgemacht hatte.

GUNTER *lacht* Und von dem Tag an war ich Makler.

MARION So einfach.
Pause.
Und Sie?
Pause.

ERICH Ach so!
Kurze Pause.
Sie haben auch als Makler gearbeitet.

GUNTER Ja, ja, sicher. Na sicher.

ERICH Aber hatten Sie nicht gerade – Sie beide, Sie haben doch gesagt, daß es nichts Widerwärtigeres gäbe als zwei Makler auf demselben Fleck –
Er trinkt.

MARION Und Sie?

ERICH Sie hatten doch gerade noch –

MARION Wie haben Sie sich kennengelernt?

SUSANNE Im Krankenhaus.
Kurze Pause.
Wo sonst.
Kurze Pause.
Während des Studiums.

MARION So lange kennen Sie sich!

SUSANNE Ja. Fünfundzwanzig Jahre. Oder? Sechsundzwanzig.
Sie trinkt.

MARION Chefarzt und Oberärztin – Und sie arbeiten in demselben Krankenhaus.

SUSANNE Aber nicht in seiner Abteilung.

ERICH Gott sei Dank.
Pause.

MARION Klein und dick.

GUNTER Ich bin zu klein, ich weiß, ich weiß, ich bin zu klein – was soll ich machen, es ist so.
Es ist so wie es ist. Ich kann es nicht ändern. Ich kann mich nicht ändern.
Ich kann hier ja nicht auf Stelzen rumlaufen.

MARION Och –

ERICH Wieso zu klein, Sie sind doch gar nicht klein –

GUNTER Sie sagt das, sie sagt das –
Kurze Pause.
Etwas später.

ERICH Ein Schotte, John Hunter. Er inokulierte in einem Selbstversuch mit einer Lanzette die Eichel seines eigenen Penis mit dem Sekret eines Tripperkranken. Das war 1767.
Inokulieren, das heißt, er schlitzte oder schnitt eine runde oder mandelförmige Vertiefung aus seiner Eichel, träufelte oder schmierte das Sekret des Tripperkranken in diese Vertiefung und verpfropfte dann vermutlich alles mit dem zuvor mit der Lanzette ausgeschnittenen Stück seiner Eichel.
Bald darauf stellte Hunter bei sich allerdings nicht nur die Symptome der Gonorrhöe fest, sondern auch die ersten Symptome der Syphilis, was ihn zu der irrtümlichen Schlußfolgerung führte, die Gonorrhöe und die Syphilis seien eine Unität, die beiden Krankheiten seien identisch.
Kurze Pause.
Was nicht stimmt.
Kurze Pause.
Aber dieser Irrtum hat sich über mehr als hundert Jahre gehalten.

Kurze Pause.
Höchstwahrscheinlich – falls der Schotte sich die Syphilis nicht irgendwo anders geholt hat – war der Mann, mit dessen Trippersekret Hunter seinen eigenen Penis inokuliert hatte, auch an Syphilis erkrankt. Was Hunter nicht wußte.
Kurze Pause.
Das ist Wissenschaft. Vielleicht hätte er noch ein wenig Scheiße draufschmieren sollen.
Tanja trinkt.

SUSANNE *hört etwas in der Ferne* Was ist das?

MARION Was?

SUSANNE Das Geräusch?

MARION Klingt wie ein Feuerwerk.

SUSANNE Ein Feuerwerk, was für ein Feuerwerk, mitten im Sommer?
Jemand macht das Licht aus.
Tatsächlich ein Feuerwerk, da drüben.

MARION Wie schön, die feiern irgendwas.
Sehr lange Pause. Draußen das Feuerwerk.

SUSANNE Ist ewig her, daß ich mir ein Feuerwerk angesehen habe, wie lange habe ich kein Feuerwerk mehr gesehen.
Kurze Pause.
Schön, ist schön.
Wenn das Feuerwerk vorbei ist, macht Marion das Licht wieder an.
Vorbei.

MARION Ich glaube, die machen das jedes Jahr.
Kurze Pause.
Ach so!
Jetzt versteht sie erst:
Deshalb wolltest du mit dem Boot raus – du wußtest das! Weil wir letztes Jahr –
Kurze Pause.
Letztes Jahr waren wir zufällig draußen, als das Feuerwerk –
Das war sehr schön.
Kurze Pause.

Gunter, du bist –
Gerührt.
Du wolltest, weil wir beide letztes Jahr mit dem Boot – wolltest du heute wieder –
Christian springt auf.

CHRISTIAN Die Tasche!
Kurze Pause.
Die Aktentasche!

ERICH Ihre Tasche –

MARION Das scheußliche Ding –

CHRISTIAN *setzt sich wieder, entsetzt, hilflos, überfordert* Die Tasche im Boot –

SUSANNE Weg!
Christian steht auf.

MARION Wo willst du hin?

CHRISTIAN Ich hol sie aus dem Wasser!

MARION Jetzt?

CHRISTIAN Ja, sicher!

MARION Es ist dunkel!

GUNTER Wie willst du denn im Dunkeln die Tasche im Wasser finden? Im Schlick! Zwischen den Pflanzen.

MARION Das ist doch Quatsch. Das ist vollkommener Quatsch.

CHRISTIAN Ich lasse die Tasche nicht im Wasser.

MARION Das ist Quatsch.

CHRISTIAN Ich lasse die Tasche nicht im Wasser.
Christian rennt raus.
Pause.
Etwas später.

MARION Mit so einem Schmetterling, da kann man –
Kurze Pause.
Ein Backpfeifengesicht.
Kurze Pause.
Will man immerzu schlagen.
Kurze Pause.
So was gibt es doch.
Kurze Pause. Sie trinkt.
Diesen Blick, der einen wahnsinnig macht. Diesen etwas dümmlichen Gesichtsausdruck.

Kurze Pause.
Dümmlich, und gleichzeitig fordernd.
Kurze Pause.
Als ob man im Unrecht wäre!
Pause.

ERICH Das hat mich von jeher fasziniert, daß Frauen –
Kurze Pause. Er macht ein etwas sonderbares, nachdenklich-staunendes-ungläubiges-überwältigtes Gesicht –
daß Frauen –
Wieder oder immer noch das Gesicht –
Daß Frauen so eine Spalte in der Unterhose mit sich rumtragen –
Kurze Pause.
eine warme Spalte –
Kurze Pause.
das fasziniert mich von jeher –

SUSANNE Du redest eine Scheiße, das gibt es überhaupt nicht, was du für eine Scheiße redest.

ERICH – auch, daß sie ihre Eierstöcke alle mit sich herumtragen, alle –

SUSANNE Ja was denn, was trägst du denn mit dir rum –

ERICH Ich weiß nicht, warum mich das fasziniert –

MARION Ja –

GUNTER Nein?

ERICH Vielleicht liegt es an der allgemeingültigen Wucht des biologischen Grundprinzips. Körper ist Körper. Im Prinzip. Im Prinzip sind alle gleich.
Der einzige Unterschied ist das Alter.

GUNTER Aha, das Prinzip – das ist interessant. Das Prinzip. Interessant, daß Sie das sagen, daß Sie das Wort benutzen.
Er hat ein altes Lexikon rausgesucht.
Unter »Prinzip« findet sich hier: PRINZIP, lateinisch Principium, der Anfang, das Erste, von dem ein anderes abgeleitet oder bestimmt wird und das daher nicht nur selbst seines anderen bedürfen, sondern dessen umgekehrt jedes andere bedürfen muß.

Kurze Pause.

Und so weiter.

ERICH Wieso –

GUNTER So steht es hier drin –

ERICH Das verstehe ich nicht.

GUNTER Soll ich es noch mal vorlesen?

ERICH Gerne. Sehr gerne.

GUNTER PRINZIP, in Klammern lateinisch, Principium, der Anfang, das Erste, von dem ein anderes abgeleitet oder bestimmt wird, und das daher nicht nur selbst seines anderen bedürfen, sondern dessen umgekehrt jedes andere bedürfen muß.

Es fragt sich wirklich, was das bedeutet – gerade in dem von Ihnen genannten Beispiel –

Der gestorbene Vater hält es kaum aus.

Auftritt Christian, schlammbedeckt. Er hält eine alte Aktentasche hoch, aus der Wasser läuft.

CHRISTIAN Vaters Tasche. Vaters alte Tasche. Ich hab sie gefunden.

ERICH *kauend* Ich wäre fast verhungert.

Erich steht plötzlich auf und sucht besorgt etwas in seinen nassen Sachen. Findet es nicht.

Der gestorbene Vater freut sich über die wiedergefundene Tasche. Vielleicht legt er seinem Sohn kurz die Hand auf die Schulter.

SUSANNE *trinkend* Was suchst du?

ERICH Das Telephon.

SUSANNE Hattest du das Telephon dabei?

ERICH Ja sicher. Na sicher hab ich das dabei.

Na klar. Na klar hab ich das dabei!

Regt sich zunehmend auf.

Was hattest du denn gedacht? Daß ich das zu Hause lasse? Damit es zu Hause vor sich hin klingelt, wenn was ist?

Kurze Pause. Er findet nichts.

Weg.

SUSANNE Wenn was ist, was soll denn sein? Ach Quatsch, das ist doch Quatsch – Du hast keinen Dienst, du hast doch nie Dienst –

ERICH Was heißt Dienst – du weißt doch genau, daß ich –

SUSANNE Diese Scheißerreichbarkeit! Was soll denn passieren! Was? Was die nicht ohne dich hinkriegen.
Kurze Pause.
Dann geh es doch suchen – mach es doch wie er – er hat die Tasche ja auch gefunden. Scheint ja nicht so schwer zu sein –
Sie trinkt.

CHRISTIAN *zu Tanja* Erst war es seine Aktentasche, und später hat er sie als Angeltasche genommen.

MARION Ist doch nicht so wichtig. Oder kriegen die Sie dann dran?
Kurze Pause.
Herrscht da so ein Druck? Sie sind doch an der Spitze –
Christian erklärt Tanja einen Angelhaken, den er aus der Tasche genommen hat.
Ein »Wobbler« sieht aus wie ein kleiner bunter Fisch, und wenn man ihn durch das Wasser zieht, bewegt er sich, der Wobbler wackelt. Er kann auch tauchen, das liegt an der Tauchschaufel hier vorne. Meistens mit zwei oder drei Drillingshaken. Hier. Es gibt sogar Wobbler, die unter Wasser Geräusche machen. Da sind kleine Metallkugeln drin.
Christian bewegt den Wobbler.
Hier.

TANJA Ich höre nichts.

MARION Schönes Thema.
Tanja trinkt.

ERICH Ob die mich drankriegen?
Er explodiert. Brüllt.
Ja. Ja. Ja, die kriegen mich dran. Nur wer? Nur wann? Keine Ahnung, weiß ich selber nicht, weiß ich nicht, ich kann ja nicht überall sein, nicht gleichzeitig, was ist, wenn die irgendwas verbocken, total verbocken, das passiert doch andauernd, daß die Scheiße bauen oder daß die mich nicht fragen, können doch fragen, fragen aber nicht, oder wollen fragen und können

nicht fragen, weil mich gerade schon jemand anders was fragt, aber meistens, meistens sind die überhaupt nicht da, die Assistenten, das ist nicht mehr wie früher, die gehen, die gehen nach Hause, die sagen, die können nicht mehr, die machen einfach Schluß, nicht so wie wir früher, die Achtzig-Stunden-Woche kennen die nicht mehr, und dann! Dann ist KEINER MEHR DA, und dann verrecken die Leute auf den Korridoren, und es merkt keiner, und dann kriegen die mich dran, aber sicher, aber sicher, das ist nicht so, daß man einfach irgendwo rumsitzt, einfach rumsitzen oder einfach rumsitzen und quatschen, quatschen, Geld verdienen, die haben uns verraten, erst haben sie uns ausgequetscht, ausgenommen, ausgebeutet, die ganzen Jahre, und dann, als wir nach den ganzen Jahren endlich oben waren, da haben die die Tür zugemacht, da gibt es plötzlich gesetzlich geregelte Arbeitszeiten, gesetzlich geregelte Arbeitszeiten, und wer draufzahlt, wer immer draufzahlt und draufzahlt und draufzahlt, sind, wie schon ihr ganzes Leben vorher, die, die sich vorher hocharbeiten mußten, die Chefs, natürlich, die Chefärzte, die die Ochsentour gemacht haben, nicht die Oberärzte, nein, nein, denn die Oberärzte sind im Vaterschaftsurlaub, oder die haben irgendwo ein Vorstellungsgespräch, wo sie das Zehnfache verdienen werden von dem, was ich jemals verdient habe, oder die ziehen gerade um, oder die ziehen um, wenn sie nicht mehr Geld sehen, und, nein, nicht die Assistenten, auf keinen Fall die Assistenten, das ist der Unterschied, das ist der Unterschied zwischen Ihnen und mir, da geht es um was, jetzt, hier, parallel, da, da geht es die ganze Zeit um was, jetzt, jetzt gerade, und dafür bin ich verantwortlich! Ich! Und niemand sonst!

Pause.

GUNTER Jähzorn.

SUSANNE Alkohol macht ihn jetzt jähzornig. Das hat er früher nicht getan.

GUNTER Etwas unberechenbar.

Susanne trinkt.

CHRISTIAN *brüllt Erich ins Gesicht* Jetzt mal nicht grob werden, jetzt mal nicht grob werden! Das hat es nun schon wirklich lang nicht mehr gegeben: daß mich jemand anbrüllt, daß jemand mich anbrüllt, das kommt nicht in Frage, schon gar nicht grundlos, es gibt einfach Dinge, die in meinem Leben nicht mehr in Frage kommen, verstanden? Verstanden?

Christian will Erich ins Gesicht schlagen, holt aus, tut es aber nicht.

ERICH Ist mit mir durchgegangen, tut mir leid. Tut mir leid.

Er trinkt.

Etwas später.

GUNTER *mit einem Glas in der Hand* In Platons *Phaidon* beschreibt Sokrates den Tod als den Moment, wenn sich Körper und Seele trennen.

Kurze Pause.

So einfach.

Der Körper und die Seele trennen sich.

SUSANNE Aber es kann dauern, bis es soweit ist, das kann ich Ihnen sagen.

Kurze Pause.

Das kann dauern. Das kann wirklich dauern, und das kann weh tun.

Kurze Pause.

Das wünschen sich viele, daß sich Körper und Seele einfach trennen, aber die Sache sieht dann doch etwas anders aus.

ERICH Aus einem verzagten Arsch
Fährt kein fröhlicher Furz.
Hat Martin Luther gesagt. Angeblich.

Er trinkt.

Etwas später.

MARION Das Jahr ist so schnell vorbeigegangen.

Pause. Weint vielleicht.

So schnell.

Pause.

Ich weiß noch im letzten Jahr um diese Zeit, auch im Sommer – da waren wir mit dem Boot draußen, da waren wir draußen auf dem See, als das Feuerwerk losging. Wir hatten sogar was zu trinken dabei.
Kurze Pause. Sie trinkt.

GUNTER Aber wenn man daran glaubt. Das ist doch ein sehr trostvoller Gedanke. Der Körper und die Seele trennen sich, und die Seele kehrt heim.

ERICH Kehrt heim? Wohin?

GUNTER Sagt man doch so.

ERICH Ja. Aber wohin?
Kurze Pause.

GUNTER *monologisiert trinkend* Die einen stellen sich eine Treppe vor, oder eine Leiter. Die Himmelspforte.
Und die anderen, also Sokrates bei Platon zum Beispiel, der denkt eher an eine Unterwelt, ein Totenreich im Schatten.
Sokrates beweist sogar die Wiedergeburt.
Kurze Pause. Der gestorbene Vater trinkt.
Das ist wie mit dem Prinzip. Alles Gegensätze. Alles Gegenteile. Das Gegen-Teil. Gegenstück. Das Größere und das Kleinere. Nichts kann entstehen als aus seinem Gegenteil. Wenn es ein Schlafen gibt, und es gibt ein Wach-Sein, dann entsteht das Wach-Sein aus dem Schlafen und das Schlafen aus dem Wach-Sein. Und wenn aus dem Lebenden das Tote wird, dann wird aus dem Toten das Lebende. Ich meine, wenn alles stirbt, was am Leben ist, und das Gestorbene bliebe tot, dann wäre doch schließlich alles tot, und nichts mehr da. Aber wir sind doch da.

SUSANNE Und Sie waren früher in der Materialverwaltung.

GUNTER Wir sind doch da.
Kurze Pause.
Können Sie mal gucken, ich habe da etwas auf dem Rücken.
Er dreht ihr halb seinen nackten Rücken zu.

SUSANNE Wo – ach da …
Kurze Pause. Sie faßt seinen Rücken an.

GUNTER Da, ja – die Stelle –
Sie läßt ihre Hand noch kurz auf seinem Rücken liegen.

ERICH Darf ich auch mal sehen?
Er pfeift.
Könnte ein Melanom sein –

SUSANNE Das ist auf gar keinen Fall ein Melanom –

GUNTER Ein Melanom?

ERICH Haben Sie das nie von einem Hautarzt ansehen lassen?

GUNTER Nein –

MARION Das sage ich seit Monaten, laß das Ding ansehen –

GUNTER Was ist ein Melanom, ist das schlimm?
Gunter trinkt.

ERICH Ein Melanom ist eine Form von Hautkrebs.
Kurze Pause.
Melanome sind leicht zu erkennen, in der Regel.
Kurze Pause.
In der Regel erkennt man sie an der Farbe. Melanome sind schwarz. Oder: Erst bräunlich, meist dunkler werdend, ich meine, war das immer so – oder hat sich da was verändert –
Kurze Pause.

GUNTER Das kann ich nicht sagen – ich kann es ja nicht sehen, oder nur schlecht, im Spiegel –

ERICH Aber ich bin kein Hautarzt.

SUSANNE Da muß man kein Hautarzt sein, das ist kein Melanom.

MARION Verstehe ich nicht. Wie man Monate lang mit dieser Angst rumläuft, statt zum Arzt zu gehen.

SUSANNE Das ist kein Melanom, Melanome sehen vollkommen anders aus –

ERICH Anders, ja –
Kurze Pause.
– bis auf die atypischen.
Kurze Pause.
Die, die nicht schwarz werden –
Pause.

GUNTER Ist das schlimm?

ERICH Muß nicht schlimm sein.
Marion trinkt.

MARION Ich verstehe das nicht, das verstehe ich einfach nicht, wie man so lange nichts tut.
Kurze Pause.
Das möchte ich nicht bekommen, ein Melanom, daran ist meine Mutter gestorben, oder sie ist an der Therapie gestorben, als die das bestrahlt haben, ich glaube, meine Mutter ist an einem Melanom gestorben. Da war sie nicht mal vierzig.

GUNTER Das wußte ich gar nicht –

MARION Nicht mal vierzig.

ERICH Gut, daß es nicht Ihre Mutter war, denn sonst hätte ich jetzt – woran ist denn Ihre Mutter gestorben –

SUSANNE Das ist kein Melanom –

GUNTER Meine Mutter –

ERICH Kann aber –

GUNTER Kann aber was –

ERICH Müssen Sie entfernen lassen, auf jeden Fall –

SUSANNE Das ist kein Melanom, das ist bestenfalls eine Alterswarze.
Marion lacht schallend auf.

ERICH Kann sein, daß dann nie wieder was kommt.

GUNTER Uff. Also so was –
Kurze Pause.

ERICH Kann sein, daß in spätestens drei Jahren die ersten Metastasen auftauchen.

GUNTER *ängstlich* Und dann?
Pause.

ERICH Dann haben Sie keine Chance.

SUSANNE Das ist eine Warze.
Gunter trinkt sein Glas aus.

GUNTER *schreit* Wollen Sie mir Angst machen, oder was?

ERICH Sie haben mich gefragt, was soll ich machen?

SUSANNE Das ist Quatsch, Quatsch, Quatsch, mit dem Ding werden Sie hundert Jahre alt!

GUNTER Meine Mutter ist an einer Leberzirrhose gestorben. Oder woran auch immer.

ERICH Auch interessant.

GUNTER Die hatte am Ende eine Aszites, die hatte am Ende soviel Wasser im Körper – die sah aus wie ein –

Längeres Schweigen. Die Gruppe in den Handtüchern, vielleicht inzwischen teilweise auch nackt, und nach wie vor der sommerlich gekleidete, ältere Mann. Schweigend, trinkend. Der Mann schenkt sich immer wieder nach. Nimmt sich eine der Zigaretten von Susanne. Er findet kein Feuer, hatte aber gerade noch welches. Er nimmt Susanne ihre brennende Zigarette aus der Hand und zündet sich daran seine Zigarette an.

MARION *gut gelaunt* Alle klagen. Immer. Besonders Ärzte. Ich kenne nur jammernde Ärzte. Ganz unabhängig vom Fachgebiet. Sogar mein Zahnarzt jammert.

Kurze Pause.

Ärzten geht es immer schlecht. Sie sind immer überarbeitet. Unterbezahlt. Und die Kollegen sind Monstren.

ERICH Schuld haben immer die anderen, ja, ja, das stimmt!

Kurze Pause.

Die Schuld liegt nie bei einem selbst.

Kurze Pause.

Aber: dann – das ist doch die viel, viel interessantere Frage: Was habe ich falsch gemacht? Das würdest du dich nie fragen.

Kurze Pause.

So eine Frage käme bei dir gar nicht vor.

MARION Da darf man nicht drauf reinfallen.

Kurze Pause.

Kein falsches Mitleid. Kein falsches Mitleid mit Ärzten. Schon gar nicht mit Chefärzten.

SUSANNE *sieht Christian an* Bei wem habe ich schon mal diesen Blick gesehen.

CHRISTIAN Wie bitte?

SUSANNE Ihr Blick – so wie Sie gucken.

CHRISTIAN Was ist damit, wie gucke ich denn?

SUSANNE Der Blick erinnert mich an jemand.

Kurze Pause.

GUNTER *lacht unangemessen* Jetzt weiß er gar nicht mehr, wo er hinsehen soll!

Christian trinkt.

SUSANNE Nein, nein, kein Grund zur Beunruhigung.

Kurze Pause.

ERICH Fragt sich, welche Wahrheit für wen zutrifft.

GUNTER Wieso, es gibt doch nur eine.

Kurze Pause. Erich trinkt.

ERICH Ach so.

Kurze Pause.

Seit wann das denn?

CHRISTIAN *zu Tanja* Und dann gibt es noch den Popper. Eigentlich ist der Popper einfach ein besonderer Wobbler, aber der Popper taucht nicht. Der bleibt an der Wasseroberfläche, und wenn man den Popper ruckartig zieht, entsteht ein platschendes Geräusch. Das lockt die Fische an.

Tanja trinkt.

GUNTER Krankenschwestern.

Kurze Pause.

ERICH Ja. Krankenschwestern.

SUSANNE Natürlich.

Kurze Pause.

Krankenschwestern.

ERICH Ich weiß nicht –

GUNTER Wieso?

SUSANNE Krankenschwestern.

Plötzlich heftig.

Als ob das kein Thema wäre! Als ob das –

Kurze Pause.

Nicht vorkäme!

Kurze Pause.

Nicht vorgekommen wäre!

ERICH Ach –

GUNTER Krankenschwestern sind sexy.

Er trinkt.

MARION *lacht* Na klar –

ERICH Na ja.

GUNTER Doch, oder – ?

ERICH *plötzlich* Sag mal, wann hast du denn das letzte Mal gefickt?
Kurze Pause.
Das möchte ich jetzt mal wissen. Bevor du hier so das Maul aufreißt. Das möchte ich jetzt mal wissen.

MARION Einfach nur zugreifen, man muß doch einfach nur zugreifen, aber wer kann das schon.
Kurze Pause.
Das ist doch das ganze Geheimnis.
Kurze Pause.
Penis-Woche. Ich finde, das sollte es bei uns auch mal geben. Wirklich.
Sie trinkt. Erich nähert sich sehr ungeschickt, umständlich, betrunken Marion und küßt sie vorsichtig auf die Wange.
Kurze Pause.
Nicht?

ERICH Ja.
Kurze Pause.
Susanne steht auf, es kann sein, daß sie Mühe hat, ihr Handtuch festzuhalten, vielleicht rutscht es zu Boden. Sie schlägt Erich ins Gesicht. Pause. Nichts geschieht. Sie schlägt ihn zum zweiten Mal. Dann setzt sie sich wieder. Erich steht auf, will vielleicht etwas sagen, aber er sagt nichts. Er setzt sich wieder.

TANJA *etwas fiebrig* Das Reich des Schlafs kennt keine Grenzen,
und keine Grenzen kennt die Liebe.
So grenzenlos wie Schlaf und Liebe
sind nur noch zwei andere Dinge auf der Welt:
Verrat und Mißtrauen.
Das Mißtrauen ist das Echo des Verrats,
und Mißtrauen bringt die Liebe um den Schlaf.
Mißtrauen wird geweckt, ist wach.
Das Mißtrauen ist das Ende
des Schlafes und der Liebe.
So daß der Schlaf und auch die Liebe

doch eine Grenze kennen: Die heißt Mißtrauen.
Wer liebt, vertraut. Wer liebt, vertraut im Schlaf.
Das Mißtrauen findet keinen Schlaf.
Das Mißtrauen kann nicht lieben.
Wie sollte es auch lieben können,
ist doch das Mißtrauen
das Echo des Verrats.
Der Verrat haßt jede Grenze. Verrat reißt Grenzen nieder.
Verrat versteht sich anders, nennt sich Freiheit.
Kennt Freiheit nicht Grenzen und heißt trotzdem Freiheit?
Verrat kennt keine.
Wer liebt, vertraut. Das ist das Schlimmste:
Verrat, der sich verstellt,
Verrat, der sich verstellt als Liebe, als grenzenlose Liebe,
als Liebe
zur Freiheit und zur Grenzenlosigkeit.
Kurze Pause.

GUNTER Hey. Nicht schlecht.
Der gestorbene Vater ist inzwischen ziemlich betrunken.

MARION Wieso macht ihr nicht was?
Kurze Pause.
Wieso geht ihr nicht irgendwo hin?

CHRISTIAN Weil –

MARION Weil was?

CHRISTIAN Wir kennen uns doch gar nicht –

TANJA Keine Ahnung – mir gehts auch nicht so gut.

SUSANNE Jetzt weiß ich wieder. Fabian Krämer.
Dieser leicht verklemmte Blick. Aber sympathisch.
Dieses unsichere Flackern im Blick zur Seite.

MARION Sie können mich doch nicht einfach auf die –

ERICH Wieso? Wieso kann ich – das war doch –

MARION Sie können mir doch nicht einfach an die Wäsche gehen.

ERICH Ich?

MARION Ja –

ERICH Sie hat doch, Sie haben doch – ich habe doch gar nichts gemacht – ich wollte doch nur –

Gunter trägt einen Berg Anziehsachen herbei.

GUNTER Wir müssen ja nicht die ganze Zeit in Handtüchern rumsitzen.

Es gibt ja Sachen – es gibt ja Sachen, Sie können ja alles wiederbringen.

SUSANNE Nur die Größe, das paßt doch alles nicht –

GUNTER Ist doch nicht so wichtig. Ist doch egal.

ERICH Ja.

Die Gäste ziehen sich an. Susanne trägt etwas von Marion, Erich bekommt Sachen von Gunter, und Tanja zieht Sachen von Christian an. Sie sehen sonderbar aus: Die Sachen passen nicht – und sie passen nicht zu ihnen. Wenn sie mehr oder weniger angezogen sind:

SUSANNE *schnell und mehr als gereizt* Daß sich was ändern muß, das sage ich schon die ganze Zeit –

ERICH *ebenfalls schnell und gereizt* Was?

SUSANNE Das, das Ganze ist doch –

ERICH Ja, aber was willst du? Was willst du?

SUSANNE So nicht. So auf keinen Fall.

ERICH Wieso nicht?

Kurze Pause.

Wieso nicht?

SUSANNE Weil wir –

ERICH Ist doch alles in Ordnung –

SUSANNE Ach so –

Etwas später.

Susanne zu Gunter. Daß Sie auch Makler waren!

Kurze Pause.

Das hat mich wirklich überrascht.

Kurze Pause.

Also dann –

MARION Ja –

ERICH Auf Wiedersehen.

Er verabschiedet sich von Marion.

MARION Auf Wiedersehen.

ERICH Tut mir leid wegen dem Boot. Wegen der Calypso.

SUSANNE Auf Wiedersehen.

Sie verabschiedet sich von Gunter. Eine etwas ungeschickte Umarmung.

GUNTER Auf Wiedersehen.

ERICH *zu Christian* Tschüß.

CHRISTIAN Wiedersehen.

MARION Auf Wiedersehen.

SUSANNE Auf Wiedersehen.

Sie geben sich die Hand.

TANJA Wiedersehen.

GUNTER Auf Wiedersehen.

ERICH Wiedersehen.

TANJA Auf Wiedersehen.

CHRISTIAN Auf Wiedersehen.

Kurze Pause.

Gute Besserung.

MARION Auf Wiedersehen. Kommen Sie gut nach Hause.

ENDE

Hier und Jetzt

Personen

KATJA, *die Braut, etwa Mitte Vierzig oder auch älter*
GEORG, *der Bräutigam, Mitte Vierzig bis Anfang Fünfzig*
DIE FRAU MIT DEM KINDERWAGEN, *Mitte Dreißig*
MARTIN, *vom Alter ähnlich wie Katja und Georg*
INGRID, *über Fünfzig*
TILO, *Mitte bis Ende Dreißig*
PETER, *Tilos Bruder, schwer zu tragen*
LOTHAR, *deutlich über Sechzig oder älter*
ILSE, *seine Frau*
HORST, *über Sechzig*
EINE JUNGE FRAU

Eine lange Hochzeitstafel unter freiem Himmel.

Die Frau mit dem Kinderwagen stillt bei passender Gelegenheit ihr Kind.
Ein Gast hat eine Gitarre oder eine Mandoline dabei. Vielleicht haben sogar noch andere Gäste Instrumente dabei – einen Baß und eine weitere Gitarre, zum Beispiel. Vor Georg liegt zu Beginn des Stücks ein goldglänzendes Blasinstrument, ein Horn, auf dem Tisch.

Ein Sommerabend. Es ist schon spät und immer noch warm.
Eine Hochzeitsfeier unter freiem Himmel nach Anbruch der Nacht.
Eine lange Tafel aus zusammengestellten Tischen.
Man hat Lampen oder Scheinwerfer auf Stativen aufgestellt, um Licht zu haben.
Viele Flaschen, Gläser, Teller. Es wird viel gegessen und getrunken.
Die Sitzordnung der Gäste an der Tafel zu Beginn des Stücks von links nach rechts:
Martin (linkes Kopfende), Lothar, Ingrid, Tilo, Katja, Georg, Ilse, Peter, Die junge Frau, Horst, Die Frau mit dem Kinderwagen (rechtes Kopfende).
Die Frau mit dem Kinderwagen strickt viel. Der Kinderwagen steht neben oder hinter ihrem Platz.
Die Männer tragen passend zum Anlaß dunkle und hellere Anzüge unterschiedlicher Qualität, die Frauen tragen Kleider oder Kostüme.
In der Mitte der Tafel die Brautleute, Katja und Georg, beide Mitte bis Ende Vierzig oder auch älter. Sie trägt ein weißes Brautkleid, vielleicht einen Schleier. Er trägt einen dunklen Anzug.
Keine Maßanfertigungen, auch bei dem Brautkleid und dem Anzug des Bräutigams nicht.
Manche der Männer haben die Jacketts ausgezogen.
Zu Anfang der Szene redet niemand. Es hat gerade einfach niemand etwas zu sagen.
Statt dessen: Kauen, Trinken, Schlucken. Das Geräusch des Bestecks auf den Tellern.
Nach einer Weile steht links am Tisch ein Mann auf, er ist zwischen sechzig und siebzig.
Er hält ein Glas Wein in der Hand, das er sich gerade noch eingeschenkt hat. Weinflaschen sind immer in Reichweite.

Lothar, der Mann, der aufgestanden ist, will etwas sagen.

Die Frau mit dem Kinderwagen unterbricht ihr Stricken, schaut in den Kinderwagen neben ihr, bewegt ihn leicht. Sie spricht mit einer Stimme zwischen Verzückung und Verstellung zu ihrem Kind.

DIE FRAU MIT DEM KINDERWAGEN

Na? Na, was sagst du?

Kurze Pause.

Na, was sagst du?

Der schlafende Säugling im Wagen macht keine Geräusche.

Kurze Pause.

INGRID *beim Essen* Dick geworden –

Kurze Pause.

TILO Die ist richtig dick geworden.

INGRID Richtig dick.

Kurze Pause.

TILO Mann!

INGRID Aufgegangen.

Kurze Pause.

TILO So –

Er zeigt die Ausmaße. Kurze Pause.

INGRID Und die Nase –

Kurze Pause.

die Nase –

TILO Alkohol.

Er trinkt einen Schluck.

INGRID Ja, ja –

ILSE Ja!

TILO Alkohol.

INGRID Unglaublich.

Kurze Pause.

Nicht zu glauben.

Kurze Pause.

Wieviel muß man denn saufen, um so eine Nase zu –

TILO So:

Er zeigt den Körperumfang.
So dick!
Kurze Pause. Es wird weitergegessen, es werden Schüsseln herumgereicht, jemand tut sich etwas auf seinen Teller.

LOTHAR *immer noch stehend*
Früh am Morgen,
draußen,
vor der Stadt,
die Sonne steht
erst einen Fingerbreit
über dem Horizont,
ein wolkenloser Sommertag
ist angebrochen.
Er setzt sich wieder.
Nach einem Moment steht Horst auf.

HORST Vogelstimmen. Einzeln.
Stille.
Vogelstimmen.
Er bleibt stehen, denkt nach oder will vielleicht noch etwas sagen.

ILSE *sitzend, essend*
Das Summen eines Insekts
im Zickzackflug.
Das Insekt
ist eine Wespe.
Eine Wespe,
so früh am Morgen –
Kurze Pause. Sie wundert sich. Horst nimmt den Faden wieder auf.

HORST Etwas entfernt
ein Waldstück,
davor ein Weizenfeld,
und eine wilde Wiese.
Kurze Pause. Horst setzt sich.
Alle essen und trinken weiter.
Peter steht auf, etwas ungeschickt, etwas hastig. Ein Glas fällt fast um, aber er kann die Sache noch gerade retten.

PETER Eine wilde Wiese:
Schafgarbe und Mohn,
Klee und Kornblumen,
Gräser, Halme,
am Rande eines kleinen Sees
etwas Schilf.
Leichter Wind.
Pause. Er setzt sich. Die Gäste der Feier, die nicht reden, essen und trinken die ganze Zeit weiter, hören aber interessiert zu. Nur Martin am linken Ende der Tafel scheint gerade eingeschlafen zu sein. Ilse steht auf. Sie tupft kurz mit einer weißen Serviette ihr Gesicht ab.

ILSE Ein Schmetterling,
Sie tupft kurz mit einer weißen Serviette ihr Gesicht ab.
ein zweiter Schmetterling.
Das Summen der Flügel einer Biene,
das plötzlich abbricht.

TILO *sitzend, einwerfend*
Im hohen Gras
ein Hase,
regungslos.
Sehr kurze Pause.

DIE FRAU MIT DEM KINDERWAGEN
zu ihrem Kind
Na? Na, du?
Die junge Frau ißt etwas unappetitlich mit den Fingern, vielleicht fällt ihr etwas aus dem Mund, während sie spricht.

DIE JUNGE FRAU Der Wind.

ILSE *die weiter am Tisch gestanden hatte*
Schnecken.
Langsam.
Käfer.
Mäuse.
Vier Finger breit
steht jetzt die Sonne
über dem Horizont,

heute
wird es wieder heiß, und wieder:
der Flug der Biene,
plötzlich abbrechend.
Sie nimmt einen Schluck. Dann
Und wieder:
die Flügel der Biene.
Plötzlich abbrechend.
Pause. Sie setzt sich. Es wird weiter gegessen. Lothar steht wieder auf.

LOTHAR Eine Ameise.
Eine Ameise trägt
das Vierzigfache ihres eigenen Gewichts,
die Ameise ist das stärkste Tier
der Welt,
und sie trägt schwer,
kein Tier auf dem ganzen Erdball
kann so schwer tragen,
wie die Ameise tragen kann,
nicht einmal
der Elefant.

DIE JUNGE FRAU *bräuchte einen Zahnstocher*
Mmhm, unangenehm – der hatte so was – so was –
Sie weiß nicht, wie sie es ausdrücken soll.
Tilo versucht, etwas sehr Schweres auf dem Rücken die Länge der Tafel entlangzutragen, zum Beispiel den dicken Peter oder Ingrid – was nur mit Mühe gelingt. Die Gäste, die Musikinstrumente dabei haben, spielen etwas Musik – so etwas wie ein unkompliziertes italienisches oder französisches Filmmusikthema.
Katja beißt in eine Tomate, die Tomate spritzt auf ihr weißes Brautkleid, sie versucht, die Flecken von ihrem Kleid mit einer Serviette abzuwischen, was aber nicht vollkommen gelingt.

HORST *steht auf*
Plötzlich:
ein Mann.
Ein Mann

bricht aus dem Unterholz,
bricht heraus,
stürzt aus dem Waldstück heraus,
kommt näher,
die nackten Füße schwarz,
rot, blutunterlaufen
die aufgerissenen Augen,
in seinen Händen
trägt er
ein Horn,
ein goldenes Horn,
Georg hat ein Horn. Es hatte schon die ganze Zeit vor ihm auf dem Tisch gelegen. Georg versucht, auf dem Horn zu blasen, aber es gelingt ihm zunächst nicht.
der Mann
bläst Signal,
oder er will blasen,
und es gelingt ihm nicht
mit seinen sonnenverbrannten,
aufgesprungenen Lippen
bekommt er keinen Ton heraus.
Georg versucht zu blasen. Horst setzt sich.
Ilse steht auf.

ILSE Tau tropft von den Blättern
in das Horn,
der Mann hustet Blut,
bläst noch einmal.
Georg bekommt mit einiger Anstrengung einen Ton heraus.
Das
ist das Signal,
das ist das Signal
von der
in diesen Minuten
bevorstehenden Geburt,
das Signal von der Geburt
der Stechmücke,
Georg bekommt einen weiteren Ton heraus.

der Mann
bläst wieder
und verschwindet
im hochgewachsenen Gras,
nicht mehr zu sehen,
verschwunden, fort.
Georg legt das Horn wieder weg. Martin hatte vorübergehend mit dem Kopf auf der Tischplatte geschlafen. Jetzt wacht er auf.
In einem See,
in einem Teich,
in einer Lache
nicht weit von hier,
schlüpft in diesen Minuten
die Stechmücke.
Martin räkelt sich vorsichtig und öffnet die Augen. Lothar steht auch auf, will etwas sagen, sagt aber nichts, weil er Ilse nicht unterbrechen kann.
Die Stechmücke
steigt aus dem Wasser
empor,
noch wie benommen,
neugeboren,
dann hebt sie die Flügel,
sirrend
steht sie
für eine Sekunde
auf dem Wasser,
steigt in die Luft
und fliegt davon
in die Stadt.
Ilse ist fertig, setzt sich. Geräusch des Bestecks.

MARTIN Hm?
Er trinkt etwas. Lothar bleibt stehen. Er hält ein Glas Wein in seiner Hand.
Längere Pause.

LOTHAR Also – es –
Kurze Pause.

ich weiß gar nicht – lieber –
Lacht. Essen, Trinken. Das Klappern des Geschirrs. Der Bräutigam, Georg, steht ebenfalls mit einem Glas in der Hand auf.

GEORG Ja –

LOTHAR Ich finde das – *Lothar macht eine Geste.*
Georg trinkt. Lothar trinkt. Beide setzen sich.

PETER *plötzlich*
Der spinnt. Der will, daß ich das ändere, aber das kommt natürlich überhaupt nicht in Frage, daß ich das ändere. Auf keinen Fall. Der spinnt wohl!
Kurze Pause.
Auf keinen Fall.
Kurze Pause.

DIE FRAU MIT DEM KINDERWAGEN
Na, was sagst du? Na?
Pause.
Na?

TILO *öffnet eine Flasche*
Katja? Wein?

KATJA *war in Gedanken woanders*
Was? Was sagtest du?

DIE JUNGE FRAU Das gibts doch, daß man jemand sieht und denkt: Um Gottes willen, was ist das denn –

TILO Noch Wein?

DIE JUNGE FRAU Ich meine, was ist *das* denn –

KATJA *braucht einen Moment, dann erfreut*
Oh – ja, bitte.
Das Brautpaar wirkt etwas abwesend.

HORST Was ist?
Kurze Pause.
Die Nacht fängt doch gerade erst an!
Die Gäste spielen ein paar Takte Musik. Horst schenkt sich etwas ein.
Auf euch.
Einige Gäste stoßen an.

INGRID *vergnügt*
Furchtbar!

DIE FRAU MIT DEM KINDERWAGEN
ebenfalls vergnügt
Ich kann ja nichts dafür.

INGRID *immer noch vergnügt*
Furchtbar!

DIE JUNGE FRAU *spuckt etwas zurück auf ihren Teller, was ihr nicht schmeckt oder was man nicht essen kann – ein Kern oder eine Gräte.*
Oder? Kennt man doch – brunzdumm!

INGRID *immer noch vergnügt*
In dessen Haut will ich nicht stecken, auf keinen Fall.

DIE JUNGE FRAU Oder irre. Total plemmplemm.

TILO So fett! *Er zeigt den Körperumfang der Person, über die er spricht.*

LOTHAR Vier Däninnen, junge Däninnen –

DIE JUNGE FRAU Plemmplemm.

DIE FRAU MIT DEM KINDERWAGEN
Gibt es ja, so was gibt es ja.
Kurze Pause.

PETER *steht auf*
Eine Frau zwischen vierzig und fünfzig.
Noch früh am Tag. Sie ist gerade erst aufgewacht.
Sie steht im Bad, putzt sich die Zähne.
Sie trägt ein altes, viel zu großes, bedrucktes T-Shirt, das sie als Nachthemd benutzt.
Kurze Pause.

DIE JUNGE FRAU Ich habe gedacht, ich guck nicht richtig.
Ich habe gedacht, ich hab was am Auge.

PETER *weiterhin stehend*
Nach einer Weile kommt ihr Mann dazu.
Er ist etwa in ihrem Alter.
Er trägt Pyjamahosen.
Die beiden sind seit über zehn Jahren zusammen.
Sie wollten keine Kinder.
Kurze Pause.

GEORG *zu Katja*
Oder?
Oder wolltest du Kinder? Doch?
Kurze Pause.

KATJA Ich?

Kurze Pause. Keine weitere Antwort. Sie trinkt.

GEORG Nein. Nein! Ich nicht.

Kurze Pause.

Aber du – vielleicht. Und du hast es nicht gesagt.

PETER Er putzt sich neben ihr die Zähne.

ILSE Das Geräusch der Zahnbürsten. Das Gurgeln. Das Ausspucken der Zahnpaste.

Kurze Pause.

GEORG Ich nicht, ich wollte keine.
Und du auch nicht.

Die Gäste machen Musik. Peter setzt sich. Anschließend stehen Ingrid und Ilse auf.

INGRID UND ILSE An demselben Vormittag,
nur ein paar Stunden später,
nur ein paar Stunden nach dem Aufstehen,
wird die Frau, Katja –

INGRID die sich gerade noch
neben ihrem Mann
verschlafen die Zähne putzt,

INGRID UND ILSE jemanden kennenlernen,
einen anderen Mann.
Martin.

Sie setzen sich wieder. Jemand schenkt sich nach, stellt zwei Teller zusammen, es klappert. Kurze Musik.

DIE FRAU MIT DEM KINDERWAGEN
Na, was sagst du? Na? Na? Was sagst du?

INGRID Vierzig, fünfzig Kilo reines Fett.

DIE JUNGE FRAU *steht auf*
Sie,
Katja,
wird ihm,
Martin,
in einem Elektromarkt begegnen.
In einem Elektromarkt
hat alles angefangen.

Die junge Frau setzt sich. Georg versucht, das Horn zu blasen.

KATJA *steht auf*
In dem Elektromarkt.
Die junge Frau will eine Weinflasche entkorken, bekommt sie aber nicht gleich auf.
Sie wird ihn
zunächst
als gutaussehend betrachten,
sympathisch,
dann als witzig, gewandt,
charmant, und schon sehr kurz darauf
wird sie ihn,
Martin, etwas über Vierzig,
anziehend finden,
sie wird sich
stark zu ihm hingezogen fühlen
und er sich
ebenso stark
zu ihr.

DIE JUNGE FRAU In dem Elektromarkt.

KATJA Er wird ihr sagen,
sie sei bezaubernd,
er wird ihr
schließlich,
kurz bevor sie auseinandergehen, sagen,
er habe sich
in sie verliebt.

ILSE Ausspucken der Zahnpaste.
Gurgeln.

KATJA Das
hat sie
seit Jahren
nicht mehr gehört,
das wird ihr
seit Jahren
niemand mehr gesagt haben.

DIE FRAU MIT DEM KINDERWAGEN
Na, was sagst du? Du Kleiner?
Georg steht auch auf.

GEORG UND KATJA Die Frau und der Mann,
Katja und Martin,
sehen sich von da an
oft,
sie treffen sich heimlich,
beglückt,
sie küssen sich,
heimlich,
denn ihr Mann,
Georg,
weiß von nichts, ahnt nichts,
oder er ahnt etwas, ohne zu wissen, was –

GEORG aber nach einer Zeit
hat er, Georg,
der Hintergangene,
den Betrug entdeckt;
er stellt
sie zur Rede.
Und dann erst wird sie,
Katja,
ihrem Mann
sagen,
daß sie einen anderen liebe,
und Georg
wird vor rasendem, glühendem Schmerz
aufschreien.

Georg schreit in rasendem, glühendem Schmerz auf.
Klappernde Löffel: Martin tut sich noch etwas auf seinen Teller.

KATJA UND GEORG Katja verläßt ihn
noch am selben Abend
und zieht
in das Haus ihres Geliebten.
Glück
und Unglück.

Georg und Katja setzen sich. Katja schmeißt aus Versehen eine Rotweinflasche um. Das Kleid bekommt vielleicht ein paar Flecken ab. Tilo stellt die Flasche wieder hin.

HORST Georg bleibt allein zurück.
Die Braut steht auf und wechselt den Platz, setzt sich neben Martin, neben dem noch ein Platz frei war. Katja nimmt das Salz, das an diesem Ende des Tisches steht, und streut es auf das Kleid.
Die Gäste spielen ein paar Takte Musik.

GEORG *steht erneut auf*
Der Verlassene
tut alles,
alles,
alles Mögliche,
alles Erdenkliche,
um die von ihm geliebte Frau
zurückzugewinnen,
er umwirbt sie,
er schreibt ihr lange Briefe.
Georg holt einen langen Brief hervor und legt ihn gefaltet auf den Tisch.
Er wird nachts
vor dem Haus
des Liebespaares stehen
und für sie singen,
er singt vor dem Haus,
in dem er
die Liebenden vermutet,
in welchem Zustand auch immer
sie sich
während seines Liedes
befinden mögen,
er singt,
um seine Frau Katja
zurückzugewinnen,
aber sie
kommt nicht zurück.

DIE JUNGE FRAU *steht auf und singt*
Kommst du,
kommst du nicht wieder,
läßt du,

läßt du mich allein,
sehen wir,
sehen wir uns nicht wieder,
willst du,
willst du nicht bei mir sein,
du willst nicht bei mir sein.
Seit du,
seit du nicht da bist,
seitdem
seitdem du fort bist,
ist nichts,
ist nichts mehr wie es war,
hast du,
hast du mich vergessen,
für dich ist alles aus.
Georg steht auf, falls er sich in der Zwischenzeit gesetzt haben sollte.
Die junge Frau singt weiter.
Es ist
jetzt alles verloren
jetzt ist
all das vorbei
seid ihr
auch noch so glücklich
Wie wir
könnt ihr nie sein
wie wir
wird niemand sein
wie wir wird niemand sein.
Die junge Frau setzt sich. Kurze Pause.

PETER Sie
kommt nicht zurück.

LOTHAR *steht auf*
Georg, der Verlassene,
fordert den Mann,
der ihm die Frau geraubt hat, Martin,
heraus,
er fordert ihn zum Zweikampf

und besiegt ihn im Zweikampf,
aber
Georg kann ihn nicht töten,
er kann ihn nicht töten,
weshalb er
den Verstand verliert,
und von da an
in den Wiesen und Wäldern
draußen vor der Stadt
umherirrt,
mit einem alten Horn
aus goldenem Metall
und mit nackten Füßen,
schwarz,
und roten, entzündeten Augen
und zersprungenen Lippen.
Lothar setzt sich. Der Bräutigam setzt sich, schenkt sich nach.

TILO UND PETER Zwei Männer.
Jeder hat einen Helm und ein sehr langes Schwert bei sich.
Sie ziehen die Schwerter hinter sich her. Die Schwerter sind so schwer, daß man sie nur zweihändig führen kann.
Die Männer spucken sich an. Dann setzen sie die Helme auf.
Der Kampf beginnt.
Die Schwerter sind so schwer, daß nach fast jedem Schlag und jeder Parade eine Pause eintritt. Es sprühen Funken, wenn die schweren Eisen gegeneinanderschlagen. Nach nur wenigen Schlägen Keuchen, Atemnot, völlige Erschöpfung.
Erneutes Ausholen. Wieder Keuchen.
Am Ende, nach nicht mehr als fünf oder sechs Schlägen, bleibt der eine Mann keuchend, nach Atem ringend stehen, der andere geht, sein Schwert hinter sich herziehend.
Kurze Pause.

KATJA Also, Georg, das ist Martin.
Martin, das ist Georg.
Alle drei sind aufgestanden.
Georg: Martin,
Martin: Georg.
Die Männer sagen weiter nichts, setzen sich nach einer Weile, sehen sich immer noch an, sagen nichts.

INGRID Ja, die lächelten. Nein, also, die grienten eher.
Vor mir saßen Futzis. Echte Futzis, vor mir saßen echte Futzis, das war plötzlich vollkommen klar.
Futzis, die plötzlich was geworden waren, aus Versehen. Hätte nie passieren dürfen. Ist aber passiert, hat keiner verhindert. Und jetzt?
Jetzt hält die keiner mehr auf außer sie selbst.

LOTHAR Am Strand von Marielyst: vier Däninnen, keine älter als zwanzig.
Es beginnt zu regnen.
Es gibt große und kleine Schirme für die Gäste, aber nicht genug für alle, so daß sich teilweise mehrere Gäste unter denselben Schirm drängen müssen, was nicht immer gelingt oder ganz einfach ist. Manche der Gäste essen weiter. Die Musiker spielen etwas.
Einige der aufgestellten Lampen platzen.

INGRID *lacht*
Fünf Geschäftsmänner im Regen. Zwei Regenschirme.

PETER Oder nur ein Regenschirm. Und vier Leute. Wie einigt man sich da?
Lacht.
Da kann man sich nicht einigen!

DIE JUNGE FRAU *steht auf*
Es kommt der Herbst,
und es kommt
mit dem Herbst
der Regen.
Spätnachmittag
oder
schon früher Abend:
Der Tag

hört jetzt
um sechs
fast auf
mit Regen.
Jetzt regnet es. Und regnet.
Sie setzt sich.

INGRID *bleibt im Regen sitzen*
Schon gehen
die Laternen auf der Straße an,
und die Lichter in den Häusern
und in den Wohnungen.

TILO *steht auf*
Dieser Regen
mit seinen schweren Tropfen,
kein Sprühregen,
kein Schauer,
kein Wolkenbruch,
kein Gewitter,
zieht über Stadt und Land.
Er bleibt noch einen Moment stehen, setzt sich dann.
Die junge Frau steht wieder auf. Der Regen hört auf,
aber sie läßt ihren Regenschirm noch aufgespannt.
Ein Kastanienbaum
im Regen,
die Tropfen fallen
von Blatt zu Blatt,
und die Kastanien fallen,
und dann werden die Blätter
rot und gelb und braun,
und dann
fallen kreiselnd
die Blätter
eines nach dem anderen
zur Erde.
Es fallen ein paar Blätter.
Oder es kommt ein Windstoß
und nimmt sie alle mit.
Ein Windstoß.

Jetzt
sind die Bäume schon fast kahl.
Die junge Frau setzt sich. Kurze Pause.

LOTHAR Nichts zu hören – ?
Er lauscht. Die anderen auch, falls sie nicht gerade essen oder trinken.

ILSE *steht auf*
Das Summen eines Insekts
im Zickzackflug.
Das Insekt
ist eine Wespe.
Das sind ihre letzten Tage
oder Wochen,
denn wenn der Herbst zu Ende gehen wird,
stirbt die Wespe.
Ilse bleibt stehen. Georg versucht, stehend oder sitzend, einen Ton auf dem Horn zu erzeugen.

HORST *steht auch auf*
Etwas entfernt
ein Waldstück,
davor ein Weizenfeld,
längst gemäht,
da wächst schon Unkraut
zwischen den Stoppeln,
und neben dem abgemähten Feld,
eine wilde Wiese:

PETER *steht auf*
Schafgarbe und Mohn,
Klee und Kornblumen,
alles verblüht
Gräser, Halme,
vom Wind
zerdrückt,
am Rande eines kleinen Sees
etwas Schilf.

ILSE Ein Schmetterling,
Sie tupft sich das Gesicht ab.
ein zweiter Schmetterling.

TILO Im nassen Gras
ein Hase,
der sich in der Abenddämmerung heraustraut.

ILSE Das Geräusch der Flügel einer Biene,
die Biene, müde, krank, hungrig,
was blüht jetzt noch?
Unendlich langsam:
Schnecken.

LOTHAR *steht auch auf*
Eine Ameise.
Die Ameise
geht stets denselben Weg.
Eine Ameise trägt
das Vierzigfache ihres eigenen Gewichts,
die Ameise ist das stärkste Tier
der Welt,
und sie trägt schwer,
kein Tier auf dem ganzen Erdball
kann so schwer tragen,
wie die Ameise tragen kann,
nicht einmal
der Elefant.

Tilo versucht, etwas sehr Schweres auf dem Rücken die Länge der Tafel entlangzutragen, zum Beispiel Ingrid oder den dicken Peter – was nur mit Mühe gelingt. Die Musiker spielen etwas. Die anderen setzen sich oder bleiben teilweise stehen. Wenn sich Tilo und Peter wieder hingesetzt haben:

ILSE Im nassen Herbstlaub
ein Mann,
Georg,
verwirrt, verwahrlost,
zerkratzt, zerstochen.
Georg erzeugt einen Ton auf dem Horn.
Der Mann bläst
auf einem Horn vor sich hin,
das ist das Lied
von der Biene,

die ein Tropfen traf,
das ist das Lied
vom Regenwurm,
von der Schnecke und dem Horn,
das ist das Lied
von der Mücke,
die mit der Straßenbahn fuhr
und dachte, sie sei
der Schöpfung
auf den Grund gekommen.

Ilse setzt sich, trinkt etwas. Georg bekommt einen weiteren Ton heraus.

HORST *stehend*
Und wenn der Mann nicht
so gut er kann
auf dem Horn spielt,
dann ißt er,
dann ißt er alles, was er findet:
Regenwürmer,

Georg legt den Kopf in den Nacken und ißt einen langen Regenwurm. Oder ist es eine Nudel? Er kaut den Wurm, trinkt etwas.

er trinkt aus Pfützen,
und mit seinem Waldhorn
bricht er Schneckenhäuser auf

Georg zerbricht mit dem Horn ein Schneckenhaus und saugt und pult es aus. Oder ist es ein Ei?

und saugt sie aus.

Pause.

DIE FRAU MIT DEM KINDERWAGEN
Na? Na? Was sagst du?

DIE JUNGE FRAU Der hat einfach Schiß vor mir, es gibt ja eine Menge Leute, die vor mir Schiß haben, vor allem Männer, hauptsächlich Männer, und das ist genau so ein Typ: der einfach Schiß hat, der kommt mit mir nicht klar.

PETER Die hat in der Apotheke einfach angefangen zu weinen. Ich kannte die ja nicht. Die stand da und fing an zu weinen.

TILO *gereizt*
Das hast du doch schon erzählt.

ILSE Das macht doch nichts.

TILO Aber das erzählt sie jedes Mal – jedes Mal –

ILSE Das macht doch nichts, daß wir die Geschichte schon kennen, das macht doch nichts.
Kurze Pause.
Im Gegenteil! Um so besser! Das ist doch das Schöne! Dafür sind Geschichten doch da – daß man sie wieder und wieder erzählt und daß man sie wieder und wieder hört.
Kurze Pause.
Das ist es doch.

TILO Verstehe ich nicht.

ILSE Klar –

TILO Verstehe ich nicht.

ILSE Ja, klar – verstehst du nicht. Völlig klar, daß du das nicht verstehst.
Katja ist unterdessen aufgestanden, singt ein vergnügtes Lied, vielleicht mit Begleitung.
Als du zu mir kamst,
fing alles neu an,
als ich dich sah,
zum ersten Mal sah,
fing alles neu an,
das Glas und der Regen,
der Tag und die Klinke,
der Schlaf und der Kaffee,
der Tisch und das Bett.
Als du mich geküßt hast,
Die anderen Frauen stimmen mit ein:
war alles anders,
als ich dich sah,
zum ersten Mal sah,
war alles so anders,
das Glas und der Regen,
der Tag und die Klinke,
der Schlaf und der Kaffee,

der Tisch und das Bett.
Das Lied ist zu Ende.
Pause.

KATJA *stehend*
Trotz des verlorenen Kampfes,
oder sogar
deswegen,
sind die Liebenden jetzt
wie im Fieber,
Katja und Martin,
sie lieben sich
hingebungsvoll, zärtlich,
leidenschaftlich,
endlich frei,
und dennoch
nach einer Weile
und dennoch
macht
sich Katja
nach einer Weile,
obwohl sie es
nicht will,
auf die Suche nach Georg,
die Lieder haben
ihre Wirkung nicht verfehlt,
aber jetzt
ist es zu spät,
überall sucht sie ihn
in den Wiesen, Wäldern
draußen,
aber sie findet ihn nicht,
und weil sie ihn nicht findet,
und weil sie ihn gleichzeitig finden
und nicht finden will,
weil sie ihn vergessen will
und weil ihr das
nicht gelingt,
reißt etwas in ihr

in der Mitte
in zwei Teile
ratsch
Sie reißt etwas in zwei Teile.
und dann wird sie
schließlich
allein, zerrissen,
vielleicht schwanger,
wer weiß!, vielleicht,
die Stadt verlassen
und verwirrt,
irre,
Zuflucht suchen
auf der kargen Spitze eines Berges.
Sie setzt sich.
Die Musiker beginnen, ein schnelles Stück zu spielen.
Einige Paare tanzen kurz.
Dann, nach der Musik:

LOTHAR Vier Däninnen in Badeanzügen –

TILO *unterbricht ihn*
Der brüllte immer in das Telephon –

LOTHAR Wann –

TILO Der hat die ganze Zeit in das Telephon gebrüllt, und ich saß daneben –

LOTHAR Während du dabei –

TILO Der hat immer gesagt, das können die nicht machen –

LOTHAR Ins Telephon –

TILO Das können die nicht machen, ich lass mich von denen nicht ficken, die wollen uns ficken,
Lothar verzieht das Gesicht.
immer so, und ich saß daneben und habe gedacht, wieso höre ich mir das an, wieso muß ich mir das anhören, was habe ich damit zu tun, und da habe ich ein Gesicht gemacht, das nichts mit mir zu tun hatte.
Tilo schüttelt den Kopf. Pause.

LOTHAR Aber, aber –

TILO Die ganze Zeit, ich lass mich von denen nicht ficken,

die wollen uns ficken, die ficken uns in den Arsch, in den Arsch, in den Arsch, und ich, ich mache dieses Gesicht, das nichts mit mir zu tun hat.
Kurze Pause.

KATJA *gereizt*
Vier Umzüge in zehn Jahren, und immer taucht dieses Horn auf. Das Posthorn. Oder was ist das, ein Waldhorn? Oder was für ein Horn – dieses Scheißding! Können wir das nicht wegschmeißen?
Kurze Pause.
Das können wir doch endlich wegschmeißen.

GEORG *braucht einen Moment, um zu verstehen, was sie meint; dann entsetzt*
Nein! Wieso?
Sie streiten.

KATJA Du benutzt es nicht, du kannst darauf nicht spielen, und es liegt nur im Weg rum.

GEORG Es liegt nicht im Weg rum, es hat noch nie im Weg rumgelegen.

KATJA Also gut, dann liegt es im Schrank, gut, dann liegt es rum, unbenutzt, all die Jahre, schmeiß es weg, du wirst fünfzig –
Kurze Pause.

GEORG Das habe ich geschenkt bekommen, als ich sieben war!

KATJA Ja!
Kurze Pause.
Sieben!
Kurze Pause.
Das ist über vierzig Jahre her!

GEORG Genau! Genau! Das ist über vierzig Jahre her!
Kurze Pause.
Wer weiß, wozu das noch gut ist!

HORST Ich finde das gut.

ILSE Was?

HORST Ich finde das – nach all dem – richtig.

ILSE In einem Fachmarkt. Sie soll den in einem Fachmarkt kennengelernt haben.

DIE FRAU MIT DEM KINDERWAGEN
Alt geworden.
Kurze Pause.
Früher –
Kurze Pause.
Früher konnte ich –
Sie spricht nicht weiter.
Also früher –

GEORG Der Sprung in der Scheibe, mit dem alles begann.

PETER Was begann denn da –

GEORG Sie hat die Tür zugeschlagen, grundlos, die Badezimmertür, das war eine alte Tür, richtig alt, mit einer Milchglasscheibe, und von da an, wir wohnten ja schon seit sechs Jahren in der Wohnung, oder fast, und von da an hatte die Scheibe einen Sprung.

INGRID So einfach, das ist ja sehr einfach.
Georg schlägt mehr als heftig auf den Tisch. Die Flaschen und Gläser springen.

GEORG Na ja – immerhin war die Scheibe kaputt.
Georg schlägt erneut.
Immerhin. Da muß der Glaser kommen. Wenn er kommt. Ich hab den Glaser nicht angerufen. Kostet auch alles. Kostet.
Kurze Pause.
Die Scheibe war kaputt. War kaputt und ist kaputt geblieben.

ILSE In einem Elektromarkt.
Die soll den in einem Elektromarkt kennengelernt haben. Ist doch toll.

KATJA Ja. Ja! Elektromarkt. Na und?

GEORG Und was –

KATJA Ja.
Kurze Pause.
Brauchen wir ja nicht mehr drüber zu reden.

DIE JUNGE FRAU Die verkaufen da alles Mögliche, Fernseher –
Fernseher und Telephone –
Da kaufst du ein Telephon –

ILSE In dem Fachmarkt –

DIE JUNGE FRAU Und dann gibst du etwas ein –

ILSE Was denn –

DIE JUNGE FRAU Du gibst etwas ein, Zahlen –

TILO Ja, aber das sind ja keine Zahlen, das sind Signale, oder, Signale –

HORST Signale, sicher, Signale.

DIE JUNGE FRAU Signale, gut, Zahlen für Signale – und schon –

INGRID Das wird ja gesendet.
Kurze Pause.
Nur wie –

HORST Mit dem Sender, wie sonst –

LOTHAR Vier Däninnen in Badeanzügen. Jede der vier Däninnen etwas drall, blond, keine älter als zwanzig. Träge.
Kurze Pause.
Oder scheinbar träge, wer weiß. Wer weiß das schon?
Kurze Pause.
Liegen auf dem Bauch im Sand, stundenlang, bewegungslos, wortlos, außer wenn ihr Telephon Geräusche macht.
Wenn sie eine Nachricht bekommen haben.
Nebeneinander die vier in den Badeanzügen. Jung. Scheinbar träge. Geladen.

INGRID Vielleicht auf dem Sprung.

TILO Wie Krokodile.

LOTHAR Vier vorzügliche, herzzerreißende Ärsche.
Lothar schüttelt den Kopf und nimmt einen Schluck.

DIE JUNGE FRAU Hüllen und so was. Rohlinge, auch, aber da lagen eher nur die Hüllen. Diese Plastikhüllen.
Kurze Pause.

MARTIN *steht auf*
Wie ich zum Frauenheld wurde – ich bin ja eigentlich nie ein Frauenheld gewesen. Nie. Oder – also.
Kurze Pause.
Ich habe einfach angefangen, Frauen anzusprechen. So. Wie man das so macht. Ohne –
Kurze Pause.
Ohne nachzudenken. Einfach so. Und das –

Kurze Pause.
das ist das ganze Geheimnis.
Kurze Pause.
Man muß
Kurze Pause.
Man muß sprechen. Man muß
Kurze Pause.
das Maul aufkriegen.
Martin setzt sich.

DIE FRAU MIT DEM KINDERWAGEN *macht eine kurze Strickpause, nimmt sich etwas zu essen*
Das wird eine Jacke.

PETER Die Frau putzt sich die Zähne.
Der Mann putzt sich die Zähne.
Keiner ahnt was.
Kurze Pause.
So ist das doch immer.
Kurze Pause.
Hauptsache Zähneputzen.

ILSE Na ja.

KATJA Ich putzte mir die Zähne, wie jeden Morgen. Er stand ja daneben. Du standst ja daneben.

GEORG *nickt*
Wie immer. Alles wie immer.

KATJA Und dann, nur ein paar Stunden später –

DIE JUNGE FRAU Ich habs ja gesehen, ich war ja da, die stand da, bei den Fernsehern, oder davor, bei den Steckern oder bei den Steckdosen – oder daneben, bei den Hüllen und den Rohlingen –
Kurze Pause.
Der hat sie so angesehen – und sie ihn.
Das war wie – wie ein Blitz.
Kurze Pause.
Oder wie ein Funke.

KATJA Das war –
Zieht die Schultern hoch, ratlos, überwältigt.
Das war –

DIE JUNGE FRAU Die standen voreinander und sahen sich in die Augen und redeten und redeten, als ob sie sich schon ewig kennen würden –

KATJA Wir standen vor einem Regal mit Rohlingen und mit Hüllen, und er hat gesagt, ich sei bezaubernd.
Er hat gesagt, ich würde ihn an Audrey Hepburn in EIN HERZ UND EINE KRONE erinnern.
Und schließlich,
kurz bevor wir auseinandergingen, ich mußte ja irgendwohin und er auch, sonst wären wir ja vermutlich gleich –
gleich miteinander –
hat er gesagt,
er habe sich auf der Stelle in mich verliebt.
Das sagte er.
Kurze Pause.
Er habe sich auf der Stelle in mich verliebt.
Kurze Pause. Laut.
Das hatte ich seit Jahren nicht mehr gehört.
Seit Jahren nicht. Das tat gut, das zu hören.

GEORG *fassungslos*
Du hast – wie lange geht denn das, wie lange geht denn das schon –

LOTHAR Wie lange ging denn das –

ILSE Das ging Monate. Monate. Die haben sich getroffen, heimlich. Bei ihm.

DIE FRAU MIT DEM KINDERWAGEN
Sie hat gedacht, das ist die große Liebe. Das hast du doch gedacht –

KATJA Das hatte ich gedacht.
Laut. Martin ißt.
Ich hatte gedacht, das ist die große Liebe. Noch einmal. Vielleicht das letzte Mal in meinem Leben, wer weiß denn das? Kann doch sein!

HORST Das letzte Mal – also – ja, vielleicht.
Kurze Pause.
Vielleicht auch nicht.

TILO Also mir ist das zu –

KATJA Zu was? Wie denn, zu was denn?
Kurze Pause.
So was nimmt man doch mit –

TILO Ich weiß nicht, das ist doch –

INGRID Mitnehmen –

ILSE Mitnehmen, immer mitnehmen, was man mitnehmen kann –

KATJA Brauchen wir ja nicht mehr drüber zu reden.
Kurze Pause. Es wird weiter gegessen und getrunken.

MARTIN *steht erneut auf*
Und dann, wenn man das Maul aufgekriegt hat, muß man was sagen, man muß sprechen, egal was, eigentlich, man muß schöne Dinge sagen, wer will denn nicht schöne Dinge hören, und wer will nicht auch schöne Dinge sagen.
Kurze Pause.
Oder? Das will man doch. Also habe ich schöne Dinge gesagt.
Eventuell kurz Musik. Kurze Pause.
Sachen wie:
Sie haben sehr schöne Augen.
Oder: Ihr Lächeln ist schön.
Oder: Sie haben herrliches Haar.
Oder: Das muß man etwas verblüfft sagen, so als ob einem vor Überraschung kurz die Luft wegbleibt:
Sie sehen aber gut aus.
Kurze Pause.
Oder, das geht auch: einfach nur: Uff. Uff. Einfach nur Uff.
Er setzt sich.
Tilo und Peter gehen kurz mit langen, sehr schweren Schwertern aufeinander los, kommen aber nicht weit. Dann setzen sie sich wieder.
Martin steht wieder auf.
Oder:
Sie sehen bezaubernd aus, Sie sehen hinreißend aus, wissen Sie das, darf ich Ihnen das sagen, Sie sehen einfach toll aus, ich muß das sagen, ich kann nicht anders.

Ich vermisse Sie jetzt schon.
Mein Gott, ich glaube, ich habe mich – ich glaube, ich habe mich auf der Stelle verliebt, was haben Sie denn die nächsten fünf oder zehn oder fünfzehn Jahre vor.
Wer will so was nicht hören.
Er setzt sich.

ILSE Wer will so was nicht hören, klar.

DIE FRAU MIT DEM KINDERWAGEN
Das will doch jeder hören.
Pause.
Na? Na, was sagst du? Was sagst du?

HORST Audrey Hepburn. Zu der fällt mir sexuell nichts ein.
Zu der ist mir noch nie etwas eingefallen. Nichts.
Und zu Katherine Hepburn auch nicht.
Überhaupt nichts.
Kurze Pause.
Grace Kelly – okay.
Kurze Pause. Zu Grace Kelly fällt ihm etwas ein. Zu den anderen auch.
Oder Catherine Deneuve.
Oder Silvana Mangano oder Jacqueline Bisset oder Anouk Aimée oder Anna Magnani – okay.
Kurze Pause.
Zu denen fällt mir was ein.
Kurze Pause.
Aber Audrey Hepburn –
Die Gäste mit den Musikinstrumenten spielen etwas.

KATJA Wir haben den ganzen Tag gevögelt, wir sind – wirklich – übereinander hergefallen. Wie verrückt.
Georg sieht sie stumm an.
Wir mußten uns nur ansehen, da waren wir schon wieder scharf. Hu!
Sie macht ein Geräusch, das durch heftiges Ausatmen entsteht.
Wie verrückt.
Wir haben es drei vier fünf sechsmal am Tag gemacht.
Wieder das Geräusch.

Peter am anderen Ende des Tisches ist dabei, ein Eis am Stiel zu essen. Das Eis tropft. Peter steht auf, versucht das Eis zu essen, ohne daß es auf sein Hemd, seine Krawatte oder seinen Anzug läuft. Dabei verkrümmt er sich.

Katja nimmt ihren Faden wieder auf.

Ich habe immer gesagt, ich bin doch zu alt für dich, und er hat immer gesagt, er sei zu alt für mich.

MARTIN Wieso –

KATJA *lachend*

Und dann haben wir gesagt, das geht doch nicht, dafür sind wir beide zu alt, für so was, das geht doch nicht.

Kurze Pause. Sie lacht.

Ich war ja froh, als es raus war.

Im Grunde war ich ja froh.

Kurze Pause.

Ich habe geweint, ja, aber eigentlich –

Kurze Pause. Sie weint.

Eigentlich war ich heilfroh. Damit war immerhin der Weg frei. Oder?

Kurze Pause.

So konnte es ja nicht weitergehen. So konnte es ja wirklich nicht weitergehen.

MARTIN Ich habe mir, nachdem ich sie angesprochen hatte – in dem Elektromarkt –, zur Belohnung ein Eis gekauft, ein Eis am Stiel, das hatte ich seit Jahren nicht gemacht, ich stand in der Sonne, und dann tropfte das Eis die ganze Zeit, das Eis lief mir über die Hände, und ich wollte nicht, daß es auf den Anzug läuft oder auf die Krawatte, ich konnte es kaum essen, aber ich wollte das Eis auch nicht wegschmeißen, und deshalb stand ich völlig verkrümmt da, ich beugte mich weit vor, und gleichzeitig versuchte ich mich zur Seite zu beugen, damit das Eis nirgendwohin tropfte und ich es trotzdem essen konnte.

Kurze Pause.

Die Belohnung als Folter. Genau. So war das.

Pause. Themenwechsel.

Wie die abging.

DIE JUNGE FRAU Als ich den zum ersten Mal gesehen habe – ich habe gedacht, der ist irre. Oder dumm. Der Gesichtsausdruck – wie der schaute.

So:

Sie versucht, den Gesichtsausdruck nachzumachen.

TILO Das hast du ja schon erzählt – das hast du schon erzählt –

ILSE Das macht doch nichts –

DIE JUNGE FRAU So schaute der.

Das war der erste Eindruck.

INGRID *äußerst gereizt*

Na klar, na klar, du weißt es natürlich, wie immer, besser, na sicher.

LOTHAR Nein, nein –

INGRID Du hast natürlich, wie immer, recht, na klar.

Kurze Pause.

Weil du immer recht hast.

LOTHAR Nein –

INGRID Weil du immer, immer recht hast.

Kurze Pause.

Muß schön sein, muß schön sein, immer recht zu haben, Gott sei Dank, du hast recht. Muß das schön sein.

Die Musiker spielen wieder, es bilden sich Paare, es wird kurz getanzt. Dann setzen sich die Leute wieder.

DIE FRAU MIT DEM KINDERWAGEN

bleibt nach dem Tanzen noch stehen

An einem überraschend warmen Nachmittag im Herbst auf einem der zu niedrigen, weißen Plastikstühle draußen auf dem Bürgersteig

vor der »English Fruit Company«,

ein Laden mit frisch gepreßten Säften. Ingwer – Orange – Rote Beete, zum Beispiel oder Apfel – Karotte – Sellerie.

Sie sagt, er habe gesagt, sie erinnere ihn an Audrey Hepburn in EIN HERZ UND EINE KRONE.

KATJA Er hat gesagt, ich erinnere ihn an Audrey Hepburn in EIN HERZ UND EINE KRONE.

DIE FRAU MIT DEM KINDERWAGEN
Und dann macht sie, um das, was sie erzählt hat, noch zu unterstreichen, ein Geräusch, so etwas wie ein heftiges Ausatmen.
Sie macht das Geräusch nach.
Kraftvoll, lebendig.
Noch jung. In ihrem lächelnden Gesicht ein Hauch von Angst.
Sie lehnt sich zurück, gut gelaunt,
und sagt zu der Frau, die ihr gegenübersitzt,
ihrer Freundin:
Ich habe ja keine eigenen Kinder.

KATJA Ich habe ja keine eigenen Kinder.
Kurze Pause.

MARTIN Die ging vielleicht ab.

KATJA Wir haben es drei vier fünfmal am Tag gemacht.
Kurze Pause. Sie macht das Geräusch. Lachend.
Ich konnte ja kaum noch laufen!
Kurze Pause. Gut gelaunt:
Gut, das ist übertrieben.
Kurze Pause.
Aber fast.

LOTHAR Recht gehabt. Wie immer.

INGRID Muß schön sein. Muß wirklich schön sein.

GEORG *steht unvermittelt auf; zu Katja am Tischende*
Wenn ich irgend etwas von dir hätte. Einen Schuh.
Oder ein Kleid.
Wenn du mir irgend etwas schicken würdest. Schick mir dein helles Kleid, so wie es ist, genauso, nicht anders.
Mit dem Rotweinfleck, als die Flasche umgekippt ist.
Schick mir irgendwas, ich halte das nicht mehr aus ohne irgend etwas von dir.
Kurze Pause.
Schick mir das helle Kleid mit dem Fleck und den Krümeln, und, weißt du was, weißt du noch, als du

dich geschnitten hattest, als du den Rosmarin kleinschneiden wolltest –
Kurze Pause.
nimm das kleine scharfe Küchenmesser und ritz dir in die Fingerspitze, schick mir das Kleid mit dem Weinfleck und den Krümeln und dem Spritzer von der Tomate, die du an dem einen Abend gegessen hattest, und mit einem winzigen Tropfen Bluts von deinen Fingern.

TILO *redet wieder über jemand, der nicht am Tisch sitzt*
Und das nächste Mal war das wieder so. Wieder!
Ich sitze da, daneben, und er –
Kurze Pause. Er brüllt.
Er brüllt ins Telephon.

HORST *zu Peter, insistierend*
Das ist der Grund, warum du keine Karriere machst.
Kurze Pause.
Das ist genau der Grund.

INGRID Können auch sechzig Kilo reines Fett gewesen sein.

LOTHAR Diese Mädchen in Dänemark –

INGRID Sechzig Kilo –

TILO So –
Er zeigt den Körperumfang.

LOTHAR Diese Mädchen –

ILSE Du trinkst zuviel –

DIE JUNGE FRAU Wie weggetreten. Und das Lieblingswort ist Chefsache. So:
Sie macht das Gesicht nach.
oder so:
»Chefsache.«
Sie lacht übertrieben wiehernd.

KATJA Nichts schlimmer als Restaurants.

LOTHAR *stehend mit einem Glas in der Hand*
Der Löwe!

KATJA Der Blick in die Karte. Die schweigenden Paare.

ILSE *steht ebenfalls auf, hält auch ein Glas in der Hand*
Ja, der Löwe. Auf der anderen Seite: ist es doch sonderbar –

LOTHAR *beflügelt*
Ja,
Lacht.
das stimmt! Das ist sonderbar! Die beiden –

KATJA Der schweigende Blick in die Karte. Weißt du schon, was du nimmst –

ILSE *begeistert, beschwipst*
Die beiden, die zwei – der Löwe und der Haifisch.

KATJA Darauf läuft das hinaus – sowieso.

LOTHAR Der Haifisch!

KATJA Sowieso, immer – früher oder später.

ILSE Also der Löwe in der Wüste –

LOTHAR Und der Haifisch im Wasser –

ILSE Ja!

HORST *zu Peter*
Während du gerade noch dachtest –

PETER *zu Horst*
Du willst, und es geht nicht – geht einfach nicht, und du willst trotzdem –

LOTHAR Ja, ja!

GEORG *trocken*
Weil die mich anlügt. Die lügt wie gedruckt. Die schaut dir gerade in die Augen und lügt dich an.

ILSE Die haben überhaupt keine Ahnung!

LOTHAR Weil die sich nie begegnen – selbst, sagen wir mal, wenn der eine am Strand spazierengeht und der andere gerade –

ILSE Die wissen nicht, daß es den anderen gibt, und das werden sie auch niemals tun – die haben keine Ahnung.

GEORG Wir haben sehr viel gelacht, als wir uns kennengelernt haben, wir haben uns auf Anhieb verstanden. In jeder Beziehung.
Georg hält einen Brief in der Hand.
Ich habe einen Brief gefunden, ein Brief von ihr an ihn, den sie noch nicht abgeschickt hatte, der lag unter der Telephonrechnung.

KATJA Wieso auch liest du meine Briefe –

GEORG Wieso schreibst du so etwas.
Kurze Pause.
Und warum sagst du mir nichts.

KATJA Das macht man auch nicht, man liest nicht die Briefe anderer Leute.

GEORG Ja, gut, die Briefe anderer Leute, in Ordnung, aber das – von dir –

KATJA Ja, und?

GEORG *brüllt*
Und? Das

KATJA Was –

GEORG Du hast das geschrieben. Du hast das geschrieben. Und das ist nicht an mich. Wer ist denn das? Wer ist das denn?

KATJA *brüllt*
Was geht dich das an?

GEORG Das geht mich was an –

KATJA Was geht dich das an, was hat das –

GEORG *liest aus dem Brief*
»Ich liebe dich, ich liebe dich, ich liebe dich, ich –«

KATJA *heftig*
du bist doch vollkommen –
Sie versucht, den Brief zu bekommen und zu vernichten, aber es gelingt nicht. Gerangel, Kampf, sie schlagen sich gegenseitig.

GEORG *liest weiter aus dem Brief vor*
»Ich wache mitten in der Nacht auf, neben ihm«, damit bin ich gemeint, »und ich denke, warum bist du nicht neben mir, wie kannst du es mir antun, jetzt nicht da zu sein, ich will mit dir schlafen, ich will mit dir schlafen. Erlöse mich!«
Sie spuckt ihm ins Gesicht.
Pause.

MARTIN Also habe ich so etwas gesagt.
Kurze Pause.
Will jeder hören.
Er steht auf.
Ich bin verliebt in Sie. Ist auch schön, so was zu sagen. Wann sagt man so was schon?

Was passiert, wenn man das jeden Tag sagt?
Kurze Pause. Er setzt sich.
Ist doch super.
Lohnt sich doch.
Kurze Pause. Die junge Frau macht Geräusche beim Essen.

DIE FRAU MIT DEM KINDERWAGEN
Du! Du Kleiner!

LOTHAR Liegen auf dem Bauch im Sand, stundenlang, bewegungslos, wortlos, außer wenn ihr Telephon Geräusche macht.
Kurze Pause.
Vier vorzügliche, herzzerreißende Ärsche.
Kurze Pause.

MARTIN Man muß sprechen. Man muß das Maul aufkriegen.
Georg steht auf. Martin steht ebenfalls auf.
Nach einem Moment stürzt sich Georg auf Martin, schlägt Martin ins Gesicht und reißt ihn an den Haaren zu Boden.
Er schlägt und tritt auf den am Boden liegenden Martin wiederholt ein. Dabei keucht er.
Martin schreit wie am Spieß.
Dann dreht sich Georg ab. Martin setzt sich auf, legt sich erschöpft wieder hin. Georg bekommt einen weiteren Zornesausbruch, nimmt sich einen Klappstuhl und drischt damit auf Martin herum, bis der Stuhl kaputtgeht.
Vielleicht gelingt es Martin kurzzeitig, aufzustehen und ein paar Schritte zu fliehen, aber dann trifft ihn Georg wieder, und Martin stürzt erneut.
Martin schreit weiter, stöhnt.
Georg keucht und stöhnt ebenfalls, es kostet ihn sehr viel Anstrengung, er kann fast nicht mehr.
Dann wirft Georg die Reste des Stuhls weg und setzt sich wieder.
Martin kommt nach einem Moment, blutverschmiert, wieder hoch, setzt sich auf seinen Platz, macht sich mit einer Serviette das Gesicht sauber, bis er halbwegs wieder hergestellt ist.

KATJA In dem Restaurant. Mit den Speisekarten.
Kurze Pause.
Ich hatte gehört, er würde Regenwürmer essen.
Georg ißt einen weiteren Regenwurm. Oder ist es eine Nudel?
Und daß er Schnecken aus der Schale pult.
Georg ißt eine weitere Schnecke, die er mit dem Horn aufschlägt.
Katja angewidert
Und dann – dann –
Kurze Pause.
Dann konnte ich nicht mehr. Nicht mehr fünfmal am Tag – ich mußte immer an diesen Wurm denken.
Angewidert.
Und an die Schnecke.
Kurze Pause.
Die Speisekarte. Es ging nicht mehr.
Georg bricht mit dem Posthorn eine weitere Schnecke auf. Oder ist es ein Ei?
Pause.

INGRID UND ILSE *stehen auf*
Und dann verläßt sie,
Katja,
schließlich
allein,

ILSE vielleicht schwanger?

INGRID Wer weiß –

ILSE UND INGRID die Stadt
und sucht verwirrt, irre, Zuflucht
auf der kargen Spitze eines Berges,
wo sie sich von nichts ernährt als
von Steinen und Gras.
Martin, ihr Liebhaber,
nun auch verlassen,
bleibt in der Stadt zurück
und läuft
ziellos herum,
wartet

stundenlang im Elektromarkt
oder stellt sich an Haltestellen.
Sie setzen sich. Die Gäste machen kurz Musik.

DIE FRAU MIT DEM KINDERWAGEN
Na? Du? Was sagst du?
Es fällt ihr das Wollknäuel vom Schoß oder vom Tisch und rollt davon. Katja steht auf, hebt das Wollknäuel auf, wickelt es auf und setzt sich neben die Frau mit dem Kinderwagen.

DIE JUNGE FRAU UND PETER
stehen auf, sie singen
Auf einem Berg
auf einem Berg
hoch oben
sitzt eine Frau
sitzt eine Frau
und sieht von dort hinunter

sie sieht die Welt
sie sieht die Welt
tief unten
über ihr nichts
über ihr nichts
über ihr nichts als Himmel.
Die junge Frau und Peter setzen sich wieder.

INGRID Ja, weißt du, habe ich gesagt – weißt du –
Sie steht auf.
Es ist so – wenn du, wenn wir – die ganze Nacht gestritten, geredet, gestritten, bis es hell wurde, und dann bin ich gegangen.
Sie singt.
Die Fische und die Vögel,
die Fische in den Flüssen,
die Vögel in den Bäumen,
die wissen nichts,
die wissen nichts davon,
die wissen nichts,
die hörten nichts

die hörten nichts davon,
die Fische und die Vögel,
die hörten nichts davon,

was du mir damals sagtest,
was du ins Ohr mir sagtest,
die Fische und die Vögel,
die wissen nichts davon,

daß so in meinen Ohren,
daß so die Welt entstand,
denn was du mir erzähltest,
die Wörter, die du sprachst,

die wurden dann zu Flüssen,
die wurden dann zu Bäumen,
weil so die Welt entstand,

und in den Flüssen schwammen
die Fische dann umher,
und in den Bäumen saßen
die Vögel überall,

ich trug mein bestes Kleid
und du den besten Anzug,
denn was du mir erzähltest,
die Wörter, die du sprachst,

die wurden dann zu Flüssen,
die wurden dann zu Bäumen,
und in den Flüssen schwammen
die Fische dann umher,
und in den Bäumen saßen
die Vögel überall,

die Fische und die Vögel,
die Fische in den Flüssen,
die Vögel in den Bäumen,

die wissen nichts,
die wissen nichts davon

die wissen nichts,
die hörten nichts
die hörten nichts davon,
die Fische und die Vögel,
die hörten nichts davon,

was du mir damals sagtest,
was du ins Ohr mir sagtest,
die Fische und die Vögel,
die wissen nichts davon,

daß so in meinen Ohren,
daß so aus deinen Wörtern,
daß so die Welt entstand,

und was, als du dann fortgingst,
was dann mit dir verschwand,
und daß, als du dann fortgingst,
daß alles dann verschwand.
Ingrid setzt sich.

TILO *steht auf, mit einem Glas in der Hand*
Schon ist es dunkel,
bald kommt der Winter,
kommt der Schnee.
Es beginnt zu schneien.

DIE FRAU MIT DEM KINDERWAGEN
steht auf
Der Mond geht auf,
der Mond geht auf,
der Mond steht schon
eine ganze Handbreit über dem Horizont,
doch niemand sieht ihn,
weil es schneit.
Es schneit und schneit.
Sie setzt sich. Es schneit weiter.

DIE JUNGE FRAU *kleckernd*
Im Treppenhaus klebte ein Kaugummi, kurz nach dem dritten Stock, auf der zweiundzwanzigsten Stufe von oben gezählt, das haben wir immer den Vollmond genannt.

ILSE *steht auf*
Die Nacht ist da,
und es ist bitterkalt geworden.

HORST Eiskalt, tief unter Null.

PETER *steht auf*
Klirrende Kälte.
Kurze Pause.
Alles kommt zum Stillstand.
Kurze Pause.
Ein Ast kracht. Sonst
Stille.
Das Geräusch der Flügel
einer Schneeeule.
Kurze Pause.

ILSE Da kommt der Tod:
der Fiedler auf den Knochen,
hohläugig –

LOTHAR ein kahles Gerippe
in einer alten Kutte,
spielt er
ein Lied
auf zwei Knochen,
der Oberschenkelknochen
eines Uhrmachers
ist seine Geige,
und die Speiche
einer Wöchnerin
ist sein Geigenbogen.
Er setzt sich.

HORST *steht auf, während es weiter schneit*
Alles stirbt
oder verkriecht sich.
Er bleibt stehen, denkt nach oder will vielleicht noch etwas sagen.

ILSE *sitzend*
Eine tote Wespe.
Kurze Pause. Horst nimmt den Faden wieder auf.

HORST Die Biene verkriecht sich
im Bienenstock –
Er setzt sich. Lothar steht wieder auf.

LOTHAR Die Ameise –
die Ameise überwintert,
fast bewegungslos,
viele Meter tief im Erdreich
unter den Wurzeln eines Baumes.
Kurze Pause. Es schneit, und es wird weiterhin gegessen. Schalen und große Teller werden wie schon die ganze Zeit bei Bedarf hin- und hergereicht. Man hilft sich, schenkt sich nach.

INGRID *steht auf*
Vor einem leuchtenden Plakat
an einer Straßenbahnhaltestelle,
ein Mann,
eine Schneefliege
und eine Maus
hoffen in seinem offenen Mund
auf einen warmen Platz.
Sie setzt sich. Ilse bleibt sitzen.

ILSE In Kellern und Ställen,
in winzigen Ritzen und Spalten
überwintern Käfer und Fliegen
und die Stechmücke,
entkräftet, erschöpft, fast erfroren.
Georg steht auf, spielt ein paar Töne auf dem Horn, oder er versucht es zumindest. Er setzt sich wieder.

DIE FRAU MIT DEM KINDERWAGEN
Na? Na, du?

DIE JUNGE FRAU *steht auf*
Alles weiß.

HORST Die Schneedecke liegt
weiß ausgebreitet
über den Feldern,

den Wiesen,
den Wäldern.
Die junge Frau ißt etwas unappetitlich.

TILO *steht auf*
Auf einem leuchtenden Plakat
an einer Straßenbahnhaltestelle
das Bild einer jungen,
blondgelockten Frau
mit einem aufregenden Körper:
Das ist
das kolumbianische Sex-Symbol
Shakira.
Kurze Pause. Er wiederholt:
Shakira.
Er setzt sich.

PETER *steht auf*
Vor der Frau auf dem Plakat,
Shakira,
steht
Philipp,
elf Jahre, auf dem Weg von der Schule
oder vom Training nach Hause.
Wie immer auf dem Heimweg
allein an der Straßenbahnhaltestelle,
hat er Angst.
Neben ihm: eine Gruppe von Männern,
rüde, laut, grob,
die Männer singen:
Peter und Tilo und Lothar und Horst und Georg und Martin stehen auf und singen laut und grob und durcheinander.
Sie setzen sich. Horst bleibt stehen.

HORST Abseits der grölenden Gruppe,
auf einer Sitzbank
ein Mann,
mit getrocknetem Blut an den Händen
Schorf und Jod an der Stirn.
Der Mann

spricht
trotz seines beschädigten Zustands
die an der Station wartenden Frauen an,
er sagt:
Du hast schöne Augen.
Dein Lächeln ist schön.
Du hast herrliches Haar.
Ich bin verliebt in Sie.

INGRID *steht auf*
Aber,
bei dem Anblick
des blutigen Mannes
und bei dem,
was er sagt,
laufen die Frauen davon.
Peter steht auf. Es hört langsam auf zu schneien.

PETER In seiner Angst
kommt es bei Philipp,
dem elfjährigen Fahrschüler,
zu einer Übersprungshandlung:

LOTHAR *steht auf*
Philipp malt
mit einem kräftigen wasserfesten Stift,

TILO einem Edding 3000,
eine eher zufällige
geometrische Skizze
auf das Leuchtplakat,
auf Shakiras Körper
oder auf ihr Gesicht:

PETER ein Viereck,
durch das er

HORST unsinnigerweise

ILSE ein Viereck,
durch das er

HORST unsinnigerweise
zwei mehr oder weniger parallele,
eng nebeneinander verlaufende Striche zieht.

INGRID Vielleicht wollte Philipp,

der elfjährige Knabe,
auch nur
die Straßenbahnhaltestelle zeichnen,
Haltestelle und die Gleise,
und es ist ihm
nicht geglückt –

TILO Ein Viereck
und zwei
mehr oder weniger parallele Striche –

PETER auf Shakiras leuchtendem Körper
oder auf ihrem Gesicht.
Alle außer Martin setzen sich.

MARTIN *zu Katja*
Wir waren noch gar nicht so weit. Wir haben doch gerade erst angefangen. Hey –
Kurze Pause.
Du hast schöne Augen.
Dein Lächeln ist schön.
Du hast herrliches Haar.
Verblüfft, überwältigt, erschlagen:
Du siehst einfach gut aus.
Kurze Pause.
Du bist bezaubernd,
du siehst hinreißend aus, ich muß das sagen, ich kann nicht anders.
Mein Gott, ich glaube, ich habe mich verliebt – was hast du denn die nächsten fünf oder zehn oder fünfzehn Jahre vor?
Kurze Pause.
Du erinnerst mich an Audrey Hepburn in EIN HERZ UND EINE KRONE.
Ich kann sehr schlecht allein sein.
Das halte ich nicht lange aus.

KATJA *nimmt einen Schluck*
So was will doch jeder hören.

DIE FRAU MIT DEM KINDERWAGEN
Na? Du? Was sagst du?

TILO Der sagt, ich muß das ändern. Der sagt, ich soll das ändern, ich soll da noch mal –

Kurze Pause.
Ich meine – er meint, man müßte, irgendwie –
Kurze Pause.
das gibt es doch nicht.
Kurze Pause. Bellend.
Das sagt doch alles!

MARTIN Klar, kann man immer wieder von vorne anfangen, macht mir nichts aus, oder hat mir bisher nie was ausgemacht.
Kurze Pause.
Ist dasselbe und geht immer wieder los.
Er macht das ausatmende Geräusch, das Katja bisher öfter gemacht hat.
Aber wie die –
Kurze Pause.
Also wirklich.
Er nickt ungläubig mit dem Kopf.
Das war schon was.
Kurze Pause.
Was soll ich denn machen? Wie soll ich denn –
wenn nicht –
wenn nicht so, wie dann?
Kurze Pause.
Da habe ich an der Straßenbahnhaltestelle ein Plakat gesehen, auf dem eine junge Frau abgebildet war, schön und jung, sehr sexy, und auf das Plakat hatte jemand etwas gezeichnet, eine geometrische Figur, eine Formel.
Kurze Pause.
Ein Viereck, durch zwei Parallelen mehrfach durchschnitten.
Kurze Pause.
Und erst habe ich gedacht, was ist das denn, was soll das, hat da einer versucht, die Straßenbahnhaltestelle zu zeichnen –
Sehr kurze Pause.
Und dann wurde mir alles klar, plötzlich habe ich die Formel verstanden.

Kurze Pause.

Es ging um die Flächenverhältnisse, die Teilungen und die Unterteilungen, – das – diese Skizze, diese Skizze oder das Viereck auf der Frau, war nichts anderes als die Erklärung der Schönheit, die Erklärung der Frau an sich, so etwas wie der Goldene Schnitt, aber weltumfassender.

So:

Er zeichnet die Skizze in die Luft, vielleicht steigt er auf einen Stuhl, man versteht nichts.

So!

Er zeichnet erneut begeistert die Skizze in die Luft, man versteht immer noch nichts.

Das ist die ganze Erklärung! Das ist der Schlüssel jeder Verhältnismäßigkeit und der Unverhältnismäßigkeit, die Essenz des Wesens von Mann und Frau, von Schönheit und Verderben, Liebe, Verzweiflung, Leichtsinn, Unbeständigkeit, Enttäuschung, Betrug, Wut, Trauer und Vergänglichkeit, Leben und Tod.

Kurze Pause. Martin setzt sich.

HORST Und die wird immer dicker.

TILO Nein, nein!

HORST Nein?

INGRID Nein, nein, die ist inzwischen –

HORST Ach –

Kurze Pause.

INGRID Inzwischen ist sie ja – dick, fett, ja, ich weiß nicht, noch zu fett, zu fett ja, aber eher – eher so –

Kurze Pause.

untersetzt.

Es schneit leise weiter.

MARTIN *laut*

Wie schön!

Das ist es!

Kurze Pause.

HORST Kahl geworden.

Kurze Pause.

Hier – schau.

Kurze Pause.
Ein kahler Schädel. Bald.
Kurze Pause.
Kahl! Kahl wie ein Totenkopf!

PETER Da fällt mir etwas ein – das hatte ich ganz vergessen –
Peter holt einen Totenkopf aus einer Tasche und stellt ihn auf den Tisch.
Ilse bemerkt den Schädel zunächst nicht, sieht ihn dann, erschrickt furchtbar vor dem Schädel, und irgendwie fliegt dann der Kopf in Georgs Schoß, der ihn entsetzt loswerden will, so daß der Kopf weiter zu jemand wandert, der ihn ebenfalls nicht in seiner Nähe haben will.
Keiner will den Schädel berühren, schon gar nicht mit den Händen, und wenn, dann nur so kurz wie möglich. So wandert oder fliegt, stürzt, kugelt der Kopf von einem zum nächsten hin und her und die ganze Tafel hinunter, bis er am Ende der Tafel vor Martin zum Stillstand kommt.
Die Situation beruhigt sich.
Die Musiker spielen etwas.

MARTIN Oder: Auch das ist eine Möglichkeit, wenn man ein Frauenheld sein möchte:
nichts mehr sagen. Schweigen. Oder etwas sagen, dann längere Zeit schweigen, und dann: einfach küssen. Je überraschender, desto besser. Oder: Für einen Moment die Hand der Frau festhalten, aber nur für einen Moment, aber dieser Moment muß trotzdem, natürlich, ein Moment zu lang sein.
Kurze Pause.

INGRID Mein Gott!

TILO Dünn geworden.

INGRID Dürr.

TILO Wie ausgemergelt.

INGRID Krank, vielleicht.

TILO Kann sein.
Kurze Pause.

INGRID Von der ist ja bald nichts mehr übrig.
Kurze Pause.

KATJA Ich konnte es nicht sagen! Ich kann es nicht sagen, und ich konnte es nicht sagen.
Geht nicht.
Pause.

GEORG Ja –

KATJA Ich habe es dir nicht gesagt, und ich kann es dir nicht sagen. Es geht nicht. Ich kann es nicht sagen. Geht einfach nicht.
Kurze Pause.
Ich will ja. Ich will ja wirklich.
Kurze Pause.
Aber es kommt nicht raus.
Kurze Pause.

LOTHAR Weißt du, das ist ja das Schlimme. Wenn alle anderen nicht mehr da sind. Alle tot.

TILO *plötzlich laut*
Ich kann ja nichts dafür! Dafür kann ich nun wirklich nichts!
Georg geht noch einmal auf Martin zu, zieht ihn am Kragen hoch, schleudert ihn durch die Luft. Auf den am Boden liegenden Martin tritt Georg immer wieder ein, beide keuchen, beide schreien. Georg zerdrischt einen weiteren Holzklappstuhl auf Martin. Nach einer Weile setzt sich Georg wieder, völlig erschöpft. Martin kommt hoch, setzt sich auch auf seinen alten Platz.
Aber das ist doch ein Schwätzer. Was für ein Schwätzer. Das ist doch alles nur Gerede.
Kurze Pause.
Tilo ist sehr aufgeregt, spricht zur jungen Frau. Ja! Ja, sicher! Ja, sicher! Ja, sicher kommt das nicht in Frage!

DIE FRAU MIT DEM KINDERWAGEN
Na?

KATJA Brauchen wir nicht mehr drüber zu reden.
Kurze Pause.
Ich habs nicht ausgehalten.
Kurze Pause.
Weder mit dem einen noch mit dem anderen und alleine schon gar nicht.

DIE FRAU MIT DEM KINDERWAGEN
Mit Fingerchen, mit Fingerchen,
mit flacher flacher Hand,
mit Fäusten mit Fäusten
mit Ellebogen patsch patsch patsch
wiederitsch ratsch ratsch
wiederitsch ratsch ratsch
so soll die Peitsche knallen
wiederumpumpum wiederumpumpum
so trampeln Elefanten
Übergangslos:
Wie das Fähnchen auf dem Turme,
das sich dreht bei Wind und Sturme,
so soll sich dein Händchen drehen,
daß es eine Lust ist, zuzusehen.
Die Musiker fangen an, etwas zu spielen. Währenddessen wird weiter gegessen.

LOTHAR *angeregt*
Was sie ihm nie gesagt hat – was sie ihm zum Beispiel nie gesagt hat –

INGRID Nein, nein, das hat sie nicht –

LOTHAR Hat sie nicht, eben, was sie nie gesagt hat, ist, daß sie – daß sie –

GEORG Was ich nicht wußte, und was ich jetzt weiß, auch wenn sie mir nichts gesagt und was ich früher hätte wissen müssen. Müssen.

ILSE Na ja gut, wie denn? Man kann ja nicht –

PETER Nein, kann man nicht.

GEORG Trotzdem – ich hätte es wissen müssen.

TILO Pff.

GEORG Und wahrscheinlich habe ich es auch gewußt.
Kurze Pause.
Ja. Sicher.
Die Musiker hören wieder auf.

DIE FRAU MIT DEM KINDERWAGEN
Na? Und du? Was sagst du?

TILO *platzt der Kragen*
Das Kind sagt nichts, wie auch, wie soll es auch!

Kurze Pause.
Was soll es denn sagen? Es kann doch nichts sagen!

PETER Wenn wir uns unter anderen Umständen begegnet wären – habe ich dann gedacht. Aber: Die Umstände sind ja nie dieselben, also in dem einen Augenblick vielleicht, ja, aber dann, im nächsten schon nicht mehr, die Umstände sind doch immer anders – und deshalb hat es gar keinen Sinn, sich über die Umstände Gedanken zu machen.
Kurze Pause.
Also gut, ändern wir die Umstände, angenommen, das ginge, ändern wir alles.
Wenn man alles ändern könnte.
Ändern wir alles.
Was kommt dann? Die Strafe. Dann kommt: Hätten wir doch alles so gelassen!

LOTHAR Diese vier jungen Frauen –

ILSE Du mußt aufpassen –

LOTHAR Vier! Nebeneinander!

ILSE Pass mal auf –

LOTHAR Ja!

ILSE Ja, ich sags ja nur –

LOTHAR *leicht betrunken, steht auf*
Eine Frau und ein Mann,
beide seit langem ein Paar.
Seit sehr langem.
Sie sieht ihn an
und sagt,
obwohl er in diesem Moment
völlig nüchtern ist:
Du trinkst zuviel.

ILSE Du trinkst zuviel, ich wollte es nur sagen. Anmerken.

MARTIN Ein Viereck und zwei Striche durch das Viereck.
Kurze Pause.
Kann sein, daß das nur die Straßenbahnhaltestelle sein sollte. Die Haltestelle und die Gleise. Kann sein.
Kurze Pause.
Sah aber nicht so aus.

HORST *empört über sich selbst*
Alt geworden?
Ja! Alt geworden, hier, sieh dir das mal an, sieh dir das mal an!
Er zeigt, das ist ziemlich kompliziert, eine Stelle an seinem Kopf.

TILO Die ist so schön – so schön –
Kurze Pause.

PETER Er ist ja ein ziemlicher – also –

TILO Er? Er ist schwer auszuhalten, also wirklich schwer auszuhalten.
Kurze Pause.
Aber sie – sie ist so schön,
daß es einem einen Stich ins Herz gibt – einen Stich.

INGRID Warum es nicht geklappt hat? Das kann ich dir sagen –
Kurze Pause.
Das konnte ja nicht klappen.

DIE FRAU MIT DEM KINDERWAGEN
So – hat jemand eine Schere?
Kurze Pause.
Es hat nicht zufällig jemand eine Schere, oder?
Kurze Pause. Sie beißt oder reißt den Wollfaden durch.
Fertig!
Sie hält die fertige Strickarbeit in die Höhe.

PETER Das –

ILSE Was –

PETER *mit der Gabel in der Hand*
Das hätte ich wissen müssen.

ILSE Wie denn, wie denn?

PETER Schon als ich die Handtasche gesehen habe –

ILSE Wieso –

PETER Wieso? Schon als ich die Handtasche gesehen habe, hätte ich es wissen müssen.

ILSE Was?

PETER Alles.
Kurze Pause.

Alles.
Kurze Pause.

GEORG *steht auf*
Wenn dir mal deine Frau wegläuft,
Kurze Pause.
mit irgendeinem Idioten,
Kurze Pause.
mit einem Schwätzer, und wenn du deine Frau dann wiederhaben wollen solltest, dann gehst du zu Arndti in der Schönhauser Allee, und da fragst du nach Arndt oder Arndti.
Das kann dauern, bis der kommt, denn Arndti ist meistens hinten im Lager, oder unten im Lager, und solange Arndti noch auf dem Weg rauf aus dem Lager ist, kannst du dich in dem Laden umsehen, und du wirst sehen, es gibt wenige Dinge, die es in der Schönhauser Allee bei Arndti nicht gibt. Das heißt, es gibt wenige Waffen, die es bei Arndt nicht gibt, denn Arndts Laden ist ein Waffengeschäft.
Es gibt dort Jagdmesser, Handschellen, Druckluftpistolen und Trommelrevolver, Musketen, Hellebarden, Schwerter, unter der Decke hängt eine Sportarmbrust aus Leichtmetall, Jagdzwillen – damit kann man jemanden umbringen.
Und dann kommt Arndti, schließlich, er weiß, er kann dich warten lassen, denn er weiß, er ist der richtige Mann für dich, und er fragt dich nach deinem genauen Problem. Und du beschreibst ihm dein genaues Problem.
Du sagst, zum Beispiel:
Kurze Pause.
Meine Frau liebt mich nicht mehr.
Kurze Pause.
Oder: Meine Frau ist vollkommen gestört.
Kurze Pause.
Oder: Meine Frau lügt mich ununterbrochen an.
Oder: Meine Frau ist mir davongelaufen, sie ist weggelaufen, mit einem Idioten, und jetzt hätte ich sie gerne

wieder, trotzdem, aber ich weiß nicht, wo sie ist, und wie ich es machen soll.
Aha, sagt Arndt. Gut.
Und dann verschwindet er, er schlurft, Arndti hat diesen schlurfenden Gang, er verschwindet im Lager, hinten oder unten, und in der Zeit kannst du dir die anderen Waffen ansehen, die du dir bis dahin noch nicht angesehen hattest.
Vor allem die Jagdzwillen und die Sportarmbrust und die Druckluftpistolen.
Und dann kommt er wieder, in seiner Hand hält er einen Trommelrevolver, so ein altes amerikanisches Ding aus dem Bürgerkrieg mit langem Lauf.
Damit bekommst du sie wieder, sagt er.
Das ist das Richtige für dich. Das ist genau das Richtige.
Kurze Pause.
Was du natürlich brauchst, sind die richtigen Patronen. Nicht irgendwelche Patronen. Du brauchst Patronen, die ihr Ziel niemals verfehlen.
Du brauchst Patronen, die ins Herz treffen.
Georg holt eine kleine Schachtel und einen Trommelrevolver mit langem Lauf hervor. Er beginnt, die Patronen in die Kammern des Revolvers zu stecken. Fertig.
Dann zielt er mit gestrecktem Arm auf Katja. Die junge Frau kreischt auf. Georg wartet noch einen Moment, drückt dann mehrfach ab.
Es wird langsam Tag. Dichter Nebel hat sich ausgebreitet. Die Gäste spielen kurz Musik.

LOTHAR *steht auf*
Ein naßkalter Morgen.

PETER *steht auf*
Feucht.

INGRID Neblig.

ILSE *steht auf*
Das Frühjahr.

DIE JUNGE FRAU Jetzt kommt der Frühling.

LOTHAR Das Frühjahr
und die Apfelblüte.
Die Kirschblüte.
Martin versucht unterdessen, im Stehen ein tropfendes Eis zu essen. Er verdreht den Körper, um den Anzug nicht vollzutropfen, aber es gelingt nicht. Er saut sich komplett ein.
Die Belohnung als Folter.

HORST *steht auf*
Die Kirschblüte in Weiß und Rosa.
Die Bäume stehen
in dem graublauen Morgennebel,
Morgendämmerung.
Die Erde
schwer, naß
durchtränkt,
erst ist der Frost getaut,
und dann hat es geregnet,
drei Wochen lang am Stück.

PETER Alles neu.
Das hohe Gras
vom Vorjahr,
gelb und braun,
nicht gemäht,
am Boden.

ILSE Ausgehungert die ersten Bienen
auf der Suche nach Nahrung,
erst finden sie die Weidenkätzchen
und ein paar Wochen später
die Obstbaumblüten,
das Geräusch der Flügel einer Biene,
das plötzlich abbricht.

LOTHAR Ein paar Vögel,
manche sind
noch nicht zurück
aus dem Süden,
manche sind den Winter über
hiergeblieben,

die Meisen,
der Fink,
die Krähe
und die Drossel.
Die junge Frau pult an etwas herum.

ILSE Der Stechmücke kann ein harter Winter nichts antun,
die kommt wieder,
die kommt immer wieder,
die Mücke überlebt
ja sogar millionenfach
den harten Winter
in Finnland
und in Kanada.
Georg bläst auf dem Horn.

LOTHAR Eine Ameise.
Eine Ameise,
noch benommen
von der Winterzeit,
gerade erst erwacht.
Eine Ameise trägt
das Vierzigfache ihres eigenen Gewichts,
die Ameise ist das stärkste Tier
der Welt,
und sie trägt schwer,
kein Tier auf dem ganzen Erdball
kann so schwer tragen,
wie die Ameise tragen kann,
nicht einmal
der Elefant.
Tilo versucht, etwas sehr Schweres auf dem Rücken die Länge der Tafel entlangzutragen, zum Beispiel Ingrid oder Peter – was aber nur mit Mühe gelingt. Die anderen setzen sich. Die Musiker spielen etwas. Anschließend setzen sich die Beteiligten wieder. Dann:

KATJA Na?

GEORG Wie konntest du das tun?
Kurze Pause.

Du kannst dir doch nicht die Haare abschneiden, ohne mich zu fragen – die schönen Haare – du siehst ja überhaupt nicht mehr so aus wie früher –

ILSE Das Geräusch der Zahnbürsten. Das Gurgeln. Das Ausspucken der Zahnpaste.

INGRID Riechst du so?

TILO Hä?

INGRID Einer stinkt. Einer stinkt nach Fisch.
Ingrid riecht an Tilo.

HORST *insistierend*
Das ist der Grund, warum du keine Karriere machst.
Kurze Pause.
Das ist genau der Grund.

PETER Wieso –

INGRID Attraktiv gealtert.

PETER Wieso –

HORST Ja –

ILSE Das liegt an den Haaren.
Kurze Pause.
Mit den dicken Haaren hat sie schon angegeben, als sie zwölf war.

PETER Was mache ich denn falsch –
Kurze Pause.

ILSE Zöpfe.

INGRID Hat keine Kinder bekommen. Meine Haare fingen an auszufallen, als das erste Kind da war.
Trinkt.

PETER Verstehe ich nicht. Ich mache doch alles richtig.

INGRID Die Kinder rauben die Schönheit. Sagt man doch.
Kurze Pause. Lacht auf.
Stimmt auch. Stimmt wirklich. Wie ich aussehe!

PETER Mehr kann man doch nicht machen!
Lothar nimmt den Brief, den Georg auf dem Tisch liegengelassen hat.

HORST Das sage ich ja –

PETER Ja, was –

INGRID Wie ich aussehe.

HORST Falsch machst du nichts, überhaupt nichts –

PETER Ja –
HORST Ja –
ILSE Sagt einem vorher keiner. Und dann ist es zu spät.
PETER aber –
HORST nichts, überhaupt nichts, aber –
Kurze Pause.
PETER Und dann? Was heißt denn das? Was heißt das! Mehr kann ich nicht machen!
KATJA Ich hatte mir das so anders vorgestellt. Ganz anders.
Kurze Pause.
Ich hatte gedacht, da kommt eine Kutsche.
Morgens.
Kurze Pause.
Ganz früh morgens kommt eine Frau, die mir beim Ankleiden hilft und mir die Haare macht, also, die mich frisiert.
Und dann kommt die Kutsche.
Kurze Pause.
Und die Kutsche bringt mich zur Kirche, da wartest du schon, du bist auch mit einer Kutsche gekommen, aber natürlich von irgendwo anders, und außerdem hast du ja in der Nacht zuvor unglaublich einen draufgemacht, und deine Freunde haben mit dir sonst was veranstaltet, das will ich gar nicht wissen, und ich sage, das kann doch nicht sein, daß du völlig betrunken zu deiner eigenen Hochzeit kommst, du bist ja noch völlig betrunken.
Nein, nein, sagst du, mir geht es gut, ich bin nicht betrunken, überhaupt nicht, was denkst du denn, und außerdem: Du siehst toll aus. Sagst du. Toll.
Tolles Kleid. Ein weißes, schulterfreies Kleid.
Kurze Pause.
Mit Schleier. Und dann gehen wir in die Kirche, vor uns laufen die kleinen Blumenmädchen, in besonderen Kleidern, alle aus demselben Stoff. Rosenblüten auf dem Fußboden.
Die Kirche ist bis auf den letzten Platz gefüllt, alle sind gekommen, alle, die halbe Stadt ist da, und die Frauen tragen Hüte. Feierliche Musik.

Und anschließend nach der Trauung ein riesiges Buffet. Wir müssen einen ganzen Saal mieten, damit alle Platz haben. In der Mitte des Saales oder in der Mitte der Halle ein schimmernder Brunnen, in dem silberne Fische schwimmen. Wir brauchen ja eine ganze Halle, bei all den Gästen.

In der Halle: frei umherlaufende Pfauen und Fasane.

Eine lange, lange Tafel, an der alle Gäste sitzen, und auf der kostbar gedeckten Tafel springen Kaninchen in Livreen herum. Die Kaninchen tragen Livreen und schenken den Champagner aus. Es gibt nur Wasser und Champagner. Tausende von Kerzen.

Und das Essen – da laufen Ponys herum oder kleine weiße Esel, die tragen auf dem Rücken silberne Tabletts, auf denen die herrlichsten Speisen liegen, Austern und Langusten, Fasane und Wachteln, Krebse und Muscheln.

Es regnet Sterne.

Feuerwerk.

Sie setzt sich spätestens jetzt wieder neben Georg.

TILO *plötzlich*
Eine Traverse –

INGRID *genervt*
Pilaster –

HORST Wieso Pilaster?

INGRID Ja, oder?

TILO Nein, die Traverse –

INGRID Du meinst eine Tribüne –

HORST Du meinst das Kapitäl –

INGRID Nein!

TILO Die Traverse –

HORST Vielleicht meint er ja wirklich die Tribüne.

TILO Ich kanns auch lassen! Ich kanns auch lassen!

GEORG *mit einem Glas*
Das war alles ein paar Stunden früher, beim Zähneputzen, noch nicht klar.
Kurze Pause.

HORST Das letzte Mal – also – ja, vielleicht.

KATJA Ja!

INGRID Muß man mitnehmen. Muß man mitnehmen.

ILSE Besser alles mitnehmen.

DIE FRAU MIT DEM KINDERWAGEN
Na? Du? Na, was sagst du?

GEORG *steht auf; versucht die Dinge zusammenzufassen*
Warum es nicht geklappt hat. Was ich nicht wußte, und was ich jetzt weiß. Was ich früher hätte wissen müssen. Was ich besser nie gewußt hätte. Was ich nicht weiß. Was ich nie erfahren werde. Was ich nie begriffen habe, und was ich nie begreifen werde.
Er zuckt mit den Schultern.
Keine Ahnung.
Er legt kurz eine Hand auf Katjas Schulter und nimmt sie wieder weg. Er setzt sich.

ILSE Du mußt ein bißchen aufpassen – trink mal einen Schluck Wasser.

HORST Ich finde es richtig. Ich finde es richtig gut.

INGRID Haut und Knochen.

TILO Furchtbar!

INGRID Nur noch Haut und Knochen.

PETER Erzähl das ruhig noch mal, ist doch gut, ich hör das gern noch mal, sehr gern.

LOTHAR *steht auf*
Vier Däninnen am Strand von Marielyst. In Badeanzügen und keine älter als zwanzig.
Pause. Niemand unterbricht ihn.
Na – ihr Süßen, habe ich gesagt. Ihr seht aber toll aus. Da habt ihr aber wirklich vier hinreißende Ärsche, ich glaube, so was habe ich in meinem ganzen Leben noch nie gesehen.
Und die haben gelacht. Die fanden mich ganz toll.
Lothar setzt sich.

MARTIN Man muß sprechen.
Georg steht auf, er ist etwas betrunken, aber nicht sehr. Er ist dabei, etwas Wichtiges abzuwägen, auszurechnen, einen wichtigen Gedanken zu entwickeln, und er nimmt dabei beide Hände zu Hilfe, auch wenn es nicht unbedingt hilft.

GEORG Das Hier und das Jetzt.
Pause. Ein neuer Gedankenschritt.
Das Jetzt oder Nie.
Pause.
Früher; bald.
Pause. Das kommt davon.
Ja, ja! Das Nie Mehr.
Kurze Pause. Erklärungen, Alternativen.
Leider nicht.
Vielleicht doch.
Pause. Er verzieht das Gesicht.
Zu spät, zu früh.
Soviel läßt sich im Moment – vage – festmachen:
Jetzt nicht.
Längere Pause. Es fällt ihm nichts mehr ein.
Also – das wars dann.
Vielen Dank, daß ihr da wart, vielen Dank fürs Kommen. Das wars.
Kurze Pause.
Danke. Gehen wir. Lichter aus. Ende.

ENDE

Peggy Pickit sieht das Gesicht Gottes

Fassung für die Inszenierung am Burgtheater Wien 2010 in der Regie von Roland Schimmelpfennig

Personen

LIZ
FRANK
MARTIN
KAREN

Alle vier sind etwa Anfang Vierzig. Frank ist Oberarzt an einer Uniklinik, möglicherweise sogar Spezialist für Infektionskrankheiten. Liz hat bis zur Geburt ihrer Tochter als Krankenschwester gearbeitet.
Karen und Martin haben die vergangenen sechs Jahre unter schwierigen Bedingungen als Ärzte in einer provisorischen Klinik in der Dritten Welt gearbeitet.
Alle vier kennen sich aus der gemeinsamen Arbeit im Krankenhaus nach dem Medizinstudium, sie sind derselbe Jahrgang.

Ort

Liz' und Franks Haus, in irgendeiner Universitätsstadt der westlichen Welt.

Mein herzlicher Dank gilt allen, ohne deren Anregungen und Unterstützung es diese Arbeit nicht gäbe: Ross Manson, Meredith Potter von Vulcano, Christina Anderson und Binyavanga Wainaina, Liesl Tommy, Josette Bushell-Mingo, Anurita Bains, Weyni Mengesha und Jutta Brendemühl.

1.1

FRANK Es war eine komplette Katastrophe.
Ein vollkommenes Desaster.
Pause.
Völliger Wahnsinn.
Pause.

1.2

Liz und Frank haben Karen und Martin zum Abendessen in ihr Haus eingeladen.
Karen und Martin sind gerade angekommen. Die beiden Paare begrüßen sich.

LIZ *begrüßt Karen, sanft* Hey –
KAREN Hey –
LIZ Hey!
KAREN Hi –
Die beiden Frauen umarmen sich lange und herzlich. Alte Freundinnen. Liz muß weinen.
FRANK *sprachlos* Hey, Mann, hey –
MARTIN *muß irgendwie grinsen* Hey, hey –
Sie umarmen sich.
KAREN *zur weinenden Liz, die sie immer noch umarmt* Nicht, nicht doch – nicht weinen –
LIZ *lacht und weint gleichzeitig* Ja, furchtbar, das Geheule ist furchtbar, ich weiß, ich bin furchtbar, tut mir leid, ich kann nichts dafür, ich freu mich so –
Sie wischt sich die Tränen ab und heult und lacht weiter.
FRANK *zu Martin* Mann! Mann, Mann, Mann!
Kurze Pause.

LIZ Wieder da –

KAREN Wieder da – wir sind wieder da.

FRANK Ihr seht gut aus. Ihr seht richtig gut aus!

1.3

LIZ Auch wenn das nicht ganz stimmte. Sie sahen nicht schlecht aus, braungebrannt, klar, aber älter geworden, eindeutig. Grau geworden, älter und – ausgemergelt. Müde. Sie hatten viel Gewicht verloren, besonders er, Martin.

1.4

FRANK Ihr seht gut aus, ihr seht richtig gut aus!

MARTIN Ihr auch, ihr seht toll aus – wie gehts der Kleinfamilie – und wo ist – wo ist –

FRANK *im Scherz erschrocken zu Martin* Der Bierbauch ist weg, was ist das denn, der Bierbauch – *ist weg!* Unglaublich, wie hast du das denn gemacht –

MARTIN Wo ist –

FRANK *läßt plötzlich Martin links liegen, wendet sich zu Karen* Hey, Karen.

Er breitet die Arme aus. Große Geste.

Herzlich Willkommen. Herzlich Willkommen im Abendland, Doktor. Herzlich Willkommen – zu Hause.

KAREN *lächelt* Hey Frank. Herzlichen Dank. Herzlichen Dank für die Einladung, Doktor.

Frank umarmt Karen.

MARTIN Liz –

LIZ Martin –

Martin und Liz umarmen sich.

Liz prustet vergnügt, ungläubig und macht dabei eine

Flasche Champagner auf, sie versucht es zumindest. Dann gibt sie die Flasche an Frank weiter.
Ich meine, das muß man sich mal vorstellen, als wir uns das letzte Mal gesehen haben, waren wir fünfunddreißig, fünf-und-dreißig. Jung.
Und jetzt sind wir einundvierzig – ein-und-vierzig!
Vor sechs Jahren waren wir jung.
Kurze Pause. Quietschvergnügt:
Und jetzt sind wir alt!
Gott sei Dank, wir haben uns wenigstens in der Zwischenzeit ein Kind zugelegt –
Sie erschrickt über ihre eigene Frechheit.
O Gott, o Gottogottogott, nein, so was sagt man nicht –

1.5

KAREN Und jetzt sind wir alt. Wie sie das gesagt hat –
Kurze Pause.
Ich hatte nicht das Gefühl, daß sie sich meint.
Kurze Pause.
Ich hatte das Gefühl, sie meint mich.

1.6

LIZ O Gott, o Gottogottogott, nein, so was sagt man nicht –
KAREN *lachend* Doch, doch, sag es, sag alles, was du denkst! Wir sind alt –
Übertrieben, als ob sie eine apokalyptische Untergangsvision beschreiben würde:
und bald sind wir vertrocknet wie Dörrpflaumen!
FRANK Nein, halt, halt, halt, ihr seht großartig aus – niemand ist vertrocknet, niemand ist vertrocknet.

LIZ *gießt die Gläser voll* Schnell was trinken, schnell was trinken, furchtbar, ich bin furchtbar –

MARTIN Nein, du bist nicht furchtbar, du bist einfach nur ehrlich –

LIZ Ich bin furchtbar, ich meine, wir haben uns sechs Jahre lang nicht gesehen –

FRANK Sechs Jahre!

LIZ Uuaah – sechs Jahre. Die Zeit bleibt nicht stehen. Herzlich Willkommen. *Sie hebt das Glas.*

1.7

FRANK Furchtbar. Ein vollkommenes Desaster.
Kurze Pause.
Sie schlug ihr mit der flachen Hand ins Gesicht, mit aller ihr zur Verfügung stehenden Härte.
Karen schlägt Liz ins Gesicht.

1.8

LIZ *hebt das Glas* Die Zeit bleibt nicht stehen. Herzlich Willkommen.

MARTIN Sechs Jahre.

KAREN Viel passiert. In der Zwischenzeit.

LIZ Viel passiert.
Sie trinken.

MARTIN Sechs Jahre kein Champagner.
Kurze Pause.

KAREN Wir haben euch etwas mitgebracht –

1.9

MARTIN Ich hasse Einladungen, ich bekomme bei Einladungen Platzangst, das war schon immer so. Die einzige Lösung, um Einladungen zu überstehen, ist Alkohol. Ohne Alkohol kann ich das nicht überstehen.

1.10

KAREN Wir haben euch etwas mitgebracht –

LIZ Was? Warum das denn? Das wäre doch nicht –
Karen hat eine Papiertüte dabei.

KAREN Doch, doch, natürlich, das heißt, eigentlich ist es nicht für euch, sondern für – für –

1.11.1

FRANK Sie hatte den Namen vergessen. Sie hatte den Namen unserer Tochter vergessen –

1.11.2

KAREN Ich hatte den Namen vergessen. Ich hatte den Namen vergessen, dabei wußte ich den Namen, die ganze Zeit hatte ich doch darüber nachgedacht, was wir dem Kind mitbringen könnten, es gab ja nicht so viel, was man als Geschenk für ein Kind mitbringen konnte, und dann fiel mir der Name nicht mehr ein –

1.12

KAREN Wir haben euch etwas mitgebracht –
LIZ Was? Warum das denn? Das wäre doch nicht –
KAREN Doch, doch, natürlich, das heißt, eigentlich ist es nicht für euch, sondern für – für –
Kurze Pause.
Sag mal, das gibts doch nicht –
LIZ Was denn –
KAREN *sieht sich hilfesuchend um* Das gibts doch nicht –
LIZ Was ist denn, was hast du –
KAREN Mir fällt der Name nicht ein, wieso fällt mir der Name nicht ein –
FRANK Welcher Name –
KAREN *leicht panisch* Der Name, der Name von eurer Tochter, das gibts doch nicht –
LIZ Kathie –
KAREN Kathie! Mein Gott! Kathie – natürlich, wo ist die denn überhaupt – wo ist die denn?
FRANK Schläft heute bei den Nachbarn. Bei ihrer Freundin. Britt. Ein gräßliches Kind.
Kurze Pause.
Wie aus Kunststoff.
LIZ Hör auf –

1.13

KAREN Sie wollte immer den Brief vorlesen. Sie hatte den Brief schon rausgelegt, um ihn uns vorzulesen. Und sie wollte uns die Puppe zeigen, diese Plastikfigur: »Peggy Pickit«. Oder so ähnlich.

1.14

FRANK Ein gräßliches Kind.
Kurze Pause.
Wie aus Kunststoff.

LIZ Hör auf –

KAREN *lachend* Wer, wer ist aus Kunststoff, Britt oder Kathie?

FRANK Britt, natürlich, Kathie ist großartig. Ein Weltwunder.
Kurze Pause.
Obwohl – ich sollte sie mir vielleicht mal ansehen – vielleicht ist Kathie auch aus Plastik, wer weiß, vielleicht sollte ich sie mal mit in die Klinik nehmen und ihr eine Kernspintomographie verpassen –

1.15

MARTIN Sie hatten Schwierigkeiten, das war klar. Sie freuten sich wirklich sehr, uns zu sehen, aber es war klar, daß sie Schwierigkeiten hatten, und das nicht erst seit kurzem.

1.16.1

KAREN *lachend* Wer, wer ist aus Kunststoff, Britt oder Kathie?

FRANK Britt, natürlich, Kathie ist großartig. Ein Weltwunder.
Kurze Pause.
Obwohl – ich sollte sie mir vielleicht mal ansehen – vielleicht ist Kathie auch aus Plastik, wer weiß, vielleicht sollte ich sie mal mit in die Klinik nehmen und ihr eine Kernspintomographie verpassen –

KAREN Kathie, genau, – wie alt ist sie jetzt –

1.16.2

LIZ Frank hatte das Kind nie gewollt.
Kurze Pause.
Ich ja, unbedingt. Er nicht. Nicht wirklich.
Kurze Pause. Sie beißt sich auf die Lippe.
Ganz einfach.

1.16.3

KAREN Kathie, genau, – wie alt sie ist jetzt –
LIZ *war kurz in Gedanken* Kathie? Fünf. Fast fünfeinhalb.
MARTIN Fünf. Fast fünfeinhalb. Und wir haben sie noch nie gesehen!
Nur auf dem Photo, das ihr an Annie geschickt habt, unglaublich –
FRANK Riesig. Ein richtiger Klops.
LIZ Wie du.
Liz mag nicht, wenn Frank das Kind als »Klops« bezeichnet.
Kurze Pause.
Kaum, daß ihr weg wart, war ich schwanger.
MARTIN *will lustig sein* Moment, das bedeutet – ihr müßt mindestens einmal Sex gehabt haben –
FRANK *lacht* Genau –
Liz deutet auf das Geschenk, das Karen und Martin mitgebracht haben. Das Geschenk ist in einfaches Zeitungs- oder Packpapier eingewickelt. Man sieht gleich, daß es einen langen Weg hinter sich hat.
LIZ Was ist da drin?
KAREN Mach es auf –
LIZ Aber, aber hast du nicht gesagt, es ist für Kathie –
KAREN Nein, ja, es ist für Kathie und für alle, mach es auf –
Liz reißt das Packpapier von dem Geschenk. Es kommt eine kleine, eher einfache geschnitzte Holz-

figur zum Vorschein, die Figur stellt eine Frau oder ein Mädchen dar.

FRANK *mehr oder weniger freundlich interessiert* Hey – wen haben wir denn da?

Für Liz ist dieser Moment etwas ganz Besonderes.

LIZ O Gott. Ist das schön. Sieh mal, ein kleines Mädchen – ist das –

Sie muß schon wieder fast weinen.

Ist das schön – ist das, hat Annie das ausgesucht? Wie schön –

1.17

KAREN Einfach immer zu Hause bleiben. Nie wegfahren. Nie das Land verlassen, nicht einmal die Stadt. Gute Jobs bekommen. Schwanger werden. Kinder kriegen. Am besten zwei oder drei.

Kurze Pause.

Den Wagen aus der Garage fahren. Den Wagen in die Garage fahren. Das wärs doch.

Kurze Pause.

Das wärs doch gewesen.

1.18

LIZ Ist das schön – ist das, hat Annie die ausgesucht? Wie schön –

Sie umarmt noch einmal Karen.

FRANK Toll. Die hat jemand richtig mit der Hand gemacht – und damit spielen die in –

LIZ Wie sollen wir sie nennen?

MARTIN Hmh –

LIZ Sollen wir sie Annie nennen?

KAREN Was, Annie? Nein, nein – Annie können wir sie nicht nennen, Annie ist – Annie.

Kurze Pause. Nachdenken.

MARTIN Abeni, wie wäre es mit Abeni? Klingt ein bißchen wie Annie, ist aber was anderes – Abeni.

LIZ Abeni? Bedeutet das etwas?

MARTIN Abeni. Keine Ahnung, klingt schön, fand ich schon immer –

FRANK Oder Abeni-Annie. Oder Annie-Abeni.

MARTIN Okay – das geht, Karen, oder? Annie-Abeni.

LIZ *etwas feierlich* Annie-Abeni … ich weiß nicht, oder doch lieber nur Abeni? Herzlich Willkommen.

Liz stellt die Figur auf einen niedrigen Tisch. Daneben liegt die Peggy Pickit-Figur, von der Karen schon gesprochen hat.

Jetzt kannst du alles gut sehen, und hören.

Sie spielt mit verstellter Stimme, daß die Peggy Pickit-Figur die Holzfigur begrüßt.

PEGGY PICKIT »Hallo, hallo, Abeni, ich bin Peggy, Peggy Pickit, schön, daß du da bist.«

Kurze Pause.

»Na, was hast du heute so gemacht?«

ANNIE-ABENI »Och, nichts Besonderes eigentlich … erst wurde ich in altes Papier eingewickelt und dann in eine Tasche gesteckt, und dann wurde die Tasche in ein Auto gesteckt, und dann in ein Flugzeug und dann in noch ein Flugzeug und dann in noch ein Flugzeug, und dann war ich hier. Hallo.«

Kurze Pause. Liz wieder mit ihrer eigenen Stimme:

Ich habe euch so vermißt. Ihr wißt nicht, wie ich euch vermißt habe. Ihr wart wirklich weit weg.

1.19

KAREN Wie die das abspulten wie eine Schnur, der Job, das Auto, das Haus, das Kind –
Kurze Pause.
Mit welcher Selbstverständlichkeit.
Kurze Pause.
Wie sie auf ihn losging. Wie sie nicht mehr aufhörte, ihn anzuschreien.
Kurze Pause.
Sie hatte ein Brot gemacht, ein frisches Brot, um unsere Heimkehr zu feiern. Es roch köstlich.

1.20.1

LIZ Ich habe euch so vermißt. Ihr wißt nicht, wie ich euch vermißt habe. Ihr wart wirklich weit weg.

KAREN *mit einem nicht ernstgemeinten Vorwurf* Hey – Ihr wolltet uns besuchen kommen, ihr habt am Flughafen gesagt, ihr kommt uns besuchen, kurz bevor wir durch die Kontrolle gegangen sind, kurz bevor du angefangen hast zu heulen.

LIZ *lacht* Ja – ja, das stimmt, oder, Frank, das haben wir gesagt, das wollten wir auch –

FRANK Ich wollte die ganze Zeit – also, für mich wäre das – ich habe die ganze Zeit gedacht, daß ich, oder wir, wenn wir nicht –

LIZ Aber dann war ich schwanger – und mit dem Baby –

FRANK *zuckt mit den Schultern* Das Baby – das ist der Nachteil, wenn man Kinder hat –

LIZ Es ist nicht so einfach, mit dem Baby zu reisen – schon wegen der Impfungen –, du weißt ja, gegen was man alles geimpft werden muß – auf der Liste –

KAREN *wiegelt ab* Jaaaa, aber – das mit den Impfungen –

LIZ Gelbfieber, Malaria, Typhus. Hepatitis A. Hepatitis B. Muß alles geimpft werden –

KAREN *will die Ansteckungsgefahr etwas relativieren* Jaaa, aber –

MARTIN Klar – muß geimpft werden, oder müßte geimpft werden, gerade bei Kleinkindern – haben wir selbst gemacht, wenn wir die Impfstoffe hatten, und wenn – falls wir welche hatten – sie uns nicht kaputtgegangen sind, weil wir sie nicht immer kühlen konnten –

KAREN Ja, aber es kommt doch auch ganz darauf an, wo und wie man – ich bin bis heute nicht gegen Hepatitis B geimpft, glaube ich – oder?

1.20.2

FRANK Sie hatten sich beide nicht untersuchen lassen.
Kurze Pause.
Sie hatten beide von sich keine Blutuntersuchungen machen lassen.

1.20.3

KAREN Ja, aber es kommt doch auch ganz darauf an, wo und wie man – ich bin bis heute nicht gegen Hepatitis B geimpft, glaube ich – oder?
Zu Martin: Bist du gegen Hepatitis B geimpft? Sind wir gegen Hepatitis geimpft?

MARTIN Nein, die beiden haben recht, es stimmt schon, man muß impfen, und mich hat damals allein die Typhus-Impfung fast umgebracht, zumindest fühlte es sich so an –

FRANK Mmmh, kenn ich, geht vielen so, aber – hey – immer noch besser als Typhus –
Kurze Pause. Als Witz:
Hat man euch eigentlich unter Quarantäne gestellt, ihr müßtet eigentlich vier Wochen in Quarantäne.

Wer weiß, was ihr alles mitbringt. Was ihr hier alles einschleppt.
Lacht über seine eigene Vorstellung.

1.21

LIZ Sie sahen beide nicht gut aus, braungebrannt, ja, aber müde. Oder in Sorge. Beide hatten Gewicht verloren. Vor allem er: Fast, als ob er irgendeine Krankheit hätte.

1.22

FRANK Ihr müßtet eigentlich vier Wochen in Quarantäne.
Wer weiß, was ihr alles mitbringt. Was ihr hier alles einschleppt.
Lacht über seine eigene Vorstellung.

MARTIN Wahnsinn – die Impfung hat mich wirklich fast umgebracht, und dann gab es keinen einzigen Fall von Typhus in der ganzen Zeit.

KAREN Ich sags doch: Das ist alles völlig – jeder ist völlig fixiert – als ob alles so furchtbar wäre, als ob es nur nur – kein einziger Fall von Typhus in der ganzen Zeit –

FRANK Und hier: Unsere Abeni ist vielleicht auch völlig verseucht, gleich ab in die Quarantäne –

LIZ *spielt mit den Puppen.*
PEGGY PICKIT »Hallo, hallo, Abeni, bist du krank? Ab mit dir in die Quarantäne!«
Kurzer Moment der Stille.

FRANK *ernst* Wie geht es euch, wieder zurück –

1.23

MARTIN Beide waren dicker geworden, hatten zugenommen. Sie waren nicht dick, nicht ganz aus der Form, eher so: angeschwollen. Und bleich.

2.1.1

Kurzer Moment der Stille.

FRANK Wie geht es euch, wieder zurück –
Pause.
Wie wars?
MARTIN *lacht* Furchtbar.
KAREN *fast gleichzeitig* Großartig.
MARTIN *lacht* Furchtbar.
Sie boxt ihn nett.
KAREN Hör auf! Hör auf!
MARTIN *lacht* Furchtbar, es war furchtbar, was sonst –
Karen nimmt Martins Hand.
KAREN Es war großartig.

2.1.2

MARTIN Und ich nehme mir noch was zu trinken.

2.1.3

Alle lachen.

KAREN Es war großartig.
Alle lachen über die widersprüchlichen Auskünfte.
MARTIN *Hand in Hand mit Karen* Nein, eigentlich war es wirklich schön.
Martin nimmt sich noch was zu trinken.
KAREN Oder furchtbar? Ich weiß nicht.
Sie lächelt. Sie läßt seine Hand los.

2.2.1

FRANK Er trank schneller als die anderen, aber das war kein Problem, das war schon immer so gewesen.

2.2.2

LIZ Er hatte sie betrogen, mit einer der Krankenschwestern, das stellte sich irgendwann raus, an dem Abend, unter Tränen in der Küche, als wir in der Küche einen kurzen Moment für uns hatten, alte Freundinnen, und sie hatte ihn auch betrogen, das sagte er dann später, mit einem Kollegen, mit einem Arzt aus Montreal, Rob oder
Französisch ausgesprochen.
Robert, der irgendwann auch was mit der Krankenschwester gehabt hatte. Vorher. Mit der Krankenschwester, mit der dann Martin was gehabt hatte. Später.
Kurze Pause.
Die Beziehung war im Grunde fast völlig zerrüttet.
Kurze Pause.

FRANK Eine absolute Katastrophe.

2.3

MARTIN *Hand in Hand mit Karen* Nein, eigentlich war es wirklich schön.
Martin nimmt sich noch was zu trinken.

KAREN Oder furchtbar? Ich weiß nicht.
Sie lächelt. Sie läßt seine Hand los.

MARTIN Na ja –

KAREN *lächelnd zu Liz* Ich glaube, es war schön und furchtbar. Gleichzeitig. Es ist einfach schwierig. Schwierige Umstände.

Lächelnd zu Liz. Für dich wäre das nichts gewesen –

LIZ *protestierend* Wieso – wieso wäre das –

KAREN *wissend* Ach, nur so –

LIZ Wieso –

KAREN Wegen der Achtbeiner.

LIZ Ihhh. Achtbeiner.

Kurze Pause.

Große Achtbeiner?

KAREN Ich sags ja – das wäre nicht unbedingt etwas für dich gewesen, oder, Martin?

MARTIN Groß.

Kurze Pause.

Wirklich groß.

KAREN *lacht* Große Achtbeiner.

LIZ *schüttelt es bei der Vorstellung* Iiiiihhh.

Karen macht mit der Hand das Krabbeln einer sehr großen Spinne nach, die auf Liz zukommt und an ihr hochkrabbelt. Liz kreischt, verliert kurz die Kontrolle. Liz schreit.

Hör auf! Hör auf! Hör auf!

2.4

MARTIN Ein Desaster.

Kurze Pause.

Karen schlug Liz mit der flachen Hand ins Gesicht, so fest sie nur konnte.

Karen schlägt Liz ins Gesicht.

2.5

Liz kreischt, verliert kurz die Kontrolle.

LIZ *schreit* Hör auf! Hör auf! Hör auf!
Plötzlich etwas betrunken, aufgedreht, mit einer Mischung aus Faszination und Ekel.
Iiiihhh – wie in dem Film, in dem sticht der sich mit dem Zirkel ins Ohr, weil irgendein Tier in sein Ohr gekrochen ist, eine Spinne oder ein Käfer oder so etwas, und er kriegt das Tier nicht mehr raus aus dem Ohr, und er hört die ganze Zeit, wie die Spinne in seinem Kopf rumkriecht, das werde ich nie vergessen, und dann sticht er sich mit dem Zirkel ins Ohr, und eigentlich wollte der die Quellen des Nils finden, oder so was. Das ist der einzige Grund, der einzige Grund, warum ich da nicht hingehen könnte, wegen der Spinnen, und wegen der –

MARTIN *vergnügt trinkend* Die Spinnen, die Schlangen, die Moskitos.
Und ein weiteres schönes Thema sind natürlich die anders verlaufenden Heilungsprozesse, es ist wirklich so, wie es immer heißt, du schneidest dich irgendwo, und die Wunde wächst und wächst nicht richtig zu, es ist wirklich zum Verzweifeln –

FRANK Aha.

MARTIN Wächst nicht zu.
Kurze Pause.

KAREN Schaben. Schaben –

LIZ *angewidert* Schaben?

MARTIN Ich habe ja schon die eine oder andere Kakerlake gesehen, also in Brasilien, zum Beispiel, aber die –
Kurze Pause.
die waren wirklich groß. So:
Er zeigt eine Spanne von etwa zehn Zentimetern.
Groß. Und dick.
Er zeigt eine Spanne von etwa drei Zentimetern.

LIZ Aaaaah.

2.6

FRANK Der sogenannte »Brief«, den hatte sie immer in der Hand.
Er verzieht die Mundwinkel.
Und auf dem Tisch waren die beiden Figuren, die Holzfigur, Annie-Abeni, und Peggy Pickit.

2.7

Martin zeigt eine Spanne von etwa zehn Zentimetern.

MARTIN Groß. Und dick.
Er zeigt eine Spanne von etwa drei Zentimetern.
LIZ Aaaaah.
Sie untersucht die Figur auf dem Tisch.
Ist das Holz, na klar, die hat jemand geschnitzt, und sieh mal hier: ein blaues Haarband, sie hat ein blaues Haarband.
Da hast du aber ein schönes Haarband, Annie-Abeni, wo hast du das denn her, wirklich schön –
KAREN Was ist das, was hast du da?
LIZ Was?
KAREN Das Papier, das du da hast, was ist das, ist das ein Bild?
LIZ Das –
Lacht etwas verlegen, etwas stolz.
das ist ein Brief.
MARTIN Ein Brief? Von wem?
LIZ *leicht geheimnisvoll* Von Kathie –
MARTIN Von Kathie an euch? Wie nett –
LIZ Nein, der Brief ist nicht an uns – der Brief ist an Annie –

2.8

KAREN Sie hielt immer den Brief in der Hand, und er –
Er verzog die Mundwinkel, kurz. Ihm schien das peinlich zu sein. Der Brief seiner Tochter. Ihm schien das Ganze peinlich zu sein. Die Frau war ihm peinlich. Das Kind war ihm peinlich. Der Brief war ihm peinlich.
Kurze Pause.
Es war ja auch peinlich.
Kurze Pause.
Unerträglich.

2.9

LIZ Nein, der Brief ist nicht an uns – der Brief ist an Annie –

MARTIN An Annie?! Wie nett – den mußt du uns gleich mal zeigen –

FRANK Nein, ich meine, abgesehen von den Spinnen und den Moskitos – sagt mal ehrlich – wie wars? Wie war es *wirklich*?

2.10.1

LIZ Und dann stellte sich heraus, daß Martin Karen betrogen hat, mit einem Mädchen von dort, mit einer Krankenschwester, und daß sie ihn auch betrogen hat, mit einem Kollegen, mit einem Arzt aus Montreal, Rob oder:
Französisch ausgesprochen.
Robert.

2.10.2

KAREN Und dann kommt das dumme Stück und sagt, sie ist schwanger.

2.10.3

MARTIN Sie gab ihr eine Ohrfeige.

FRANK Sie gibt ihr eine Ohrfeige.

Karen schlägt Liz ins Gesicht. Pause.

MARTIN Und Liz schlug zurück.

FRANK Und dann, nach einer Schrecksekunde, schlug Liz zurück.

Liz schlägt zurück.

KAREN Ich hätte nicht gedacht, daß sie zurückschlägt.

FRANK Der Abend war eine totale Katastrophe.

2.11

LIZ Nein, der Brief ist nicht an uns – der Brief ist an Annie –

MARTIN An Annie?! Wie nett – den mußt du uns gleich mal zeigen –

FRANK Nein, ich meine, abgesehen von den Spinnen und den Moskitos – sagt mal ehrlich – wie wars? Wie war es wirklich?

KAREN *denkt nach* Anders. Anders, als ich erwartet hatte.

Sie lacht.

Na ja, ich weiß noch, wie ich einmal nachts von der Klinik zurückkam – also, dahin, wo wir wohnten, und ich machte die Tür auf, es war schon sehr spät, und ich war ziemlich erschöpft, ich hatte an dem Abend eine Sieben-Stunden-OP hinter mir, und die Frau war mir am Ende unter den Händen weggestorben, ich hatte getan, was ich konnte, aber –

Martin überlegt, ob er ihre Hand nehmen soll.

Na ja, ich kam auf jeden Fall in der Nacht erst sehr spät zurück, ich machte die Tür auf, und da saß dieser Affe auf unserem Küchentisch –

Martin lacht ungläubig.

MARTIN Ein Affe auf dem Tisch –

FRANK *beeindruckt* Jesus –

KAREN Ja, ein Pavian, er sah aus wie ein Pavian, und ich – ich dachte die ganze Zeit, wo kommt denn dieser Affe her, wie kommt denn der Affe hier rein, warum sitzt dieser Affe auf unserem Tisch –

Kurzer Blick zu Martin.

Ich kann mich nicht erinnern, wo du an dem Abend warst – keine Ahnung –

Ja – und ich wußte einfach nicht, was ich machen sollte – vor mir auf dem Tisch der Affe, der mich in der Dunkelheit anstarrt – und ich, ich – ich konnte mich einfach nicht mehr bewegen, ich traute mich nicht mal, das Licht anzumachen –

FRANK *fasziniert und gleichzeitig angewidert* Ein Pavian auf dem Küchentisch, gütiger Gott –

Martin lacht.

KAREN Und dann kapierte ich erst, daß da überhaupt kein Pavian war, ich hatte in der Dunkelheit gedacht, da wäre ein Affe, aber da war überhaupt kein Affe, da war nur ein Haufen Zeug, das wir den Abend davor auf dem Tisch liegengelassen hatten – wie man das eben so macht, wenn man zu müde zum Aufräumen ist und sagt, komm, laß den Scheiß einfach da, das machen wir morgen – und am nächsten Morgen kümmert sich dann keiner drum, weil die Zeit einfach nicht reicht.

Kurze Pause.

Und ich hatte gedacht, da wäre ein Affe.

Martin macht ein schnaubendes Geräusch.

Ich war mir vollkommen sicher.

Kurze Pause.

FRANK Sechs Jahre. Wow. Ich meine – ihr solltet doch nach zwei Jahren zurück. Oder? Normalerweise schicken die einen doch nach zwei Jahren nach Hause.

MARTIN Ja. Zwei Jahre. Stimmt.

FRANK Aber ihr –

MARTIN Na ja –

FRANK Ihr – Ihr seid einfach sechs Jahre lang dageblieben. Ich meine – wie kam das?

MARTIN Na ja – ich würde sagen, wir sind einfach etwas länger geblieben.
Lacht komisch.
Ich weiß nicht. Es hat uns scheinbar richtig gut gefallen.
Er trinkt.

FRANK Aha.
Pause. Frank wartet auf eine etwas ausführlichere Auskunft, aber es kommt keine.

MARTIN *lacht auf* Ja – und sonst war es eigentlich fast wie überall: Gelbfieber, Malaria. Hepatitis A. Hepatitis B. Wie schon gesagt. Die ganze Liste. Die ganze verfickte Scheiße. Und natürlich –
Er macht eine ratlose Geste mit den Händen –
»Die Krankheit aller bösen Geister«.
Kurze Pause.
Viele sterben.

FRANK Ja, na ja, klar. Ich meine, deshalb wart ihr ja da – deswegen seid ihr ja dahin gegangen.
Kurze Pause.

KAREN Deshalb wolltet ihr nicht kommen, gebts ruhig zu –

LIZ Nein –

FRANK Ja, doch – mit dem Baby, ja, ja, klar –

LIZ Nein –

FRANK Doch, klar, wie soll man das dem Kind zumuten – und was hat es davon, und was hätten wir dann davon gehabt, ist doch so, schade, aber so ist es –

KAREN *etwas zu laut, etwas zu heftig* Was glaubst du denn, glaubst du, da leben keine Kinder –

2.12.1

MARTIN Etwas zu laut, etwas zu heftig. Das war vielleicht etwas zu laut.

2.12.2

LIZ Ich hatte ein frisches Brot gebacken und etwas Gemüse gemacht, nichts Kompliziertes, ich hatte keine Lust, lange in der Küche zu stehen.
Kurze Pause.
Erst habe ich gedacht, ich mache irgendwas Afrikanisches, so ein Quatsch, ich wüßte auch ehrlich gesagt nicht was –
Vor allem wollte ich nicht die ganze Zeit in der Küche stehen, während die anderen sich unterhalten, also hatte ich schon nachmittags irgendwas in die Pfanne geschmissen.
Irgendwas, was man auch kalt essen kann. Sellerie, Oliven, Kapern, Rosinen. Pinienkerne.
Kurze Pause.
Ein Parmesan-Champignon-Salat. Und selbstgebakkenes, frisches Brot – als Geste, zur Feier ihrer Heimkehr. Ganz einfach.

2.13

KAREN *etwas zu laut, etwas zu heftig* Was glaubst du denn, glaubst du, da leben keine Kinder –
FRANK Nein, nein, natürlich, entschuldige, natürlich –
Kurze Pause.
KAREN Entschuldige – entschuldige –
FRANK Nein, nein, du hast ja recht –

KAREN Trotzdem, ich bin etwas –

LIZ Kein Problem, kein Problem.

FRANK Wein? Noch Wein?

MARTIN Gerne –
Kurze Pause.
Herrlich.
Kurze Pause.
Und Kathie geht jetzt zur Schule.

FRANK Ja, jetzt, nach dem Sommer kommt sie in die Schule.
Kurze Pause.
Aber sie kann schon alles, kluges Kind, kluger Mops, sie kann rechnen, und sie kann schreiben.

MARTIN *witzig und glücklich mit seinem Glas in der Hand* Was? Sie kann schon schreiben? Wo hat sie das denn her? So irrsinnig intelligent seid ihr doch gar nicht – *Zu Frank.* Du kannst doch bis heute nicht richtig lesen und schreiben.

KAREN *freundlich lustig, vielleicht boxt sie ihn wieder* Blödmann. Blödmann! Was soll das, es reicht, wenn ich mich danebenbenehme, ist doch großartig –

LIZ Sie hat Annie diesen Brief geschrieben, den muß ich euch vorlesen, hier, den hat sie selber geschrieben – mit fünf, mit fünf, ich meine –
Lachend. – manchmal macht sie mir angst.

FRANK Keine Ahnung, also von mir hat sie es wirklich nicht, da habt ihr schon recht, ich war in der Schule ein vollkommener Versager, aber sie – ich weiß nicht, sie kann lesen und schreiben, einfach so –

KAREN Einfach so –

LIZ Das ist der Brief, und sie will Annie ihre Puppe schikken, ihre Lieblingspuppe, Peggy Pickit, das kennt ihr überhaupt noch nicht, das gabs noch gar nicht, als ihr weg seid, glaube ich, seht euch das mal an – unglaublich – alles aus Gummi – das müßt ihr euch mal ansehen –
Mit verstellter Stimme, spielt mit den beiden Puppen:
PEGGY PICKIT »Hallo, hallo Annie-Abeni, ich habe dir einen Brief geschrieben.«

ANNIE-ABENI »Du hast mir einen Brief geschrieben – wieso das denn, glaubst du, mich interessieren deine Briefe, was soll ich mit dem Brief?«

PEGGY PICKIT »Na, ihn lesen, du blöde Ziege.«

ANNIE-ABENI »Aber ich verstehe deine Sprache doch sowieso nicht.«

PEGGY PICKIT »Dann muß ihn dir eben jemand Ü-BER-SET-ZEN, du Eumel.«

2.14

MARTIN Sie hatte die ganze Zeit diesen Brief in der Hand.
Kurze Pause.
Und ihm war das peinlich.
Kurze Pause.
Frank mit Kind – ich glaube nicht, daß er das Kind gewollt hatte. Sie wollte das Kind haben. Und sie zog es vermutlich auch groß.
Ich glaube nicht, daß ihn dieses Kind in irgendeiner Weise interessierte.

3.1

LIZ Ich hatte gedacht, daß sie das Mädchen adoptieren. Annie. Daß sie es mitbringen. Ich war mir vollkommen sicher, daß sie es mitbringen würden.
Kurze Pause.
Und später schrie sie mich an:
Du kannst nicht einfach ein Kind mitnehmen, wie denn – du kannst nicht einfach sagen, das ist jetzt mein Kind, wie willst du denn mit dem Kind über die Grenze, ohne Paß, ohne –

KAREN *schreit plötzlich* Du kannst nicht einfach ein Kind mitnehmen, wie denn – du kannst nicht einfach sagen, das ist jetzt mein Kind, wie willst du denn mit dem Kind über die Grenze, ohne Paß, ohne –

3.2

LIZ *mit verstellter Stimme*
ANNIE-ABENI »Du hast mir einen Brief geschrieben – wieso das denn, glaubst du, mich interessieren deine Briefe, was soll ich mit dem Brief?«
PEGGY PICKIT »Na, ihn lesen, du blöde Ziege.«
ANNIE-ABENI »Aber ich verstehe deine Sprache doch sowieso nicht.«
PEGGY PICKIT »Dann muß ihn dir eben jemand Ü-BER-SET-ZEN, du Eumel.«
Kurze Pause.

MARTIN Annie hat sich immer sehr über eure Post gefreut – wirklich, danke für alles, was ihr geschickt habt.

LIZ Nein, nein, wir danken, danke, daß wir helfen konnten.

FRANK Aber wir schicken natürlich weiter …

LIZ *amüsiert über das plötzliche Engagement ihres Mannes* »Wir« ist gut –

FRANK *gereizt* Du, okay, du –

LIZ Kein Vorwurf – ich weiß, du hast andere –

FRANK Du schickst – ich schicke nicht, aber dafür –

LIZ Ja, natürlich, ihr müßt uns nur sagen, an wen wir die Sachen jetzt schicken sollen, zu wessen Händen, damit das auch wirklich sicher bei ihr ankommt –

FRANK *gutgelaunt* Wie gehts ihr denn? Was macht die Schule?

3.3

KAREN Ich konnte es ihnen nicht sagen – ich konnte nicht.
Kurze Pause.
Ich hätte sie mitgenommen, nichts hätte ich lieber getan, als das – nichts –

MARTIN Sie hielt die ganze Zeit diesen Brief in der Hand und sprach von ihrer Tochter, Tochter, Tochter, die Tochter, das hochbegabte Kind –

3.4

FRANK *gutgelaunt* Wie gehts ihr denn? Was macht die Schule?

LIZ *spielt mit den beiden Puppen.*
PEGGY PICKIT »Na? Na, wie gehts?«
ANNIE-ABENI »Gut, gut, danke, und wie gehts dir?«
PEGGY PICKIT »Oh, mir gehts super, ich schlafe heute bei meiner Freundin Britt, und mein Papa sagt, Britt ist aus Kunststoff, hahaha, und bei mir ist er sich auch nicht so sicher, ob ich nicht auch aus Plastik bin, aber, hey, ich glaube, wir sind aus Blut und Knochen. Und du?«

ANNIE-ABENI »Ich? Ich bin aus Holz, mich hat jemand geschnitzt.«

PEGGY PICKIT »Nein, neieiein, du hast doch ein blaues Haarband, du bist doch nicht aus Holz, du bist doch auch aus Blut und Knochen!«

3.5

FRANK Tränen. Tränen der Wut. Hätte ich sehen müssen. Oder: gesehen habe ich sie ja – hätte ich kommen sehen müssen.

3.6

KAREN Und dann will die wirklich den Brief vorlesen, sie liest wirklich den Scheiß-Brief vor.

3.7

LIZ *als*

PEGGY PICKIT »Und bei mir ist er sich auch nicht so sicher, ob ich nicht auch aus Plastik bin, aber, hey, ich glaube, wir sind aus Blut und Knochen. Und du?«

ANNIE-ABENI »Ich? Ich bin aus Holz, mich hat jemand geschnitzt.«

PEGGY PICKIT »Nein, neieiein, du hast doch ein blaues Haarband, du bist doch nicht aus Holz, du bist doch auch aus Blut und Knochen!«

Kurze Pause. Sie legt die Puppen beiseite.

Ich meine, sie hat den Brief selber geschrieben, alleine, ich meine, ist das nicht – ist das nicht hinreißend, und dann hat sie diese ganzen Spielsachen eingepackt, die sie ihr schicken will, ihre Lieblings-Peggy Pickit.

KAREN Peggy Pickit?

LIZ So heißen die –

Karen hält die Plastikfigur in der Hand.

Und ich sage natürlich die ganze Zeit, daß das Quatsch ist, weil Annie bestimmt ganz andere Sachen braucht als diese Plastikpuppe, und inzwischen ist sie vielleicht ja auch schon zu alt dafür, aber sie will sie unbedingt schicken – ist doch hinreißend.

Karen versucht, die Plastikfigur auf den Tisch zu stellen, aber die Figur kippt um.

KAREN Oh –

LIZ Die kann gar nicht alleine stehen, die braucht so einen Plastikständer für die Füße, guck mal –

MARTIN *unterbricht sie* Aber wir haben im Moment keinen Kontakt zu ihr –

Kurze Pause.

LIZ *lacht ungläubig* Was?

Kurze Pause.

MARTIN Wir haben im Moment keinen Kontakt zu Annie –

Kurze Pause.

LIZ Kein Kontakt – wieso nicht?

Kurze Pause.

Kein Kontakt. Wie beunruhigend.

MARTIN Ja, furchtbar.

Kurze Pause.

Aber so was kommt vor, wir erreichen einfach niemanden, das ist noch kein Grund, sich Sorgen zu machen. Das kommt vor.

Die vier sitzen einen Moment schweigend da und denken nach.

Nein, wirklich, das kommt vor. Versteht ihr – das ist noch kein Grund, sich Sorgen zu machen, wir kennen das, wir waren in den sechs Jahren öfter abgeschnitten. Kann auch am Wetter liegen. Am Regen.

3.8

KAREN Annie war nicht ihr richtiger Name, das war überhaupt nicht ihr richtiger Name, wir haben sie einfach so genannt –
Sie macht eine komische Bewegung mit den Lippen.
Sie sprach nicht viel. Sie konnte sprechen, manchmal sagte sie auch was, aber meistens sagte sie nichts.
Nicht älter als sieben oder acht, würde ich schätzen – nicht ganz einfach zu schätzen –
Sie war allein, und es ging ihr nicht gut, also kümmerten wir uns um sie, und schließlich – sie hatte scheinbar niemand, sie hatte kein Geld, woher auch, keine Familie – schließlich blieb sie bei uns.
Wir nahmen sie auf, also nicht wir, sondern das ganze Team, die ganze Gruppe, obwohl die Zentrale so was strikt ablehnt, davon wird dringend abgeraten, aber was sollten wir machen, sie war krank, sie brauchte die Medikamente, täglich, regelmäßig, sonst hätte sie kein halbes Jahr gehabt. Oder: Höchstens noch ein halbes Jahr.
Mit den Medikamenten ging es ihr besser, aber auf Dauer konnten wir sie nicht durchfüttern, das kostet alles, wir konnten ihr die Sachen nicht einfach so geben, und wir hatten nicht genug Geld, also schrieben wir Freunde an, Frank und Liz, zum Beispiel, und die waren toll, wirklich toll, die haben dann alles übernommen: die Kosten für die Versorgung und für das Essen.
Es kam das Geld, und dann kamen die Briefe.
Hallo Annie, wie geht es dir?
Hallo Annie, wir haben auch eine Tochter, Kathie, hoffentlich lernst du sie eines Tages mal kennen.
Hallo Annie, stell dir vor, was Kathie heute passiert ist.

LIZ Hallo Annie, ich weiß, daß du Lesen und Schreiben erst noch lernen mußt, aber vielleicht hast du Lust, uns ein Bild zu malen? Das wäre toll.

3.9

MARTIN Kann auch am Wetter liegen. Am Regen.
Kurze Pause.

LIZ *mit dem Glas in der Hand* Trotzdem beunruhigend, oder?
Kurze Pause. Sie beschließt, das Thema zu wechseln.
Ihr seht so verändert aus, ihr habt so einen anderen Blick, ihr seht aus, wie Leute aussehen, die was gesehen haben –

KAREN Ich weiß nicht – wie sehen denn Leute aus, die was gesehen haben, wie sehen die denn aus – ?
Kurze Pause.
Viel haben wir nicht gesehen –
Wir sind ja kaum aus dem Gelände rausgekommen. Du kannst ja nicht einfach ins Auto steigen und irgendwo hinfahren –

LIZ Doch, ihr habt diesen »Weit weit weg«-Ausdruck in den Augen –

MARTIN Wir sind doch wieder da –

LIZ Aber der Blick –

KAREN Na ja –

LIZ Sexy. Ja, sexy.

MARTIN Danke.

LIZ Bitte. Gern geschehen. Keine Ursache.

3.10

MARTIN Ich habe immer gesagt, wir können nicht die Verantwortung übernehmen.
Es ist ja nicht so, daß wir die Situation in der Hand gehabt hätten. Es kann ständig etwas passieren. Und wir sollen uns nicht binden. Da entstehen doch Abhängigkeiten. Auf beiden Seiten.

3.11

LIZ Sexy. Ja, sexy.
MARTIN Danke.
LIZ Bitte. Gern geschehen. Keine Ursache.
KAREN Aber wie gesagt, so viel haben wir gar nicht gesehen.
Kurze Pause.
Wir haben viel weniger gesehen, als man denken würde –
Kurze Pause. Lacht über ihre Erkenntnis.
Am meisten habe ich eigentlich gesehen, als wir zurückgeflogen sind.
FRANK Nach sechs Jahren –
KAREN Wir haben uns nicht viel bewegt, am Anfang, ja, am Anfang haben wir das noch gemacht, aber dann –
FRANK *lacht* Das ist ja wie im –
MARTIN Wir sind einfach –
FRANK *lacht erstaunt* Na ja –
MARTIN Wir sind einfach nicht –
Martin zuckt mit den Schultern.
Ihr könnt es euch nicht vorstellen –
Pause. Erneuter Themenwechsel.
KAREN Schönes Haus.
LIZ Mit Garage. Habt ihr gesehen? Wir haben eine Garage.
Kurze Pause.
Entsetzlich, oder?
MARTIN Wieso?
LIZ Eine Garage ist doch das Allerletzte –
MARTIN Warum? Meine Eltern hatten eine Garage.
LIZ Ja, genau, meine auch, und jetzt haben wir eine, ist doch furchtbar.
FRANK Ich wußte gar nicht, daß du was gegen die Garage hast –
LIZ Und in dieser Garage steht das Auto, und da lagern Dinge, die Winterreifen, zum Beispiel –
KAREN Ist doch wunderbar, ich wünschte, wir hätten eine Garage – ich meine, wir haben nicht mal ein Haus –

Lacht.

das Haus würde mir im Moment schon reichen, oder?

LIZ oder Franks Surfbrett lagert da, das niemand mehr benutzt, weil man mit dem Surfbrett nur surfen kann, wo es Wellen gibt, Brandung, aber wo es Brandung gibt, ist es für Kathie zu gefährlich zum Schwimmen, und deshalb können wir in den Ferien nicht dahin fahren, wo es Wellen gibt, und deshalb hängt das Brett seit fünf Jahren an der Wand, lebendig begraben: die Garage als Mausoleum des Surfbretts. Ja.

Und jeden Tag der Blick auf das Garagentor, oh, Frank ist schon zurück, da steht ja das Auto, oder, oh, Frank ist noch nicht zurück, das Auto ist nicht da, immer schön Tor auf, Tor zu –

ich meine, ihr setzt euer Leben ein, um anderen Menschen zu helfen, und wir machen das Garagentor auf und zu.

3.12

MARTIN Es ist wirklich so, wie es immer heißt, du schneidest dich irgendwo, und die Wunde wächst und wächst nicht richtig zu, es ist wirklich zum Verzweifeln –

3.13

LIZ Und jeden Tag der Blick auf das Garagentor, oh, Frank ist schon zurück, da steht ja das Auto, oder, oh, Frank ist noch nicht zurück, das Auto ist nicht da, immer schön Tor auf, Tor zu –

ich meine, ihr setzt euer Leben ein, um anderen Menschen zu helfen, und wir machen das Garagentor auf und zu.

Kurze Pause.

KAREN Ich frage mich manchmal, ob es nicht besser gewesen wäre – ob es nicht besser gewesen wäre, wir wären da nie hingefahren.

Kurze Pause.

LIZ Was? Aber wieso – davon haben doch alle geredet, die brauchen da unten Ärzte, die brauchen Schwestern und alle, alle sind hiergeblieben, wie wir, genau wie wir, nur ihr nicht – das ist doch – das ist doch großartig –

KAREN Ja, ich weiß nicht, ob du das so großartig fändest, wenn du – ich meine, wir, oder ich, von mir aus reden wir nur von mir, ich muß ja nicht für uns beide sprechen – wir stehen mit nichts da, überhaupt nichts, kein Haus, keine Familie, im Moment habe ich noch nicht mal einen Job – gut, das kann sich alles ändern, aber ich weiß gar nicht, was ich hier soll, ich verstehe auch nicht, was hier los ist, ich habe den Anschluß verloren, ich muß die letzten fünf, sechs Jahre nachholen, und ich habe keine Ahnung, wie, das geht einfach nicht, das schaffe ich nicht – und ich verstehe nichts mehr, und ehrlich gesagt frage ich mich, ob es das alles wert war, ob es das wirklich wert war –

LIZ Aber natürlich, ihr habt doch –

KAREN Klar, wir haben den Leuten geholfen, oder wir haben zumindest versucht zu helfen, aber es ist doch nicht so, daß einem dafür alle danke danke sagen, das muß auch nicht sein, muß wirklich nicht sein, darum geht es gar nicht, wir haben den Leuten geholfen, und die bringen sich hinterher gegenseitig um, die zünden sich gegenseitig an, und uns hätten die auch fast umgebracht, und dann trifft man immer irgendwo einen Klugscheißer, der sagt, daß wir uns verpissen sollen mit unseren Jeeps und unseren Funkgeräten, weil wir uns nur wichtig machen, und daß die Probleme nur schlimmer würden, weil wir da sind, das mußt du dir mal vorstellen!

Kurze Pause.

Es gibt Gegenden, da leben nur noch die Kinder und die Greise.

Kurze Pause.

LIZ Na ja –

KAREN Nein, das mußt du dir wirklich mal vorstellen – Als ob wir schuld wären – wir –

FRANK Na klar –

LIZ Na klar?

FRANK Das weiß doch jeder, daß das alles nur eine gewaltige Arbeitsbeschaffungsmaßnahme ist.

KAREN Was?

3.14.1

MARTIN So originell war der Gedanke ja nicht, war ja nicht das erste Mal, daß wir das hörten. Das kam ja öfter vor.

3.14.2

FRANK Das weiß doch jeder, daß das alles nur eine gewaltige Arbeitsbeschaffungsmaßnahme ist.

KAREN Was?

LIZ Was für –

MARTIN Komm, komm, komm –

3.14.3

KAREN Etwas angetrunken, vielleicht – ja – aber nur minimal –

3.14.4

MARTIN Komm, komm, komm –
FRANK Das weiß man doch, das weiß man doch –
LIZ Was denn –
KAREN Nein, nein –
Martin lacht.
FRANK Ganze Stadtviertel voller Helfer und Freiwilliger, und die gewöhnen sich an den Lebensstil –
KAREN Was für ein Lebensstil – welcher Lebensstil –
FRANK Ach, komm, die Autos –
KAREN Welche Autos –
FRANK Die Hausangestellten –
KAREN Welche Hausangestellten? Sag mal, bist du – wovon redest du?
Martin trinkt.
FRANK Blendend gelaunte Helfer und Freiwillige, die mit ihren Hausangestellten die beste Zeit ihres Lebens haben, und sie haben immer Geld in der Tasche, Kaufkraft, Kaufkraft –
KAREN Sag mal –
FRANK Und die anderen –
LIZ Wovon redest du? Du hast doch überhaupt keine Ahnung –
KAREN Du hast doch überhaupt keine Ahnung!
FRANK Darüber wird doch andauernd geschrieben – das schreibt doch jeder –
LIZ Und selbst wenn –
FRANK Wenn was?
LIZ Das sind Sprüche, das kannst du von mir aus sagen, wenn du da warst, oder: wenn du da geboren bist –
FRANK Wieso – der neue Kolonialismus – kommt doch von hier –
LIZ Wenn du da geboren bist –
FRANK Oder so ähnlich –
KAREN Quatsch, Quatsch, totaler Quatsch –
FRANK Gut, gut, ich sag nichts mehr –

KAREN Totaler Quatsch –
FRANK *lacht* Ich sag ja schon nichts mehr!
KAREN Totaler Quatsch –

3.15

FRANK Und dann stellt sich heraus, daß er sie betrogen hat, mit einem Mädchen oder mit einer Krankenschwester –
Und daß sie ihn auch betrogen hat, mit einem Kollegen, einem Arzt aus Montreal. Rob. Oder:
Französische Aussprache.
Robert.

3.16

KAREN Totaler Quatsch –
Kurze Pause. Alle beruhigen sich.
LIZ Ihr seht wirklich verändert aus –
Karen ist in Gedanken noch bei dem Thema vorher und wird plötzlich richtig wütend.
KAREN Obwohl – klar – die beste Zeit des Lebens – klar, die beste Zeit des Lebens –

3.17

MARTIN Es war ein Fehler, da hinzugehen.
Aber gut: Wer weiß, was aus uns geworden wäre, wenn wir hiergeblieben wären.
Wir wollten keine Kinder, nie, das war ausgemacht, sicher nicht. Aber unter anderen Umständen – wer weiß.
Kurze Pause.
Ich war nicht dafür, sie aufzunehmen.

3.18

Karen ist in Gedanken noch bei dem Thema vorher und wird plötzlich richtig wütend.

KAREN Obwohl – klar – die beste Zeit des Lebens – klar, die beste Zeit des Lebens –
Kurze Pause.
Sie schreit plötzlich Martin an.
Du mußtest ja mit deiner kleinen Freundin rummachen, du mußtest ja mit ihr –, bist du dir überhaupt sicher, ob du dir bei der nicht was geholt hast, ich wäre mir da nicht so sicher –
Kurze Pause.
Und dann kommt das dumme Stück und sagt, sie ist schwanger. Und das Kind sei von ihm.

MARTIN Wieso schwanger, wieso ist die schwanger, wie soll die von mir schwanger geworden sein –
Die kann überhaupt nicht von mir schwanger geworden sein –

3.19

FRANK Und dann stellt sich heraus, daß er sie betrogen hat, mit einem Mädchen, oder einer Krankenschwester, das habe ich nicht genau verstanden, und daß sie ihn auch betrogen hat, mit einem Kollegen, einem anderem Arzt, aus Quebec, aus Montreal, und daß dieser Arzt, Rob oder Robert, auch was mit dem Mädchen oder mit der Krankenschwester gehabt hatte. Vorher.
Kurze Pause.
Mit der Krankenschwester, mit der Martin später –
Kurze Pause.
Und jetzt weiß keiner, wer sich bei wem –

vielleicht – und keiner läßt sich untersuchen, keiner läßt sein Blut untersuchen. Keiner will es wissen.
Kurze Pause.
Völliger Wahnsinn.

4.1

MARTIN *mit einem Glas in der Hand* Ein weißer Rucksacktourist lernt in Lagos ein Mädchen kennen, Adisa –

LIZ Adisa?

MARTIN Adisa. Er findet Adisa atemberaubend schön, er findet sie so schön, daß ihm wirklich die Luft wegbleibt, er ist sprachlos, fassungslos.
Er hat das Gefühl, sie und er sind füreinander bestimmt, und er versucht, mit ihr ins Gespräch zu kommen, er versucht, sie zum Lachen zu bringen, er lädt sie zum Essen ein, er macht ihr Geschenke, er tut alles, was er kann, aber sie sagt: »Was ist los, Kürbis«, sie nennt ihn Kürbis, weil er so einen irrsinnigen Sonnenbrand hat, »sag mal, was willst du eigentlich von mir?«

KAREN »Was ist los, Kürbis, sag mal, was willst du eigentlich von mir? Du siehst aus wie ein Kürbis, wußtest du das schon?«

MARTIN Und er sagt: »Adisa, wir sind füreinander bestimmt, du bist für mich wie eine Erscheinung, du bist das herrlichste Geschöpf, das ich je gesehen habe.« Und sie sagt: »Hör auf, hör auf, Kürbis.«

LIZ »Hör auf, hör auf, Kürbis.«

MARTIN Und dann sagt sie noch:
»Siehst du nicht, was los ist?«
»Wieso, was ist los, was ist denn?«
»Sieh mal hier, sieh mal meine Zunge an, ich bin krank, ich bin richtig krank, und ich werde sterben, und meine Mutter auch, und meine Schwester auch, und mein Bruder auch, weil uns das Geld fehlt, um zum Arzt zu gehen, und abgesehen davon sind sowieso nicht genug Ärzte da, und Betten und Krankenschwestern und Krankenhäuser und Medikamente fehlen auch, aber vor allem werden immer mehr Leute krank,

weil sie, einfach gesagt, keine Ahnung haben, was hier los ist, und keiner begreift, wie viele Menschen hier sterben werden, wenn das so weitergeht.«

Kurze Pause.

Und dann beginnt der Rucksacktourist etwas zu unternehmen. Er kauft sich ein Flugticket, und er fliegt nach New York, und da stellt er sich hin, auf die Straße, und er spricht Leute an, immer mehr, immer mehr Leute, er sagt ihnen, was er gesehen hat, er spricht von Adisa, und wie es ihr geht, und wie es ihrer Schwester geht und ihrer Mutter und ihrem Bruder, und daß sie Hilfe brauchen, daß man etwas tun muß, und immer mehr Leute hören ihm zu, erst sind es ein paar wenige, dann einige Hundert, dann tausend, dann noch mehr, und schließlich, schließlich redet er vor allen Staatsoberhäuptern der Welt und sagt ihnen: Wir müssen etwas tun. Wir müssen helfen.

Und jetzt –

Kurze Pause.

Jetzt geschieht etwas Großartiges. Was nun geschieht, ist so wichtig, so schön und für die ganze Menschheit so bedeutsam – wie zum Beispiel die Entdeckung, daß die Erde keine Scheibe ist oder die Französische Revolution oder die Abschaffung der Sklaverei –

Es geschieht etwas für die ganze Menschheit so Großartiges wie die Entdeckung des Penicillins oder die Entwicklung der Röntgenstrahlen oder die Befreiung von Auschwitz oder die Erfindung des Telegraphen oder der Glühbirne:

Es beginnen sich die Dinge zu ändern, es werden für Adisa und alle anderen Krankenhäuser gebaut, es kommen Ärzte, und es kommt Medizin, tonnenweise, und es werden kostenlose Schulen eingerichtet, in denen die Kinder nicht nur lesen und schreiben lernen, sondern auch, was man tun muß, um nicht krank zu werden, und was geschieht dann?

Dann geschieht ein von allen Völkern der Erde gemeinsam vollbrachtes Wunder:

Die Leute sterben nicht mehr.
Den Kranken geht es plötzlich besser. Menschen, die gerade noch dachten, sie würden den nächsten Sonntag nicht erleben, stehen auf und fangen an zu arbeiten.
Kurze Pause. Er nimmt einen Schluck.
Und der Mann kommt zurück, der Kürbis, der schon wieder einen irrsinnigen Sonnenbrand hat, er ist etwas älter geworden, sieht aber sonst gut aus, sehr gut sogar, und er trifft Adisa, die hustet noch ein wenig, aber sonst geht es ihr so gut wie lange nicht mehr, und sie sagt:
»Kürbis: Sag bloß, du hast die Welt gerettet, nur um mich zu beeindrucken. Das gibts doch wohl nicht: Sag mir nicht, du hast die Welt gerettet, nur um mich zu beeindrucken.«
Liz lacht, Frank und Karen auch.
Und er sagt: »Ja, klar, was dachtest du denn, natürlich. Adisa. Du bist die Schönste.«
Und sie sagt: »Das war sehr nett von dir, wirklich, sehr nett, und ich will auch nicht undankbar sein, aber ehrlich gesagt: Das wird mit uns nichts, ich habe schon einen anderen.«
Und er: »Wie, du meinst, ich habe keine Chance bei dir? Laß uns wenigstens ein paar Meter gemeinsam Hand in Hand gehen –«
»Nein, das wird nichts«, sagt sie.
Und er: »Habe ich wirklich nicht die geringste Chance?«
Und sie sagt: »Ja, so sieht es leider aus, so sieht es leider aus. Auf Wiedersehen, vielen Dank und machs gut.«
Lächeln.

5.1

FRANK Und es stellt sich heraus, daß Karen ihn auch betrogen hat, mit einem Kollegen, mit einem anderen Arzt, aus Quebec, aus Montreal, und daß dieser Arzt, Rob oder Robert, auch was mit dem Mädchen oder mit der Krankenschwester gehabt hatte. Vorher.
Kurze Pause.
Mit der Krankenschwester, mit der Martin später –
Und jetzt weiß keiner, wer sich bei wem – vielleicht – und keiner läßt sich untersuchen, das Blut. Keiner will es wissen.
Kurze Pause.
Völliger Wahnsinn.

5.2

Karen schreit plötzlich Martin an.

KAREN Du mußtest ja mit deiner kleinen Freundin rummachen, du mußtest ja mit ihr, bist du dir überhaupt sicher, ob du dir da nicht was geholt hast, ich wäre mir da nicht so sicher –
Kurze Pause.
Und dann kommt das dumme Stück und sagt, sie ist schwanger. Und das Kind sei von ihm.

MARTIN Wieso schwanger, wieso ist die schwanger, wie soll die von mir schwanger geworden sein –
Die kann gar nicht von mir schwanger geworden sein.
Etwas irrational: Ich meine, die Frage ist doch nicht, ob ich was mit ihr hatte, was ich nicht hatte, ich hatte nichts mit ihr, sondern die Frage ist doch, wer nichts

mit ihr hatte, mit der hatten doch alle irgendwann was, alle, nur ich nicht, Rob zum Beispiel.
Macht sie nach, tut erstaunt.
Wie, Rob?
Ja, Rob – dein Rob.
Aus »Montreal«.
Rob? Wann?
Bevor du mit ihm –
Aber ich hatte nichts mit Rob –
Ach Quatsch, ich habs doch gesehen, ich habs doch gesehen –
und bevor du mit ihm – hat er mit ihr, und wer weiß, vielleicht hat er sich bei ihr –
Und du dich bei ihm –
Und ich mich bei dir –
Geht schnell so was, geht schnell – und ganz einfach, wer weiß!

5.3

KAREN Ich hätte wirklich gern Kinder bekommen. Aber als mir das klar wurde, war es zu spät. Jetzt ist es zu spät. Oder: Vielleicht ist es noch nicht zu spät. Aber es geht nicht mehr, es macht keinen Sinn mehr. Es ist vorbei.

5.4

MARTIN Geht schnell so was, geht schnell – und ganz einfach, wer weiß!
Lange Pause.
Frank räuspert sich, schenkt Wein nach.

5.5

LIZ Erst habe ich gedacht, ich mache irgendwas Afrikanisches, so ein Quatsch, ich wüßte auch ehrlich gesagt nicht, was –
Vor allem wollte ich nicht die ganze Zeit in der Küche stehen, während die anderen sich unterhalten, also hatte ich schon nachmittags irgendwas in die Pfanne geschmissen.
Irgendwas, was man auch kalt essen kann. Stangensellerie, Oliven, Kapern, Rosinen. Pinienkerne.
Kurze Pause.
Auberginen, natürlich. Hatte ich vergessen, die schneidet man in Würfel, dann salzt man sie, läßt sie für ein paar Stunden abtropfen, wäscht sie dann, trocknet sie und brät sie an. Dann nimmt man die Auberginenwürfel wieder aus der Pfanne, reibt die Pfanne aus und dünstet die anderen Sachen, bis der Sellerie durch ist.
Und dann tut man wieder die Auberginen dazu.
Löschen mit Essig. Warten, bis der Essig verdunstet ist.
Salz und Pfeffer.
Kurze Pause.
Ein Parmesan-Champignon-Salat.
Kurze Pause.
Frisches Brot. Eine Art Geste.
Kurze Pause.
Es roch köstlich.
Kurze Pause.
Kann man alles auch kalt essen.

5.6

MARTIN Geht schnell so was, geht schnell – und ganz einfach, wer weiß!
Lange Pause. Frank räuspert sich, schenkt Wein nach.

FRANK Ach so, das wollte ich trotzdem fragen –
Kurze Pause.
auch wenn es im Moment – keinen Kontakt gibt – wie das mit dem Geld weitergehen soll, ich meine, wir überweisen einfach weiter, oder?
Kurze Pause.
Ich meine, daß ihr wieder da seid, ändert ja nichts an – an der Situation, wir schicken einfach weiter die Sachen, hier Kathies Brief zum Beispiel, und die Puppe, Peggy Pickit.

LIZ Ihr kennt die gar nicht, das gibts erst seit ein paar Jahren, völlig verrückt, sieh mal, das sind so kleine Figuren, und die Anziehsachen sind aus Gummi oder Latex, wahnsinnig, oder, was man damit alles machen kann –

MARTIN Also – im Moment – im Moment würde ich nichts schicken –

FRANK Wieso?

MARTIN Ihr solltet im Moment nichts schicken, das würde nicht ankommen – im Augenblick zumindest nicht –

FRANK Warum nicht –

MARTIN Weil –

LIZ Bisher ist doch alles angekommen, oder? Die Sachen sind doch angekommen, und die Briefe –

MARTIN Ja, aber im Moment – im Moment ist da niemand, der – vermutlich.

LIZ Da ist niemand? Da muß doch jemand sein –

MARTIN Vorübergehend. Vermutlich. Wahrscheinlich immer noch.

LIZ Was?
Kurze Pause.
Und Annie?

MARTIN Es ging nicht mehr, es kam zu –
es wurde zu gefährlich.
Kurze Pause.
Es ging nicht mehr. Es kam auch niemand mehr, es konnte auch niemand mehr kommen, die Straßen waren unsicher –

Kurze Pause.
Ich dachte, das wußtet ihr.

FRANK Nein –

LIZ Und jetzt?

KAREN Jetzt? Jetzt was?

LIZ Was passiert jetzt –

KAREN Ich weiß nicht. Ich weiß es nicht. Wir erreichen niemanden.

MARTIN Kann sein, daß ein paar der Krankenschwestern die Versorgung wieder aufgenommen haben –

KAREN *lacht* Kann auch nicht sein. Kann sein, daß die alles verwüstet haben.

FRANK Wie – das muß man doch –

LIZ Aber das geht doch nicht –

KAREN Ich weiß –

LIZ Die Leute müssen doch versorgt werden –

KAREN Ja –

LIZ Wenn die ihre Medikamente nicht mehr kriegen, dann ist doch die ganze Behandlung –

KAREN Ich weiß –
Kurze Pause.
Wir konnten nichts machen, wir mußten weg –

LIZ Aber – die Menschen –

KAREN Die waren kurz davor, sich gegenseitig –

LIZ O Gott.
Schweigen.
Und Annie?
Karen zuckt mit den Schultern.
Was heißt das? Was heißt das?
Kurze Pause.
Warum habt ihr sie nicht einfach mitgenommen, ihr konntet sie doch nicht dalassen –

5.7

MARTIN Es ist wirklich so, wie es immer heißt, du schneidest dich irgendwo, und die Wunde wächst und wächst nicht richtig zu, es ist wirklich zum Verzweifeln –

5.8.1

LIZ Warum habt ihr sie nicht einfach mitgenommen, ihr konntet sie doch nicht dalassen –

MARTIN Wie denn, wie stellst du dir das vor –

LIZ Ihr könnt sie doch nicht einfach allein lassen, ihr habt sie einfach ihrem Schicksal überlassen, was wird denn jetzt aus ihr –

KAREN Sie war weg, an dem Tag, als wir – vielleicht gabs da ja noch irgendwen, irgendwo, eine Großmutter, eine Tante, keine Ahnung, ist doch immer möglich, daß von irgendwo Verwandte auftauchen –

LIZ Ach so, ich dachte, sie hätte niemand gehabt – von welchen Verwandten sprichst du denn, da war doch niemand mehr, das hast du doch selber gesagt, nur noch die Kinder und die Greise, die war doch völlig auf sich gestellt –

KAREN Du kannst nicht einfach ein Kind mitnehmen, wie denn – du kannst nicht einfach sagen, das ist jetzt mein Kind, wie willst du denn mit dem Kind über die Grenze, ohne Paß, ohne –
Kurze Pause.

LIZ *liest den Brief vor* »Liebe Annie, mir geht es gut. Wie geht es Dir?«
Kurze Pause. Sie kämpft mit sich.
»Mir geht es gut. Wie geht es Dir?«
Sie kann nicht weiterlesen. Sie wirft den Brief vor sich auf den Couchtisch.
Was sag ich ihr jetzt? Was soll ich ihr jetzt sagen?

KAREN Wem?

LIZ Kathie.

Kurze Pause.

Und was machen wir jetzt damit?

Sie hält immer noch den Brief in der Hand. Vor ihr stehen die beiden Figuren.

Was sollen wir damit machen?

KAREN Keine Ahnung.

LIZ Irgendwas muß ich ja damit machen.

Ich kann die Puppe ja nicht Kathie zurückgeben. Oder?

Sie regt sich immer mehr auf.

Soll ich sie wegschmeißen? Ich kann sie einfach wegschmeißen –

FRANK Warten wir doch ein paar Tage ab –

LIZ Wieso abwarten, was gibt es denn da abzuwarten –

Ich glaube nicht, daß sie noch lebt – aber jeder macht sich ja gern was vor.

Pause.

5.8.2

FRANK Hey, ich habe nach Jahren meinen alten Plattenspieler reparieren lassen. Ich weiß nicht, ich glaube, der war jetzt fünfzehn oder zwanzig Jahre kaputt.

Ungläubig, daß das Ding wieder funktioniert. Er schüttelt den Kopf.

Ich glaube, die Platte hatten schon meine Eltern.

Er legt eine alte Platte auf, vermutlich so etwas wie eine alte Beach Boys-Aufnahme.

Denkbar wäre auch etwas aus der amerikanischen Bürgerrechtsbewegung wie die Songs von Pete Seeger (»We Shall Overcome«) aus der Live-Aufnahme in der Carnegie Hall.

Frank, Liz, Martin und Karen sitzen schweigend da, sie trinken, rauchen vielleicht und hören den Song an.

5.8.3

LIZ *zunehmend aufgeregt* Jeder macht sich ja gern was vor.
Kurze Pause.
Ihr braucht mich doch nicht für bescheuert zu halten – bloß weil ich hier mit einem Brief und einer Puppe von meinem Kind hier sitze.
Da gibts nichts abzuwarten, das wissen doch alle hier, wenn Annie nicht versorgt wird, regelmäßig versorgt wird, darum gehts doch, darum gings doch, wenn sich keiner kümmert, dann hat sie keine Chance, nicht die geringste Chance, dann krepiert sie – und wir nehmen das irgendwie so hin, weil es angeblich nicht in unserer Macht steht, das zu ändern, ich meine, auch wenn sie – vielleicht – noch am Leben ist, *faktisch* ist sie jetzt schon tot, tot, das ist ja wohl klar, das wißt ihr genauso gut wie ich, das wissen alle hier genauso gut wie ich –
Sie zerknüllt den Brief, zerfetzt die Holzpuppe und die Peggy Pickit-Figur und schmeißt die beiden Puppen in die Ecke.
Kurzes Innehalten.
Karen schlägt Liz mit der flachen Hand hart ins Gesicht.
Liz schlägt Karen ebenso hart ins Gesicht.

5.9

MARTIN Sie hatte sich so sehr gefreut. Sie mußte sogar weinen, als wir uns alle wiedersahen. Sie war wirklich – aus der Fassung. Sie war vollkommen aufgeregt, sie redete zuviel, und dabei war sie so lustig, sie redete wirklich Quatsch, aufgeregten Quatsch, nur um irgendwie was zu sagen, und das wußte sie auch, und sie sagte es auch, eigentlich war sie wie immer – wie früher.

5.10

Karen schlägt Liz mit der flachen Hand hart ins Gesicht.
Liz schlägt Karen ebenso hart ins Gesicht.

5.11

KAREN Sie hatte gesagt, sie will nicht die ganze Zeit in der Küche stehen, also hatte sie irgendwas in die Pfanne geschmissen.
Irgendwas, was man auch kalt essen kann. Auberginen, Sellerie, Oliven, Kapern, Rosinen.
Kurze Pause.
Pinienkerne.
Kurze Pause.
Ein Parmesan-Champignon-Salat. Frisches Brot. Sie hatte selbst Brot gebacken.
Kurze Pause.
Es roch köstlich.

5.12

Karen schlägt Liz mit der flachen Hand hart ins Gesicht.
Liz schlägt Karen ebenso hart ins Gesicht.
Niemand sagt was. Nach einer Weile:

KAREN Tut mir leid.
Kurze Pause.
Tut mir sehr leid. Entschuldigung.
Kurze Pause.
LIZ Nein, mir tut es leid, entschuldige. Entschuldige.

Die beiden Frauen sehen sich an und umarmen sich.
Es tut mir so leid.

KAREN Nein, mir tut es leid, wirklich, das hätte ich nicht tun dürfen, verzeih mir.
Sie halten sich umarmt und weinen.

FRANK Noch etwas zu trinken für dich?

MARTIN Ja, gerne.
Er gießt Martins Glas voll. Er wartet ab, ob die beiden Frauen sich voneinander lösen, was sie aber nicht tun. Nach einer Weile:

FRANK Und für euch? Noch was zu trinken?

LIZ *weinend bejahend* Mmmhm.

FRANK *zu Karen* Für dich auch?

KAREN Ja, ja, bitte.

LIZ *muß fast ein bißchen lachen* Furchtbar, ich bin furchtbar.
Sie weint wieder.
Tut mir leid. Tut mir leid.
Die beiden Frauen lösen sich schließlich voneinander.

FRANK *versucht witzig zu sein* Hey – Mann o Mann!
Er wartet auf eine Reaktion, die aber nicht wirklich kommt.
Mann, Mann, Mann –
Oder? Wahnsinn – und alles wegen –
Kurze Pause.

LIZ *äußerst gereizt* Du brauchst jetzt nicht zu versuchen, witzig zu sein. Du brauchst jetzt nicht zu versuchen, hier die Stimmung zu verbessern.

5.13

KAREN Es roch köstlich.

5.14

LIZ *äußerst gereizt* Du brauchst jetzt nicht zu versuchen, witzig zu sein. Du brauchst jetzt nicht zu versuchen, hier die Stimmung zu verbessern.

FRANK Hey – Moment –

LIZ Du kapierst überhaupt nicht, was hier los ist –

FRANK Du brauchst mich nicht anzuschreien, ich habe dir nichts getan –

LIZ Du bist hier doch nur bestenfalls körperlich anwesend –

FRANK Was soll das denn – was soll das denn jetzt?

LIZ Du hast doch überhaupt keine Ahnung –

FRANK Kannst du –

LIZ Du hast doch überhaupt keine –

FRANK Kannst du aufhören, mich anzuschreien –

LIZ Du hast nicht die geringste Ahnung, worum es hier geht –

FRANK Nein?

LIZ Das verstehst du nicht, oder wenn du es verstehst, dann kommt das trotzdem nicht bei dir an, verstehst du, verstehst du, es kommt nicht bei dir an, du denkst den Gedanken nicht zu Ende, du weißt es, aber es interessiert dich überhaupt nicht, dich interessiert das doch alles überhaupt nicht, du willst doch nur immer witzig sein, verstehst du, verstehst du nicht:

Sie brüllt, so laut es nur geht, sie will in sein Gehirn pressen:

Das Kind –

Kurze Pause.

Annie –

Kurze Pause. Sie brüllt weiter, so heftig sie kann:

Das Kind ist – VERLOREN!

Kurze Pause.

WEG!

Kurze Pause.

VERLOREN!

5.15

KAREN Eigentlich eine schöne Idee: frisches, selbstgebackenes Brot. So einfach. Es roch köstlich. Schon als wir reinkamen.

Kurze Pause.

Sie hat mir gesagt, wie es geht: ganz einfach: 500 Gramm Weizenmehl, 300 Milliliter Wasser, ein halber Würfel Hefe, ein oder zwei Teelöffel Salz. Man macht den Teig, läßt ihn mehrere Stunden lang stehen, am besten acht Stunden im Kühlschrank, und dann schiebt man das Ganze bei etwa 240 Grad für 20 Minuten in den gut vorgeheizten Ofen.

5.16

LIZ Das verstehst du nicht, oder wenn du es verstehst, dann kommt das trotzdem nicht bei dir an, verstehst du, verstehst du, es kommt nicht bei dir an, du denkst den Gedanken nicht zu Ende, du weißt es, aber es interessiert dich überhaupt nicht, dich interessiert das doch alles überhaupt nicht, du willst doch nur immer witzig sein, verstehst du, verstehst du nicht:

Sie brüllt, so laut es nur geht, sie will in sein Gehirn pressen:

Das Kind –

Kurze Pause.

Annie –

Kurze Pause. Sie brüllt weiter, so heftig sie kann:

Das Kind ist – verloren!

Kurze Pause.

VER – LO – REN!

Karen steht auf und holt die beiden weggeschmissenen Puppen Abeni und Peggy Pickit. Sie versucht, die beschädigten Figuren zu reparieren. Dafür kramt sie in irgendwelchen Schubladen des ihr nicht bekannten Haushalts und findet schließlich durchsichtiges Klebeband.

Die beiden Frauen reparieren mit dem Klebeband die zerstörten Puppen und den zerknüllten und zerfetzten Brief.

Das kann dauern.

FRANK Du brauchst mich nicht anzuschreien.

Kurze Pause.

Ich habe nichts getan.

Kurze Pause.

Ich kann nichts dafür – ist nicht mein Fehler.

Kurze Pause.

Ich kann nichts dafür, was passiert ist, dafür kann keiner was – ist nicht mein Fehler.

Das Geräusch beim Abreißen des Klebebands. Das Glätten des Papiers. Die Männer sehen schweigend zu und trinken.

Am Ende ist alles fertig. Die Peggy Pickit, die Holzfigur und der zusammengeklebte Brief liegen wieder auf dem Tisch.

Langsam Dunkel.

ENDE

Die vier Himmelsrichtungen

CHOR:
EIN MANN
EINE JUNGE FRAU
EIN KRÄFTIGER MANN
EINE FRAU

Musik.

1.

DIE JUNGE FRAU Du bist Medusa, sagt er,
und ich bin Perseus,
sieh mal hier, die Sterne,
sieh mal, die Locken, wie Schlangen –

Perseus hat immer etwas mit Schlangen zu tun, weil Perseus Medusa den Kopf abgeschlagen hat, und Medusa hatte Haare aus Schlangen. Locken aus Schlangen.

Hey, sagt Perseus,
hey, du hast Locken, wie Schlangen,
du könntest Medusa sein –
Medusa?
Und ich bin Perseus, der mit den Sternen,
der zu den Sternen auffuhr,
Perseus und Medusa, das müßte doch was werden.
Und sie: Meinst du?
Perseus und Medusa? Meinst du wirklich?
Das sind doch nur Locken.

Und sie sagt,
wenn du Perseus bist,
und ich bin Medusa,
dann mußt du mir den Kopf abschlagen,
hey,
willst du mir den Kopf abschlagen,
kannst du gerne machen,
der tut sowieso immer so weh,

jetzt werd nicht grob, nicht du,

ich würde dich gerne küssen,
ich würde dich gerne küssen,
sagt er

DER MANN ich würde dich gerne küssen,
ich würde dich gerne küssen,
sagt er
DIE JUNGE FRAU und sie sagt:
ach,
um ehrlich zu sein:
Ich habe schon jemand,
aber,
sagt er, wir beide,
wir gehören zusammen,
Perseus und Medusa,
wir könnten
zusammen auftreten,
nein, sagt sie, wirklich –
Kurze Pause.
Wir gingen zusammen am Ufer entlang,
bis zu der Stelle,
an der das Riesenrad steht,
und er sagte,
willst du fahren,
und ich sagte ja,
und dann fragte er: Bist du schon mal gefahren,
ja – macht das was?
Nein.

Musik.

2.

DIE FRAU Es kam eine Frau aus dem Osten,
die brachte Schnee mit und Eis,
die kam mit dem Zug,
aber der Zug konnte nicht weiter,
weil so viel Schnee auf dem Gleis lag,
und die Frau stieg aus
und blieb für zwanzig Jahre in der Stadt.
Mal sehen, wann der nächste Zug fährt,
dachte sie,

als sie aus dem Zug stieg,
sie konnte die Zukunft vorhersehen,
nur ihre eigene nicht.

Musik.

3.

DIE JUNGE FRAU Zwei Männer,
die sich schlagen.

Einer ist kleiner oder zierlicher,
und der andere ist kräftiger und größer,
häßlich und fast kahl.
Ein ungleicher Kampf.

Die zwei Männer schlagen sich,
bis aufs Blut,
und alle anderen Leute in dem Laden
sehen zu,
die Gäste halten ihre Gläser fest,
und die Kellnerin
mit den vielen Locken
steht am Rand mit dem vollen Tablett.

Der Kleinere hat angefangen,
und der andere,
der Kräftigere und Häßlichere,
schlägt zuerst gar nicht zurück,
er hält sich den anderen vom Körper,

Sie streckt mit offener Hand ihren Arm von sich.

Er hält sich den anderen vom Körper,
mit ausgestrecktem Arm,
sieht aus wie ein Tanz,

noch stehen die Flaschen im Regal,
die Aschenbecher stehen auf den Tischen,
noch,

die Gäste halten ihre Gläser fest,
und die Kellnerin mit den vielen Locken
und dem vollen Tablett steht am Rand,

und der Kleine spuckt
und tritt
und schlägt um sich –

Kurze Pause.

– spuckt und tritt und schlägt um sich.

Musik.

4.

DER KRÄFTIGE MANN

Es kam ein Mann aus dem Norden,
der brachte Regen mit,

und die Vorhersage
hatte noch gesagt:
Es fällt heute kein Tropfen,

der Mann kam mit dem LKW,
und hinten auf der Ladefläche
transportierte er vierhundert Kartons,
abgedeckt mit einer Plane.

Es regnete,
die Straßen waren naß,
und es wurde schon dunkel,
und der Mann fuhr zu schnell,
und dann
rutschte in einer Kurve
die ganze Ladung vom Wagen.
Vierhundert Kartons
rutschen vom Wagen
und bleiben
in einer Senke neben der Straße liegen.
Regen.

Musik.

5.

DER MANN Ein Mann mit zwei Zungen.

Kurze Pause.

Ein Mann in einem zu großen, weißen Anzug,
weiß – oder weiß mit blauen Sternen,
und mit blauen Haaren.

Kurze Pause.

Blaue Haare.

Kurze Pause.

Der Mann in dem etwas zu großen, weißen Anzug hat blaue Haare –

Das ist eine Perücke.

Kurze Pause.

Eine blaue Perücke.

Kurze Pause.

Und das Gesicht ist auch weiß.

Weiß geschminkt, und hier,
aus dem linken roten Mundwinkel
kommt eine kleine blaue Zunge hervor,
aufgemalt,
sieht nicht schön aus,
sieht wirklich nicht schön aus.

Eine blaue Zunge.
Sieht furchtbar aus,
besonders, wenn der Mann
den gespitzten Mund öffnet,
und seine richtige Zunge zum Vorschein kommt, die rote Zunge.
Der Mann hat scheinbar zwei Zungen,
eine blaue und eine rote.

Guten Abend,
sagt der Mann mit den zwei Zungen.
Guten Abend, herzlich willkommen,
ich habe hier Luftballons,

er hat diese länglichen Luftballonschläuche, aus denen man Tiere machen kann, die man so verknotet, diese Luftballontiere, kennt man doch –

ich habe hier Luftballons, sagt er –
aus denen ich alles machen kann,
alles, was Sie wünschen, einen Hund,
eine Katze,
oder ein Schwein,
oder einen Vogel,
oder einen Frosch –

Kurzes Innehalten.

Oder doch lieber einen Hund –
ich habe hier Luftballons, sagt er –
aus denen ich alles machen kann, alles,
alles, was Sie wollen –

6.

DIE JUNGE FRAU Es kam eine Frau aus dem Westen,
die brachte Wind mit,

und heute rührt sich kein Lüftchen,
hatte am selben Morgen
das Radio
prophezeit,

die Frau kam mit dem Überlandbus
und hatte viele Locken,
die Frau stieg aus dem Bus
und suchte sich eine Arbeit
als Kellnerin,

und sie hatte leichte Kopfschmerzen,
schon seit drei Wochen,
die hörten einfach nicht auf,
nichts zu machen,
da war nichts zu machen.

7.

DER MANN Es kam ein Mann aus dem Süden,
der brachte Nebel mit,

und die Vorhersage
hatte noch gesagt,
es wird ein klarer Abend,
eine Nacht, in der man
gut die Sterne sehen können wird,

der kam zu Fuß,
der kam aus einer der Siedlungen
am Stadtrand,
der ging am frühen Morgen
die Straße entlang,
die die LKWs in die Stadt nehmen,
da hing der Nebel in der Luft
und verbrannter Kraftstoff,

der fand vierhundert Kartons,
vierhundert Kisten,
einfach so,
frühmorgens,
in einer Senke
am Straßenrand, im Nebel.

8.

Musik.

DIE FRAU Morgens früh:
Madame Oiseau sieht in den Spiegel
und umrandet ihre Augen
mit schwarzem Kajal.

Neben ihr
ihr Freund,
mit dem sie seit
mehr als zehn Jahren zusammen ist.

Madame Oiseau kann
die Zukunft vorhersagen,
sie legt gegen Geld Karten,
sie liest auch aus der Hand,
und sie kann,
– falls sie die Sterne nicht befragt –
in einer Kugel aus Glas
die Zukunft sehen.

Du wirst
jemanden kennenlernen –
oder: Du wirst etwas finden.
Eine große Veränderung steht dir bevor,
die Karten sagen, du wirst zu den Sternen reisen,
kein Grund zur Sorge,
so ist das Leben.

Und als sie später nur so
die Karten legt,
Madame Oiseau,
an einem Dienstagmorgen,
sagt sie, oh,
oh, sagt sie,
lange Pause,
heute stirbt jemand –
heute geht jemand für immer.

9.1

DIE JUNGE FRAU Der Größere, der Dicke,
der Riese hält sich den anderen vom Körper,
mit ausgestrecktem Arm,
sieht aus wie ein Tanz,

noch stehen die Flaschen im Regal,
die Aschenbecher stehen auf den Tischen,
noch,
die Gäste halten ihre Gläser fest,
und die Kellnerin mit den vielen Locken
und dem vollen Tablett steht am Rand,
die Männer schlagen sich,
und alle anderen Leute in dem Laden
sehen zu,

und der Kleine spuckt
und tritt
und schlägt um sich –

Kurze Pause.

9.2

DIE FRAU Oh, sagt Madame Oiseau,
Wahrsagerin,
heute stirbt jemand,
oh, sagt Madame Oiseau am Morgen,
und sieht von ihren Karten auf,
ich sehe einen Mann
mit einer Flasche,
heute wird
jemand sterben,
jemand wird erschossen.

Nimmt einen Schluck Kaffee,
legt ein paar Karten

und sagt:
Und um kurz nach sieben
verkaufst du an denselben Mann
vorher noch ein Tier.

Einen Frosch.
Der wird dir einen Frosch abkaufen.
Einen Frosch. Kannst du das?
Einen Frosch?

9.3

DIE JUNGE FRAU – spuckt und tritt und schlägt um sich,

du bist doch noch geschminkt,
sagt der Kräftigere, der Dicke,
der Riese,
komm wieder, wenn du Feierabend hast,
komm wieder, wenn die Schminke ab ist,
was willst du denn,
ich kann mich nicht mit jemand schlagen,
der Schminke im Gesicht hat,
dein Kostüm wird blutig,
es wäre doch schade um die Sterne,
was hast du denn,
was ist denn los mit dir,
hör auf, hör auf.

Musik.

10.

DIE FRAU Ist das die Zukunft?
Die Zukunft ist furchtbar.
Aber das kann sie ihr nicht sagen.

Madame Oiseau
mag sie nicht,
sie hat sie schon gehaßt,
als sie zur Tür reinkam,
jung, lockig,
legen wir die Karten:
Nein, laß mich deine Hand ansehen,

die Zukunft ist furchtbar.
Aber das kann sie ihr nicht sagen.

Kurze Pause.

Ich weiß nicht, was ich sagen soll –
sie mag sie nicht,
sie hat sie schon gehaßt,
als sie zur Tür reinkam,
jung, lockig,

und ihr Mann
wird sich
in sie verlieben,
aber um das zu sehen,
muß sie nicht in die Karten sehen,
die jetzt vor ihr liegen,

ich weiß nicht, was ich sagen soll –

ich sehe hier nur eines:
Und dabei legt sie jetzt
bereits zum vierten Mal die Karten,
mischt sie, legt sie zum fünften Mal:
Sie nimmt die Hand der jungen Frau
und läßt sie nicht mehr los,
dann sagt sie: Ich sehe hier nur eines:
Locken.
Du hast Locken.
Und die junge Frau sagt: Locken.
Hab ich. Weiß ich.
Nur, sagt die andere:
die ganzen Locken –
die wachsen auch nach innen.

Und läßt die Hand nicht los.

Was?
Die wachsen auch nach innen,
und dein Kopf ist langsam voll davon.

Musik.

11.

CHOR Es kam ein Mann aus dem Westen,
37, der brachte Dürre mit,
die Felder trockneten aus,
der Boden sprang,

und dabei hatte es geheißen,
daß dieses Jahr die Ernte gut wird,

aber das war dem Mann egal,
denn er hatte große Pläne,
er machte ein Geschäft auf,
das immer geht:
Er hatte einen Schnapsladen,
er hatte Angst vor nichts,
vor nichts –
oder vor fast nichts,
nur vor einem Tier
hatte er Angst:

Er hatte Angst vor Fröschen.

Er machte das Geschäft auf,
den Schnapsladen,
und heiratete
und bekam ein Kind
und stand eines Abends mit seiner Frau
und mit seinem Sohn vor seinem Laden
auf der Straße und sah einem Mann zu,
der konnte Tiere aus Ballons machen,

was für ein Tier möchtest du,
sagte er zu seinem Sohn,
und frag ihn, was es kostet,
und der Junge sucht sich einen Frosch aus,
für eins fünfzig,

und der Vater sagt,
ein Frosch,
bist du dir sicher:
Willst du nicht lieber einen Storch,
na dann, obwohl er Frösche haßte –
und dann,
es war bald acht, sagte der Mann,
ich schließe noch den Laden ab
und komme dann nach Hause,

da kam ein Mann in sein Geschäft,
der hatte kein Gesicht.

12.

DIE JUNGE FRAU Der Doktor sagt
zu der jungen Frau mit den Locken:
In Ihrem Kopf wächst etwas.
In Ihrem Kopf
wird etwas immer größer,
und wir können es nicht herausnehmen,
es ist schon zu groß.

Und jetzt
versucht sie zu begreifen,
daß die Zeit vorbei ist,

sie sieht sich im Spiegel an,
aber man sieht nichts,
nichts als Locken.

Und später sagt einer,
als sie hinter dem Tresen steht,

groß, kräftig, ein Riese,
wollen wir nicht
noch etwas zusammen unternehmen,
nachher,
wenn hier Feierabend ist,
und sie sagt:
Warum nicht,
ja,
warum nicht.
Warum nicht.

13.

DER KRÄFTIGE MANN

Ich ließ alles,
wie es war,
die Kisten im Dreck,
vierhundert Kartons,
und das Auto mit dem
laufenden Radio
ließ ich stehen.

Ich ließ
das Auto einfach da,
mit laufendem Radio
und mit laufendem Scheibenwischer,
und die vierhundert Kisten
ließ ich im Dreck.

Ich ging in die Stadt,
zu Fuß,
und dann
kaufte ich bei dem Vietnamesen
unten an der Brücke
eine Waffe,
einen Revolver
und Patronen,

eingewickelt
in ein altes Hemd,
vergiß die vierhundert Kisten
und vergiß den LKW,
und ich bestellte ein großes Bier
bei einer jungen Frau
mit vielen Locken,
die fragte ich,
ob wir nicht noch später
was zusammen unternehmen wollen,

Er holt einen Revolver hervor.

und mit der Waffe
raubte ich einen Schnapsladen aus
und einen Schlachthofdirektor.

Er schießt dreimal in die Luft.

14.

CHOR Der Mann ohne Gesicht
geht in den ersten Laden
in der Straße:
Das ist ein Schnapsladen.

Er sagt:
Das ist ein Revolver,
ein Revolver mit sechs Schuß,
und mit kurzem Lauf.
Eine Kugel
aus einem Revolver
mit kurzem Lauf
aus der Nähe
macht ein irrsinniges Loch,
die Kugel reißt alles auf.
Die Brust
oder die Stirn

oder den Mund
oder den Hals –
also gib mir alles, was du hast.

Musik.

15.

DIE FRAU Nur ihre eigene Zukunft
sieht sie nicht,
Madame Oiseau,
und sie befragt dazu auch nicht die Sterne.

Dafür, sagt sie,
muß sie nur in den Spiegel schauen,
im Spiegel kannst du die ganze Zukunft sehen,
und im Spiegel sieht sie
ihr nicht mehr ganz junges Gesicht.

Neben ihr im Spiegel
des engen Badezimmers,
ihr Freund,
zwölf Jahre sind sie jetzt zusammen,

Pause.

der schminkt sich,
der schminkt sich das Gesicht weiß,
das tut er,
seitdem er
vierhundert Kisten
im Straßengraben fand
und dann
in seine Wohnung schleppte,
und hier rechts
rechts unten
schminkt er sich eine blaue Zunge.

Nicht mehr lang,
sagt sie zu ihm,

beide schminken sich,
er schminkt sich das Gesicht weiß,
und sie zieht einen dunklen Lidstrich
mit Kajal,
nicht mehr lang,
und du wirst ein Mädchen kennenlernen,
oder hast du sie schon kennengelernt,
eine Blonde, oder eine Dunkle,
auf jeden Fall wie ich – mit Locken.
Aber jünger wird sie sein.
Jünger als ich.

Kurze Pause. Musik.

Kann sein,
daß es dich richtig schwer erwischt.
Vergiß es lieber.

Und jetzt
begreift sie,
daß die Zeit vorbei ist.

Vergiß es lieber gleich.
Das wird nichts.

16.

CHOR Freitagabend,
der Laden ist knallvoll,
und die Bedienung mit den Locken
und dem vollen Tablett
kommt nicht mehr hinterher,
die Luft zum Schneiden dick,
und jeder will noch was,
trübes Licht,
und es ist laut.
Die junge Frau mit den Locken
drängt sich durch die Menge,

das Tablett hoch über ihrem Kopf,
da geht die Tür auf,
und ein Typ kommt rein,
geschminktes Gesicht, blaue Haare,
ein Verkäufer,
der schwitzt und sieht
nicht gerade glücklich aus,
erschöpft:
Und jetzt
begegnen sich die Blicke
der Kellnerin
und des Mannes.

17.

Musik.

DER KRÄFTIGE MANN
Ein Mann ohne Gesicht.

Kurze Pause.

Der Mann trägt einen alten Anzug,
Hose, Sakko, Weste, schwarz,
ein Hemd, nicht mehr neue Schuhe,

aber der Mann hat kein Gesicht.
Der Mann hat kein Gesicht,
und er hat keine Ohren,
kein Haar,
er ist gesichtslos,
nicht zu erkennen.
Keine Augen,
kein Mund.
Sieht furchtbar aus,
der Mann sieht furchtbar aus –
als habe er

sein eigenes Gesicht verwischt.
Weggewischt.

Pause.

Das ist ein Strumpf.
Über seinem Gesicht
trägt der Mann eine Maske –
er trägt einen durchsichtigen Strumpf
aus Nylon.

Der Mann mit dem verwischten Gesicht
hat eine Waffe.
Er zieht die Waffe
hinten aus dem Hosenbund.

Er sagt:
Das ist ein Revolver,
ein Revolver mit sechs Schuß
und mit kurzem Lauf.
Eine Kugel
aus einem Revolver
mit kurzem Lauf
aus der Nähe
macht ein irrsinniges Loch,
stell dir vor,
die Kugel trifft dich in den Hals.

18.

DER MANN Und dann fängt der Mann an –
der Mann in dem weißen Anzug
mit den zwei Zungen –
eine Zunge rot, die andere blau –

Der Mann mit den zwei Zungen
bläst einen Luftballon
nach dem anderen auf,
und dann verknotet er die Ballons,

einen nach dem anderen, ineinander –
das Quietschen der Ballons –
der Mann schwitzt unter seinen blauen Haaren –

Die junge Frau lacht ungläubig auf. Kurze Pause. Dann:

DIE JUNGE FRAU Ich könnte mir das alles gar nicht merken. Wie das geht. Mit den Ballons.

DER MANN Und dabei macht der Mann mit den zwei Zungen
so ein Gesicht –
ein Gesicht,
als ob er in die Ferne blickte.

Und aus einem Ballon
macht der Mann viele kleine Ballons,
die er dann ganz sanft –
ganz zart –
mit großen Augen,
die ganz woanders hinsehen –
im Wind davonsegeln läßt …
und immer die zwei Zungen!
So!

Er imitiert den Ausdruck und die Körperhaltung des Luftballonmannes: Er dreht den Kopf nach links mit Blick in die Ferne, während seine beiden Hände in die entgegengesetzte Richtung nach rechts gedreht einem winzigen unsichtbaren Luftballon einen Stups gegeben haben –

Das Quietschen der Luftballons,
der schwitzende Mann,
die blaue Zunge,
die rote Zunge,
der Blick in die Ferne.
Das dauert.

Und dann:

Fertig.

Schließlich ist das Tier fertig.

Kurze Pause.

Schließlich ist das Tier fertig.

Kurze Pause.

Und dann,
als es niemand haben will – für Geld –
sagt der Mann mit den zwei Zungen zu der Kellnerin
mit den vielen Locken:

Hier – für dich.

Und sie sagt: Wie schön. Danke.

DIE JUNGE FRAU Wie schön. Danke.

19.

CHOR Und der Junge sucht sich einen Frosch aus,
für eins fünfzig,
und der Vater sagt,
ein Frosch,
bist du dir sicher:
Willst du nicht lieber einen Storch,
na dann, obwohl er Frösche haßte –
und dann,
es war bald acht, sagte der Mann,
ich schließe noch den Laden ab
und komme dann nach Hause,
da kam ein Mann in sein Geschäft,
der hatte kein Gesicht.
Der Mann sagte zu dem Besitzer des Schnapsladens:
Eine Kugel
aus einem Revolver
mit kurzem Lauf
aus der Nähe
macht ein irrsinniges Loch,
die Kugel reißt alles auf.

Die Brust
oder die Stirn
oder den Mund
oder den Hals –
also gib mir alles, was du hast.

Musik.

20.

DIE FRAU Ja, heute stirbt ein Mann
mit einem Faß
oder mit einer Flasche,
sagt Madame Oiseau,
und der kauft dir vorher noch einen Frosch ab.

21.

CHOR Und der andere,
37, aus dem Westen,
der Besitzer des Schnapsladens,
der sechs Wochen Dürre mitgebracht hatte
und dem fast nichts auf der Welt angst macht,
sagt zu dem Dicken,
dem Kräftigen,
dem Riesen:

Weißt du, wie du aussiehst,
mit dem Strumpf über dem Kopf,
du siehst aus
wie ein Tier,
du siehst aus
wie ein Tier
ohne Ohren,
du siehst aus wie ein Frosch,

du siehst aus wie ein Frosch ohne Gesicht,

und jetzt
begreift er,
daß die Zeit vorbei ist,

ich hasse Frösche,
sagt der Besitzer des Schnapsladens,
sie sind häßlich,
und sie sind feige,
und ihre Zunge füllt
ihren ganzen Körper,
ihr Körper ist voll
von ihrer Zunge,
und sie haben kein Gesicht,
sie wissen nicht, wo sie leben sollen,
sie wechseln ständig ihre Form,
mein Lieblingstier ist der Storch,
und jetzt geht der Alarm los.

22.

DIE FRAU Unten an der Brücke
steht ein Mann aus Vietnam
und wartet,
immer,
und dann kommt ein großer Mann,
der Dicke, der Riese,
es regnet,
der Mann bringt Regen mit,
und der Mann aus Vietnam,
nennt einen Preis und bekommt
ein Bündel Scheine,
und dann gibt er
dem Riesen eine Waffe,
einen Revolver mit Patronen,
das Ganze eingewickelt
in ein altes Hemd.

Warte, sagt der Vietnamese,
hier, und dann gibt er dem Mann
noch etwas, einen Strumpf
aus Nylon.

23.

DIE JUNGE FRAU Der Dicke ist der Dicke –
der Kräftige, der Riese,
kommt rein,
trinkt was,
und eines Abends sagt er:
Komm, wir machen was zusammen,
und dann fahren die beiden,
der Dicke und die Frau mit den Locken
an den Fluß, und er kauft
zwei Eintrittskarten
für das neue Riesenrad,
und als sie oben sind,
sagt sie zu ihm,
schön, daß wir oben sind,
nur schade, daß das Ding sich dreht,
es fährt dich hoch,
aber es fährt auch wieder runter.
Und der Dicke überlegt,
ob er jetzt
das Mädchen küssen soll,
und sie sagt,
na los,
küß mich,
deshalb hast du mich doch hier raufgebracht,
die Zeit läuft,
und es wäre doch schade,
wenn wir es jetzt nicht machen,
jetzt,
solange wir noch oben sind.

24.

DER KRÄFTIGE MANN

Der schreit und spuckt und tritt um sich,
und schreit:
Faß sie nicht an, faß sie nicht an –
und ich:
Wieso nicht, es gefällt ihr doch,
siehst du, es gefällt ihr doch,
die mag das,
die ist nicht, wie du denkst,
und sie steht da, am Rand,
das Tablett voller Gläser.

Kurze Pause.

Die ist nicht, wie du denkst,
die läßt sich manchmal
sogar ganz gern anfassen, oder?,
und dabei zwinkert der dicke Mann,
der Kräftigere, der Riese,
der Kellnerin mit den vielen Locken kurz zu,
und der Kleinere
mit der blauen Zunge
und mit dem Kostüm

voller Sterne
dreht durch.

Kurze Pause. Musik.

Der Kleinere
mit der blauen Zunge
und mit dem Kostüm
voller Sterne
dreht durch und tritt und schlägt um sich.

25.

DER MANN Sag mal,
sagt er,
du erkennst mich nicht,
ich war schon vorgestern hier –
Vorgestern?
sagt sie?
Ja, vorgestern –

Kurze Pause.

Aber du erkennst mich nicht.
Nein,
haben wir uns unterhalten?

Nein –
aber wir haben uns angesehen –

Vormittags, niemand ist da,
der Laden ist leer,
und die Fernseher laufen
ohne Ton,

Angesehen – also weißt du,
ich bringe den Leuten die Getränke,
da sehe ich viele Leute an,
wenn ich ehrlich sein soll –

Ja, ja, sagt er,
ich habe gar nichts getrunken –

Sie lacht.

Dann habe ich dich bestimmt nicht angesehen.
DIE JUNGE FRAU Dann habe ich dich bestimmt nicht angesehen.
DER MANN Doch, doch –
hier, an der Tür, ich kam gerade rein –

Sie betrachtet ihn.

Erkennst du mich nicht –
Warst du der mit der Schminke –

Ja, der, genau,
wußte ich es doch,
daß du
dich an mich erinnerst,
ich habe dich angesehen,
und seitdem
muß ich immer an dich denken,
ich habe mich sofort in dich verliebt,
wie heißt du?

Kurze Pause.

Meinst du,
wir könnten mal
was unternehmen, du und ich?
Ich weiß nicht –
Ich, ich versuche etwas aufzubauen,
verstehst du,
ich arbeite daran.
Oh, lacht sie,
ja, gute Idee.
Gute Idee.

Ich glaube nicht.
Was?
Ich glaube, wir machen lieber nichts zusammen.
Warum nicht?
Ja –
Ja, was?
Du siehst mich so an,
sieh mich nicht so an,
wenn du mich so ansiehst,
siehst du aus, als würde dir
gleich was passieren,
dir bleibt noch das Blut
in den Adern stehen,
als ob du gleich
versteinern würdest,
du kannst noch versteinern,

paß auf,
wirklich.
Glaub ich nicht –
Doch, wirklich.

26.

DIE FRAU Madame Oiseau wacht eines Morgens auf,
Donnerstag früh,
sechs Uhr dreißig,
und sieht in den Spiegel,
aber da ist nichts.
Der Spiegel ist leer.
Was ist passiert?
Kopfschütteln, Augenreiben –

Kurze Pause.

Da ist sie. Sie ist wieder da.
Sie sieht sich wieder im Spiegel.
Heute morgen
war für einen Moment
mein Spiegelbild verschwunden.
Vor mir im Spiegel
das leere Zimmer
hinter mir,
und ich –
ich war nicht da.

Die Frau verschwindet, löst sich plötzlich in Luft auf.

27.

DER KRÄFTIGE MANN
Die Kugel
trifft ihn in den Hals,

genau hier –
und zerreißt
die Luftröhre,
heftiges Atmen,
und die Hauptschlagader,
überall Blut,
er faßt sich an den Hals,

Er blutet.

und jetzt
begreift er,
daß die Zeit vorbei ist.

Viel Blut.

28.

CHOR An einem regnerischen Tag
nimmt ein Lastwagen auf einer Landstraße
eine Kurve mit zu hoher Geschwindigkeit.
Zu schnell, zu schnell.
Zu schnell in der Kurve.
Der Wagen bleibt auf der Straße,
aber die Ladung fliegt von der Ladefläche,
vierhundert Kisten fliegen von der Ladefläche des Lastwagens

Kurze Pause.

und landen in einer Senke.
Vierhundert Kisten, Aufschrift:
Modellierballons.
Farben: Rot, Gelb und Blau.
Regen.
Langsam wird es dunkel.

Eine Kiste à hundert Stück.

In Sichtweite: der Stadtrand.

Am nächsten Morgen,
noch sehr früh am Tag,
Nebel ist aufgezogen:
ein einzelner Mann, ein Spaziergänger.

Ein Mann geht am Stadtrand spazieren.
In einer Senke neben der Landstraße,
neben der unerwartet scharfen Kurve,
in der es immer wieder
zu schweren Unfällen kommt, findet der Mann
vierhundert Kartons, Aufschrift: Modellierballons.
Eine Kiste à hundert Stück.

Kurze Pause.

Der Mann beginnt,
die vom Regen aufgeweichten Kisten
in seine Wohnung zu tragen.
Er braucht für den Weg
von der Senke zu seiner Wohnung
und wieder zurück
etwa eineinhalb Stunden.
Anfangs trägt er auf jedem Weg
vier Kisten,
später fünf,
dann, mit mehr Übung,
sind es sieben.

29.

DER KRÄFTIGE MANN
Der Dicke fragt:
gibt es ein Tier, das du besonders haßt,
DIE JUNGE FRAU Ein Tier, fragt das Mädchen mit den Locken,
DER KRÄFTIGE MANN
ja, jemand hat zu mir gesagt,

er haßt Frösche,
ich liebe Frösche,

DIE JUNGE FRAU Du fickst auch wie ein Frosch,

DER KRÄFTIGE MANN
na ja, also: Welches Tier kannst du nicht leiden:

DIE JUNGE FRAU und sie sagt, ohne lange nachzudenken:
Schlangen. Die Schlange.

DER KRÄFTIGE MANN
Er lacht. Ausgerechnet.
Warum?

DIE JUNGE FRAU Weil die Schlange immer so bleibt,
wie sie ist,
auch wenn sie wächst,
auch wenn sie
aus ihrer Haut rauswächst,
sie schlüpft aus ihrer Haut,
wie schön,
stell dir das vor,
aber dann ist alles
so wie vorher.
Die alte Haut liegt hinter ihr,
die Haut ist neu,
aber vor ihr liegt die gleiche Strecke.

Musik.

30.

DIE JUNGE FRAU Er redete und redete.

DER MANN Du bist Medusa, sagt er,
und ich bin Perseus,
sieh mal hier, die Sterne,
sieh mal, die Locken, wie Schlangen –

Perseus hat immer etwas mit Schlangen zu tun, weil Perseus Medusa den Kopf abgeschlagen hat, und Medusa hatte Haare aus Schlangen.
Locken aus Schlangen.

Hey, sagt Perseus,
hey, du hast Locken, wie Schlangen,
du könntest Medusa sein –

DIE JUNGE FRAU Medusa?

DER MANN Und ich bin Perseus, der mit den Sternen,
Perseus und Medusa, das müßte doch was werden.
Und sie: Meinst du?

DIE JUNGE FRAU Meinst du?
Perseus und Medusa? Meinst du wirklich?
Das sind doch nur Locken.

Und sie sagt,
wenn du Perseus bist
und ich bin Medusa,
dann mußt du mir den Kopf abschlagen,
hey,
willst du mir den Kopf abschlagen,
kannst du gerne machen,
der tut sowieso immer so weh,

jetzt werd nicht grob, nicht du,

ich würde dich gerne küssen,
ich würde dich gerne küssen,
sagt er.

DER MANN Ich würde dich gerne küssen,
ich würde dich gerne küssen,
sagt er.

DIE JUNGE FRAU Und sie sagt:
ach,
um ehrlich zu sein:
Ich habe schon jemand,

DER MANN aber,
sagt er, wir beide,
wir gehören zusammen,
Perseus und Medusa,
wir könnten
zusammen auftreten,

DIE JUNGE FRAU nein, sagt sie, wirklich –

Kurze Pause.

Wir gingen zusammen am Ufer entlang,
bis zu der Stelle,
an der das Riesenrad steht,
und er sagte,
willst du fahren,
und ich sagte ja,
und dann fragte er:
Bist du schon mal gefahren,

DER MANN bist du schon mal gefahren?

DIE JUNGE FRAU Ja, macht das was?

DER MANN Nein.

Kurze Pause.

Er wird immer besser,
und es fällt ihm immer leichter,
die Einfälle kommen von alleine,
das geht wie von alleine,
seine Hände arbeiten einfach,
manchmal fängt er an
und weiß selbst nicht,
was entsteht,
eine Fledermaus, eine Maus,
der Eiffelturm,
eine Ratte,
eine Elster,

ich kann machen, was Sie wollen,
eine Fledermaus, einen Käfer,
den Eiffelturm,

alles aus Luft,

sieh mal, Mama,
sieh mal,
der Mann hat blaue Haare,
der Mann hat sich eine zweite Zunge
ins Gesicht gemalt,

der sieht so aus
wie ein Hund,
der hechelt,
sieh mal,
was kostet das?

31.

DIE FRAU Oh, sagt Madame Oiseau,
als sie abends die Sterne am Himmel sieht,
morgen verkaufst du was,
einen Storch und eine Katze,
und zwar morgen Abend,
zwanzig nach sieben
Ecke so und so
und so und so
wird dir ein etwas zu dicker Mann
eine Katze und einen Storch abkaufen,

und morgen stirbt jemand,
ist das derselbe Mann?
Ich bin nicht sicher,
ich sehe
einen Mann mit einem Schwein.
Oder ist es eine Kuh? Oder ein Kalb?
Ich kanns nicht genau sagen –

32.

DIE JUNGE FRAU Er tritt und schlägt und spuckt,
und der Dicke hält ihn sich vom Leib,
so,
mit ausgestrecktem Arm:

Er streckt den Arm von sich.

Die ist nicht, wie du denkst,
die läßt sich manchmal
sogar ganz gern anfassen, oder?

Und dann trifft der Kleine,
der Schwächere,
den anderen,
den Dickeren, Stärkeren,
fast zufällig,
mitten in einer Drehung um sich selbst,
in einer Drehung,
wie in einer Spirale,
trifft der Kleinere
den Größeren,
er trifft die Nase –

Er dreht sich im Kreis um sich selbst.

Das Geräusch.
Das Geräusch im Kopf,
als das Nasenbein bricht.
Krack.
Der Schmerz,
der Schmerz schießt in den Kopf,
der Dicke, der Kräftigere,
der Riese sieht Sterne,
und dann dreht er durch,
und er schlägt zu,
blind vor Wut,
er sieht nur noch das Gesicht
vor sich,
weiß, mit zwei Zungen,
eine rot,
die andere blau,
der Kleine trifft jetzt
mit fast jedem Schlag,

und dann geht viel zu Bruch,
das Tablett voll Bier,
Tische fallen um, Gläser,
Flaschen,
ein Spiegel springt.
Gebrüll.

33.

DER MANN Der Mann öffnet eine der Kisten,
rot.
Rotes Gummi.
Eine Anleitung für Anfänger:
der Hund, die Katze, der Schwan.
Das geht wie von alleine.

Er trägt Kiste für Kiste
in seine Wohnung
Vierhundert Stück à einhundert,
das dauert,
und die Gebrauchsanleitung
liegt in jeder Kiste,
und in einer Kiste
findet er ein Kostüm mit Sternen,
Zusatzgeschenk
für Ihr gelungenes Fest.

Der Hund, die Katze, die Spinne.
Alles aus Luft.
Wenn ich einen Hund für
sagen wir mal
verkaufe –

und davon zwanzig oder
dreißig Stück am Tag,
an zwanzig Tagen,

das macht –

und alles aus Luft.
Alles aus Luft.

34.

DER KRÄFTIGE MANN

Und dann träumte der Kräftige,
der Dicke,
der Riese
eines Nachts von seinem Tod,
er träumte
von vollkommener Dunkelheit,
dort, wo er in dem Traum war,
konnte er auch mit aufgerissenen Augen
nichts sehen,
nichts,

das ist,
sagte jemand,
die menschliche Pyramide,
sehen Sie,
die menschliche Pyramide,

und dann bekam er Angst,
er bekam solche Angst,
daß ihm fast
das Herz stehenblieb,
wenn ich die Waffe nicht hätte,
und dann dreht er sich um
und steckt seine Zunge
der schlafenden Frau mit den Locken neben ihm
in das Ohr,

aber die wachte nicht auf,
sondern träumte,
ihr wäre
etwas
in den Kopf gekrochen,

und dann wachte sie auf
und ging ins Bad
und sah sich lang im Spiegel an

und versuchte, sich vorzustellen,
wie es wäre,
wie es sein wird,
wenn sie nicht mehr da ist.
Wenn sie tot ist.
Was dann ist.
Und sie konnte es sich nicht vorstellen,
so sehr sie es auch versuchte.
Sie bekam Angst.

Die menschliche Pyramide.

35.

DIE FRAU Alle verkaufen etwas.
Wir alle
versuchen, etwas zu verkaufen.
Entweder verkaufen wir Ware
oder Können oder Kraft oder Zeit.
Aber nicht jeder hat etwas zu verkaufen.
Und was dann?
Wenn einer nichts zu verkaufen hat,
wird es schwierig, denn dann
ist er
nichts wert.
Wie soll man dann leben –
also muß man,
wenn man nichts zu verkaufen hat,
weder Ware noch Können noch Kraft,
nichts,
muß man versuchen
aus Nichts etwas zu machen,
das man verkaufen kann.
Und wenn man nichts zu verkaufen hat,
bleiben nur die Dinge übrig,
von denen man annimmt,
es gäbe sie umsonst.
Fundsachen.

Hoffnungen,
Lügen
oder Gewalt.

36.

CHOR Es kam ein Mann aus dem Norden,
der brachte ein Gewitter mit,
es wurde am Tag dunkel,
und dann
drückte der Wind die Scheiben ein,
wer hätte das vorhersehen können,
der kam,
weil er hier
eine Stelle gefunden hatte,
deshalb kam er her,
er reiste
seinen Bewerbungsunterlagen hinterher,
mit einem großen Wagen
und einem Lastwagen voller Möbel
und einer Frau und zwei Kindern,
ein Junge und ein Mädchen,
beide Kinder zu dick,
etwas zu dick,
alle vier
etwas zu dick,

und die Stelle
ist nicht irgendeine Stelle,
es ist die Stelle des Schlachthofdirektors,
Riesenaufgabe,
täglich Tausende von toten Tieren,
habt ihr mal
ein ausblutendes Huhn gesehen,
oder eine Schubkarre voll roher Kalbsleber,
ich ja, o ja,

und tatsächlich,
sieben Uhr zwanzig,
da stehen sie vor ihm,
Vater, Mutter, Kind
und noch ein Kind

und der Vater ist heute
besonders großzügig,
na Großer,
möchtest du so ein Tier,
was für ein Tier willst du denn,
welche Tiere können Sie denn,
ich kann alle Tiere,
na, was für ein Tier willst du –
ich – ich hätte gerne eine Katze –
eine Katze – ich hasse Katzen, aber gut,
warum, Papa,
ich weiß nicht, war schon immer so,
können Sie auch eine Katze,
und der Mann
macht eine Katze,

Kurze Pause.

Ich weiß jetzt,
warum ich Katzen hasse,
warum, Papa,
weil Katzen tun, als ob sie sauber wären,
aber in Wahrheit
lecken sie den ganzen Dreck nur ab,
sie glauben, sie wären sauber,
aber dabei haben sie nur ihren eigenen Dreck gefressen,
und dann kotzen sie ihn wieder aus,
sie kotzen ihren eigenen Dreck aus,
und sie sehen verlogen aus, alle,
aber na ja, gut –
und du,
Kleine, was willst du für ein Tier,

ich, sagte das kleine Mädchen,
ich hätte gerne einen Vogel,

am liebsten einen Storch,
ja, Papa, einen Storch, am liebsten
einen Storch,
bist du dir sicher,
ja, Papa,
können Sie das,
mal sehen,
weißt du, was ich an Störchen nicht mag,
nein, Papa,
erstens essen sie gerne Frösche,
und Frösche sind widerwärtig,
und zweitens
können sich die Störche nicht entscheiden,
wo sie leben wollen,
sie ziehen hin und her,
und nie gefällt es ihnen,
und drittens
stecken sie sich ihren langen Schnabel
in den Arsch,
das Kind weint,
das war ein Witz, das war ein Witz,
weißt du, was mein Lieblingstier ist,
ja, Papa,
weißt du das,
ja, Papa, das ist das Schwein,
das Schwein, genau, das Schwein,
auch wenn es sonst niemand besonders gerne mag,
nein, Papa,
das Schwein ist viel empfindsamer,
als alle immer glauben.
Es hat weiche Haut,
so wie ein Mensch,
es kann weinen,
und es kann wie ein Mensch
vor Angst sterben,

stell dir das mal vor,
das können Störche nicht,
und Katzen auch nicht.

37.

DIE JUNGE FRAU Und dann trifft der Kleine,
der Schwächere,
den anderen,
den Dickeren, Stärkeren,
fast zufällig,
mitten in einer Drehung um sich selbst,
in einer Drehung,
wie in einer Spirale,
trifft der Kleinere
den Größeren,
er trifft die Nase –

Er dreht sich im Kreis um sich selbst.

Das Geräusch.
Das Geräusch im Kopf,
als das Nasenbein bricht.
Krack.
Der Schmerz,
der Schmerz schießt in den Kopf.

Musik.

38.

DIE FRAU Es kam eine Frau aus dem Osten,
die brachte Schnee mit und Eis,
die kam mit dem Zug,
aber der Zug konnte nicht weiter,
weil so viel Schnee auf dem Gleis lag,

und die Frau stieg aus
und blieb für zwanzig Jahre in der Stadt.
Mal sehen, wann der nächste Zug fährt, als sie aus dem Zug stieg.
Sie konnte die Zukunft vorhersehen,
nur ihre eigene nicht.

39.

CHOR Es kam ein Mann aus dem Norden,
der brachte ein Gewitter mit,
und der wurde Schlachthofdirektor,
und der liebte Schweine,
und nachts, wenn die Arbeit vorbei war,
schloß er manchmal gerne selbst
das große Tor des Schlachthofs zu,
die Einfahrt,
durch die am nächsten Morgen dann
die Lastwagen fahren,
voll mit Kühen und Kälbern und Schweinen,

da stand ein Mann auf der Straße,
dessen Gesicht er nicht erkennen konnte,
vielleicht hat der
kein Gesicht
oder ist das ein Strumpf,
ist das ein Revolver,
und dann bekam der Mann Angst,
Angst um sein Leben,
und er fing an zu schreien,
laut, auf der Straße,
vor dem Tor, unter der Laterne,
Hilfe, Hilfe,
und der Mann mit dem Strumpf,
der Dicke, der Kräftige, der Riese,
hielt ihm den Mund zu
und hielt ihm den Revolver an den Kopf,

und jetzt
denkt der Mann,
daß die Zeit vorbei ist,
und was kommt dann

und dann fiel der Mann
tot um,
den Schlüssel zum Schlachthof
noch in der Hand,
gestorben vor Angst.

40.

DIE FRAU In dieser Nacht
träumt Madame Oiseau
von ihrer Zukunft,
zum ersten Mal,
sie träumt
von ihrem eigenen Tod.
Sie sieht im Traum
eine Frau und einen Mann,
und die Frau ist sie selbst,
in einem sehr kurzen Rock.
Und der Mann neben ihr
trägt einen glitzernden Anzug.
Und sie erinnert entfernt an eine Eiskunstläuferin –
nur daß sie hohe Schuhe trägt –
Guten Abend, sagt in dem Traum
der Mann neben der Frau in dem Rock,
ich kann –
der Mann in dem Anzug lächelt,
und die Frau in dem kurzen Rock lächelt auch – sie
lächelt bezaubernd,
auch wenn sie eigentlich zu alt
für einen Rock wie diesen ist,
ich kann, sagt der Mann,

ich kann, mit einer einzigen Handbewegung –
an dieser Stelle macht der Mann die Handbewegung –
ich kann mit einer einzigen Handbewegung,
mit einer einzigen Handbewegung,
der Mann macht noch einmal die Handbewegung,
diese Frau verschwinden lassen –

Und dabei zeigt er auf Madame Oiseau,
die in ihrem Traum an eine Eiskunstläuferin erinnert,
und dann:

Gespreizte, beschwörende Finger.

Da stehen der Mann
und die Frau mit den schönen Beinen –

Der Mann, die Frau.
Die Handbewegung:

Und dann ist die Frau in dem kurzen Rock verschwunden. Die Eiskunstläuferin ist weg!

Aber
als der Mann mit dem Lächeln,
als er die Handbewegung
ein zweites Mal macht, um die
an eine Eiskunstläuferin erinnernde Frau
wieder erscheinen zu lassen –
geschieht nichts.
Nichts.

Plötzlicher Angstschweiß.
Jetzt:

Gespreizte Finger, beschwörende Hände.

wiederholt er die Handbewegung
ein weiteres Mal, ein drittes Mal –

Verzweifelt, laut, klagend, hilfesuchend:

Nichts! Nichts geschieht!
Und gerade
als der Mann sagen will,
daß er in Wahrheit

nicht die geringste Ahnung hat,
wie das alles funktioniert,
daß nur sie,
die Eiskunstläuferin weiß, wie –
Da ist die Frau,
Madame Oiseau,
deren Name in Wahrheit
natürlich völlig anders ist,
und die in ihrem Traum
an eine Eiskunstläuferin erinnert,
plötzlich wieder da,
da steht sie, hinter ihm,
gerade, als er sich erklären wollte,
sie ist wieder da.

Und
Madame Oiseau wacht auf,
Donnerstag früh,
sechs Uhr dreißig,
ihr Herz rast vor Schreck,
der Traum war furchtbar,
sie steht auf, geht ins Bad
und sieht in den Spiegel,
aber da ist nichts.
Der Spiegel ist leer.
Was ist passiert?
Kopfschütteln, Augenreiben –

Kurze Pause.

Da ist sie. Sie ist wieder da.
Sie sieht sich wieder im Spiegel.
Heute morgen
war für einen Moment
mein Spiegelbild verschwunden.
Vor mir im Spiegel
das leere Zimmer
hinter mir,
und ich –
ich war nicht da.

Die Frau löst sich in Luft auf.

41.

DIE JUNGE FRAU Sie liebt ihn nicht,
aber sie macht es mit ihm,
oft sogar,
überall, hinten in der Küche
und auf dem Tresen,
wenn niemand mehr in der Kneipe ist,
und auf dem Hof
neben den Mülltonnen,
wenn sie Pause hat,
und einmal sogar
im Riesenrad,
das war komisch
und mußte schnell gehen,
im Stehen.

42.

DER MANN Ich stand am Straßenrand,
wie immer,
wenn ich nicht durch die Kneipen gehe,
stehe ich am Straßenrand,
es war noch mittags,
ein Volksfest,
irgendwo, niemand kaufte etwas:
Da sah ich einen ziemlich großen Vogel,
eine Elster,
die mitten auf der Fahrbahn
mit einer Ratte kämpfte.
Viele Leute blieben stehen und sahen zu.
Die Ratte
konnte sich kaum noch bewegen,
aber sie war noch stark genug,
um trotzdem noch

nach dem Vogel zu schnappen,
wenn er mit seinem Schnabel zustieß.
Und manchmal,
flatterte der Vogel hoch
und setzte sich auf einen Ast
oder auf ein Autodach,
aber er ließ die Ratte nicht aus den Augen.
Die Ratte konnte sich kaum noch bewegen.
Alles nur noch eine Frage der Zeit.
Wieso läuft
die Ratte nicht weg,
wenn der Vogel auf dem Auto sitzt,
fragte jemand.
Rattengift,
sagt jemand, die Ratte hat wahrscheinlich
Gift gefressen,
die macht es nicht mehr lange,
vielleicht noch ein paar Minuten.

Kurze Pause.

Und wenn der Vogel jetzt die Ratte frißt?
Dann frißt er auch das Gift.

43.

DIE JUNGE FRAU Die Frau mit den Locken
träumt in dieser Nacht
von ihrem Tod.
Sie träumt
von einem Mann in einem dunklen Anzug,
mit dünnen, zurückgekämmten Haaren,

Kurze Pause.

der Mann sieht ein bißchen aus wie ein Kellner,
ein bißchen
wie ein etwas müder Kellner,

oder wie ein Vertreter,
der über Land fährt,

Kurze Pause.

und er hat einen Sack dabei,
einen blutigen Sack.

Und in der Hand
hält der Mann mit den dünnen Haaren
ein Schwert – oder eine sehr lange Säge.
Er hat eine Säge.

Kurze Pause.

Guten Abend, sagt der Mann,
herzlich willkommen,
mit dieser Säge –
der Mann deutet auf die lange Säge –
mit dieser Säge –

Mit dieser Säge werde ich jetzt
das Haupt der Medusa abtrennen.
Der Mann mit der Säge sagt,
mein Name ist Perseus,
Perseus ist natürlich nur ein Künstlername,
und mit dieser Säge,
mit dieser Säge
habe ich gerade das Haupt der Medusa abgetrennt.
Wer das Haupt der Medusa ansieht, versteinert.
Ich werde jetzt
für einen kurzen Moment,
flüstert der Mann mit dem Sack in der Hand,
ich werde jetzt
für einen kurzen Moment
das Haupt der Medusa hervorholen.

Wer jetzt die Augen nicht schließt,
wird auf ewig zu Stein.

Der Mann greift in den Sack und schließt die Augen.

Stille.

Daß niemand die Augen öffnet, sagt der Mann.
Wenn nicht alle die Augen schließen –

Alle schließen die Augen.

Man hört eine Art Röcheln.
Also: Man hört eine Art Röcheln,
das ist der Atem der Medusa.

Bloß nicht die Augen öffnen –

Kurze Pause.

Und jetzt, sagt der Mann,
nachdem vielleicht
zwanzig endlose Sekunden verstrichen sind,
werde ich den Kopf der Medusa
zurück in den Sack stecken.

Sie können die Augen wieder öffnen.
Es ist vorbei.

Und sie träumt,
wie der Mann
ihren Kopf zurück in den Sack steckt,
ein grober, braungrauer Sack,
sie kann noch das Licht sehen,
das durch die Öffnung des Sacks fällt,
aber dann schnürt der Mann den Sack zu.

44.

DER MANN Wollen wir nicht mal was machen,
komm, wir machen mal was zusammen,
auch wenn es vorbei ist, komm,
und dann fahren die beiden,
der Mann und die Frau, die die Zukunft
voraussehen kann,

mit dem neuen Riesenrad,
und als sie oben sind,
sagt sie zu ihm,
schön, daß wir oben sind,
nur schade, daß das Ding sich dreht,
es fährt dich hoch,
aber es fährt auch wieder runter.
Und unten steigt man aus.
Und dann denkt er,
vielleicht könnte ich sie ja
noch einmal küssen, ein letztes Mal,
warum nicht, vielleicht,
aber in dem Moment ist sie verschwunden – weg, und
er denkt, sie ist gesprungen,
er denkt, sie hat sich umgebracht.
Hier bin ich, sagt sie,
wieder da –

45.

DER KRÄFTIGE MANN
Der Dicke trinkt und sagt:
Weißt du was,
genau solche Ballons
habe ich früher
mit dem LKW ausgeliefert,
genau die –
DER MANN Solche –
fragt der andere, der Dünnere, der Schwächere
DER KRÄFTIGE MANN
Ja, genau die,
hundert Stück pro Karton,

und weißt du, was dann passiert ist?
Nein, sagt der Mann mit dem weißen Gesicht
und der zweiten Zunge,
die so aussieht,
als ob er keine Luft bekommt,

dann ist mir
das ganze Zeug
vom LKW gerutscht –
ach ja,
ja, draußen am Stadtrand,
ach,
ja, vierhundert Kisten,
die ganze Ladung
rutschte mir von der Ladefläche,
und dann?
Dann habe ich angehalten,
bin ausgestiegen,
hab mir das angesehen,
diesen Haufen Kisten am Straßenrand,

und dann bin ich einfach weggegangen.
Das war der wichtigste Tag in meinem Leben.
Weißt du,
was der wichtigste Tag in meinem Leben war?
Nein, weiß ich nicht.
Woher soll ich das wissen,
sagt der Dicke,

das war ein Freitag,
und ich war draußen,
weil ich es drinnen
nicht mehr ausgehalten hatte,
draußen am Stadtrand, Nebel,
zu Fuß, sehr früh am Morgen,
fast noch in der Nacht,
da fand ich in einer Senke
neben der Landstraße
bei der scharfen Kurve,
eine Ladung Kartons,
vierhundert Stück,
Modellierballons,

und der Dicke sagt:
Das gibt es nicht.

Ja, so war das.
Und dann?
Dann habe ich die Kisten weggetragen.

Weggetragen?
Zu Fuß, ja.
Alle Kisten.
Ja.
Vierhundert Kisten weggetragen.
Ja. Der wichtigste Tag in meinem Leben.

DER KRÄFTIGE MANN

Der Dicke sagt:
der Regen.
Der Motor und die Scheibenwischer und das Radio laufen weiter.

Kurze Pause.

In der Senke vierhundert Kisten.
Die roten Bremslichter.

Du fährst 130, und
auf dem Schild stand 60.

Und dann:

Er macht eine Geste.

rauscht die Ladung vom Wagen.

Er lacht.

Der Motor und die Scheibenwischer und das Radio laufen weiter.

Kurze Pause.

In der Senke vierhundert Kisten.
Die roten Bremslichter.
Das gibt es nicht, brüllt der Dicke,
das gibt es nicht,
und jetzt kommen genau die Ballons,
die ich da im Dreck liegen ließ,
hier zur Tür rein.

Das gibts doch nicht.
Ich dachte,
die bin ich für immer los.
Was willst du bloß damit!
Damit kommst du doch
nicht mal bis –
Hättest du doch bloß –
so kann man doch nicht leben.

DER MANN Wieso kann man so nicht leben,
ich lebe doch so, so lebe ich doch,
wenn ich die Kisten nicht gefunden hätte –
weiß ich nicht, was aus mir geworden wäre.
Ich hätte es nicht mehr lange ausgehalten.
Die Wohnung. Der Blick aus dem Fenster.

DER KRÄFTIGE MANN
– hättest du sie nie gefunden!
Wenn du sie nie gefunden hättest!

Und dann lacht der Dicke,
und dann sagt er,
zeig, zeig mal,
zeig mal, was du kannst,
das gibts doch nicht,
da wäre doch bestimmt
auch was für mich dabei,
oder für dich,
er meint die Frau,
wie wärs mit
einem Hund oder einer Katze
oder einem Käfer
oder einem Frosch,
und dabei greift er der Frau
in die Locken
und gibt ihr einen Kuß.

46.

DIE FRAU Sie hat
so ein Gefühl,
so eine Ahnung,
daß etwas schiefgeht.

Sie legt die Karten
vor sich auf den Tisch
und blickt dann auf:
Vor ihr,
der Dicke,
der will wissen,
was er tun muß,
damit ihn eine Frau liebt,
eine Frau mit vielen Locken.

Sie sagt:
Ich sehe hier
vierhundert Kisten und einen LKW am Straßenrand,
einen Vietnamesen
unten an der Brücke
und einen Schnapsladen
und einen Schlachthof.
Und eine Frau mit Locken.
Sterne.
Und einen Mann mit einer blauen Zunge.
Der ist dein Untergang.
Sie sagt:
Ich würde heute nicht rausgehen.

Wieso,
sagt Madame Oiseau,
hast du
die Kisten nicht wieder aufgeladen,
wieso bist du nicht wieder eingestiegen,
wieso bist du nicht weitergefahren.
Wieso hast du
das Auto am Rand der Landstraße einfach stehenlassen –

47.

DER MANN / CHOR Er tritt und schlägt und spuckt,
und der Dicke hält ihn sich vom Leib,
so,
mit ausgestrecktem Arm:

Er streckt den Arm von sich.

Die ist nicht, wie du denkst,
die läßt sich manchmal
sogar ganz gern anfassen, oder?

Und dann trifft der Kleine,
der Schwächere,
der mit dem weißen Gesicht,
den anderen,
den Dickeren, Stärkeren,
fast zufällig,
mitten in einer Drehung um sich selbst,
in einer Drehung,
wie in einer Spirale,
trifft der Kleinere
den Größeren,
er trifft die Nase –

Er dreht sich im Kreis um sich selbst.

Das Geräusch.
Das Geräusch im Kopf,
als das Nasenbein bricht.
Krack.
Der Schmerz,
der Dicke sieht Sterne,
und dann dreht er durch,
und er schlägt zu,
fast blind vor Wut,
er sieht nur noch das Gesicht
vor sich,
weiß, mit zwei Zungen,

der Kleine trifft jetzt
mit fast jedem Schlag,
und dann geht viel zu Bruch,
das Tablett voll Bier,
Tische fallen um, Gläser,
Flaschen,
ein Spiegel springt.
Gebrüll.
Und der Dicke
schlägt meistens ins Leere,
und der Revolver
fällt hinten aus dem Hosenbund,
das merkt der Dicke gar nicht,
er schlägt blind vor Wut
und Schmerz und Blut
in die Luft,
der mit dem weißen Gesicht
weicht aus, ist schneller,
trifft den Dicken noch einmal
und noch einmal,

faß sie nicht an, faß sie nicht an,
hab ich gesagt –

und dabei kommt er dem Dicken
zu nah,
und der Dicke trifft den Kleinen,
hier –

Er macht eine Geste.

Erst auf die Nieren,
und dann hier,
zwischen der Leber
und dem Herz,

und der Kleine,
der Schwächere,
der Mann mit den zwei Zungen
hört ein Geräusch in seinem Körper,
etwas reißt in seinem Körper,

ihm bleibt die Luft weg,
und er stürzt nach hinten,
auf den Rücken,
sucht im Sturz nach Halt,
reißt einen Tisch mit um,

Scherben, Bier auf dem Fußboden,
Blut,

und dazwischen
der Kleinere,
er liegt auf dem Rücken,
und ihm ist gleichzeitig
warm und kalt,

sein Blick sucht
das Mädchen mit den Locken,

was ist mit dir,
was machst du denn,

und dann
hört er auf zu atmen.

Es beugen sich
Gesichter über ihn,
Leute,
die er nicht kennt,
und die junge Frau mit den Locken,
du und ich, denkt er,
und der Dicke, der Kräftige,
der Riese,
der sie geküßt hatte,
dem er
die Nase gebrochen hat,
dir würde ich gerne
die Nase noch mal brechen,

der sagt immer,
du hast mir die Nase gebrochen,
du hast mir die Nase gebrochen,

und

was machst du denn,
was machst du denn,

und jetzt
begreift er,
daß die Zeit vorbei ist,

daß es nicht mehr weitergeht,
er reißt die Augen auf,

da sind
die Frau mit den Locken,
der Dicke, der Kräftige, der Riese,
und seine Frau,
Madame Oiseau,
oh,
sagt sie,
oh,

ihm bleibt die Luft weg,
und er kann
nicht mehr richtig sehen,
es geht nicht mehr,
die Gesichter sind weg,
kommen wieder,
sind wieder weg,

Madame Oiseau,
der Riese
und die Frau
mit den Locken,

faß sie nicht an, faß sie nicht an,

in der Senke vierhundert Kartons.

Du fährst 130, und
auf dem Schild stand 60.

Und dann:
rauscht die Ladung vom Wagen.

Die Augen
bleiben offen,

er will Luft holen
und bekommt keine,

was kommt jetzt,
denkt er,

keine Luft,
keine Luft,

das Herz
rast
und bleibt fast stehen,
die Augen bleiben offen,

und manchmal
flattert der Vogel hoch
und setzt sich auf einen Ast
oder auf ein Autodach.

Alles nur noch eine Frage der Zeit.

Wieso läuft
die Ratte nicht weg,
wenn der Vogel auf dem Auto sitzt.

Schön, daß wir oben sind,
nur schade, daß das Ding sich dreht,
es fährt dich hoch,
aber es fährt auch wieder runter.

Und dann
geht es nicht mehr weiter –

und jetzt
begreift er,
daß die Zeit vorbei ist.

Musik.

48.

DER KRÄFTIGE MANN

Es kam ein Mann aus dem Norden,
der brachte Regen mit,

und die Vorhersage
hatte noch gesagt:
Es fällt heute kein Tropfen.

Der erschoß
den Besitzer eines Schnapsladens,
und der überfiel den Direktor eines Schlachthofs,
der vor Schreck starb.

Der Mann war groß, kräftig,
oder dick, ein Riese,
er verliebte sich in eine Frau
mit vielen Locken,
die ihn aber nicht liebte,
sondern nur mit ihm schlief
oder fickte, wie sie es nannte,

und eines Tages brach ihm ein Mann
mit einer ins Gesicht geschminkten Zunge
bei einer Schlägerei die Nase,
und dann traf der Kräftige,
der Dicke, der Riese
den mit den zwei Zungen unglücklich
hier und hier und hier
und der Mann mit den zwei Zungen
starb
auf dem Fußboden der Kneipe,
und der Dicke
stand dabei,
wie versteinert,
und konnte nicht weg.

49.

DIE JUNGE FRAU Es kam eine Frau aus dem Westen,
die brachte Wind mit,

und heute rührt sich kein Lüftchen,
hatte am selben Morgen
das Radio
prophezeit,

die Frau kam mit dem Überlandbus
und hatte viele Locken,
die Frau stieg aus dem Bus
und suchte sich eine Arbeit
als Kellnerin,

und dann verliebten sich
zwei Männer in sie.
Einer davon kam ums Leben.
Sie hatte Kopfschmerzen,
immer,
die hörten einfach nicht auf,
nichts zu machen,
da war nichts zu machen,
und dann fuhr sie ins Krankenhaus,
und niemand sah sie je wieder.

50.

DIE FRAU Es kam eine Frau aus dem Osten,
die brachte Schnee mit und Eis,
die kam mit dem Zug,
aber der Zug konnte nicht weiter,
weil so viel Schnee auf dem Gleis lag,
und die Frau stieg aus.
Mal sehen, wann der nächste Zug fährt,
dachte sie.

Sie konnte die Zukunft vorhersehen,
nur ihre eigene nicht.
Und zwanzig Jahre später
stand sie an demselben Bahngleis,
der Zug fuhr ein,
und als der Zug weiterfuhr,
war der Bahnsteig leer.

ENDE

Wenn, dann:
Was wir tun, wie und warum

Personen

1. HANDWERKER (RICKI)
2. HANDWERKER (ULI)
3. HANDWERKER (RUDI, *älter*)
4. HANDWERKER (MAREK)

Alles leer. Es wird gebaut und gestrichen. Eine Wand wird frisch verputzt.

Nachts. Drei Handwerker in einer leeren Wohnung, Rudi, Uli und Ricki.
Sie tragen Zimmermannshosen, aber sie machen nicht nur Zimmermannsarbeiten. Sie machen alles.
Werkzeuge, teilweise schweres Gerät. Flex. Schleifmaschinen. Farbeimer, Farbrollen, Säcke mit Putz. Leitern, Baufolie. Mehrere Baustrahler. Drei Kästen Bier, zwei Kästen Wasser. Chips. Pizzakartons. Bierbänke oder improvisierte Stühle.
Im Moment ist Pause. Die Männer trinken schweigend Bier.

Nach einer Weile:

RICKI Wir passen nicht zusammen.
Pause.
Wir passen nicht zusammen. Das hat sie gesagt.
Kurze Pause.
Du und ich – hat sie gesagt – du und ich,
wir gehören nicht zu derselben Klasse.
Die beiden anderen Männer hören kommentarlos zu.
Man trinkt Bier.
Pause.
Wir – wir gehören nicht – zu derselben Klasse.
Sie und ich.
Pause. Entrüstet.
Wir – du und ich –
Kurze Pause.
Was für eine Fickscheiße.
Er nimmt einen Schluck Bier.
Was für eine Fickscheiße.
Pause.

RUDI Ich meine: was war das für ein Arschloch. Was für ein Arschloch.

Kurze Pause.
Nimmt den Hammer und schlägt die Wand ein,
also, ich reiß das jetzt ein.
Trinken. Nachdenken. Themenwechsel.
Der arme Junge.
Nicken der anderen.
Der arme Junge.
Mit Tränen in den Augen:
Hier:
Er hebt die Bierflasche.
Auf Marek.
Kurze Pause.
Auf Marek.
Trinken.

ULI Marek.

RICKI Marek.
Pause. Er kommt zurück auf den Punkt zuvor: Es läßt ihn nicht los.

RUDI Was soll da sein, da ist nichts, was soll da sein, hab ich gesagt.
Und er: doch, doch. Das geht.
Das geht nicht.
Kurze Pause.
Hier, sagt er, hier brechen wir durch.
Kurze Pause.
Hier.
Er steht auf, nimmt einen gewaltigen Vorschlaghammer und schlägt gegen eine bestimmte Stelle in der frisch verputzten Wand.
Es entsteht ziemlicher Schaden – aber kein Loch. Rudi setzt den Vorschlaghammer ab.
Hier – hier brechen wir durch.
Kurze Pause.
Marek. War plötzlich weg.
Kurze Pause.
Da kann man nicht durchbrechen.
Wenn wir da durchbrechen –
Pause.

Wer sagt, daß da kein Träger drin ist –
Und er: Wieso Träger – ich seh keinen Träger –
Und dabei setzt er die Brille immer auf und ab.
Kann aber einer drin sein. Und Marek sagt auch, kann aber einer drin sein, was ist, wenn da ein Träger drin ist, wer sagt, daß das keine tragende Wand ist –
Kurze Pause.
Nimmt den Hammer und schlägt die Wand ein.
Kurze Pause.

ULI »Der Durchbruch.«
Kurze Pause.

RUDI Wenn, dann –
Kurze Pause.
Plötzlich. Überraschend. Streit.

ULI Dann, dann –

RUDI Ja – dann –

ULI *laut* Aber im Plan ist nichts –

RUDI Im Plan, ja, aber der Plan – der Plan ist dafür nicht gemacht.

ULI Der Plan ist der Plan. Wer sagt, daß der Plan nicht stimmt –

RUDI Der Plan stimmt nicht. Wer sagt, daß der Plan stimmt – der Plan kann gar nicht stimmen.
Pause.

RICKI Drei Tage, nachdem ich geheiratet habe, lerne ich die Frau meines Lebens kennen.
Pause.

ULI *plötzlich heftig* Ein neues Aufmaß –

RUDI Jaaaa, ein neues Aufmaß, wie willst du da denn aufmessen, da kommst du ja nicht hin!

ULI Von der anderen Seite –

RUDI *brüllt* Von der anderen Seite? Da ist NICHTS!
Uli regt sich plötzlich sehr auf, als sei er besessen, als sei er plötzlich jemand anderes.

ULI Wer sagt denn das? Wer sagt denn das? Er hat gesagt, das ist in Wahrheit –
Das ist so gedacht, das war auch mal so, und nicht so wie jetzt, das weiß nur keiner, hier ist die Stelle, hier –

RUDI Nein!

ULI Und früher, früher ging das zusammen:

RUDI Da ging nichts zusammen –

ULI Da war ein Durchgang –

RUDI Was für ein Durchgang, sieh dir das doch an, sieh dir das doch an, was für ein Durchgang –

ULI Die eine Seite und die andere –

RUDI Hat es nie gegeben, das hat es nie gegeben, nicht hier –

ULI Die Ställe –

RUDI Ställe, welche Ställe –

ULI Die Küche –

RUDI Ja? Ja? Die Küche?!

ULI Enge Treppen, ein Durchgang, die eine Seite und die andere –

RUDI Nein, nein!

ULI Das Gesinde –

RUDI Das Gesinde?

ULI Die Patrizier haben nicht das letzte Wort!
Kurze Pause.
Ein Haus, ein Dach.

RUDI Muß alles neu.
Kurze Pause.
So hält es nicht.
Kurze Pause.

RICKI Ich meine, was heißt kennengelernt, kennengelernt habe ich sie ja schon vorher, oder, sagen wir, gesprochen, gesprochen habe ich ja mit ihr schon auf der Hochzeit.
Auf meiner Hochzeit. Oder auf ihrer Hochzeit, als sie heiratete und ich heiratete,
aber wir haben ja nicht uns geheiratet, sondern jeweils jemand anderes, nur zur selben Zeit am selben Ort.

RUDI Haben nicht das letzte Wort, die Patrizier haben nicht das letzte Wort, nimmt den Hammer und schlägt zu und kugelt sich fast den Arm aus.
Er nimmt den Hammer, schlägt ein weiteres Mal gegen die Stelle der Wand, es entsteht Schaden, aber noch kein Loch.

Da kommst du nicht durch.
Kurze Pause.
Die Scheißduzerei.
Pause. Er hebt die Flasche.
Auf Marek.
Die anderen schließen sich ihm an.

RICKI Auf Marek.

ULI Marek.
Kurze Pause.

RICKI Fickscheiße.

ULI Die Patrizier. Ja. Die Patrizier.
Pause. Arbeit.

RUDI Sind die nett zu mir?
Nein, sind sie nicht. Sind sie wirklich nicht.
Kurze Pause.

ULI Fünf Uhr früh.
Mit der ersten Kippe am Straßenrand,
und dann kommt Rudi mit dem Minibus
und sammelt uns ein,
wir sind die Kolonne der freien Seelen,
singen wir,
und dann fahren wir Richtung Stadt.
Keiner sagt was,
Ricki nicht, und Rudi nicht, und Marek nicht, da war Marek noch dabei.
Sonnenaufgang. Radio.
Jeder in Gedanken, jeder noch halb im Schlaf.

RICKI Da waren sechs Frauen, alle nackt, und die standen von ihren Feldbetten auf, sobald ich den Raum betrat, und eine sagte: Ricki, was willst du denn?

RUDI Wenn, dann – hätte mein Vater gesagt, aber gut: hätte ist hätte, hat er ja nicht. Ist ja nicht da.

RICKI Ich habe geheiratet, und drei Tage später –
Und jedes Mal haben wir einen Strich an die Wand gemacht.

ULI Da kann man nachdenken. Da kommt man ins Nachdenken.
Auf der Autobahn in den frühen Morgenstunden.

Es fallen einem Sachen ein.
Kurze Pause.
»Der Sohn«. Ein Mann, dessen Vater ihn nie angenommen hat – nie, sein ganzes Leben lang nicht, und morgens hat der immer laut gepfiffen, damit man nicht mit ihm reden konnte, das war der ganze Grund, diese kaputte Sau!

RUDI Nichts. Schwarz. Kalt. Weiß.

ULI Oder:
»Die Enttäuschung«: Ein Sohn, der seinen Vater verrät, nach all dem, was der Alte getan hat, um die Familie durchzubringen, die Kinder, die kranke Frau, die wesentlich begabtere Tochter –
Kurze Pause.

RUDI Also mauern wir das wieder zu.
Kurze Pause.
Ja, sagt er, und sieht mich an –
Mauern wir das wieder zu.

RICKI Am Ende waren da neun Striche. Und danach hat sie gesagt, daß aus uns nichts wird.
Das war nach dem neunten Strich.
Er macht neun Striche an die Wand.

ULI Die Fahrt über die Dörfer und in die Industriegebiete,
an dem Heizkraftwerk vorbei,
der Rauch im Morgenhimmel und dann
durch die Peripherie,
die Hochhäuser,
die Balkone in der Ferne,
die Satellitenschüsseln,
die Bahnstrecke, der Ring, die Autobahn,
die Pendler, wir überholen andere Busse, Transporter, Handwerkertrupps,
da, sagt Marek,
das ist die Kolonne der gebrochenen Herzen,
und das, das ist die Kolonne des heißen Atems, schweigende Männer in Autos,
wir überholen, und wir werden überholt.
Rudi, was glaubst du, frage ich,

warum geht die Sozialdemokratie in diesem Land kaputt,
liegt es an der Partei oder liegt es an den Leuten?
Die Sozialdemokratie wird nie untergehen,
die Sozialdemokratie
wird eines Tages die Weltkugel retten,
sagt Rudi, Junge, weißt du das nicht?,
und Marek sitzt hinten und sagt:
Glaubst du, Rudi, glaubst du wirklich?
Und dann schweigen wir wieder
und fahren weiter durch die Vorstädte
und durch die Villengegenden
hinein in die Metropole
und durch den Finanzdistrikt,
die Sonne spiegelt sich in den Glasfassaden, und dann sind wir
im alten Kern der Stadt
am Fluß,
hier fing alles an,
hier ließen sich die ersten Siedler nieder,
und später kamen die Römer,
und jetzt stehen hier noch ein paar richtig alte Häuser,
das älteste von Dreizehnhundert oder älter,
hier haben die Fischer gewohnt,
außerhalb der ersten Stadtmauern,
hier wohnten die Ärmsten der Armen,
und dann ist die Stadt gewachsen,
und die reichen Leute
wollten mit Blick auf den Fluß wohnen,
und dann sind hier prachtvolle Bauten entstanden,
und wir stellen den Bus vor eines dieser Häuser, und Ricki fragt,
welcher Stock ist es denn,
und Rudi sagt, wieso welcher Stock,
wir machen das ganze Haus,
denen gehört das ganze Haus.
Kurze Pause.
Ich mochte die Idee – wir brechen hier durch.

Kurze Pause.
Warum nicht, Rudi, laß uns durchbrechen, warum nicht.
Pause.
Die Kolonne der freien Seelen.
Einer der drei macht etwas Musik.
»Der Körper meiner Frau« – über einen Mann, dessen Frau alles in völlige Verwirrung stürzt – allein durch ihren bloßen Anblick!

RICKI Fickscheiße.

RUDI Die Muffe.
Die Muffe und der Gutachter.
Kurze Pause.
Ich meine, wieviel Liter waren das. Wieviel Liter. Zweitausend? Viertausend? Fünftausend?
Kurze Pause.
Die Muffe falsch, und fünftausend Liter laufen ins Haus.
Kurze Pause.
Fünftausend Liter. Pfusch. Cottbusser Pfusch.
Das schimmelt nicht, das fault. Das fault alles durch.
Kurze Pause.
Die Cottbusser Muffe.
Kurze Pause. Ein Klopfen.
Kurze Pause.

RICKI Klang wie klopfen.
Kurze Pause.

ULI Klopft jemand?
Kurze Pause.

RUDI Wer soll hier klopfen. Ist offen!
Kurze Pause. Es klopft.

RICKI Ist offen!
Nichts geschieht. Trinkt.

RUDI Plötzlich war er weg, einfach weg:
Marek reißt die Leiste raus, und da sieht er was, er denkt, was ist das, die Fuge sieht so sonderbar aus, was ist da unter dem Holzfußboden, der Boden schwimmend verlegt, knarrzt, biegt sich, schon halb durchge-

fault, wo es feucht war, unter der Mauer, ich meine, alleine der Feldstein – was das für Gewichte waren, Granit – so: und er – er sagt noch, was ist denn das, ist das Schimmel, ist das da drunter alles durchgemodert, aber so riecht es gar nicht, geht runter auf die Knie – und ich: Was ist denn? Ist dir der Hammer durch die Nut gerutscht, sieh an, sieh an, das Maurerdekolleté, Mareks Maurerdekolleté, na, Meister Marek, was ist los, und er sagt, sieh mal, was ist das denn? Was ist das denn? Sieht aus wie Gold oder wie Pollen, oder wie Goldstaub –

Und ich: Na, aber sicher, der goldene Boden und alles aus Geglanz, und verarschen kann ich mich alleine, aber er, er ist wie verzaubert, als hätte ihn in dem Moment etwas berührt –

– und dann ist er weg.

Kurze Pause.

Auf Marek.

Helles Entsetzen.

RICKI Wo ist er denn –

RUDI Er ist weg –

RICKI Weg –

RUDI Weg, ja –

ULI Wie, weg –

RUDI Weg, so – er ist weg.

ULI Er kann nicht –

RICKI Wo ist er denn –

RUDI Kann nicht, wieso kann er nicht –

RICKI Er kann doch nicht weg sein –

RUDI Doch, kann er, er kann, doch – Weg, er ist weg!

Kurze Pause.

Verschwunden. Eben noch da – dann plötzlich weg.

Ricki sieht ihn ungläubig an.

RICKI Aber er kann doch nicht –

RUDI Reißt die Leiste weg, kniet sich hin und ist weg! Sieht aus wie Goldstaub, hat er noch gesagt,

und ich, sieht aus wie Schimmel, Schimmel oder Asche, und dann ist er weg!

Kurze Pause.
Weg!
Pause. Arbeit.

RICKI An dem Zigarettenautomaten, wir hätten da ja nie feiern können, in dem Saal, das kostet
in dem Schloßsaal, also ein Abend mit hundert Leuten mit Essen, ich weiß nicht, fünfundzwanzig. Fünfundzwanzig kostet das mit Sicherheit, die waren im Saal, im Schloßsaal, und wir waren unten, im Gewölbe, weil der Koch ein Freund von mir ist, hat der da –
Kurze Pause.
Die oben, wir unten.
Blödes Lachen.
Aber der Zigarettenautomat ist für alle da.
Kurze Pause.
Und sie war größer als ich.
Kurze Pause.

ULI *setzt noch mal an* »Der Körper meiner Frau«. Über einen Mann, dessen Frau alles um sie herum in ein völliges Chaos stürzt – jedes einzelne ihrer Körperteile bringt die Leute um den Verstand – die Füße, die Hände –
Kurze Pause.

RICKI Du bist doch etwas elektrisch.
Kurze Pause.

ULI Oder: »Das Verlangen«! Immer das haben wollen, was man nicht haben kann!

RICKI Und dann bin ich zurück, zurück vom Zigarettenautomaten ins Gewölbe, da saß meine Braut, und sie sah so froh aus, und ich hatte ja keine Ahnung, was das noch werden würde.
Kurze Pause.
Ich meine, stellen wir die beiden doch mal nebeneinander.
Er macht eine Geste.
Das ist doch einfach traurig!
So wie die wird die nie sein. Nie – nie.
Pause.

Und dann –
Pause.

ULI Nie nie sagen.

RICKI *laut* Doch, das kannst du, das kannst du wirklich. Ich wußte ja nicht, was da noch kommt.
Kurze Pause.
Das war wirklich eine ziemliche Fickerei.
Kurze Pause.
Wir beide,
wir gehören nicht derselben Klasse an. Das hat sie gesagt.
Nach dem neunten Strich.
Pause.
Die steht morgens auf und redet als erstes über Völkermord.
Pause.

ULI Jeder hat im Bus seinen festen Platz.
Kann man nachdenken. Kommt man ins Nachdenken, wenn man nicht einschläft.

RICKI Na, wie gehts denn zu Hause. Hat sie gesagt. Geht deine Frau arbeiten?
Nein, die ist zu Hause.
Ach so, sagt sie. Warum denn?
Das war nach dem sechsten Strich.

ULI Auf der Autobahn in den frühen Morgenstunden.
Es fallen einem Sachen ein.

RICKI Jedes einzelne ihrer Körperteile hat mich um den Verstand gebracht – die Füße, die Hände –

RUDI Nimmt den Hammer und schlägt die Wand ein,
also, ich reiß das jetzt ein.

ULI Über uns die Sterne, früh am Morgen, es ist noch dunkel.
Glaubst du, sagt Marek, da oben im Weltall ist irgendwo intelligentes Leben?
Wir fahren in den Morgen, und irgendwann überholen wir die Cottbusser, wir überholen jeden Morgen die Cottbusser.
Rudi, sage ich, die Privatisierung des Fernsehens war

der größte Fehler. Das vollständige Scheitern des Staats. Die Aufgabe der Verantwortung.
Kurze Pause.
Die Geschichte von dem Mann, der gerecht sein will und dadurch alles zerstört – und dann: ein leerer Platz, ein Brunnen, früh am Morgen, alles ist vorbei –
Pause.
Oder eine Straße, oder eine Kreuzung – die Geschichte von dem Mann, der seinem Schicksal entkommen will und sich gerade dadurch in sein Unglück stürzt. Unausweichlich, man kann nicht davonlaufen, ohne genau dort zu landen, wo man nie hinwollte – das gibt es doch, so ist es doch!
Kurze Pause.

RUDI Was für ein Arschloch.
Kurze Pause.

ULI Ja, stimmt.
Kurze Pause.
Blödes Arschloch.
Kurze Pause.
Aber der Plan war gut. Und was du dem –
Kurze Pause.
Nimmt den Hammer und schlägt die Wand ein.
Er nimmt den Hammer und schlägt gegen die Wand.
Der Sohn heiratet, und der Alte schenkt dem Brautpaar ein ganzes Haus im alten Teil der Stadt am Fluß.
Kurze Pause.
Eher ein Palais als ein Haus. Aber alles baufällig, und jetzt beginnen die Arbeiten. Der Vater würde alles anders machen als der Sohn, aber gut, geschenkt ist geschenkt, auch wenn sie sich hassen, auch wenn der Alte den Jungen für einen Versager hält – und es ist immer noch sein Geld, und der Alte wäre nicht, was er ist, wenn er sich jetzt einfach raushalten würde, der Machtmensch und der Generationswechsel, schließlich hat er hier selbst als Kind gelebt,
und der Sohn – der Sohn will einen Durchbruch, wo nie ein Durchbruch war.

RICKI *macht ein Geräusch* Ich meine, Halleluja, hast du mal hingesehen? Hast du da mal richtig hingesehen. Mußt du mal machen, lohnt sich, würde ich sagen. Hier!
Er macht eine Geste.
Hier und uppsie. Halleluja.
Kurze Pause.
Das kann nicht sein, daß die mit dem – stell dir vor, wie die mit dem –
Kurze Pause.
Wie der aussah, nachdem der da reingesehen hatte.
Kurze Pause.
Das Gesicht. Das Entsetzen.

RUDI Die Muffe. Die Cottbusser Muffe.

ULI Cottbus oder Chemnitz?

RUDI Cottbus.

ULI Chemnitz. Die waren aus Chemnitz.

RUDI Cottbus! Die waren aus Cottbus, wenn ich es dir doch sage!

ULI Chemnitz.

RUDI Cottbusser Technik.
Das Billigste ist gerade gut genug und wird so teuer verkauft, daß.
Kurze Pause.
Das ist der Markt. Das sind die Cottbusser.
Und dann weiß, schlank, sportlich – der Vater.
Kurze Pause.
Das ist: der Vater. Hoho. Der hat das Geld. Der Kleine hat vielleicht auch Geld, aber der Alte hat das große Geld. Das geerbte Geld. Das Familiengeld. Das alte Geld.
Kurze Pause.
Und der Sohn haßt den Vater, und er will alles anders machen, er will durchbrechen, er will neu anfangen, und am Ende erbt er doch.
Und für den Alten, für den bin ich hier das Kuriosum, ich bin der mit der dicken Nase, ich bin der Handwerker, und ich denke:

Womit seid ihr reich geworden, was, was, was, mein Großvater war Zwangsarbeiter, was war dein Großvater.

Das ist das Fundament dieser Republik.

Kurze Pause.

Handschlag.

Das soll Respekt bezeugen, er und ich, der Bauherr und der Zimmermann. Der Bauherr und das Handwerk!

Und ich weiß, das ist alles Ramsch, billig gebaut, zusammengekloppt, das hier, das ist die Cottbusser Muffe.

Brüllt.

Wir haben hier einen Mann verloren!

Pause. Brüllt.

Marek!

Schweigen.

Es klopft.

Ja!

Es klopft.

Ja!!!

Es klopft. Rudi geht zur Tür und öffnet.

Niemand da.

Es klopft wieder. Alle sehen sich um. Schweigen.

RICKI Vielleicht arbeitet was in den Leitungen.

ULI In welchen Leitungen.

RICKI In den Leitungen.

ULI Nee.

RICKI Wieso?

Es klopft.

ULI Wegen der Muffe.

RICKI Wegen der Muffe?

RUDI *brüllt* Sag mal, kann es sein, daß du überhaupt keine Ahnung hast, was hier los ist? Wo bist du denn?

Es kann doch nicht sein, daß du nichts von der Muffe gehört hast!

RICKI Welche Muffe?

RUDI Die Cottbusser Muffe!

Kurze Pause.
Kann sein, daß das ganze Haus durchfault!
Kurze Pause.

RICKI *steigt auf eine Leiter* Ich stand auf der Leiter, um einen Kronleuchter anzuschließen, und als ich gerade die Lüsterklemme in der Hand hielt, fiel mir ein, daß ich vergessen hatte, die Sicherung rauszumachen, und dann ging unten die Tür auf, und jemand drückte auf den Lichtschalter neben dem Eingang.
Der Strom schoß durch mich durch, und ich konnte die Klemme nicht loslassen, und so hing ich in der Luft, und dann sah ich nur noch ein glühendes Weiß, und ich dachte, das ist das Licht des Himmels, und danach war alles schwarz.
Er greift nach der Lüsterklemme. Uli drückt auf einen Lichtschalter. Ricki wird von 220 Volt durchschossen und zuckt über mehrere Sekunden in der Luft. Uli macht den Lichtschalter wieder aus.
Sie hatte den Schalter wieder ausgemacht, aber das hatte gedauert, erst hatte sie nicht begriffen, was überhaupt passierte. Sie sagt, es wäre ein Glühen in dem ganzen Raum gewesen, alles hätte geleuchtet, gestrahlt.
Ich stürzte von der Leiter, aber da hatte ich schon das Bewußtsein verloren, ich selbst dachte, ich fiele in ein schwarzes Loch, und ich spürte nicht den Aufschlag.
Der Strom hätte mich umbringen können, und der Sturz hätte mich umbringen können, an dem Tag bin ich zweimal fast gestorben,
und als ich wieder zu mir kam, lag ich auf dem Boden, und sie beugte sich über mich. Ich sah in ihre Augen.
Die Frau vom Zigarettenautomat. Die Braut.
Die Frau von der Hochzeit drei Tage vorher.
Kurze Pause.
Das hätte eben nicht passieren dürfen.
Kurze Pause.
Danach gab es kein Zurück mehr. Ich erkannte sie sofort, und sie erkannte mich auch, aber keiner sagte

was, ich versuchte, aufzustehen, und sie half mir, und sie roch so gut,
und schließlich stand ich wieder auf den Füßen, und sie auch, und wir sahen uns an, sie sah ja ganz anders aus als drei Tage vorher, sie hatte ja nicht mehr das Brautkleid an, und ich hatte nicht mehr den Anzug an, sondern sie trug einen Rock und eine Bluse und eine Jacke und ich die Arbeitskleidung wie immer.
Kurze Pause.
Und dann – wir haben jedes Mal einen Strich gemacht, an der Wand, und jedes Mal, wenn ihr Mann in die Wohnung kam, hat er gefragt, was sind denn das für Striche, was zählen Sie denn hier, rückt sich die Brille zurecht, kratzt sich am Kopf,
soll das so bleiben oder kommt das weg: Und ich sag nichts, und Rudi sagt: Das kommt weg.
Das kommt weg!
Und da habe ich was begriffen, was mir vorher vielleicht auch schon klar war, was ich aber nicht begreifen wollte.
Das kommt weg, da kommt ja noch der Putz drauf, sagt Rudi. Oder was hast du gedacht?
Kurze Pause. Jemand malt die neun Striche über. Oder schmiert Putz drauf.
Sie hat gesagt, wenn wir nicht drei Tage vorher jemand anderes geheiratet hätten, wäre es nie passiert.

ULI Die Autobahn. Die Transporter.
Kurze Pause.
Die Kolonne der freien Seelen.
Wir überholen die Kolonne der gebrochenen Herzen, die Kolonne des heißen Atems,
die Cottbusser, wir überholen immer die Cottbusser, und mir fallen Sachen ein:
Kurze Pause.
»An- und Verkauf«: ein schrulliger alter Händler, ein Trödler, und sein Enkelsohn, der alles besser machen will, aber auf die schiefe Bahn gerät –
Kurze Pause.

Oder: »Die Suppe und der Löffel«, sehr witzig – über die Haßliebe zwischen einem Koch und einem Kellner, und am Ende stehen beide auf der Straße –
Pause.
Warum Cottbus?
Kurze Pause.

RICKI Hier die eine, da die andere.
Schlägt sich gegen die Stirn.
Was sollte ich denn machen? Aber gut, aber gut, ich hab ja nichts gemacht an dem Zigarettenautomat, dann ist es eben so, habe ich gedacht, du hast die falsche Frau geheiratet, und dann setz ich mich wieder hin in dem Gewölbe –
Ich habe nichts gemacht –
Kurze Pause.
– und drei Tage später steh ich auf der Leiter und mach das Kabel, und die Tür geht auf, und jemand drückt den Schalter, und ich sehe alle Lichter Gottes.

ULI Aus Cottbus –
Kurze Pause.
Und ich: Du, wieso kommt ihr aus Cottbus,
wieso kommen die aus Cottbus hierher,
wieso arbeiten hier Cottbusser,
und er, wir sind überall.
Kurze Pause.
Sogar im Taunus.
Kurze Pause.
Das kann doch nicht sein, das ist doch viel zu weit, wann fahrt ihr denn da los.
Ich meine – warum.

RUDI Ist billig.

ULI Billig?

RUDI Billig. Die können nichts verlangen.

ULI Aber das müssen die denen sagen.

RUDI Wieso sollen die das sagen –

ULI Wieso, weil das schimmelt.

RUDI Das schimmelt nicht, das fault.

ULI Ist doch egal, ist doch egal, ob das fault oder schimmelt –

RUDI Außerdem: Wer sagt das. Der Gutachter sagt, es schimmelt nichts.

ULI Alles trocken? Ich hab die Muffe doch gesehen.

RUDI Weg! Weg ist weg.
Kurze Pause.

RICKI Und dann schlug er die Wand ein. Das war nach dem achten Strich.
Er brauchte gar nicht so lange.
Vielleicht zehn, fünfzehn Schläge, dann war er durch.

RUDI Der nahm den Hammer und schlug die Wand ein,
also, ich reiß das jetzt ein,
und ich: wirklich?
Und er, rückt sich die Brille zurecht,
ja, komm, gib her –
Kurze Pause.
Wenn, dann, verstehst du, wenn du hier die Wand einschlägst, dann übernimmst du die Verantwortung, nicht ich – ich nicht –
Ich übernehme die Verantwortung nicht –
Da kann nichts sein, sagt er,
wenn du nur irgendeine Ahnung hättest,
ich denke, du hast das gelernt!
Ich denke, du hast das gelernt?
Gelernt, ich habe das gelernt,
und ich reiße das nicht ein –
Verstehst du, wenn du nur irgendeine Ahnung hättest – hier kann nichts sein, kein Wasser, kein Strom, keine Heizung, das kann man messen, wenn du willst, messen, ja, messen, röntgen, röntgen, wenn du willst.
Erst fickst du meine Frau,
ich ficke deine Frau nicht,
erst fickst du meine Frau,
ich hab sie nicht gefickt.
Zeigt auf Ricki.
Er, er hat sie gefickt,
und dann erzählst du mir, wos langgeht, ich sag dir, wo es langgeht, hier gehts lang, denn du – du hast – wie alle Handwerker – keine Ahnung.

Willst du, willst du mich beleidigen, du willst mich beleidigen, dann mach doch, schlag deine Wand ein –

Es klopft.

RICKI Ja!

Es klopft.

Ich sags doch! Die Leitung!

ULI Und dann schlug er auf die Wand ein und schlug und schlug –

Kurze Pause.

Wie besessen, er hörte gar nicht mehr auf.

Kurze Pause.

Und wir standen daneben, Ricki und Rudi und Marek und ich.

Da war Marek noch dabei, und erst flog uns der Putz um die Ohren, wer weiß, von wann der Putz ist, und der Stein, uralter Stein, und dann schien es immer heller hinter der Wand zu werden, als ob etwas hinter der Wand leuchtete, ein Licht, eine Sonne – bis er durchbrach.

Kurze Pause.

Aber da war nichts. Ein schwarzes Loch.

Wind.

Kurze Pause.

Er steckte seinen Kopf durch die Öffnung und verlor seine Brille. Die fiel ins Bodenlose.

Da ist nichts, sagte er.

Ein schwarzes Loch. Ein Abgrund.

Rudi schlägt die Wand ein. Das kann dauern. Wenn das Loch fertig ist:

Hallo, rief er in die Dunkelheit.

Er ruft:

Hallo?

Viel Hall.

RUDI Ein schwarzes Nichts, kein Boden, keine Grenze, kein Licht. Nur Wind. Er sah uns an, und ich hatte das Gefühl, ihm stehen die Haare zu Berge, und er sagte: Ich habe meine Brille verloren.

Wir ließen ein Streichholz in die Tiefe fallen, aber es

ging aus. Wir ließen einen der Baustrahler an dem Kabel herunter, aber da war nichts zu erkennen.
Wir ließen ein Seil mit einem Gewicht hinunter, aber wir stießen auf keinen Grund.
Kurze Pause.
Und dann sagt er:
Was ist das?
Und dann, schließlich:
Also gut: Mauern wir das wieder zu.

ULI Die Geschichte von der Frau, die den falschen Mann geheiratet hat –

RICKI Um ehrlich zu sein, ich habe das nur zugesagt, weil ich wußte, da läuft was.
Kurze Pause.
Bis ich mich zu irgendeiner Muschi vorarbeite. Ich bin ja der Vorarbeiter. Oder?
Ich arbeite mich vor.

ULI Oder: Eine Familie, die unweigerlich auseinanderbricht, obwohl niemand es will –
Obwohl niemand es will, und obwohl niemand schuld ist,
denn jeder hat recht – und jeder hat Rechte. Und jeder will geliebt werden. Aber was gilt das Recht und das Vorrecht in der Liebe!

RUDI Gier, Selbstsucht, Angst –
Pause.

RICKI Fickscheiße.
Kurze Pause.
Also gut, gebt mir ein Seil und laßt mich langsam ab.
Ich will sehen, was da ist.
Kurze Pause.
Nein?

RUDI Im rechten Winkel und im Lot
Steht Mauer, Balken, Wand und Schlot
Dem Bauherrn werde Glück und Heil
Mit Frau und Kindern stets zuteil
Gesundheit, Heiterkeit und Frieden
Sei ihnen immerdar beschieden.

Ich sehe mir die Kollegen an,
da sind
sie, die Cottbusser,
die sind billig, aber mehr darf es auch nicht kosten,
denen ist in Hamburg doch schon ein ganzes Haus weggeschimmelt,
die stehen alle schon mit einem Bein im Gefängnis,
unterspült und weggesackt, die kennen alles, und immer kommt der Gutachter,
aber gut, wen kümmert das,
kann mir egal sein, und dann verlieren wir einen Mann.
Kurze Pause.
Auf Marek.

RICKI Auf Marek.

ULI Marek.
Kurze Pause.

RUDI Ja, gut, schick doch den Gutachter,
die haben dem Praktikanten die Krawatte umgebunden und gesagt, du bist jetzt Gutachter:
und dann:
Kurze Pause.
Hier –
Kurze Pause.
Hier – ist alles trocken.
Kurze Pause.

RICKI Weißt du, sagt sie, es gibt Menschen, die für die Gesellschaft von Bedeutung sind, und andere, die nicht für die Gesellschaft von Bedeutung sind, weil sie nichts für die Gesellschaft tun.
Und du – du gehörst zu der letzten Gruppe.
Du machst nichts. Oder: Du machst so rum.
Wieso, sage ich, wieso ist das für die Gesellschaft nicht von Bedeutung, natürlich bin ich für die Gesellschaft von Bedeutung, ich meine, aus Leuten wie mir besteht die Gesellschaft, ich bin die Gesellschaft, ich arbeite, ich verdiene Geld, ich zahle Steuern, ich – ich bin das System.

Nein, nein, sagt sie, du erhältst das System, du schadest ihm vielleicht nicht, aber was tust du, du persönlich, um das System zu verbessern.
Ich? Wieso soll ich das System verbessern, es reicht, wenn ich das System erhalte, verbessern können es andere, ich meine, hey, ich mach nen Job, ich mache gute Arbeit,
und dann lachte sie. Sie lachte nicht laut oder bösartig, aber sie lachte auch nicht nett, irgendwie dazwischen. So hatte noch nie eine Frau über mich gelacht.
Was ist, was ist daran so komisch, habe ich gesagt, und um ehrlich zu sein, eigentlich wollte ich ihr eine knallen.
Das war nach dem siebten Strich.
Kurze Pause.

RUDI Der Bauherr kommt mit dem Handwerker nicht zurecht, und der Handwerker nicht mit dem Bauherrn.
Ist doch immer so. Wir beide, sagt der Alte, wir müssen uns ja nicht verstehen,
aber besser wäre, wir würden uns verstehen,
aber gut, wenn wir uns nicht verstehen,
verstehen wir uns nicht.
Kurze Pause.
Aber niemand weiß, wie was zusammengehört, wer was trägt und wen was trägt, – und jeder weiß es besser.
Kurze Pause.
Diese Republik ist ein Konstrukt, und wir sind ein Teil davon.
Kurze Pause.
Keine Identität.
Und Sie und ich sind Teil davon.
Ein gemeinsames gesellschaftliches Projekt hat es in dieser Republik zu keinem Zeitpunkt gegeben.
Und der Alte sieht mich an, lange, und dann sagt er:
Da können Sie froh sein. Seien Sie froh.
Ohne jede Ironie.
Ich bin aber nicht froh.
Denn es geht doch weiter.

Es geht ja nicht allein um uns.
Es geht um alle.
Kurze Pause.
Wie der Mensch im Staub liegt,
wie die ganze Menschheit im Staub kriecht,
unter einer roten Sonne, in der Hitze,
durstig, denn es gibt kein Wasser mehr, oder:
Es wird immer weniger Wasser werden, und irgendwann werden wir kein Wasser mehr haben,
und hungrig wird der Mensch sein, denn es gibt nichts mehr zu essen, weil das Korn verdorrt ist, weil der Reis nicht mehr reicht für alle,
der Reis reicht jetzt schon nicht mehr für alle.
Der Mensch ist ein Tier,
der Mensch ist ein vernunftbegabtes Tier,
aber trotzdem
ist der Mensch nur ein Tier,
ist immer nur ein Tier gewesen, nicht mehr,
der Mensch kann nicht weiter vorausschauen,
als sein eigener Schatten reicht,
und er kann auch nicht weiter zurückschauen,
als sein eigener Schatten reicht,
und deshalb ist der Mensch – wie ein Tier – nicht in der Lage, sich zu erinnern, was gewesen ist, und sich vorzustellen, was kommen wird.
Das wird kommen:
Wir, die Bewohner dieses Planeten,
wir sind nicht in der Lage, diesen Planeten vor uns selbst zu schützen,
und wir werden nicht in der Lage sein, unseren Planeten Erde zu retten.
Die Industriegesellschaft – das sind wir,
und die Industriegesellschaft zerstört die Natur, zerstört das Klima, die schützende Hülle der Erde,
die Industriegesellschaft wird diesen Planeten zugrunde richten.
Mehr als eine Milliarde Menschen leben auf diesem Planeten in diesem Augenblick von weniger als einem Dollar pro Tag.

Wir werden nicht den Abgrund zwischen arm und reich auf diesem Planeten überbrücken, niemals.
Kann sein, manche Statistik sagt: Es wird besser. Kann sein, in Süd-Asien geht es den Menschen langsam besser.
Aber in Afrika geht es den Menschen südlich der Sahara schlechter, da leben sechzig Prozent der Bevölkerung von weniger als einem Dollar pro Tag.
Die führenden Industrienationen und die bevölkerungsreichsten Länder der Erde werden das Klima dieser Erde immer weiter zerstören, und davon betroffen werden zuerst die ärmsten Länder dieses Planeten sein, denn die Klimakatastrophe ist gleichzeitig eine Versorgungskatastrophe.
Es wird als erstes die treffen, die jetzt schon nichts haben, die jetzt schon von weniger als einem Dollar am Tag leben sollen und es natürlich nicht können.
Als erstes trifft die Klimakatastrophe die Länder Afrikas südlich der Sahara.
Dort, wo es jetzt schon nicht genug sauberes Wasser und Reis gibt, wird es noch weniger geben, es wird die zuerst treffen, die es jetzt schon trifft, seit Jahrzehnten:
Länder wie Malawi oder Lesotho oder Swasiland,
Länder mit einer AIDS-Rate in der Bevölkerung von über zwanzig Prozent. Jeder vierte in Malawi, Lesotho oder Swasiland, um nur drei Länder zu nennen, hat AIDS. In manchen Gegenden leben nur noch die Kinder und die Greise. Es ist niemand mehr da, der die Arbeit auf dem Feld machen kann. Alle krank oder tot.
Und Tausende sterben täglich, Erwachsene. Kinder. Jetzt. In diesem Moment. Und das seit Jahren.
Aber niemand sollte die Rechnung der Zukunft ohne Afrika machen, niemand.
Alle reden über China, ja, ja. Die riesigen Märkte, ja, ja.
Die entrechteten, ausgebeuteten Völker Afrikas und Asiens und Südamerikas werden sich rächen, diese Länder werden ein fruchtbarer Nährboden sein für

die Saat all jener, die irgend etwas anderes versprechen, als die westlichen Industrienationen gehalten haben,
Ideologen, Blender, Religionsführer, Sadisten werden dort offene Ohren finden,
und irgendwann kommt sie dann, sie muß kommen, und sie wird kommen:
Die schmutzige Bombe,
die nukleare Rucksackbombe in der U-Bahn von New York, Berlin, London, Frankfurt, Paris, Madrid, Rom, Moskau, Wien:
Die alten Achsen werden nicht zerbrechen, sie werden zerstört werden. Eine einzige nukleare Bombe in den Containerhäfen von Singapur oder von Rotterdam, den größten Häfen der Welt,
und der Weltmarkt bricht zusammen,
der Weltmarkt wird vollkommen zusammenbrechen.
Und, ja, er wird möglich werden, oder er ist längst möglich, der zentrale Angriff auf das Internet, auf das Telephonnetz, auf die Finanzmärkte.
Nicht zu vergessen die biologischen Waffen, Anthrax, die Pocken, die Pest.
Der Mensch lernt nichts, er ist nicht in der Lage, sich zu erinnern, was gewesen ist, und er ist nicht in der Lage, sich vorzustellen, was kommen wird.
Der Mensch kann nicht weiter vorausschauen,
als sein eigener Schatten reicht,
und er kann auch nicht weiter zurückschauen,
als sein eigener Schatten reicht.
Die Plagen, die Gott über die Ägypter kommen ließ, bevor er ihre Kinder abschlachtete, der Nil voll Blut und die Frösche und das Ungeziefer, der Hagel, die Heuschrecken, die nicht enden wollende Nacht, das waren keine Strafen: Das waren Warnungen:
Es waren Warnungen vor der letzten, mörderischen Katastrophe, aber die Ägypter hörten nicht und blieben ihren ungerechten Göttern treu, so wie wir unseren Göttern treu bleiben werden: der Habgier und der

Rücksichtslosigkeit, das ist die große Schwäche der Gattung Mensch, die Fühllosigkeit –
Jetzt wird er wirklich laut und verzweifelt.
– nichts verbindet einen Menschen mit dem anderen, außer für eine zu kurze Zeit – die Nabelschnur, danach aber verbindet den Menschen nichts mehr, und wenn, wie es in dieser Minute, in diesem Augenblick geschieht, ein Kind in Afrika oder Indien armselig krepiert, dann spüren wir nichts – nichts.
Nachts sitzen wir, die Bürger der Kommunikations- und Industriegesellschaft mit aufgerissenen Augen vor den Fernsehern, wir wissen alles, wir kennen jedes Bild, jede preisgekrönte Dokumentation, aber wir bleiben blind. Wir sind Blinde.
Und vor uns liegen die Jahre der Pest.
Pause. Bier. Rauchen. Vielleicht Arbeit.

ULI *nüchtern, ohne Überzeichnung* Ich glaube fest an eine Zukunft,
ich glaube,
daß es möglich sein wird, auf diesem Planeten
in Frieden zu leben,
der Mensch,
Er macht eine kurze, ehrfurchtsvolle Pause bei diesem Begriff.
der Mensch,
wir,
wir werden das erreichen,
wir werden das erschaffen,
was unseren Vätern und Vorvätern nicht gelungen ist,
wir werden etwas aufbauen,
wir werden Fehler
wiedergutmachen,
alles, was wir dazu brauchen, ist ein Bild,
eine Vision,
ein Ziel,
ein Entwurf einer Zukunft,
wir brauchen
einen großen, herrlichen Gedanken,

einen Gedanken wie ein Gesang
von Gleichheit und Brüderlichkeit und Recht und Freiheit,
und von Verantwortung und Wachheit und Wagemut:
Ein Credo der Zukunft:
Aufgehoben wird sein
der Unterschied zwischen den armen und den reichen Völkern der Erde,
niemand in Afrika wird noch unter primitivsten Bedingungen mit einem Esel und einem rostigen Pflug sein ausgedörrtes Feld bestellen müssen,
während wir mit subventionierten Lebensmitteln der Europäischen Union
auf den afrikanischen Märkten die Preise zerstören,
das wird sich ändern,
das muß sich ändern,
niemand wird mehr sterben müssen, weil er nicht genug zu essen hat, oder weil es keine Medizin gibt, oder weil es keine bezahlbare Medizin gibt,
Er lacht auf.
auch das
wird sich ändern,
wird sich selbstverständlich ändern müssen.
Das Ende des Zeitalters der kriegerischen Barbarei und der Ausbeutung im Namen der Ökonomie wird kommen.
Das Wort von der Gleichberechtigung von Mann und Frau wird eines Tages keine bloße Phrase mehr sein,
auch wenn wir davon noch weit entfernt sind:
Es wird so sein.
Ich glaube an die Zukunft des Rechtes und der Gerechtigkeit,
eines Tages wird
das Recht auf körperliche Unversehrtheit kein hohles Wort mehr sein,
so wie das Recht auf freie Meinungsäußerung in Rußland und China und im Iran und in allen anderen Ländern dieser Erde,

so wie das weltweite Grundrecht auf kostenlose Schulbildung kein hohles Wort mehr sein wird,
ich glaube an das Ende des Analphabetismus in den Armenhäusern dieser Welt,
ich glaube fest an das Ende der Ausbeutung der Arbeiter und Arbeiterinnen in den Billiglohnländern Asiens und anderswo,
es kann nicht sein, daß es an Geld fehlt, um Kinder vor dem Tod zu retten,
während in (UNSINNIGES AKTUELLES TEURES GROSSPROJEKT EINBAUEN) wird,
nein,
wir werden das Wort Wohlstand, das Wort Luxus völlig neu definieren,
es wird eine Umkehr geben,
alle Nationen, auch die Chinesen und die Amerikaner, werden eines Tages ihre Schadstoffemissionen drosseln,
wir werden alternative Energiekonzepte entwickeln,
der überhitzte Planet wird langsam wieder erkalten,
das abgeschmolzene Eis der Polkappen kommt zurück, der Meeresspiegel sinkt, die durch die Erderwärmung algen- und quallenverseuchten Meere werden Jahrzehnte brauchen, um sich zu erholen, aber eines Tages wird es soweit sein,
es wird geschehen,
wir alle, alle Völker dieser Erde,
werden lernen, in Frieden zu leben,
ich glaube an ein Ende der Kriege,
ich glaube an ein Ende der ewigen Gewalt im Nahen Osten, in Israel und Palästina,
und im Irak und in Afghanistan,
in Afrika –
und wie werden wir das erreichen?
Wie wir das alles erreichen werden?
Durch Tatkraft, durch Mut, durch Wissen, durch Wachsamkeit, durch Toleranz und Geduld und durch Aufklärung,

und
durch Schönheit,
durch Gutes –

RUDI Und Löwe und Lamm liegen wie einst
im Paradies nebeneinander in Frieden.

ULI – und wäre das nicht so – wir wären alle verloren –
Ich glaube an die Vereinten Nationen,
und ich glaube an eine Gesellschaft, in der jeder das tut und das tun darf, was er oder sie am besten kann, ich glaube an eine Gesellschaft, in der jeder seinen Platz hat, ich glaube an die Abschaffung der Eliten und die Schaffung einer millionen- und milliardenköpfigen Elite von glücklichen Menschen, die ihren Weg gefunden haben –

RUDI Wenn Jesus am Kreuz für uns gestorben ist, für uns, wenn der Tod Jesu am Kreuz uns erlöst, dann frage ich mich: Wofür sind dann die sechs Millionen in den Konzentrationslagern, in den Gaskammern, umgekommen, die –

ULI Man müßte doch immer nur die Wahrheit zeigen, nur die Wahrheit,
Kunst und Wahrheit, nichts anderes,

RUDI Und wer da noch kommen soll, welcher Messias –

RICKI *kleinlaut, betreten* Jemand müßte vielleicht einen Brief schreiben –

ULI Ich hätte da noch –

RICKI Man müßte, ich würde so gerne –

ULI Ich würde mir so wünschen, daß –

RUDI Wenn ich, wenn ich nur ein einziges Mal –

RICKI Bestimmen, wer bestimmt denn –

ULI Das, da könnte ich auch –

RUDI Das reicht nicht! Das reicht nicht! Oder?
Was was was –

RICKI – wie was?

ULI – weil das so –

RICKI Was heißt das?

ULI Was heißt das?
Ricki schreit schrill auf.

RUDI *als ob nichts geschehen wäre – amüsiert* Ich meine – wir? Wer soll das sein?
Kurze Pause.
Und der Alte sieht mich an –
Kurze Pause.

ULI Und wir fahren morgens in der Dunkelheit und in der Kälte über die Autobahn, der Schlaf steckt einem noch in den Gliedern, und keiner sagt was, oder wenn einer was sagt, dann so was wie:
Wenn, dann – was wir tun, wie und warum – müssen wir das in Frage stellen?
Und wir fahren weiter, im Radio läuft Musik.
Und Marek sitzt hinten auf der Rückbank und sagt:
Ein Mann, der fliegen lernt und furchtbar zu Fall kommt.
Und ich sage, uuuh, Marek, du weißt doch:
Identifikation ist tot.
Die Figur ist tot.
Hey.
Und dann überholen wir einen brennenden Minibus, der steht auf dem Seitenstreifen und brennt, und die Feuerwehr ist da und sperrt alles ab, und sieben Krankenwagen sind da, und Polizei. Das Blaulicht in der Nacht.
Der Sonnenaufgang kommt immer später, letzte Woche war es um diese Zeit schon hell, und jetzt ist es noch stockdunkel, als wir auf der Baustelle ankommen, da stehen wir noch einen Moment auf der Straße und rauchen, und dann kommt einer von den Kranführern und sagt:
Die Cottbusser sind in ihrem Bus auf der Autobahn verbrannt, alle sieben, die ganze Mannschaft ist verbrannt, nur der Azubi nicht, der war nicht dabei, der hat blaugemacht, aber die anderen, alle tot, die waren seit halb fünf auf der Straße, und dann ist der am Steuer eingeschlafen, und das wars: Keiner kam mehr aus dem Bus.
Kurze Pause.

RUDI *spricht weiter* Wer weiß, wer von uns heute nicht lebendig nach Hause kommt, wer weiß – einer
kommt vielleicht nicht lebendig nach Hause,
wer weiß, wen auf dem Heimweg die Straßenbahn streift, oder wer,
auf dem Weg zur U-Bahn, auf der Treppe unglücklich fällt – wer weiß!
Ein banger Moment.
Es klopft wieder.
Ja, ja.
Er packt ein Brot aus.
Schweigen.
Klopfen.
Schweigen.
Und mir fielen beim Essen die Zähne aus, alle, nacheinander, und ich versuchte, mir nichts anmerken zu lassen –
Kurze Pause.

ULI Und vor mir ein riesiges Loch, so groß wie ein Grab –
Marek, vollkommen staubbedeckt, bricht durch den Fußboden in den Raum. Er klettert in den Raum, schwankt leicht. Er überlegt kurz, ob er gleich weiterarbeiten soll. Die anderen sehen ihn an. Rudi reicht ihm sein Butterbrot. Ricki gibt ihm ein Bier. Er setzt sich.
Schweigen.

RUDI Und?
Pause. Es dauert, bis Marek soweit ist.

MAREK König Runza ist ein schlechtgelaunter König.
Kurze Pause.
Aber er ist ein König, und er reitet auf einer Elster durch sein Reich der Feen und der Elfen.
Kurze Pause.
Und die Elster ist ein Biest.
Die Elster sagt, sie ist eine Dohle, aber in Wahrheit ist sie nichts als eine Elster, und beide wissen das, der König Runza und das Tier, auf dem er reitet.
Was du redest, was du sagst, sagt Runza, und dann

schlägt er die Elster, und er reißt ihr die Federn aus, und die Elster frißt Schnecken und hackt fremde Eier auf, damit ihr neue Federn wachsen,
immer klebt Dotter an ihrem Fell und an ihrem Schnabel,
die Elster ist widerlich, sagt König Runza.
Er trinkt einen Schluck und denkt kopfschüttelnd nach.
Aber – wenn es ihm zu eng wird, wenn es Runza zu eng wird, reitet er nicht mehr auf der Elster, sondern auf einem Kolibri, und der Kolibri ist eitel, und er hackt der Elster auf den Kopf, und dafür schlägt Runza den Kolibri und reißt ihm Federn aus, und der Kolibri frißt Fliegen, damit ihm die Federn wieder wachsen, und damit der Schmerz nachläßt, und wenn es Runza auf dem Kolibri zu eng wird, weil er nicht durch die Ritzen kommt, dann reitet er auf einer Mücke, und die Mücke weint und weint, weil sie weiß, daß sie bald sterben wird, und wenn die Mücke dann mit Runza durch die Fensterritzen und Borkenspalten geflogen ist, dann frißt Runza die Mücke bei lebendigem Leib, und die schreit und schreit, aber Runza ist der König, und wenn die Mücke schreit, wissen alle Feen und Elfen, daß Runza in der Nähe ist.
Kurze Pause.
Man könnte meinen, die Feen und Elfen liebten den Wald, das Grün, die Heide, aber nein:
Am liebsten reist Runza durch sein Reich aus Stein, durch Putz und Mörtel, durch die Städte, durch die Häuser, durch die Wände, durch die Böden, auf dieser Reise reitet er auf einer Assel, hoho, hü, oder auf einer Larve, oder auf einer Milbe, schwankend auf der Milbe durch die Wände, durch die Böden, durch die Betten –
Die Körper schwitzen, die Kinder weinen und die Frauen stöhnen und die Männer grunzen, wenn Runza und sein Troß über sie hinwegziehen,
mit wehenden Fahnen und mit für unsere Ohren unhörbarer Spinnenmusik,

wo sind die goldenen Felder, wo sind die goldenen Felder,
so geht immer die Musik.
Kurze Pause.
Die Spinnenmusik, die Spinnen laufen dem Troß hinterher, und wo du eine Spinne laufen siehst, ist Runza nicht weit, und wenn die Spinne verschwunden ist, hat Runza sie gefressen, und während er sie frißt, singt die Spinne am schönsten, hell und klar, wie ein Stern,
wo sind die goldenen Felder, wo sind die goldenen Felder.
Hier sind sie, hier, ruft ein Silberfisch, der vorneweg läuft, hierher, hier, und: Da sind sie, da sind die goldenen Felder, winzige Trommeln und Flöten spielen, und die langen Fahnen flattern,
hier sind sie, hier, und da, in den Ritzen zwischen den Dielen, unter dem Boden und in den Fugen, wächst es, hier wächst der Feenstaub, hier wächst der Purpurstaub, hier wächst das Gold.
Kurze Pause.
Und Runza streicht über die goldenen Fäden, er ist der Herrscher von alldem, und niemand weiß es.
Pause.

RICKI *am Rande, in Sorge, hellwach* Ich bin heute früh aufgewacht, und plötzlich war ich zehn Kilo schwerer –

RUDI *am Rande, in Sorge* Ich bin heute früh aufgewacht, und plötzlich war ich zehn Kilo leichter.

MAREK Ich stand plötzlich vor Runzas Thron, gebaut aus einer goldenen Haselnuß, und ich war plötzlich winzig klein. Da, wo ich war, war es hell und dunkel gleichzeitig, es war wie eine Zwischenwelt, und über uns donnerte es, das waren eure Stimmen, und eure Füße.
Wir sind unter den Dielen, sagt Runza, dies ist das Zwischenreich, das Reich der Feen und des Goldes,
es gibt drei Reiche, wußtest du das, Marek,
woher wissen Sie, wer ich bin,
ich weiß es, ich bin der König im Zwischenreich, ich bin König Runza,

es gibt drei Reiche: Das Vorwärtsreich, aus dem kommst du, das Zwischenreich, da bist du jetzt,
und es gibt das Rückwärtsreich, vor dem hüte dich, Marek.
Kurze Pause.
Und dann schlägt er mich zum ersten Mal.
Du Marek, du mußt aufpassen, was machst du hier, hier hast du nichts zu suchen, wie kommst du hierher in die Zwischenwelt, hier hast du nichts zu suchen, und jetzt, was soll jetzt aus dir werden, denn zurück kommst du nicht, das weißt du wohl, kein Mensch hat je die Zwischenwelt betreten, und kein Mensch wird sie jemals verlassen.
Hast du gedacht, du faßt den Schimmel an, hast du die goldenen Fäden angefaßt, wolltest du ernten? Aber das gehört nicht dir, das ist kein Schimmel, sieht nur so aus, das ist Feenstaub, das ist Gold, und sag mir, Marek, wo es in der Vorwärtswelt am meisten schimmelt, und ich sag dir, wo das Gold ist. Gold!
Die Zwerge lieben Steine, Diamanten, auch Metalle, aber sie können sie nicht säen, nur Runza, der König der Feen und Elfen sät das Gold, und dafür, daß du hier bist –
Kurze Pause. Er nimmt einen Schluck.
Und dafür, daß du hier bist –
Kurze Pause.
Und dann schlägt mich Runza wieder, und er springt herum und zieht sich aus, und dabei beißt er einer Fliege den Kopf ab, und die Fliege reibt sich kopflos weiter die Beine, Marek, Marek, schreit er, nackt und dick, mit wulstigem Fett auf seinen Hüften, mit fetten Schenkeln, du bist der Richtige, du sollst es sein, dir gebe ich meine Tochter zur Frau, ob du hier hingehörst oder nicht, komm, zieh dich aus, du sollst mein Söhnchen sein, beiß in die Assel, zeig mir, was du kannst, beiß ihr den Kopf ab, saug sie aus,
komm, komm, Musik! Musik! Spinnenmusik!
Und die Tiere fangen wieder an, die Trommel zu spielen und die Flöte,

hier kommt mein Töchterlein, du sollst sie heiraten, aber das sag ich dir, das sag ich dir, sei nicht zu gut zu ihr, sie ist ein Biest, du mußt sie täglich schlagen, sei nicht zu gut ihr –
da kommt sie ja, da kommt sie ja!
Kurze Pause. Er nimmt einen Schluck Bier.
Und da kommt sie, Clarion, und sie ist spinnwebfein, und silbrig, durchsichtig weiß, mit blondem Haar und großen Augen reitet sie auf einem Hirschkäfer, der schwankt und ächzt, sie ist zu schwer!
Sie so fein wie Morgentau, und sie ist schwer wie Blei, wie Quecksilber, wie Gold, so schwer wie alles Gold der Erde, und sie kommt nach ihrem Vater, peitscht den Käfer, der sie kaum noch tragen kann, dem springt der Panzer aus den Gelenken, es knirscht, es ächzt, und das Tier schreit und schreit und dann zerbirst es, und die Feentochter springt dröhnend von dem toten Reittier und leckt das Käferblut vom Boden auf,
Marek, ruft sie mit glockenheller Stimme, Marek, komm, das ist der Hochzeitsschmaus, komm, komm zu mir,
du mußt sie schlagen, Marek, immer schlagen, sagt König Runza, sperr sie ein, bring ihr nichts bei, laß sie hungern, paß auf, daß sie dir nicht zu schlau wird, halt sie dir dumm wie ein Schwein, schneid ihr die Zehen ab, sie wachsen nach, kneif ihr die Finger mit der Zange ab, die Zunge, wenn du das Gold ernten willst, mein Junge, mußt du wachsam sein, du mußt Schmerz ertragen, hart mußt du sein gegen dich und gegen andere, vor allem mußt du Schmerzen bereiten, unser Gold wächst nur mit Schmerz –
Kurze Pause. Er nimmt einen Schluck.
Und dann drischt er seiner Tochter mit dem Zepter ins Gesicht.
Kurze Pause.
Siehst du, so, so gehts, Marek.
Kurze Pause.

Und sie – sie sagt, Vati, Vati, heute ist doch Hochzeit, und weint, und schreit und reißt ihren Mund auf, und der wird immer größer, und dann packt sie plötzlich den Vater mit einem Griff aus Eisen, ho, schreit der König, kommst du mir so, kommst du mir so, ich bring dich um, schreit er, als Jungfrau sollst du sterben, und dann verschlingt die Feentochter den König vor meinen Augen.
Kurze Pause.

RICKI Du denkst, es wird schon, hat sie gesagt. Nach dem fünften Strich. Oder nach dem vierten Strich.
Du denkst, daß es schon wird. Oder?
Das denkst du doch.
So hat sie das gesagt.
Kurze Pause.
Du kannst dir nichts anderes vorstellen.
Kurze Pause.
Du bist zu beneiden. Du bist wirklich zu beneiden.
Kurze Pause.
Aber das meinte sie nicht so. Sie meinte das Gegenteil.
Kurze Pause. Er nimmt einen Schluck Bier.
Sie meinte das gar nicht so.
Kurze Pause.

ULI Da, sagt Marek,
das ist die Kolonne der gebrochenen Herzen,
und das, das ist die Kolonne des heißen Atems,
und wir sind die Kolonne der freien Seelen, singen wir.
Der brennende Bus in der Nacht.

MAREK Marek, sagt sie.
Kurze Pause.
Komm, Marek, sagt Clarion, komm zu mir.
Kurze Pause.
Na, Marek, Marekchen, was ist –
Kurze Pause.
Willst du nicht zu mir kommen? Spielt doch, spielt doch für uns – und die Spinnen spielen eine Musik, einen langsamen Marsch.
Er spielt den Marsch.

Und sie reicht mir die Hand, so fein und zart, fast durchsichtig.
Kurze Pause.
Und so schreiten wir Hand in Hand durch unser Reich.
Kurze Pause.
Sie ist die neue Feenkönigin, und ich – ich bin der neue Feenkönig – und sie sagt: Siehst du die goldenen Felder, Marek?
Das gehört alles uns.
Und alle Tiere senken vor uns ihre Häupter,
die Asseln, die Käfer, die Silberfische, die Mücken und die Elstern – und der Wind pfeift zwischen den Deckenbalken und den Dielen und den Fenstern und den Schornsteinen, auf den Höhen und in den Senken, und Clarion sagt:
Hörst du den Wind, liebster Marek?
Das ist kein guter Wind, das ist ein Rückwärtswind, der weht sonst nie, wenn er nur nicht so pfeifen würde – küß mich, Liebster, und leb wohl –
Kurze Pause.
Und dann –
Kurze Pause.

RICKI Du bist noch ein bißchen elektrisch.
Kurze Pause. Er lächelt.
Das hatte sie gesagt – nach dem ersten Strich.
Kurze Pause.
Du bist noch ein bißchen elektrisch.
Kopfschütteln. Die Männer machen vielleicht etwas Musik. Dann wird gearbeitet. Schließlich:

ULI Fahren wir?

RUDI Ja, fahren wir.
Fahren wir nach Hause.
Kurze Pause. Die Männer lassen alles stehen und liegen. Sie sehen sich um und gehen. Das Licht bleibt an. Ricki kommt zurück, er macht einen Strich an die Wand, macht das Licht aus und geht.

ENDE

Auf dem Weg zu Persephone

Personen

DIE ANGESTELLTEN DES KÖNIGLICHEN PALASTS IN TROIZENE:

EIN JUNGER MANN MIT EINER KABELTROMMEL
EINE FRAU MIT EINER SCHÜRZE
EIN MANN MIT EINEM KÜCHENMESSER
EINE FRAU AUS DER KÜCHE
EIN MANN VON DRAUSSEN, MIT EINEM TELLER SUPPE
EIN ALTER MANN MIT EINEM STUHL
EINE FRAU MIT EINEM STAPEL TELLER
EIN MANN MIT EINER BAULEUCHTE
EIN MANN MIT EINER LEITER
EIN JUNGER MANN VOLL BLUT
EINE ALTE ANGESTELLTE AUS DER WÄSCHEREI
EIN ALTER ANGESTELLTER AUS DEM ERSTEN STOCK
EINE FRAU, IN DER HAND EINE TASSE
EINE FRAU MIT EINER SCHÜRZE UND MIT EINER SCHALE
EIN MANN MIT ETWAS SCHWEREM IN EINEM SACK
EINE FRAU MIT EINEM TABLETT VOLL VON LEEREN GLÄSERN
EINE FRAU UND EIN MANN, UNAUSGESCHLAFEN, IN ARBEITSKLEIDUNG
EIN MANN MIT EINER SCHLANGE
EIN MANN, DER EINEN EISBLOCK MIT EINER ZANGE ZIEHT
EINE FRAU AUS DER KÜCHE
EIN MANN AUS DER KÜCHE
EINE FRAU MIT EINEM VOLLEN TABLETT
EIN MANN MIT EINEM VOLLEN TABLETT
EINE FRAU MIT EINEM KORB MIT BLUTIGER WÄSCHE
EIN MANN MIT EINEM FASS
EINE FRAU
EIN ZIMMERMANN, ER ÖFFNET EINE FLASCHE

EIN ANDERER ZIMMERMANN
EIN MANN MIT EINEM EISEN
EINE FRAU MIT EINEM BESEN
EIN MANN MIT EINEM BESEN
EINE ANDERE FRAU MIT EINEM GROSSEN TABLETT
EIN MANN MIT EINEM KAPUTTEN STUHL
EINE KELLNERIN
EINE FRAU AUS DER KÜCHE MIT EINEM TUCH
EIN MANN AUS DER KÜCHE IN SCHWARZ
EINE ZARTE FRAU, DIE SICH ZURECHTMACHT
EINE FRAU AUS DER KÜCHE MIT KRÜGEN
EINE FRAU MIT EINEM STAPEL TELLER UND MESSERN
EINE FRAU MIT VIELEN GLÄSERN
EIN MANN AUS DER KÜCHE MIT EINEM BEIL
EIN MANN VOLL MEHL MIT EINER KABELTROMMEL
EIN MANN MIT EINER DRECKIGEN SCHÜRZE
EINE FRAU AUS DER KÜCHE MIT EINEM TUCH UND SALZ
EIN MANN AM BODEN, ER WISCHT ETWAS AUF
EINE FRAU MIT EINEM STAPEL GESCHIRR
EINE FRAU
EIN PAAR
EINE FRAU MIT EINEM BESEN ODER MIT EINEM LAPPEN UND EINEM EIMER
EINE ANDERE FRAU MIT EINEM TUCH
FRAUEN
MÄNNER

als:
THESEUS
PHAIDRA
PEIRITHOOS
HIPPOLYTOS
PERSEPHONE

EIN STIERMENSCH
EIN ALTER MANN
EINE MAGD

EIN LEHRER
KENTAUREN
EIN VOGELMENSCH
EIN MANN, HALB LUCHS
EINE SCHLANGENFRAU

und andere.

1.

EIN JUNGER MANN MIT EINER KABELTROMMEL
Dunkelheit.
Ein Mann
in einem Labyrinth,

in seiner Hand
ein Schwert
und ein Faden.

Mein Vater,
mein Vater –

Dunkelheit.

Und dann:
reißt der Faden –

der Mann mit dem Schwert
sieht den abgerissenen Faden in seiner Hand,

er wird nie mehr
hier herausfinden,

und hinter dem Mann
mit dem Schwert
und dem abgerissenen Faden in der Hand

steht eine Bestie,

oder ein Mensch –
mit einer Keule,

halb Mann,
halb Stier,

ein gewaltiger Mensch,
ein gewaltiger Mann
mit dem Kopf

und den Hörnern
eines Stiers,

Dunkelheit.

Der Mann mit dem Schwert
hat immer noch
den abgerissenen Faden in seiner Hand,
er holt aus,

da trifft ihn schon ein Schlag,
da wirft ihn
die Bestie schon hin,

und er kommt wieder auf die Füße,
will ausholen,
da wirft ihn die Bestie wieder hin,
der Mann
mit dem abgerissenen Faden in der Hand
will aufstehen,

aber der nächste Schlag
zieht ihm die Beine weg,
er fällt auf den Rücken,

und dann
liegt die Bestie,
halb Stier,
halb Mensch

schwer auf ihm,
erdrückt ihn,
zentnerschwer,
er kann sich
unter dem Tier nicht bewegen,
aber das Tier bewegt sich,
das Tier bewegt sich in ihm,
und es zerreißt ihn,
das Tier zerreißt ihn
beinah.

2.1

EINE FRAU MIT EINER SCHÜRZE
Eurytion
war ein Kentaur.

EIN MANN MIT EINEM KÜCHENMESSER
Halb Mensch, halb Pferd,
ein halber Mensch,
ein halbes Pferd.
Kurze Pause.

EINE FRAU AUS DER KÜCHE
Ein halber Mensch,
ein halbes Pferd,
und die Kentauren –
Kurze Pause.

EIN MANN VON DRAUSSEN, MIT EINEM TELLER SUPPE
Es war einmal ein junger Mann,
der war eigentlich ein Nichts, und dann wurde er etwas.
Pause.

DER MANN MIT EINEM KÜCHENMESSER
in die Pause hinein
Ja – aber dann – aber was –

DIE FRAU MIT DER SCHÜRZE
Die Pferdemenschen,
die Kentauren,
sind gleichzeitig klug,
weise, gebildet,
sie wissen alles,
sie sind

das Gedächtnis der Erde,
sie sind
das Gedächtnis aller Dinge und Zeiten,

und sie sind blöd,
Tiere im Herzen,
lüstern, unbeherrscht, maßlos
und geil.

2.2

Ein Kentaur, allein. Er öffnet vorsichtig eine Flasche Wein. Er gießt sich ein Glas ein, behutsam, schwenkt das Glas, riecht daran, nippt, trinkt vorsichtig und leert dann schließlich das ganze Glas einem Zug. Die ganze Flasche.

3.

EIN ALTER MANN MIT EINEM STUHL

Nicht weit von Troizene,
staubige, sengende Hitze,
ein Feld voll toter Sonnenblumen,
stehengeblieben vom letzten Jahr,
dazwischen ein alter Mann, der mit heiserer Stimme
ein Lied singt.
Ein Klagelied.

Er singt:

Mein Vater
Mein Vater

und geht ein paar Schritte.
Die Spitze des Stocks zwischen Erde und Steinen.

Mein Sohn
Mein Sohn

Und geht weiter
und singt mit heiserer Stimme:

Meine Frau
Meine Frau

Und beginnt wieder von vorne:

Mein Vater
Mein Vater

Mein Sohn
Mein Sohn

Meine Frau
Meine Frau

Sengende Hitze.
Das Feld voll toter Blumen.

Der Mann ist alt,
verbrannte Haut,
graues wirres Haar,
er ist fast blind,
er singt und geht durch das Feld
voller toter Blumen.

Am Rand des Felds:

Die Klippen,

und tief, tief unten
das Meer.

4.1

EINE FRAU MIT EINEM STAPEL TELLER

Kurz vor dem Anbruch
des neuen Tages
wacht eine Frau allein in ihrem Zimmer auf.
Sie ist auf einen Schlag
hellwach,
als habe sie etwas im Schlaf getroffen,
verwundet.

Sie war
in einem engen Gang
und tastete sich auf den Knien vorwärts,
und in ihrer Hand
hielt sie einen Faden –

da stand eine Bestie hinter ihr,

ein Tier oder ein Mann –
halb Stier,
halb Mann –

ein gewaltiger Mensch,
ein gewaltiger Mann
mit dem Kopf eines Stiers,

der Stier
ist ein Mann,
ihr eigener Mann,
Theseus,

der nicht spricht –

Dunkelheit.
Und dann

reißt der Faden,
hier kommt sie
nie wieder heraus,

der Mann
sieht den abgerissenen Faden in ihrer Hand,
er wirft sie hin,
sie kommt wieder auf die Füße,
er wirft sie wieder hin,
die Frau
mit dem abgerissenen Faden in der Hand
will aufstehen,

aber der nächste Schlag
zieht ihr die Beine weg,
sie fällt auf den Rücken,

und dann
liegt der Mann

schwer auf ihr,
erdrückt sie,
zentnerschwer,
sie kann sich
unter dem Mann nicht bewegen,
aber er bewegt sich,
er bewegt sich in ihr,
und es zerreißt sie,
der Mann zerreißt sie
beinah.

Kurz vor Anbruch
des neuen Tages
wacht eine Frau allein in ihrem Zimmer auf.
Sie ist auf einen Schlag
hellwach,
als habe sie etwas im Schlaf getroffen,
verwundet.

Sie ist nackt.
Sie geht an das Fenster.

Auf der anderen Seite des Hofs
steht an einem Fenster
ein junger Mann.
Sie stellt sehr vorsichtig den hohen Stapel Teller ab.

4.2

Ein gewaltiger Mensch mit einem Stierkopf und mit einer Keule.
Er holt aus und zerschlägt alles um ihn herum.

5.

EIN MANN MIT EINER BAULEUCHTE

Zwei Freunde, übermütig, auf einem Feldweg, zu Fuß.
Sie ziehen in die Unterwelt, gutgelaunt.

EIN MANN MIT EINER LEITER

Und dann stehlen wir dem Gott der Unterwelt die Frau. Persephone.
– Ja, stehlen wir ihm die Frau –
– Ja, stehlen wir sie ihm, das hatte ich schon lange vor,
Persephone, das ist die Schönste!
Ich brauche eine neue Braut,
die letzte haben wir schon geteilt –

DER MANN MIT EINER BAULEUCHTE

Wenn du es willst, wenn du es willst, ich komme mit.

DER MANN MIT DER LEITER

Mit dir, mit dir, was soll da noch passieren, mit dir an meiner Seite –
So ziehen sie zu Fuß die Straße herunter, den staubigen Weg. Manchmal, für einen Moment, der Geschmack von Blut im Mund.
– Mein Freund, mein Freund –

DER MANN MIT EINER BAULEUCHTE

Mein Freund –
In der Hand eine Flasche, die wandert hin und her.

6.

DER MANN MIT DER KABELTROMMEL

Und dann –
dann
sticht der Mann dem Tier
auf ihm,

dem atmenden,
stöhnenden, schweren Tier,
das ihn zerdrückt,
zerreißt,

mit dem Schwert durch den Hals,
quer durch den Hals,

er sticht sein Schwert
in den Hals des Stiermenschen,
bis zum Heft,
und auf der anderen Seite des Halses
kommt die Klinge wieder heraus,

und mit dem Eisen
kommt das Blut.
Die Klinge durchtrennt
Schlagader,
Luftröhre,
der Faden ist gerissen,

aber das Tier macht immer weiter,
der Faden ist gerissen,
und das Tier
bleibt da,
es verblutet,
und
es hört nicht auf,

es hört nicht auf,
bis es nicht mehr atmet.
Kurze Pause.
Ein fast blinder Mann mit einem Stock in gleißender Sonne, der ein Klagelied singt.

EIN JUNGER MANN VOLL BLUT

Und als der Mann
unter dem zentnerschweren Gewicht
des Stiermenschen
schließlich hervorkommt,
nach Stunden,
in denen er dachte,
er würde ersticken,
in denen in seinen Augen
vor Anstrengung die Adern platzten,
in denen seine Muskeln
und seine Sehnen rissen,
als er schließlich
mit dem zerrissenen Faden in der Hand
durch das Labyrinth
kriecht und nach Monaten
durch Zufall den Ausgang findet,

da wartet da
ein Mädchen,
eine junge Frau,
hinter ihr steht die Sonne –

die sagt: Ich habe auf dich gewartet.
Und er sagt: Wer bist du?

Wer bist du?

Was, sagt sie, was fragst du da –
Kannst du dich nicht erinnern?

Nein, sagt er,
ich kann mich nicht erinnern.

Ich bin Phaidra, sagt sie –
Ariadnes Schwester.
Und er, der Mann,
Theseus,
starrt auf den abgerissenen Faden.

7.1

EINE ALTE ANGESTELLTE AUS DER WÄSCHEREI

Jeden Morgen
steht sie am Fenster,
Phaidra,
und starrt über den Hof,
und sie denkt,
es sieht sie keiner.
Alles schläft noch.
Dabei
ist alles wach:

Das ganze Haus ist wach.

Sie sieht ihn an und sieht ihn an
und kann den Blick nicht von ihm wenden,
sie reißt die Augen auf,
und ihre Hände
berühren ihren Körper,
und sie bekommt die Augen
und den Mund
nicht mehr zu,
und ihr läuft Spucke
über das Kinn.

EIN ALTER ANGESTELLTER AUS DEM ERSTEN STOCK

Und er sieht sie an,
auf der anderen Seite des Hofs,
als ob er plötzlich überhaupt erst begreifen würde,
was das ist –
eine Frau.

Wie die sich bewegt.
Wie sich eine Frau bewegt.
Der Körper.

7.2

Eine Frau, die sich nicht vom Anblick eines Mannes losreißen kann.
Ein Mann, der sich vom Anblick einer Frau nicht losreißen kann.
Beide sind nackt.

8.

EIN MANN MIT EINER BAULEUCHTE

Es war einmal ein Mann,
der ging in die Unterwelt,
um mit seinem Freund, Peirithoos,
die Frau des Totengottes zu stehlen,
Persephone.
Der Name des Mannes war Theseus.

EIN MANN MIT EINER FLASCHE UND MIT EINER LEITER

Die beiden Männer gingen gut gelaunt die Straße hinunter, und dabei tranken sie Wein aus der Flasche,
die wanderte vom einen zum anderen.
Dann, in einem Weizenfeld:
eine schmale, eiserne Wendeltreppe,
die führt
in die Finsternis,
mitten in einem Weizenfeld
führt eine schmale, eiserne Wendeltreppe
in die Tiefe,
in die Unterwelt –

da lagen die beiden Männer
noch im Sonnenschein des Spätnachmittags
betrunken nebeneinander im Korn,
und sie waren so betrunken,
sie lagen fast aufeinander,
und sie sahen sich an –

DER MANN MIT EINER BAULEUCHTE

– und da dachte der Mann, Theseus,
an den Stiermenschen,
Minotauros.

Und dann dachte er kurz an seine Frau,
Phaidra,
zu Hause,

meine Frau,
meine Frau –

und an den Sohn, den er hatte,
zu Hause,
Hippolytos,
von einer anderen Frau,
Antiope,
der Amazone,
die war
schon lange tot –

mein Sohn,
mein Sohn –

– und dann dachte er
an Phaidras Schwester,
Ariadne,
die hatte ihm damals geholfen,
als er in das Labyrinth ging,
um den Minotauros zu töten,
mit einem Schwert
und einem Faden,

und wo war die jetzt,

denn als er damals
aus dem Labyrinth
wieder herauskam,
Monate später
war der Faden gerissen,
und da stand Phaidra –

EINE FRAU MIT EINEM STAPEL TELLER

Hast du ihn umgebracht?
Hast du den Minotauros umgebracht?
Hast du ihn umgebracht?

DER MANN MIT EINER BAULEUCHTE

Ich weiß es nicht – ich weiß es nicht.

EIN ANDERER MANN

Manchmal, für einen Moment,
der Geschmack von Blut im Mund.

DER MANN MIT EINER BAULEUCHTE

Warum, warum, mein Freund,
warum gehen wir dort hinunter,
wie wird es werden, da unten,
bleiben wir doch,
bleiben wir doch hier.
Kurze Pause.

DER MANN MIT DER LEITER

Und dann steigen die beiden Männer,
Stunden später, hinab in die Tiefe,
hintereinander,
Stufe für Stufe,
was würdest du sagen,
wird es heißer oder kälter,
ich kann es nicht sagen –

DER MANN MIT EINER BAULEUCHTE

Was meinst du, ist da oben jetzt Nacht,
oder ist es schon wieder früher Morgen,
oder Tag,
wie lange laufen wir jetzt schon
diese Treppe hinunter,

DER MANN MIT DER LEITER

jetzt holen wir die uns,
jetzt holen wir uns Persephone,

DER MANN MIT EINER BAULEUCHTE

was die wohl machen,
jetzt
zu Hause,

DER MANN MIT DER LEITER UND DER FLASCHE

– Weißt du noch, fragt Peirithoos, weißt du noch,
der betrunkene Kentaur, – Eurytion –
und hey!, weißt du noch, Helena,
weißt du noch,
die war so schön, nein, die war nicht schön,
die war göttlich,
und du Sau hast sie geschwängert,
dabei war die keine dreizehn,
die war erst zwölf, und du – !

DER MANN MIT EINER BAULEUCHTE

Außer Atem,
auf der Treppe,
innehalten, Dunkelheit.

Immer noch auf der Treppe,
seit fünfzehn Stunden auf dem Weg nach unten.

DER MANN MIT DER FLASCHE UND DER LEITER

Zwölf! Du Sau!

DER MANN MIT EINER BAULEUCHTE

Pause. Dunkelheit, Müdigkeit.

Die schmale, eiserne Wendeltreppe
führt immer weiter nach unten.

9.1

EINE FRAU, IN DER HAND EINE TASSE

Sie hat Pause und rührt vorsichtig ihren Tee um.

Man wünscht sich die Dinge,
ein anderes Leben
so sehr,
man sehnt sie sich so sehr herbei,
daß es nicht anders sein kann,
als daß sie wahr werden,

sie sind verboten, unerreichbar,
unmöglich,
und kommen immer näher:
unausweichlich.
Mit unbegreifbarer Sicherheit,
Notwendigkeit
passiert, geschieht,
was nie nie nie geschehen sollte,
und dann
wird alles leicht und hell und schwarz,
weil die Wünsche
immer stärker sind
als wir.

9.2

Zwei Männer bei einem nicht enden wollenden Abstieg.
Die Schritte auf der Metalltreppe im leeren Raum.

10.1

EINE FRAU MIT EINER SCHÜRZE UND MIT EINER SCHALE
Eurytion
war ein Kentaur.

EIN MANN MIT ETWAS SCHWEREM IN EINEM SACK
Halb Mensch, halb Pferd,
ein halber Mensch,
ein halbes Pferd.
Kurze Pause. Er schultert den Sack.

EINE FRAU MIT EINEM TABLETT VOLL VON LEEREN GLÄSERN
Ein halber Mensch,
ein halbes Pferd,
und die Kentauren –

DER MANN MIT ETWAS SCHWEREM IN EINEM SACK, DIE FRAU MIT EINEM TABLETT VOLL VON LEEREN GLÄSERN, DIE FRAU MIT EINER SCHÜRZE UND MIT EINER SCHALE
Die Pferdemenschen,
die Kentauren,
sind gleichzeitig klug,
weise, gebildet,
sie wissen alles,
sie sind
das Gedächtnis der Erde,
sie sind
das Gedächtnis aller Dinge und Zeiten,

DIE FRAU MIT EINEM TABLETT VOLL VON LEEREN GLÄSERN
und sie sind blöd,
Tiere im Herzen,
lüstern, unbeherrscht, maßlos
und geil,
und Eurytion

war auch so,
und dann
kam er ums Leben
und alle seine Brüder mit ihm.

10.2

Ein Kentaur, allein. Er öffnet vorsichtig eine Flasche Wein. Er gießt sich ein Glas ein, behutsam, schwenkt das Glas, riecht daran, nippt, trinkt vorsichtig und leert dann schließlich das ganze Glas in einem Zug. Die ganze Flasche.
Danach öffnet er eine zweite Flasche, halbwegs vorsichtig, gießt sich ein, riecht an dem Wein, schwankend, probiert vorsichtig und trinkt dann die zweite Flasche aus.

11.1

EINE FRAU UND EIN MANN, UNAUSGESCHLAFEN, IN ARBEITSKLEIDUNG

In zwei Zimmern
des königlichen Palasts
von Troizene

hoch oben
über dem Meer,

ein Nachthimmel voller Sterne,
Neumond.

Sie träumt, daß er träumt, daß sie ihn anfaßt
und mit der Zunge über ihn fährt,
und er träumt, daß sie träumt, daß er aufwacht
und in ihr Zimmer kommt
und sie im Schlaf nimmt,
und sie träumt, daß er träumt, daß er sie
schließlich an sich preßt,
und er träumt, daß sie träumt, daß sie nicht mehr weiß,
wohin mit sich, während er sie küßt.

Meine Frau,
meine Frau –

Mein Sohn,
mein Sohn –

und als sie aufwachen,
liegen sie nebeneinander,
und er ist in ihr
und sie in ihm,
verkeilt, völlig verkeilt,
Mutter und Sohn,
nicht ganz

die Frau seines Vaters,
der Sohn ihres Mannes,

sie kommen nicht voneinander los
und stöhnen vor Schmerz,
sie wollen sich trennen,
sie zerreißen sich fast,
aber sie kommen nicht
voneinander los,
und dann kommt jemand ins Zimmer,
eine Magd,
ein Hauslehrer,
früher Morgen,
Sonnenaufgang.

11.2

Ein Stiermensch, gewaltig, riesig, der alles um sich herum in Stücke schlägt.

12.1

EIN MANN MIT EINER SCHLANGE

Das ist die Stelle,
in vollkommener Dunkelheit,
die Stelle
auf der schmalen, engen,
steilen,
gußeisernen Wendeltreppe,
Tausende von Metern
unter der Erde,

die Stelle
auf der schmalen Eisentreppe,
die sich im leeren Raum
immer weiter in die Tiefe schraubt,
an der die beiden Männer,
die beiden Helden,
Theseus und Peirithoos
die Kraft verläßt,

sie setzen sich,
jeder auf eine der Stufen
der eisernen Spirale
in der Dunkelheit,

nur für einen Moment,
lacht der eine,
keuchend,
kurz,
kurz mal,
ich kann nicht mehr.
Kurze Pause.

EIN MANN, NACKT, MIT EINER BAULAMPE

Und dann
brechen aus den eisernen Streben

der Treppe
Schlangen,

aus dem Geländer,
aus den Stufen,

und winden sich um ihre Füße,
ihre Arme,

die beiden Männer auf der Treppe
wehren sich,
kämpfen,
schlagen um sich,
reißen die Schlangen in Stücke,
deren Köpfe
in die schwarze Tiefe fallen
und verschwinden,
aber es sind zu viele,
es werden immer mehr –
und sie winden sich
um die Arme und Füße der Männer,

keiner der beiden
kann sich noch bewegen –

so sitzen sie
wie angekettet
in völliger Finsternis,
tief, tief
unter der Erde.

12.2

Zwei Kentauren. Tanzend und torkelnd. Sie öffnen zwei Flaschen Wein, probieren den Wein und stürzen ihn dann herunter. Sie trinken, verheddern sich ineinander und stolpern, stürzen und stehen wieder auf, trinken weiter.

13.1

EIN MANN MIT EINEM EISBLOCK

Auf dem Dach,
die Dachziegel sind heiß
in der Sonne,
darunter wohnen Skorpione,
Hippolytos,
oben, auf dem First,
er blickt hinaus auf das Meer.

Der Wind
auf dem Wasser.
Der junge Mann hält Ausschau.
Er wartet.

Mein Sohn,
mein Sohn –

Mein Vater,
mein Vater –

Phaidra,
die Frau seines Vaters,
auf dem First.

Meine Frau,
meine Frau –

Sie setzt sich neben ihn.
Die beiden blicken hinaus.
Sie sagt:
Hier kann uns niemand sehen.
Schlaf mit mir.

13.2

Ein junger Mann in der Sonne auf einem Dach, der Blick in die Ferne.
Eine Frau setzt sich neben ihn auf den First.

14.

EIN MANN, NACKT, MIT EINER BAULAMPE, DIE SCHWÄCHER WIRD

Ein Mann sitzt
in völliger Dunkelheit
und in großer Tiefe
unter der Erde
auf einer sehr schmalen,
eisernen
Wendeltreppe,
er hängt irgendwo
im freien,
schwarzen Raum,

so wie in dem Nichts
einer gewaltigen Höhle
ohne Licht,

und er kann nicht weiter,

und er kann nicht zurück,

weil aus dem Eisen der Treppe
Schlangen gewachsen sind –

lange Schlangen
und kurze Schlangen,
dicke und dünne Schlangen,
die sich um seine Füße und Knie wanden,
als er sich kurz hinsetzte,
nur für einen Moment,
kurz, nur kurz,

und um seine Hände und Arme,
und um seinen Körper,
bis er sich nicht mehr bewegen konnte,
bis er wie angekettet war,

und ein paar Stufen hinter ihm
war sein Freund Peirithoos,

warum sprichst du nicht,
warum sagst du nichts,

was ist mit dir,
ich kann dich nicht sehen,
ich kann mich nicht umdrehen,
warum sprichst du nicht –

15.1

EIN MANN, DER EINEN EISBLOCK MIT EINER ZANGE ZIEHT
Der junge Mann steht auf
und geht weg,
an ihr, Phaidra,
vorbei,
auf dem First,
wortlos,
er hat sie nicht angefaßt,

und dann
rutscht einer der Dachziegel unter seinen Füßen weg,
der junge Mann gleitet aus,
hoch über dem Meer,
und dabei berührt er sie
kurz,
er hält sich an ihr fest,
und es reißt ein Faden,
ihr Kleid geht auf –.

15.2

Ein junger Mann und eine Frau. Er steht auf, gleitet aus und berührt sie dabei. Ihr Kleid geht auf.

16.

EIN MANN MIT EINER BAULAMPE

Und dann
kriecht eine der Schlangen,
klein und dünn
in das Nasenloch des Mannes,
Theseus,
er schreit:

Peirithoos, Peirithoos!,
aber der antwortet nicht,

oder der Mann, Theseus,
hört nichts mehr,
denn es kriecht eine Schlange,
lang und nicht dünn
in eines seiner Ohren,

und er hört nur noch die Schlange,
die in ihn hineinkriecht,

Peirithoos, Peirithoos!
Bist du noch da? Bist du noch da?
Was, was,
was geschieht mit uns?

Schreit er,
auf der Treppe,
solang er noch schreien kann,

denn dann
kriecht eine Schlange,

lang und dick

in seinen Mund
und sucht sich ihren Weg

über seine Zunge
in seinen Hals
und in seinen Magen,

und von da
in seinen Darm

und hört nicht auf,
weiterzukriechen,
immer weiter durch ihn durch,

bis sie wieder
aus ihm herauskriecht
und dann von neuem,
halb steckt sie noch in ihm,

in seinen Mund kriecht,

mit aufgerissenen Augen
starrt Theseus auf den Schlangenkörper,
der weiter und weiter
in seinem Mund verschwindet.

17.1

EINE FRAU AUS DER KÜCHE

Eurytion
war ein Kentaur.

EIN MANN AUS DER KÜCHE

Halb Mensch, halb Pferd,
ein halber Mensch,
ein halbes Pferd.
Kurze Pause.

EINE FRAU MIT EINEM VOLLEN TABLETT

Ein halber Mensch,
ein halbes Pferd,
und die Kentauren –
Kurze Pause.

Die Pferdemenschen,
die Kentauren,
sind gleichzeitig klug,
weise, gebildet,
sie wissen alles,
sie sind
das Gedächtnis der Erde,
sie sind
das Gedächtnis aller Dinge und Zeiten,

und sie sind blöd,
Tiere im Herzen,
lüstern, unbeherrscht, maßlos
und geil.
Kurze Pause.

Weißt du das noch –
Und dabei spielt sie in seinem Haar.

Weißt du noch,
die Hochzeit des Peirithoos –

EIN MANN MIT EINEM VOLLEN TABLETT

In einem Sonnenblumenfeld
ein Paar,
oder eine Frau und ein junger Mann,
hier ist niemand,
hier kann uns niemand sehen,

DIE FRAU MIT EINEM VOLLEN TABLETT

Sie legt sich zwischen die hohen Sonnenblumen,
und bevor er sich zu ihr legt,
sieht sie um sich:
die lockere Erde,
Mäuselöcher,
Gräser,
Steine,
und dann denkt sie
an ihren Mann,
der weggegangen ist
und der längst wieder da sein müßte.

DER MANN MIT EINEM VOLLEN TABLETT

Die Hochzeit des Peirithoos –

mein Vater,
mein Vater,

der fuhr zur Hochzeit
seines besten Freundes,
Peirithoos,
die beiden waren sich in vielem gleich –

EIN ANDERER MANN

eine lange Tafel unter freiem Himmel,
Sterne,
Bräutigam und Braut,

Peirithoos, der König der Lapithen,
und Hippodameia,
seine Braut,
schön wie der Mond,

viele Gäste,
und unter den Gästen
waren auch Kentauren,
und deren Anführer war
Eurytion,
halb Mensch,
halb Tier.

Und noch ein Tiermensch
war dort,
ein Wesen,
halb Mensch,
halb Vogel,

das sang für das Brautpaar:
Wenn alles vorbei ist,
wenn alles vorbei ist,
was kommt danach,
was kommt danach:
der nächste Morgen,
wie immer die Sonne,
der nächste Tag –
Kurze Pause.

DIE FRAU AUS DER KÜCHE
Und da im Staub
hält der junge Mann kurz inne
und denkt:
hier,
hier an dieser Stelle,
Wind in seinen Ohren,
Stille,
Mittagshitze,
hier an dieser Stelle,
er faßt die Erde an, den Staub,
die scharfen Steine, das Gestrüpp:
Hier liegt etwas verborgen:
die Zukunft, vielleicht,

der Tod –

17.2

Ein Vogelmensch tritt auf. Er singt.

VOGELMENSCH Wenn alles vorbei ist,
wenn alles vorbei ist,
was kommt danach,
was kommt danach:
der nächste Morgen,
wie immer die Sonne,
der nächste Tag –

17.3

EINE FRAU MIT EINEM KORB MIT BLUTIGER WÄSCHE
Da sah ich dich
zum ersten Mal –
auf der Hochzeit des Peirithoos,

ein Abbild deines Vaters,
nur jünger,
du sahst aus
wie dein Vater,
bevor er in das Labyrinth ging
und den Minotauros tötete,
falls er ihn je getötet hat –

Du sahst aus
wie ein Mensch –
und es zerriß mich fast –
deine Schönheit,
deine Unschuld.

EIN MANN MIT EINEM FASS
Die Frau und der junge Mann im
Morgengrauen.
Er ist in ihrem Zimmer.

Sie sagt:
Dein Vater,
dein Vater.

DIE FRAU MIT EINEM KORB MIT BLUTIGER WÄSCHE
Und dabei
sieht er sie an,
spielt mit ihrem Bauchnabel,
berührt sie,
küßt sie.

Ja, ja –
mein Vater,
mein Vater.
Lange Pause.

Ich muß ihn suchen, sagt er. Ich muß ihn suchen.
Er ist jetzt sechs Monate weg.
Er sagt: Ich muß ihn suchen. Und dann küßt er sie wieder.
Und seine Hand ruht auf ihrem Bauch.

17.4.1

EINE FRAU Und eine
Schlangenfrau
war dort unter den Gästen
auf der Hochzeit
des Peirithoos,
aber die schwieg
und verschwand später
einfach so –

ein Mann,
halb Mensch, halb Fisch
war da und einer,
der war halb Mensch,
halb Luchs,

und
auf dem Fest,
überall Lichter
und Fackeln,
viel Wein –
und es wurde getanzt,

Peirithoos tanzte,
und Theseus tanzte,

und die Kentauren tanzten,
die tanzten sonderbar,
langsam
im Kreis.

EIN ANDERER Musik.

17.4.2

Am Tisch: Ein Fischmensch. Ein Mensch, halb Luchs. Eine Schlangenfrau. Sie essen Kuchen.

17.4.3

Ein sehr langsamer Tanz: Kentauren. Theseus und Peirithoos.

17.4.4

EIN ZIMMERMANN, ER ÖFFNET EINE FLASCHE
Der Anführer der Kentauren,
Eurytion,
trank viel
und fing manchmal an,

in einer Sprache zu sprechen,
die niemand verstand,

und jemand sagte:
Weißt du noch, wo du bist,
Eurytion?
Eurytion, hast du vergessen, wo du bist,
du bist doch
das Gedächtnis der Welt,

und Peirithoos lachte,
und seine Braut Hippodameia
lachte,
und Peirithoos drehte sich zu seinen Gästen
und sagte prustend:

Kentauren haben vier Beine,
weil sie alles doppelt sehen,
und leider hat die Erinnerung der Welt
deshalb auch immer zwei Gesichter,

weil sie immer alles doppelt sieht –
weil die Kentauren immer alles doppelt sehen!

EIN ANDERER ZIMMERMANN

Da griff der Kentaur nach der Braut
Hippodameia
und riß ihr vor aller Augen
das Kleid vom Körper
und warf sie auf den Tisch
und bestieg sie
wie ein Pferd

und wer ihn aufzuhalten versuchte,
dem zertrümmerte er mit seinen Hufen
den Kopf,

und niemand trug
Waffen am Körper,
denn es war eine Hochzeit –

EIN MANN MIT EINEM EISEN

Und als der Kentaur
nicht aufzuhalten war,

nahm Theseus

eine eiserne Schale
vom Tisch
und warf sie dem Kentaur
ins Gesicht,
und dieser Wurf
war so gewaltig,
er zersplitterte
den Kopf des Pferdemenschen,
der Kopf des Pferdemenschen
platzte auf,

und Eurytion brach tonlos zusammen
über der schreienden Frau,
Hippodameia,

aber als das
die anderen Kentauren sahen,
brach ein Kampf los
ohne Halten,
ohne ein anderes Ende
als den Tod,
wie auch immer
der Tod kam,

ein Kampf,
in dem niemand mehr
wußte,

was Mensch war
und was Tier –

17.5

Ein Minotauros und ein Kentaur, alles zerstörend.

17.6

EINE FRAU MIT EINEM BESEN

Der junge Mann und die Frau,

so wie Menschen nebeneinanderliegen,
wach, sehr wach,
erschöpft, aber nur kurz,
ein Paar,
das nicht begreift, was ihm geschieht.

EIN MANN MIT EINEM BESEN

Und sie sieht ihn an, lange. Und dann sagt sie:
Warum willst du ihn suchen.

DIE FRAU MIT EINEM BESEN

Weil er mein Vater ist –

DER MANN MIT EINEM BESEN

Er ist mein Mann, sagt sie.
Laß ihn verrecken, wo er ist.
Sie sagt: falls er nicht längst tot ist.

DIE FRAU MIT EINEM BESEN

Er sieht sie an, erschrocken –
Und dann schläft er mit ihr.
Kurze Pause.

EINE ANDERE FRAU MIT EINEM GROSSEN TABLETT

Und alles wurde zur Waffe,
weil es keine anderen Waffen gab,
zu Beginn des Kampfes
zwischen Menschen und Kentauren,

sie zertrümmerten Tische und Stühle,
sie machten sich daraus
Keulen und Prügel,
und damit knickten sie sich die Beine weg,
brachen die Knochen, die Knie, die Gelenke
wie Stroh, wie Äste,
und wer am Boden war,
stand nicht mehr auf,
kam nicht mehr hoch,
spuckte Zähne aus,

blutige
Gesichter,
sie brachen
sich die Schädel auf,
auf der Hochzeit des Peirithoos
und der Hippodameia,
schön wie der Mond,
bevor ein Kentaur sie schändete,

offen lagen die Köpfe der Toten da,
und auf dem Stein und dem Sand
mischte sich Blut und Gehirn –

EIN MANN MIT EINEM KAPUTTEN STUHL
Mensch und Kentaur
rissen sich die Nasen ab,
sie rissen sich die Augen aus,

Mensch und Kentaur
zerfleischten sich,
sie rammten sich
ausgerissene Bäume
vor den Brustkorb,
daß das Blut
der zerquetschten Lungen
ihnen aus Mund und Nase schoß,

EINE KELLNERIN sie trampelten sich zu Tode,
erstickten sich

mit bloßen Händen –
gegenseitig –

verbrannten sich,
durchbohrten sich,
sie schütteten sich
die glühenden Kohlen der Feuerstellen
in die Haare,
und in den Mund,

und dann
hatten sie endlich Schwerter und Speere,
und damit schlitzten sie sich
die Hälse auf,
rissen sich
die Schultern weg

DER MANN MIT EINEM KAPUTTEN STUHL
Speere blieben in der Stirn stecken
zwischen den Augen
und in der Kehle,
in der Schläfe –

das war das Hochzeitsfest
des Peirithoos.
Kurze Pause.

EIN MANN MIT EINEM VOLLEN TABLETT
Laß ihn verrecken, wo er ist.
Falls er nicht längst tot ist.
Sagt sie.
Es gibt keine Regel.
Es gibt kein Gesetz.
Es gibt kein Gesetz, das dein Vater kennt,
außer dem Gesetz der Vernichtung.
Wenn er zurückkommt,
vernichtet er uns,
wenn er nicht tot ist,
vernichtet er uns,
und ich

werde ihn vernichten.
Sagt Phaidra.
Was es auch kostet.

EINE FRAU MIT EINEM KORB MIT BLUTIGER WÄSCHE
Er sieht sie an, erschrocken –
und dann schläft er mit ihr.

17.7

Ein Mensch rammt einen Speer in die Brust eines Kentaurs. Der Kentaur spuckt Blut und zerquetscht den Kopf des Menschen mit seinen Händen.

18.

EIN ALTER MANN MIT EINEM KAPUTTEN STUHL

Nicht weit von Troizene,
staubige, sengende Hitze,
ein Feld voll toter Sonnenblumen,
stehengeblieben vom letzten Jahr,
dazwischen ein alter Mann, der mit heiserer Stimme
ein Lied singt.
Ein Klagelied.

Er singt:

Mein Vater
Mein Vater

Und geht ein paar Schritte.
Die Spitze des Stocks zwischen Erde und Steinen.

Mein Sohn
Mein Sohn

Und geht weiter
Und singt mit heiserer Stimme

Meine Frau
Meine Frau

Und beginnt wieder von vorne:

Mein Vater
Mein Vater

Mein Sohn
Mein Sohn

Meine Frau
Meine Frau

Sengende Hitze.
Das Feld voll toter Blumen.

Der Mann ist alt,
verbrannte Haut,
graues wirres Haar,
er ist fast blind,
er singt und geht durch das Feld
voller toter Blumen.

Am Rand des Felds:

Die Klippen,

und tief, tief unten
das Meer.

19.

EINE FRAU AUS DER KÜCHE MIT EINEM TUCH

So geht man Hand in Hand ein Jahr,
so gehen sie Hand in Hand ein Jahr,

EIN MANN AUS DER KÜCHE IN SCHWARZ

und niemand kommt
den Weg
vom Meer hinauf,

ein Jahr lang nicht,

DIE FRAU AUS DER KÜCHE MIT EINEM TUCH

nur einer kam einmal,
der sagte:
Theseus ist tot,
man sah ihn,
man hat ihn gesehen,
bei der Treppe,
es sahen ihn Bauern auf dem Feld
bei der Treppe,
ich war selbst in der Nähe,
da stieg er,
Theseus,
am Ende eines heißen Tages
mit einem anderen
in die Unterwelt,

kein Zweifel, daß er es selbst war,
sie waren zu zweit,
er und der andere,
das soll Peirithoos gewesen sein,

und niemals kam er von dort wieder,
Theseus nicht,

und auch nicht Peirithoos,
und keiner, der dort hinabstieg,
ist je wieder zurückgekommen.

Er ist tot.

Niemand geht in die Unterwelt
und ist nicht tot –
er ist tot.

DER MANN AUS DER KÜCHE IN SCHWARZ

Und dafür,
für diese Nachricht,
bekommt der Bote
eine Suppe.

EIN MANN MIT EINER SUPPE

Für Nachrichten
bekommt man Suppe,
was bekäme man für Gewißheiten.

EIN ALTER ANGESTELLTER AUS DEM ERSTEN STOCK

Für Gewißheiten
schicken sie die engsten
unter ihnen,
den Hauslehrer,
die Dienerin,

EINE ALTE FRAU AUS DER WÄSCHEREI

die stehen da
nach einer Wanderung von drei Tagen,
an der eisernen Treppe
bei dem Feld –
Sie sagt:
war das weit –

DER ALTE ANGESTELLTE AUS DEM ERSTEN STOCK

so weit war ich noch nie,

DIE ALTE FRAU AUS DER WÄSCHEREI UND
DER ALTE ANGESTELLTE AUS DEM ERSTEN STOCK

am Treppenabsatz

zur Unterwelt stehen sie da,
die beiden Alten,
der Hauslehrer und die Dienerin
oben
im letzten Sonnenschein des Tages,
wir sind für solche Reisen nicht gemacht,

lieber Freund,
wer in diesem Loch
verschwunden sein mag,
der kommt nicht mehr hinaus,

ich gehe
keinen Schritt
in diese Finsternis hinab,

und er –
er geht,
ein Stück die Treppe hinab,
solang ihr Arm reicht,
denn sie läßt
seine Hand nicht los,

er geht drei Stufen
oder vier,
und dabei
zerreißt es ihn fast,
denn es zieht ihn
gleichzeitig weiter hinab,
wie ein Sog,
wie ein Strom
und es zieht ihn nach oben,
wie eine Windböe,
wie ein Sturm,

laß meine Hand nicht los,
halt sie gut fest,
liebe Freundin,
sagt er zu ihr:

und ruft,
während es ihn gleichzeitig in die Tiefe reißt
und hochzieht, daß es ihm die Lunge schon zerreißt:
Hallo?
Hallo?
Ist da jemand?

Doch bevor
das Echo
ihn einholen kann,
ist er wieder oben,
wieder draußen,

und was die beiden
dann hören,
was da aus der Tiefe kommt,
klingt nicht
wie ein Echo.

Das klingt
fürchterlich.

Das klingt
wie der Tod.

Warum,
warum
gehen sie nicht selbst,
wenn sie Gewißheit haben wollen,

sollen Phaidra
und Hippolytos
selbst die Treppe runtergehen
und suchen –

hier wäre sie zu finden,
die letzte Gewißheit aller Tage,
nur wer
kann mit der leben.

Sollen sie
doch selber gehen.

20.

Ein Mann und eine Frau stehen an einem Abgrund.
Er ruft wiederholt in die Tiefe:

Hallo?
Hallo?
Ist da jemand?

Dann kommt die Antwort.

21.1

EINE FRAU MIT EINER SCHÜRZE

Es ist Hochzeit:
Ein langer Tisch,
eine gedeckte Tafel
unter freiem Himmel,

da sitzt das Hochzeitspaar:
Phaidra
und Hippolytos.
Nacht.
Feuer. Kerzen.
Sterne.
Gäste.

EIN MANN MIT EINER KABELTROMMEL

Gäste –
nicht so viele
wie bei der Hochzeit des Peirithoos,
wie lange ist das her,
ein Jahr ist er fort,
Theseus
und sein Freund,
Peirithoos.
Es heißt,
er ging ins Reich der Schatten,
Theseus,
er stieg hinab
ins Totenreich,
mit seinem Freund,
Peirithoos,
warum gingen die ins Reich der Toten,
von dort
kehrte noch niemand zurück;

EINE ZARTE FRAU, DIE SICH ZURECHTMACHT

unter den Gästen
ein Vogelmensch,
aber
keine Schlangenfrau sitzt mit am Tisch,
kein Mann,
halb Mensch, halb Fisch,
kein Mann,
halb Mensch,
halb Luchs,
keine Kentauren,

EINE FRAU AUS DER KÜCHE MIT KRÜGEN

Eurytion war unser Pate,
oder nicht?

EINE FRAU MIT EINEM STAPEL TELLER UND MESSERN

Das Zeitalter der Tiermenschen
ist vorbei,
Theseus tötete
den Minotauros
und die Kentauren,
Eurytion,

die alle vernichtete Theseus,
und als letzter seiner Art
ging er dann selbst.

EINE FRAU MIT VIELEN GLÄSERN

Wer alle vernichtet,
bleibt nicht übrig,

die Toten
ziehen einen mit hinab –

und was wir tun,
fällt auf uns zurück.

EIN MANN AUS DER KÜCHE MIT EINEM BEIL

Und immer
sitzt einer auf dem Dach,

hält Ausschau –
immer,
bei Tag
und bei Nacht.

EIN MANN VOLL MEHL MIT EINER KABELTROMMEL

Sie essen
und trinken,
feiern Hochzeit,
Phaidra
und Hippolytos,

er greift nach einer eisernen Schale,
wiegt sie in der Hand
wie einen Stein,
wie einen schweren Stein –

mein Vater,
mein Vater –

und sein Blick schweift
über die Tische, die Stühle,
über die Bänke zu seiner Braut –

Meine Frau,
meine Frau.

EIN MANN MIT EINER DRECKIGEN SCHÜRZE

Als Eurytion,
der Kentaur,
Hippodameia schändete,
die Braut des Peirithoos,

brachte Theseus den Eurytion um
mit dem Wurf einer eisernen Schale,
er warf eine eiserne Schale –

und immer sitzt einer auf dem Dach –

Du hast uns gerettet,
mich und meine Braut,
Hippodameia,

und zum Dank,
sagte damals Peirithoos,

schenke ich sie dir –
ich schenke dir meine Braut Hippodameia
für heute nacht.

Zum Dank
bekommst du meine Braut
für diese Nacht.

EINE FRAU AUS DER KÜCHE MIT EINEM TUCH UND SALZ
Phaidra
und Hippolytos
und ihre Gäste:

Sie reichen sich gegenseitig
das Salz,

die Krüge,
Schalen, Teller,
Messer, Gläser,

alles Werkzeuge,

und dann ruft einer.

Von wo kommt das?

Einer ruft –

das kommt vom Dach,
der Ruf kommt vom Dach:
Da ist etwas,
da kommt etwas,
da kriecht etwas den Weg hinauf,
was ist das?

Was das ist –
Sie verschüttet das Salz.
Ein Mann am Boden, er wischt etwas auf.

DER MANN MIT EINEM KÜCHENBEIL

Das ist Peirithoos,
der kriecht an die Tafel
und fällt,
bevor er sie erreicht,
in den Staub,
erschöpft,

und richtet sich wieder auf,
so gut er kann,

denn
der hat keine Hände
und keine Füße mehr,
nur noch Stümpfe.

EIN MANN AM BODEN, ER WISCHT ETWAS AUF

Ich komme aus der Unterwelt,
ich komme aus dem Reich der Toten,

Theseus riß mich aus dem Schattenreich,
Persephone hielt mich
an den Händen und den Füßen fest,
sie hatte einen Griff aus Eisen,
und er riß mich los,
Theseus,

du wolltest mich holen, Peirithoos,
flüsterte Persephone mir ins Ohr,

jetzt hole ich dich,

aber Theseus riß mich los,
er riß mir,
als Persephone nicht losließ,
Hände und Füße ab,
entriß mich so dem Schattenreich
und trug mich
auf seinem Rücken
hinauf ans Licht,
Stufe für Stufe

auf der schmalen Treppe
hinauf in blinder Nacht,
hinauf zum Tag,
und hinter uns immer der Tod,

und als wir oben waren,
wir hatten fast den Tag erreicht,
flüsterte Persephone Theseus ins Ohr:

Theseus,
du kannst nach Hause gehen,
nimm deinen Freund nur mit,

ihr kommt wieder,

geh nur,
bei dir zu Hause feiern sie,
der Tisch wird schon gedeckt,
die lange Tafel,
geh nur,

ihr werdet alle untergehen.
Der Mann arbeitet weiter.

21.2

Zwei blutige Kentauren stehen nach mühsam betrunkenem Weg an einem Abgrund.
Einer der Pferdemenschen ruft wiederholt in die Tiefe:

Hallo?
Hallo?
Ist da jemand?

Dann kommt die Antwort.

22.1

EINE FRAU MIT EINEM STAPEL TELLER, DIE VERSUCHT ETWAS ZU TRINKEN

Und du,
fragt Phaidra
mit trockenem Mund,

und du, Peirithoos,
Verlorener, König der Lapithen,
wie kommt es, daß du,

ohne Hände,
ohne Füße –

wie kommt es, Peirithoos,
daß du,
verstümmelt wie du bist,
jetzt zu Theseus' Boten wirst,
warum bist du
allein hier,
warum bist du
vor Theseus hier,
wo ist Theseus,

aber
sie kennt die Antwort schon.
Sie liest die Antwort schon in seinem Blick.
Er ist,
sagt der Blick des Peirithoos,
er ist längst hier,
er ist längst da.

22.2

Ein Stiermensch in völliger Finsternis, er tastet sich vorsichtig vorwärts; er hat eine schwache Lampe, die er immer wieder anzünden muß.
Ein Vogelmensch in seiner Nähe.

23.

EINE FRAU MIT EINEM VOLLEN TABLETT

Kein Gast mehr da.
Alle weg,
alles leer.

Die Kerzen aus, das Feuer,
die Schüsseln noch halbvoll,
die Schalen stehen noch
auf dem langen Tisch,
die Bänke,
die Stühle,

die Flaschen noch voll,
die Krüge,
die Karaffen,

der letzte,
der den Platz verläßt:

der Vogelmensch,
der legt
zum Abschied
die Finger auf die Lippen,
das bedeutet
Schweigen.

Der hatte gesungen:

EINE FRAU MIT EINEM STAPEL GESCHIRR

Könnte ich fliegen,
könnte ich fliegen,
wo flöge ich hin,

und könnte ich gehen,
könnte ich gehen,
wo ginge ich hin.

Wie sieht die Welt aus,
wie sieht die Welt aus
von hoch oben –
was würde ich hören,
was würde ich hören,
da oben,
hoch in der Luft –

Wenn alles vorbei ist,
wenn alles vorbei ist,
was kommt danach,
was kommt danach:
der nächste Morgen,
wie immer die Sonne,
wie immer die Sonne,
der nächste Tag –

EIN MANN, DER ETWAS AUFGEWISCHT HAT

Noch vor Morgengrauen,
aber bald wird es hell im Osten,
auf der anderen Seite des Meeres:

An der Tafel Peirithoos
ohne Hände
und ohne Füße,
langsam verblutend,
ausblutend,
frierend.

Was habt ihr gefeiert,
Phaidra,
Hippolytos,
was war das für ein Fest,

feiert ihr nicht die Heimkehr
eures Herrn,
Theseus,

Theseus, mein Freund,
wo ist der –
warum kommt der nicht

und trägt mich ins Haus,
und ein Bote soll los,
zu Hippodameia –

könnt ihr mir das sagen,
wie lange waren wir
unter der Erde?

EINE FRAU Ein Jahr,
antwortet Phaidra.

Wir haben gedacht,
ihr wäret verloren –

wir haben gedacht,
von da, wo ihr wart,
gibt es kein Zurück.

Es gibt auch kein Zurück.

Geht ins Haus,
sagt er, Peirithoos,
geht,
das wird ein Wiedersehen.

24.

EIN PAAR Phaidra
und Hippolytos
stehen im Morgengrauen
vor dem Haus,
vor dem Palast.

Lange.
Kurze Pause.

Dann
gehen sie hinein, gemeinsam,
die Stufen,
das Tor,
die Tür,
dahinter alles dunkel.

25.

EINE ALTE FRAU UND EIN ALTER MANN, DIE VIEL KAPUTTMACHEN

Auf dem First des Dachs
zwei Alte:
die Dienerin, der alte Lehrer,
unter ihnen
die Tiefe, Felsen,

wir sind für solche Reisen nicht gemacht,

hoch oben,
hier ist sie zu finden,
die letzte Gewißheit aller Tage,
nur wer
kann mit der leben.

Ich gehe
keinen Schritt
allein in diese Finsternis hinab,

und sie läßt
seine Hand nicht los,

laß meine Hand nicht los,
halt sie gut fest,
liebe Freundin,
sagt er zu ihr:

Und ruft,
während es ihn gleichzeitig in die Tiefe reißt
und hochzieht, daß es ihm die Lunge schon zerreißt:
Hallo?
Hallo?
Ist da jemand?

Doch bevor
das Echo

ihn einholen kann,
springen sie
ins Nichts,
Hand in Hand,

und was die beiden
dann hören,
was da aus der Tiefe
auf sie zukommt,
ist kein Echo.

Das klingt
fürchterlich.

26.1

EINE FRAU MIT EINEM BESEN ODER MIT EINEM LAPPEN UND EINEM EIMER
Draußen im Hof
an der Tafel,
zusammengesunken, wortlos,
ohne Hände,
ohne Füße,
bleibt Peirithoos zurück,
mit halboffenem Mund,
aus dem tropft Blut auf den Tisch.

EIN PAAR Phaidra
und Hippolytos
betreten das Haus,
die leere Halle,
niemand da –
keine Mägde,
keine Leute,
der alte Lehrer nicht,
die Dienerin nicht,
wo sind die –

Niemand da –
und gehen Hand in Hand
durch die Gänge,
sie nehmen die Stufen,
durchqueren Raum und Raum
im Dunkeln –

sie halten sich an der Hand,
und trotzdem
verlieren sie sich –
Plötzlich ist der andere,
der geliebte Mensch nicht mehr da,

sie rufen sich,
sie hören sich,
aber sie finden sich nicht mehr,

sie laufen zurück,
jeder für sich,
und laufen wieder vor,

sie rufen sich, hören sich noch,
dann nicht mehr –

sie suchen sich
und finden sich nicht mehr,
das Haus
hat sich verändert,
es verändert sich, bewegt sich,
das Haus hat Gänge,
Räume,
Stufen,
die es zuvor nicht hatte,
die es niemals hatte,
das Haus wird zu einem Labyrinth.

Phaidra,
Phaidra,

meine Frau,
meine Frau, hörst du mich –

Hippolytos,
Hippolytos,

mein Mann,
mein Mann,

ich kann dich nicht mehr hören,
und ich kann dich nicht finden –

Hippolytos,
ich trenne jetzt mein Kleid auf,
vielleicht findest du den Faden,
vielleicht findest du den Faden.

EIN MANN MIT EINER KABELTROMMEL

Der Weg
durch den Palast,
nachts,

durch die Gänge,

ein junger Mann
mit einem Schwert in der Hand.

Mein Vater,
mein Vater –

jetzt bringe ich dich um,

nachts,

ein junger Mann mit einem Faden in der Hand –

Mein Sohn,
mein Sohn –

wo bist du,
ich schlachte dich ab,

aber die Wände des Palasts
verschieben sich,
der Palast
wird zum Labyrinth,

hier ging es früher
nicht um die Ecke,

hier war keine Tür,
hier war keine Wand,

wo bist du,
wo bist du,
ich schlachte dich ab –

mein Vater,
mein Vater –

mein Sohn,
mein Sohn –

meine Frau,
meine Frau –

Atmen,
Dunkelheit.

EINE FRAU MIT EINEM STAPEL TELLER

Kurz vor dem Anbruch
des neuen Tages
irrt eine Frau durch ihr Haus.
Sie ist hellwach,
als habe sie etwas getroffen,
verwundet.

Die Angst.

Sie ist
in einem engen Gang
und tastet sich auf den Knien vorwärts,
und in ihrer Hand
hält sie einen Faden,
ihr Kleid löst sich auf –

da steht jemand hinter ihr,

ein Tier oder ein Mann –
halb Stier,
halb Mann –

EINE ANDERE FRAU MIT EINEM TUCH

Hast du ihn umgebracht?
Hast du den Minotauros umgebracht?

DIE FRAU MIT DEN TELLERN

Da steht
ein gewaltiger Mensch,
ein gewaltiger Mann
mit dem Kopf eines Stiers,

der Stier
ist ein Mann,
ihr eigener Mann,
Theseus,

der fragt:

Phaidra,

meine Frau,
meine Frau,

hier bin ich –
ich bin wieder zurück –
was war das für ein Fest –
was wolltet ihr feiern?
Warum sind alle weg?

Sie sagt:
Aus Angst –
Aus Angst sind alle weg.

Aus Angst –
fragt er,
aus Angst wovor?

Was gäbe es
in meinem Haus zu fürchten,
ich bin hier,
und wenn ich nicht hier bin,
ist mein Sohn hier,
Hippolytos,

in diesem Haus
gibt es nichts zu fürchten.

Doch,
sagt sie. Dich –

Was war das für ein Fest –

Eine Hochzeit, antwortet sie,
Phaidra.

Die letzte Hochzeit,
auf der ich war,
sagt Theseus,

war die Hochzeit des Peirithoos.

Die letzte Hochzeit,
auf der ich war,
sagt sie:

war meine eigene.

Und in ihrer Hand
hält sie einen Faden,
ihr Kleid ist fast
ganz aufgelöst.

Dunkelheit.
Und dann

reißt der Faden,
hier kommt sie
nie wieder heraus,

der Mann
sieht den abgerissenen Faden in ihrer Hand,
er wirft sie hin,
sie kommt wieder auf die Füße,
er wirft sie wieder hin,
die Frau
mit dem abgerissenen Faden in der Hand
will aufstehen,

aber der nächste Schlag
zieht ihr die Beine weg,
sie fällt auf den Rücken,

und dann
liegt der Mann

schwer auf ihr,
erdrückt sie,
zentnerschwer,
sie kann sich
unter dem Mann nicht bewegen,
aber er bewegt sich,
er bewegt sich in ihr,
und es zerreißt sie,

der Mann zerreißt sie
beinah.

Ich,
sagt Phaidra,
ich werde dich vernichten.

Ich werde dich vernichten,
sagt sie –
und dann sagt sie:
Ich habe
mit deinem Sohn geschlafen,
viele hundert Mal.

Und sieht ihn an,
Theseus,

und was jetzt kommt,
wird dauern.

Sie läßt die Teller fallen.

Und mit der langen Haarnadel
sticht sie sich in den Hals –

alles Werkzeuge –

durchbohrt mit der Nadel
ihre Halsschlagader
und die Luftröhre

mit der langen Nadel
sticht sie sich quer durch den Hals,
bis sie
auf der anderen Seite wieder herauskommt.

Bevor er ihr
den Kopf zertrümmern kann,
nimmt sie sich selbst das Leben.

Ein schwarzer Strich Blut,
gar nicht so viel –
fast wie ein Faden.

26.2

Eine Frau sticht sich mit einer langen Nadel quer durch den Hals.

27.

EIN MANN Hippolytos tastet
in fast völliger Dunkelheit
durch das Haus,

er folgt
einem dünnen Faden,
und er denkt,
gleich steht er hinter ihm
und bricht ihm das Genick,

der Mann,
der Stier, das Untier –

mein Vater,
mein Vater –

mein Sohn,
mein Sohn –

aber da ist niemand.
Kein Geräusch.

EIN ANDERER MANN
Ein junger Mann,
der alles kurz und klein schlägt.

EIN MANN Schließlich ein Fenster.
Etwas Licht.
Auf dem Steinboden sitzt Phaidra,
lehnt mit dem Rücken an der Wand,
die Augen offen –

in ihrem Hals
steckt eine lange Nadel.

Draußen,
auf der Straße,
schon fast am Horizont,
bewegt sich was.

28.

ZWEI MÄNNER Auf der Straße
im Morgenlicht
zwei Freunde,
der eine trägt den anderen auf dem Rücken.

Wohin gehen wir,
Theseus,
fragt Peirithoos,
wohin bringst du mich, uns,
was passiert,
was ist passiert?
Wo warst du?
Was hast du getan?

Ich habe nichts getan –

Nichts?

Man muß nichts tun,
um alles zu vernichten.

EIN MANN Warum bleiben wir nicht bei Phaidra,
bei Hippolytos,
den Weg kenne ich doch –
ich habe Durst, Theseus,
gib mir zu trinken.

Gleich, mein Freund, gleich –
Gleich sind wir da –

EIN ANDERER MANN
Da sind sie
an der Treppe bei dem Feld,
oben, im Sonnenlicht,
hier geht es hinunter.

Nicht, Theseus, nicht,
trag mich nicht wieder
dort hinab –

da wartet eine Frau auf sie,

die sieht aus –
Theseus meint fast,
die Frau sieht aus wie Phaidra.

Meine Frau,
meine Frau –

Ich bin zurück,
Persephone,
ich bin zurück,
und diesmal
will ich nicht umkehren.
Diesmal
gehen wir den ganzen Weg.

Meine Frau
hat meinen Sohn geheiratet,
und dann hat sie sich selbst getötet,
bevor ich sie töten konnte;

sie hat gesagt,
sie werde mich vernichten,
und sie hatte recht:
Hier bin ich.

Ich bin zurück.
Ich bringe dir den Peirithoos,
den ich dir entriß,
und mich selbst,
denn wir gehören dir.

Gehen wir.
Laß mich hinein.
Laß mich hinunter.

EINE FRAU Dort unten
ist schon Phaidra,

die fuhr über den Fluß Acharon

im Boot
sah sie sich um,
ein letztes Mal,
verliebt, in Liebe,
nach ihrem Mann,
ob der noch lebt,

so setzte sie,
nach einem letzten Blick zurück
vom Boot aus
nach ihrem Liebsten,
Hippolytos,
Fuß auf die Asche
meines Reichs –

und vergaß alles,
vergaß dich,
vergaß ihn
und vergaß sich selbst,

sie zog sich eine Nadel aus dem Hals
und ging, ohne sich weiter umzublicken,
zu den Schatten.

Aber du:
Was willst du hier bei mir,
wieder,
das erste Mal hättet ihr nicht kommen dürfen,
warum soll das
beim zweiten Male anders sein –

Geht weg.

Nimm deinen Freund wieder auf den Rücken.
Und geht weg von hier,

hier nimmt euch niemand auf
und wird es niemals tun –

du wirst nichts vergessen,
du wirst immer weiterziehen,
auf der Straße,
mit dem da, der mich haben wollte,
und dabei wandert eure Flasche
hin und her,

hier –
das hattet ihr bei mir gelassen,
als ihr mich besuchtet,
nehmt es mit,
ich will es nicht –

und dann beugt sie sich hinab,
hebt etwas auf
und wirft es Theseus vor die Füße:

Es ist ein Fuß.

Und das,
sagt die Frau des Totengottes,
nehmt auch mit,

eine Hand,
noch eine Hand
und noch ein Fuß,

vielleicht könnt ihr das noch gebrauchen,
vielleicht verkauft ihr das ja
irgendwo,

nehmt das mit,
oder macht damit,
was ihr wollt.
Es gehört Peirithoos.

EIN MANN Und Theseus antwortet:

Ich werde nicht
ewig über die Erde laufen.

Du hast gesagt,
wir werden alle untergehen.
Du wirst es nicht verhindern können.

EINE FRAU Was willst du sein,
als du bist.
Du bist nichts anderes.
Und was du bist,
trägst du mit dir.

EIN MANN Und Theseus spürt,
daß ihm ein dritter Arm wächst,
und ein vierter,
ohne Hände,
an seinem Rücken
hängen ein drittes und ein viertes Bein,
ohne Füße,
verkrustet, verhornt,
stumpf,
wie Hufe –

er hat zwei Köpfe,
und Peirithoos,
der Freund, ruft:

EIN ANDERER MANN
Theseus,
gib mir zu trinken,
ich hab Durst,
wo ist die Flasche –
ziehen wir weiter –
auf! Nur weiter!

EIN MANN Mein Sohn
Hippolytos
wird kommen
und uns töten,

er hat uns schon gesehen,
er wittert uns,
er nimmt die Fährte auf,

die Spur,
als führte ihn ein Faden,

er wird uns einholen,
er wird uns jagen,
und er wird uns schlachten,

jetzt spannt er die Pferde an,
steigt auf den schnellen Wagen,
in seiner Hand ein Speer,
wenn er den wirft,
durchbohrt er uns beide,
mich und Peirithoos,

und wenn er uns mit dem Speer verfehlt,
schneidet er uns die Kehlen durch,
er schlachtet uns ab
wie Tiere,
oder er stößt uns ins Meer,
oder er zerhackt unsere Glieder,
zerreißt uns
oder zerquetscht unsere Köpfe,

und du,
Persephone,
bringst uns dann ins Totenreich,
denn wir sind Menschen,
sterblich,
was wir auch tun
und nicht tun,

das letzte Recht des Menschen
ist das Recht auf seinen Tod.

EIN ANDERER MANN

Er singt:

Ich klopfe an,
macht auf, ihr Toten,
und gebt mir einen Besen.
Ich klopfe an, laßt mich hinein,

ich will den Platz anfangen zu fegen,
der von nun an
für ewig mein Zuhause sein wird.*

EINE FRAU Und sie,
die Totengöttin, sagt:
Ihr werdet alle untergehen.

* Stratos Pajioumdsis: Minore Manes

29.

EINE FRAU Und Hippolytos
spannt die Pferde an
vor seinen schnellsten Wagen,

greift nach Speer und Schwert
und rast den Weg hinunter,

auf dem Wagen, stehend,
lenkend mit einer Hand
und in der anderen den Speer,

rast den Weg hinunter,
zum Horizont,
auf der Spur,
als führte ihn
ein Faden,

Staub hinter ihm,
Staub vor ihm,

er ist so schnell,
er fliegt fast,
der Wagen springt über die Steine,
fast fliegt er,
fast –

EINE ANDERE, ZARTE FRAU
singt
Könnte ich fliegen,
wo flöge ich hin,

und könnte ich gehen,
wo ginge ich hin.

Wie sieht die Welt aus,
wie sieht die Welt aus

von hoch oben –
was würde ich hören,
da oben,
hoch in der Luft –

Wenn alles vorbei ist,
was kommt danach,
der nächste Morgen,
wie immer die Sonne,
der nächste Tag –

EIN MANN Da kommt
aus der Ferne
Hippolytos etwas entgegen,

ein vierbeiniges Wesen,
doppelköpfig,
mit Händen, Füßen
und Hufen,

das reißt die Arme auseinander,
weit, weit reißt es die Arme auf
und ruft schon aus der Ferne,
bring mich um,
bring mich endlich um,

mein Sohn,
mein Sohn –

was niemandem gelang,
dem Minotauros nicht
und nicht Eurytion,
und nicht Persephone,
jag deinen Speer
durch mich hindurch,
reiß meinen Körper auf,
bring mich um –

und Hippolytos
wickelt die Zügel
sich fest um die Hand

und greift in rasender Fahrt
an der felsigen Küste entlang
mit der anderen Hand
nach dem schweren Speer,

den wird er
dem eigenen Vater
tief, tief in die Brust stoßen,

mein Vater,
mein Vater –

EIN ANDERER MANN

Aber das da
vor ihm
ist nicht der Vater,

das ist ein Ungeheuer,

vier Beine,
vier Arme und zwei Köpfe,
der eine Kopf
der eines Menschen,
dem läuft vor Durst
Blut aus dem Mund,

der andere Kopf ist der Kopf eines Stiers,
riesig, gewaltig,
und das Ungeheuer wird größer
und brüllt und schnauft,

EINE FRAU AUS DER KÜCHE

Hippolytos
will den Speer schleudern,
er hält den schweren Speer in seiner Hand,
und er will das Ding vernichten,

aber das Ding,
mit vier Beinen,
vier Armen und zwei Köpfen,

ist haushoch,
brüllt laut über die Felder,
löscht alles Leben aus,

und die Pferde,
die Pferde des Hippolytos,
scheuen,
der schnelle Wagen
kommt vom Weg ab
und rast in die Felsen,
bricht, zerbirst,
und Hippolytos stürzt,
hängt mit der einen Hand
noch in den Zügeln,

und die Pferde rasen weiter,
immer weiter,
und schleifen
den jungen Mann
hinter sich her,
sie rasen vor Schrecken
und schleifen ihn
bei lebendigem Leib
hinter sich her –

sie sind so schnell –

EINE FRAU MIT EINEM VOLLEN TABLETT

Es reißt ihm die Haut vom Fleisch,
und das Fleisch von den Knochen,
und die Knochen
brechen,
die Arme, die Beine,
die Rippen,
es schlägt ihm die Zähne aus,
er spürt, wie in ihm alles reißt,
was reißen kann,

die Lunge,
die Sehnen,
er sieht nur noch Blut,

immer weiter ziehen sie ihn,
bis die Zügel reißen,
schließlich reißen die Zügel,
fast wie ein Faden,

und er bleibt liegen.
Hippolytos.

Wind in seinen Ohren,
Stille,
Mittagshitze,
hier an dieser Stelle,
er faßt die Erde an, den Staub,
die scharfen Steine, das Gestrüpp:
Hier liegt etwas verborgen:
die Zukunft, vielleicht,
der Tod –

EIN MANN *singt*
Ich klopfe an,
macht auf, ihr Toten,
und gebt mir einen Besen.
Ich klopfe an, laßt mich hinein,
ich will den Platz anfangen zu fegen,
der von nun an
für ewig mein Zuhause sein wird.*

ENDE

Das fliegende Kind

Theaterstück

Personen

CHOR:
EINE FRAU UM DIE VIERZIG
EINE FRAU UM DIE FÜNFZIG
EINE FRAU UM DIE SECHZIG
EIN MANN UM DIE VIERZIG
EIN MANN UM DIE FÜNFZIG
EIN MANN UM DIE SECHZIG

I.

1.

DREI FRAUEN Die Straße
ist der schmale Grad
zwischen dem Himmel
und der Hölle.

EINE FRAU UM DIE FÜNFZIG
Drei Lehrerinnen,
hohläugig, ängstlich,
unterbezahlt,
fast flüsternd:
Ein schwarzer Wagen
fährt bei Nacht
durch die Stadt,

EINE FRAU UM DIE VIERZIG
nach Einbruch der Dunkelheit
fährt ein großer
schwarzer Wagen
durch die Straßen der Stadt,

und holt
unsere Kinder,

lautlos und ohne Licht
kommt der schwarze Wagen
die Straße heruntergefahren,
und dann –

EINE FRAU UM DIE SECHZIG
gerade war das Kind noch da,
gerade spielte es noch
auf dem Bürgersteig,

Eckstein, Eckstein,
jeder muß versteckt sein

und plötzlich ist
das Kind verschwunden –

EINE FRAU UM DIE VIERZIG

Kein Ton, kein Schrei –
das Kind ist weg. Verschwunden.
Kein Kind, kein Wagen,
Kein Ton, kein Schrei –

EINE FRAU UM DIE FÜNFZIG

nur eine unsichtbare Bewegung
in der Luft,

Wind –

EINE FRAU UM DIE VIERZIG

wo ist es, wo ist das Kind hin,

EINE FRAU UM DIE SECHZIG

Der Bürgersteig ist leer,
und die Straße ist leer –
kein Kind, kein Wagen,
die leere Straße –

die Straße
ist der schmale Grad
zwischen dem Himmel
und der Hölle.

2.

CHOR Dreihundert Kinder singen,
sie singen im Chor:

Sankt Martin,

EIN MANN UM DIE FÜNFZIG

Sankt Martin,
Sankt Martin war ein guter Mann.

EIN MANN UM DIE SECHZIG

Ein klarer, kalter
Novembernachmittag.

Die Sonne geht bald unter.

EINE FRAU UM DIE VIERZIG

Einzelne rote Wolken.

EINE FRAU UM DIE FÜNFZIG

Die Stadt.

EIN MANN UM DIE VIERZIG

Der Fernsehturm
im Sonnenuntergang.

3.

EINE FRAU UM DIE SECHZIG

Drei Stunden später
in einem Einfamilienhaus am Stadtrand,
ein Bungalow mit Vorgarten:
Eine Frau um die Vierzig.
Ihr Kind
ist bei einem Unfall
vor ihren Augen ums Leben gekommen.
Sie schreit, weint,
schreit.
Sie schreit sich die Seele aus dem Leib.
Sie ist außer sich vor Schmerz.
Kurz hält sie inne.
Erschöpft, leer, sie steht vor dem Nichts.
Die Auslöschung ist vollständig.
Sie starrt in ein vollkommenes Dunkel.
Dann schreit sie weiter.

4.

CHOR Drei Stunden vorher:
Stadtmitte.

EINE FRAU UM DIE FÜNFZIG
Einzelne rote Wolken.

EINE FRAU UM DIE VIERZIG UND EIN MANN UM DIE VIERZIG
Die Stadt.
Der Fernsehturm
im Sonnenuntergang.

EIN MANN UM DIE VIERZIG
Unter der silbernen Kugel des Turms
das rote Dach einer alten Kirche,
die Marienkirche,
das ist
die älteste Kirche der Stadt.

EINE FRAU UM DIE VIERZIG
Zwölf Schulklassen singen im Chor:

CHOR Erschallet heut dir überall,
Sankt Martin Lob und Dank.
Ertönt in lautem Liederschall,
Sankt Martin Lob und Dank.
Es gebühret jetzt und allezeit
und in Liebe wie in Herrlichkeit,
Sankt Martin Lob und Dank.

EINE FRAU UM DIE VIERZIG
Die Gesichter der singenden Kinder
in der Kirche,
dicht gedrängt,
vorne in der Apsis.

EIN MANN UM DIE FÜNFZIG
Und neben den Kindern
in den Kirchenbänken

oder vor ihren Füßen, auf dem Boden:
die Laternen.

EIN MANN UM DIE SECHZIG
Die Laternen
für das Laternenfest,
heute ist das Laternenfest,
Sankt Martin, Laterne, Laterne. November.

EIN MANN UM DIE VIERZIG
Mein Licht geht aus, wir gehen nach Haus.
Rabimmel rabammel rabumm bumm bumm.

EINE FRAU UM DIE FÜNFZIG
Wir laufen im Dunkeln durch die Stadt.

5.

DREI MÄNNER *hohläugig, dreckig, verschwitzt* Zehn, fünfzehn Meter
tiefer,
tief unter der Straße,
unter der Erdoberfläche,
unter der Kirche,
unter der Straße:

drei Männer,
hohläugig, dreckig, verschwitzt,
unterbezahlt,

Tunnelbau,
Scheinwerfer im dunklen Schacht,
Stützkonstruktionen,
Metallpfeiler,
Stahlzargen.
Betonverschalungen
aus Holzplanken,
ohrenbetäubender Lärm,

Arbeiter im Tunnel
wie Bergarbeiter im Schacht,

Lampen an den Helmen,
und er hat sein helles Licht bei der Nacht,
und er hat sein helles Licht bei der Nacht
schon angezündt, schon angezündt*

wonach graben wir hier,
wir graben nach Beschleunigung,
wir graben nach der Abkürzung,
und wir graben immer tiefer,

und hoch über uns:

EIN MANN UM DIE VIERZIG

Leitungen,
Rohre,
Kabel,
Asphalt,

EIN MANN UM DIE SECHZIG

der Platz,
der Turm,
die Kirche,
die Straße –

EIN MANN UM DIE FÜNFZIG

Hört jemand was,
hört jemand was?

Zischende Rohre,
knisternde Leitungen,
Strom, Wasser, Gas –

Hoch über uns
die Asphaltdecke,

Scheinwerfer,
ohrenbetäubender Lärm in der Röhre,
aber
wir hören trotzdem alles,
alles,

* Steigerlied

jeden Schritt dort oben,
jedes Wort dort oben,

EIN MANN UM DIE SECHZIG
ein schwarzer Wagen
fährt bei Nacht
durch die Stadt,

nach Einbruch der Dunkelheit
fährt ein großer
schwarzer Wagen
durch die Straßen der Stadt,

und holt unsere Kinder.

EIN MANN UM DIE FÜNFZIG
Hört jemand was?
Hört jemand was?

6.1

CHOR Dreihundert singende Kinder in der Apsis der Kirche.
Sie singen:
Hier wohnt ein reicher Mann,
der uns was geben kann,
viel soll er geben,
lange soll er leben,
selig soll er sterben,
das Himmelreich erwerben.

EINE FRAU UM DIE VIERZIG
Die leuchtenden Augen eines Kindes,
ein Junge, zart, unsicher,
begeistert:
Etwa sechs Jahre alt,
er singt:

Lange soll er leben,
selig soll er sterben,

EINE FRAU UM DIE FÜNFZIG
Sich bewegende Lippen,
Kindergesichter, singende Kinder.
Die Laternen, unruhige Füße,
Kinderschuhe, die einen so,
die anderen so.
Das Kind,
der Junge mit dem leuchtenden Gesichtsausdruck.
Er singt mit den anderen:

Viel soll er geben,
lange soll er leben,
selig soll er sterben,
das Himmelreich erwerben.

6.2

DREI MÄNNER Tief in der Erde
zehn, fünfzehn Meter tiefer,
drei Männer,
dreckig, angestrengt,
verschwitzt,
in dem Krach,
hier wird rund um die Uhr gearbeitet,
gegraben, gebohrt:

EIN MANN UM DIE FÜNFZIG
Hört ihr das?
Hört ihr das?

Wie schön!
Wie schön!
Maschinen aus!
Alles aus!
Wie schön das klingt!

6.3

EINE FRAU UM DIE SECHZIG

Fünfzehn Meter weiter oben,
in der Kirche:
sich bewegende Lippen,
Kindergesichter, singende Kinder.
Die Laternen, unruhige Füße,
Kinderschuhe, die einen so,
die anderen so.
Das Kind,
der Junge mit dem leuchtenden Gesicht.
Er singt mit den anderen.

EINE FRAU UM DIE FÜNFZIG

Neben dem Kind eine Lehrerin.
Locken, Strickjacke. Jeans.
Die Kirchenfenster.
Die Kinder vorne in der Apsis.

EINE FRAU UM DIE VIERZIG

Und weiter hinten im Kirchenschiff
die Eltern,
die Geschwister.

EINE FRAU UM DIE FÜNFZIG

Dicht gedrängt,
die Kirche ist voll,
fast bis auf den letzten Platz,

EIN MANN UM DIE SECHZIG

alle sind da,
alle sind gekommen,
die Eltern,
die Geschwister,
und vorne:
die Kinder in der Apsis.

EINE FRAU UM DIE VIERZIG

In einer der Kirchenbänke
weit hinten,
nahe am Ausgang:

Ich bin gleich wieder da,
sagt eine Frau in einem dunkelblauen Rock
leise zu ihrem Mann,
wo willst du hin,
flüstert er,

EIN MANN UM DIE VIERZIG

Wo willst du hin?

EINE FRAU UM DIE FÜNFZIG

Warte,
warte, ich bin gleich wieder da,
sagt die Frau in dem blauen Rock,
und sie gibt ihm die Kleine,
die Zweijährige,
die sie bis dahin auf dem Schoß hatte,

EINE FRAU UM DIE SECHZIG

ich bin gleich wieder da,
nimm du kurz die Kleine,
wo willst du denn hin,
fragt er,
ich bin gleich wieder da,

EINE FRAU UM DIE VIERZIG

Ich bin gleich wieder da.

EIN MANN UM DIE VIERZIG

Während vorne in der Apsis
ihr großes Kind singt,
der Junge mit dem leuchtenden Gesicht,
zart, aufgeregt,
er singt mit den anderen.
Und dabei hat er die eine Hand
immer in der Jackentasche,
die Hand des Jungen in der Jackentasche

läßt ein kleines Matchbox-Auto nicht los,
das er vorhin auf dem Bürgersteig gefunden hat,
zufällig gefunden, auf dem Weg zur Kirche,
einen Mercedes GL in Miniatur, schwarz,
das ist ein Mercedes GL,
was für ein Fund!

EINE FRAU UM DIE FÜNFZIG

Die Frau in dem dunkelblauen Rock
drängt sich aus der Kirchenbank
und läuft zum Ausgang,

EINE FRAU UM DIE VIERZIG

nur kurz, nur für eine Minute,

EIN MANN UM DIE FÜNFZIG

da steht jemand
an der Eingangstür, gleich bei der Wandmalerei,
dem Fresco, dem Totentanz,
fünfhundert Jahre alt.

EIN MANN UM DIE VIERZIG

Da steht jemand lächelnd
an der Eingangstür,
nur kurz, nur für eine Minute,
ich muß wieder rein, sagt sie,
ich muß zurück, mein Mann –

EINE FRAU UM DIE SECHZIG

und er sagt: ich auch –
ich doch auch –

EINE FRAU UM DIE FÜNFZIG

du spinnst,
sagt sie,

EINE FRAU UM DIE VIERZIG

du bist verrückt,
und dabei lächelt sie.

EIN MANN UM DIE SECHZIG

Die Sonne geht langsam unter.

Der Fernsehturm.

Die Gleise der Hochbahn.
Ein Zug durchquert die Stadt.

EINE FRAU UM DIE FÜNFZIG

Die Rückseite der großen Buchstaben einer Leuchtreklame auf dem Dach eines Hochhauses. Rot, Gelb, Grün.

Die Straße,
sechsspurig,
dazwischen die Gleise der Straßenbahn.

Die Scheinwerfer der Autos
in der Dämmerung.

7.

EIN MANN UM DIE VIERZIG

Der Regenwald.
Grün, Türkis, Blau. Braun.
Feucht. Gewaltig.
Doktor Dolores da Silva,
fünfunddreißig,
spricht in ihrem Vortrag
vom Regenwald,
und sie spricht über
Untergang und Zukunft
dieser Erde.

EIN MANN UM DIE FÜNFZIG

Grün, Türkis, Blau. Braun.
Feucht. Gewaltig.
Unter den Bäumen mit den riesigen Blättern
halb Dunkel, halb Licht.
Ein geschlossenes Dach aus Blättern. Eine riesige Kathedrale voller Tiere
Leguane, Schlangen,

Spinnen,
der Jaguar und Trompetenvogel,
das Totenkopfäffchen, Papageien,
Kolibris –

8.

DREI FRAUEN Drei Lehrerinnen,
hohläugig, ängstlich,
unterbezahlt,
fast flüsternd:

EINE FRAU UM DIE FÜNFZIG
Ein schwarzer Wagen
fährt bei Nacht
durch die Stadt,

EINE FRAU UM DIE VIERZIG
nach Einbruch der Dunkelheit
fährt ein großer
schwarzer Wagen
durch die Straßen der Stadt,

und holt
unsere Kinder –

9.

DREI MÄNNER Tief unter der Erde:
drei Männer,
hohläugig, dreckig, verschwitzt,
unterbezahlt,
Tunnelbau.
Über ihnen
die Rohre, die Leitungen,
die Kabel,

die Asphaltdecke.
Ohrenbetäubender Lärm,
aber jetzt
stehen alle Maschinen still:
Sie lauschen, horchen:

EIN MANN UM DIE FÜNFZIG

Alles still!
Alles still –

Hört ihr das?
Hört ihr den Gesang?
Hört ihr die Kinder?

10.

EINE FRAU UM DIE VIERZIG

Ich muß wieder rein,
sagt die Frau in dem blauen Rock,
und der Mann am Portal
neben dem Totentanz sagt:
Ich weiß, ich auch,
küß mich noch einmal –

EIN MANN UM DIE FÜNFZIG

Küß mich noch einmal.

EINE FRAU UM DIE FÜNFZIG

Ich muß wieder rein –
Sie küssen sich.

11.

EIN MANN UM DIE SECHZIG

Neunzig Meter weiter oben,
ein Mann,

hoch oben in der Luft,
hoch oben im Kirchturm.
Arbeiten am
Glockenturm.
Tauben, Krähen. Elstern.
Hier nisten Turmfalken.
Wind.
Nur der Wind.
Nichts zu hören, hier oben,
nicht einmal die Straße,
sechsspurig.
Die Scheinwerfer der Autos,
die nicht endende Reihe der Wagen,
Anhalten und Weiterfahren,
halt und weiter,
bald ist es dunkel,
dunkelblauer Himmel.
Der Platz, der Fernsehturm.
Die großen Buchstaben einer Leuchtreklame
auf dem Dach eines Hochhauses.
Rot, Gelb, Grün.
Menschen, verschwindend klein,
unten auf den Gehwegen,
an den Ampeln, an den Haltestellen.
Wind.
Keine Stimmen, keine Schritte,
keine Motoren.

Das einzige Geräusch
aus weiter Entfernung:

Kreischende Bremsen,
kreischende Räder,

die S-Bahn,
ein Zug fährt durch die Stadt –

12.

EIN MANN UM DIE FÜNFZIG

Zehntausend Kilometer entfernt:
Unter den Bäumen mit den riesigen Blättern
halb Dunkel, halb Licht.
Ein geschlossenes Dach aus Blättern.
Eine riesige Kathedrale voller Tiere.

EIN MANN UM DIE VIERZIG

Doktor Dolores da Silva
ist in der Stadt,
und sie hält
an drei aufeinanderfolgenden Tagen
den gleichen Vortrag:

Untergang und Zukunft.
Der tropische Regenwald.

13.

EIN MANN UM DIE SECHZIG

Der Blick des Mannes
hoch oben im Glockenturm
fällt auf ein großes, grünes Tier,
ein grünes Tier,
das bewegungslos
auf der Brüstung des Glockenstuhls sitzt,
hoch über der Stadt:

ein Leguan.

Ein tropischer Leguan.

Ein Leguan,
wie aus dem tropischen Regenwald.

Die flatternden Elstern, die Tauben,
Kukurukuku –

der Leguan –

Aber jetzt
jetzt beginnen die Glocken zu schlagen,
laut, donnernd, dröhnend,
und das Tier,
der Leguan, ist verschwunden.
Wo ist er hin?
Wo ist er hin?
Donnernde Glocken.

14.

CHOR Unten im Kirchenschiff:
volle Kirchbänke,
die Menschen dichtgedrängt
beim Martinsgottesdienst,
Sankt Martin,
Sankt Martin,
und vorne in der Apsis
singen die Kinder:

Ein feste Burg ist unser Gott,
ein gute Wehr und Waffen.

EINE FRAU UM DIE FÜNFZIG
Hinten in der Kirche,
dichtgedrängt
zwischen anderen Eltern,
ein Mann und eine Frau
in einem blauen Rock,
sie hält ein kleines Kind auf ihrem Schoß,
und gleichzeitig versucht sie angestrengt,
den Jungen, ihr älteres Kind, nicht aus dem Blick zu verlieren,

der geht in die zweite Klasse,
das sind die »Perlmuttfalter«, vom Aussterben bedroht,
die Perlmuttfalter vorne in der Apsis
neben den »Flußdelphinen«,

EIN MANN UM DIE VIERZIG
der Junge singt mit,
und in seiner Faust,
in seiner Tasche,
hält er das Auto,
das er auf der Straße gefunden hatte.

EINE FRAU UM DIE VIERZIG
Und gleichzeitig findet die Frau in dem blauen Rock manchmal
den Blick eines Mannes,
ein paar Reihen weiter,

gleich ist der Gottesdienst vorbei.

CHOR Das Kind singt:
Ein feste Burg ist unser Gott,
ein gute Wehr und Waffen.

EINE FRAU UM DIE SECHZIG
Neben der Frau in dem blauen Rock,
die sich vor ein paar Minuten
nur für einen kurzen, kostbaren Moment
mit jemandem am Eingang der Kirche getroffen hatte,
heimlich, neben der alten Wandmalerei,
neben dem Totentanz,
fünfhundert Jahre alt –

EIN MANN UM DIE SECHZIG
Neben der Frau in dem blauen Rock,
ihr Mann, Ende Dreißig oder
Anfang Vierzig,
Anzug, Uhr, Krawatte;
im Kopf des Mannes
nicht die Kirche,

nicht die Lieder,
nicht die Kinder,

EIN MANN UM DIE FÜNFZIG
im Kopf des Mannes
neben der Frau mit dem blauen Rock:

der Regenwald,
der tropische Regenwald Brasiliens,

CHOR Grün, Türkis, Blau. Braun.

EIN MANN UM DIE FÜNFZIG
Feucht. Gewaltig.
Unter den Bäumen mit den riesigen Blättern
halb Dunkel, halb Licht.
Ein geschlossenes Dach aus Blättern.
Eine riesige Kathedrale voller Tiere.

EIN MANN UM DIE VIERZIG
Doktor Dolores da Silva
ist in der Stadt,
und sie hält
an drei aufeinanderfolgenden Tagen
den gleichen Vortrag:

Untergang und Zukunft.
Und sie spricht über den tropischen Regenwald.
Neuntausend Kilometer von hier entfernt.

EIN MANN UM DIE FÜNFZIG
Das erste Mal
war der Mann da,
um ein Gespräch
für die Zeitung mit ihr zu führen,
Anzug, Uhr, Krawatte;
Doktor da Silva, Mitte Dreißig,
aus Brasilien,
eine Frau, deren Schönheit
ihm den Atem raubte,
die ihn im ersten Moment
einfach sprachlos machte –

EIN MANN UM DIE VIERZIG

Da hatte Doktor da Silva gesagt:
Ich mag Männer wie Sie,
Anzug, Uhr, und, wie heißt das,
Krawatte;
Sie sind mein Typ,

EIN MANN UM DIE SECHZIG

und das zweite Mal, gestern,
war er bei dem Vortrag,
weil er Doktor da Silva wiedersehen mußte,
er mußte sie einfach wiedersehen,
und da sagte sie:
Sieh an, Sie sind wieder da,
wie schön,

EIN MANN UM DIE FÜNFZIG

und heute,
heute ist der dritte Vortrag,
jetzt gleich, in einer Stunde,
am anderen Ende der Stadt.

Im Kopf des Mannes
neben der Frau mit dem blauen Rock:
Der Regenwald,
der tropische Regenwald,
ein Blätterdach
hoch und geschwungen
wie eine Kathedrale,

EINE FRAU UM DIE FÜNFZIG

und jetzt,
jetzt ist der Gottesdienst fast zu Ende.
Die Glocken läuten, laut, donnernd, dröhnend.
Die Glocken läuten.

15.

EINE FRAU UM DIE VIERZIG
Das leere Haus.
Draußen ist es dunkel.

EINE FRAU UM DIE SECHZIG
Die Frau in der Küche,
kein Licht.
Am Kühlschrank
die Kinderzeichnungen.

EINE FRAU UM DIE FÜNFZIG
Die um ihr Kind weinende Frau.

16.

DREI FRAUEN Daß sich alle an der Hand nehmen,
sagen die Lehrerinnen,
daß alle beisammen bleiben,
und keiner läuft weg,
keiner läuft auf die Straße,
sagen die Lehrerinnen,
Locken, Strickjacke, Jeans,
lächelnd und bestimmt und streng
und ängstlich,
daß sich alle an der Hand nehmen,

hohläugig, ängstlich,
unterbezahlt,
fast flüsternd:

Ein schwarzer Wagen
fährt bei Nacht
durch die Stadt,

nach Einbruch der Dunkelheit
fährt ein großer

schwarzer Wagen
durch die Straßen der Stadt –

zehn Kinder sind es schon,
in jedem Monat
holt der Wagen eines,
fehlen noch
das elfte
und das zwölfte,

daß sich alle an der Hand nehmen,
sagen die Lehrerinnen,
daß alle beisammen bleiben,
und keiner läuft weg,
keiner läuft auf die Straße,
keiner geht allein.

17.

EIN MANN UM DIE SECHZIG
Dröhnende Glocken.
Der Mann im Glockenturm sucht das Tier,
ein riesiger Leguan,
wo ist er,
wo ist er hin –

Der Gottesdienst ist zu Ende.
Unten auf dem Vorplatz
der Kirche
die Kinder –

18.

CHOR Durcheinander auf dem kleinen Vorplatz der Kirche,
zweihundert Kinder, oder mehr.

EIN MANN UM DIE FÜNFZIG
Los, los,
der Mann mit der Uhr
und dem Anzug und der – wie heißt das –
Krawatte –
er muß los, er will los,
er will zu Dolores da Silva,
der brasilianischen Wissenschaftlerin.

EIN MANN UM DIE VIERZIG
Eltern, Lehrer, Geschwister.
Aufgeregte Kinderstimmen, der Gottesdienst ist vorbei,
der Laternenumzug soll beginnen.

EINE FRAU UM DIE FÜNFZIG
Gedränge.
Gedränge auf der Treppe, die zum Vorplatz herunterführt.
Stolpernde Kinder.
Kinder, die ihre Eltern suchen,
Kinder an der Seite ihrer Eltern.
Eine Frau ruft:
Peter! Peter!

EINE FRAU UM DIE VIERZIG
Peter! Peter!

EINE FRAU UM DIE SECHZIG
Gleich ist es dunkel.
Die Kinder haben die Laternen in den Händen,
die Laternen werden angezündet, gleich ist es dunkel.
Dunkelblauer Abendhimmel, ein letzter Lichtstreif im Westen.

EINE FRAU UM DIE VIERZIG

Eine Mutter:
Hat jemand Feuer, kann ich mal das Feuer haben,
kann ich mal das Feuer ausleihen?

EINE FRAU UM DIE SECHZIG

Hat jemand Feuer, kann ich mal das Feuer haben,
kann ich mal das Feuer ausleihen?

EINE FRAU UM DIE VIERZIG

Eine blonde Frau Ende Dreißig
redet auf ihren Mann ein:
Wieso mußt du ausgerechnet jetzt weg,
ausgerechnet jetzt.
Du weißt seit Monaten, daß heute der Laternenumzug –

EINE FRAU UM DIE FÜNFZIG

Wieso mußt du ausgerechnet jetzt weg,
ausgerechnet jetzt.
Du weißt seit Monaten, daß heute der Laternenumzug –

EIN MANN UM DIE VIERZIG

Der Mann hält ein weinendes, etwa zweijähriges Mädchen auf dem Arm,
die Glocken sind zu laut,
sie weint und weint
und kann sich nicht beruhigen.
Glocken.

EINE FRAU UM DIE SECHZIG

Wieso mußt du heute weg, seit Wochen sage ich, daß heute –
ihr angespanntes Gesicht,
sie will laut werden und will es nicht.

EIN MANN UM DIE FÜNFZIG

Auf seinem Arm das weinende zweijährige Mädchen.
Neben ihm das Kind aus der Kirche,
das Kind mit dem leuchtenden Gesicht,

der Junge hält sich an der Jacke des Vaters fest,
um in dem Gedränge nicht die Eltern zu verlieren.
Sieh mal, Papa, Papa.
In der Hand
immer das Auto, den Fund.

EIN MANN UM DIE SECHZIG

Das Gesicht der Frau.
Das Gesicht des weinenden Kindes auf dem Arm des Mannes,
das Gesicht des Mannes, Anfang Vierzig.
Das Gesicht des Jungen, der sich an der Jacke des Mannes festhält,
halt dich an meiner Jacke fest,
ich kann
gerade nicht deine Hand nehmen.
Du weißt das
seit Wochen.

EINE FRAU UM DIE FÜNFZIG

Du weißt das
seit Wochen.

EINE FRAU UM DIE VIERZIG

Du weißt das
seit Wochen.

EINE FRAU UM DIE SECHZIG

Die blonde Frau versucht,
die Laterne des Jungen anzuzünden.
Das Feuerzeug. Die Kerze. Wind.
Schließlich hilft ihr ein dunkelhaariger Mann,
hier, warte, hier ist Feuer:

EINE FRAU UM DIE FÜNFZIG

Ihre Blicke treffen sich.
Die leuchtende Laterne.

EINE FRAU UM DIE VIERZIG

Das gleichzeitig angespannte und glückliche Gesicht
des Jungen.

Die weinende kleine Schwester.
Die Glocken.
Gleich geht es los,
wir laufen im Dunkeln durch die Stadt.
Glocken.

19.

DREI FRAUEN Zehn Kinder sind es schon,
fehlt noch
das elfte und das zwölfte,
jeden Monat eines,

Daß sich alle an der Hand nehmen,
sagen die Lehrerinnen,
daß alle beisammen bleiben,
und keiner läuft weg,
keiner läuft auf die Straße,
sagen die Lehrerinnen,
Locken, Strickjacke, Jeans,
lächelnd und bestimmt und streng
und ängstlich,
daß sich alle an der Hand nehmen,

und niemand läuft vor,
und niemand läuft zurück,

hohläugig, ängstlich,
unterbezahlt,
fast flüsternd.

Ein schwarzer Wagen
fährt bei Nacht
durch die Stadt,
lautlos, ohne ein Geräusch –

20.

EIN MANN UM DIE SECHZIG

Drei Männer im Tiefbau,
es ist dunkel und heiß im Tunnel,
Baustrahler,
Eisenträger,
schweres Gerät –

EIN MANN UM DIE VIERZIG

was ist das?
Was ist das da oben?
Sind das Füße?
Sind das Schritte?
Oder sind das Hufe –

EIN MANN UM DIE FÜNFZIG

Wißt ihr,
was sie in der Schweiz für einen Tunnel gebaut haben?
In Cern?
Einen Ringbeschleuniger,
hundert Meter unter der Erde,
ein Teilchenbeschleuniger,
wißt ihr, was das ist?

21.

EINE FRAU UM DIE VIERZIG UND EIN MANN UM DIE VIERZIG

Doktor Dolores da Silva
lehnte in ihrem kurzen grauen Kostüm
mit den hohen Schuhen
und den langen Beinen
an dem Pult
und sagte,
ich komme von weither,
ich komme aus Südamerika,

ich komme aus Rio de Janeiro,
vom Pão de Açúcar,
und ich spreche über den
tropischen Regenwald,
aber ich spreche ebenso
über den Untergang
und die Zukunft
der gesamten Welt.
Wir leben in einer Welt,
in der die Dinge
aufeinander zurasen
und zusammenstoßen
und kaputtgehen.
Was müssen wir tun.
Wie sollen wir leben.
Ich spreche über eine Welt,
die sich zusammenzieht
wie eine brennende Schlange.

22.

EIN MANN UM DIE FÜNFZIG UND EIN MANN UM DIE SECHZIG
Auf dem Vorplatz der Kirche,
etwas abseits:
Zwei Väter haben sich als Bettler verkleidet
und spielen Akkordeon und Geige.
Glockengeläut.

EINE FRAU UM DIE FÜNFZIG
Vor dem Haupteingang der Kirche:
Die blonde Frau mit dem blauen Rock
und der Mann in dem Anzug
und mit der Uhr,
er hat ihre kleine Tochter auf dem Arm.
Die Kleine weint,
und der Junge
spielt irgendwo

in dem Gedränge.
Hüpfende Kinderfüße.

EINE FRAU UM DIE SECHZIG

Ich kenne eine Frau,
die hat Augen wie Kakao,

eine dicke, fette Leberwurst,
das weiß ich ganz genau,

und die heißt
Zip – zippelip – zippelonica.

EINE FRAU UM DIE FÜNFZIG

Die blonde Frau ist angestrengt.
Warum
geht es nicht los,
jetzt ist es vollkommen dunkel.
Sie hält die Laterne
ihres älteren Kindes
und versucht die weinende Kleine
auf dem Arm des Mannes zu beruhigen,

und gleichzeitig sucht sie
den Blick eines anderen Mannes.

EIN MANN UM DIE SECHZIG

Zip – zippelip – zippelonica.

EINE FRAU UM DIE VIERZIG

Die Frau sagt zu der Kleinen:
Willst du die Laterne – willst du sie halten,
und zu dem anderen Kind sagt sie:
Bleibst du bitte in unserer Nähe,
bleibst du jetzt bitte in unserer Nähe

EINE FRAU UM DIE FÜNFZIG

Willst du die Laterne – willst du sie halten,
bleibst du bitte in unserer Nähe,
bleibst du jetzt bitte in unserer Nähe

EIN MANN UM DIE FÜNFZIG

Ich kenne eine Frau,
die hat Augen wie Kakao,

eine dicke, fette Leberwurst,
das weiß ich ganz genau,

und die heißt
Zip – zippelip – zippelonica.

EINE FRAU UM DIE SECHZIG

Bleibst du bitte in unserer Nähe,
könnt ihr bitte damit aufhören,
wir gehen gleich alle zusammen los,

EINE FRAU UM DIE VIERZIG

nimmst du bitte deine Laterne, kannst du bitte
deine Laterne halten,
jetzt stehe ich hier
und halte deine Laterne –
warum trägst du sie nicht selber.
Nein, ich trage sie nicht,
dann gebe ich sie deiner Schwester.
Soll ich sie wieder ausmachen,

EIN MANN UM DIE VIERZIG

hüpfende Kinderfüße,
vorwärts rückwärts seitwärts bei und
eins und zwei und drei und vier
und fünf und sechs und sieben und acht
ein Hut ein Stock ein Regenschirm und
eins und zwei und drei und vier
und fünf und sechs und sieben und acht
ein Hut ein Stock ein Regenschirm und
vorwärts rückwärts seitwärts bei und

EIN MANN UM DIE SECHZIG

Keiner sprang runter
Und niemand hats gesehen

EINE FRAU UM DIE FÜNFZIG

bleibst du bitte in meiner Nähe.

EIN MANN UM DIE VIERZIG

Der Mann
mit dem heulenden Kind auf dem Arm
inmitten des Gedränges.
Kinder. Eltern. Lehrer.
Die als Bettler verkleideten Musiker.

EIN MANN UM DIE SECHZIG

Der Mann mit dem Kind auf dem Arm.
Anzug. Mantel. Uhr.
Er ist Anfang Vierzig, volles Haar.
Er hält das weinende Kleinkind auf dem Arm
und versucht, auf seine Armbanduhr zu sehen.

EIN MANN UM DIE VIERZIG

Der suchende Blick der blonden Frau
in dem blauen Rock.
Warum
mußt du ausgerechnet jetzt weg,
wie soll ich das hier alleine –

EINE FRAU UM DIE FÜNFZIG

Warum
mußt du ausgerechnet jetzt weg,
wie soll ich das hier alleine –

EIN MANN UM DIE VIERZIG

Sein Blick. Er hat keine Zeit mehr.
Er gibt ihr das Kind.
Sie hält das Kind und die Laterne.

EIN MANN UM DIE SECHZIG

Warte, ich helfe dir –
ein dunkelhaariger Mann
dreht sich zu der Frau in dem blauen Rock,
und ihrem Mann,
dreht sich zu ihnen,
lächelt und sagt: Hallo,
zu dem mit der Uhr,
Handschlag, nett,
wir kennen uns nur vom Sehen,

eng hier, immer,
jedes Jahr
schön und auch furchtbar.

EIN MANN UM DIE FÜNFZIG

Hallo,
nett,
wir kennen uns noch nicht,
eng hier, immer,
jedes Jahr
schön und auch furchtbar.

EINE FRAU UM DIE FÜNFZIG

Hüpfende Füße.
Der Kinderreim.
»In einer chinesischen Eisenbahn
Da saß ein chinesischer Weihnachtsmann
Und er rief:
Himmeldonnerwetter, der Professor mit dem Messer,
StillStandStop.«

EINE FRAU UM DIE SECHZIG

Der Fernsehturm.

Die Kirche.

Der Laternenzug setzt sich in Bewegung.
Es geht los.
Unten, vor der Kirche,
die leuchtenden Laternen in der Dunkelheit.

23.

EIN MANN UM DIE SECHZIG

Neunzig Meter über den Kindern
der Mann im Glockenturm
schaut in die Nacht,
Feierabend,

aber die Aussicht ist herrlich,
der Blick in die Nacht,

und da war doch ein Leguan,

unten vor der Kirche
die Kinder,
die Lichterkette der Laternen,
die lange Schlange.

Übermütig:
He, ihr da unten,
hört ihr mich,
seht ihr mich,
hier bin ich, hier!

II.

1.1

EIN MANN UM DIE VIERZIG

Eile.
Der Mann in Anzug und Mantel läuft die Straße entlang.
Er rennt fast.
Sechs Verkehrsspuren in der Dunkelheit.
Straßenbahnschienen.
Seine Schuhe. Leuchtende Schaufenster.
Tote Schaufenster. Leuchtende Schaufenster.
Schnellimbiß-Ketten, Reisebüros, Möbel, Kaffee.
Autos, Busse, eine Straßenbahn, Autos.

1.2

EINE FRAU UM DIE VIERZIG

In einem dunklen Park neben der Kirche:
der Laternenumzug der Schüler.
Der Junge trägt seine Laterne.

Ich geh mit meiner Laterne
Und meine Laterne mit mir

EINE FRAU UM DIE FÜNFZIG

Die eine Hand in der Tasche,
da ist das Auto,
seine Mutter läuft vor ihm,
die Kleine ist auf ihrem Arm eingeschlafen,
und neben ihr ein dunkelhaariger Mann,
mit dem redet und lacht sie.

1.3

EIN MANN UM DIE SECHZIG
Autos, Straßenbahnen, Scheinwerfer,
der Mann in dem Mantel läuft weiter,
gleichzeitig sucht er nach etwas in seiner Hosentasche,
er sucht einen Schlüssel.
Die aufleuchtenden Blinker eines Autos in einer Parklücke,
sein neuer Wagen, schwarz, riesig.
Ein großes Fahrzeug,
schwarz und schwer.

1.4

EINE FRAU UM DIE FÜNFZIG
Die Kinder im Park.
Die Laternen in der Dunkelheit.
Das schlafende Kind auf dem Arm der Mutter.

EINE FRAU UM DIE SECHZIG
Da oben leuchten die Sterne,
und unten da leuchten wir.
Laternenlicht,
verlösch mir nicht,
rabimmel rabammel rabumm.

2.

DREI MÄNNER Drei Männer,
tief unter der Erde,
im Tunnel,
unter der Straße,
unter dem Park,

hört ihr das?
Hört ihr das da oben?
Leise!

Kinderfüße!
Federleichte Kinderfüße
über uns –
Und das?
Was ist das?
Tak Tak Tak –
Ein rennender Mann,
der hat es eilig,
der will wohin!

Habt ihr davon gehört,
was die gemacht haben?
Die haben in der Schweiz einen Tunnel gebaut,
in Cern,
weiß jemand, wo das ist?
Cern, bei Genf in der Schweiz,
und der Tunnel da
in Cern,
der ist siebenundzwanzig Kilometer lang,
der Tunnel ist ein Ring,
in dem kollidieren Dinge,
in dem
stoßen die kleinsten Teile dieser Welt zusammen
und gehen kaputt,
die lassen in dem Ring
die kleinsten Teile,
die die Welt zusammenhalten,
zusammenstoßen,
um zu sehen, was dann passiert –
und was passiert dann?

3.

DREI FRAUEN Da oben leuchten die Sterne,
und unten da leuchten wir.
Laternenlicht,
verlösch mir nicht,
rabimmel rabammel rabumm.

EINE FRAU UM DIE FÜNFZIG
Das Martinsfest.
Der große Zug der Kinder erreicht den Fluß am Rand
des Parks und folgt dem Uferweg.
Auf der anderen Seite des Wassers:
Riesige Scheinwerfer beleuchten eine Baustelle, ein
Haus wird abgerissen.

EINE FRAU UM DIE VIERZIG
Die singenden Kinder mit den Laternen sammeln sich
auf dem Bürgersteig neben einer mehrspurigen Straße,
die den Fluß überquert,
sechs Spuren,
auf der anderen Seite geht der Uferweg weiter.
Es wird eng auf dem Bürgersteig.
Die blonde Frau trägt das schlafende Kind.
Neben ihr ein Mann mit dunklen Haaren.
Reden, Lachen,
zufällige Berührungen.

4.

EIN MANN UM DIE VIERZIG
Der Mann in dem Anzug
steigt in den Wagen.
Brandneu,
der Wagen ist brandneu, und der Mann
in dem Anzug fährt ihn

in diesem Moment
erst zum zweiten Mal,
heute mittag hatte er ihn abgeholt,
beim Händler,
bei Herrn Huber,

EIN MANN UM DIE FÜNFZIG

viel Spaß mit dem Autochen,
hatte der gesagt,
Huber,
jetzt ist es Ihrer,
ein Geheimnis, eine Überraschung,
eine Überraschung für die ganze Familie,
das wird was, aber erst morgen früh –
heute abend
hat er noch etwas anderes vor.

5.

DREI FRAUEN Drei Lehrerinnen,
mehr als wach und gleichzeitig
erschöpft:
Das Schlimmste
ist überstanden,

EINE FRAU UM DIE FÜNFZIG

auf dem Uferweg
aus dem Park raus
und über die Brücke,
über die Straße,
bei dem Fußgängerüberweg,
der ganze Zug,
Laterne für Laterne,

EINE FRAU UM DIE SECHZIG

den Verkehr anhalten,
bis alle auf der sicheren Seite sind,
da, wo der Weg weiter am Flußufer geht,

hier kann nichts mehr passieren.
Jetzt kann nichts mehr passieren.

EINE FRAU UM DIE VIERZIG

Kein schwarzer Wagen.
Alle sind drüben.
Alle sind sicher.

6.

EIN MANN UM DIE VIERZIG

Er sucht das Zündschloß
auf der rechten Seite des Lenkrads,
dort muß es sein,
das Zündschloß ist immer rechts,
aber da ist es nicht.
Es ist links,
in dem neuen Wagen
ist das Zündschloß links,
das hatte er vergessen.
Er verstellt den Spiegel,
dabei sieht er sich kurz selbst in die Augen.
Das Kind hatte früher einmal gesagt,
da war es vielleicht vier,
das Gute an Spiegeln ist, daß sie einem zeigen,
was hinter einem ist.

Er findet das Zündschloß.

EIN MANN UM DIE SECHZIG

Das Auto-Radio leuchtet in der Dunkelheit auf:
Rot, Blau.
Rot, Blau, rotierende Kreise,
Explodierende Lautstärke.

EIN MANN UM DIE VIERZIG

Im Radio läuft:
The Prodigy, OUT OF SPACE.

EIN MANN UM DIE FÜNFZIG

In der Dunkelheit des Wagens
auf der Anzeige des Radios
rotierende Kreise in Blau und Rot,
die sich aufeinander zubewegen und zerspringen.
Funken in Rot und Blau, die zu neuen rotierenden
Kreisen werden.
Wie geht das aus,
wo kann man das leiser machen,
wo geht das aus?

Der Mann findet den Schalter nicht.

EIN MANN UM DIE VIERZIG

The Prodigy, OUT OF SPACE.

EIN MANN UM DIE FÜNFZIG

Langsam rollt der Wagen aus der Parklücke.
Ohne Licht.

7.

EIN MANN UM DIE SECHZIG

Der Mann hoch im Glockenturm
folgt mit dem Blick den Lichtern,
erst zogen sie durch den Park,
dann am Ufer entlang,
über die Straße,
die den Fluß kreuzt,
und dann
weiter am Fluß entlang,
bis das letzte Licht,
die letzte Laterne
aus seinem Blick verschwindet,
alle sind drüben,
macht es gut!
Adieu!
Macht es gut!

8.1

EIN MANN UM DIE FÜNFZIG

Der Wagen fährt langsam aus der Parklücke,
zweieinhalb Tonnen, die sich wie von selbst
bewegen,

8.2

EINE FRAU UM DIE FÜNFZIG

Alle sind sicher
über die Straße gekommen,
alle sind drüben,
sechs Spuren, dazwischen die Schienen der Straßenbahnen,
die quietschend um die Kurve biegen,
und immer die wütenden Fahrer,
alle sind drüben,
aber
Vorsicht!

8.3

EIN MANN UM DIE VIERZIG

Ungewohnt, Automatik,
heute sei die Automatik
viel intelligenter als der Fahrer.
Alles brandneu.
Das pulsierende Radio, rot und blau,
die rotierenden Kreise, zu laute Musik,
THE PRODIGY,
keine Zeit, um sich um die Musik zu kümmern, der Wagen fährt wie von alleine, zweieinhalb Tonnen Metall,
ohne Licht,

EIN MANN UM DIE FÜNFZIG

von hinten kommen Autos,
Bremslichter an, halb auf der Straße stehen bleiben
oder Gas geben,
Bremslichter aus,
Automatik.
Start.
Der Wagen springt nach vorne.
250 Pferdestärken.
Jemand hupt.
Jemand blendet auf.

EIN MANN UM DIE VIERZIG

Ja, ja.

9.

EIN MANN UM DIE SECHZIG

In Cern
lassen sie die kleinsten Teile der Welt
zusammenstoßen,
in einem Tunnel,
in einem Tunnel,
der ein Ring ist.

Unter der Straße
drei Männer,
Arbeiter im Tunnel,
was ist das da oben?
Was ist das über uns?
Ist das ein Wagen?

10.

EIN MANN UM DIE VIERZIG
Dunkelheit. Vollbremsung.

EINE FRAU UM DIE SECHZIG
Eine Frau torkelt betrunken auf die Straße,
alt, halbnackt,
die Frau im Licht der Straßenlaternen
und der Autoscheinwerfer.
Zöpfe und Haarspangen, wie bei einem Kind,
rote Bremslichter,
eine Zahnlücke, geschminkte Lippen,
Barthaare, nur ein Schuh, ein Stiefel,
der andere Fuß in einer kaputten
Nylonstrumpfhose,
sie torkelt, strauchelt,
fuchtelt mit der was ist das,

EIN MANN UM DIE FÜNFZIG
eine leere oder halbleere Bierflasche,

EIN MANN UM DIE VIERZIG
was, wenn sie die Flasche auf die Motorhaube drischt.

EINE FRAU UM DIE SECHZIG
Die torkelnde Frau lehnt auf der Kühlerhaube.
Sag mal, sag mal.

EIN MANN UM DIE VIERZIG
Wie geht die Musik aus, wie gehen die Autofenster auf,
na komm, ist gut, Mutti, beweg dich,
die Frau schreit:
Was für eine Scheiße, mir ist so kalt!

EINE FRAU UM DIE SECHZIG
Was für eine Scheiße!

EIN MANN UM DIE FÜNFZIG

Im Radio:
OUT OF SPACE.

Wie geht das aus?
Wie geht das aus?

Ihr Atem in der Luft,
Zöpfe und Haarspangen,
eine Zahnlücke, geschminkte Lippen,
Barthaare, nur ein Schuh, ein Stiefel,
der andere Fuß in einer kaputten
Nylonstrumpfhose,
die Frau ist halbnackt,
eine Brust hängt aus dem Hemd,

EIN MANN UM DIE VIERZIG

Wir leben falsch, wir leben falsch,
sagt Dolores da Silva,
wir müssen alles vollkommen neu denken,
alles
in Frage stellen,
alles, und das gilt für den ganzen Erdball,
das ist keine Sache der Stadt,
das fängt in der Stadt an, aber das geht weiter,
das wird weitergehen, ob wir wollen oder nicht,
das kommt.

11.

EINE FRAU UM DIE FÜNFZIG

Der Laternenumzug
am Flußufer,
die Laternen im Dunkeln,
wir ziehen im Dunkeln durch die Stadt,
und die Frau mit dem Rock
trägt ihr schlafendes Kind,
deshalb will sie nicht nach dem Jungen rufen,

wo bist du,
wo bist du,
er wird schon irgendwo sein,
und redet und redet mit dem Mann,
der lächelnd am Portal gestanden hatte,
bei dem Totentanz.

EINE FRAU UM DIE SECHZIG

Weißt du, wie gern ich dich jetzt küssen würde,
sagt sie,
schon allein,
um dem Tod
ein Schnippchen zu schlagen.

EINE FRAU UM DIE FÜNFZIG

Weißt du, wie gern ich dich jetzt küssen würde –
schon allein,
um dem Tod
ein Schnippchen zu schlagen.

EINE FRAU UM DIE VIERZIG

Das Spielzeugauto ist weg.
Das Matchboxauto, wo ist es,
es ist nicht mehr in der Tasche,
es ist nicht mehr in der Hand,
der Junge hat das Auto verloren,
es ist weg.

Der Junge läuft zurück,

in die Dunkelheit,
die zehn Meter am Fluß entlang,

da kommt die Brücke,
der Bürgersteig,
die Fahrbahn,
da ist etwas,
da ist es,
das Auto,
der Blick nach links,
da ist nichts –

EIN MANN UM DIE VIERZIG
Ein großer schwarzer Wagen

EINE FRAU UM DIE VIERZIG
ohne Licht –

12.

EIN MANN UM DIE FÜNFZIG
Nur was passiert,
wenn diese Teile zusammenstoßen?
Sie zerspringen
und verschmelzen gleichzeitig,
und so entsteht
ein schwarzes Loch.

13.

EINE FRAU UM DIE VIERZIG
Laß uns dem Tod
ein Schnippchen schlagen,
sagt am Flußufer die Frau
mit dem schlafenden Kind auf dem Arm
zu dem dunkelhaarigen Mann neben ihr,
ihr Geliebter,
oder wie soll man das nennen.

EINE FRAU UM DIE FÜNFZIG
Der, der sie daran hindert,
lebendig zu verwesen,
so sagt sie es am liebsten,

EINE FRAU UM DIE VIERZIG
Sie ruft ihren Mann an,
der soll früh zurückkommen,

der soll nach dem Vortrag
die Kinder ins Bett bringen,
sie hat heute abend
noch was vor,
will sie ihm sagen,
sie ruft ihn an,
aber er antwortet nicht.

14.

EIN MANN UM DIE FÜNFZIG
Ohrenbetäubende Musik.

EIN MANN UM DIE VIERZIG
Die Leuchtanzeige des Radios,
pulsierende, sich drehende Scheiben,
rot und blau,
Explosionen,
auf dem Beifahrersitz
leuchtet das Telephon auf.
Das leuchtende Telephon,
lautlos,
soll er rangehen,
könnte wichtig sein,
er will nach dem Telephon greifen,
und dabei rutscht es unter den Beifahrersitz,
er beugt sich rüber,
er tastet vergeblich nach dem Telephon,
die tastende Hand,

die nach dem Telephon tastende Hand,

der Fuß des Mannes auf dem Gaspedal,
ungewohnt, Automatik,
heute sei die Automatik
viel intelligenter als der Fahrer,
die Musik.

Wie geht das aus,
wie geht das aus?

15.

EINE FRAU UM DIE VIERZIG

Die Frau am Telephon,
sie wartet,
keine Antwort –
sie gibt auf.

16.

EIN MANN UM DIE VIERZIG

Er kommt nicht an das Telephon
unter dem Beifahrersitz,
die zu laute Musik,
und er hat es eilig,
der Mann in dem Anzug mit der Uhr
und der Krawatte
ist auf dem Weg
durch die Stadt,
auf dem Weg
zu Dolores da Silva.

17.

EINE FRAU UM DIE FÜNFZIG

Weit aufgerissene Augen,
ein weit aufgerissener Mund –

EINE FRAU UM DIE VIERZIG

hinter der Frau
so etwas
wie ein schwarzer Luftzug,
ein Sog
ins Nichts –

III.

1.

EIN MANN UM DIE SECHZIG
Der Mann im Glockenturm sagt:
Was machst du da?

EINE FRAU UM DIE SECHZIG
Das fliegende Kind sagt:
Ich sitze hier.

Kurze Pause.

Ich ruhe mich kurz aus.

EIN MANN UM DIE SECHZIG
Da – auf der Brüstung – komm da runter.

EINE FRAU UM DIE SECHZIG
Das Kind rührt sich nicht.
Es sitzt auf der schmalen Brüstung des Glockenturms,
ganz oben, hoch oben über der Stadt.

EIN MANN UM DIE SECHZIG
Wie kommst du hier rauf?

EINE FRAU UM DIE SECHZIG
Ich?

EIN MANN UM DIE SECHZIG
Ja, wo kommst du her?

EINE FRAU UM DIE SECHZIG
Das Kind zuckt mit den Schultern.
Von unten. Von der Straße. Da –

Das Kind zeigt, wo es herkommt.

EIN MANN UM DIE SECHZIG
Die Treppe bist du nicht raufgekommen.

EINE FRAU UM DIE SECHZIG

Nein, sagt das fliegende Kind.
Ich bin geflogen.

EIN MANN UM DIE SECHZIG

Geflogen?
Kurze Pause.
Ja, ja – ist das Blut?

EINE FRAU UM DIE SECHZIG

Blut? Wo?

EIN MANN UM DIE SECHZIG

Da, an der Stirn.

EINE FRAU UM DIE SECHZIG

Schulterzucken.

EIN MANN UM DIE SECHZIG

Und deine Schuhe?
Wo sind deine Schuhe?

EINE FRAU UM DIE SECHZIG

Verloren. Als ich in die Luft flog.
Hoch. Nach oben.

EIN MANN UM DIE SECHZIG

Müde?

EINE FRAU UM DIE SECHZIG

Ja, etwas.

EIN MANN UM DIE SECHZIG

Komm, komm da runter. Komm in Sicherheit, laß die Beine nicht über die Brüstung baumeln. Ich kann kaum hinsehen.

EINE FRAU UM DIE SECHZIG

Warum – kann nichts passieren. Ich kann fliegen.

EIN MANN UM DIE SECHZIG

Ja – aber wie lange?

EINE FRAU UM DIE SECHZIG

Warum?

Kurze Pause.

Der Mann denkt nach.

EIN MANN UM DIE SECHZIG

Weil alles einen Anfang und ein Ende hat.
Ein Gegenteil. Das Gegenteil vom Anfang ist das Ende.

EINE FRAU UM DIE SECHZIG

Wenn alles einen Anfang und ein Ende hat, dann gibt es keine Ewigkeit.

EIN MANN UM DIE SECHZIG

Weil die Ewigkeit kein Gegenteil hat. Was soll das Gegenteil von ewig sein? Das Nichts?
Das Nichts wäre ja kein Nichts, wenn es ein Gegenteil hätte. Oder?

EINE FRAU UM DIE SECHZIG

Es gibt aber drei Sachen, die kein Ende haben.

EIN MANN UM DIE SECHZIG

Ja?
Amüsiert.

EINE FRAU UM DIE SECHZIG

Die Zahlen.
Das Universum.
Die Acht.

Kurze Pause.

Und der Kreis.

EIN MANN UM DIE SECHZIG

Komm da runter.

EINE FRAU UM DIE SECHZIG

Nein.

EIN MANN UM DIE SECHZIG

Du stürzt da runter, und dann bist du tot.

EINE FRAU UM DIE SECHZIG

Tot für immer und ewig?

EIN MANN UM DIE SECHZIG

Ja.

Kurze Pause.

Der Mann merkt, daß er sich gerade widerspricht. Zu spät.

EINE FRAU UM DIE SECHZIG

Du hast gesagt, es gibt keine Ewigkeit.

EIN MANN UM DIE SECHZIG

Komm, ich bring dich nach unten.
Es kann doch ein Wunder passieren, und schon geht das Leben weiter –
Wir gehen hier runter, wir suchen deine Eltern, dann ab ins Bett, vielleicht vorher noch in die Badewanne, weil du dich bei der Fliegerei erkältet haben könntest, dann morgen Schule, danach kommt das Wochenende,
du triffst deine Freunde,
und so geht es immer weiter –
du paßt auf, wenn du allein zur Schule gehst,
und deshalb streift dich nicht der Lieferwagen, der dich übersehen hatte,
und du fährst auf Klassenfahrt, aber du läßt dich auf der Wattwanderung nicht von der Flut überraschen,
und du machst deinen Abschluß, ziehst in deine eigene Wohnung, aber du machst nachts immer die Kerzen aus, egal, wieviel du mit deinen Freunden getrunken hast,
und dann fährst du dich nicht mit deinem ersten Wagen zu Tode, und du gerätst in keine Lawine, weil du nicht Ski fährst, und du stürzt nicht mit dem Flugzeug ab, weil du Glück hast, und du überlebst die Geburten deiner Kinder, und eines Tages trägst du deine Eltern zu Grabe, in ferner Zukunft.

Wer weiß –

EINE FRAU UM DIE SECHZIG

Ja, sagt das Kind, und baumelt mit den Füßen über der Brüstung des Kirchturms im Glockenturm,
ja, sagt es,
aber so ist es ja nicht. Ich bin ja hier – ich bin hier –

EIN MANN UM DIE SECHZIG

Komm, komm da runter
Er streckt die Hand aus –

EINE FRAU UM DIE SECHZIG

Nein, nein –

Und dann stößt sich das Kind ab, und es schwebt tatsächlich in der Luft – der Wind treibt es ein bißchen weiter.
Siehst du? Ruft das Kind. Es geht! Es geht! Ich habe es dir gesagt!
Und der Mann in dem Glockenturm lacht schief. Ja – das Kind hängt am Nachthimmel in der Luft, die Arme ausgestreckt, die Beine, der leichte Körper. Die Zeit steht still.
Ist das das Gegenteil von Ewigkeit? ruft das Kind.
Und dann stürzt es in die Tiefe,
haltlos, stürzt es ins Nichts,
und dabei sieht es trotz der Dunkelheit die Welt bis in die kleinste Einzelheit, die Fugen zwischen den alten Steinen des Kirchturms im Schein der grünen Flutlichter, es sieht in die Fenster der Hochhäuser auf der anderen Straßenseite, Möbel, Küchen, Lampen, Menschen, allein oder auch Paare,
und unten der Laternenzug, die vielen Lichter,
die vielen Freunde,
die vielen Laternen,
selbstgebastelt,

EINE FRAU UM DIE VIERZIG

Keiner sprang vom Haus,
und Niemand hats gesehen,

EINE FRAU UM DIE FÜNFZIG
Laterne, Laterne,

EINE FRAU UM DIE SECHZIG
der Fall, der Sturz
geht ins Bodenlose,
hinab, hinab,
alles hat ein Gegenteil,
da geht eine Laterne in Flammen auf,
und jemand tritt sie aus,
was ist das Gegenteil von bodenlos?
Die Baumkronen in der Dunkelheit,
jedes Blatt, jeden Ast, jeden Zweig,
das Kind sieht alles in der Nacht,
die Mützen der Kinder,
Sankt Martin, Sankt Martin,
die Jacken, die Schuhe,
und es hört alles,
die Stimmen kommen näher,
und die Straße kommt näher,
der schwarze Wagen,
der in der Ferne verschwindet,
groß, schwer, ohne Rücklichter

das verzerrte Gesicht der eigenen Mutter,
die dreht sich um und sieht nach oben,
die kleine Schwester im Arm,
die schläft,
neben der Mutter ein Mann,
neben ihr ein Mann,
der hält sie am Arm,
und dann der Aufschlag.
Der Kopf schlägt auf die Kante des Bürgersteigs.

EIN MANN UM DIE FÜNFZIG
Unter der Erde,
im Tunnel:
Hört ihr das?
Hört ihr das?
Was war das?
Was war das?

IV.

1.

EIN MANN UM DIE VIERZIG

Ein Mann in einem Anzug
und in einem leichten grünen Mantel,
Uhr, Krawatte,
stellt seinen Wagen
ins absolute Halteverbot.

Gegenüber der Eingang,
die Toreinfahrt,
Hinterhof, niemand auf dem Hof,

EIN MANN UM DIE FÜNFZIG

Zweiter Hinterhof, niemand auf dem Hof
seitlich die Treppe hoch,
niemand im Treppenhaus,
der Vortrag hat schon angefangen,
alter Putz, der abblättert,
Plakate,
Namen, Daten, Kritzeleien,
erster Stock, der Vorraum zum Saal,
hinter dieser Tür hält Dolores da Silva
den Vortrag,

EINE FRAU UM DIE VIERZIG

Untergang und Zukunft.

EIN MANN UM DIE VIERZIG

Niemand mehr im Vorraum,
sie hat schon angefangen,
Doktor da Silva hat ihren Vortrag bereits begonnen,
der Mann in dem Anzug und dem leichten Mantel
erreicht die große Flügeltür zum Saal,
die er gleich vorsichtig öffnen wird,
mit einem Lächeln,

und der Mann spürt plötzlich,
daß er Zeit hat,
er ist da, er hat es geschafft,
zu spät, aber er ist da,
er hat sein Ziel erreicht,
er ist da,
er ist da,
und gleich wird er die große Tür öffnen,
mit einem Lächeln,
und Doktor da Silva
wird ebenfalls lächelnd
den Zuspätkommenden bemerken,
von ihm Notiz nehmen
und dann ihren Vortrag fortsetzen,
Thema:
Untergang und Zukunft.

EINE FRAU UM DIE VIERZIG

Mein Thema ist
Untergang und Zukunft.

EIN MANN UM DIE FÜNFZIG

Und er wird es genießen,
daß er für einen kurzen Augenblick
ihre Aufmerksamkeit gefangen hat,
er wird vielleicht
hinten im Saal
einfach stehen bleiben,
an die Rückwand gelehnt,
er wird nicht weiter stören,
er wird sich nicht durch eine der sicher vollen Sitzreihen zu einem vollen Platz drängen,
falls es keinen freien Platz am Rand gibt,
wahrscheinlich nicht, es war voll,
gestern
und vorgestern,
alle wollen zu Doktor da Silva,
wahrscheinlich ist jeder Platz besetzt,
und deshalb wird er hinten im Saal stehen,

lächelnd,
an der Tür stehend,
oder an der Wand,
in Anzug und Krawatte –

EIN MANN UM DIE VIERZIG

jetzt aber
steht der Mann
noch im Vorraum,
noch ist er nicht drin,
er stellt sich vor, wie er die Tür öffnen wird,
aber noch tut er es nicht,

außer Atem,
die Hand am Türgriff,
durchatmen,
luftholen,
die Hand auf der Klinke,
der Mann lächelt.

Der Mann lächelt,
weil er sich mit der Hand auf der Klinke vorstellt,
wie er später,
ein paar Stunden später
Doktor da Silvas Kleid aufmachen wird,
weil er sich vorstellt,
wie ihr schilfgraues Kleid
über ihre herrliche Haut
fließen wird,

er hinter ihr
am Fenster eines Hotelzimmers
mit Blick über die ganze Stadt,
hurra, hurra,
und wie sie sich
zu ihm umdrehen wird –
was für ein Körper,
was für eine Schönheit,
GOTT IST GROSS,
wird er dann denken,

oder vielleicht sagt er es sogar,
und sie wird lächeln –

EIN MANN UM DIE FÜNFZIG

Die Hand auf der Klinke,
er öffnet jetzt sehr behutsam,
sehr vorsichtig die Tür –

und steht in einem leeren Saal.
Dunkel.

EIN MANN UM DIE VIERZIG

Durch die großen Fenster fällt etwas Licht
auf die leeren Stuhlreihen,
niemand da, es ist niemand da.

Hinter dem Mann
in dem Anzug
und der Krawatte,
ein Techniker.

EIN MANN UM DIE FÜNFZIG

Kann ich Ihnen helfen? Suchen Sie jemanden?

EIN MANN UM DIE VIERZIG

Ich wollte zu dem Vortrag.

EIN MANN UM DIE FÜNFZIG

Zu welchem Vortrag?

EIN MANN UM DIE VIERZIG

Untergang und Zukunft.

EIN MANN UM DIE FÜNFZIG

Das war doch gestern – war das nicht gestern?

EIN MANN UM DIE VIERZIG

Gestern, ja, gestern, vorgestern auch, und heute,
heute zum letzten Mal –

EIN MANN UM DIE FÜNFZIG

Heute? Heute nicht. Heute ist kein Vortrag.

EIN MANN UM DIE VIERZIG
Aber heute ist doch der dritte Vortrag –

EIN MANN UM DIE FÜNFZIG
Heute ist nichts.

EIN MANN UM DIE VIERZIG
Doch –

EIN MANN UM DIE FÜNFZIG
Nein!
Der Techniker lacht. Ich meine. Ist hier was? Hier ist nichts. Niemand da. Oder?

EIN MANN UM DIE VIERZIG
Der Mann läßt den Mann im Anzug in dem leeren Saal stehen.
Fassungslosigkeit.
Aber dann
lacht er kurz auf,
das Mondlicht
oder ist es das Licht der Straßenlaterne
auf den leeren Stuhlreihen,
der Mann zuckt kurz mit den Schultern,
spielt mit der einen Hand
mit dem Anhänger seines Autoschlüssels
und sucht mit der anderen
in seinen Taschen nach seinem Telephon,
aber das –
aber das Telephon liegt immer noch
unter dem Beifahrersitz seines Autos,
unerreichbar.

V.

1.

EIN MANN UM DIE SECHZIG

Eine halbe Stunde später:
ein Haus am Stadtrand.
Ein Bungalow.
Er kommt in die Küche.
Der Mann in dem Anzug
kommt in die Küche.
Sie, die Frau in dem Rock,
sitzt am Küchentisch.

Er:
Hey –

EIN MANN UM DIE FÜNFZIG

Hey –

EIN MANN UM DIE VIERZIG

Hey –

EINE FRAU UM DIE VIERZIG

Sie am Küchentisch, er sieht nur ihren Rücken.
Sie bewegt sich nicht.

EIN MANN UM DIE FÜNFZIG

Na, wie gehts – müde?

EIN MANN UM DIE SECHZIG

Hey – Na, wie gehts, müde?

EINE FRAU UM DIE FÜNFZIG

Keine Antwort. Sie sieht ihn an,
aber er sieht sie nicht an, er ist schon auf dem Weg zum Kühlschrank.

EIN MANN UM DIE VIERZIG

Er ist schon auf dem Weg zum Kühlschrank.
Haben wir noch was zu trinken?

Er geht zum Kühlschrank, findet ein Bier. Lacht.

Da war niemand.

EIN MANN UM DIE FÜNFZIG

lacht Da war niemand.

EINE FRAU UM DIE SECHZIG

Sie, tonlos:
Wo?

EINE FRAU UM DIE VIERZIG

tonlos Wo?

EIN MANN UM DIE SECHZIG

Bei der Versammlung. Niemand da. Ich bin da völlig umsonst hingefahren. Quer durch die ganze Stadt.
Fast wäre mir eine Frau vors Auto gelaufen.

EIN MANN UM DIE VIERZIG

Bei der Versammlung. Niemand da. Ich bin da völlig umsonst hingefahren. Quer durch die ganze Stadt.
Fast wäre mir eine Frau vors Auto gelaufen.
Völlig besoffen. Eine Brust hing aus dem Hemd.
Ich bin die halbe Strecke ohne Licht gefahren. Habs nicht bemerkt.

EIN MANN UM DIE FÜNFZIG

Fast wäre mir eine Frau vors Auto gelaufen.
Völlig besoffen. Eine Brust hing aus dem Hemd.

EIN MANN UM DIE VIERZIG

Ich bin die halbe Strecke ohne Licht gefahren. Habs nicht bemerkt.

EINE FRAU UM DIE VIERZIG

Was?

EINE FRAU UM DIE SECHZIG

Was? Sie sieht ihn an.

EINE FRAU UM DIE FÜNFZIG

Was?

EIN MANN UM DIE SECHZIG

Ich bin die halbe Strecke ohne Licht gefahren. Habs nicht bemerkt.

EINE FRAU UM DIE VIERZIG

Du bist ohne Licht gefahren.

EIN MANN UM DIE VIERZIG

Die halbe Strecke. Ich hab euch noch gesehen – also euch nicht, aber die Laternen, im Park, am Straßenrand,

EINE FRAU UM DIE SECHZIG

Du bist ohne Licht gefahren.

EINE FRAU UM DIE FÜNFZIG

Du bist ohne Licht gefahren.

EIN MANN UM DIE VIERZIG

lacht und schüttelt den Kopf Aber ich hatte es ja so eilig. Alles für nichts und wieder nichts.
Und die Kinder? Schon im Bett? Soll ich mal nachsehen, ob sie auch richtig zugedeckt sind –
was ist? Was hast du?

EIN MANN UM DIE FÜNFZIG

lacht und schüttelt den Kopf Aber ich hatte es ja so eilig. Alles für nichts und wieder nichts.
Und die Kinder? Schon im Bett? Soll ich mal nachsehen, ob sie auch richtig zugedeckt sind –
was ist? Was hast du?

EINE FRAU UM DIE VIERZIG

Die aufgelöste Frau: Ich habe dich nicht erreicht –
Ich habe versucht, dich zu erreichen –

EINE FRAU UM DIE FÜNFZIG

Ich habe dich nicht erreicht –
Ich habe versucht, dich zu erreichen –

EINE FRAU UM DIE SECHZIG
Ich habe dich nicht erreicht –
Ich habe versucht dich zu erreichen –

EIN MANN UM DIE SECHZIG
Er vergnügt:
Ich habe das Telephon nicht gehört.
Im Auto.
Mir ist das Telephon runtergefallen.
Ich habe das Telephon verloren,
das heißt, ich habs nicht verloren, ich komm nur nicht dran.

EIN MANN UM DIE VIERZIG
Ich habe das Telephon nicht gehört.
Im Auto.
Mir ist das Telephon runtergefallen.
Ich habe das Telephon verloren,
das heißt, ich habs nicht verloren, ich komm nur nicht dran,

EIN MANN UM DIE FÜNFZIG
zu schmal, im Auto –
Eine Kinderhand – vielleicht, vielleicht käme eine Kinderhand da dran,
was ist mit den Kindern, schlafen die schon?
Blick auf die Uhr.

EIN MANN UM DIE VIERZIG
Und
eigentlich
will er zurück nach draußen,
zum Wagen und sein Telephon suchen –

Der verzerrte Mund. Das schmerzverzerrte Gesicht seiner Frau:
Dieses Gesicht hat er noch nie gesehen:

EIN MANN UM DIE FÜNFZIG
Das schmerzverzerrte Gesicht seiner Frau:
Dieses Gesicht hat er noch nie gesehen:

EINE FRAU UM DIE FÜNFZIG

Das Kind ist tot.

EINE FRAU UM DIE SECHZIG

Das Kind ist tot.

EINE FRAU UM DIE VIERZIG

Das Kind ist tot.

EIN MANN UM DIE VIERZIG

Was?

Er glaubt, er hat sich verhört.

EIN MANN UM DIE SECHZIG

Was?

EINE FRAU UM DIE VIERZIG

Das Kind ist tot.

EIN MANN UM DIE VIERZIG

Der Mann auf seinem Stuhl. Vor ihm eine Dose Bier. Welches.

EINE FRAU UM DIE FÜNFZIG

Sie kann nicht sprechen. Sie bekommt kaum Luft. Sie schlägt ihren Kopf auf die Kante des Küchentischs.

Sie schlägt ihren Kopf auf die Kante des Küchentischs.

EINE FRAU UM DIE SECHZIG

Sie bekommt kaum Luft. Sie schlägt ihren Kopf auf die Kante des Küchentischs.

Sie schlägt ihren Kopf auf die Kante des Küchentischs.

EINE FRAU UM DIE VIERZIG

Sie bekommt kaum Luft. Sie schlägt ihren Kopf auf die Kante des Küchentischs.

Sie schlägt ihren Kopf auf die Kante des Küchentischs.

EIN MANN UM DIE VIERZIG

Er streckt die Hand aus, um sie zu berühren.

Welches Kind?
Welches?

Der Mann steht auf.

EINE FRAU UM DIE VIERZIG

Überfahren. Vorhin. Kurz nachdem du weg warst.
Beim Laternenumzug.

EINE FRAU UM DIE FÜNFZIG

Überfahren. Vorhin.
Ich hatte die Kleine auf dem Arm, am Fluß,
wir waren gar nicht mehr an der Straße.
Er muß zurückgelaufen sein.

Und dann kam ein Wagen und hat das Kind erfaßt,
gestreift, ich weiß nicht, ich habe mich erst umgedreht, als es zu spät war,
da flog es schon durch die Luft. Mit der Laterne.

EINE FRAU UM DIE VIERZIG

Ich hatte die Kleine auf dem Arm, am Fluß,
wir waren gar nicht mehr an der Straße.
Er muß zurückgelaufen sein.

Und dann kam ein Wagen und hat das Kind erfaßt,
gestreift, ich weiß nicht, ich habe mich erst umgedreht, als es zu spät war,
da flog es schon durch die Luft. Mit der Laterne.

Ich hab dich nicht erreicht.

EINE FRAU UM DIE SECHZIG

Und dann kam ein Wagen und hat das Kind erfaßt,
gestreift, ich weiß nicht, ich habe mich erst umgedreht, als es zu spät war,
da flog es schon durch die Luft. Mit der Laterne.

Ich hab dich nicht erreicht.

EIN MANN UM DIE SECHZIG

Er:
Setzt sich. Lange Pause.
Und der Fahrer?

EIN MANN UM DIE VIERZIG

Und der Fahrer?

EINE FRAU UM DIE FÜNFZIG

Das war wie das Nichts – nur ein Windhauch, ein Sog.

EINE FRAU UM DIE VIERZIG

Ein schwarzer Wagen,
geräuschlos, in der Nacht unsichtbar.

– ohne Licht.

EIN MANN UM DIE FÜNFZIG

Ohne Licht –

EINE FRAU UM DIE VIERZIG

Der Wagen fuhr ohne Licht.

EINE FRAU UM DIE FÜNFZIG

Der Wagen fuhr ohne Licht.

EIN MANN UM DIE VIERZIG

Er sagt nichts. Er müßte jetzt fragen:
Und?
Er müßte irgend etwas sagen.
Aber er bekommt keinen Ton heraus.

Er bekommt keinen Ton heraus.
Ein Mann um die Fünfzig bekommt keinen Ton heraus.
Ein Mann um die Sechzig bekommt keinen Ton heraus.

EINE FRAU UM DIE FÜNFZIG

Der Wagen ist weitergefahren. Ein großer schwarzer Wagen.

EINE FRAU UM DIE SECHZIG

Der Wagen ist weitergefahren. Der hat nicht angehalten, der Wagen ist nicht mal langsamer geworden. Ohne Licht. Ein großer schwarzer Wagen.

EINE FRAU UM DIE FÜNFZIG
Der hat nicht angehalten,
nicht einmal langsamer ist er geworden.

EINE FRAU UM DIE VIERZIG
Ein Wagen ohne Licht, mitten in der Nacht.
Schwer, gewaltig, riesig,
lautlos.

2.

DREI MÄNNER Drei Männer im Tunnel:
Tief in der Erde
zehn, fünfzehn Meter tiefer,
drei Männer,
dreckig, angestrengt,
verschwitzt.

Stille.

Und was passiert dann,
wenn in dem Tunnel
die winzigen Teile aufeinanderprallen –
dann zerspringen sie
und verschmelzen
und dann entsteht
ein schwarzes Loch,
in dem alles verschwindet,

und in dem Loch
herrscht völlige Stille.
Völlige Stille.

3.

EINE FRAU UM DIE VIERZIG

Morgendämmerung.
Ein Einfamilienhaus mit Vorgarten.
Ein Bungalow am Stadtrand.
Der Mann in dem Anzug
mit der Krawatte und der Uhr
sitzt bewegungslos am Küchentisch.
Seine Frau,
die Frau in dem blauen Rock steht am Fenster.

Auf der Straße vor dem Haus
steht ein großer schwarzer Wagen.

Epilog

DIE DREI FRAUEN Ein diesiger Vormittag im Herbst.
November.
Vorbeifahrende Autos.
Vorbeifahrende Autos.
Großstadt.
Das Geräusch der vorbeifahrenden Autos.
Fußgänger. Mäntel, Röcke. Schuhe.
Das Geräusch der Schritte.
Automotoren.
Die Bordsteinkante. Fußgänger. Schritte. Füße.
Die Bordsteinkante am Straßenrand.
Der Rinnstein.
Autos: ein vorbeifahrendes Auto, noch eines,
noch eines.
Im Rinnstein:
ein einzelner Schuh. Ein Kinderstiefel.
Autos.

Es war einmal ein Mann,
der fuhr sein eigenes Kind tot.

Ein Gespräch mit Roland Schimmelpfennig

»Eine aufregende Zeit, um für das Theater zu schreiben.«

Ein Gespräch mit Roland Schimmelpfennig, Dramatiker des Jahres und Träger des Mülheimer Stückepreises, über *Der goldene Drache*, die Arbeit mit Jürgen Gosch, Techniken des Erzählens, Panoramen der Gesellschaft und Erfahrungen als Regisseur.

Wie sind Sie auf die Idee für Der goldene Drache *gekommen?*

Auslöser für das Stück waren zwei Begegnungen: Die eine morgens um neun zufällig auf der Straße mit einem Rechtsanwalt aus dem Freundeskreis, der mich darauf ansprach, ob ich mir nicht vorstellen könnte, etwas über illegale Einwanderer in Deutschland zu schreiben – wobei er vor allem die Situation in den Abschiebegefängnissen meinte, die er als Anwalt gut kannte. Mit den Verhältnissen in den Gefängnissen habe ich mich dann tatsächlich genauer beschäftigt, fand es aber zu komplex, die unterschiedlichen kulturellen Hintergründe – von Osteuropäern über Asiaten bis zu afrikanischen Häftlingen – in einem einzigen szenischen Rahmen abzubilden. Diese Schwierigkeiten führten zu der entscheidenden Überlegung: Wie kann man als deutscher Theatermacher diesem Thema gerecht werden? Eine schwierige, aus meiner Sicht mit den normalen Theatermitteln so nicht zu lösende Aufgabe.

Mit den Mitteln verkörpernder Darstellung?

Wie kann man diese Menschen darstellen? Was gewinnt man, wenn man es auf dem naturalistischen Weg versucht, und was verliert man dabei? Die zunehmende Globalisierung und die Vernetzung der Welt wird das Theater in Zukunft noch oft mit dieser Aufgabe konfrontieren. Der andere Auslöser war der Besuch von zwei Mitarbeiterinnen von Riksteatern aus Stockholm, die mir einen Auftrag für ein neues Stück gaben, das ähnlich körperlich, narrativ und surreal sein sollte wie zum Beispiel *Die arabische Nacht* und *Auf der Greifswalder Straße*. Das war eine zunächst äußerliche Herangehensweise …

... im einen Fall fünf Stückerzähler, im anderen eine Short-Cut-Dramaturgie mit untergründigen Verbindungen.

... aber beide Stücke bewegen sich mit Sicherheit jenseits eines bestimmten skandinavischen Naturalismus, und genau das interessierte die beiden daran. Als ich mir später darüber klar geworden war, daß ich über illegale Einwanderer nur schreiben kann, wenn ich die Mittel des Naturalismus verlasse, dachte ich, dieser Ansatz könnte Riksteatern interessieren. Tatsächlich war dann das Gegenteil der Fall, den Schweden gefiel das Stück nicht, sie haben es mir zurückgegeben. Stattdessen wurde dann aber in Stockholm *Auf der Greifswalder Straße* gespielt.

Noch mal einen Schritt zurück: Funktioniert das denn praktisch, wenn man ins Abschiebegefängnis will, um mit den Häftlingen zu reden?

Man kann als Außenstehender erst mal nur mit den Anwälten reden oder mit Betreuern. Man kommt da nicht einfach rein, schon gar nicht in die Zellen, und darum wäre es ja gegangen. Ich wurde mit Text- und Photomaterial versorgt. Photos aus den Zellen, aber auch aus anderen Zusammenhängen, von Razzien auf Baustellen und in Bordellen. Die Illegalen, die ich selbst kannte – eher aus lateinamerikanischen Ländern – brachten mich schließlich auf das eigentliche Thema: nicht die Abschiebehaft, sondern die Situation draußen, in der scheinbaren Freiheit – keine Papiere, keine medizinische Versorgung, und die dauernde Angst vor der Entdeckung, in der U-Bahn, auf der Straße.

Was wäre, wenn ich jemand anderer wäre?

Die Thematik illegaler Einwanderer haben vor zwei Jahren Zaimoglu/Senkel in Die Illegalen *mit dokumentarischen Mitteln aus Interviews zu einem Stück geformt, sozusagen der direkteste, authentischste Verkörperungsweg. Wie kam nun der Sprung in die besondere Form des Stücks?*

Mir ging es nie um Dokumentation. Das können Film und Fernsehen besser. Mir ging es um Verdichtung. Der *Drache* arbeitet mit den einfachen Mitteln der Ansage und der Verstellung und des »Vorspielens«, aber das Ziel des Stücks ist nicht Distanz, sondern das Gegenteil: Nähe. Identifikation. Es geht darum zu ermöglichen, daß das Publikum den Figuren so nah wie nur irgend möglich kommt. Was wäre, wenn ich jemand anderes sein könnte; was ist, wenn ich nicht mehr sein will, was ich bin? Wenn ich mir etwas wünschen könnte – das steht über dem ganzen Stück. Formal bewegt sich das Stück in einem Mikrokosmos: Jeder hängt mit jedem zusammen, die einen sind die Kunden der anderen; man lebt letztendlich voneinander – gemeinsam unter einem Dach.

Also die verschiedenen Geschäftsverhältnisse auf den verschiedenen Etagen vom Restaurant nach oben und der fliegende, blutige Zahn als Missing Link dazwischen.

Man kann sich ja über das Leben der Illegalen viel Wissen aneignen, die Informationen sind verfügbar, recherchierbar, aber was nützt mir das, wenn ich trotzdem keine wirkliche Verbindung dazu herstelle – zumindest für die Dauer eines Theaterabends. Das klingt konstruiert – aber im Fall des Stücks entsteht die Verbindung im Grunde erst durch den fremden Zahn im eigenen Mund.

Weniger konstruiert ginge nicht?

Vielleicht kann es jemand anderer, ich nicht. Eine komplette ferne Kultur zu imitieren, fürchte ich, wirkt schnell denunzierend, folkloristisch, wahrscheinlich peinlich. Man kommt damit nicht weiter. Das Ziel einer Identifikation mit der Figur wird dadurch eher erschwert. Bei *Der goldene Drache* steht allein durch die reine Ansage der Chinese als Skizze schon vor einem.

Erfahrungen mit Jürgen Gosch

Haben solche Überlegungen auch mit der gemeinsamen Theaterarbeit mit Jürgen Gosch zu tun, der in den letzten Jahren viele ihrer Stücke inszeniert hat?

Sicher. Das Stück war ja nun tatsächlich nicht für Gosch erfunden, und ich habe ihm den Text erst nach der Absage von Riksteatern zu lesen gegeben. Er hat sich dann sofort dafür interessiert. Es kam zu einer festen Verabredung mit dem DT, aber zunächst war Gosch noch durch verschiedene Großprojekte blockiert, dann erfuhr er von seiner Krankheit. Wir haben, wie meistens, nicht viel über den Text gesprochen. Er meinte, es sei kein leichtes Stück, soviel hat er gesagt. Aber mir hat beim Inszenieren ein innerer Dialog mit Gosch sehr geholfen. Wie man die richtigen Abkürzungen findet auf der Bühne, wie man in das Zentrum einer Szene vordringt, ohne sich an den falschen Stellen aufzuhalten.

Genauer?

Ich empfand die Arbeit von Gosch an meinen Stücken immer als schnörkellos. Manchmal lang oder quälend, aber dann ging es Gosch eben auch darum zu zeigen, daß gerade ein quälend langer Prozess stattfindet. Wenn man an den Anfang von *Das Reich der Tiere* denkt, dieses endlose Vorspiel ist aus Goschs Perspektive nichts anderes als die genaue Umsetzung dessen, was im Stück steht. Die Leute verwandeln sich auf der Bühne in Tiere, und das dauert dann so lange, wie es eben dauert. Nicht länger, aber auch nicht kürzer. Die Gosch-Inszenierungen gehen keine Umwege. Bis die Figur im Stück und die Person des Schauspielers in dieser für Goschs Arbeiten charakteristischen Weise scheinbar verschmelzen, eins werden. Es schien ja bei Gosch gar nicht mehr gespielt zu werden. Die Schauspieler schöpften – wenn sie sich darauf einließen – ganz unverbogen aus ihrem eigenen Potential und brachten auf diese Art und Weise ganz schlanke, scheinbar kunstlose, unausgedachte Figuren zustande.

Bis man die Fiktionalität der Figur und die Realität des Schauspielers nicht mehr auseinanderhalten kann.

Das ist natürlich ein hochkomplizierter, trotzdem oft wortkarger Vorgang. Die Ergebnisse waren schlagend einfach. Direkt. Unverstellt, unkünstlich. Wenn aber ein Stück solche Haken schlägt wie *Der goldene Drache* und einen hohen Puls der Szenenwechsel vorgibt – Einsteigen, Aussteigen, permanente Rollenwechsel, ständig neue Situationen, immer am Anschlag – dann zeigt das Theater, daß es Theater ist und nichts anderes – in gewisser Weise ist das das Ende der Illusion. Dafür muß man wiederum einen Inszenierungs-Weg finden. Was bin ich, wenn ich keine Figur bin?

Erst mal Schauspieler.

Damit ist für viele Schauspieler heute leichter umzugehen als noch vor fünfzehn oder zwanzig Jahren. Der Schauspieler wird zu einer Figur, aber er bleibt immer auch als Schauspieler präsent. Er kann nicht hinter der Figur verschwinden. Das macht die Sache transparenter, in gewisser Weise auch menschlicher.

Auch kälter?

Interessante Frage. Ich könnte mit der Beschreibung »kalt« gut leben, solange das Theater dann in der jeweiligen Szene an die Grenze geht – solange es allen Beteiligten wirklich um etwas geht. Solange der Zuschauer das spürt, solange ihn das Theater berührt.

Antwort auf der Szene

Bei Der goldene Drache *im Wiener Akademietheater standen Sie mit diesen ziemlich komplexen Balance-Fragen als Regisseur Ihres eigenen Stücks Schauspielern gegenüber. Was war das für eine Erfahrung?*

Es herrschte eine sehr gute Arbeitsatmosphäre. Das ist einfach ein ebenso intelligentes wie inspiriertes und uneitles Ensemble. Wir haben viel über diese Balance-Fragen, diese Grauzonen der Zuordnung gesprochen – und das war nicht ohne Komik. Auch nicht ohne Verzweiflung. Genau dieses Dazwischen, das In-der-Figur-Sein und Nicht-mehr-in-der-Figur-Sein war ein zentrales Thema der Proben. Diese Punkte zu zerreden wäre sehr leicht. Diesen Ansatz zu zerstören wäre die simpelste Übung. Aber das Wiener Ensemble war zu jedem Zeitpunkt konstruktiv. Es hat auf der Szene Antworten auf diese Fragen gegeben, die ich alleine niemals gefunden hätte. Vielleicht war auch durch das nicht geringe Pensum des Stücks – 48 Szenen, 15 Figuren auf 5 Leute verteilt – der allgemeine Stress so groß, daß niemand mehr die Zeit hatte, sich lange mit den Einzelheiten aufzuhalten. (*Lachen.*)

Ist Regieführen eine Perspektive für Sie?

Doch, ja. Es interessiert mich zunehmend mehr, aus verschiedenen Gründen. Ich komme ja als ehemaliger Regieassistent an den Münchner Kammerspielen von der Regie, konnte aber nicht parallel inszenieren und schreiben. Eine ganze Weile lang schloß sich das für mich aus. Jetzt geht das plötzlich. Es macht mir wirklich Spaß.

Ich habe hier ein Schimmelpfennig-Zitat von vor etwa fünf Jahren: »Hausautorenschaft im Sinne davon, daß man immer im Theater herumhängt, habe ich nie sehr ernst genommen. Ich kenne ja das Theater von innen.«

Klingt ein bißchen schnoddrig, stimmt aber. Ich war jahrelang Tag und Nacht im Theater. Hausautor bin ich auch heute an keinem Theater. Ich glaube, daß man als Autor ganz gut zu Hause aufgehoben ist. Aber nach fünfzehn Jahren als reiner Autor komme ich an einen Punkt, an dem ich wieder dem Theater in der praktischen Arbeit begegnen möchte. Die neuen Stücke werden immer komplexer, und der eigene Anspruch steigt immer mehr. Das macht das jeweils nächste Projekt immer schwieriger, und dazwischen muß ich beim Theater tanken. Dafür brauche ich die direkte Auseinandersetzung mit den Schauspielern, der Szene – auch mit der ganzen Hysterie.

Sie schreiben seit achtzehn Jahren ununterbrochen Stücke, es sind inzwischen über zwanzig. Wie hält man das so lange mit diesem Output durch?

Es gab immer wieder parallele Projekte. Während ich an einem Stück schreibe, denke ich schon an das nächste und noch ein drittes. Dadurch entstehen Blöcke, die für mich wie ein zusammenhängender Arbeitsprozess erscheinen. Vielleicht setzt sich dann ein Stoff schneller durch als die anderen beiden – und muß aufgeschrieben werden. *Calypso*, *Idomeneus* und *Hier und Jetzt* und *Der goldene Drache* sind so entstanden – sehr zeitnah, in einem Jahr. Die Stücke unterscheiden sich stark, aber gedacht und erfunden worden sind sie parallel. Ich habe bisher an die siebenundzwanzig Stücke geschrieben, aber gedanklich sind die in sechs oder sieben großen kreativen Blöcken entstanden. Jetzt bin ich wieder an drei Stücken dran, komme vielleicht gerade mit dem einen nicht weiter, weiß aber, aus dieser Auseinandersetzung ergibt sich etwas für den anderen Stoff. So läßt sich dieses Schreibtempo eine Weile durchhalten – aber ich denke, es wird langsamer werden.

Variantenreicher Erzähltechniker

Wenn man ihre Stücke der letzten zehn Jahre betrachtet, dann sind Sie ein immer variantenreicherer Feinmechaniker des Geschichtenerzählens geworden. Die Stücke entwickeln auf ganz unterschiedliche, aber jeweils sehr ausgeprägte Art, eigene Erzähltechniken. Ob das Die arabische Nacht *war, fünf Erzählermonologe; ob* Die Frau von früher, *die mit komplizierten Boulevardtricks versetzter Szenenanfänge operiert; ob* Vorher/Nachher, *dieses Short-Cut-Gewitter, ob in* Push Up *vergleichsweise konventionell dialogische Szenen dominieren oder* Auf der Greifswalder Straße *die unterirdischen Motiv- und Zeitverknüpfungen zwischen den Szenen. Oder* Idomeneus, *das die gleiche Geschichte in einem Dutzend Varianten erzählt. Insgesamt entsteht der Eindruck eines permanenten Suchens, was eine Geschichte zur Geschichte macht: also was die einzelnen Situationen, Szenen, Ereignisse zusammenhält.*

Die jeweilige Methode, die jeweilige Technik des Erzählens ist nicht vom Inhalt zu trennen. Man kann die Form nur ausgehend vom Stoff finden – wie bei *Der goldene Drache*. So war es bei den anderen Stücken auch immer. *Die Frau von früher* ist ein gutes Beispiel. Die Form der Wiederholung steht scheinbar im Vordergrund, aber im Grunde geht es um die Konzentration auf das Wesentliche, auf die Lüge und den Verrat. Aber den Verrat kann ich erst wahrnehmen, wenn ich die Chance bekomme, die Szene ein wiederholtes Mal zu sehen, wenn ich die entscheidenden fünf Sätze zweimal sehen oder dreimal sehen kann, in jeweils anderer Perspektive. Natürlich hat das auch etwas mit Verführung zu tun, mit Suspense. Davon lebt Theater. Davon lebt jedes Stück. Erzählen ist immer eine Komposition, ein Aufbau, und manchmal ist die Struktur ungewohnt, überraschend, manchmal ist sie sehr einfach. Aus meiner Sicht neige ich eher zur Vereinfachung wie bei *Der goldene Drache* oder *Idomeneus* – beides Stücke, die von der Erzählung leben.

Sie haben als Regieassistent an Dieter Dorns Münchner Kammerspielen begonnen, das war damals Ende der Achtziger, Anfang der Neunziger eine Hochburg des gesteigerten Individualismus der spätbundesrepublikanischen Zeit. Auch Ihre frühen Stücke graben sehr in den Figuren, sei es psychologisch oder mythologisch. Die Behauptung dabei ist immer die Unauslotbarkeit der unendlichen Tiefe eines Menschen, sein unlösbares Geheimnis. Wenn man dagegen Ihre letzten Stücke betrachtete, sind die Figuren viel entschiedener konturiert, viel klarer, wenn auch skizzenhafter entworfen.

Das ist ein interessanter Punkt. Ich vermute, das hat ganz einfache biographische Gründe. Ich glaube, wie viele junge Autoren und Künstler, suchte ich am Anfang als Schriftsteller nach Orientierung als Mensch in der Welt. Was ist richtig, was ist falsch, was weiß ich genau, wo gibt es Sicherheit? Diese Suche spiegelt sich in den frühen Stücken viel stärker. Die Figuren sind unsicherer, können ihre Verhältnisse schwer benennen und suchen in dieser Verwirrung nach Klarheit. Später habe ich als Autor scheinbar unbewußt diesen Versuch einer Klärung aufgegeben. Wir können nicht mehr genau bestimmen, was richtig oder falsch ist, müssen aber trotzdem damit leben.

Dadurch erscheinen die Figuren paradoxerweise klarer; deutlich gekennzeichnet als Behauptungen.

Wenn es mir sowieso unmöglich ist, wie im Fall der Chinesen in *Der goldene Drache* die eigentlich angebrachte Komplexität herzustellen, dann ist mir das der liebere Weg. Dann herrscht dieser Anspruch gar nicht mehr. Das macht das gezeichnete Bild simpel, auch angreifbar, aber mehr will es in dem Fall gar nicht.

Gesellschaftspanoramen

Das zweite Etikett, das man auf Roland Schimmelpfennig anwenden könnte, ist »Gesellschaftsdramatiker«. In vielen Stücken – wie Calypso, Ambrosia, Hier und Jetzt *– versuchen Sie, Figurenpanoramen zeitgenössischer Gesellschaft aufzublättern. Ein bißchen wie bei Tschechow, in* *dessen Dramen sich ein spätzaristischer Landadel um Kopf und Kragen redet, ohne es zu merken.*

Stimmt – die reden und reden. Gerade bei den genannten Stücken, die fast völlig auf Entwicklung verzichten, abgesehen von zunehmendem Alkoholkonsum und -rausch. Das spiegelt eine Form bürgerlicher Mitte – obwohl einige dieser Figuren ziemliche Desperados sind. Bei *Calypso* zum Beispiel – das ist eine wirklich trostlose Versammlung von Ärzten und Maklern – und ein ziemlich witziges Stück, wie ich finde – der Rest der Welt empfand das leider nicht ganz so, fürchte ich. *(Lachen)* Das sind Beobachtungen, Spiegelungen von der Welt, wie ich sie wahrnehme, da läßt sich kein weiterer Schluß draus ziehen.

Die Fortsetzung des Botho Straußschen Projekts, der als Dramatiker begonnen hat, indem er Gorkis Sommergäste *bearbeitet hat?*

Ich habe Strauß gerade in den Stücken bis zu der Wiedervereinigung und *Schlußchor* tatsächlich immer auch als Spiegel der Bundesrepublik gelesen – ob das sein Projekt war oder ist, kann ich nicht sagen. Für mich würde ich diesen Anspruch nicht erheben, ich habe nicht den Eindruck, aus dem Lebensgefühl der Republik zu schreiben. Für mich selbst fühlt es sich jedenfalls nicht so an – vielleicht ist inzwischen auch die europäische Prägung stärker, als man es selbst ahnt.

Anders gefragt: Meinen Sie, daß heute noch möglich ist, was für Strauß bis in die achtziger Jahre möglich war, nämlich das Panorama einer semiakademischen Mittelstandgesellschaft abzubilden? Diese Totalität der bundesdeutschen Mittelstands-Zwiebel?

Berlin hat sich verändert, das Land hat sich verändert. Europa hat sich verändert. Diese semiakedemische Mittelstandsgesellschaft existiert nicht mehr in der Form – zumindest nicht für mich. Ich habe in der Türkei gelebt, ich habe in Amerika gearbeitet, meine Frau hat einen mexikanischen Pass, die Freunde meiner Kinder haben ihre Wurzeln in Indien, in Kuba, in Peru, in Vietnam. Im Grunde ist *Auf der Greifswalder Straße* eine Antwort auf diese Frage. Das Stück zeigt nicht die Intellektuellen in den Galerien, sondern den Obsthändler und die Kassiererinnen, die übernächtigten Mädchen morgens in der Straßenbahn. Das ist keine

semiakademische Gesellschaft, das ist ein ganz anderes Berlin. Eine offene Stadt, eine internationale Metropole.
Es gibt Stücke, bei denen ich so etwas wie einen Schnitt durch die Gesellschaft versucht habe – ohne Anspruch auf Vollständigkeit. *Die arabische Nacht* ist eins davon, *Vorher/Nachher* auch. Auch *Der goldene Drache*.

Je pluralistischer eine Gesellschaft wird, desto zufälliger werden die einzelnen Figuren-Ausschnitte. Desto kontingenter und konstruierter werden die Stücke?

Man sieht es an amerikanischen Stücken. Es gibt die black-cast-plays oder die white-cast-plays, und die Stücke sind dann schon in einer bestimmten Ecke geparkt. Das ganze Panorama der Bundesrepublik zu fassen wäre eine ebenso unerfüllbare wie hochinteressante Unternehmung.

Kleiner Sprung in Ihre Situation als Berufsdramatiker. In den letzten achtzehn Jahren hat sich viel geändert, vor allem ist die Zahl der Dramatiker und der neuen Stücke erkennbar gestiegen. Der Grund sind vor allem die neuen Ausbildungsgänge – ob in Berlin, Leipzig oder Hildesheim –, an denen Sie zum Teil auch unterrichten. Inzwischen gibt es wieder eine Gegenreaktion, daß man sich über die vielen neuen Texte und Autoren und die mangelnde Übersichtlichkeit beklagt.

Die Situation für junge Autoren hat sich sicher stark verändert. Ich kann das nur begrüßen, vor allem weil die neuen Autoren ihr Publikum finden. Die Leute sind wirklich an junger Gegenwartsdramatik interessiert, und sie sind es, theaterhistorisch betrachtet, eigentlich immer gewesen. Die Ausbildungsgänge haben sich bewährt, und die Stückemärkte und Autorentheatertage in Berlin und anderswo haben sich bewährt, es sind auf diese Weise Leute zum Theater gekommen, die sonst vielleicht in den Mühlen der Regiehospitanzen verlorengegangen wären. Ich finde, dies ist eine aufregende Zeit, um für das Theater zu schreiben. Diese Dichte von neuen Autoren zeugt von einem außerordentlich regen Betrieb; da kann man sich doch ausnahmsweise nicht beschweren.

Die Konkurrenz für Sie und andere schon etabliertere Autoren wird natürlich größer.

Solche Äußerungen von Kollegen gibt es, aber ich finde, das ist Quatsch. Man kann ja nicht sagen, irgendwann ist Schluß, nach mir ist die Tür zu. Natürlich müssen neue Leute kommen. Und diese Leute müssen gespielt werden. Und ich weiß auch gar nicht, ob man sich gegenseitig etwas wegnimmt. Werde ich in Kassel nicht gespielt, weil dort del Corte gespielt wird? Glaube ich nicht.

Das Gespräch führte Franz Wille. Wir danken Franz Wille und *Theaterheute* für den Abdruck dieses Gesprächs (erstmals abgedruckt im *Theaterheute Jahrbuch 2010*, S. 115–121).

Druck- und Aufführungsnachweise der im Gespräch erwähnten Theaterstücke

Angebot und Nachfrage
Uraufführung: Schauspielhaus Bochum (Theater unter Tage), 4. November 2005
Regie: Jan Langenheim
Abgedruckt in: *Die Frau von früher*, Fischer Taschenbuch Verlag (Bd. 16218), Frankfurt am Main 2004

Die arabische Nacht
Uraufführung: Staatstheater Stuttgart (Theater im Depot), 3. Februar 2001
Regie: Samuel Weiss
Abgedruckt in: *Die Frau von früher*, Fischer Taschenbuch Verlag (Bd. 16218), Frankfurt am Main 2004

Die Frau von früher
Uraufführung: Burgtheater Wien, 12. September 2004
Regie: Stephan Müller
Abgedruckt in: *Die Frau von früher*, Fischer Taschenbuch Verlag (Bd. 16218), Frankfurt am Main 2004

Push Up 1–3
Uraufführung: Schaubühne am Lehniner Platz (Saal C), Berlin, 10. November 2001
Regie: –
Abgedruckt in: *Die Frau von früher*, Fischer Taschenbuch Verlag (Bd. 16218), Frankfurt am Main 2004

Das Reich der Tiere
Uraufführung: Deutsches Theater Berlin, 1. September 2007

Regie: Jürgen Gosch
Abgedruckt in: *Trilogie der Tiere*, Fischer Taschenbuch Verlag (Bd. 17724), Frankfurt am Main 2007

Vorher/Nachher
Uraufführung: Deutsches Schauspielhaus Hamburg, 22. November 2002
Regie: Jürgen Gosch
Abgedruckt in: *Die Frau von früher*, Fischer Taschenbuch Verlag (Bd. 16218), Frankfurt am Main 2004

Nachweis der Druck- und Aufführungsrechte

Ambrosia
© Fischer Taschenbuch Verlag in der S. Fischer Verlag GmbH, Frankfurt am Main 2011
Uraufführung: Schauspiel Essen, 24. September 2005
Regie: Anselm Weber

Auf dem Weg zu Persephone
© Fischer Taschenbuch Verlag in der S. Fischer Verlag GmbH, Frankfurt am Main 2011

Auf der Greifswalder Straße
© Fischer Taschenbuch Verlag in der S. Fischer Verlag GmbH, Frankfurt am Main 2006
Uraufführung: Deutsches Theater Berlin, 27. Januar 2006
Regie: Jürgen Gosch
Erstmals abgedruckt in: *Theater Theater. Aktuelle Stücke 16*, Fischer Taschenbuch Verlag (Bd. 17311), Frankfurt am Main 2006

Calypso
© Fischer Taschenbuch Verlag in der S. Fischer Verlag GmbH, Frankfurt am Main 2011
Uraufführung: Deutsches Schauspielhaus Hamburg, 28. Februar 2008
Regie: Jürgen Gosch

Das fliegende Kind
© Fischer Taschenbuch Verlag in der S. Fischer Verlag GmbH, Frankfurt am Main 2011
Uraufführung: Burgtheater Wien (Akademietheater), 4. Februar 2012
Regie: Roland Schimmelpfennig

Der goldene Drache

Uraufführung: Burgtheater Wien, 5. September 2009
Regie: Roland Schimmelpfennig
Erstmals abgedruckt in: *Theater Theater. Aktuelle Stücke 19*, Fischer Taschenbuch Verlag (Bd. 18524), Frankfurt am Main 2009

Hier und Jetzt

Uraufführung: Schauspielhaus Zürich (Schiffbau Halle 1), 25. April 2008
Regie: Jürgen Gosch
Erstmals abgedruckt in: *Theater Theater. Aktuelle Stücke 18*, Fischer Taschenbuch Verlag (Bd. 18172), Frankfurt am Main 2008

Idomeneus

Uraufführung: Cuvilliéstheater, München, 15. Juni 2008
Regie: Dieter Dorn

Peggy Pickit sieht das Gesicht Gottes

Uraufführung: Volcano Theatre, Toronto, 15. Juni 2010
Regie: Liesl Tommy
Erstmals abgedruckt in: *Theater Theater. Aktuelle Stücke 21*, Fischer Taschenbuch Verlag (Bd. 18783), Frankfurt am Main 2010

Die vier Himmelsrichtungen
© Fischer Taschenbuch Verlag in der S. Fischer Verlag GmbH, Frankfurt am Main 2011
Uraufführung: Landestheater Salzburg (Salzburger Festspiele 2011 in Coproduktion mit Deutsches Theater Berlin), 30. Juli 2011
Regie: Roland Schimmelpfennig

Wenn, dann: Was wir tun, wie und warum
© Fischer Taschenbuch Verlag in der S. Fischer Verlag GmbH, Frankfurt am Main 2011
Uraufführung: Schauspiel Frankfurt, 8. April 2011
Regie: Christoph Mehler

konstruktiv –

emmel 412
das dumme stück 425